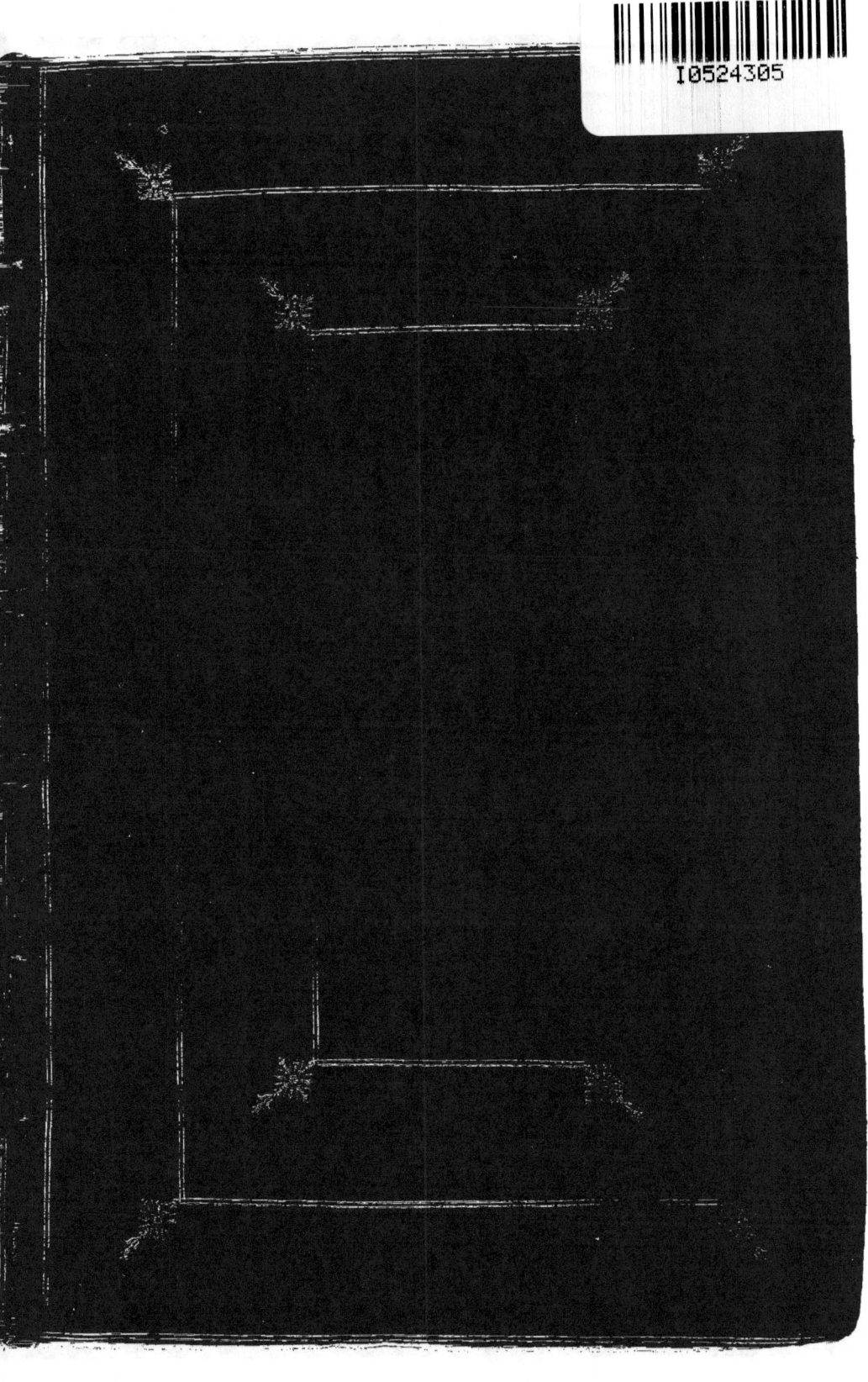

Le Sieur Arnoul a pu se donner la peine de coller cette Chronologie, mais ce n'est pas lui qui en est l'auteur. C'est Claude De Valles, Secrétaire ordinaire de la Chambre Du Roi. Cet exemplaire est moins ample que les deux autres que nous avons. il ne se trouve de Moins ici Cependant que les portraits de tous les Saints de l'année que l'on voit à la fin des deux autres exemplaires.

Cat: deVyon nᵒ 19333.

LE
THEATRE
D'HONNEVR
DE PLVSIEVRS
Roys & Princes an-
ciens & modernes,

Auec leurs vies & faits plus memorables,
& leurs vrais & naturels pourtraicts:

Contenant aussi les vies & faits de tous les Chanceliers & Gardes des Seaux de France, De plusieurs hommes Illustres, des Iurisconsultes plus celebres, anciens & modernes, qui ont escrit sur le droict
Romain, les Poëtes Latins,
les Sibilles : Et les faux
Dieux, le teps qu'ils
ont esté, & leurs
pourtraicts.

Recueilly, & mis en ordre par
le St. Arnoul, Senlisien.

SALVATOR MVNDI

S. PETRVS

S. ANDREAS

S. IACOBVS

S. IOANNES

S. PHILIPPVS

S. BARTHOLOMÆVS

S. THOMAS

S. MATTHÆVS

S. TADEVS

S. SYMON

S. IACOBVS. MINOR

S. MATTHIAS

S. PAVLVS

Confirmat congregationem Oblatorum; erigit 5. seminaria
in sua Diœcesi, Collegium studiosorum Papiæ, est aliorum
Nobilibus destinatum Mediolani, est singulis regulas præscribit.

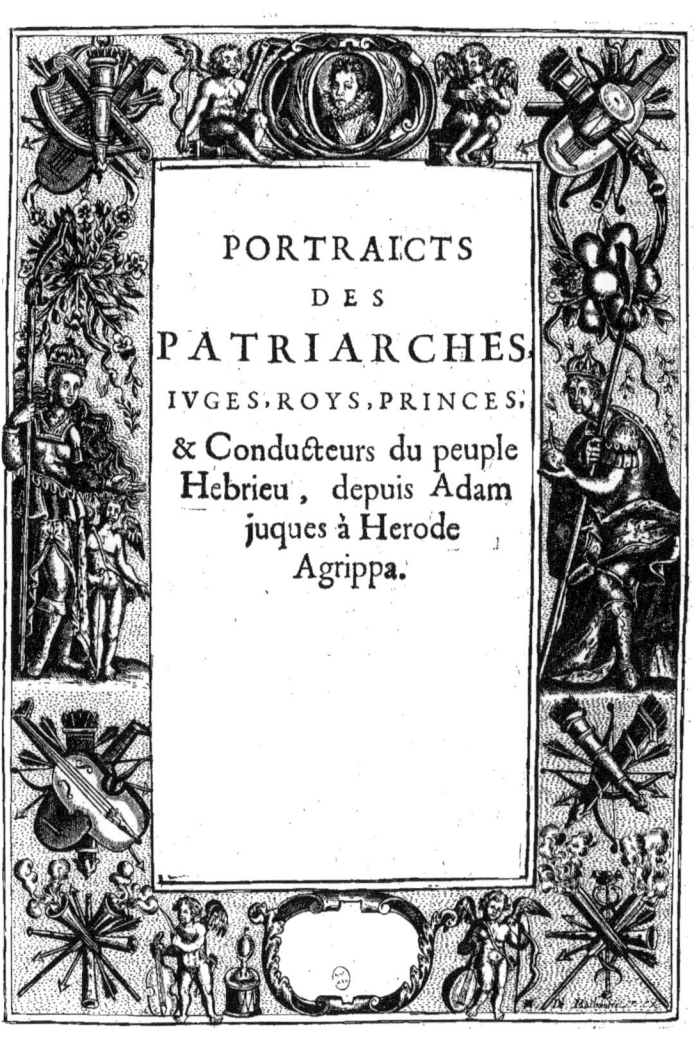

PORTRAICTS
DES
PATRIARCHES,
IVGES, ROYS, PRINCES,
& Conducteurs du peuple
Hebrieu , depuis Adam
juques à Herode
Agrippa.

HISTOIRE SOMMAIRE

DES PATRIARCHES, IVGES, ROYS,
ET CONDVCTEVRS DV PEVPLE HEBRIEV,
depuis Adam iusqu'au dernier Roy de Iudee.

| Adam | Abel | Seth | Enos |

Ans du monde.		

1. DAM fut formé de Dieu, à son image de terre rouge, le sixiesme iour de la creation du monde, & l'ame raisonnable & immortelle fut infuse en luy, pour estre Seigneur & possesseur de toutes les choses creées, ausquelles il imposa vn nom propre & conuenable, ayant parfaicte cognoissance de tous les arts liberaux & de toutes les sciences. Apres sa creation Dieu luy donna le Paradis terrestre pour sa demeure, & Eue pour sa femme, tirée & creée de l'vne de ses costes. Mais ils en furent chassez le mesme iour & condamnez à la mort, eux & toute leur posterité pour auoir transgressé le commandement de Dieu, & furent assubiectis au peché & au diable, auec promesse toutesfois que de la semence de la femme naistroit nostre Seigneur Iesus-Christ, qui nous deliureroit de la captiuité du peché, de la mort, & du diable. Adam premier pere de tout le genre humain, & Monarque de tout le mõde, eut plusieurs enfans, fils & filles, & entre autres Cain, Abel, & Seth, & ayant vescu 930. ans il mourut, apres auoir faict penitence de son peché, & Eue le suruesquit 10. ans.

2. ABEL, second fils d'Adam fut berger aymant la vertu, & esleu de Dieu. Il est Prince de la iustice humaine diuisée en trois par S. Augustin, sçauoir Virginité, Prestrise & Martyre. Car il n'a eu aucuns enfans estant demeuré vierge, il a premier faict oblation & sacrifice de presens agreables à Dieu, & par l'effusion de son sang il a merité la palme de Martyre, & en luy a commencé la persecution des iustes, ayant esté tué par son frere ainé Cain par enuie, qu'il auoit conceu contre luy. On tient qu'il a vescu 127. ans, & a esté tué l'an 129. du monde.

3. SETH, fut aussi fils d'Adam qu'il engendra ayant 130. ans, quelque temps apres la mort d'Abel: il fut instruit en pieté & probité par son pere Adam, & mesmes és sciences, desquelles & des characteres des lettres nous leur deuons l'inuention. De luy sont procreés les saincts Patriarches, & en luy a commencé la Cité de Dieu, comme en Cain la cité du diable: la posterité de Seth a esté conseruée du deluge, & celle de Cain a esté submergée. Seth a engendré Enos à l'aage de 105. & plusieurs autres enfans depuis, & est mort aagé de 912. ans, l'an 1042. du monde.

4. ENOS, fils de Seth commença à inuoquer publiquement le nom de Dieu & auec ceremonies, aagé de 90. ans, il engendra Cainan & plusieurs autres enfans depuis, & ayant vescu 905. ans il mourut l'an du monde 1140.

| 130. | | |
| 235. | | |

| Cainan | Malaleel | Iared | Enoch |

5. CAINAN, fils d'Enos, en gendra en l'aage de 70. ans, son fils Malaleel, & eut depuis plusieurs enfans, & apres auoir atteinct l'aage de 910. ans, il mourut l'an 1235. de la creation du monde.

6. MALALEEL, fils de Cainan, eut en l'an 65. de son aage son fils Iared, & depuis luy plusieurs autres enfans, & il mourut l'an du monde 1290. aagé de 895. ans.

7. IARED, fils de Malaleel engendra en l'an 162. de son aage son fils Enoch, & eut apres luy plusieurs enfans, & aagé de 962. ans, il deceda l'an du monde 1422.

8. ENOCH, fils de Iared en l'aage de 65. ans engendra Mathusalem, & eut plusieurs autres enfans: ayant vescu deuant le Seigneur auec grande sincerité & integrité, il fut transporté en corps & en ame au Ciel, l'an 365. de son aage, & aux derniers temps, l'Eglise tient qu'il retiendra en ce monde pour prescher, auec Helie le Prophete, la penitence aux hommes, & resister

325.		
395.		
460.		
612.		

à l'Ante-Christ par l'espace de 1260. iours, qui sont pres de trois ans & demy, & qu'en fin l'Ante-Christ les fera mourir en Hierusalem, & que trois iours & demy apres leur mort, ils resusciteront, pour comparoir auec tous les hommes au iugement vniuersel du monde. La translation d'Enoch aduint l'an du monde 687. & 57. apres la mort de nostre premier pere Adam.

| Mathusalem. | Lamech. | Noé. | Sem. |

687. 9. MATHVSALEM, fils d'Enoch, engendra en l'an 187. de son aage, son fils Lamech, & apres luy plusieurs autres enfans nasquirent, & ayant vescu 969. ans, auquel aage aucun des autres hommes n'est paruenu, il mourut l'an 1656. du monde, au mesme an du Deluge vniuersel.

874. 10. LAMECH, fils de Mathusalem, estant aagé de 182. ans, engendra Noé son fils, & apres luy il eut plusieurs enfans; en fin apres auoir vescu 777. ans, il mourut l'an du monde 1651. cinq ans anant le Deluge. & lors que son pere Mathusalem auoit atteint l'aage de 964. ans.

1056. 11. NOÉ, fils de Lamech, engendra en l'an 502. de son aage, son fils aisné Sem, & il eut depuis deux autres enfans Cham & Iaphet. Il annonça aux hommes la iustice de Dieu, & que pour leurs pechez le.... on le 120. ans apres, seroit noyé & submergé par les eaux du Deluge, desquelles luy & sa femme, auec ses trois enfans & leurs femmes, furent sauuez par le moyen de l'Arche, qu'il bastit selon le modele que Dieu luy auoit ordonné, dans laquelle il entra auec toutes sortes de bestes & animaux l'an 600. de son aage. Il a esté le second propagateur de tout le genre humain, & apres le Deluge passé, il planta la vigne, du fruict de laquelle il vsa le premier & s'enyura, & apres auoir vescu 950. ans, il mourut l'an du monde 2005. & 57. de l'aage du Patriarche Abrahã.

1558. 12. SEM, fils de Noé (qu'aucuns disent estre Melchisedech) de la posterité duquel nostre Seigneur Iesus-Christ est descendu, occupa auec ses enfans la partie de Syrie qui regarde l'Orient: apres le Deluge, estant aagé de 100. ans, il engendra Arphaxad, & de luy ont pris leur origine les Chaldéens, Assyriens, Perses, Syriens, Armeniens, Phrygiens, Bactriens & autres peuples. Il fut Prestre & Roy de Salem. De son temps la tour de Babel fut bastie, là où commença la confusion des langues. Il a eu plusieurs autres enfans, & est mort aagé de 600. ans l'an du monde 2158. On tient que tous les aisnez des familles depuis Noé, iusques au temps d'Aaron frere de Moyse, estoient Prestres & Sacrificateurs, & qu'en la seule posterité de Sem, le culte & seruice du vray Dieu a perseueré, les autres s'addonnans à l'Idolatrie.

| Arphaxad. | Salé. | Heber. | Phaleg. |

1658. 13. ARPHAXAD, fils de Sem, en l'aage de 35. ans engendra Salé, & puis apres il eut d'autres enfans, & ayant vescu 438. ans, il mourut l'an 2096. du monde. De son temps la ville de Hebron fut bastie, selon Iosephe, & commença le Royaume de Babylone.

1693. 14. SALÉ, fils d'Arphaxad, eut en l'aage de 30. ans, vn fils nommé Heber, & puis il engendra d'autres enfans, & mourut l'an du monde 2126. ayant vescu 433. ans.

1723. 15. HEBER, fils de Salé, en l'aage de 34. ans, engendra Phaleg, & puis apres eut d'autres enfans, & ayant vescu 464. ans, il deceda, l'an du monde 2187. Les Iuifs sont descendus de luy, qu'on appelle Hebrieux; Aussi quand les langues furent diuisées, la langue Hebraïque demeura en sa maison seule, laquelle estoit auparauant la langue vulgaire de tout le monde.

1757. 16. PHALEG, fils de Heber, en l'aage de 30. ans, engendra Rehu, ou Ragau, & depuis il eut plusieurs autres enfans, & aagé de 239 ans, il mourut l'an du monde 1996. Phaleg signifie diuision, aussi en son temps la terre fut diuisée, & le Royaume des Scythes print son commencement sous le Roy Tanaïs, lequel Royaume est situé en la partie Septentrionale du monde.

	17	18	19	20
	Rehu.	*Sarug.*	*Nachor.*	*Tharé.*

1787   17. REHV ou RAGAV, fils de Phaleg, eut à l'aage de 32. ans, son fils Sarug, & vescut encores 207. ans apres, & il engendra d'autres enfans, & en l'âge de 239. ans, il mourut l'an du mõde 2026.

1819   18. SARVG, fils de Rehu ou Ragau, estant aagé de 30. ans, engendra Nachor, & puis il eut d'autres enfans, & mourut en l'aage de 230. ans, l'an du monde 2049.

1849   19. NACHOR, fils de Sarug, ayant 29. ans, engendra Tharé, puis viuant encores 119. ans, il eut plusieurs autres enfans, & finit ses iours apres vescut 48. ans, l'an du monde 1997.

1878   20. THARÉ, fils de Nachor, vesquit 70. ans, & engendra Abram, qui fut depuis appellé Abraham; il engendra aussi Aram, pere de Loth, & vn autre Nachor; qui eut plusieurs enfans, & entre autres Bathuel, qui fut pere de Rebecca, & ayant vescu 205. ans, il mourut l'an du monde 2083. iceluy Tharé, à cause de l'idolatrie des Chaldeens, qui adoroient le feu, & pour la mort de son fils Aram, quitta la terre des Chaldeos, & vint demourer en Mesopotomie en la ville de Haran où il mourut.

	21	22	23	24
	Abraham.	*Isac.*	*Iacob.*	*Ruben.*

1948   21. ABRAHAM, fils de Tharé, fut le pere des fideles, grandement aymé de Dieu. Il laissa le pays des Chaldeens, auec son pere Tharé, & vint habiter en la terre de Chanaan: là il eut promesse de Dieu que de sa semence naistroit le Sauteur du Monde, par lequel toutes les nations seroient benites: ayant Sara pour femme, qui estoit sterile, il eut d'Agar sa seruante, vn fils naturel qu'il nomma Ismaël. La Circoncision fut ordonnee de Dieu, en signe d'alliance, lors qu'Abraham estoit aagé de 99. ans, & Ismaël son fils de 13. & en fin comme Abraham auoit attaint l'aage de cent ans, & Sara de 90. ans, Dieu leur donna vn fils legitime nommé Isaac. Sara mourut 37. ans apres la natiuité d'iceluy, & fut enterree en Hebron, aagee de 127. ans, & Abraham en l'aage de 175. ans, estant decedé l'an 2123. du monde, fut mis aupres de sa femme.

2048   22. ISAAC, fils d'Abraham & de Sara, aagé de 40. ans, espousa Rebecca sa cousine, fille de Bathuel, cy deuãt nommé, & eut d'elle 20. ans apres, deux enfans masles gemeaux, sçauoir Esaü & Iacob. Il l'offert en sacrifice à Dieu par son pere Abraham, mais il fut deliuré par la voix de l'Ange, Dieu se contentant de la volonté du Pere. Il dõna à son fils puisné Iacob sa benediction, lequel fut supposé par la mere Rebecca au lieu d'Esaü, qui luy auoit vendu son droict d'aisnesse & de primogeniture pour vn potage de lentilles. En fin Isaac aagé de 180. ans, en l'an du Monde 2228. finit ses iours, & fut par ses enfans enseuely en Hebron aupres de son pere & mere, ayant esté aueugle 30. ans auant que de mourir.

2108   23. IACOB, fils d'Isaac & de Rebecca, pour euiter la fureur de son frere Esaü, se retira par le conseil de sa mere vers Laban son oncle maternel, où il fut bien receu, & estoit lors aagé de 77. ans, en l'an du monde 2185. Il conuint auec son oncle de le seruir sept ans, & Rachel fille puisnee de Laban luy fut promise pour recompense de 7. ans de seruice; mais au lieu de Rachel on luy supposa Lia l'aisnee qu'il prit pour femme, & promit de seruir encores 7. ans pour Rachel qui luy fut baillee huict iours apres. Ainsi il les eut toutes deux, & d'icelles, ensemble de Bala & Zelpha seruantes de Rachel & Lia, il engendra douze fils, & vne fille nommee Dina, qu'on dit auoir esté femme de Iob. Ayant seruy 20. ans son beau-pere & oncle Laban, il se retira en Chanaan, & se reconcilia auec son frere Esaü: estant aagé de 130. il s'habitua en Egypte où son fils Ioseph estoit constitué en grand honneur & dignité pres du Roy, quittant la terre de sa naissance à cause de la famine, & y ayant demeuré 17. ans, il y mourut en l'aage de 147. ans, l'an du monde 2255. & son corps fut porté en Chanaan, où il fut enseuely au sepulchre de ses pere & ayeul. Il fut nommé Israël pour auoir luicté auec l'Ange de Dieu, dont il deuint boiteux d'vne hanche.

2193   24. RVBEN, fils aisné de Iacob, autrement Israël, & de Lia nasquit lors que son pere auoit attaint l'aage de 85. ans, là couche duquel il sottilla ayant commis incest auec Bala seruante de Rachel, c'est pourquoy ses droicts de primogeniture furent donnez aux enfans de Ioseph son frere, qu'il garentit de la mort par son conseil, quand les autres freres enuieux de ce que

Ioseph estoit le fils bien-aymé de son pere, le voulurent tuer. Il descendit en Egypte auec son pere, & sa posterité si multiplia tellement que lors qu'ils en sortirent sous la conduite de Moyse, de sa lignee il en sortit quarante trois mil sept cens trente combatans aagez de 20. ans & au dessus, ayant vescu 124. ans, il mourut en Egypte l'an du Monde 1317. Le Prophete Ioël est descendu de sa lignee.

| 25 | 26 | 27 | 28 |
| Simeon. | Leui. | Iuda. | Dan. |

2194 25. SIMEON, second fils de Iacob & de Lia indigné de ce que sa sœur Dina auoit esté violee par Sichem, le tua auec Hemor pere d'iceluy, & mist au fil de l'espee tous les Sichemites auec son frere Leui, dont ils furent aigrement repris & blasmez par leur pere. Il fut retenu prisonnier en Egypte, quand il y alla auec ses dix freres pour auoir du bled durant la famine iusques à ce qu'on eust amené à Ioseph, son frere Benjamin. Depuis Simeon descendit en Egypte auec son pere, & ses enfans & multiplierent de telle sorte que lors de leur sortie d'icelle il y auoit de sa lignee vingt deux mil deux cens combatans de 20. ans & au dessus, & ayant l'aage de 120. ans il mourut l'an du Monde 1214. de sa lignee est sorti le Prophete Sophonie.

2195 26. LIVI, troisiesme fils de Iacob & de Lia, pour venger l'injure qui auoit esté faicte à Dina sa sœur, occit auec son frere Simeon les Sichemites, & pource leur pere les appella vaisseaux d'iniquité, ils furent diuisez en Iacob & espandus en Israël, & les lignees d'iceux multiplierent moins que les autres, veu que de celle de Leui lors de la sortie d'Egypte il n'y fut nombré que vingt & trois mil enfans masles d'vn mois & au dessus. Sa posterité n'a eu rien de propre ny part en la terre de Promission, ains Dieu se l'a reserua pour vacquer aux ministeres de la Prestrise & de la sacrificature, leur donnant les dixmes, premices & oblations. Leui estant aagé de 137. ans, mourut l'an du Monde 2332. De sa lignee sont issus Moyse, Samuel, Hieremie, Nahum, Ezechiel, Zacharie, & sainct Iean Baptiste.

2195 27. IVDA, quatriesme fils de Iacob & de Lia, voyant que Ioseph vouloit retenir captif en Egypte son frere Benjamin, au dernier voyage que luy & ses freres y vindrent pour auoir du bled à cause de la famine, fit plusieurs protestations & excuses deuant Ioseph, & s'offrit d'estre son prisonnier & esclaue au lieu de Benjamin; Aussi auoit-il empesché que son frere Ioseph ne fust tué par ses freres, ains leur conseilla de le vendre aux Ismaëlites. En la derniere benediction de son pere Iacob il obtint la dignité Royale entre ses freres, victoire de ses ennemis, & le premier siege en l'Eglise. Il eut Phares & Zara de Thamar vefue de deux de ses enfans Her & Onan (ne sçachant que c'estoit sa bru. De sa lignee sortirent d'Egypte soixante & seize mil cinq cens combatans, ayant vescu 119. ans, il deceda l'an du Monde 1314. cinq ans apres son frere Ioseph. De luy sont descendus Iesse, Dauid, Salomon, les Roys de Iuda, & nostre Sauueur Iesus-Christ selon la chair, promis à Abraham, Isaac & Iacob.

2195 28. DAN, premier fils de Iacob, & de Bala seruante de Rachel, & cinquiesme en ordre des enfans d'Israël, est comparé au faon d'vn Lyon, & au Serpent ou à la couleure estant au chemin à cause de Sanson admirable en force & en astuce, & prudence, qui est nay de sa lignee, & lors que sa posterité partit d'Egypte, elle estoit accreuë de soixante quatre mil quatre cens combatans, il a vescu 117. ans, & est decedé l'an 1322. du Monde. On tient que de sa lignee doit naistre l'Ante-Christ à la fin des siecles.

| 29 | 30 | 31 | 32 |
| Nephthalim. | Gad. | Aser. | Issachar. |

2196 29. NEPHTALIN, second fils de Iacob & de Bala, fut le sixiesme en ordre des enfans d'Israël, son pere peu auāt que de mourir, luy predit qu'il seroit cōme la biche lasche dōnāt paroles plaisantes. Il mourut en Egypte aagé de 132. ans, l'an du Monde 1328. & sortirent de sa lignee, quarante cinq mil quatre cens combatans de 20. ans & au dessus, lors que Moyse les tira de captiuité & leur fit passer la mer rouge.

2197 30. GAD, premier fils de Iacob & de Zelpha seruante de Lia, fut septiesme en ordre des enfans d'Israël : il estoit fort pour garder les troupeaux de son pere, & haïsson grandement son frere Ioseph, ainsi qu'il recognoit par son testament. De sa famille sortirent d'Egypte quarante mil cinq cens hommes guerriers. Ayant vescu 107. ans il deceda l'an du Monde 2304. cinq ans auparauant son frere Ioseph.

1298 31. Aser, second fils de Iacob & de Zelpha, fut le huictiesme en ordre des enfans d'Israël. Son pere lors qu'il benist ses 12. enfans dit, que d'Aser prouiendroit le pain gras, & qu'il donneroit delices aux Roys. Apres auoir vescu 126. ans, il mourut l'an du Monde 2314. en Egypte, d'où sortirent cinquante trois mil quatre cens hommes combatans, issus de sa lignee.

1298 32. Issachar, cinquiesme fils de Iacob & de Lia, & neufiesme en ordre des enfans d'Israël, est comparé par son pere à l'asne fort gisant entre les bornes. Il fut bon laboureur de terre, aymant la simplicité. Sa lignee a grandement multiplié en Egypte, parce qu'il en sortit soixante quatre mil trois cens combatans, de 20. ans & au dessus. Il deceda l'an du monde 2310. ayant vescu 122. ans.

33. Zabulon.   34. Ioseph.   35. Beniamin.   36. Moise.

1298 33. Zabulon, sixiesme fils de Iacob & de Lia, fut dixiesme en ordre des enfans d'Israël, son pere lors de sa benediction, luy predit qu'il habiteroit au port de la mer, & seroit au haure des Nauires, s'estendant iusques à Sidon. Il estoit misericordieux & plein de compassion enuers son frere Ioseph, comme il est rapporté par son testament. Sa lignee estoit accreuë de soixante mil cinq cens hommes, portans armes à la sortie d'Egypte, où il mourut l'an du Monde 2322. aagé de 114. ans.

2199 34. Ioseph, premier fils de Iacob & de Rachel, & vnziesme en ordre des enfans d'Israël, fut grandement aymé de son pere, & pource ses freres conceurent contre luy vne telle enuie qu'ils côspirerent de le tuer; mais Dieu le preseruant permit qu'il fust iecté en vne cisterne sans eau, & ayant esté tiré de là qu'il fust vendu à des Ismaelites, qui le vendirent en Egypte. Il fut fort chaste & continent, & resista aux prieres lasciues de la femme de son maistre, qui estoit amoureuse de luy, par la malice de laquelle il fut constitué prisonnier, où il exposa les songes de l'Eschanson & Panetier du Roy. En fin deliuré de prison, il expliqua le songe du Roy Pharaon, qui le prit en telle amitié qu'il le fist son Chancelier & Gouuerneur d'Egypte, où il receut son Pere & tous ses freres leur rendant bien pour mal. Il eut deux enfans, Manassès & Ephraim, que Iacob benist particulierement, & d'eux sont venuës deux lignees d'Israël, qui multiplierent en sorte que d'icelles passerent la mer rouge, quatre vingts cinq mil deux cens hommes; sçauoir de Manassès, cinquante deux mil sept cens hommes, & d'Ephraim, trente neuf mil cinq cens. Ioseph mourut aagé de 110. ans, l'an du Monde 2309.

2216 35. Beniamin, second fils de Iacob & de Rachel, & douziesme en ordre des enfans d'Israël, fut appellé Benoni, qui est à dire fils de douleur, parce que sa mere mourut en trauail, & son pere le nomma fils de sa dextre, & le compara au loup rauissant, predisant qu'au matin il mangeroit sa proye, & qu'au vespre il diuiseroit sa despouille. De sa lignee sortirent d'Egypte, quarante cinq mil six cens hommes combatans, & apres auoir vescu 125. ans, il deceda l'an du Monde 2341.

2593 36. Moyse, fils d'Amram & de Iocabeth, de la famille de Leui, exposé dans le fleuue du Nil, & trouué au riuage d'iceluy par la fille de Pharaon, fut sauué des eaux, nourry en la maison du Roy, & fort bien instruit en Egypte en toutes sciences, aagé de 40. ans, il tua vn Egyptien, & se retira en la terre de Madian, où il espousa Sephora fille de Ietro, le troupeau duquel gardant, Dieu luy apparut en vn buisson ardent, & le choisit pour moyenner la deliurance du peuple Hebrieu, de la seruitude où il estoit detenu en Egypte. En l'aage de 80. ans, il executa le commandement de Dieu auec son frere Aaron, qui fut grand Prestre & Sacrificateur, & tira le peuple de captiuité, luy fit passer à sec la mer rouge miraculeusement, le conduisit dans les deserts auec beaucoup de peine par 40. ans, luy apporta les dix Commandemens de la Loy, & ayant l'aage de 120. ans accompli, il mourut l'an du Monde 2493. Dieu l'enseuelit en vn lieu incogneu. Il a composé les cinq premiers liures de la Bible, qui sont la Genese, l'Exode, le Leuitique, les Nombres & le Deuteronome. Quelques-vns y adioustent le liure de Iob.

37. Iosue.   38. Othoniel.   39. Ahod.   40. Debora.

2493 37. IOSVE, fils de Nun, succeda à Moyse au gouuernement du peuple Hebrieu, qu'il conduisit en la terre de Promission, luy faisant passer le fleuue du Iourdain à pied sec. Il assiegea la ville de Iericho qu'il print en sept iours & la ruyna. Apres il alla contre cinq Roys qui tenoient la ville de Gabaon, le Soleil fut par luy arresté par l'espace d'vn tour, iusques à ce qu'il eust desfait ses ennemis. Il diuisa la terre de Promission aux lignees d'Israël, & apres auoir surmonté

2510 31 Roys, il mourut aagé de 110. ans.
38 OTHONIEL, fils de Cenes, de la lignee de Iuda, frere & gendre de Caleb, surapres Iosué Iuge ou Prince general & souuerain sur tout Israël. Car les Hebrieux ayant failly & preuariqué contre Dieu, il permit qu'ils fussent affligez sous la seruitude de Chusan Rosathaim Roy de Syrie : mais leur repentance fist que Dieu leur suscita vn Liberateur, qui fut Othoniel, sous la conduite duquel ils se remirent en liberté, apres auoir desconfit en bataille les Syriens, & puis vesquirent 40. ans en paix & en repos sous le gouuernement d'iceluy iusques à son trespas : apres

2550 sa mort les Hebrieux commencerent à se desbaucher du seruice de Dieu, de sorte qu'ils furent liurez en la puissance d'Eglon Roy de Moab qui les tint en seruitude.
39. AHOD, fils de Gera de la lignee d'Ephraim, fils de Ioseph, fut suscité pour deliurer les Hebrieux de la seruitude d'Eglon, qu'il occit de sa propre main par vne ruse deferite dans le liure des Iuges au 3. chapitre, & depuis il fist vne grande desconfiture des Moabites; au moyen dequoy les Israëlites demourerent en repos sous le gouuernement d'Ahod l'espace de 80. ans. Apres le deceds d'iceluy, Sangar fils d'Anath luy succeda, & fist en son temps vne grande desconfiture des ennemis des Iuifs, mais l'Escriture saincte n'a aucunement couté le temps de sa Principauté, & partant n'en sera icy faict mention.

2630 40. DEBORA, Prophetesse femme de Lapidoth, exerça la Iudicature d'Israël, apres Ahod ou Sangar, & fut suscitee de Dieu de prendre Barac en sa compagnie, luy donnant la conduite de dix mil hommes, auec lesquels il desfit toute la puissance des Chananeens & deliura totalement Israël de la seruitude en laquelle ils estoient detenus, par Iabin Roy d'iceux Chananeens, où ils auoient esté l'espace de 20. ans, depuis laquelle deliurance le peuple de Dieu demoura en tranquillité par 40. ans.

41 Barac. **42** Gedeon. **43** Abimelech. **44** Thola.

2630 41. BARAC, ou Baruch fils d'Abinoam de la lignee de Nephthalim, fut chef & conducteur des Israëlites auec Debora, & estant braue & vaillant Capitaine, auec dix mil hommes, il desfist l'armee de Sisara, qui estoit beaucoup plus grande que celle des Hebrieux. Sisara fuyant se vint sauuer en la maison de Iahel, qui luy transperça la teste d'vn grand clou lors qu'il dormoit, & pensoit estre en seureté chez ceste femme. Apres Barac & Debora, & les Hebrieux vindrent à se fouruoyer du vray seruice de Dieu, & pource ils furent mis en la subiection des Madianites.

2670 42. GEDEON, de la lignee de Manasses deliura les Hebrieux du ioug, des Madianites, qu'il vainquit auec trois cens hommes choisis & esleuz de Dieu, & au moyen de ce, toute la terre d'Israël fut en paix durant le temps que Gedeon exerça la Iudicature sur les Israëlites, qui fut de 40. ans.

2710 43. ABIMELECH, fils bastard de Gedeon, apres auoir faict mourir tous ses freres nés en legitime mariage, qui estoient 72. occupa la Principauté des Hebrieux par l'espace de trois ans, puis il fut assommé d'vn coup de pierre de meule, qui luy fut ietté d'enhaut par vne femme en vn assaut de ville. Sa domination fut tyrannique.

2713 44. THOLA, de la lignee & tribu d'Issachar, apres qu'Abimelech fut decedé, gouuerna les Hebrieux par l'espace de 23. ans, en qualité de leur Iuge & Prince.

45 Iair. **46** Iephte. **47** Abesan. **48** Ahialon.

2736 45. IAIR, Galaadite de la lignee de Manasses, fut successeur de Thola en la Principauté & Iudicature des Iuifs, qu'il gouuerna par l'espace de 23. ans, apres le trespas duquel les Ammonites s'allians auec les Palestins coururent & gasterent toute la contree des Hebrieux, ne restant plus qu'à se ietter sur les Galaadites, qui esleurent Iephthé pour leur Prince & Capitaine, dont sera parlé cy apres.

1759 46. IEPHTHE', se delibérant d'aller charger les Ammonites ses ennemis, fit vœu à Dieu de luy sacrifier la premiere chose qui se presenteroit deuant luy à son retour, s'il emportoit la victoire, laquelle luy estant aduenuë, la fille vnique encore fort ieunette fut la premiere qui s'en vint au deuant de luy, comme il retournoit en sa maison; & luy se souuenant de son vœu, fut si craint si fou superstitieux qu'il la sacrifia. Il exerça la Principauté des Iuifs 6. ans.

1765 47. ABESAN, natif de la ville de Betheleem, fut apres Iephthé Iuge en Israël l'espace de 7. ans. C'est luy qui eut 30. fils & autant de filles, qu'on tient estre celuy que la saincte Escriture appelle Boos.

1771 48. AHIALON, de la lignee de Zabulon, fut apres Abesan Iuge d'Israël l'espace de 10. ans. Toutesfois la traduction des 70. Interpretes ne specifie aucunement le temps qu'a duré sa Principauté.

49. Abdon. 50. Sanson. 51. Heli. 52. Samuel.

1781 49. ABDON, fut apres le deces d'Ahialon Iuge & Prince d'Israël, l'espace de 8. ans. L'histoire des Iuges resmoigne qu'il eut 40. fils & 30. filles.

1790 50. SANSON le fort, fils de Manué de la lignee de Dan, fut suscité pour exercer la Iudicature en Israël. Il commença seulement à deliurer le peuple Hebrieu, de la seruitude des Philistins, ayant sur eux gagné quelques batailles. Il ne peut neantmoins affranchir toutes les ligues entierement de leur ioug; ains seulement la sienne ou aucunes autres auec. C'est pourquoy l'Escriture dit qu'il iugea Israël au temps des Philistins par 20. ans. Il fut consacré à Dieu dès le ventre de sa mere, & estoit fort comme vn Geant, toutesfois par les allechemens & tromperie de Dalila qu'il aymoit esperdüement, il fut liuré entre les mains de ses ennemis qui luy creuerent les yeux.

1810 51. HELI, Sacrificateur de la lignee de Leui, fut subrogé en la dignité de la Iudicature d'Israël à Sanson decedé, & qu'il exerça 40. ans. Ses deux enfans furent tuez ensemble en vne bataille, & la nouuelle de leur mort luy ayant esté rapportee, il tomba à la renuerse de la chaire où il estoit assis, & se froissant la teste il mourut l'an de son aage 98. & du Monde 1850.

1850 52. SAMUEL, premier des Prophetes apres Moyse, succeda à Heli en la dignité de Iuge, & outre fut sacrificateur, il exerça ces deux charges si dignement & auec tant de saincteté, qu'on ne luy sçauroit reprocher aucune iniustice, ny conuoitise, ou auarice. Toutesfois le peuple Hebrieu luy demanda vn Roy comme auoient les autres nations, ce qui leur fut octroyé. Car Saül cherchant les asnesses de son pere fut oingt Roy par Samuel, Dieu le commandant ainsi. De son temps les Philistins rendirent aux Hebrieux l'Arche du Seigneur, qui auoit esté prise par iceux Philistins, lors que les enfans d'Heli perdirent la bataille. Samuel mourut aagé de 70. ans, l'an du Monde 2889. deux ans auparauant la mort calamiteuse de Saül. Isidore escrit qu'il est autheur des liures de Iosué, de Ruth, & du premier liure des Roys.

53. Saul. 54. Dauid. 55. Salomon. 56. Roboam.

2881 53. SAVL, fils de Cis de la lignee de Benjamin, fut le premier Roy des Hebrieux l'an 30. de la Iudicature de Samuel. Il fut du commencement de son regne aymé de Dieu, parce qu'il gouuerna bien son peuple par l'espace de deux ans, & obtint victoire contre les Ammonites, Philistins, Moabites & Idumeens. Mais ayant transgressé le commandement de Dieu, pardonnant au Roy des Amalechites, & ayant fait tuer Achimelech grand Prestre, il fut reprouué, & Dauid oingt Roy par Samuel en sa place, lequel Saül apres auoir grandement persecuté Dauid, en fin fut vaincu auec ses enfans en bataille par les Philistins, & reduit en tel desespoir qu'il se tua luymesme, ayant regné 26 10. ans, & y comprenant le temps de la Iudicature de Samuel 46. ans.

2819 54. DAVID, fils de Iessé premier Roy de Iuda, fut berger & choisi de Dieu pour estre Roy apres Saül. Il tua le geant Goliath, à cause dequoy il fut gendre du Roy, duquel il souffrit de grandes persecutions. Mais apres le deces de Saül, il fut 7. ans Roy en Hebron su la tribu de Iuda, & depuis en Hierusalem 33. ans. Il estoit tres beau & tres-vertueux, doüé de toutes les qualitez requises à vn bon Roy. Et estoit selon le cœur de Dieu, & grand Prophete, comme tesmoignent les Psalmes par luy composez, & toutesfois Dieu permit qu'il tomba en deux grands pechez d'adultere & d'homicide, dont il fist amere penitence, & neantmoins ne laissa d'en estre puny de son viuant estant persecuté par son fils Absalon, & affligé par ses enfans & subiects. Il assiegea & prit Hierusalem & en chassa les Chananeens & Iebuseens, & estãt decedé en l'aage de 70. ans, l'an du Monde 2930. il y fut inhumé.

2930
35. SALOMON, fils de Dauid & de Bersabee qui auoit esté femme d'Vrie, succeda au Royaume de son Pere, voire du viuant d'iceluy, & par son comandement il commença à regner. Il bastit vn Temple tres-magnifique en Hierusalem, en recompense dequoy Dieu luy donna la Sapience qu'il demanda, & les richesses tres-grandes, auec la paix en son Royaume, il a composé le Cantique des Cantiques, les liures de Sapience, des Prouerbes & de l'Ecclesiaste. Finalement estant vieil il s'est laissé aueugler par les amours des femmes, & ayant quitté le seruice du vray Dieu, il a adoré des faux Dieux, c'est pourquoy apres son deces aduenu l'an du Monde 2969. son Royaume fut diuisé, & dix lignees se rangerent sous la domination de Hieroboam, & n'en resta que deux à son fils Roboam. On tient que Salomon sur la fin de ses iours se recogneut, & qu'il fist penitence agreable à Dieu. Il mourut l'an 40. de son regne, & fut le deuxiesme Roy de la lignee de Iuda.

2699
36. ROBOAM, fils de Salomon fut le troisiesme Roy de Iuda, lequel ne voulant soulager ses subiects, ny diminuer les subsides que son pere auoit establis, prefera le conseil des ieunes aux aduis des anciens, qui fut cause que dix lignees du peuple Hebrieu se reuolterent contre luy, obeyssans à Hieroboam, & ne resta à Roboam que les lignees de Iuda & de Benjamin, qui le recogneurent pour Roy de Iuda, & Hieroboam fut Roy des dix autres lignees, autremêt du Royaume d'Israel : & sont les Roys d'Israel icy meslez auec les Roys de Iuda selon l'ordre des têps, & marquez d'vne estoille iusques au nombre de 19. Roboam delaissa le seruice de Dieu, qui permit que Sesach Roy d'Egypte, prit la ville de Hierusalem, & les thresors du Roy, pilla le Temple, & s'en retourna chargé de despoüilles, en fin Roboam ayant regné 17. ans mourut l'an du Monde 2585.

57   58   59   60

Hieroboam. *   Abia.   Asa.   Nadab. *

2969
57. HIEROBOAM, * fut fils de Nabath de la lignee d'Ephraïm, & premier Roy d'Israel du temps de Roboam Roy de Iuda, se voyant Roy de dix lignees. A fin que son peuple ne retournast en Hierusalem, changea sa religion, luy proposa des veaux d'or à adoré, bastit deux Temples, l'vn en Bethel, & l'autre en Dan, & faisant l'Office de grand Prestre, offrit des hosties & sacrifices, dont il fut aigrement repris par vn Prophete deuant le peuple. Pour se vanger Hieroboam voulut retenir le Prophete, mais sa main estenduë deuint seiche, & ne la peut retirer que par les prieres du Prophete. Il regna enuiron 22. ans, & fut fort meschant Roy, & à ceste cause sa posterité ioüit longuement du Royaume d'Israel, comme il sera dit cy apres.

2985
58. ABIA, fils de Roboam, fut le quatriesme Roy de Iuda par droict de succession. Il fut plus sage & plus vaillant que son pere, & fit guerre à Hieroboam Roy d'Israel, qu'il surmonta, & obtint contre luy vne signalee victoire, en sorte que depuis icelle, les affaires de Hieroboam vindrent en decadence, ce qui continua iusques à sa mort, ayant perdu en ceste bataille cinquante mil hommes. De quatorze femmes il eut 22. fils & 16. filles, & apres auoir regné 3. ans il mourut, & fut enterré dans Hierusalem, au sepulchre de ses deuanciers.

2988
59. ASA, fils d'Abia, succeda à son pere au Royaume de Iuda, & il en fut le cinquiesme Roy par l'espace de 41. an. Son regne fut fort remarquable par sa pieté & iustice ; car il brisa & rompit les Idoles des faux Dieux, & brusla les forests qui leur estoient consacrees, & ne pardonna pas mesme à sa propre mere nommee Maacha, luy ostant l'authorité Royale, pour ce qu'elle auoit faict des sacrifices à vn tres-vilain & tres-infame simulachre que le Roy rompit & fit brusler. Dieu à ceste cause fortuna ses desseins & entreprises ; il restablit la discipline militaire, & remit la vraye Religion en vigueur. Il eut tousiours guerre contre les Roys d'Israel, & remporta vne victoire signalee contre Zara Roy des Ethiopiens, qui auoit vne armee d'vn million d'hommes, & fu ... faict s'ie sacrifices solemnel à Dieu en Hierusalem, portant au Temple les choses que son pere auoit voüees.

2989
60. NADAB, * fils de Hieroboam, fut le second Roy d'Israel. Il fut meschant & suiuit les traces de son pere. Il ne regna qu'vn an & peu plus. Car assiegeant la ville de Gebethon appartenant aux Philistins, il fut tué par Baasa l'vn des chefs de son armee, qui vsurpa le Royaume,

Baaſa. ✳	Elà. ✳	Zambri. ✳	Amri. ✳

2990 61. BAASA,✳ de la lignée d'Iſſachar, fut le troiſieſme Roy d'Iſraël, & regna 23. ans. Eſtant recogneu pour Roy, il fit mourir toute la poſterité de Hieroboam, les voyes duquel toutesfois il enſuiuit, & fut impie & meſchant Idolatre, & à ceſte cauſe Dieu luy annonça par vn Prophete, qu'il extermineroit tous ceux qui deſcendoient de luy. Et de faict il fut tué en la ville de Therſa, & y fut enſeuely.

3013 62. ELA,✳ fils de Baaſa, fut le quatrieſme Roy d'Iſraël. Il fut addonné à toutes ſortes de gourmandiſe & yurongnerie & totalement vicieux & impie, qui fut cauſe qu'il ne regna qu'vn an, & Zamri maiſtre de ſa caualerie, le voyant yure en la ville de Therſa, ſe ietta ſur luy, & le fit mourir.

3014 63. ZAMBRI,✳ fut le cinquieſme Roy d'Iſraël, mais ſon regne ne fut de longue durée. Car ayant tué le Roy Ela, vſurpant le Royaume, il mit à mort toute la race de Baaſa, dont le peuple d'Iſrael eſtant aduerty, conſtitua vn autre Roy nommé Amri, lequel aſſiegea la ville de Therſa où eſtoit Zambri, qui fut contraint ſe retirer dans le Chaſteau, & voyant la ville priſe, il ſe bruſla luy meſmes auec le Palais Royal, le ſeptieſme iour de ſon regne. Aucuns ne le mettent point au nombre des Rois.

3014 64. AMRI,✳ ſixieſme Roy d'Iſraël, eſtoit chef de la gendarmerie du Roy Ela, apres la mort duquel & de Zambri qui auoit vſurpé le Royaume, il fut faict Roy, quoy que le peuple ſuſt diuiſé en deux bandes, l'vne fauoriſant Amri, & l'autre Thebai. Mais ceſte diuiſion ceſſa par la mort de Thebai, & le Royaume demeura à Amri, lequel acheta le mont de Samarie, où il fit baſtir la ville de Samarie, qu'il voulut eſtre la capitale du Royaume. Il regna en tout enuiron 12. ans, & commit beaucoup d'impietez, mourant en Samarie il laiſſa pour ſucceſſeur ſon fils Achab.

Achab. ✳	Ioſaphat. ✳	Ochoſias. ✳	Ioram.

3025 65. ACHAB,✳ fils d'Amri fut le ſeptieſme Roy d'Iſraël, & regna en Samarie 22. ans. Il ſurpaſſa ſon pere & tous les autres Roys precedens en impieté & idolatrie. Sa femme fut Iezabel fille du Roy des Sidoniens. De ſon temps eſtoit le Prophete Elie, qui fut perſecuté par Iezabel, fauoriſant les faux Prophetes de Baal. Le Roy Achab ſurmonta par deux diuerſes fois Benadab Roy de Syrie, mais à la troiſieſme bataille, eſtant en habit desguiſé, il fut bleſſé d'vn coup de fleche par cas fortuit, dont il mourut, laiſſant ſoixante & dix enfans, & entre autres Ochoſias qui luy ſucceda.

3028 66. IOSAPHAT, fils du Roy Aſa, fut le ſixieſme Roy de Iuda. Il fut bon Roy, gardant l'honneur de Dieu; enuoyant des gens par toutes les villes de ſon Royaume, pour enſeigner au peuple la loy de Dieu, & ordonnant par tout des Iuges pour y exercer la iuſtice. Il fit baſtir pluſieurs grands edifices, comme Palais & Chaſteaux, & enuoya des Nauires en Ophir pour en rapporter de l'or. Les Ammonites & Moabites s'eſleuerent contre luy, mais Dieu permit que ſe tournans contr'eux meſmes, ils s'entretuerent les vns les autres, dont Ioſaphat recueillit vn riche butin. Il mourut apres pluſieurs victoires en Hieruſalem aagé de 60. ans, & regna 25. ans.

3045 67. OCHOSIAS,✳ fils d'Achab & de Iezabel, fut le huictieſme Roy d'Iſraël, meſchant & depraué comme ſes pere & mere. Eſtant malade d'vne cheute, il enuoya conſulter l'Idole de la ville d'Accaron, s'il reſchapperoit de ceſte maladie: mais Dieu fiſt annoncer à ſes gens par le Prophete Elie, qu'il n'en releuroit pas; ains qu'il mourroit, ce qui aduint, & ne regna qu'vn an, ou peu plus, laiſſant le Royaume à ſon frere Ioram.

3046 68. IORAM,✳ fils d'Achab, & frere d'Ochozias, ſucceda au Royaume d'Iſraël, & en fut le neuſieſme Roy. Il regna 12. ans en Samarie, laquelle fut aſſiegée par Benadab Roy de Syrie, & reduite en telle extremité de famine, que la teſte d'vn aſne y fut vendue 80. pieces d'argent. Du commencement il fut aſſez bon Roy & craignant Dieu, mais ayant preuariqué puis apres, & ſuiuy les pechez de Hieroboam, il fut tué par Iehu chef de ſa gendarmerie, qui extermina toute la race & poſterité d'iceluy Ioram & d'Achab.

69	70	71	72
Ioram.	Ochosias.	Athalia.	Iehu.*

3051 69. IORAM, fils de Iosaphat fut le septiesme Roy de Iuda, & regnadu viuant de son pere 5. ans, & apres son deceds 7. à 8. ans. Il espousa Athalia fille, ou selon aucuns, sœur d'Achab Roy d'Israël, qui le fit idolatrer, & à cause de cela Dieu permit que les Philistins & Arabes pillerent son Royaume & son Palais, & tuerent tous ses enfans hors mis son fils Ochosias, qui luy succeda. Il mourut d'vne maladie de ventre fort douloureuse qui luy fist vuider tous ses boyaux, & fut tant hay de son peuple, qu'il ne luy voulut faire des obseques Royales, ains fut enseuely en Hierusalem, comme vn homme priué, sans pompe.

3061 70. OCHOSIAS, fils & successeur de Ioram, fut le huictiesme Roy de Iuda. Il fut beaucoup plus meschant que son pere, & il suiuit les traces d'Achab Roy d'Israël, & s'alliant auec Ioram aussi Roy d'Israël, il alla auec luy à la guerre contre Azael Roy de Syrie, où par le commandement de Iehu chef de la gendarmerie du Roy d'Israël, qui fut depuis oingt Roy d'Israël, il fut tué en la ville de Iezrael auec toute la posterité d'Achab, & ne regna qu'vn an.

3062 71. ATHALIA, fille ou sœur d'Achab, femme de Ioram, & mere d'Ochozias Roy de Iuda, voyant son fils mort, tyranniquement s'empara du Royaume de Iuda, & regna sept ans en Hierusalem. Elle resolut d'exterminer toute la race de Dauid, & de faict elle fit tuer tous les Princes de la maison Royalle, fors Ioas son petit fils, & fils d'Ochosias qui fut sauué & nourry dans le Temple de Dieu en cachette, par Ioiadas grand Prestre, & Iozabeth sa femme tante paternelle d'iceluy Ioas, par l'espace de six ans & plus. En fin Athalia aagé de sept ans, quoy que soit de son oncle Ioiadas, fut misé à mort à la porte de l'escuyrie Royale: elle tint le neufiesme rang entre les Roys de Iuda.

3063 72. IEHV,* fut oingt Roy d'Israël, & en fut le dixiesme Roy. Il extermina toute la race du Roy Achab, & commanda qu'on mast Ochosias Roy de Iuda, & qu'on precipitast du haut d'vne fenestre Iezabel vesue d'Achab, qui s'estoit bien fardee & parée pour veoir l'entree du Roy Iehu en Iezrael. Il fit aussi tuer tous les Prestres de Baal, brusler leur Idole & abbatre leur Temple, dont il fit faire vn lieu d'ordure, & nonobstant cela, il ne laissa d'estre meschant & d'ensuiure Hieroboam, les veaux d'or duquel il n'abandonna, & apres auoir regné 28. ans il mourut l'an 3091. du monde, & en la ville de Samarie où il est inhumé, & ses enfans luy ont succedé au Royaume, iusques à la quatriesme generation.

73	74	75	76
Ioas.	Ioachaz.*	Ioas.*	Amasias.

3069 73. IOAS,* fils d'Ochosias, fut le dixiesme Roy de Iuda. Il fut oingt par le grand Prestre Iojadas & proclamé Roy à l'aage de sept ans, ayant esté garenti de la furieuse cruauté d'Athalia sa grande mere par Iosabeth femme d'iceluy Iojadas, du viuant duquel il gouuerna assez bien son Royaume. Mais quand Iojadas fut decedé, Ioas fit mourir Zacharie son fils, dont la vengeance s'en suiuit bien tost apres. Car l'annee estant à peine r.uoluë, Ioas fut tué par ses seruiteurs & domestiques, estant au lict ayant regné 40. ans, & laissa son Royaume à son fils Amasias.

3091 74. IOACHAZ,* fils de Iehu, fut le II. Roy d'Israël, & y regna 16. ans. Il fut meschant, & fit pecher le peuple d'Israël suiuant les traces du Roy Hieroboam, dont Dieu estant courroucé permit qu'il fust vaincu en guerre par Hazael & Benadab son fils Rois de Syrie: estant en affliction il eut recours à Dieu par prieres & penitence, qui fut cause qu'il fut restably en son Royaume, & que la paix luy fut octroyee. Il mourut en Samarie & y est inhumé.

3107 75. IOAS* fils de Ioachas, succeda au royaume de son pere, & fut le douziesme Roy d'Israël, où il regna aussi seize ans. Il se gouuerna meschamment, & ensuiuit les peciez de Hieroboam comme auoit faict son pere: Toutesfois il se plaisoit d'auoir la conuersation des Prophetes & principalement d'Elisee, par le conseil duquel il eut guerre contre Benadab par trois diuerses fois, & le surmontant recouura les villes que Hazael luy auoit ostees & à son pere Ioachaz. En fin il mourut en Samarie, laissant Hieroboam à son fils successeur de sa couronne.

76. AMASIAS, fils de Ioas, fut le vnziesme Roy de Iuda. Du commencement de son regne il estoit addonné à pieté & entendoit volontiers les Prophetes, de maniere que Dieu fit bien reüssir ses entreprises, vengeant la mort de son pere sur ceux qui l'auoient tué, & mettant en route les Idumeens, dont il en tua dix mil en guerre, & dix mil autres furent precipitez du haut en bas d'vn rocher: mais depuis il adora les faux Dieux des Idumeens, & estant deuenu insolent sans aucune necessité; il attaqua le Roy d'Israël Ioas; & pour punition de son idolatrie Dieu permit qu'il fut faict & prisonnier de guerre, Ioas entra en Hierusalem & emporta dans Samarie tous les thresors du Temple de Dieu, & de la maison royale, dont ses subjets furent irritez contre luy, & fut contraint de se retirer en la ville de Lachis, ayant regné 29. ans, & y estant en exil: on tient qu'il vesquit encores vinze ans, & qu'il fut tué par ses domestiques. Il eut vn fils nommé Ozias qui luy succeda.

Hieroboam. ✱   Ozias.   Zacharias. ✱   Sellum.

77. HIEROBOAM. ✱ fils de Ioas, fut le treiziesme Roy d'Israël, & regna en Samarie 41. an. Il fut grand guerrier, & surmonta en bataille Benadab Roy de Syrie fils d'Hazael: Quoy faict il accreut son Royaume du costé de Septentrion iusques à la ville d'Hemati, & vers le Midy iusques à la mer morte. Cette victoire le rendit insolent & ingrat enuers Dieu, & sacrifia aux idoles. Le Prophete Amos l'en reprit, & luy predit la ruine & la calamité du peuple, ce qui cousta la vie au Prophete que Hieroboam fit mourir. En fin delaissant vn fils nommé Zacharias, qui estoit en bas aage, il deceda en Samarie.

78. OZIAS, ou Azarias, fils du Roy Amasias, fut du viuant de son pere le douziesme Roy de Iuda, & regna 52. ans. Il fut du commencement bon Roy, aymé des hommes & de Dieu auec l'ayde duquel il vainquit les Philistins, les Arabes & les Ammonites. Il repara la ville de Hierusalem, & fit de belles choses; mais ayant par outrecuidance voulu sacrifier & faire l'office du grand Prestre, il fut frappé de lepre, & demoura ladre le reste de ses iours: à cause de quoy il fut relegué hors la ville de Hierusalem, & son fils Ionatam fut substitué en son lieu.

79. ZACHARIAS ✱ fils de Hieroboam deuxiesme, estoit en fort bas aage lors que son pere mourut de sorte qu'il y eut interregne d'environ douze ans, & apres ce temps-là il fut le 14. Roy d'Israël, & ne regna que six mois. Car s'estant addonné à l'idolatrie, Dieu permit que Sellum fils de Iabes conspira contre luy & le tua, tant que Zacharias laissant aucune posterité & en luy faillit la posterité du Roy Iehu.

80. SELLUM ✱ par la mort de Zacharias qu'il tua de sa main, vsurpa le Royaume d'Israël, & en fut le quinziesme Roy, mais son regne ne dura que fort peu de temps. Car au bout d'vn mois il fut occis par Manahem, lequel se fit Roy en son lieu.

Manahem. ✱   Phaceia. ✱   Ioatam.   Phacee. ✱

81. MANAHEM ✱ fils de Gadi, ayant tué le Roy Sellum vsurpa le Royaume d'Israël, & en fut le seiziesme Roy. Il regna en Samarie l'espace de dix ans. C'estoit vn homme fort fcelereux, & qui aimoit la tyrannie. En toute sa vie il ne fit aucune chose qui tournast à l'honneur de Dieu, ains ensuiuit les meschantes voyes de Hieroboam fils de Nabath. Il fut tres-cruel, car ayant assiegé la ville de Thapsa, les habitans lui refuserent l'entree, & y estant entré de force, il les mit tous au fil de l'espee, mesmes fit fendre le ventre des femmes grosses qui y furent trouuees. Pour faire retirer Phul Roy d'Assyrie de la ville de Thersa qui tenoit le siege deuant, il fut contraint luy bailler mille talens d'argent, & quelque temps apres il mourut en Samarie.

82. PHACEIA ✱ fils de Manahem fut apres son pere le dix-septiesme Roy d'Israël, & regna deux ans. Il fut imitateur de son pere, & du meschant & maudit Roy Hieroboam; C'est pourquoy son regne fut de peu de duree. Car Phacee fils de Romelie conspira contre lui, & le tua en Samarie en vne tour du Palais royal, & auec lui cinquante des fils de Galaad, où ils banquetoient.

83. IOATAM, fils d'Ozias, fut le treiziesme Roy de Iuda, & regna seize ans en Hierusalem. Il fut bon Roy & vertueux, & il fit bastir le porche ou portique du Temple: il construisit des villes.

aux montagnes, & des touts & chasteaux és forests, surmonta les Ammonites qui lui payerent en tribut de cent talens d'argent, auec dix mille mesures de froment & autant d'orge par an: & outre il repara les murailles de la ville de Hierusalem. Ce qui le rendit formidable à ses ennemis, & fut aimé de ses subjects, lesquels eurent grande tristesse de sa mort, & l'ensevelirent honorablement en la cité de Dauid auec ses predecesseurs.

84. PHACEE fils de Romelie, fut le dix-huictiesme Roy d'Israël, & regna 20. ans en Samarie. Il fut seditieux, impie, & meschant Roy, ayant occupé le royaume par meurtre, & le retenant auec tyrannie, qui fut cause que Dieu permist que le Roy des Assyriens courust toute la region Galaadite & s'en fit seigneur, & en fin Phacee fut tué, en trahison par Osee, qui puis à pres le fit Roy. Il y a eu dix ans d'interregne iusques à Osee.

85.	86.	87.	88.
Achaz.	*Osee.* *	*Ezechias.*	*Manasses.*

3306 85. ACHAZ, fils de Ioatham, fut le quatorziesme Roy de Iuda, & regna enuiron 16. ans. Il ne suiuit les traces de son pere, ains fut tres-meschant & cruel, mesmes il sacrifia son propre fils, en le passant par le feu selon la façon des sacrifices des idolatres & Gentils, & pour aggreer aux estrangers, il delaissa le vrai culte & seruice de Dieu, & fit sacrifices & oblations aux idoles des Syriens, & mourut, laissant pour successeur son fils Ezechias, & à cause de son idolatrie il fut reputé indigne d'estre enterré au sepulchre des Rois.

3310 86. OSEE fils d'Ela, fut le dix-neufiesme & dernier Roy d'Israël, & perdit son royaume au bout de neuf ans: il fut idolatre, & pour punition de ce, Salmanazar Roy d'Assyrie pilla la ville de Samarie & le prit prisonnier, & se le rendit tributaire. Mais ayant appris qu'il recherchoit le secours de Sua Roy d'Egypte pour ne payer le tribut promis, Salmanazar l'emmena captif en Assyrie auec les dix lignees d'Israël: & ainsi finit le royaume d'Israël deux cens soixante ans apres qu'il fut esclipsé du Royaume de Iuda, en comptant enuiron dix ans d'interregne entre la mort de Phacee, & le regne d'iceluy Osee.

3322 87. EZECHIAS, fils d'Achaz, fut le quinziesme Roy de Iuda, & régna en Hierusalem vingt-neuf ans. Il fut bon Roy, & se conforma au Roy Dauid, brisa les idoles, restablit le vray seruice de Dieu, & rompit le Serpent d'airain que Moïse auoit fait faire au desert, parce que le peuple l'adoroit: Aussi Dieu l'assista de sa faueur contre Sennacherib qui estoit venu assieger Hierusalem. Car vn Ange en vne nuict extermina cent quatre-vingt cinq mil hommes de l'armée d'iceluy Sennacherib, qui fut contraint de se retirer. Ezechias estant malade, Esaïe le Prophete lui predit sa mort: mais par prieres il obtint de Dieu que sa vie seroit prolongée de quinze ans, & pour signe de ce, l'ombre du Soleil retourna en arriere de dix lignes en son quadrant solaire. En fin aagé de 54. ans il mourut.

3332 88. MANASSES fils d'Ezechias, succeda à son pere au Royaume de Iuda, & en fut le seiziesme Roy. Il fut meschant, & remist sus l'Idolatrie que son pere auoit abolie, sacrifiant aux Idoles, & respandant le sang innocent, & mesmes il fist scier d'vne scie de bois le Prophete Esaïe. Pour punition de quoy il fut mené captif en Babilone où il demeura sept ou huict ans: mais apres qu'il eut requis pardon à Dieu, il fut remis en son Royaume, & y estant il reietta l'Idolatrie, & vescuit le reste de ses iours en la crainte de Dieu, & ayant regné 55. ans il mourut en Hierusalem à l'aage de 67. ans.

89.	90.	91.	92.
Amon.	*Iosias.*	*Ioachaz.*	*Ioachim.*

3305 89. AMON fils de Manasses, fut le dix-septiesme Roy de Iuda en l'aage de 22. ans. Il fut meschant Roy, & ensuiuit la ieunesse de son pere, sacrifiant aux Idoles & les adorant, qui fut cause que Dieu le delaissant il fut tué en sa maison par ses domestiques, qui tost apres furent occis par le peuple. Il mourut aagé de 24. ans, ayant seulement regné 2. ans.

3307 90. IOSIAS, fils d'Amon, succeda à son pere à huict ans au Royaume de Iuda, & en fut le dix-huictiesme Roy. Il fust iuste, debonnaire, & imitateur de Dauid, il purgea son Royaume de toute idolatrie, & en sa presence fist abbatre les autels de Baal & demolir les idoles, fist rebastir le Têple de Salomon, il leut tout du long le liure de la Loy de Dieu baillee par Moyse, qui fut trouué par Helcias Prestre, & promist deuant Dieu, & adiura ses subiects de garder le contenu en iceluy. En fin estant allé en guerre contre Nechaon Roy d'Egypte, il fut blessé d'vn coup de fleche dans son chariot dont il mourut, ayant regné 31.an. Il fut ploré & regretté de tout son peuple, mesme par Hieremie, qui pour son subiect composa en vers le liure de ses Lamentations.

3338 91. IOACHAS, second fils de Iosias, fut le dix-neufiesme Roy de Iuda, creé par le peuple au preiudice d'Eliacim, surnommé Ioachim son frere aisné. Il fut meschant, & n'ensuiuit les vertus de son pere, c'est pourquoy Dieu permist que Nechaon Roy d'Egypte le prist & l'emmena captif en son pays, où il mourut, ayant regné trois mois seulement.

3338 92. IOACHIM, autrement Eliacim, fils aisné de Iosias, & frere de Ioachas, fut le vingtiesme Roy de Iuda, estably par le Roy d'Egypte, à la charge de luy payer de tribut cent talens d'argent & vn d'or, & regna en Hierusalem par l'espace de vnze ans. Il fut sort addonné aux vices, mesmes à l'Idolatrie, à l'auarice, & à la cruauté, ayant fait mourir iniustement le Prestre Vrie qui luy remonstroit ses pechez, & ayant chassé les Ministres du Teple de Dieu. Nabuchodonosor Roy de Babylone le prist & le fist lier de chaisnes pour l'emmener captif, mais il changea d'auis, & commanda qu'on le ⸺st, & qu'il fust ietté hors la ville par sus les murailles. Ce qui aduint selon la Prophetie de Hieremie qui auoit predit qu'il seroit enseuely comme vn asne.

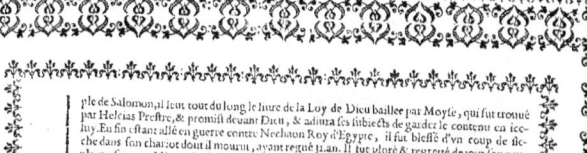

Iecomas.   *Sedechias.*   *Zorobabel.*   *Esdras.*

3350 93. IECONIAS, fils de Ioachim, fut constitué le vingt & vniesme Roy de Iuda en Hierusalem par Nabuchodonosor, mais au bout de trois mois & dix iours il fut mené captif en Babylone auec sa mere, sa maison, & dix mil huict cens trente-deux icunes hommes & artisans, entre lesquels estoient Mardoches, Ezechiel & Daniel, & demeura en prison 37. ans, dont il fut deliuré par le fils de Nabuchodonosor, apres le trespas de son pere, mais il se tint en Babylone, & y estant marié engendra Salathiel pere de Zorobabel, & ayeul d'Abiud.

94. SEDECHIAS, troisiesme fils de Iosias, & oncle de Ieconias, fut estably Roy vingt-deuxiesme & dernier de Iuda, & regna vnze ans en Hierusalé. Nabuchodonosor en signe de subiection le nomma Mathanias & l'obligea par serment de luy payer vn grand tribut, mais ayant vescu en toute ordure, auarice, & faineantise & offense tres-griesuement Dieu, il fit contenance de ne vouloir payer le tribut promis, & de se mettre hors de subiection, qui fist cause que Nabuchodonosor vint assieger Hierusalé, qu'il print par peste & famine apres vn siege de dix-huict mois, & ayant le Roy en sa puissance, il fist tuer ses enfants à sa presence, & creuer les yeux à Sedechias, qu'il mena captif en Babylone auec les Iuifs qui peurent eschaper la fureur de ses armes, & brusla le Temple, & prist tous les tresors. Et ainsi finit le Royaume de Iuda 487. ans à compter depuis Dauid en l'an du monde 3361. & le 2. de la 47. Olympiade.

3351 95. ZOROBABEL, fils de Salathiel, qui estoit issu de Ieconias, fut Duc, Chef, Capitaine, ou rince des Iuifs apres leur captiuité en Babylone. Il estoit de la liguee de Iuda, & eut commission de Cyrus l'an 3419. du monde de retourner en Hierusalem, & d'y faire rebastir la ville & temple de Dieu, & de faict il vint en Hierusalem auec quarante deux mil trois cens soixante & pour executer sa commission n'ayant que 17. ans. Mais il en fut empesché par les Gouuerneurs du pays, & depuis par Cambyses fils & successeur de Cyrus, toutesfois Darius fils d'Hystaspes estant Roy de Perse, confirma la commission octroyee par Cyrus, & Zorobabel fist auancer l'ouurage encommencé, & fut en fin l'an du monde 3552. le Temple reedifié l'an 6. du regne de Darius Nothus autrement Cyris, & la ville rebastie sous Nehemie Prophete, qui estoit Eschanson du Roy des Perses Artaxerxes Mnemon l'an 31. de son regne, & du monde 3575.

96. ESDRAS Prophete, & Sacrificateur entre les Iuifs captifs en Babylone, & lecteur de la Loy de Dieu vint vers Artaxerxes Mnemon fils de Darius l'an 7. de son regne, & luy demanda permission de retourner en Hierusalem auec quinze cens Iuifs sortans de captiuité: ce qu'il luy octroya, & eut charge & pouuoir de constituer des Iuges & gouuerneurs, & remettre sus la police de la Republique Iudaïque. A quoy il se porta d'vn grand zele, il offrit des holocaustes à Dieu selon la loy. Reforma l'ordre politique, & ayant vne science nompareille il escriuit la Loy de Dieu ainsi que nous l'auons, combien que les Chaldeens en eussent bruslé tous les liures. Et à cause de ce, il acquit vne grand loüange & gloire enuers le peuple, & estant fort vieil il mourut en Hierusalem, où il fut magnifiquement enseuely.

97	98	99	100
Mathatias.	Iudas Macabee.	Ionathas.	Simon.

97. MATHATIAS, fils de Iean, de la famille des Assamoneens, fut Prestre & gouuerneur des Iuifs. Car depuis qu'ils furent deliurez de captiuité, ils furent seulement gouuernez par leurs grands Prestres. Ce Mathatias auoit cinq fils, & estoit bien zelé en vers Dieu. Vn iour voyant vn Iuif sacrifiant aux Idoles par le commandement du Roy Antiochus, il le tua, & rasa l'autel. Il conseilla aux Iuifs de se defendre & de combattre mesmes le iour du Sabath, à ceste cause vn grand nombre des Iuifs le suiuit, & le constitua leur Chef & Prince, pour resister vaillamment aux commandemens iniques d'Antiochus, & soustenir la loy de Dieu qui est tant contraire à l'idolatrie. Il ne gouuerna le peuple qu'vn an ou enuiron, & fut enseuely par ses enfans au sepulchre de ses peres en la Montagne de Modin.

98. IVDAS MACHABEE, fils de Mathatias, succeda à la dignité & principauté de son pere, & auec ses quatre freres & autres Iuifs, il chassa partie de ses ennemis, en tua vne partie, desfit mesme Apollonius leur chef, puis Gorgias & Seron, & mist en fuite Lisias & Nicanor. Il purifia & restaura le Temple de Dieu, luy dressa vn autel, & offrit sacrifice pour les morts. Il fut esleu grand Prestre, & estant confederé des Romains, il mourut en faisant la guerre à Bacchides, & gouuerna six ans.

99. IONATHAS, aussi fils de Mathatias, fut Duc & conducteur des Iuifs apres la mort de son frere Iudas Machabee. Il surmonta Bacchides Colonel de Demetrius Roy, contre lequel son frere Iudas auoit bataillé, & y auoit perdu la vie, & lors Bacchides fit paix auec luy, & iura qu'il n'attenteroit iamais aucune chose contre Ionathas, auec lequel aussi Alexandre Epiphane fils d'Antiochus se ioignit d'amitié. Il chassa les estrangers de Iudee, & renouuella l'alliance auec les Romains. Il fut en fin traistreusement tué auec deux siens fils par Tryphon, ayant gouuerné dix-huict ans.

100. SIMON, autre fils de Mathatias, fut esleu chef & gouuerneur des Iuifs apres le deceds de son frere Ionathas. La ville de Gaza fut par luy prise, dont il deietta les Idoles, apres auoir renouuellé l'alliance auec les Romains & Spartiates, & vaincu Cendebeus colonel d'Antiochus: il fut tué auec deux de ses fils par son gendre Ptolomeus en vn banquet, esperant par sa mort auoir sa principauté. Il gouuerna l'Estat des Iuifs huict ans.

101	102	103	104
Hircanus.	Aristobulus.	Alexander.	Alexandra.

101. HIRCANVS, autrement nommé Iean, succeda à son Pere Simon au gouuernement des Iuifs, auquel il acquist grand honneur. Car il tua ceux que Ptolomeus auoit enuoyez pour le massacrer. Antiochus Soter l'assiegea en la ville de Hierusalem, mais le siege par composition fut leué. Il fist ouurir le sepulchre du Roy Dauid, où il trouua vn grand thresor dont il s'acquitta. Il fut vn des confederez des Romains, & apres la mort d'Antiochus il prit Samarie & la raza. Il amassa grands thresors, & subiuga l'Hircanie, & à cause de ce il fut surnommé Hircanus. Estant Grand-Prestre il mourut apres auoir gouuerné 31. an.

102. ARISTOBVLVS, fils d'Hircanus, fut Duc & Prince des Iuifs, il changea le nom de Gouuerneur en nom de Roy, & fut le premier qui depuis la captiuité des Iuifs en Babylone mist la Couronne sur sa teste. Il fut fort cruel, tenant ses freres en prison, faisant mourir sa mere, & son frere Antigonus par trahison. Il subiugua les Itureens, & prist sur eux vn grand pays. Ayant regné vn an vomissant le sang, & tout pourry dans le corps par iuste punition de Dieu, il ou mal-heureusement, & mourut au lieu mesme où le sang de son frere auoit esté espandu.

103. ALEXANDER, autrement Ianneus frere d'Aristobulus, fut establi Roy des Iuifs, qui fut deliuré de prison auec vn sien frere, & seul il eut le Royaume, ayant fait tuer son frere qui y pretendoit part. Il fut delaissé d'vne grande partie de ses subiects qui se reuoltarent contre luy, lesquels il vainquit nonobstant le secours du Roy Demetrius, & en fist pendre huict cents des plus apparents, & deuant eux fist mourir leurs femmes & enfans. Par gourmandise il deuint

malade, & eut trois ans la fiévre quarte, puis il mourut l'an vingt-sept de son regne, laissant deux enfans, Hircanus & Aristobulus.

3872 104. ALEXANDRA, autrement Salomé, vefue d'Alexander Iamneus, fut Royne des Iuifs par ordonnance testamentaire de son mary, qui cognoissoit l'humeur douce & pacifique de son fils aisné Hircanus, & l'humeur contraire & remuante d'Aristobulus puisné, & pour obuier aux querelles qui eussent peu suruenir entre ces deux freres, leur pere laissa l'administration du Royaume à Salomé leur mere, laquelle se comporta fort vertueusement & courageusement durant les 9. annees de son regne, par ce qu'elle entretint en amitié les Pharisiens qui estoient bien voulus du peuple, & leur donna toute puissance, ne retenant pour elle que le nom de Royne.

Hircanus. 2. | Aristobulus. 2. | Antipater. | Antigonus.

3881 105. HIRCANVS 2. fils d'Alexander Iamneus & de Salomé, regna sur les Iuifs apres la mort de sa mere. Mais il fut troublé en son Royaume par son frere Aristobulus, qui le chassa, & y eut appointement entr'eux, qu'Aristobulus regneroit, & qu'Hircanus se demettroit de la Royauté & seroit grand Prestre. Ce qui fut executé; mais six ans apres Pompee le Grand remit en son royaume Hircanus, qui regna seul quelque temps, & quelque temps auec Antipater pere d'Herode. En fin il fut liuré à Antigonus fils d'Aristobulus, à qui luy rongea les oreilles, à ce qu'il ne fust plus grand Prestre, ny gouuerneur des Iuifs, & estant resté seul en vie de la race Royale des Assamonees, Herode Ascalonite le fit mourir, 10. ans apres qu'il fut declaré Roy de Iudee par Marc-Antoine.

3881 106. ARISTOBVLVS 2. frere puisné d'Hircanus, regna sur les Iuifs par la demission de son frere, comme il a esté dit; Mais Hircanus s'estant refugié vers Pompee requis son secours, fut restabli au Royaume de Iudee, & apres que la ville de Hierusalem eut esté assiegee, & prise par Pompee, il enuoya Aristobulus auec son fils & deux filles prisonniers à Rome. Ainsi par la dispute & diuision de ces deux freres, le Royaume des Iuifs fut assubieti aux Romains. Aristobulus s'estant eschappé de prison, reuint en Iudee, & fut pris par Gabinius, & enuoyé derechef captif à Rome, & depuis ayant esté deliuré par Iule Cesar & renuoyé en Iudee, il y fut empoisonné.

3901 107. ANTIPATER Idumeen, fut homme de sa nature seditieux & de grande faciende. Il se seruit de la diuision qui estoit entre Hircanus & Aristobulus freres, pour aduancer ses enfans Phasclus & Herode. Il estoit en inimitié auec Aristobulus & se rangea du costé d'Hircanus, essayant de le faire restablir au Royaume des Iuifs que son frere Aristobulus auoit vsurpé par force. En fin Hircanus ayant esté remis en son royaume par Pompee, Antipater gouuerna ledit royaume, si bien qu'il estoit honoré de toute la nation Iudaïque comme Roy, & outre il se fit aimer de l'Empereur romain, tellement qu'il constitua son fils aisné Phaselus Gouuerneur de Hierusalem & de la region circonuoisine, & à son puisné Herode, il donna la Galilee, & fit en telle sorte que Phaselus son aisné estant mort, Herode paruint au Royaume de Iudee, & fit mourir Hircanus, Roy legitime & grand Prestre. Et quant à Antipater, il fut empoisonné auparauant en vn banquet à la table d'Hircanus, par la menee d'vn nommé Malichus.

3910 108. ANTIGONVS, fils d'Aristobulus second de ce nom, estant deliuré par Cesar de prison où Pompee l'auoit fait mettre, auec son pere Aristobulus, & voyant son pere mort, se retira vers Pachorus roy des Parthes, iusques apres la mort de Iules Cesar, &lors il vint auec des forces dans Hierusalem où il arracha auec les dents les oreilles à son oncle Hircanus, pour l'empescher d'estre grand Prestre, & se fit nommer roy des Iuifs. Mais Herode vint à Rome & accusa deuant Marc Antoine Antigonus, lequel Herode estant declaré Roy de Iudee par Antoine, reuint en Hierusalem, & prit Antigonus qu'il enuoya lié à Antoine dans Antioche, là où Antigonus eut la teste tranchee. Ainsi finit la Principauté des Machabees, ou Assamonees qui auoit duré plus de 110. ans depuis Mathathias.

Herode Ascalonite. | Archelaus. | Herode Antipas. | Herode Agrippa.

109. HERODE Ascalonite, fils d'Antipater, a esté le premier roy des Iuifs de race estrange-
re : car tous les precedents estoient de la race & lignée de Iacob. C'est pourquoi la Prophetie
d'icelui Iacob fut accomplie touchant le Messie, qui deuoit venir. Aussi nostre Seigneur Iesus-
Christ Fils de Dieu, nasquit de la Vierge Marie, au temps de ce roy Herode, l'an 36. de son regne, & 3947. du Monde. Auguste lui rendit le païs de Samarie, & autres Villes & Chasteaux, &
Herode fit bastir Cesaree en l'honneur de Cesar Auguste. Il fit rebastir le Temple de Salomon,
il fut cruel vers Mariamné sa femme, sa belle mere, ses propres enfans, le vieillard Hircanus, les
Docteurs de la Loy qu'il fit mourir, & les Innocens de crainte qu'il auoit d'estre deposedé de
son royaume. Il regna 38. ans, & mourut miserablement estant touché d'vne maladie incura-
ble.

110. ARCHELAVS, fils d'Herode Ascalonite, succeda à son pere au Royaume de Iudee ou
partie d'icelui, auquel il fut confirmé par l'Empereur Auguste, ne voulant se faire appeller Roy
qu'apres ladite confirmation. Il se gouverna mal, de sorte que pour quelques nouueautez & tyrannies par lui commises, il fut accusé deuant l'Empereur, qui le chassa en Galilee, Il regna 9.
ans, & en lui finit le Royaume des Iuifs : car la Iudee fut reduite en Prouince romaine, & iointe
à la Sirie.

111. HERODE ANTIPAS, second fils d'Herode Ascalonite & frere d'Archelaus, fut Tetrarque de Galilee, en mesme temps qu'Archelaus le fut de Iudee. Il fut repris par S. Iean Baptiste de ce qu'il entretenoit impudiquement la femme de son frere Philippe Tetrarque d'Iétu-
ree, qui estoit encores viuant, & à cette cause il lui fit trancher la teste, & sous son regne nostre
Seigneur Iesus-Christ fut crucifié, auquel par mocquerie il fit bailler vne robe blanche. Il fut
banni par l'Empereur Caligula des Gaules, & se retira à Lyon auec Herodias qu'il entretenoit,
& y mourut, à ce que l'on dit auec elle, & sont enterrez tous deux en vn mesme tombeau.
Il a regné plus de 36. ans, & fut relegué l'an du Monde 3986. & le 47. de l'Incarnation du Fils
de Dieu.

112 HERODE AGRIPPA fils d'Herode Antipas, fut deliuré de prison où il estoit detenu
à Rome apres la mort de Tibere, & declaré Tetrarque de Iudee par Caligula Empereur, &
estant en Iudee il fit mourir S. Iacques le Majeur, & emprisonner S. Pierre, & on dit qu'il fut
mangé des vers quand vn Ange l'eut frappé, pource qu'il prenoit plaisir qu'on l'appellast Dieu
Il y a eu vn autre Herode Agrippa fils ou nepueu du susdit, qui estoit sçauant en Hebrieu & en
Latin. Neron Empereur lui donna quelques terres & villes de Iudee, dont il fut le dernier roy,
& sous lui fut Hierusalem entierement destruite par Tite fils de l'Empereur Vespasian, l'an du
Monde 4019. & de nostre Seigneur 70. ou 72. le 22. du regne d'icelui Agrippa, lequel on dit
auoir vescu 19. ou 30. ans apres la destruction de Hierusalem, &estre decedé l'an du Monde,
4049. & de nostre salut 100. en l'an 3. de l'Empereur Trajan.

FIN.

3910	
3949	
3949	
3949	
3997	

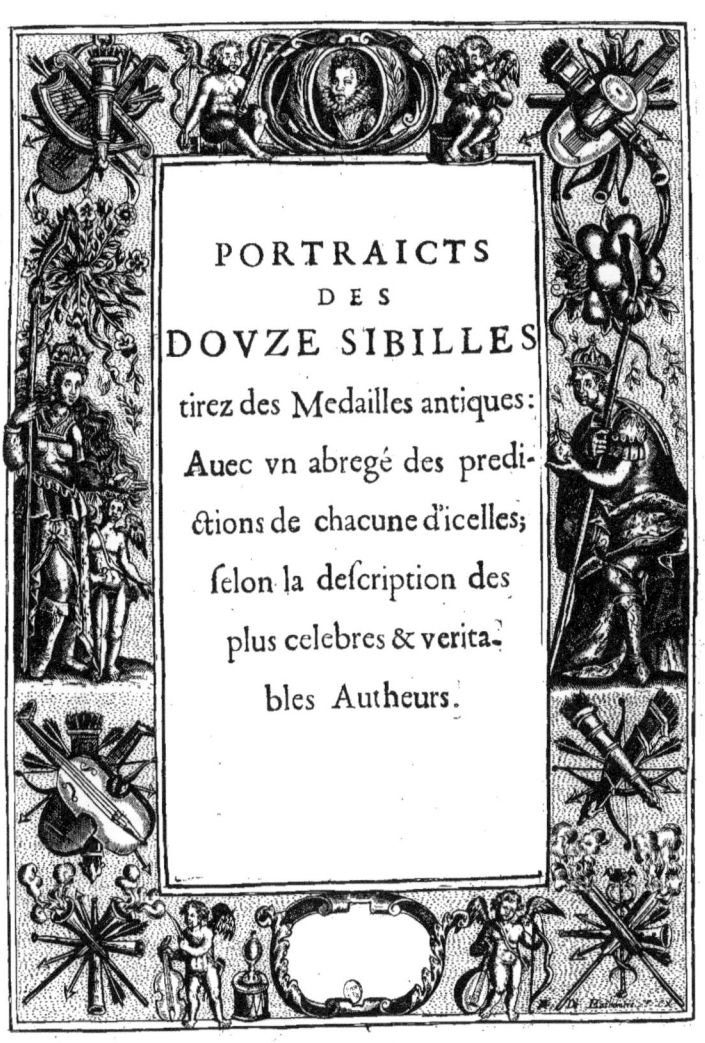

PORTRAICTS
DES
DOVZE SIBILLES

tirez des Medailles antiques:
Auec vn abregé des predi-
ctions de chacune d'icelles;
selon la description des
plus celebres & verita-
bles Autheurs.

A FIN que ceux qui ne ſçauent rien des Sybilles que par oüir dire, ne penſent que leur Hiſtoire ſoit vne fable, & que ce qu'on dit communément d'elles ne ſoient des contes faits à plaiſir, ie me ſuis propoſé de vous en faire vn brief diſcours, pour monſtrer que leur Hiſtoire doit eſtre tenuë pour choſe certaine & aduenuë. Vne grande partie des Payens apres auoir leu ce qu'elles ont prophetiſé, ont amelioré leur croyance, & penſé à d'autres intelligences que ne les auoit pouſſé leur inclination, d'autant que c'eſt choſe qui paſſe les ſens communs de l'homme que le don de prophetie, & qui produit des merueilles en ces conceptions, qui nous portent puis apres en de grandes admirations, contemplant l'euenement des choſes que nous ignorons eſtre arreſtees au Conſeil du grand Dieu immortel. Tant d'Autheurs Grecs & Latins eſcriuent de ces Sybilles, que ce ſeroit vne eſpece d'impieté de croire qu'elles n'euſſent eſté; les propheties qu'elles nous ont laiſſees de l'auenement de CHRIST, de ſa Vie, Mort & Paſſion (tant de fois repetees par les Autheurs Chreſtiens ſouz les noms d'icelles) leuent tout le doute que les incredules pourroient auoir. Lactance Firmian & Sainct Auguſtin en pluſieurs endroits de leurs œuures, alleguent leurs ſentences & oracles. Mais deuant que penetrer dauantage en l'Hiſtoire des Sybilles, Diodore Sicilien, dit, qu'il vaut autant à dire, qu'vne femme Propheteſſe & pleine de Dieu. Lactance en ſon premier liure des diuines Inſtitutions, raconte que les Sybilles eſtoient reputees femmes pleines & poſſedees de l'Eſprit de Dieu, deſquelles les ſens eſtant ſaiſis d'vne diuine agitation qui operoit ſupernaturellement en elles, leur faiſoit reueler les myſteres futurs & cachez. Par les teſmoignages des Autheurs cy deſſus mentionnez, & de Seruius ſur le quatrieſme des Æneides, les Sybilles eſtoient ainſi nommees, pource qu'elles anonçoient & declaroient ce qui eſtoit arreſté au Conſeil des Dieux. Les Grecs les nommoient Sambethes. Sainct Hieroſme contre Iouian, dit, que ſi les Sybilles, en quelque ſorte de langage Æolien, eſtoient dites Theobouleſques, c'eſtoit à propos, pour autant que la ſeule virginité auoit eſté capable de cognoiſtre le Conſeil de Dieu. Pluſieurs Eſcriuains tiennent que jadis toutes les Sybilles furent appellees Delphiques, à cauſe de la Sybille Delphique, qui fut ainſi nommee, pour la grande cognoiſſance qu'elle auoit eu du Conſeil des Dieux. Suidas eſcrit qu'en langage Romain on l'appelloit Propheteſſe, ce qui ſe peut interpreter Vaticinatrice ou Deuinereſſe. Il y a vn grand diſcord entre les Autheurs, quelles & combien elles ont eſté, & en quel temps. Les vns ne font recit que d'vne, les autres de deux, les autres de trois, & de quatre, les autres de dix, comme Varron: Les autres aſſeurent qu'elles ont eſté dauantage; Et aucuns des Grecs ſe ſont efforcez de reduire toutes les

Sybilles en vne, comme ils auoient fait de plusieurs Iuppiters, Hercules, Minerues & autres Dieux, la multiplicité desquels fut reduite en vn. Marc Varron au liure des choses diuines, parlant des quinze hommes qui auoient la charge des Sacrifices, dit que les liures Sybiliens n'auoient esté composez par vne seule Sybille, mais que toutes y auoient mis la main, & que pour ceste cause ils furent appellez Sybilliens par les anciens, comme ils sont de present. Leur credit fut si grand, selon Iuuenal en ses Satyres, que quand aucun vouloit estre creu, il disoit, Croyez que ie vous fais recit des fueilles de la Sybille : Elles acquirent beauconp de reputation ; de sorte que plusieurs Autheurs pour mettre en credit le nom de leurs villes, ont voulu introduire vne opinion, qu'elles estoient Citoyennes ou natifues de leur païs. Pline au cinquiesme chapitre de son trente-quatriesme liure, raconte qu'il leur fut dressé des statuës, & qu'au lieu où l'on plaidoit contre les Rostres, il y en auoit trois plus petites que les autres statuës. Solinus dit au chapitre septiesme, que la premiere des trois y auoit esté erigee par Pacuuius Taurus Ædile du peuple, & les deux autres par Marcus Valerius Messala, Augure. La premiere statuë estoit de la Sybille Cumane, qui prophetisoit à Cumes, en l'Olimpiade 50. où estoit son petit tabernacle, qui a duré jusques en l'an 1539. & fut encore debout sans l'embrazement de Puteole, par l'aspreté duquel la terre se fendant il fut englouty ; Et que ce fut elle qui presenta à Tarquin le superbe ses liures de propheties ; Sa sepulture a longuement demeuré entiere en Sicile. La seconde statuë estoit celle de Delphique, qui viuoit long temps deuant que Troyes fut assiegee ; Et Boëtus declare qu'Homere a inseré plusieurs de ses vers dedans ses œuures. La troisiesme statuë estoit celle d'Heritree, dite Herophile, qui fut apres la destruction de Troyes ; & qui entre autres choses presagea la ruine de leurs biens, & la perte de leur puissance sur la mer beaucoup deuant qu'il arriua. De peur d'ennuyer d'auantage je couperay la toile de ce discours, & renuoiray ceux qui auront vn curieux desir d'en sçauoir plus que je n'en ay dit, à la lecture de Sainct Augustin, Sainct Ambroise, Sainct Hierosme, Lactance, Clement Alexandrin, Aristote, Platon, Suidas, Paulanias, Pline, Corneille Tacite, Aule Gelle, Pierre Crinit, Plutarque, Diodore Sicilien, Virgile, Seruius & Donat ses commentateurs, & infinis autres, desquels je tais à present les noms, pour n'estre trop prolixe. Receuez donc ce mien labeur auec autant de contentement que j'ay pris pour vous le faire voir.

SIBYLLA PERSICA QVE HEBRÆA SAMBETA NOMINE ET ALIIS CHALDÆA BEROSI FILIA

Du fils de l'Eternel vne Vierge fera
La Mere, fa naiffance au monde apportera
La vie, & le falut, puis auec grand fimpleffe
Bien qu'il foit Roy de tout monté fur vn Afneffe
Il fera fon entrée à Solyme, où à tort
Condamné des méchans il fouffrira la mort.

LA Sibylle Perfique viuoit en l'Olympiade CXX. Iuftin le Martyr au liure admonitoire, qu'il adreffe aux Gentils, l'apelle Chaldéenne : Les vns tiennent qu'elle eftoit Hebraïque, les autres Babilonienne, fille de Berofe, & d'Erimanthe, & que Berofe eftoit Preftre au Temple de Belus, felon le témoignage d'Affyrius Titianus, en l'Oraifon qu'il fit contre les Grecs, & dit qu'il viuoit auffi du temps d'Alexandre le Grand, & que mefme fouz Antiochus III. apres ledit Alexandre, il môtra quelques propheties de Perfique. Sæuius Nicanot, qui a décrit les Geftes d'Alexandre, fait mention d'elle. Aucuns la nomme Samberhe, & affeure pour chofe vraye qu'elle eftoit natifue d'vne ville, nommée Noé, fituée fur le riuage de la mer rouge. Autres afferment qu'elle eftoit vne des brus de Noé le Patriarche. Quoy qu'il en foit elle eut le don de prophetie auantageufement fur les autres, de maniere qu'à fon occafion les autres Sibylles qui font venuës apres elle, ont efté furnommées Sambethes. Elle compofa vingt-quatre liures, & a prophetifé beaucoup de chofes veritables auant que le temps les ait amenées. La plus grâde partie des propheties des autres Sibylles s'accorde auec les fiennes : on la nomma auffi Sabée, & à fupernatureilement parlé, & auec beaucoup de merueille de l'aduenement de IESVS-CHRIST, de fes miracles, de fa vie, de la mutation des Empires, fouz le voile de quelques termes de paroles non communes, qui receloit infinis myftereres, qui ne pouuoient eftre entendus, que de ceux qui auoient quelque don de grace fpeciale. Lactance Firmian & Theophile alleguent plufieurs paffages & fentences qu'ils ont pris dedans les liures Sibyllins. Sainct Auguftin au 18. liure de la Cité de Dieu chapitre 23. en fait mention, & en cite quelques oracles. On luy attribuë cette prophetie. *O mors tu feras foulée aux pieds, le fils de Dieu naiftra au monde, il apportera quant & luy le falut des hommes : Le Verbe inuifible fera vifible.* Ces paroles ne fçauroient auoir efté proferées, qu'auec vne grâde affiftance du fainct Efprit, & non par l'enthoufiafme, ou fureur Panique d'Apollon, où des autres Dieux, que les fables poëtiques ont mis en vogue. On affeure qu'elle predit le miracle de cinq pains & deux poiffons, auec lefquels IESVS-CHRIST raffafia plus de cinq mil hommes, comme témoigne fainct Matthieu chap. 14.

SIBYLLA LIBYCA OVAE POEMONOE APOLLINIS FILIA NONNVLLIS

Vn Roy du peuple Hebrieu sera le Redempteur,
Bon, Iuste & Innocent, pour l'homme forfaicteur
Il patira beaucoup : auec vn sourcil rogue
Les Scribes defendront, que dans leur Synagogue
Il parle de son Pere, au peuple il preschera,
Et du salut la voye il luy annoncera.

LA Sibylle Lybique où Elisse vesquit du temps d'Euripide, il en fait mention au Prologue de Lamye. Pausanias dit qu'il a tiré de la lecture des fables Grecques qu'elle estoit engendrée de Iupiter, & d'vne fille de Neptune, qu'il ayma ardamment, les autres disent que son nom estoit Phœmonoé, & qu'elle estoit fille d'Apollō, les autres qu'elle estoit sa Prestresse, & que le nō de Lybique qu'elle auoit, estoit à cause qu'elle estoit natiue de Lybie. Son extraction est douteuse, & ne peut-on asseuremément dire de quelle parenté elle estoit yssuë : mais on doit croire qu'elle fut vne grande diuineresse, & qui decouurit plusieurs grands mysteres auant qu'ils fussent arriuez ny esfectuez. Lactāce au second lieu des Sibylles, à cause des merueilleuses predictiōs qu'elle fit : on dit que cette prophetie est vne des siennes : LE TEMPS se haste, & n'est pas éloigné de la journée que le Dieu de lumiere viendra entouré des lumineux rayōs du Soleil, pour dissiper les profondes & obscures tenebres, qui sont sur la face de la terre, pour faire congoistre à ses creatures, cōbien grāde & redoutable est sa puissance, & que leur redēption consiste en sa venuë, la Synagogue sera confuse, & estonnée du Verbe de verité qu'annonce-ra sa saincte bouche : les hommes se tairont & retiendront leur parole, ils verront le Roy de la vie. Vne Vierge immaculée, Dame des Gentils, le tiendra en son bien-heureux giron, il regnera triomphant en clemence & misericorde, puis sera proditoiremēt, & sans cause (bien qu'il soit iuste) liuré entre les mains violentes & cruelles des méchans, les peruers & iniques vomiront leurs rages sur l'innocent, on crachera encontre sa face, Dieu sera outrageusement souffleté, battu, & fouëtté : il sera traicté comme miserable, & donnera secours & salut aux miserables qui patissent constamment les afflictions mondaines. Ne diroit-on pas que cette Sibylle auroit leu, non seulement ce que les Prophetes ont annoncé du Messias : mais aussi ce que les Euangelistes ont escrit de la vie, mort, & passion de IESVS-CHRIST ? Or est-il qu'elles ne peuuent auoir leu ce que les Prophetes & Euangelistes auoient laissé par escrit de luy, car elles furent plusieurs siecles deuant sa glorieuse Natiuité. Mais le sainct Esprit qui agissoit en elles, leur suggeroit des oracles admirables, qui à demy entendus ne laissoient ; neantmoins de releuer l'espoir de nos peres, & asseurer leurs craintes par les promesses

SIBYLLA DELPHICA · TYRESIAE FILIA · QVAE ET DAPHNE

Apres que quelques ans se seront écoulez,
Dieu d'vne Vierge né aux humains desolez
Fera luire l'espoir du pardon de leurs fautes,
Combien qu'il puisse tout (& qu'és Spheres plus hautes
De tout temps soit son Throsne) il voudra suporter
La mort, pour de la mort ses peuples racheter.

L A Sibylle Delphique fut selon Crisippe en son liure quatriéme de la Diuination, ainsi nommée, à cause qu'elle estoit née en Delphos. Boethus autheur veritable fait recit d'elle, & raconte qu'elle fut long temps deuant le siege de Troye, & qu'elle vaticina tous les euenemens de cette guerre : Homere moissonna dedans ses propheties plusieurs vers, desquels il a fait son propre. Diodore Sicilien en son liure cinquième la nomme Daphnis, fille de Tiresias, & dit qu'aptes que les Argiues eurent subiugué les Thebains & pris leur ville, ils l'enuoyerent à Delphes, pour accomplir leurs vœux, & rendre action de graces au Dieu Apollon, au Temple duquel sejournant, elle fut par l'entousiasme & rauissement de ce Dieu, renduë plus experte vaticinatrice qu'elle n'estoit : combien que dés son jenne aage elle fut instituée par son pere Tiresias en l'art de deuiner. Elle rendoit les responces de ce Dieu aux peuples qui venoient consulter l'oracle de l'issuë de leur fortune, qui fut occasion & motif qu'elle fut reputée la plus veritable, & la mieux entendant les oracles, & répondant à propos de toutes les Sibylles. Elle eut l'auantage sur toutes les autres selon Varron, qui asseure qu'aucune deuineresse auparauant elle n'auoit esté nommée Sibylle, & qu'à son sujet toutes celles qui s'entremirent de deuiner, commencerent de s'acquerir le tiltre de Sibylle. Solinus parle d'elle en ses escrits : Pline au chapitre 5. de son liure 34. en discourt. Aucuns ont osé maintenir que cette Sibylle estoit Daphné, fille de Ladon Arcadien, qui fut poursuyuie par Apollon d'Amour, auquel pout n'auoir voulu satisfaire, elle fut transmuée en laurier, mais cette opinion est erronée. Or pour reuenir à nostre Sibylle Delphique, où Daphné, elle fit mention és vers qu'elle composa de l'incomprehensible incarnation, de l'admirable doctrine, des supernatutels miracles, de la Passion, Resurrection, & Ascension de nostre Seigneur IESVS-CHRIST, si manifestement qu'il semble que ce qu'elle en prophetisoit fut des-ja aduenu. On nombre cette prophetie pour estre des siennes, *Cognoy celuy pour ton Seigneur, qui est le vray Fils de Dieu.* Crisippe cy-dessus allegué adiouste encore cette prediction au rang des autres, *Vn Prophete doit naistre sans semence*

SIBYLLA CVMAEA QVAE ET CIMMERIA APOLLINIS IN CVMIS SACERDOS

L'vn des siecles bien-tost aduancera le iour,
Que le grand Roy des Roys fera çà bas seiour,
Trois Roys de l'Orient, guidez de la lumiere
D'vn Astre estincelant, conduisant leur carriere,
Le viendront adorer, & humbles s'abaissans
Luy presenter de l'Or, de la Myrrhe, & Encens.

LA Sibylle Cumée où Cymmerienne, commença à prophetiser & estre cognuë en Italie, vn peu apres la cheute & destruction de la ville de Troye. Aucuns la croyent estre Italienne, la raison est qu'elle auoit pris naissance dans vn bourg de Campagne, nommé Cymmerie, qui est proche de Cumes. Aucuns font entendre que ce fut vers elle qu'Ænée eut recours quand il estoit fugitif des ruynes d'Illion, au moins Virgile le feint ainsi en son sixiéme liure de l'Æneide, & luy donne le nom de Deiphobé, & la tenoit pour fille de Glaucus, au liure vnziéme des nopces de Philologie de Martianus Capella, il en est fait recit. Le Poëte Næuius en ses liures qu'il a composez en vers de la guerre Punique l'honore beaucoup. Piso Censorius en ses Annales: Lactance en son Institution, parlent souuent d'elle, & semble à voir que Virgile sus allegué ait emprunté le sens de quelques siennes propheties pour les adapter au fils de Pollio en son Eglogue 4. que i'ay ainsi traduicte: Chantons d'vn ton plus haut Muse Sicilienne.
Et par apres.

L'aage dernier predict par Cumée est venu,
A tous le grand retour des siecles est cognu,
Astrée icy retourne, & le regne paisible
De Saturne reuient chasser Mars le terrible,
Les Cieux ore ont çà bas vn enfant enuoyé,
Pour remettre en estat l'Vniuers déuoyé:
L'aage de fer fuira pour la saison dorée
Ta faueur d'aupres luy ne soit point retirée,
Chaste Lucine, & viens propice t'incliner
Vers ton cher Apollon, qui commence à regner.

Lisant le reste de l'Eglogue, on en cognoistra dauantage, elle prophetisa, *Qu'vne Vierge la plus belle des belles enfanteroit sans côpagnie d'homme, vn fils qu'elle nourriroit du laiêt de ses pures mammelles:* Et qu'elle seroit Royne des Cieux, que les Anges de Dieu la transporteroient visiblement au seiour des viuans, pour interceder enuers son glorieux fils pour les miserables.

SIBILLA ERYTHRAEA EX ASSYRIORVM BABILONE ORIVNDA PRISCA VOCITATA

Ie voy le fils de Dieu de l'Olympe venu,
D'vne vierge Hebraïque entre les bras tenu,
Et qui fucce le laiſt de fes pures mammelles,
En fon aage viril, maintes peines cruelles
Il fouffrira pour ceux qu'il a fait naiſtre icy:
Montrant qu'il a des fiens comme vn pere foucy.

LA Sibylle Erithrée a donné fujet à infinis Autheurs de parler d'elle, Apolodore Erithreen aſſeure qu'elle eſtoit citoyenne de la ville d'Erithrée en Ionie, contiguë à la ville de Caire, elle predit aux Grecs qui ſ'acheminoiët à l'expedition de Troye qu'ils la ruyneroient, qu'Homere en feroit mille contes faits à plaiſir, elle vaticina les erreurs d'Ænée, cette preduction ſe trouue encore toute entiere dans le troiſiéme des huiſt liures Sibyllins. La plus vulgaire opinion eſt, qu'elle regnoit long temps deuant le fiege de Troye, Eufebe en ſes Chroniques recite qu'elle eſtoit en bruit du commencement de la fondation de la ville de Rome, & du viuant de Romulus. Strabon afferme qu'il y eut deux Sibylles Erithrées, c'eſt à ſçauoir vne ancienne & vne plus recente, nommée Athenaïs, durant le regne d'Alexandre. Lactance efcrit que jaçoit qu'elle nafquit en Babylone, elle ayma mieux eſtre appellée Erithrée, Solin au chap. 7. luy donne le nom d'Eriphile, & maintient qu'elle floriſſoit vn peu apres l'euerſion de Troye. Ælian au douziéme liure de ſon Hiſtoire diuerſe ſ'eſt ſouuenu d'elle : voyez Cyrille & Hermias Platonicien, qui difent qu'en ſa ieuneſſe on l'apelloit Erophile. On raconte que ſi toſt qu'elle nafquit elle appella par fon propre nom vn chacun des aſſiſtans, & qu'elle recita ſur le champ pluſieurs beaux vers, ayant bien & deuèment leurs pieds & meſures, qu'en peu de temps elle creut & acquit vne corporance parfaite de femme, eſtant jeune elle deſeruoit au Temple de la Déeſſe Hecates. Les Romains firent beaucoup d'eſtat des vers de cette Sibylle, & dont parle Feneſtella en ſon traiſté des 15. forces, difant qu'ils enuoyerent par ordonnance du Senat des Ambaſſadeurs vers elle, à cauſe de ces propheties, & qu'ils remporterent de ſes vers en grande quantité, qui furent mis au Capitole, auecques ceux qu'ils auoient eu auparauant, les Conſuls Curio & Octauius curent la charge d'iceux. De cette Sibylle Erithrée ſont recitez des vers par Eufebe, les premieres lettres defquels en François difent ces mots IESVS-CHRIST Fils de Dieu Saluateur, qui eſt choſe admirable à penſer. Sainſt Auguſtin en ſon 18. liure de la Cité de Dieu, à mis la ſubſtance d'iceux vers, qui difent : Ʃfuns tradius. La terre fuèra ſigne du iugement,

PROPRIO NOMINE DICTA ✣ SIBYLLA SAMIA QVÆ PHYTO ET HEROPHILE

Le sainct Arrest du Ciel ores est accomply,
Entre les plus clairs iours cestuy-cy est remply
D'vne belle clarté, qui tout par tout flamboye,
Les tenebres s'en vont, Dieu son fils nous enuoye,
Qui dessille nos yeux: or voyez l'immortel,
Qui d'espines couuert pour nous se fait mortel.

LA Sibylle Samienne, de laquelle il est fait mention aux vieilles Annales des Samiens, selon que Eratosthenes Autheur ancien escrit, s'apelloit Phyto. Autres disen t que son propre nom estoit Herophile. Ælian en son douziéme liure de l'Histoire diuerse se souuient d'elle. Aucuns tiennent, & entre autres Eusebe en ses Chroniques, qu'elle viuoit du temps de Numa Pompilius, enuiron la 16. Olympiade. Autres, au contraire, s'efforcent de prouuer qu'elle estoit du regne d'Hippomene Prince & gouuerneur des Atheniens, & que lors on la nommoit Heriphile. La plus seure opinion me semble ceste-cy, c'est qu'elle fut appellée Samienne, pour ce qu'elle estoit natiue d'vn lieu nommé Phyton, en l'Isle de Samos, qui est dedans la mer Ægée, prés la Thrace, où bien de l'autre Isle de Samos, en la mesme mer, vis à vis de la ville d'Ephese. Cassiodore asseure qu'elle prophetisoit en l'an du monde 3297. & auant la natiuité de IESVS-CHRIST 665. ans. Neaumoins quand elle en a traicté ç'a esté auec tant de verité & de merueille, qu'il semble que son temps fut celuy de IESVS-CHRIST, & que le futur fut le present. Elle mourut comme plusieurs Autheurs racontent à l'aage de 73. ans, possedée d'vn tel entousiasme de prophetie qu'elle oublia l'vsage du boire, & du manger. Vn Samien du temps de Ciceron vint à Rome, qui promit au Senat, moyennant quelque recompense, de luy liurer vn coffre de cuiure enduit par dedans de lames de plomb, dedans lequel il auoit veu & laissé auparauant qu'en faire la proposition au Senat Romain plusieurs oracles & propheties, mais retournant pour accomplir sa promesse, il ne trouua plus rien dans ledit coffre qu'vne lamine de cuiure, qu'il n'auoit encore veuë, où estoient escrites ces sept lettres, N. P. C. Q. N. A. T. plusieurs se sont estudiez de vouloir les dechiffrer. Vn vieil Autheur François à voulu gloser dessus, & les interpreter en cette maniere, *Ne prens ce qui n'est à toy.* Le bruit commun est qu'elle parla ainsi contre les Iuifs: *O mal-aduisee Iudee tu ne t'es point tournee vers ton Dieu, tu l'as mécognu, & couronné d'espines, tu luy as danné à boire vn breuuage composé de fiel amer: mais il rompra les portes du tenebreux enfer, puis à la chair des saincts sera donnée la lumiere claire & libre, & la flamme du feu eternel brûlera les méchans.*

SIBYLLA CVMANA QVAE ET AMALTHAEA ET DEMOPHILE NVNCVPATVR

Dieu pour nous rachepter prendra l'humaine chair,
Plus que noſtre Salut rien ne luy ſera cher,
La paix à ſa venuë arriuera ſur terre,
Le repos florira, & l'Vniuers ſans guerre
Ne ſera deſormais de troubles agité:
Et le ſiecle doré reprendra ſa clarté.

LA Sibylle Cumane nómée Amalthée, où Demophile viuoit en l'Olympiade 55. & prophetiſoit en la ville de Cumes en Italie, Prouince de Campagne, prés Bajas. Euſebe dit qu'elle floriſſoit du temps de Numa Pompilius. Pluſieurs tiennent que ce fut elle qui apporta vendre à Tarquin le ſuperbe, neuf liures de Propheties, pour leſquels elle demanda trois cens pieces d'or monnoye de ce temps-là, mais pource que ce prix ſembloit trop grand au Roy, il ne les voulut achepter, à l'occaſion dequoy elle en bruſla trois preſent luy, & ſi ne diſcontinua point de luy demander le meſme prix pour les ſix qui luy eſtoient demeurez, dont Tarquin qui trouua ceſte demande encore plus ridicule que la premiere fois, ſe mocqua d'elle, parquoy des ſix elle en bruſla encore trois, diſant que les autres qui luy eſtoient reſtez ne ſeroient iamais en ſa poſſeſſion, ſi elle n'auoit les trois cent pieces d'or qu'elle auoit demandé pour tous les neuf. Le Roy eſtonné de ſa conſtante reſolution, & croyant que quelques grands myſteres eſtoient en iceux contenus, achepta ſes trois le prix qu'elle auoit voulu pour tous les neuf. Ces liures furent bien curieuſement gardez au Capitole, & tenus en grande reputation, comme ceux que les Romains auoient eu des autres Sibylles, la lecture deſquels eſtoit prohibée à toutes perſonnes, fors qu'aux quinze hommes qui eſtoient commis à la garde d'iceux. Apollon, comme on eſcrit, eut iouyſſance d'elle, pour recompenſe de laquelle il luy donna le choix de luy demander ce qu'elle auroit le plus agreable. Icelle auant doncques priſe plain l'vne de ſes mains de grauier, elle demanda qu'il luy fut loiſible de viure autant d'années qu'elle tenoit de grains de grauier : cela luy fut accordé, à condition qu'elle abandonna l'Iſle Erithrée, & qu'elle ne veit rien de ſa terre iamais. Elle la laiſſa doncques, & vint à Cumes, où elle vieillit ſi vieille & caducque, qu'elle n'auoit plus de vie qu'en la voix. Les citoyens d'Erithrée, fut ou par enuie, ou par commiſeration, luy enuoyerent vne lettre marquée & eſcrite de quelque craye de ſon pays : lors ſi toſt qu'elle l'eut veuë, elle rendit l'ame. Ainſi finit ſa vie auec la promeſſe d'Apollon. Elle prophetiza apres:

Ces peuples n'auront point ce qu'auront ceux d'aprés,
Ils verront à foison les moissons de Cerés,
Et vne saincte Vierge estre mere & pucelle,
Qui conceura vn fils de puissance immortelle,
Il sera Dieu de paix, & le monde perdu
En l'estat de salut par luy sera rendu.

LA Sibylle Hellespontique estoit natiue du territoire de Troye, en vn lieu nommé Marmisse, aupres du bourg Gergythie. Heraclides Ponticus la fait auoir esté viuante du temps de Solon, & du regne de Cyrus, enuiron la LX. Olympiade, elle proferoit ces sainctes parolles : PEVPLE sois consolé, sois consolé, ô peuple, parle du cœur à ton Dieu, ton iniquité sera pardonnée, elle receura misericorde de la main du Seigneur, la gloire du Fils de Dieu sera reuelée, & toute chair verra ensemble, que la bouche du Seigneur a parlé, & sa parolle demeurera eternellement. Ie vous annonce, ô peuple, que voicy vostre Dieu, voicy le Seigneur Dieu qui viendra en force, & son bras aura domination, voicy son salaire est auec luy, & son œuure prés de luy. Ceux qui auront esperance en luy changeront de force, ils prendront des aisles comme Aigles, ils courront & ne se trauailleront point, ils chemineront, & ne se lasseront pas : apres qu'il se sera fait homme pour sauuer son peuple, il montera aux Cieux : C'est luy qui se sied sur la terre, & les habitans d'icelle sont l'œuure de ses mains : C'est luy qui estend les Cieux comme rien, & les a estendus comme vn tabernacle pour y habiter. Elle dit en vn autre endroit, Le Seigneur vous donnera vn signe, Voicy qu'vne Vierge conceura, & aura vn Fils, son nom sera grand & puissant, Le Seigneur sera venir sur son peuple des iours qui ne sont iamais venus, ces iours seront iours de paix & de salut, sa protection sera pardessus toute gloire, En ces iours sera le germe du Seigneur en magnificence & en gloire, la terre sera en exaltation. Quelques bons Peres de l'Eglise dient qu'elle prononça ces paroles du haut Palais du Ciel. Dieu a regardé ses humbles sujets, & sera né d'vne Vierge Hebraïque, il ne iustifiera le meschant, & n'ostera la iustice du iuste, arriere de luy : Il dira à ses peuples, Apprenez à bien faire, querez iugement, aydez celuy qui est oppressé, lauez-vous, soyez nets, ostez le mal de vos pensées de deuant mes yeux, cessez de faire mal, il iugera les gens, & reprendra plusieurs peuples, deportez vous donc de la hantise des hommes meschans, si vous desirez n'estre chassez de l'Aspect du Seigneur.

DICTA · ALIAS · ITALICA · ET · ALBVNEA · ET · QVÆ · TYBVRTINA · SIBYLLA

Aux champs Betheléens en vn champestre lieu
On verra vne Vierge estre mere de Dieu,
Luy ainsi qu'vn enfant né d'essences mortelles,
Succera le pur laiĉt de ses chastes mamelles:
O heureuse trois fois! toy qui allaiĉteras
Le Fils de l'Eternel, l'embrassant de tes bras.

LA Sibylle Tyburtine ou Albunée, estoit selon aucuns de Tybur, ville proche de Rome, sur la riue du fleuue Anien : & à ceste occasion nommée Tyburtine. Son simulachre tenant en main vn liure, fut trouué dans l'emboucheure du susdit fleuue, & porté auec beaucoup de ceremonies au Capitole, car elle estoit tenuë à Tybur pour Déesse. Lactance la fait la dixiéme des Sibylles, & en met encores deux apres elle. Elle a ainsi prophetizé : Il sortira vne verge d'vne soüefue racine, & la fleur montera de sa racine, & reposera sur icelle l'esprit du Seigneur, l'esprit de Sapience & d'Entendement, l'esprit de Conseil, de Force, l'esprit de Science & de Pieté, & l'esprit de la Crainte du Seigneur la remplira : Il ne iugera pas selon la veuë des yeux, & ne reprendra pas selon l'ouye des oreilles, mais il iugera chacun en iustice, & reprendra en equité, pour les debonnaires de la terre, & frappera la terre de la verge de sa bouche, & occira le meschant par l'esprit de ses leures, Iustice sera la ceincture de ses hanches, & la foy la ceinture de ses reins, & dira en ces iours là, le pecheur conuerty : Seigneur ie te rendray graces, combien que tu ayes esté courroucé contre moy, ta fureur est conuertie, & m'as consolé : Voicy Dieu est mon Sauueur, i'auray confiance, & ne craindray point : Car le Seigneur est ma force, & ma loüange a esté mon salut, ie puiseray des eaux en ioye des fontaines du Seigneur, ie confesseray le Seigneur, i'inuoquetay son nom, faictes cognoistre és peuples ses œuures, il vous souuienne que son nom est hautain, chantez au Seigneur, car il a fait magnifiquement, annoncez cecy par toute la terre. Elle dit encore en vn autre passage, Vn petit enfant naistra pour nous, & nous sera donné, & sera son nom appellé admirable, Dieu fort, Pere du siecle à venir, le Prince de Paix, son Empire sera augmenté, & sa paix n'aura point de fin, il sera assis sur le Throsne de son Pere, & sur son Royaume, pour le conseruer & renforcer en iugement, & en iustice iusques à tousiours. On luy attribue ceste prophetie, Iesus Christ sera né en Bethleem, & annoncé en Nazareth, ô heureuse la mere qui l'al'aiĉtera de ses mammelles, en ces iours là sera apportée oblation au Seigneur, par les grands de la terre, il sera la force du pauure, la force de l'indigent en sa tribulation, l'esperance contre le tourbillon, l'ombrage contre la chaleur, sa main reposera doucement sur luy, aussi n'est il venu que pour luy, & pour sa redemption.　　iij

Text around the portrait medallion: CREDITA · SIBYLLA · PHRYGIA · ANCYRAE · VATES · CASSANDRA · N:Nulli

Le Fils tres-precieux du Pere Tout-puissant,
Ayant souffert la mort gira froid languissant
Sur le foible giron de sa mere épleurée,
Elle qui luy verra sa chair decolorée,
Aura d'vn poignant dueil les sens au vif touchez,
Sans sa mort nous mourrions dans nos propres pechez.

A Sibylle Phrigienne a esté creuë par beaucoup d'Autheurs estre Cassandra. Martianus Capella est d'opinion que la Sibylle Cumée, & elle n'estoient qu'vne: & qu'elle estoit d'vne ville d'Asie, la Mineur, entre Paphlagonie & Galatie: elle prophetisoit à Amyre. Varron & Lactance la placent au neusiéme rang des Sibylles. Cælius Rhodiginus dit qu'elle n'auoit autre nom que celuy de Sibylle, & qu'elle estoit fille de Dardanus & de Neso, fille d'vn Roy des Troyens, laquelle il espousa au retour de l'Isle de Samos, & que de son nom toutes les femmes qui deuinerent par apres furent appellées Sibylles. Elle predit par inspiration diuine cette prophetie du dernier & general jugement: LA trompette enuoyera du Ciel vn son espouuentable & piteux, & la terre montrera vn grand abysme, tous les Roys viendront au siege presidial de Dieu, lequel iugera ensemble les bons & les mauuais, puis enuoyera les méchans au feu, mais ceux qui auront aimé Dieu, & exercé bonté & fidelité viuront derechef, il dira aux os des fils des hommes, Os secs escoutez la parolle du Seigneur. Ie mettray en vous vn esprit & viurez, Ie mettray des nerfs sur vous, & feray croistre la chair sur vous, i'estendray sur vous vne peau, puis vous donneray vn esprit, & viurez, & sçaurez que IESVS-CHRIST est le Seigneur. Mes trompettes feront vn haut son, & lors se fera vne commotion, les os s'approcheront les vns des autres, vn chacun à sa iointure, les nerfs & la chair monteront sur les os, & la peau sera estenduë sur eux, mon esprit viendra des quatre vents, & soufflera sur eux, & ils retourneront en vie, les tombeaux seront ouuerts, & les morts seront tirez des sepulchres: Là l'iniquité & l'innocence feront paroistre leurs œuures, Les bons seront sauuez, & les méchans dechassez aux flammes eternelles, le iugeray sans faueur, & ne soüilleray mon sainct nom par iniustice, Ie seray magnifié par les bons, Ie seray cogneu és yeux de plusieurs gens, & sçauront que ie suis le Seigneur Dieu, qui s'est faict homme pour sauuer les hommes.

Dedans vn petit toict, ouuert, inhabité,
Le Roy des Roys naistra parmy la pauureté,
Luy de qui le pouuoir de tous les biens dispose,
Voudra que sur du foin sa chair nuë repose,
Les Peres de l'Enfer pieux il tirera,
Puis triomphant en gloire aux Cieux il montera.

A Sibylle Europæe où Europe a esté mise par quelques anciens Autheurs, au rág
onziéme des Sibylles, peu parlent d'elle, sa patrie est incogneuë, & ne sçait
on quels furent ses parens, ny en quel temps elle florissoit : On lit vn Hexasti-
che Latin, qui rapporte quelque chose de ses propheties, que i'ay traduit en
cette maniere, pour le rendre intelligible à ceux qui n'ont la cognoissance de la langue Latine. Quelques-vns le tiennent pour estre de Lactance Firmian, la version est telle.

Le pur Verbe eternel vn iour prendra naissance
D'vne Vierge, qui oncq' n'aura eu l'accointance
D'homme quiconque soit, quand il aura dessein
De passer sur les monts, tant soit leur front hautain
Il les surpassera, de son gré, debonnaire
Il viendra habiter dans vne petite aire,
Auec la pauureté, luy qui est Roy des Cieux,
Luy naissant le repos asseurera ces lieux,
Ie le crois, ie le dis, il sera veritable,
Qu'il sera homme & Dieu, en sa vie admirable.

L'opinion de ceux n'est à receuoir pour bonne & de mise, qui tiennent qu'elle estoit de
Solyme, voyant que les plus fameux autheurs qui ont colligé de toutes les histoires, ce qui
se peut sçauoir des Sibylles, font à peine mention d'Europæe où Europe. Il se trouue dedans vn vieil Illustrateur des Gaules, vne prophetie qui chante ainsi. Le Grand viendra accompagné de ses legions d'Anges, qui surpassera les monts & les eaux du Ciel, il regnera
en pauureté, & dominera en silence, il sortira du ventre immaculé d'vne Vierge, qui fou-
lera des pieds le serpent, il sera le Redempteur des peuples, qui aux derniers iours les iugera, & chastiera les fortes nations, le Seigneur Dieu viendra en force, son bras aura domination sur toutes les forces, la sienne iamais ne multiplie, ny ne diminuë, les change-
mens des saisons ne le cognoissent, son estre est durable & eternel, & n'est sçeu que par

SIBYLLA AEGYPTIA DICTA QVIBVSDAM AGRIPPAA OXAL... ET

Le Verbe se fera chair sans pollution,
D'vne Vierge il prendra son Incarnation,
Christ tancera le vice, & l'ame deprauée
De deuant son aspect s'enfuira reprouuée,
Ceux que la penitence amenera vers luy
Auront secours & grace au fort de leur ennuy.

LA Sibylle Ægyptienne où Aggrippine est la douziéme des Sibylles, & la derniere. Ælian cy-dessus allegué, en fait métion en son douziéme liure de la diuerse histoire. Cælius Rodiginus en traicte au 17. chap. de son douziéme liure: les plus recens Autheurs se côtentent de la nômer Ægyptienne: Elle predisoit en Ægypte, côme témoigne Suidas du temps de Pharaon. Or est-il que Pausanias dit, que Semberthe où Sabba, de laquelle nous auons cy-deuant parlé, n'estoit qu'vne. Les Anciens passent le nombre des douze Sibylles, & y adioustent à leur nombre Colophonie, qui fut nommée Lampusia, & fille de Calchas, qui estoit fort experimenté en la declaration des augures: jadis on tenoit conte de ses propheties. On fait pareillement recit d'vne Sibylle appellée Elissa, qui predisoit en vers les choses futures. Non sans cause peut-on mesler parmy la compagnie des Sibylles Cassandra fille de Priam, qui deuina la ruine de son païs, & respondit veritablement & fort à propos (si elle eut esté creuë) à ceux qui l'interrogerent des futures affaires de la ville de Troye. Virgile en parle en son second de l'Æneide en cette façon.

Alors Cassandre aussi qui onques ne fut creuë
Par les Teneres, combien qu'elle eut l'ame pourueuë
De la diuinité, pour dire l'aduenir,
Parle aussi, ne voulant son sçauoir retenir, &c.

Il y eut aussi vne Sibylle appellée Epirotique, fille de Thesprotie, qui a escrit des oracles. La Thessalique Manto, fille du grand deuineur Thebain Tyresias, ne doit estre oubliée non plus que Carmenta, la mere d'Euandre l'Arcadien, qui prophetiza beaucoup d'auentures. Faune sœur de Faunus Roy d'Italie, fut pareillement reputée Sibylle, & puis tenuë par apres pour la Déesse Bone. On tient pour vray que la Sibylle Ægyptienne a prophetizé, Le Verbe inuisible sera touché, il germera comme vne racine, seichera comme vne feüille, & n'apparoistra point sa beauté: Le ventre maternel l'enuironnera, & Dieu qui est la ioye eternelle pleurera: & sera opprimé des hommes, naistra d'vne mere, & estant Dieu sera estimé conuerser auec les hommes comme pecheur.

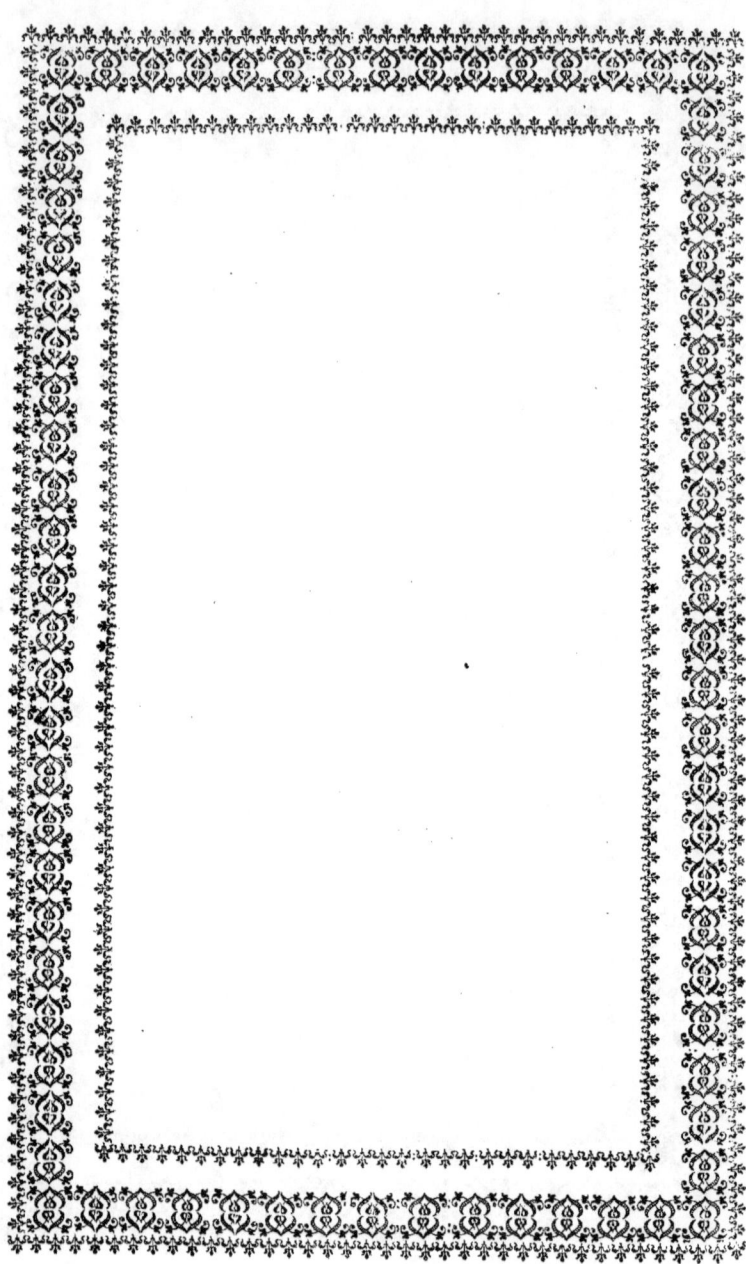

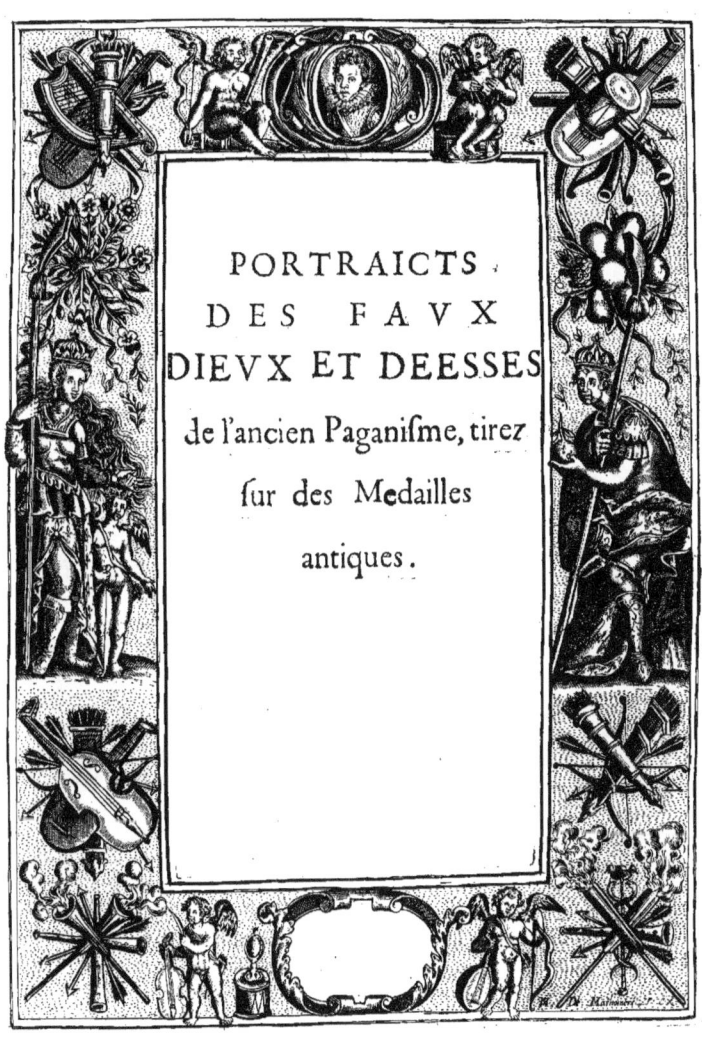

PORTRAICTS
DES FAVX
DIEVX ET DEESSES
de l'ancien Paganisme, tirez

fur des Medailles

antiques.

SOMMAIRE EXPLICA-
TION DE L'ORIGINE DES
FAVX DIEVX ET DEESSES
du Paganisme.

1.

SATVRNVS.
Ex numo argenteo L. C.
Memmei Gal.

2.

IVPITER.
Ex numo æreo Ptolomei
Regis Aegypti.

3.

IVPITER AMMON.
Ex nummo æreo Imp.
Traiani Aug.

ATVRNE reputé fils du Ciel & de Vesta ou de la Terre, fut reueré par la vaine religion des Carthaginois, côme Prince ou
premier des Dieux. Il a esté ainsi appellé, côme dit Isidore, du
mot Latin *Saturare*, qui signifie saouler, parce qu'en têps d'hyuer, qui luy est consacré, il saoule les hômes, ou parce qu'il se
saoule d'ans, ainsi que resmoigne Ciceron, ou parce qu'il se
saoule en mâgeant ses propres enfans, ou comme il plaist à Macrobe, il est ainsi
nômé à *sius*, parce qu'il a le premier enseigné l'art de semer & cultiuer la terre,
& Virgile l'appelle *Vuisatorem*, Planteur de vignes. Les Poëtes par leurs fables
racontent que sous le rigne de Saturne le siecle estoit d'or, côme le mesme Virgile, Hesiode & Ouide. Voyez ce qu'en a recueilly S. Aurelius Victor en son
liu. de l'Origine de la ville de Rome. Les Grecs le nomment *κρόνος*, parce qu'ils
estiment qu'il domine au temps qu'ils appellent en leur langage *χρόνος*, &
qu'il denote tout, mesmes ses enfâs au lieu desquels on luy supposoit vne pierre, tesmoin Lactance & le Patriarche Photius, & ceste pierre estoit dicte *Abadir*,
en langage Latin, selon Priscian, & en langage Grec *βαίτυλος*, selon Hesy-
chius, laquelle pierre estoit emmaillottee de bandelettes comme vn enfant. Du
temps de Saturne, c'est à dire, lors du siecle doré, on ne mâgeoit point de chair,
mais tous les hommes viuoient de fruicts & de pommes, ainsi qu'escrit S. Hierosme contre Iouinian.

2 IVPITER estoit fils de Saturne & de Rhea selon Hesiode, Homere & Ciceron, ainsi nommé comme *Iuuans pater*, parce qu'on estimoit qu'il donnoit aide & secours à toutes choses. Les Romains auoient accoustumé de iurer par
vne pierre dicte Iupiter. On le préd quelquefois pour l'air, & on croyoit qu'il
enuoyoit la pluye, tesmoins Theocrite & Tibulle. Il auoit plusieurs surnoms,
la pluspart desquels sont dans les Hymnes d'Orphee & d'Homere, & dans les
liures de ceux qui ont fait recueil de diuers Epithetes. Les anciens le represen-
toient en forme d'vn homme, ayant trois yeux, & sans oreilles, auec vn sceptre
en la main senestre, & le foudre en la droicte, foulant aux pieds les Geans qu'il
auoit surmontez, estant accompagné d'vn Aigle qui luy est côsacré, portant le
beau Ganymede qu'elle auoit rauy sur la montagne d'Ida, pour seruir d'Eschanson à son maistre.

3 IVPITER Ammon estoit adoré en Afrique, des fables de laquelle il fut surnommé Ammon. Car comme rapporte Mela, quand Bacchus menoit son ar-
mier par les deserts de la Lyoie, estant laissé à cause de la soif, demanda le secours
de son pere Iupiter, & lors apres auoir veu vn Belier, il saillit vne fontaine d'eau
du milieu du sable, qui fut cause qu'en memoire de cela il fit bastir vn Temple à
son pere au mesme endroit, & luy fit vn simulacre ou statué, ayât vne teste de
Belier. Diodore Sicilien en fait mention parlant d'Osiris, & Quinte Curce en la
vie d'Alexandre. Herodote en parle d'vne autre façon, sçauoir, que Iupiter ne

voulant pas estre veu par son fils Hercule, il se monstra à luy couuert de la peau
d'vn Belier, & pour ceste cause les Egyptiens luy firent vne statuë de Belier. Aucuns disent qu'il fut appellé Ammon, parce qu'il portoit en guerre vn casque
oũ heaume en forme de teste de Belier. C'est pourquoy on disoit qu'il estoit
cornu en langage Grec κερατοφόρος, porte-cornes, & en Latin *Corniger*.

IVPITER ANXVR.	**VE-IVPITER.**	**APOLLO.**
Ex nummo argenteo C. Vibij Pansæ C.F.	Ex nummo argenteo, L. Cassij.	Ex nummo argenteo P. Clodij M F.

4 IVPITER ANXVRVS ou ANXVRVS fut ainsi surnommé α͗δὺ ξυροῦ, sans ra-
soir, comme escrit Seruius sur Virgile, parce qu'on le representoit ieune & sans
barbe en vne ville de la campagne de Rome qu'on appelloit *Anxur*, de laquelle parle le Poëte Horace en ses Satyres au liu. 1. Satyr. v. & l'Interprete ancien
du mesme Poëte nommé Porphyrion, dit que la ville de Terracine estoit par
l'antiquité appellee *Anxur*, où Iupiter estoit adoré sans barbe. Autres disent
Axur, & qu'il faut lire *Iupiter Axurus* ou *Axyrus*, ἀπὸ τȣ̂ ξυροῦ, ce qui signifie la mesme chose que *Anxyrus*, par ce que α en Grec est vne particule
priuatiue qu'ils appellent μόριον στερητικὸν.

5 VEIVPITER autrement appellé *Vejouis*, ou *Vedius*, ou le petit Iupiter, estoit
craint & redouté, parce qu'on croyoit qu'il auroit la puissance de nuire, & pour
cest effect il estoit peinct tenant des fleches, comme estant tout prest à faire mal
& blesser, auquel on immoloit vne Cheure à Rome, où il auoit vn Temple situé
entre la forteresse & le Capitole, dont faict mention Agellius liure v. chap. xij.
de ses nuicts Attiques, Martianus Capella estime que c'est Pluton, & qu'il est
surnommé par les Poëtes cruel. Ouide en ses Festes le nomme le petit Iupiter
sans foudre.

6 APOLLON fut fils de Iupiter & de Latone, il s'appelloit Phœbus, comme
dit le Poëte Hesiode, de Phœbe mere de Latone, ou bien à cause de sa clarté
& lueur, car les Grecs nomment φοῖβον, tout ce qui est splendide & luisant,
ou parce qu'il est quasi φῶς τȣ̂ ζῆν: c'est à dire, lumiere de la vie. On tient qu'il
presidoit à quatre sorte d'Arts: car les anciens disent qu'il estoit ioüeur de harpe, & Dieu de ceux qui faisoient profession d'en ioüer. Puis il estoit autheur de
la Medecine. En tiers lieu il estoit Archer & Arbalestrier, & finalement Deuin,
& Dieu des Deuins & Poëtes. C'est pourquoy Ciceron au troisiesme liure de
la Nature des Dieux fait mention de quatre Apollons, desquels le plus ancien
estoit fils de Vulcan, & Gardien de la ville d'Athenes: l'autre estoit fils de Co-
rybas natif de Crete ou Candie, pour laquelle isle de Crete, il y eut dispute &
different entre Iupiter & luy: le troisiesme estoit fils de Iupiter & de Latone,
qui des Hyperborees vint à Delphes: & le quatriesme estoit d'Arcadie, que les
Arcadiens appelloient *Nomion*, parce qu'ils disoient qu'il auoit esté leur Legisla-
teur. Selon Porphyre il auoit trois puissances au Ciel, on le tenoit pour le Soleil:
entre les hommes pour le pere *Liber* ou Bacchus: & aux Enfers pour Apollon:
& pour cela on ornoit sa statuë de trois diuers ornemens, d'vne harpe ou lyre
par laquelle l'harmonie celeste estoit representee: d'vn bouclier, ce qui demon-
stroit qu'il estoit Dieu terrestre: & des fleches, par lesquelles on croyoit qu'il
portoit nuisance comme Dieu infernal: & mesme il estoit dit Apollon, ἀπὸ τȣ̂
ἀπολλύναι, parce qu'il dardoit ses fleches ou rayons.

7.	8.	9.
APOLLO ALTER.	**SOL.**	**SOL INVICTVS.**
Ex nummo argenteo M. Plætorij Cest.	*Ex numismate argenteo L. P.Lautij Planci.*	*Ex numulo æreo. Imp. Constantini Aug.*

7 Apollon auoit diuers Epithetes, mais entre les autres celuy de Pythien luy estoit attribué à cause qu'il auoit tué le Serpent Python à coups de fleches, & de cest Apollon Pythien la Deuineresse Pythie estoit appellee, Phœbas, qui expliquoit les Oracles & responses qui sortoient d'vn antre & cauerne. Et de luy estoient dicts les jeux Pythiens pour la memoire de ceste victoire obtenuë contre ledit Serpent, qui estoient celebrez en la ville de Megare, & au pays des Sicyoniens. On auoit de coustume de luy immoler vn Taureau, quelquesfois vn bœuf doré & deux cheures blanches dorees, & d'autresfois vn cheual à cause de sa vistesse. Les Parrhasiens en Arcadie luy sacrifioient vn porc sanglier. Le laurier luy estoit consacré comme au Prince des Poëtes & des Deuins: la Nymphe Daphné qui estoit aymee de luy fut transformee en laurier. Voy Ouide au 1. liure de la Metamorphose.

8 Le Soleil estoit vn mesme Dieu que Phœbus & Apollon, comme la Lune sa sœur est la mesme Deesse que Diane & Lucine. Il auoit deux effects, l'vn quand par sa chaleur temperee il faisoit croistre les biens de la terre, & apportoit de l'aide & confort aux hommes : l'autre, quand par sa chaleur démesurée il estoit cause de la peste, & de ce parle Homere au 1. liure de son Iliade, lors qu'on dit qu'Appollon frappa de peste l'armee des Grecs, parce qu'ils auoient rauy Chryseis fille de son sacrificateur. Hesiode & Pindare le font fils d'Hyperion & de Thya, ou d'Euryphaëssa selon Homere. Et quant à Hyperion il estoit fils du Ciel & de la terre, qu'on appelloit Titea, ou de Tité mere de l'vn des Curetes, qui de soy-mesme comprint le cours & mouuement du Soleil & de la Lune, & des autres astres, & l'enseigna aux hommes, comme tient Diodore: & Pausanias rapporte que Titan frere du Soleil fut tres-curieux & diligent obseruateur des temps de l'annee.

9 Entre les Epithetes du Soleil, i'estime que du temps de Constantin l'Empereur, il eut celuy d'inuincible, peut-estre parce qu'il voulut designer le Soleil de Iustice IESVS-CHRIST, duquel la face lors de sa Transfiguration en la Montagne de Thabor, fut luisante comme le Soleil. Toutesfois aucuns disent que la monnoye par laquelle cest Epithete d'Inuictus estoit donné au Soleil fut battuë auparauant que Constantin se fust fait Chrestien. Cest Epithete conuient fort bien à cest astre lumineux, parce que combien qu'il trauaille iour & nuict en son cours dès le commencement du monde, toutesfois il ne se lasse iamais, & demeure infatigable au trauail. Aussi que le feu que les Gentils, & mesmes les Perses adoroient sous le nom du Soleil, domine és corps humains par dessus les autres Elemens.

10.	**11.**	**12.**
NEPTVNVS.	**NEPTVNVS ALTER.**	**PLVTO.**
Ex nummo argenteo L. Lucretij Triop.	*Ex nummo argenteo CN. Pompei CN.F. SEX. N. Magni.*	*Ex nummo argenteo, Sex Noni P.F. Sufenatis.*

10 NEPTVNE est dit à *nuptu*, qui signifie couuerture, parce qu'il couure la mer & la terre, comme le ciel est couuert par les nuees: les Poëtes luy baillent Amphitrité pour femme, laquelle ils prennent pour la mer. Seruius en son Commentaire sur le 5. liu. de l'Eneede parlant des harpyes dit que Neptune est pere de tous les prodiges, & de là vient, lors qu'on ne sçait les pere & mere de quelques vns, qu'on retourne à la generalité, & nous appellons fils de Neptune ceux desquels nous ignorons l'origine. On le peint en diuerses sortes, tantost paisible & calme, & tantost esmeu. On le represente nud auec vn Trident, quelquefois vestu d'vne robe de couleur de perse, qui est celle de la mer. Ceux qui font des statuës à Neptune, luy mettét vn Dauphin en la maison ou sous le pied, & estiment en ce faisant luy complaire grandement, selon le dit d'Hyginus.

11 NEPTVNE, comme disent les Candiots, ayant inuenté l'art de faire des nauires dressa vne armee nauale, de laquelle son pere Saturne le fit conducteur, & de là est venu qu'on a dit qu'il commandoit à la mer, & que les Nautonniers luy faisoient sacrifices. On tient aussi qu'il a esté le premier qui a trouué le moyen de dompter les cheuaux, & l'art d'aller à cheual. Les anciens luy immoloyent des Taureaux tous noirs, à cause de la violence de la mer, l'eau de laquelle apparoist toute noire si on regarde le profond d'icelle.

12 PLVTON fut fils de Saturne & de Rhea & frere de Iupiter, & parce qu'il estoit reputé Dieu des Enfers, on l'appelloit Iupiter Infernal & Stygie, & quelquefois *Dis*, parce que toute la nature & puissance terriéne luy estoit attribuee, comme escrit Ciceron. Diodore Sicilien le fait inuenteur des funerailles & sepulchres des morts. Le Cyprés luy estoit consacré, soit parce qu'estant coupé il ne produit aucuns reiettons, soit qu'on s'en seruist pour remarquer les maisons funestes esquelles n'aguere il y auoit quelqu'vn de mort. Il auoit anciennement vn Temple à Rome prés du grand Cirque & proche du Temple de Ieunesse, & on luy sacrifioit tous les ans des chiens. Les Poëtes feignent qu'il rauit Proserpine fille de Ceres pour estre sa femme, & de ce rauissement le Poëte Claudian en a fait vn Poëme elegant.

13.	**14.**	**15.**
VVLCANVS.	**MERCVRIVS.**	**MARS.**
Ex nummo argenteo L. Aurelij L.F. Cottæ.	*Ex nummo argenteo C. Mamil. Limet.*	*Ex nummulo greo Imp. Constantini Aug.*

13 VVLCAN fut fils de Iupiter & de Iunon selon Homere, & selon Hesiode de Iunon seulement. On tient qu'il trouua l'art de forger le fer, le cuiure, l'or, l'argent & autres metaux par le feu, & qu'il apprint aux hommes a estre forgerons, c'est pourquoy on l'appelloit Dieu du feu. Il fut precipité du Ciel par Iupiter en vne isle de la Sicile nommee Lemnos, & de ceste cheute, on tient qu'il de-

uint boiteux, & la raifon eft que par nature le feu ne marche iamais droiĉt.
Eftant fous la terre il forgea le foudre à Iupiter auec les Cyclopes. Venus fut fa
femme. Il s'appelloit Mulciber *à mulcendo*, parce que le feu deuore & confom-
me tout. Orphee & Homere firent chacun vn Hymne en fon honneur. Quand
on luy faifoit facrifice on brufloit la Viĉtime entiere, & s'il en reftoit quelque
chofe, on eftimoit que le facrifice eftoit pollu.
14 MERCVRE fut fils de Iupiter & de Maia felon Homere & Hefiode. Ciceron rapporte que l'antiquité a fait memoire de cinq diuers Mercures. Il a efté
dit Mercure *à mercibus*, parce qu'on eftimoit qu'il eftoit le Dieu des Merciers,
negoces & marchandifes: vne des Planettes ou eftoilles errentes porte fon nom,
parce qu'on dit qu'il fut le premier qui inftitua les Mois de l'an, & obferua le
cours des Aftres. Diodore Sicilien efcrit qu'il commença à rediger les paroles
par efcrit, & donna le nom à plufieurs chofes, mefme qu'il inuenta les lettres, &
ordonna des facrifices à chacun des Dieux, qu'il fut inuenteur de la Mufique,
de la luiĉte, des nombres, & de la lyre à trois cordes. Il enfeigna aux Grecs l'interpretation des paroles, dont il eft appellé *Hermes*, qui eft autant qu'interprete.
On luy attribuë l'inuention des Herauts & Meffagers de guerre, qui font en
feureté, mefmes entre les ennemis. Il eft autheur des mefures, des poids, du trafic & commerce. On le reprefentoit auec vn chapeau ailé, & des aifles aux talons,
ayant vne Verge ou Caducee en main, côme Meffager des Dieux. Comme aux
autres Dieux certains membres du corps des animaux eftoiêt immolez, la lague
luy eftoit dediee. Voyez fur ce fuieĉt les Commentaires d'Apollonius Rhodien.
15 MARS eft ainfi appellé *à maribus*, parce qu'il conduit les mafles à la guerre,
comme dit Varron. On dit qu'il eft frere de Bellone, engendré de Iupiter & de
Iunon, felon le dire d'Hefiode. Diodore efcrit qu'il fut le premier qui fit des
armes, & en arma des foldats, & inuenta l'art de la guerre. Les Romains & Latins l'auoient en trefgrande veneration, parce qu'ils l'eftimoient eftre pere de
Romulus leur fondateur. A Rome au mois d'Oĉtobre en fon champ on luy fa-
crifioit vn cheual, mais les Latins luy dedioient vn Loup. Les Portugais vn
Bouc. Et les Gaulois au deçà des Alpes vn Porc mafle, autrement vn Verrat.

16 CYBELE ainfi nommee par les Phrygiens, eft celle qu'on appelle Ops, Ve-
fta, la Terre, Semele, la bonne Deefle, la mere des Dieux, aux facrifices de laquelle les hommes n'eftoient admis, ains les femmes y eftoient feules receuës.
Toutesfois ces facrifices furent violez par P. Clodius, qui fe defguifant en femme y eut entree, comme rapportent Ciceron & Seneque. On la reprefentoit en
peinture auec des tours fur la tefte, comme on void en cefte medaille, & les Poëtes luy donnent l'Epithete de Porte-tours, & efcriuent qu'elle eftoit en vn chariot traifné par des lyons attelez, & que fes Preftres chaftrez & les Curetes l'ac-
compagnoient auec des tambours, du bouys, & des fluftes ou fiftres. Voyez ce
qu'en efcrit Ouide au liu. 14. de la Metamorphofe.
17 IVNON la Royne fut ainfi appellee, parce qu'on la reputoit furpaffer en dignité & grandeur toutes les autres Deefles, eftant fœur & femme de Iupiter.
Camille Diĉtateur luy dedia vn Temple à Rome, apres auoir pris la ville de Ve-
jes ou des Vejentes, dont il faut voir Plutarque en la vie de Camille, & Tite
Liue au liure 5. de fon hiftoire. Cneus Flaminius luy edifia au Capitole vn autre
Temple pour s'acquitter d'vn vœu qu'il luy auoit fait lors de la guerre contre
les Liguriens ou Geneuois. Pline raconte que certain Peintre fut fait Citoyen

Romain pour auoir peint la Royne Iunon dans son Temple estant en la ville d'Ardée, dont il rapporte quatre vers Latins qui ressentent fort la simplicité de l'ancien langage Romain.

18 IVNO surnommée *Sospita*, c'est à dire, Gardienne, estoit venerée par les Lanuuiens, la statuë de laquelle estoit vestuë d'vne peau de Cheure. Publius Victor en la 10. région de la ville de Rome, c'est à dire, au Palais, fait mention d'vn Temple de la mere des Dieux, qui estoit proche du Temple de Iuno la Gardienne, à laquelle les Consuls auoient accoustumé de sacrifier.

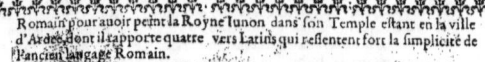

19.	20.	21.
MONETA.	FERONIA.	VESTA.
Ex nummo argenteo T. Carisi.	*Ex nummo argenteo, P. Turpiliani III. VIRI.*	*Ex nummo argenteo Q. Cassi.*

19 IVNON fut surnommée *Moneta*, à *monendo*, qui signifie aduertir, comme estime Ciceron au 1. liu. de la diuination, parce que long temps auant que Rome eust esté prinse par les Gaulois, estant suruenu vn tremblement de terre, on dit qu'on ouyt vne voix sortant du Temple de Iunon, qui estoit en la forteresse, qui aduertit les Romains de ce qui estoit à faire, & Camille luy dedia vn Temple en la place de la maison de Manlius. Aucuns estiment que ce Temple estoit au mont Auentin, & les autres qu'il estoit au Capitole. En ce Temple estoient gardez les liures qui contenoient les destinees de l'Empire Romain. Suidas autheur Grec rapporte tout autrement: car il dit que les Romains ayans affaire d'argent en la guerre qu'ils auoient contre ceux de Tarente, eurent recours à Iunon par prieres, laquelle les aduertit que s'ils vsoient des armes de Iustice, que l'argent ne leur defaudroit point, ce que leur ayant bien reüssi, ils eurent en singuliere veneration la Deesse Iunon *Moneta*.

20 FERONIA est prise par plusieurs pour Iunon. Seruius sur Virgile dit que les Circees & Rutules adoroient la Vierge Iunon, qu'on surnommoit *Feronis*. Son Temple, qui estoit rempli de richesses & dons, fut pillé par Annibal de Carthage. Les Affranchis la tenoient pour leur Deesse, parce que lors qu'ils estoient mis en liberté ils prenoient en son Téple le bonnet ou chappeau, comme remarque Plaute en son Amphitrion. Strabon au 5. liure de sa Geographie escrit qu'au pied du mont Soracte il y a vne ville nommee *Feronie*, dans laquelle y auoit vn Temple dedié à vne Deesse, portant mesme nom que la ville, & que ceux qui luy sacrifioient marchoient les pieds nuds sur les charbons ardents sans se brusler.

21 VESTA fut fille de Saturne & de Rhea qui inuenta l'art de bastir, selon le resmoignage d'Homere, d'Orphee, & de Diodore. Les anciens la prenoient tantost pour le feu, tantost pour la terre, comme escrit S. Augustin au 4. liu. de la Cité de Dieu. Quand on la prenoit pour le feu, on la repuroit vierge, & n'y auoit que les Vierges Vestales qui en auoient la garde, & il falloit que ces vierges gardassent leur virginité & le feu par l'espace de trente ans, & s'il en aduenoit faute, elles estoient enterrees toutes viues.

22.	23.	24.
CERES.	CERES ALTERA	PALLAS
Ex nummo argenteo Ex Cassij Cæsiani.	Ex nummo argenteo C. Iul. Cæsaris Dictatoris	Ex nummo argenteo Cæsaris Aug. Imp.

22 CERES vient de *creare*, qui signifie creer, comme eſcrit Varro, parce qu'on l'eſtimoit eſtre creatrice des fruicts de la terre, & pour la raiſon on luy faiſoit porter des fruicts & eſpics de bled ſur la teſte. Diodore luy attribuë l'inuention des loix, & la ſurnomme θεσμοφόρος, c'eſt à dire, Logiſlatrice. Elle eſtoit fille de Saturne & de Rhea. On l'appelloit Eleuſine à cauſe d'vne ville Eleuſis qui eſtoit au retrour d'Athènes, où elle eſtoit adorée. Elle eſtoit mere de Proſerpine, qui fut rauie par Pluton, du rauiſſement de laquelle Claudian a fait vn excellent Poëme.

23 On faiſoit des ſacrifices à Ceres qui s'appelloient *Cerealia*, & ſe faiſoient au mois d'Auril, dont voyez Ange Politian au chap. 85. de ſes Meſlanges. On la repreſentoit en habit de Matrone, ayant vne poignee d'eſpics & de poyure. On en faiſoit feſte principalement en la Sicile, qui eſt vn pays fort fertil en bleds, & qu'on appelloit le Grenier du peuple Romain, elle en auoit eſté autrefois Royne, & elle y perdit ſa fille Proſerpine. Gelon Tyran de Syracuſe luy fit baſtir vn tres-beau Temple en la ville d'Enna: on luy faiſoit porter en main vn flambeau ardent, & on luy ſacrifioit auec des torches allumees, afin d'exprimer le ſoin qu'elle eut de cercher ſa fille apres que Pluton la luy eut rauie, lors des ſacrifices que les femmes luy faiſoient, elles eſtoient veſtuës de robes blanches, & luy offroyent les premices des fruicts, dont Ouide parle en ſa Metamorphoſe.

24 PALLAS ſortit du cerueau de Iupiter tenant vne lance en main, & fut appellee d'aucuns *Minerua* qu'on reputoit vierge & Deeſſe de ſageſſe. On la repreſentoit armee, parce que la Sageſſe conioincte auec la force a beaucoup de pouuoir. On dit qu'elle fut inuentrice de l'Oliuier, qui eſt vn arbre ſymbole de la Paix, durant laquelle les eſtudes ſont en vigueur & credit. Elle eſtoit fort ſuperſtitieuſement veneree à Athenes, & à Rome par l'Empereur Domitian, comme eſcrit Suetone.

25.	26.	27.
VENVS.	DIANA	IANVS
Ex nummo argenteo C. Iulij Cæsaris.	Ex nummo argenteo C. Poſtumij.	Ex nummo argenteo triumphali.

25 VENVS fut fille du Ciel & de l'eſcume de la mer, ainſi nommee à *veniendo*, parce que par elle toutes choſes ſont engendrees & prouiennent d'elle, ſelon le dire de Ciceron au 2. liure de la Nature des Dieux. L'antiquité a adoré quatre Venus diuerſes, l'vne fille du Ciel & du iour, l'autre nee de l'eſcume de la mer, & fut mere de Cupidon qu'elle eut de Mercure,

la troisiesme fut fille de Iupiter & mariee auec Vulcan : la quatriesme fut
nommee Astarté, qui eut Adonis pour mary.   On faisoit grande feste de
Venus en l'Isle de Cypre , & pource on l'appelloit la Deesse Cyprine. Le
Myrthe luy estoit consacré & les rosés , & lors que les femmes luy sacrifioient au mois d'Auril des roses & des fleurs, elles estoient couronnees
de Myrthe,

26 DIANE ou la Lune fut fille de Iupiter & de Latone & sœur d'Apollon ou du Soleil. Les Poëtes la font vierge & fort adonnee à l'exercice de
la Chasse, accompagnee d'autres vierges, aussi est-elle peinte auec le Carquois & l'Arc. On auoit de coustume de luy sacrifier vne Biche. Elle auoit
trois formes diuerses d'appellations, au Ciel on la nommoit la Lune, en
terre Diane, & aux enfers Hecate. Aucuns l'ont prise pour Lucine, & dit
qu'elle assistoit les femmes en leurs accouchemens & gesines.

27 IANVS est dit *a Ianua*, parce qu'il est la porte ou l'entree de l'an. On
le representoit auec double visage, parce qu'il void les choses passees &
celles qui sont à aduenir. Aussi quelques vns luy mettoient vne Clef en
la main droicte, comme à celuy qui fermoit & ouuroit le temps & l'annee.
Il eut vn Temple à Rome qu'on ouuroit en temps de guerre & au temps de
paix on le fermoit. Le Temple de Ianus fut fermé seulement par trois fois
durant l'Empire Romain iusques au temps de nostre Seigneur IESVS
CHRIST. Sçauoir lors que Numa Pompilius regnoit: depuis apres la premiere guerre Punique, & en tiers lieu apres la guerre Actiaque & Victoire
de l'Empereur Auguste, sous lequel nostre Seigneur nasquit. Aucuns luy
bailloient vne verge & vne clef en la main , parce qu'on dit qu'il a esté le
premier inuenteur des serrures & des clefs, & que de Ianus les portes sont
Ianua en Latin.

28 ESCVLAPE fut fils d'Apollon & de Coronis selon Homere & Diodore, & l'interprete de Pandore. On dit qu'il fut exposé & qu'il fut trouué par des Chasseurs en vne forest où vne chienne l'allectoit, & baillé à
Chiron qui luy apprit l'art de Medecine, qu'il practiqua premierement en
la ville d'Epidaure, où il estoit adoré sous la forme d'vn Serpent, & de là
transporté à Rome. Il fut si excellent en medecine, qu'il restitua la santé à
plusieurs, desquels la guerison estoit desesperee, & de là on a creu faussement qu'il auoit ressuscité des morts, & que pluton s'en estoit plaint à
Iupiter, qui frappa Escupale du foudre, dont Apollon estant indigné tua
les Cyclopes qui auoient forgé le foudre.

29 CANOPVS fut adoré par les Egyptiens, son origine est rapportee
par Suidas & par Ruffin au liure xj. de l'Histoire Ecclesiastique en ceste
sorte. Les Chaldéens porterent du feu par toutes les regions du monde
& firent paction auec les Dieux des nations, que celuy-là seroit de tous
recogneu pour Dieu qui surmonteroit tous les autres , & parce que
les Dieux , d'or , d'argent , de cuiure , de terre & d'autres matieres
estoient consommees par le feu, par tout le Dieu des Chaldeens qui estoit
le feu, fut iugé estre vainqueur de tous les autres.   Le Prestre du
Dieu qu'on adoroit en la ville de Canope qui est en Egypte vsa de
finesse pour vaincre le feu, car il print vne cruche percee de petits trous,
dont on arrose les iardins , boucha les trous de cire, la remplit d'eau, &

mit deſſus la teſte de la ſtatuë du Dieu qu'il ſeruoit: les Chaldeens mettant le feu deſſous, par la chaleur d'iceluy la cire ſe fondit, & l'eau qui eſtoit dans la cruche eſteignit le feu, de façon que par ceſte ruſe le Dieu des Chaldeens fut ſurmonté, & le Dieu Canopus adoré comme vainqueur.

30 SERAPIS OU SARAPIS fut Dieu particulier des Egyptiens, & toutesfois recogneu en pluſieurs lieux de la Grece, & meſmes en la ville d'Athenes, comme eſcrit Pauſanias, & à Rome en la neufieſme region au Cirque Flamien. Aucuns eſtiment que Apis & Serapis eſtoit le meſme Dieu, qui eſtoit vn bœuf taché de diuerſes marques, ſelon Herodote & Mela. Sainct Auguſtin en fait mention au xviij. liure de la Cité de Dieu, comme auſſi Suidas, Strabon & Ammian Marcellin.

BACCHVS.
Ex nûmo argenteo Q.
Caſſij Q. F.

HERCVLES.
Ex nûmo argenteo M.
Perpetne Nepotis.

PAN
Ex nûmo argenteo C.
Vibij C. F. C. N. Panſæ.

31 BACCHVS fut fils de Iupiter & de Semele ſelon Homere, Heſiode, & Euripide. Ciceron dit qu'il y en eut cinq de meſme nom, il s'appelloit Dioniſius & Lyber. C'eſt luy qui ayant voyagé en Aſie & Afrique, paruint & penetra iuſques aux Indiens, & ſurmonta les Tigres. Ses ſacrifices eſtoient nommez Orgia, & ſe faiſoient de nuict par les Menades & femmes Bacchantes des montagnes, dont il faut voir Virgile & Ouide.

32 HERCVLES fut fils de Iupiter & d'Alcmene, ſelon Heſiode & Homere, & d'Amphitruo ſelon Plaute. Aucuns eſcriuent qu'il y en eut deux, trois, ſix, voire douze de ce meſme nom. Et le Docte Varron en rapporte iuſques à quarante trois. Lucian celebre vn Hercule Gaulois qui menoit vne trouppe innombrable d'hommes attachez à vne chaiſne qui ſortoit de ſa bouche. Par la haine de ſa maraſtre Iunon il ſurmonta pluſieurs Monſtres, & par ſes trauaux qu'on fit monter iuſques au nombre de douze, il s'acquit place entre les Dieux.

33 PAN eſt appellé FAVNVS par Ouide, Probus & Macrobe. On le feint eſtre Dieu des Paſteurs & de toute la nature. Il eſtoit en Arcadie adoré comme le plus ancien de tous les Dieux, & pource on le nommoit Dieu d'Arcadie. On le repreſentoit auec vn viſage & cuiſſes de Bouc, eſtant tout pelu en ſa partie inferieure. Il fut fils de Demochoron, & inuenta vne fluſte à ſept tuyaux, par laquelle on ſignifie l'harmonie des Cieux. Ceſte fluſte eſt elegamment deſcrite par le Poëte Theocrite.

CVPIDO.
Ex nummo argenteo
C. Egnatij Maxſumi.

CASTOR ET POLL
Ex nummo argenteo M.
Cordi. Ruſo.

PENATES.
Ex nummo argenteo
C. Sulpici. C. F.

34 CVPIDO fut fils de Mars & de Venus & frere du jeu qui eſt appellé Iocus. C'eſt le Dieu d'Amour qu'on repreſentoit comme vn en-

fant ayant des aifles, portant vn arc & des flefches & vn flambeau. Enfant, parce que les amoureux n'ont pas l'efprit bien raffis, & fe laiffent
trompet comme des enfans. On luy baille des aifles, parce qu'il eft incon-
ftant & volage, vn arc & des flefches, parce qu'il bleffe & navre ceux qu'il
touche, & le flambeau, fignifie le feu duquel les amoureux font efpris &
enflambez. Cupidon eft fort bien defcrit par Propetce en vne des Élegies
de fon fecond liure.

35 CASTOR & POLVX freres furent fils de Tyndarus & de Leda, felon Homere, & felon Hefiode, de Iupiter & de Leda, & felon Pindare,
Pollux fut fils de Iupiter, & Caftor de Tyndarus, & eftoient freres vterins
enfans de Leda, de forte que Pollux eftoit immortel & Caftor mortel, mais
par les prieres de Pollux, le mortel fut fait immortel. Ils eftoient reprefen-
tez comme icunes, fans barbe, robuftes & doüez de grande beauté, auec
chacun vn bonnet & vne eftoille au deffus. Ils eurent vn Temple à Rome,
qu'aucuns eftiment eftre l'Eglife qui a depuis efté dedtee aux deux freres
fainct Cofme & fainct Damian. Ils eftoient reclamez par les Pilotes, &
gens addonnez à la nauigation.

36 LES PENATES OU LARES eftoient les Dieux rutelaires d'vn pays ou
d'vne ville, tels qu'eftoient Neptune & Apollon de la ville de Troye la
grande, lefquels Enee apres le faccagement de la ville apporta en Italie.
On tient qu'il y en a de quatre fortes: Car il y en a qui font de Iupiter, les
autres de Neptune, les troifiefmes des Enfers, & les quatriefmes des hommes, & les Lares eftoient les gardiens des toicts & des maifons, & leurs demeures s'appelloient *Penetralia*. Ils auoient vn Temple à Rome au mont
Palatin vers la partie Septentrionale d'iceluy, comme remarque Tite Liue
& Macrobe.

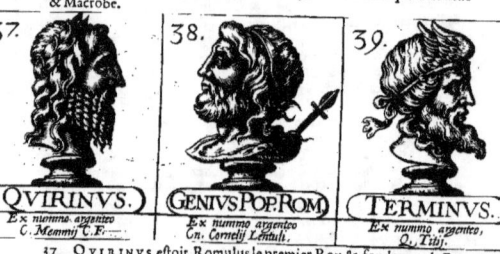

37 QVIRINVS eftoit Romulus le premier Roy & fondateur de Rome, qui apres fa mort fut compté & mis au nombre des Dieux. Tite Liue,
Denys d'Halycarnaffe, Plutarque & Florus ont amplement defcrit
fes geftes, & on tient qu'il fut tué d'vn coup de tonnerre, les autres
difent qu'il fut mis en pieces par les Patrices de Rome, & que depuis il eftoit apparu hors la ville en vn chemin en vne forme plus
augufte & prefque diuine, tellement que le peuple creut qu'il eftoit
deuenu Dieu, & inftitua en fon honneur des iours de fefte qu'ils
appellent *Quirinalia.*

38 LE GENIE eftoit le Dieu qui prefidoit à la generation des
chofes, & aucuns le prenoient pour la Nature. On luy faifoit facrifice auec du vin & des fleurs, & eftoit reprefenté par deux Serpens.
Le peuple Romain auoit fon Genie tel qu'il eft icy dépeint. Tertul-
lian efcrit que les grands fermens des anciens fe faifoient par le Genie des Princes, & Suetone rapporte que l'Empereur Caligula fit
mettre à mort plufieurs qui auoyent iuré par fon Genie.

39 TERMINVS fut eftimé Dieu, & Numa Pompilius luy dedia
vn Temple au mont Tarpeian à Rome. Apres qu'il eut borné le
Terroüer d'alentour la ville. On ne luy faifoit facrifice d'aucune
chofe qui fuft animée, ains des gafteaux, de la boüillie, & des premiers fruicts feulement. Toutesfois Ouide au fecond des Faftes,

dit, qu'on luy sacrifioit vne aignelette & vne truye. Ce Dieu estoit
representé en forme d'vne pierre, ou d'vn tronc d'arbre ou d'autre
chose dont on auoit de coustume de borner & separer les champs
les vns d'auec les autres. Le Roy Tarquin l'ancien voulant faire
bastir vn Temple superbe & auguste à Iupiter, Iunon & Minerue,
fit fouyr en terre, & la remuant on trouua plusieurs Dieux autresfois dediez par Numa & T. Tatius, & tous cederent à Iupiter & luy
quitterent la place fors les Dieux *Iuuentas* & *Terminus*, & par ceste
Histoire la diuturnité & suitte de la gloire perpetuelle du peuple
Romain est demonstree, dont voyez Angellius liure xij. chap. 6.

40.	41.	42.
BONVS EVENTVS.	HONOR.	SORS.
Ex numo argento L. *Scribonij Libonis.*	*Ex numo argento, Italiæ* *et Romæ statuas exibente*	*Ex nummo argento,* *M. Pletorij.*

40 LE BON EVENEMENT, est mis par le docte Varron entre
les Dieux qui presidoient à l'agriculture qu'il appelle *Consentes*. En
premier lieu il met Iupiter & la terre, puis le Soleil & la Lune, tiet-
cement Ceres & Bacchus : en quattriesme lieu Robigus & Flora:
puis Minerue & Venus, en fin l'eau & le bon succés ou Euenement,
car sans tous ces Dieux les Payens estimoient que le labourage
estoit inutile & infructueux. Praxiteles fit le simulachre de ce Dieu
dans le Capitole. Il reste quelque remarque du Temple qui luy
estoit consacré à Rome entre la Minerue & S. Eustache.
41 L'HONNEVR & la VERTV auoient accoustumé d'estre
peints l'vn auec l'autre, & partant la Vertu deuoit preceder &
l'Honneur suiure apres, veu mesme que le Temple d'Honneur
estoit construit en telle sorte, qu'on n'y pouuoit entrer que par le
Temple de Vertu, pour monstrer qu'on ne peut acquerir l'honneur par autre moyen que par la Vertu. Toutesfois cest ordre n'est
icy gardé, où la Vertu est mise par cy apres. Quand les Romains sacrifioient à ce Dieu nommé Honneur, ils auoient la teste descouuerte & nuë, comme remarque Plutarque. Caius Marius dedia vn
Temple à l'Honneur & à la Vertu. Ce que fit aussi Q. Maximus, &
il fut reparé par M. Marcellus selon le tesmoignage de Ciceron,
Vitruue & Tite Liue. Il se trouue diuerses Medalles esquelles on
void ensemble les pourtraits d'Honneur & de Vertu, & au reuers
Italie & Rome, où la Vertu est representee auec armes, & l'Honneur couronné de Laurier.
42 LE SORT ou la FORTVNE estoit vne mesme Deesse : son
Temple estoit situé à Rome outre le fleuue du Tybre, & luy fut
dedié par le Roy Seruius Tullius, & sa feste estoit celebree le 24
iour du mois de Iuin. Tite Liue fait mention d'vn autre Temple de
Fortune à Rome où il aduint vn prodige, parce que la couronne
qu'elle auoit sur la teste luy tomba entre les mains.

43.	44.	45.
FORTVNA ANT.	**ISIS.**	**ROMA.**
Ex nummo argenteo,	*Ex numo argenteo; in cuius*	*Ex nummis argenteis*
Q. Rusti.	*dorsò, Vita publica.*	*Consularibus.*

43 Le Poëte Horace en la 35. Ode de son premier liure parle de
la Deesse Fortune qui estoit en la ville nommee *Antium*, & Acron
son Interprete, escrit qu'en ceste ville-là y auoit vn Temple fort
renommé dedié à la Fortune, auquel plusieurs Princes auoient fait
de grands dons & presens, & qu'elle estoit la Deesse Gardienne ou
tutelaire d'icelle ville, Macrobe dit auoir veu deux simulachres de
ceste Deesse en ladite ville, & que l'vne s'appelloit *Fortuna redux*,
dont Martial & Claudian font mention, & Suetone de l'autre surnommee *Antiana* ou *Antiatina*.

44 ISIS fut fille de Iupiter Egyptien, sœur & femme d'Osirius,
desquels Plutarque a fait vn liure particulier. Aucuns la prennent
pour la Lune, parce qu'elle estoit representee en habits & vestemens
noirs & cornuë. Elian escrit qu'en vne ville d'Egypte nommee
Copros on veneroit la Deesse Isis auec des habits de dueil, en memoire de ce qu'Isis apres auoir entendu la mort de son mary Osiris,
se fit coupper les cheueux, & demeura en dueil fort long temps.
Voyez sur ce suiet Diodore Sicilien, Apulee, Corneille Tacite &
Lucian en ses Dialogues.

45 Rome fut tenuë par les Romains pour vne grande Deesse, Martial l'appelle Deesse des
terres & des nations, à laquelle il n'y a rien de pareil ny de second, c'est pourquoy Ausone
luy baille l'Epitete d'Eternelle. Elle auoit vn Temple & des Prestres & Sacrificateurs particuliers. Son pourtrait se trouue different en plusieurs Medalles d'argent. Il s'en trouue
de Neron, où au reuers Rome est figuree assise sur des armes, tenant vne couronne en la
main droicte. Il y en a d'autres où elle est assise sur sept montagnes, & à ses pieds est le
fleuue du Tybre.

46.	47.	48.
VIRTVS.	**IVSTITIA.**	**FELICITAS.**
Ex numo argenteo M. Aquili	*Ex numo greo Corinthiaco*	*Ex nummo argenteo L. Corneli*
M. F. M. Nepotis.	*Tib. Cæsaris.*	*Sullæ Fausti Fel.*

46 La Vertu est dicte à *viribus* ou bien à *viro*, par ce qu'elle est fort seante aux hommes.
Les Romains la tenoient pour Deesse, & luy fut vn Temple voüé par M. Marcellus vers
la porte Capene, lors qu'il fut Cõsul pour la premiere fois, & depuis dedié par son fils aussi, & Marius luy en bastit vn autre, mais qui estoit moins esleué en hauteur, afin de n'empescher les auspices publics, & n'estre cause que le College des Augures fust pour cela de-
moly. Ceste Deesse estoit peinte par les anciens en diuerses formes, tantost habillee d'vn
vestement honneste appellé Matronal, tantost assise sur vne pierre quarree, & tãtost ayant
vn armet en teste, comme elle est icy representee. Aussi souuent l'honneur estoit con-
ioinct à la vertu, & quelquefois la vertu auec la fortune, ayans cest escrit à l'entour, *Duce*

virtute, comite fortuna.

47 Nous ne parlerons pas de la Iustice comme vertu, mais comme vne Deeſſe, nommée *Aſtrea*, par les anciens, en l'honneur de laquelle Orphee a compoſé des Hymnes. Les Aſtrologues la mettent au Zodiaque ſous le nom de la vierge. On diſoit que Iupiter eſtoit ſon pere & Themis ſa mere. Le Philoſophe Chryſippus dans Angellius liure 14. dit que ſon image eſtoit en forme d'vne vierge, ayant le regard vehemet & formidable, la lumiere des yeux penetrante, auec vn maintien ny trop bas ny trop hautain:mais téperé & adoucy de la dignité d'vne triſteſſe reſpectueuſe. Nos Peintres d'à preſent la repreſentent les yeux bandez, & vne balance en main, & en quelques lieux elle eſt peinte comme vne vierge nuë aſſiſe ſur vne piette quarree, ayant en vne main la balance égale, &, en l'autre l'eſpee toute nuë.

48 La Felicité fut tenuë pour Deeſſe par les anciens, de laquelle S. Auguſtin fait mention en pluſieurs endroits. L. Lucullus luy fit baſtir vn Temple à Rome. Il ſe trouue vne Medalle de Iulia Mammea Imperattice, au reuers de laquelle vne femme eſt aſſiſe en vn throſne ayant vn Caducee en la main dextre, & en la ſeneſtre la Corne d'abondance, auec ceſte inſcription Latine, *Felicitas publica*. Cebes Philoſophe Thebain diſciple de Platon, en ſon Tableau la repreſente en vn lieu eminent d'vne forteteſſe aſſiſe ſur vn ſiege Royal, bien proprement veſtuë & couronneé d'vn chappeau de fleurs recentes. Iules Ceſar Dictateur commença à faire baſtir vn Temple à la Felicité, que Lepidus maiſtre de la Cauallerie paracheua, teſmoin Dion au liure 44. de ſon hiſtoire.

FIDES.   PAX.   CONCORDIA.
Ex numo argento A. Licinij Nerua Siliani III Viri.   *Ex nummo aureo Ceſaris D. F.*   *Ex nummo argento P. Fonteii Capit III Viri.*

49 Le Temple de la Foy à Rome eſtoit proche du Capitole, & fut conſacré par Attilius Calatinus. Aucuns attribuent ce Temple à Enee, qu'il dedia dans ſon Palais auparauant la fondation de la ville de Rome : les autres au Roy Numa Pompilius. On faiſoit les ſacrifices à ceſte Deeſſe ſans meurdre ny tuerie, ſans fer, & ſans ſang, mais ſes Preſtres eſtoient couuerts d'vn linge blanc, ſignifians par là que la Foy deuoit eſtre droicte & candide. On la repreſentoit par deux mains ioinctes enſemble, & quelquefois par deux petites images, l'vne mettant ſa main droicte dans la dextre de l'autre.

50 La Paix auoit vn Autel à Athenes, comme écrit Plutarque en la vie de Cimon, & vn Temple fort beau à Rome pres du Marché, qui fut cōmencé par l'Empereur Claudius, & paracheué par Veſpaſian, & fut bruſlé par vn embraſement qui ſuruint du temps de l'Empereur Commodus. Dans le reuers d'vne Medalle de l'Empereur Octauian Auguſte, elle eſt repreſentee en vierge auec vn rameau d'Oliue & vne Corne d'abondance. Et non ſans cauſe ce grand Empereur faiſoit mettre dans les reuers de ſes Medalles la Paix, parce que de ſon temps elle fut vniuerſelle par toute la terre, & lors noſtre Seigneur Iesvs-Christ auteur de Paix naſquit & apporta la vraye Paix du monde.

51 La Concorde eut diuers Temples à Rome. L'vn luy fut voué par Camillus : l'autre apres le temps des Gracques qui fut reſtabli par Opimius Conſul. Le Senat permit à Iules Ceſar de luy en baſtir vn nouueau : & l'Empereur Tybere en dedia vn que ſa mere Liuia auoit fait conſtruire, & en iceluy il eſcriuit ſon nom & celuy de ſon frere Druſus. La Corneille eſt quelquefois priſe pour la Concorde : & de fait Elian raporte que les anciens aux nopces apres Hymnee, inuoquoient la Corneille, & qu'ils la bailloient aux mariez pour ſigne de Concorde.

52. **53.** **54.**

LIBERTAS.	**LIBERA.**	**SPES.**
Ex numno argenteo	*Ex numo argenteo*	*Ex numo argenteo C.*
Bruti. C. Ldij percuſſ.	*Q. Caſſij Q. F.*	*Clodij C. F. Veſtalit.*

52 LA LIBERTÉ fut reputée par les Romains pour vne Deeſſe, & ſon Temple eſtoit au Mont Auentin à Rome, qui fut baſti par T. Sempronius Gracchus de l'argent qui eſtoit prouenu des amandes. Apres la victoire de Ceſar les Senateurs le ſurnommerent Liberateur de la Patrie, & baſtirent vn Temple à la Liberté. Les Grecs auſſi l'auoyent en ſinguliere veneration, & l'appelloient ἐλευθέρια. Le ſigne de la Liberté eſtoit le chappeau ou bonnet, par ce que lors qu'on affranchiſſoit vn Eſclaue, on luy raſoit les cheueux de la teſte, & on luy bailloit vn chappeau ou bônet pour ſe couurir. Il ſe trouue de la monnoye de Brutus qui fut vn de ceux qui tuerent Ceſar, d'vn coſté de laquelle la Liberté eſtoit figurée, & dans l'autre y auoit deux poignards mis ſur vn bonnet, auec ceſte inſcription, *Idib. Martiis*, qui eſtoit le iour auquel Ceſar dans plein Senat fut tué à 23. playes par Caſſius & Brutus & leurs complices.

53 BACCHVS eſt appellé par les Poëtes *Liber*, à cauſe de la licence de tout dire, ou parce qu'il deliure l'eſprit de ſoin & chaſſe la triſteſſe, ou bien parce qu'en Beotie il combatit pour la liberté, où il voulut que toutes les villes fuſſent libres & franches, & comme il y eut vn Têple à Rome pour le Dieu *Liber*, il y euſt auſſi vn meſme Temple pour la Deeſſe *Libera*, laquelle eſtoit pour les femmes, comme *Liber* pour les hommes. Et ce Temple qui eſtoit à l'vn & à l'autre eſtoit dans le grand Cirque, & fut baſty premierement par A. Poſthumius, & depuis reparé par l'Empereur Tybere, comme eſcrit Tacite au 2. liure de ſes Annalès. Ciceron fait mention en la 6. Verrine de *Libera*, & de Ceres, & meſme de *Liber*, & peut-eſtre que c'eſt la meſme Deeſſe que la liberté. Car tout ainſi que Brutus fit battre de la monnoye où eſtoit figuree la Liberté, auſſi en fit battre ſon compagnon Caſſius, où il fit repreſenter la Deeſſe Libera, de ſorte que ceſte monnoye fut faite pour marque de la deliurance ou liberté de Rome.

54 L'ESPERANCE fut reſpectée par les Romains comme vne Deeſſe. Son Temple eſtoit à Rome dãs le marché aux herbes, qui fut baſti par Collatinus, & bruſlé du feu du tõnerre, du temps du Cõſular de Q. Fabius, & de T. Sempronius Gracchus. On luy edifia vn nouueau Temple en la ſeptieſme Region de la ville, en la grand ruë. Heſiode feint que Pãdore à laquelle tous les Dieux auoient fait chacun vn preſent, auoit vne boëtte, qui eſtant ouuerte toutes ſortes de maux & maladies furent eſpanduës parmi le monde, & que l'Eſperance ſeule reſta au fonds d'icelle boëtte. Et Theognis eſcrit que l'Eſperance demeura en terre auec les hômes, apres que toutes ſes ſœurs s'en furent enuolees au Ciel, Son portrait en la monnoye d'Adrian Empereur eſtoit d'vne fême leuant vn peu ſa robbe auec la main ſeneſtre, & tenant vne couppe dans ſa droicte, en laquelle y auoit vne fleur, & ceſte inſcription Latine *Spes Pop. Rom.* l'Eſperãce du peuple Romain.

55. **56.** **57.**

CLEMENTIA.	**PIETAS.**	**SALVS.**
Ex numo aereo Tiberij	*Ex numo argenteo Q.*	*Ex numno argenteo*
Im. Aug.	*Cæcil. Metelli Pij.*	*M. Acilij Nepotis.*

55 L'antiquité a pareillement tenu la CLEMENCE pour Deeſſe. Apres la mort de Iules Ceſar le peuple Romain luy voüa & dedia vn Temple, comme eſcrit Plutarque en la vie de Ceſar, & Cicero en deux oraiſons, l'vne pour Marcellus, & l'autre pour Ligarius, extolle iuſques au Ciel la Clemence d'iceluy Iules Ceſar. Claudian Poëte fait mention de ceſte Deeſſe, & la deſcrit comme la Gardienne du monde. En la monnoye de Tybere au reuers on void la Clemence, & en celle de Vitellius. Elle eſt repreſentee aſſiſe tenant le laurier d'vne main, & la lance de l'autre.

56 LA PIETE' a auſſi eſté vne Deeſſe des Romains, & auoit ſon Temple au marché aux herbes à Rome, qui luy fuſt baſti & dedié par Manius Acilius Glabrio Duumvir, lequel luy fit dreſſer vne ſtatuë dorée, & ce Temple fut côſtruit au meſme lieu où auoit demeuré & habité ceſte femme Romaine, qui auoit allaitté en priſon ſon pere condamné à mourir de faim. Aucuns y a qui eſcriuent qu'elle nourrit de ſon laićt ſa mere. A ceſte Medalle on a adiouſté vne Cycoigne, qui eſt le ſymbole de Pieté, par ce qu'elle porte ſur ſes ailes & nourrit ſes pere & mere en leur vieilleſſe. Ce qu'Ariſtophane a eſcrit en ſa Comedie intitulee les Oiſeaux. Voyez le Prouerbe Grec αἰ Σωπειλαργεῖν.

57 La Deeſſe SALVS qui ſignifie Salut ou Santé, auoit vn Temple à Rome, que C. Iunius Bubulcus Conſul luy voüa en la guerre contre les Samnites, & luy dedia eſtât Dićtateur. On la repreſentoit comme vne femme aſſiſe en vn throſne, & tenant vne couppe, aupres de laquelle y auoit vn autel, & à l'entour de l'autel y auoit vn Serpent entortillé, allégeant la teſte, & ce peut eſtre parce que le Serpent eſt conſacré à Eſculape inuenteur de la Medecine, par le moyen de laquelle la ſanté eſt renduë à l'homme. Elle auoit vn ſimulacre au pays des Sicyoniens, comme eſcrit Pauſanias, & eſtoit appellee des Grecs, ὑγίεια. Les Medalles antiques portoient telles inſcriptions Salus Publica, Salus Reipubl. ou bien Salus Auguſti, eſquelles ceſte Deeſſe eſtoit figurée, & à Rome on appelloit la porte Salutaire de la ville qui eſtoit proche du Temple de Salut.

58.

VICTORIA.
Ex nummo argenteo
T. Cariſij.

59.

FLORA.
Ex numino argenteo C.
Seruilij C.F.P.N.

58 La Deeſſe VICTOIRE eſtoit adorée à Athenes & au terroüer Attique, & pareillement à Rome, où elle auoit vn Temple en la huićtieſme region de la ville qui fut conſtruić par L. Poſtumius & dedié par luy, eſtant Conſul auec M. Attilius Regulus durant la guerre contre les Samnites. Denys Halycarnaſſe eſcrit que les Arcadiens meſmes baſtirent vn Temple à ceſte Deeſſe au Mont Auentin, & que L. Sylla eſtablit des jeux en ſon honneur. On la repreſentoit ailee volante, & preſentant vne Couronne ou vne Palme. Les Atheniés la firent ſans ailes, afin qu'elle ne peuſt s'enuoler de leur ville, ainſi que les Lacedemoniens auoient peinćt Mars enchaiſné afin qu'il demeuraſt touſiours auec eux.

59 La Deeſſe des fleurs, dićte FLORA ou CHLORIS fut femme de Zephire qui eſt le plus doux de tous les vents. Lactance eſcrit qu'elle fut vne Courtiſane Romaine fort renômée, laquelle ayant acquis de grands biens, inſtitua ſon heritier le Peuple de Rome, & laiſſa vne certaine ſomme, l'intereſt ou profit de laquelle elle ordonna eſtre employé à la celebration de certains jeux qu'on appelle Floralia, & pour ce le Senat la mit au nombre des Deeſſes qui preſide aux fleurs. Les jeux ſe faiſoient le premier iour de May par chacun an : & de là eſt venuë la couſtume de planter des rameaux & de la verdure deuant les portes au commencement du mois de May. Son Temple eſtoit au Mont Quirinat en la ſixieſme region de la ville. Sa ſtatuë faićte par Praxitele fut miſe dans le Temple de Caſtor & Pollux. Elle eſtoit veſtuë d'vne Tunique, & auoit en ſa main droićte des febues & des poix chiches que les Ediles auoient accouſtumé de reſpandre ſur le peuple lors qu'on celebroit les jeux qui luy eſtoient dediez : comme a remarqué Porphyrien ſur Horace.

Le Lecteur sera aduerti que ces Medalles ont esté premierement recueillies par A-
braham Ortelius Geographe tres-excellent, & illustrees d'vne Historique narration en
Latin par François Siuert natif d' Anuers, dont la plus grande partie des discours cy
dessus a esté extraicte & traduicte en nostre vulgaire.

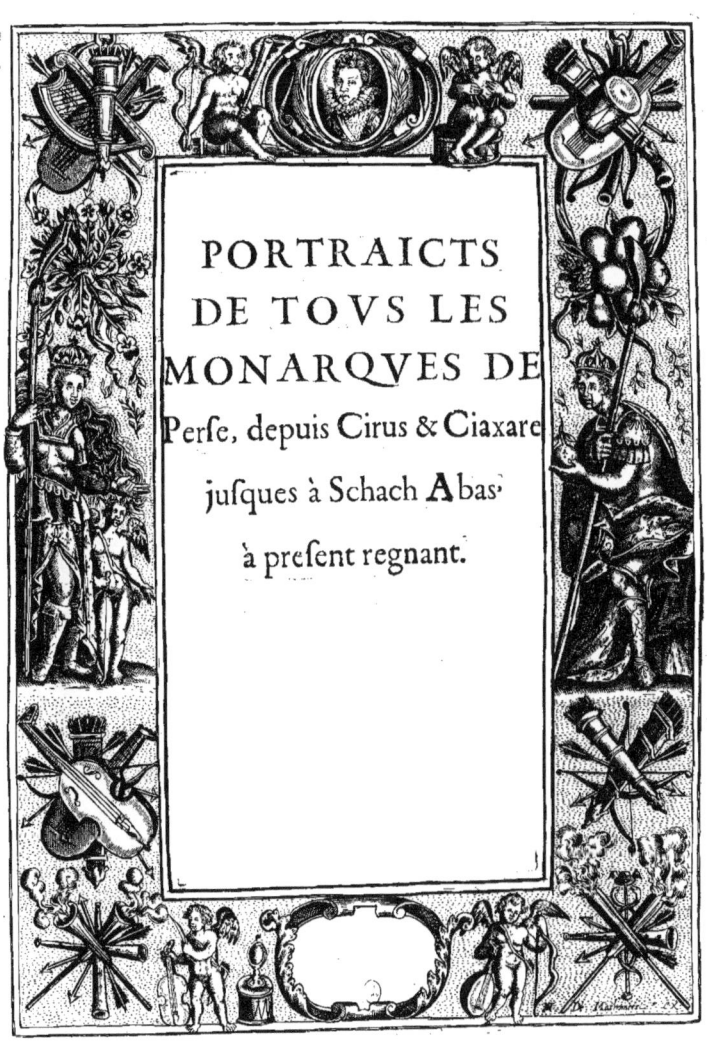

PORTRAICTS DE TOVS LES MONARQVES DE

Perse, depuis Cirus & Ciaxare

jusques à Schach Abas

à present regnant.

SOMMAIRE DESCRIPTION DV PAYS DE
Perse, mœurs, loix, & ceremonies du peuple qui y habite.

PERSE est vne region d'Orient, qui a prins sa denomination
de Persee, que Iupiter conceut en Danaé fille d'Acrise, Roy
des Argiens. Persepoly fut la ville capitale de ce Royaume,
& les habitans d'icelle prindrent le nom de Persans, en reuerence de son fondateur. Quinte Currie dit en l'histoire des gestes
d'Alexandre, qu'elle fut par luy ruynee de fond en comble, auec Dios-
poly : ceste region, selon le rapport de Ptolomee, s'attache aux limites
du pays des Medes, du costé de Septentrion, & vers le Ponant, la Prouince Susiane, appellee le Royaume de Baldach, luy est adjacéte. A Soleil Leuant elle a pour object direct les deux Carmanies, à present nő-
mees le Royaume de Turquestan : Et au Midy elle a le sein & goulfe
de Perse, dict mer de Balsere. Ce Royaume de Perse contient les Prouinces de Medie, d'Assyrie, de Mesopotamie, de Parthie , d'Hyrcanie,
de Margiane, de Bactre, de Paropamisse, d'Arie, de Drangiane, de Ge-
drosie, & de Caramanie. La Medie s'appelle pour le iourd'huy Seruan,
& confine du Leuant auecques l'Hyrcanie, & la Parthie; du Couchant
auec la haute Armenie, & l'Assyrie du Midy , auec la Prouince particuliere de Perse, & du Septentrion auec la mer Caspie. Combien que
le Turc ayt cy-deuant conquis quelques-vnes des susdites Prouinces,
le Sophy en a recouuré la plus-grande partie aujourd'huy. Les anciens
Perses adoroient sur toute autre diuinité le Soleil , qu'ils appelloient
Mitra. La Lune estoit en grande veneration entr'eux, Venus estoit singulierement honoree, comme estoient aussi le Feu, l'Eau, la Terre, &
le Vent. Les Autels & les statuës n'estoient en vsage parmy eux, ils sacrifioient à descouuert, & pour ce faire ils choisissoient quelque lieu
eminent & esleué, afin que chacun peust voir autant de loing comme
de pres les ceremonies du sacrifice, & que les vapeurs de la chose sa-
crifiee fut plus prochaine du Ciel: la beste preparee pour leur sacrifice
estoit toute couronnee & paree de festons de fleurs, mais on l'exe-
croit & chargeoit-on de maledictions , & par apres on la decoupoit
en pieces; le Sacrificateur & les assistans en prenoient chacun leur part
& portion, & leur estoit loisible & permis de l'emporter où bon leur
sembloit, sans qu'on en reseruast aucune chose, d'autát qu'ils croyoiét
que les Dieux ausquels ils immoloient n'estoient desireux de gouster
de la substance des victimes , mais d'auoir seulement l'ame. Depuis
vne coustume venant de Grece se glissa parmy ceste nation, & luy apprint à brusler les intestins & entrailles des holocaustes. La superstiti-
on y fut grande à l'endroict du Feu & de l'Eau: le sacrifice qu'ils faisoient au Feu estoit de bois sec, qu'ils escorçoient, & arrousoient de
gresse la plus proche des os, cest arrousement estoit accompagné d'v-
ne infusion d'huile, ils n'auoient garde de faire autrement , car il leur
estoit estroitement defendu de souffler ou allumer le feu auec la bouche, mais auec quelque esuantoüer ou instrument faisant vent: s'il aduenoit à quelqu'vn d'entr'eux quel qu'il fust d'y souffler , ou ietter
quelque chose morte, ou sale dedans, sans grace ou remission on le
faisoit mourir. Ils honoroient l'Eau de telle sorte, que nul d'entr'eux
n'osoit se plonger ou lauer dans les riuieres, ny faire son eau , ny cracher, ny ietter ordure quelconque. Leur maniere de sacrifier à l'Eau
estoit telle; Venans aupres quelque lac, riuiere , ou fontaine , ils faisoient vne fosse, dans laquelle ils coupoient la gorge à la victime &
beste du sacrifice , prenant sur tout garde que le sang ne se respan-
dit point iusques à l'eau prochaine , pour autant que cela (comme il
leur sembloit) eut contaminé & souillé toute leur ceremonie. La chair
de la beste immolee estoit estenduë par les Prestres & Sacrificateurs
sur des feuilles de myrrhe & de laurier, puis par eux bruslee auec des
petites ardelles ou buschettes fort subtiles & delices : tandis que ces
choses brusloient ils murmuroient certaines imprecations dessus, &
les maudissoient durant ce: ils mesloient à leur sacrifice du laict, du

miel, & de l'huille. Les Roys estoient esleus d'vne seule famille vn tēps fut, & quiconque desobeyssoit au Roy, apres luy auoir coupé la teste & les bras estoit ietté aux champs sans sepulture. Les Assyriens tenans la Monarchie, les Roys de Perse n'estoient en bruit, & depuis mesme qu'Arbace Roy des Medes l'eut vsurpee iusques à Astiages, le Persan estoit sans nom: Mais Cyrus fils de Cambises simple Gentil-homme, & natif de Perse, de la fille d'Astiages, rauit l'Empire aux Medes, & le transporta en la Maison de Perse. Or les Roys Persans se delectoient à faire bastir leurs Palais & demeures sur des montagnes, où ils mettoient leurs tresors, finances & deniers prouenans de leurs tributs, gabelles & maletostes. Le trafic qui se faisoit sur mer leur rēdoit quelques certaines sommes d'argent par an, & n'auoient de celuy qui se faisoit en terre ferme que quelques choses qui abondoient en chacune region, comme laines, grains, drogues, medicaments, huilles, miel, bestail, couleurs, & autres denrees. Il y auoit certaine Loy qui lioit la puissance des Roys, car ils n'eussent osé faire mourir vn de leurs subjects ou autres, qui n'eut commis qu'vn simple crime. Ceste Loy s'estoit encore vsagee sur les Persans, aucun d'eux n'osoit mal traitter ses domestiques: Il leur estoit permis d'espouser plusieurs femmes, & auoir des concubines en abondance, afin qu'il y eut multitude d'enfans. Les Roys donnoient des recompenses à ceux qui en faisoient le plus en vn an: si tost qu'ils estoient nez, on les mettoit entre les mains de quelques femmes ordonnees pour les nourrir delicatement, & soigneusement, & ne les representoit-on à leurs peres qu'ils n'eussent atteints l'aage de cinq ans, à celle fin que s'il arriuoit qu'ils decedassent en bas aage, le pere ne les ayant veus, n'en receut point de fascherie. Leurs mariages ne se faisoient qu'au Printemps, & durant l'Equinoxe d'iceluy: L'Espoux le premier iour de ces nopces ne mangeoit en tout son souper qu'vne pomme, ou quelque peu de mouelle de chameau, & apres s'estre ainsi sobrement repeu se rendoit au lict de son espousee. Il y auoit des Academies & lieux d'exercice pour la ieunesse, où depuis l'an cinquiesme iusques au vingt & quatriesme de son aage, elle estoit enseignee, & apprise à se tenir à cheual, bien piquer, voltiger, à tirer le dard, lancer la iaueline, & à manier toutes sortes d'armes entr'eux vsitees, & sur tout à bien parler, & à dire verité. On choisissoit pour leurs maistres & gouuerneurs des gens sages, de grād sçauoir, & de reputation: on leur apprenoit les loüanges de leurs Dieux, & les histoires des hommes vaillans & genereux: on faisoit accoustumer ceux qui deuenoient robustes à supporter le froid, & le chaud, à viure sobrement, & à manger du pain sec, à boire de l'eau claire ou trouble selon la rencontre, pour tout breuuage, passer à nage les torrents & riuieres inguayables, courre à qui mieux mieux dedans vn Cirque, qui contint pour le moins trente stades. Bref tant que duroient les iournees on les occupoit à faire quelques exercices pour les engarder d'estre oisifs, la dissolution en leurs habits leur estoit prohibee, mais trop bien leur estoit-il permis de porter à leur col vne certaine pierre nommee Pirope, dequoy ils faisoient beaucoup de cas: Dés l'aage de vingt ans iusques à cinquante, ils portoient les armes: ils ne sçauoient ce que c'estoit de plaider & de faire trafic de marchandise. Pour armes ils vsoient d'vn corselet d'escailles bien fort, de petits boucliers faicts à mode d'vne lozange, d'vn carquois, & d'vn arc; & portoient encore l'espee & la dague allans à la guerre: leur affublement estoit le calzebas, ou turban. Les Princes portoient des hauts de chausses, & leur hocqueton venant iusques aux genoux, & doublé de couleur blanche, & bigarré de diuerses couleurs par dehors. En temps d'Esté ils se vestoient de pourpre, & en Hyuer de toutes sortes de couleurs selon leur fantaisie, & grossierement. Le menu peuple se vestoit d'vn double habit qui deualoit iusques à demy cuisse, il couuroit sa teste d'vne grande entortilleure de voile, on de linge, qui sont les turbans d'aujourd'huy. Leurs licts, mesnages & vaisseaux à boire estoient enrichis d'or: ils parloient de leurs affaires à ieun, & ne les resoudoiēt

qu'apres auoit beu, penfans que leur iugement & leur efprit eftoit plus
habile à conceuoir quelques aduis & refolutions pour leurs negoces:
s'ils rencontroient allant & venant quelques-vns de leurs amis qui
fuffent de pareille qualité ou condition qu'eux, ils les carreffoient, &
faluoient, leur donnant vn baifer en bouche; fils rencontroient quelques-vns qui leur fuffent inferieurs, ils ne les baifoient qu'en la iouë,
mais quand ils paffoient pardeuant les Potentats, ils s'inclinoient, &
faifoient vne bien-humble reuerence. C'eftoit vn grand forfaict de
cracher ou de rire deuant leur Roy: Ceux qui difoient menfonge
eftoient grandement blafmez, & les rejettoient de leur compagnie.
Ils deteftoient les Grecs qui croyoient que les Dieux fuffent fortis des
hommes: mais ils auoient vne tres-fale & abominable couftume, de
permettre aux peres qui eftoient tombez en neceffité & difette, de
proftituer leurs filles. Vne Loy eftoit entr'eux, par laquelle il eftoit
permis & loifible aux peres & meres de mener tous les ans leurs filles
qui eftoient d'aage nubile, au marché, & illec à cry public les expofer
en vente à quiconque les vouloit prendre en mariage: fi les belles
eftoient acheptees, & que les laides demeuraffent en arriere, elles
eftoient dotees de quelque partie & portion de l'argent prouenu de la
vente des belles, pour eftre mariees. Ils ne faifoient pas beaucoup d'e-
ftat des morts, ils fe contentoient de les oindre de miel & de cire, & ne
les enfepultutoient. Ceux d'aprefent viuent d'vne autre maniere, ils
font doux, gracieux, & courtois enuers les eftrangers, liberaux, &
n'ont rien de barbare en leurs mœurs côme les Indiens & les Scythes
leurs voifins. Ils font bien policez & fuiuent les lettres, & parmy eux
fe trouuent de grands Aftrologues, & d'excellents Medecins, & grâds
Poëtes, qui ont des inuentions non feulement gentiles, mais admirables. Le commerce s'y remuë, les Arts mecaniques s'y exercent, les
draps d'or, d'argent, & de foye de toutes fortes s'y manufacturent.
Les femmes y font belles, & honorees grandemét de leurs marys. Pour
leur langage il eft fort agreable, & pratiqué en la plus grande partie
des Cours des Princes du Leuant, autrefois ils auoient des caracteres
particuliers, mais depuis qu'ils ont embraffé le Mahumetifme, ils fe
font feruis de la langue Arabique. Les richeffes font grandes enquoy
confifte ce Royaume, & peut-on en tirer vne grande conjecture de ce
que Tammas Sophy de Perfe (qui n'agueres regnoit) ordonna qu'on
ne leueroit plus la gabelle de ce qui entroit dans fes terres, & fortoit
dehors, & cefte gabelle montoit à quatre-vingts dix mille Tomans, ce
qui vaut vn million huict cents mille efcus, pource qu'vn Toman vaut
vingt efcus: il n'auroit pas retranché vne fi grande ferme qui luy faifoit vne fi grande fomme annuelle, s'il n'euft penfé en receuoir d'ailleurs. Tous les Eftats des Perfans font diuifez en fept Prouinces, ou
Generalitez. Celle d'Ifpaan rend fept cents mille efcus, & celle de Se-
ras autant, qui ne font pas toutesfois les plus riches, veu que celles de
Coraffan, & de Diagurment les furpaffent de beaucoup: l'vne pour
affluer en metaux & turquoifes, & l'autre en foye. Il tire de grandes
& immenfes fommes des terres de fa domination, de la dixme des
fruicts, du profit des mines, & des boutiques, veu que celuy qui veut
dreffer vne boutique ou magazin dequoy que ce foit, eft tenu & obligé de payer certaine fomme au Roy par chacun an. Les prefents particuliers & les recognoiffances des communautez, les confifcations, &
telles autres chofes auecques les tributs des Princes fes vaffaux, luy
rapportent beaucoup, & entr'autres la Principauté de Lar. La force
de ce Royaume confifte plus en la valeur qu'au nombre des hommes:
Il y a trois efpeces de gens de guerre, l'vne eft entretenuë aupres du
Roy & à fes defpens, l'autre eft des Timariots, qui confifte plus en Cauallerie, qu'en Infanterie, qui n'a pour fa folde & entretien que certaine portió de terre qui luy eft affignee, pour icelle mettre en valeur;
la troifiefme eft compofee de diuers eftrâgers, qu'on leue pour de l'argent, & principalement de Gargeftan, ou de Tartarie. Ce pays eft co-
pieux en metaux, & en trempes excellentes, & de bon fer. Les Perfans
font gouuernez plus politiquement que les autres Mahometans, & la

puissance Royale est mieux reglee parmy eux, qu'elle n'est en aucun Royaume de leur Religion. Les Roys viuent autant fraternellement que royalement auec leurs freres, & la Noblesse s'entreporte vn grãd respect. Il y a quatre sectes de Religion parmy eux, celle d'Alli, Abubequer, Omar, & Odman: Alli donna l'estre à celle qu'on appelle Imenie, que les Persans, Indiens, Arabes & Gelbins d'Afrique obseruerent auec grand zele & feruer. Ismaël, Sophy, se disant de celle-là d'Alli, la meit en vogue, & courut sur ses voisins qui ne la voulurent receuoir; en souuenance aussi des douze fils d'Ocen fils d'Alli, il porta le turban rouge auec douze pointes autour, & ordonna que tous ceux qui seroient de pareille secte le porteroient : Ceux qui habitent entre l'Euphrate & l'Abian, & la mer Caspie, & le golfe Persique, suiuirent ceste Religion: & ces peuples s'y sont tellement arrestez, qu'il y a peu d'apparence qu'on leur en puisse faire embrasser vne autre. Venons à la Chronique des Monarques de Perse.

Cyrus et Ciaxare reg. 2 ans. 2 Cambises reg 7 ans. 5 mois
Cyrus seul 2 ans.

CYRVS petit fils d'Astiages, estant en Perse auec son pere, viuant en homme priué, fut sollicité par Harpagus, que le Roy auoit grandement outragé (luy ayant fait manger de la chair cuite d'vn sien fils) de se reuolter contre iceluy, promettant donner entree dedans le Royaume, luy offrant toutes sortes d'assistance s'il vouloit venger son iniure, & la sienne, pource que son ayeul luy auoit voulu oster la vie. Cyrus presta l'aureille à ses persuasions, refusa le tribut ordinaire & l'obeïssance aux Medes. Astiages arma & donna la charge & conduite de son armee à Harpagus, qu'il cuidoit auoir oublié la cruauté qu'il auoit receuë. Les deux armees se ioignirent, & Harpagus auec grand nombre de ceux auec lesquels il auoit intelligence se tourna du costé de Cyrus, qui chargea si furieusement les Medes, que leur armee fut mise en route, & Astiages contraint de s'enfuïr. Quelque temps apres desirant s'en ressentir, il donna derechef bataille, où Cyrus le print prisonnier, & le deuestit de sa Monarchie, luy donnant la vie sauue, & permit qu'il commandast sur les Hyrcaniens. Apres ceste victoire Cyrus commença à regner auec son oncle Ciaxaré, ou Darius, & ne regnerent ces deux Princes ensemble que deux ans : Car Ciaxaré decedant, Cyrus demeura seul. Son regne fut trauaillé du Monarque d'Assyrie, qui assisté des Arabes, Syriens & Lydiens, fit de grands degasts sur les Medes. Cyrus pour y remedier meit le siege deuant Babylone, & la print d'assaut. Apres ceste conqueste prenant les Iuifs en grace, leur permit de fermer Hierusalé de murailles, & de reedifier le Temple pour y seruir Dieu selon leur Loy: ce fut l'an du monde 3417. Apres plusieurs beaux faicts d'armes, fortune luy tourna le dos, & fut occis en vne bataille par les gens de Thomyris, Royne des Massagetes, qui luy ayant faict trancher la teste pour venger la mort de Spagatpylé son fils, la baigna dedans vn vase plein de sang, luy disant par mocquerie, r'assasie toy du sang en ta mort, duquel tu fus si insatiable en ta vie. Les Perses l'inhumerent à Pasagarde, lieu où les Roys de Perse estoient sacrez. Il regna vingt-neuf ans, & laissa de sa femme Cassandane fille de Pharnaspé, son aisné qui luy succeda.

2. Cambises fut dissemblable en vertus à son pere, viuant sans Religion, plus cruël que vaillant, empescha les Iuifs de bastir le Temple, que leur auoit permis son pere, cuidant espouser la fille d'Amasis Roy d'Egypte, il espousa Niretis fille d'Apire, ayant recogneu la fraude d'Amasis il se ietta dedans son pays auec tous actes d'hostilité, & vengea la mort de son beau-pere; desfit Amasis, & son fils Phammenee: S'estant porté à l'impieté & à ruïner les Temples des faux Dieux, il en fut puny, & deuint furieux; puis fit occire plusieurs de ses plus proches parents & amis, & entr'autres Smerdis son frere, pour auoir songé qu'il l'auoit veu seoir sur le trosne Royal; viola les loix du pays, espousa sa propre sœur Prexaspé, qui auoit par son commandement tué Smerdis. Estant enquis de luy en quelle opinion le tenoient les Perses, & luy ayant dit qu'ils le tenoient en tresbonne, hors-mis qu'il ne trouuoient pas decent qu'il beust tant, fit venir le fils de celuy qui l'auoit dit, & en sa presence ayant encoché son arc, luy tira droict dedans le cœur; & en se mocquant dit à son pere, n'est-ce pas bien tirer pour vn qui boit tant. Sa mort fut malheureuse, comme il montoit à cheual, son espee se desgaignant luy donna dans la cuisse, ou se meit la gangrene. Il mourut pres Ecbatane où luy predit l'Oracle, apres auoir regné sept ans & cinq mois, sans laisser des enfans masles pour succeder à ceste Monarchie, où les femmes ne succedoient point.

3. Smerdis mages regis. 8. mois   4. Darius filz d'Histaspe regis 36. ans

3. Le Mage Smerdis, feignant estre le fils de Cyrus, qu'auoit faict tuer Cambises par Prexaspé, paruint à l'Empire. Pour s'y establir & gaigner les cœurs d'vn chacun, abolit tout plein d'imposts que ses predecesseurs auoient leué sur les Prouinces dependant de l'Empire. Les Perses ne luy vouloient pas autrement de bien, pource qu'il ne se laissoit voir, & qu'vn bruit sourd couroit par entr'eux, qu'il n'estoit point ce qu'il disoit estre; voyant qu'il ne paroissoit en public l'en soupçonnerent dauantage: pour leuer tout doute s'adresserent à Otan fils de Pharnaspé, qui auoit vne fille nommee Phedyne, qui seroit de concubine au Mage, comme elle auoit faict à Cambises. Enquise auec qui elle couchoit, ne sceut que dire, pource qu'elle n'auoit iamais veu Smerdis fils de Cyrus: son pere luy donna aduis que lors qu'elle seroit couchee auec le pretendu Smerdis, qu'elle tastast si elle luy trouueroit des aureilles, à cause que le Mage Smerdis les auoit coupees par le commandement de Cyrus autrefois: icelle obtemperant à la volonté de son pere, trouua qu'il estoit essorillé, & l'en aduertit. Sept des principaux d'entre les Persans conspirerent contre luy: desfirent luy & les autres Mages, qu'ils taillerent en pieces; & Prexaspé craignant

de venir en leurs mains, apres auoir confeſſé le meurtre commis en la
perſonne de Smerdis, ſe precipita luy-meſme. Ce Mage regna enuiron huict mois. La race de Cyrus ne regna gueres en Perſe:le troiſieſme heritier ne monta au troſne paternel.

4. Darius fils d'Hiſtape, eſtant retourné de ſon gouuernement de
Suſe, trempa dans la coniuration faicte par Aſpolatine, Grobria, In-
tapherne, Megambyſe & autres, qui tous eſgaux en grandeur, reſolu-
rent pour oſter le debat qui auroit peu naiſtre entr'eux, de faire eſlection de l'vn d'eux à la Monarchie des Perſes, & d'aller tous aux
champs au leuer du Soleil, & que celuy de qui le cheual henniroit le
premier, ſeroit faict Roy. Le cheual de Darius hennit le premier par
la ruſe de ſon Eſcuyer, qui auoit caché vne iument és enuirons; par ce
moyen il fut proclamé Roy : l'Aſie & l'Arabie luy rendirent vne
obeïſſance volontaire, bien qu'elles euſſent eſté rebelles à ſes deuanciers. On le tenoit pour vn des plus vaillans de ſon Royaume: pour ſe
rendre affectionné des Perſes, il eſpouſa les deux filles de Cyrus. Les
Iuifs rentrerent en liberté, & leur fut loiſible de paracheuer les murailles de la ville de Hieruſalem & le Temple : leur commandant de
prier Dieu pour ſa proſperité. Aucuns ſont d'opinion que c'eſt luy
que la ſaincte Eſcriture nomme Aſſuerus : Il departit ſon Empire en
dix-neuf Gouuernements, ou Prouinces ; il chaſtia la rebellion des
Babyloniens par la fidelité de Zopire : voulant venger la mort de Cyrus ſur les Scythes, il perdit enuiron quatre-vingts dix mille hommes:
voulant ſeigneurier toute la Grece, fit trois ans durant vn grand amas
de gendarmerie pour parfaire ſon deſſein. La reuolte d'Egypte le re-
tarda, vne maladie qui le ſurprint par les chemins, fit que la mort arreſta la courſe de ſes entrepriſes, l'an trente-ſixieſme de ſon regne, &
du monde 3498. en la 73. Olympiade.

5 Xerces reg. 21. an.   6 Artaban reg. 7. mois.

5. Xerces fils d'Atoſſe fille de Cyrus, (les differends eſtans vuidez qui
eſtoient entre pluſieurs qui concurroit à la Monarchie des Perſes) par
la deliberation des Eſtats fut eſleu Roy, comme eſtant né fils de Roy,
ſans auoir eſgard à la contention qui eſtoit entre les enfans de Darius,
entre leſquels Ariamene, ou ſelon aucuns Artabazane, comme eſtant
l'aiſné ſembloit deuoir emporter la Royauté, ſelon la couſtume des
Perſans, qui donne le droict à l'aiſné. Iceluy apres la paiſible poſſeſſion de ſon Royaume, debella les Egyptiens; leut bailla puis apres
pour les tenir en bride Achemene ſon frere de pere, que tua Inare
Roy de Lybie : il leua vn million d'hommes pour ſubjuguer la Grece,
il en alla autrement. Les Atheniens ſous la conduite de Themiſtocles
pres Salamine, & depuis ſous celle d'Ariſtide à Platees, firent de
grands eſchets à ſa preſomption: de vray qu'il bruſla Athenes, apres
la deffaicte qu'il ſouffrit pres le fleuue Eurymedon, ſous la conduite
& magnanimité de Cymon Athenien, fut contraint de ſe retirer chez

luy. Artaban voyant que la fortune luy auoit tant de fois tourné le dos, vint au mespris, & presuma qu'elle luy ouuroit le sentier pour paruenir à la Monarchie d'oresnauant, de maniere qu'il se disposa d'assassiner Xerces: ce qu'il executa, l'ayant surpris en dormant. Ainsi finit la terreur du monde, apres auoir regné 21. an.

6. Artaban est mis par aucuns au rang des Monarques des Perses, pour les auoir dominez sept mois, & pendant ce temps occupé le trosne Royal, ayant proditoirement assassiné son Prince; pour cacher ce mauuais acte il l'imputa à Darius son fils aisné, & prouoqua son frere Xerces à venger l'homicide faict en la personne de son pere: cestuy croyant qu'il auoit esté homicidé par son frere, luy court sus, & le fit mourir, cuidant faire sacrifice propice de la vie de son germain, à celuy dont ils auoient en tous deux leur estre. Artaban desblayé de celuy qu'il desiroit pour mieux entrer en lice, pense assisté de ses enfans, qu'il falloit se ietter sur celuy qui auoit trauaillé pour luy. Artaxerces n'estant le plus fort, suit le peril menaçant, & ayant ramassé ses forces & son courage, r'entre dedans le Palais, où il fit porter le supplice à Artaban, & à ses confederez de leur felonnie, se rendant maistre de ce qui luy appartenoit.

7. Artaxerces 2. fils de Darius, ayant chastié seurement ceux qui auoient apporté les mains violentes à la mort de son pere, establit vn tel ordre aux affaires de son Royaume, qu'il fut en reputation d'vn tres-sage & aduisé Prince, bien qu'il fut bien ieune. Themistocles eut recours à luy, quand ses concitoyens le contraignirent par enuie qu'ils luy portoient, de s'absenter. Les Egyptiens voulurent leuer les cornes alencontre de luy, comme aussi les Atheniens; il leur meit en teste Acamene, dont les exploicts ne furent heureux; Artabaze & Megabize, deux excellents Capitaines furent plus heureux, ils rompirent la ligue des Egyptiens auec les Atheniens. Apres auoir regné 44. ans, il mourut, & laissa deux fils. Il fut bon Prince aymant la paix, les Iuifs ne furent oppressez pendant son regne, & Esdras fut Chef de la police en Hierusalem.

8. Xerces 2. du nom, fils d'Artaxerces, succeda comme aisné à son pere: son regne ne fut que de deux mois.

9 Sogdian regna 2 mois   10 Darius surnommé le Bastard regn. 19

9. Sogdian 2. fils d'Artaxerces, succeda à son frere Xerces, & ne dura en sa domination que huict mois. De son frere & de luy les histoires ne sont pas beaucoup de mention, pource qu'ils regnerent peu.

10. Darius surnômé le Bastard 2. du nom, monta à la Monarchie apres le decez de Sogdian. Les Egyptiens s'osterent de son obeyssance, pour se renfermer sous la domination d'vn nommé Sair. Les Lacedemoniens se lierent d'alliance auec luy, & ayderent à le faire victorieux des Medes, sur lesquels il seigneuria. De Parisatide sa femme, il eut deux fils; l'vn nommé Artaxerces, & le plus ieune Cyrus. Apres auoir regné 19. ans, il mourut en l'an du monde 1562. l'année mesme qu'Athenes fut bruslee, prise & mise à sac par les Lacedemoniens, & que Denis le Tyran fut chassé de Sicile.

11 Artaxerces 2 regn. 36 ans   12 Darius Artaxerces surnome ochus reg. 26 ans

11. Artaxerces 2. du nom, fils de Darius le Bastard, succeda à son pere, & fut surnommé Mnemon, pour s'estre monstré trop seuere enuers son frere Cyrus son puisné, qu'il detint longuement en ses prisons, & dont il eschappa. Il pensa perdre sa vie auec sa Monarchie, car sans qu'il s'aduança trop en vne bataille qu'il luy donna, il l'eut chassé de son siege. Les troubles appaisez que luy donnoit son frere, iceluy estant decedé il se disposa à la paix auec les Grecs, & ses voisins. Ayant regné 36. ans, il laissa pour luy succeder Darius Artaxerces.

12. Darius Artaxerces, fils d'Artaxerces 2. du nom, en voulut aux Iuifs au commencement de son regne, puis print vne ville sur eux, chassa les citoyens hors d'icelle, & les relegua pres la mer Caspie. Artabaze vn de ses principaux Satrape se reuolta contre luy: mais en fin il paya sa reuolte pour la perte de sa vie. Apres auoir regné 26. ans, il fut empoisonné par Bagoas Eunuque, auec tous ses enfans, excepté Arsamé.

13 Arſanie regn. 4 ans. 14 Darius 4 reg. 6 ans

13. Arſamé fils de Darius Attaxerces, ſurnommé Ochus, ayant eſchappé les embuſches de Bagoas qui auoit taſché de l'empoiſonner, comme il auoit faict ſon pere, & ſes freres, paruint à la Monarchie, & d'icelle iouyt quatre ans. La meſchanceté de Bagoas ne ceſſant de l'aguetter pour s'en deffaire; enfin trouua moyen de l'empoiſonner. Iceluy penſant faire le meſme à vn des grands Seigneurs de Perſe, nommé Coloman, fut deſcouuert, & pour ſon loyer contrainct de prendre le poiſon qu'il vouloit luy bailler.

14. Darius 4. du nom, auant qu'entrer en la Monarchie des Perſes, s'appelloit Coloman. Apres auoir regné ſix ans, fut trauaillé de grandes guerres par Alexandre le Grand, qui pour s'inueſtir de ſon Empire, luy fit perdre la vie, & demolit la Monarchie de Perſe en l'an du monde 3635. en la 112. Olympiade, & 228. ans ou enuiron, apres que Cyrus l'vſurpa ſur les Medes; elle fut plus puiſſante que celle des Aſſyriens, mais elle ne fut pas de ſi longue durée.

15 Artaxare ou Artaxerces. regn. 15 ans 16 Sapore. reg. 31. ans

15. Artaxare, ou Attaxerces, Perſan de nation, mais de baſſe origine, releua la Monarchie des Perſes, qui ſembloit eſtre enſeuelie dedans celle des Macedoniens: deffit Artaban dernier Roy des Parthes, qu'il priua de la vie, & de la Monarchie qu'il auoit vſurpee pendant les diuiſions qui ſe meurent entre les Princes & Seigneurs de Macedoine, apres la mort d'Alexandre le Grand. Pendant ſon regne les Mages furent en grande authorité, & rien ne ſe faiſoit ſans qu'ils y fuſſent appellez, tant ils eſtoient en credit; auſſi eſtoit-il fort verſé en leur ſcience & ceremonie. Il mourut ayant regné quinze ans: en luy commença la lignee des Artaxarides.

16. Sapore premier du nom, & le deuxiesme de ceste nouuelle lignee, obtint la Monarchie l'an de grace 243. sous l'Empire de Gordian, & eut plusieurs choses à demesler auec luy, où il eut tarost du bon, tarost du pire. Apres la mort de cest Empereur, il deffit les legions Romaines, que l'Empereur Valerian luy auoit mis en teste, & l'emmena prisonnier en Perse, où il mourut en seruitude. Odenat Roy des Palmyreniens occupant l'Empire de Leuant, le contraignit de se renfermer dedans ses bornes, où il mourut. Apres auoir regué 31. an, Ormisdate luy succeda.

17. Ormisdate reg 1. an.   18 Vardané reg. o.

17. Ormisdate ou Hormisda, succeda à Sapore: Son regne ne dura qu'vn an, & ne fit chose digne de memoire.
18. Vardané, & selon aucuns Vararanes, ayant succedé à Ormisdate, rechercha plustost la paix que la guerre : Sous son regne l'ancienne valeur des Perses parut engourdie, & ne se remua aucunement. Il enuoya par ses Ambassadeurs de grands presents à l'Empereur Aurelian, & l'entretint en confederation.

19. Vardané 2. reg. 16 ans.   20. Vardané 3. regn. 4. mois.

19. Vardané 2. du nom, succeda à Vardané premier; aucuns l'appellent Narsée; il eut guerre auec l'Empereur Probus, & apres sa mort se ietta dedans l'Orient. Carus & ses enfans briderent ses conquestes en ce païs-là, & reprindrent sur luy la Mesopotamie, & penetrerent bien auant dans l'Asie. Il regna seize ans.
20. Vardané 3. du nom au Royaume de Perse, fut surnommé Seganesina, à cause que son pere estoit Roy des Seganes, & qu'il les auoit surmontez. Son regne ne fut que de quatre ans.

21.*Narsæ* . regn . 7 . ans . 22.*Misdate* regn . 7 . ans .

21. Narsee fut homme vaillant, & de si grande expedition , que l'Armenie & la Mesopotamie le redouterent fort , & n'eust esté que Galere Maximian opposa ses armes pour leur deffence à celles de ce nouueau Monarque , elles couroient le hazard de luy estre tributaires: Ayât eu du pire en vne seconde bataille qu'il eur contre luy, Diocletiã luy tourna le dos & le mesprisa; luy court sus pour l'exterminer, print son bagage , le spolia de toutes ses richesses; fit prisonnieres ses femmes, sœurs, & enfans, & les emmena à Rome. Apres ce mal-heur, la Monarchie de Perse commença à ne voler plus que d'vne aisle , & Narsee deceda en la mesme annee de sa deffaicte, de rage & de despit, en l'an septiesme de son regne.

22. Misdate fils de Narsee succeda à son pere, par le commandement duquel il fut couronné Roy estant encore au ventre de sa mere. Il mourut ayant regné sept ans , & ne fit chose digne d'estre inseree és Histoires.

23.*Sapore* . 2. reg. 7. ans . 24.*Artaxerces* . 3. reg 11.ans .

23. Sapore 2. du nom fils de Misdate , estant arriué au temps propre à porter les armes, reconquit ce que ses predecesseurs auoient perdu en Mesopotamie & Assyrie : à la sollicitation de ses Mages & Sacrificateurs , il employa ses forces à trauailler les Chrestiens furieusement; fit mourir ce bon & sainct personnage Simeon, Euesque. Constantin le Grand le pria par lettres de relascher vn peu de sa fureur enuers les amis de l'Empereur de Rome. Apres la mort de Constantin il recommença mieux que iamais , & redoubla sa rage encontre les pauures Chrestiens. Arsacé comme il guerroyoit les Armeniens , le vainquit,

& le contraignit de se retirer en Perse: releué de ceste perte, il deffit
Iulian l'Apostat. Apres plusieurs beaux exploicts de guerre Sapore
passa de ceste vie en l'autre, l'an de grace 379. aagé de 70. ans, & ayant
regné autant que vescu, il eut de ses femmes Ormisdate, Adarnasse,
Narsee, & Attaxerces.

24. Attaxerces fils de Sapore, fut par luy denommé pour luy succeder,
combien qu'Adarnasse deust aller deuant ; la cruauté de son naturel
l'en empescha. On dit que les Mesopotamiens ayant faict vn present
à Sapore d'vne riche tente de cuir de chameaux, enrichie d'or & d'autre broderie, il la donna à Adarnasse, luy demandant si ce present ne
luy sembloit pas beau ; si i'estois Roy, respondit-il, i'aymerois mieux
qu'il fut de cuir & peau d'hommes. Cét Attaxerces n'esmeut aucunes
guerres, ains se contenta de iouyr de la paix que les Romains auoient
contractee auec son pere, n'estendant son Empire plus loing que les
Prouinces qu'ils luy auoient quittees. Ayant regné vnze ans, il trespassa, laissant son fils Sapore pour succeder.

25. Sapore 3. du nom fils d'Attaxerces, regna cinq ans: On parle diuersement de sa mort.

26. Varané succeda à Sapore, & entretint la paix fidelement iuree auec
les Romains, n'osant se remuer à cause de leur bon-heur & victorieux
succez : il tint le Royaume de Perse dix ans, & mourut.

27. Iidigerté Monarque de Perse, l'an de nostre salut 406. fut en si
bonne reputation & estime enuers Arcadius, qu'iceluy venant à mourir le constitua tuteur du ieune Theodose son fils, pour le conseruer

& maintenir en fa Seigneurie du cofté d'Orient, & par tout où il feroit neceffaire. Il ne denoüa la paix que fon pere auoit tres-eftroite-
ment liee auec les Romains, & donna au ieune Prince Theodofe vn
vertueux & fage Gouuerneur nommé Antioque, qui s'acquitta tres-
dignement de cefte charge, fe rendant protecteur de l'Empire, & con-
feruateur des droicts de fon mineur. Refcriuit fouuentesfois à Ifdi-
gerté en faueur des Chreftiens, à ce qu'il fuft leur fupport : ce qu'il fit,
& ne leur fut plus cruel, comme il leur auoit efté par le confeil de fes
Mages & Sacrificateurs. La fanté que Marunthe Euefque de Mefopotamie auoit reftituee à Varané fon fils, y apporta beaucoup : aucuns
difoient que ceftuy eftoit demoniaque, & que par le figne de la Croix
il fut deliuré; & à caufe de ce, les Chreftiens eurent permiffion de
baftir autant d'Eglifes qu'ils voudroient, & croit-on qu'Idifgerté fe
fuft faict Chreftien fans les Mages, qui pouuoient beaucoup dans fon
pays. Il mourut l'an de noftre falut 417. & de fon regne le 21. laiffant
fon fils Varané heritier de la Couronne Perfienne.
28. Varané deuxiefme du nom, fi toft qu'il fut paruenu à la Courône,
perfecuta les Chreftiés, il fit la guerre à Theodofe le ieune, qui le desfit. Cefte desfaicte le rendit moins afpre à perfecuter les Chreftiens : la
paix que luy donna l'Empereur l'occafionna de ceffer leur perfecutió.
Son regne fut de vingt annees, & mourut l'an 447. Leon premier tenant le fainct fiege à Rome, & laiffa vn fils nommé Varané.

29 Varane 3 reg 17 ans 4 mois. 30 Perrofe regn 20 ans

29. Varané 3. du nom, ne pouuant s'efleuer comme il eut bien defiré,
fe contint, fans efmouuoir rien, dedans les termes du repos que fon
pere s'eftoit acquis : & finit fes iours, ayant regné dix-fept ans, & quatre mois.
30. Perofé paruenu à la Monarchie de Perfe, comme il eftoit grand
guerrier, hardy, & vaillant, techercha les occafiós de jouër des mains,
guerroya les Neptalires, dicts par aucuns les Euthalites, qui le deffirent, non pas tant par leurs forces, que par fa temerité & prefumptió.
Le Roy des Euthalites luy vfa pourtant de grace, & luy manda côme
il eftoit en lieu d'où il luy eftoit impoffible d'efchapper, que s'il luy
vouloit venir faire hommage & iurer felon la couftume de fon pays,
de ne faire iamais la guerre aux Euthalites, il le deliureroit de peril : ce
qu'il fit, fe tournant neantmoins vers le Soleil, fuiuant le confeil des
Mages, pource que les Perfes n'adoroient autre que le Soleil, par ainfi
il recouura fa liberté, & ne viola les couftumes de fon pays. N'ayant
fidellement obferué fon ferment, & iceluy rompu, il fe mit en campagne auec tous fes enfans (excepté Canad é qu'il laiffa au pays pour
gouuerner en fon abfence) & emmene encore auec luy tous les plus
vaillants hommes de Perfe, Il fut defconfit apres auoir regné 20. ans,
l'an de grace 484.

31. Valent regn. 4. ans 32. Cauadé. regn. 11. ans.

31. Valent frere de Perofé, adminiſtra le Royaume apres le treſpas d'iceluy, à cauſe du bas aage de Canadé ſon frere: il regnoit ſous la licéce & permiſſion du Roy des Euthalites, auquel il rendit tribut de ſon adminiſtration deux ans durant, au grand des-honneur & infamie des Perſes: il mourut ayant regné quatre ans.

32. Canadé fils de Perofé, apres le treſpas de Valent fut recognu Roy des Perſes, mais ne pouuant ſupporter les tyrannies que les Euthalites faiſoient aux Perſes, ſa valeur luy fit leuer vne armee pour decaptiuer la liberté de ſes ſubjeċts, qui rendoient tribut auſdits Euthalites, & ſecoüa le joug de leur domination. Les Romains ſentirent de ſes fougades à leur dommage, la colere & la cruauté le poſſedant, il n'y auoit moyen de l'appaiſer: ſon naturel eſtoit vehement, & touſiours vouloit remuer quelque choſe, adjouſter & diminuer aux Loix & Couſtumes du pays, & voulut y inſtaler vne Loy par laquelle les femmes deuoient eſtre communes. Cela fut trouué ſi deſraiſonnable que ſes ſubjeċts ſe reuolterent d'vn vnanime conſentement contre luy, & l'empriſonnerent, & dit-on qu'ils le traitterent à toutes rigueurs, apres auoir regné vnze ans, & depuis la ſortie de ſa priſon 30. qui ſont 41. an. Coſroé luy ſucceda en l'an 531.

33. Blaſé ou Lamaſé. regn. 2. an 34. Coſroé. regn. 42. ans ou 48.

33. Blaſé ou Lamaſé, frere du Roy Perofé, fut choiſi pour eſtre Roy en la place de Canadé, detenu priſonnier, où il ſe monſtra hóme iuſte, courtois, & debonnaire. Les Perſes ſous ſon regne ſe promettoient vn grand repos, quand Canadé par le moyen d'vn ſien amy nommé Scoſé, & l'eſchange d'habits que ſa femme fit auec les ſiens, l'allant voir

en la prifon, fortit & fe redima de fa longue captiuité , & auec l'affiftance du Roy des Euthalites dont il auoit efpoufé la fille , s'achemina contre les Perfes, lefquels ne pouuant fupportet la fureur de fon
abord, prindrent la fuitte, luy pourfuiuant fa pointe vint au Palais
Royal, où Lamafé eftant trouué , fut desfaict & occis cruellement,
ayant regné deux ans.

34. Cofroé le plus ieune de trois fils qu'eut Canadé, paruint à la Courône, pource que Canadé fon aifné n'eftoit point agreable à fon pere,
pour autant qu'il auoit confpiré contre luy, & que le fecond qui s'appelloit Bazé eftoit borgne, & que la loy des Perfes exclud tous ceux
qui font mutilez de quelque membre de la dignité Royale. Sa Cour
fut abondante en hommes de fçauoir, & en Philofophes, & on le tient
pour auoir efté amy des bonnes lettres, & affez vaillant , qui afpirant à
plus haut degré qu'au Royaume Perfan, fe fit voye par les armes dedans la Comagene, dicte jadis l'Eufratife , mais Beliffaire luy defola
fon attente & prefomptueufe efperance, & le fubjugua, ayāt eu toufiours quelque chofe à demefler auec les Romains. Il mourut en la
Royale cité de Seleucie, de defpit que Maurice General de l'armee de
l'Empereur Iuftin en Orient , s'eftoit venu ietter auec toutes fortes
d'actes d'hoftilité pres vn village des Arpians , où il fejournoit , ayant
mis ce qui luy refiftoit à feu & à fang, où il ne peut mettre remede.
Cefte brauade hafta la fin de fes iours, on dit que fon regne fut de 42.
ans, ou de 48. felon aucuns.

35. Hormifda. regn 15 ans.   36. Cofroé. regn. 39 ans.

35. Hormifda fils de Cofroé, apres le deces de fon pere , cuidant trauailler les Romains, donna puiffance à Armiardané fon General , de
mener fes forces côtre l'armee Imperiale: la premiere fois luy fut plus
heureufe que la feconde. Tybere eftant venu à l'Empire apres Iuftin le
ieune, indigné de ce qu'il auoit efté de quelque appointement qu'il
auoit defiré faire auec luy, affembla vne puiffante armee qui l'affiegea
de toutes parts; les deux armees s'eftant finalement rencontrees, Hormifda fut deffaict, & perdit tout fon attirail & bagage , fe refforçant
depuis de tirer raifon des torts qu'il auoit receus. Philippique Lieutenant de l'Empereur luy rauit Nifibin en Mefopotamie , rauagea le
Royaume Perfan, & y fit vne incôparable deftruction, il ne fut qu'vne
fois heureux contre les Romains, toutesfois il fe rendit les Turcs tributaires. Cela n'empefcha point que fes fubjets fe mutinaffent contre
luy, qu'il ne fut fpolié de fa Couronne, & emprifonné, que fa femme
& fon fils mieux aymé ne perdiffent cruellement la vie en fa prefence,
que Cofroé fon fils qui luy fucceda ne luy fift creuer les yeux , & qu'à
force de coups de baftons il ne le contraignift d'expirer fa miferable
vie en prifon pluftoft qu'il n'euft faict. Il regna quinze ans.

36. Cofroé s'eftant inftalé en fouueraineté royale par le meurtre de fon
pere , & autres execrables cruautez, ne tarda gueres qu'il ne veit s'ef-

leuer contre luy ceux qui l'auoient porté à la Royauté, comme Bara, le secours de l'Empereur Maurice luy seruit beaucoup en ces extremitez, où la rebellion de ses subjets l'auoient reduit, Voyant son Estat releué de la cheute qui le menaçoit, courut la Mesopotamie, & la Syrie, & emmena grand nôbre de prisonniers : incômoda les affaires de l'Empire, se saisit de la Palestine, de la Phœnicie, d'Armenie, de Cappadoce, & de Paphlagonie, pour brauer Phocas qui auoit occis l'Empereur Maurice. Heraclius ayât succedé à Phocas, le pria par lettres de ne respandre plus tant de sang humain, & d'entêdre à la paix auec luy, ces prieres le rendirêt plus insolent, & vint assieger Hierusalem, pilla les joyaux du Têple, & les ornemens Ecclesiastiques & richesses des Saincts, & la saincte Croix, en laquelle Iesus-Christ souffrit mort & passion pour la redemption du genre humain. Heraclius s'estât joinct auec les Anates, les Huns & Sarrazins, le deffit, print cinquante mille prisonniers, recoura la saincte Croix, & la rapporta en Hierusalem, La vengeance diuine rendit le loyer à Cosroé de ce qu'il auoit merité, car apres auoir longuement paty en prison portant vne grosse chaisne de fer au col & aux-pieds, son propre fils Siroé l'occit cruellement, ayant regné trente-neuf ans.

37. Siroé.   regn. 1. ans   38. Adhesir.   regna. 7. mois

37. Siroé ayant faict mourir son pere miserablement, monta au trosne Royal, il n'y dura gueres. Pendant vn an qu'il regna, il deliura tous les Chrestiens que detenoient les Perses, remit en liberté le Patriarche de Hierusalem, luy rendant tous les joyaux & ornemens Ecclesiastiques que son pere auoit emportez. Il laissa Adhesir son fils pour luy succeder.

38. Adhesir ne regna pas tant que son pere, à cause que Sarbara pour vsurper sa Principauté l'occit au septiesme mois de son regne, & s'en empara auec voye de faict.

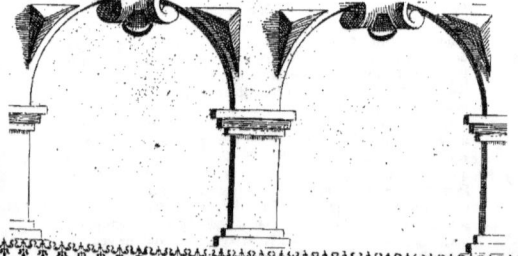

39. *Sarbara.* regn. 6. mois   40. *Bornan.* regn. 7. mois

39. Sarbara ne garda gueres long temps le Royaume, dont il s'estoit
emparé par le meurtre commis en la personne d'Adesir, car ayant regné seulement six mois, ses subjets l'occirent comme n'estant de la tige Royale.

40. Bornan fils de Cosroé fut esleu Roy au lieu de Sarbara, il ne jouît
que sept mois de sa dignité Royale.

41. *Hormisda. 2. regn. 4. ans*   42. *Ysunchassan ou Assambey. regn. 11. ans*

41. Hormisda deuxiesme du nom succeda à Bornan, en luy finit la race d'Artaxare, les Mahometans & Sarrazins conquirent le Royaume
de Perse l'an de grace 413. & 634. depuis que le Chef de ceste lignee.
Attaxare s'inuestit de la domination des Parthes, ayant tué Artaban
leur Prince : il regna quatre ans. Il est à noter qu'apres la mort d'Hormisda les Arabes tindrent longuement le pays Persan. Les Turcs les
en depossederent en leurs premieres courses, se respandant dedans la
petite Asie, où ils erigerent ceste grande Monarchie, qui dure encore
à present, d'eux ont pris leur estre & origine ces Noradins & Saladins,
qui ont tant vexé & trauaillé les Chrestiens en la Terre saincte. Les
Tartares les chasserent hors le pays Turquestan, & de Perse, auec ces
mutations de peuple, l'Estat mua comme aussi le nom des Prouinces
qui en dependoient, pource que Zacatay, frere du grand Cham de Tartarie, ayant conquis les Prouinces jadis appellees Margiane, Sogdia-
ne, & Bactriane, changea leur nom, & leur imposa celuy de Zacatay,
qu'elles retiennent encores à present. Ceste souche de Tartares rejetta
& dura en Perse depuis enuiron l'an 1260. iusques à ce que Tamberlan
subjugua vne grande partie de l'Orient, ayant suppedité Bajazet Em-

pereur des Turcs. Des enfans de ce Tamberlan font iffus les Roys de
Perfe, qui ont regné iufques au Sophy, leur durée n'a pas efté longue,
car Tamberlan mourut l'an de grace 1405. & le Sophy enuahit la Perfe
en l'an 1478.

42. Vfunchaffan fils de Tamberlan, ou de l'vn de fes enfans, print à
femme Defpinacaton, fille de l'Empereur de Trebizonde, qui la luy
donna, pour auoir du fecours & affiftance de luy, contre Mahomet
deuxiefme du nom, qui luy faifoit la guerre. Sa femme luy ayant faict
vn fils, & trois filles fe retira auec le confentement de fon mary en folitude, car elle eftoit Chreftienne. Vfunchaffan eut guerre contre le
Turc, pour fupporter l'Empereur de Trebizonde, fon affiftance luy
feruit de peu, car le Mahometan le vainquit, & fe fit Seigneur de fes
terres. En ce temps-là fut l'inuention de l'artillerie, il perdit à la prife
de Caratfar, Iacnel fon fils qui en eftoit Gouuerneur, aucuns le nomment Zainel. Vgurlimehemet fon fils fe reuolta, & luy print la cité de
Siras par l'ayde que le Turc luy donna. Vfunchaffan pour l'attraper
feignit d'eftre mort, & pour couurir cefte feintife on fit les funerailles
Royales, iceluy cuidant que la mort de fon pere fuft veritable, vint à
Tauris, où il fut receu & côduict au Palais, où il trouua que Vfunchaffan eftoit fain & fauf, qui le fit apprehender & mettre à mort. S'eftant
ainfi vengé de la defobeyffance de fon fils, il courut fus le Roy de la
Georgeanie, qui luy auoit denié des forces pour aller contre le Turc,
eftant de retour à Tauris, il mourut en l'an 1478. ayant regné 11. ans.

43 Iacub patifcha regn. 12. ans.   44 Iufauert   regn. 3. ans.

43. Iacub Patifcha le fecond enfant d'Vfunchaffan, s'entendant auec
Mango fon troifiefme frere, contraignit fon aifné de s'enfuir pour
euiter la mort, & fe fit Roy l'an 1479. & prit pour efpoufe la fille du
Seigneur de Sammutra, laquelle pour faire vn fien ruffien Roy, voulut l'empoifonner au retour des baings: le Roy s'en deffiant, luy fit boire la premiere du bruuage qu'elle auoit preparé, puis en beut, & dôna
le refte à fon fils, dequoy dans la minuict enfuiuant tous trois moururent: cela apporta vn grand trouble à la Cour, & par tout le Royaume de Perfe, qui fut diuifé par aprés. Il regna douze ans.

44. Iulauer 3. Roy de cefte lignee parent du deffunct Roy, qui eftoit mort fans hoirs,
regna trois ans, fans faire chofe qui meritaft.

45 Baylingir regni 2. ans.   46 Ruſtan ou Ruſtun regni 7. ans.

45. Baylingir ſucceda à Iulauer, il eſtoit de la conſuration de la mort de Iacub, car c'eſtoit luy qui entretenoit la Royne. Il ne regna que deux ans.

46. Ruſtan Seigneur d'ancienne extraction, eſtant agé d'enuiron vingt ans, paruint à la domination des Perſes, venant à deceder Baylingit, Secaidar pere du Sophy luy fit la guerre, & regna ſept ans.

47 Alamut regna 3. ans.   48 Iſmaël Sophi regn 2 ans.

47. Alamut ſucceda à Ruſtan, deſfit en bataille Secaidar qui s'eſtoit emparé de la ville de Derbent aſſiſe ſur la mer Caſpie, il eſtoit de la ſecte Sophilianne. Apres ſa deſfaicte ſes trois enfans s'en allerent, l'vn en la Natolie, l'autre en Alep, & le troiſieſme nommé Iſmaël aagé de quatorze ans en l'Iſle Armining : celuy fit beaucoup de peine à Alamut, auec le ſecours des Roys d'Iberie, ou Georgeanie, appellez Scanderbey, Gargarambey, Myrzambey, qui luy enuoyerent chacu trois mil Cheualiers, & ſix mil Iberiens, braues & vaillants hommes, qui le vindrent trouuer à Sumachia, Iſmaël pour lors n'auoit que dix-neuf ans, & Alamut ſon aduerſaire ſeize : ces deux ieunes Princes courageux ſe rencontrerent entre Sumachia & Tauris, où ils ſe donnerent vne tres ſanglante bataille, le dommage & la perte tomba ſur Alamut, & fut facile à Iſmaël d'empieter la ville de Tauris, où fûrent exercees des cruautez incroyables ſur la race de Iacub, de laquelle vn ſeul ne reſta en vie : on y ouuroit les ventres des femmes enceintes, pour en tirer le fruict, & puis le maſſacrer, & en fin le dernier acte de ceſte cruelle tragedie s'acheua ſur Alamut, qui ne regna que trois ans.

48. Iſmaël Sophy, premier Roy de Perſe de ceſte lignee, continuant ſes victoires, continua pareillement ſes cruautez ſur ceux qui tomberent en ſa puiſſance, ou qui refuſerent d'eſtre de ſa ſecte, il deſfit Muratchan Sultan de Bagadets, iſſu du ſang de Aſſambey, qui oſa luy faire la guerre, il reduiſit ſous ſa puiſſance le Sultan Calib, Seigneur d'Azanchile, il côquiſt le pays des Aliduliés, occit quelques-vns des enfans du ſang Royal, fit vn grand maſſacre du peuple, & prenant de force la ville de Caſurie, ou Cæſaree, deffendûë par le Carbey fils d'Ailduli, quoy que ce ieune Prince eut bien des forces dedans, il ſe ſaiſit de ſa perſonne, & print plaiſir de luy trancher la teſte de ſa propre main : il eſtoit impatient de repos. Zelebi neueu de Selim, ſçachant qu'il eſtoit allé faire la guerre aux Coraxeens (peuples qui habitent les riuages de la mer Hyrcanienne) entra dedans ſes pays, & le deſfit à la ſignale bataille de Zalderane,

où il fut contrainct de se retirer dedans vn marest tout fangeux, perdant la meilleure
partie de ses gens, & tout son bagage. En suitte de ceste victoire, Selim print la ville
de Tauris, laquelle il pilla quelque temps apres, mais comme il emmenoit le pillage & vn bon nombre de citoyens à Constantinople, Ismael luy donna sur la queüe,
recoura ce qui equipolloit sa perte precedente, & apres auoir regné vingt ans, il
passa de ceste vie en l'autre, l'an 1525. ayant laissé quatre enfans.

49 Scach Tachmas regn. 3 ans   50 Scach Ismael regn. 1 an 10 mois

49. Schah ou Tachmas fils aisné d'Ismael, apres la mort de son pere regit les Perses:
son regne fut agité & grauement troublé par le Turc, par la rebellion d'vn nommé
Vlama, qui s'estoit rangé du party de Soliman. La ville de Tauris fut prise & pillée,
& Soliman se rendit maistre de l'Assyrie, & Mesopotamie, & de Bagadet particulierement, ville capitale du pays, où il fut couronné Roy de Perse par le Calife du lieutmais Deliment Capitaine Persan ayant espié l'occasion de venger l'injure faicte à
Tachmas, suiuit l'arrieregarde de l'armee Turque, & la surprenant à son aduantage
la tailla en pieces, & vint plein de gloire & d'honneur trouuer son Roy. Depuis Bajazet fils de Soliman print le party des Perses, ce que sçachant son pere il corrompit
Tachmas par promesses, & par argent, qui fit massacrer Bajazet qui s'estoit refugié
chez luy. Il mourut l'an 1576. & regna 55 ans, ayant laissé trois fils.
50. Scach Ismael fils aisné de Tachmas, succeda à son pere au Royaume de Perse: On
dit que son plus ieune frere nommé Cardar le fit emprisonner, mais que les Princes
& Seigneurs Persiens le meirent en liberté, & l'esleurent sur le trosne Royal, où il
ne regna qu'vn an & dix mois, sans auoir faict aucuns exploicts dignes de memoire.

51 Scach Mahamed reg. 6 ans   52 Scach Abas   regne

51. Scach Mehemet fils de Tachmas, & frere d'Ismael, mal esticié des yeux, & selon
aucuns aueugle, vint à la Couronne de Perse, estant ignorant des affaires du gouuernement, il donna subject à Amurat Empereur des Turcs d'empieter sur la Perse. Mustapha vn de ses Baschas eut la conduite de son armee, il se fit maistre du fort d'Eres,
les villes de Sumachy, & Dennenopy se rendirent à luy apres vn assez long siege, s'assubjettit le Seruan. Les Perses en recouurerent apres quelque partie. Il regna 6. ans.
52. Scach Abas succeda à son pere, du viuant duquel il s'ingeroit du maniement des
affaires de l'Empire, il reconquist la ville de Tauris, remit hors de la subjection Turquesque vne grande partie de la Perse, fit plusieurs deffaictes de ceste nation, & en fin
cessation d'armes: mais ce n'estoit que pour atteindre à l'opportunité qu'il espioit

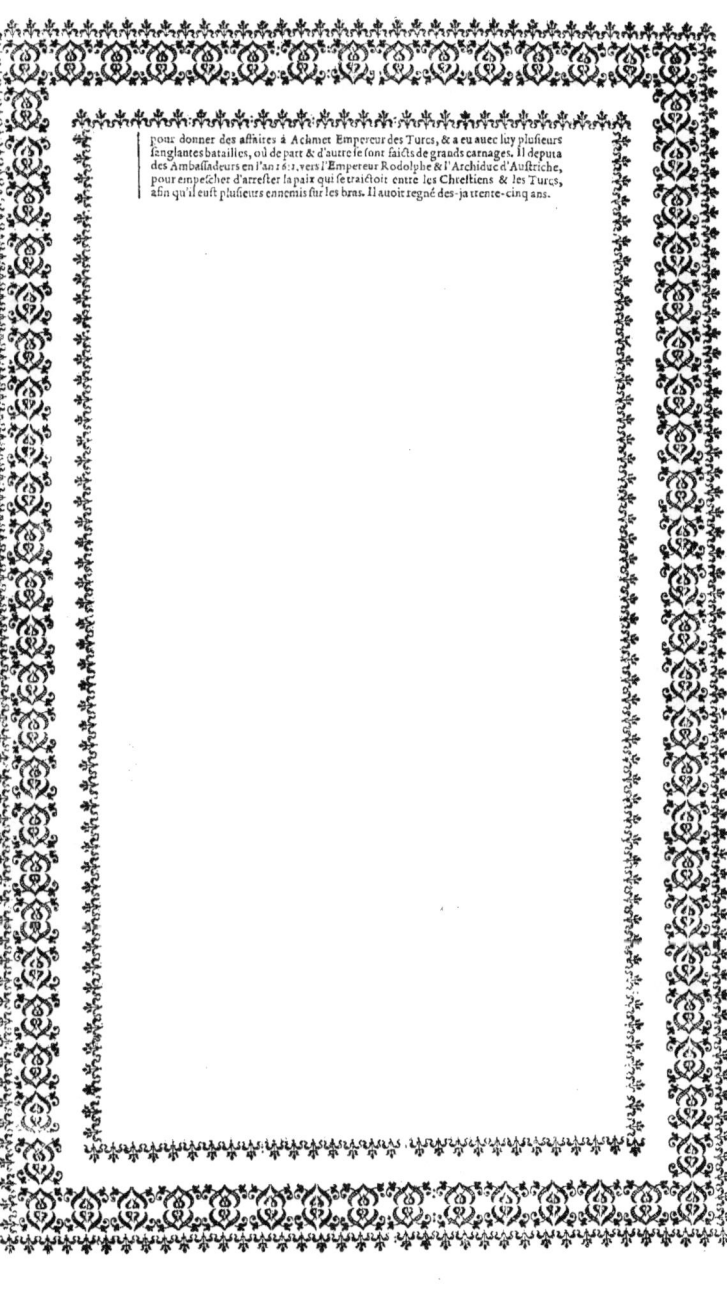

pour donner des affaires à Achmet Empereur des Turcs, & a eu auec luy plusieurs sanglantes batailles, où de part & d'autre se font faicts de grands carnages. Il deputa des Ambassadeurs en l'an 1612, vers l'Empereur Rodolphe & l'Archiduc d'Austriche, pour empescher d'arrester la paix qui se traictoit entre les Chrestiens & les Turcs, afin qu'il eust plusieurs ennemis sur les bras. Il auoit regné des-ja trente-cinq ans.

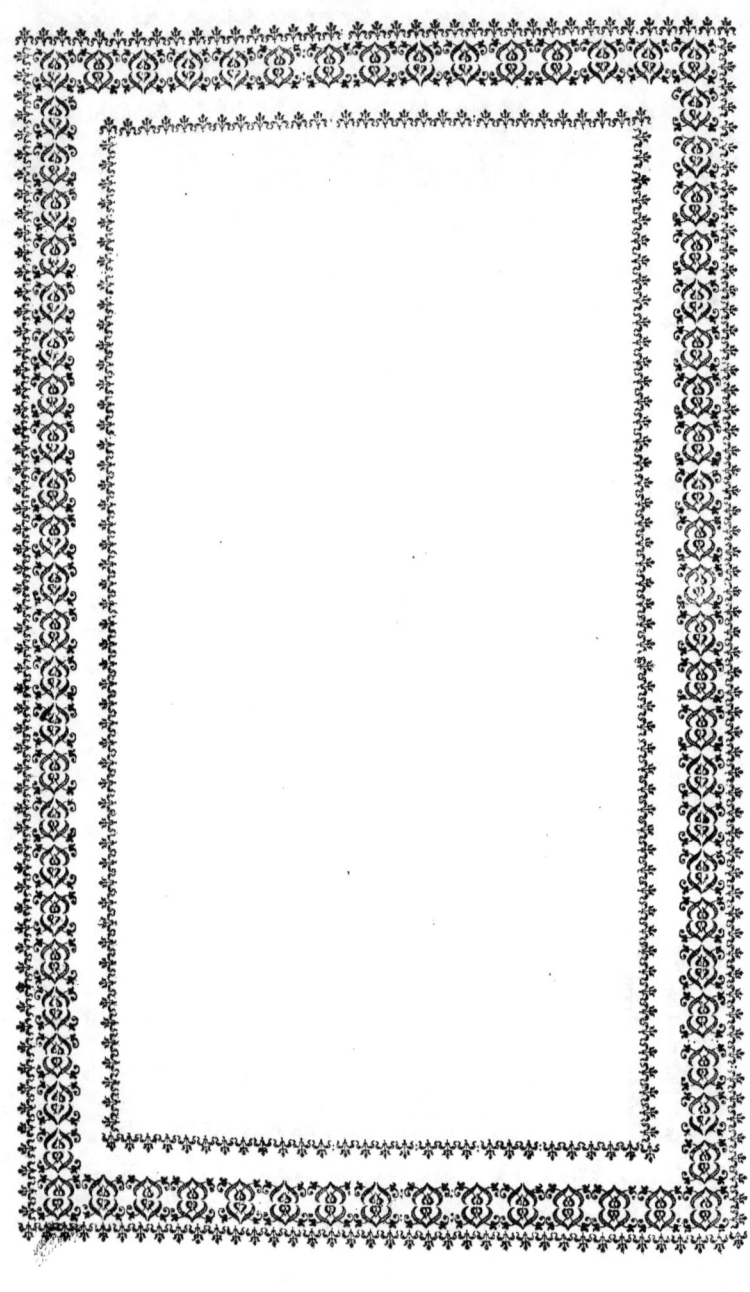

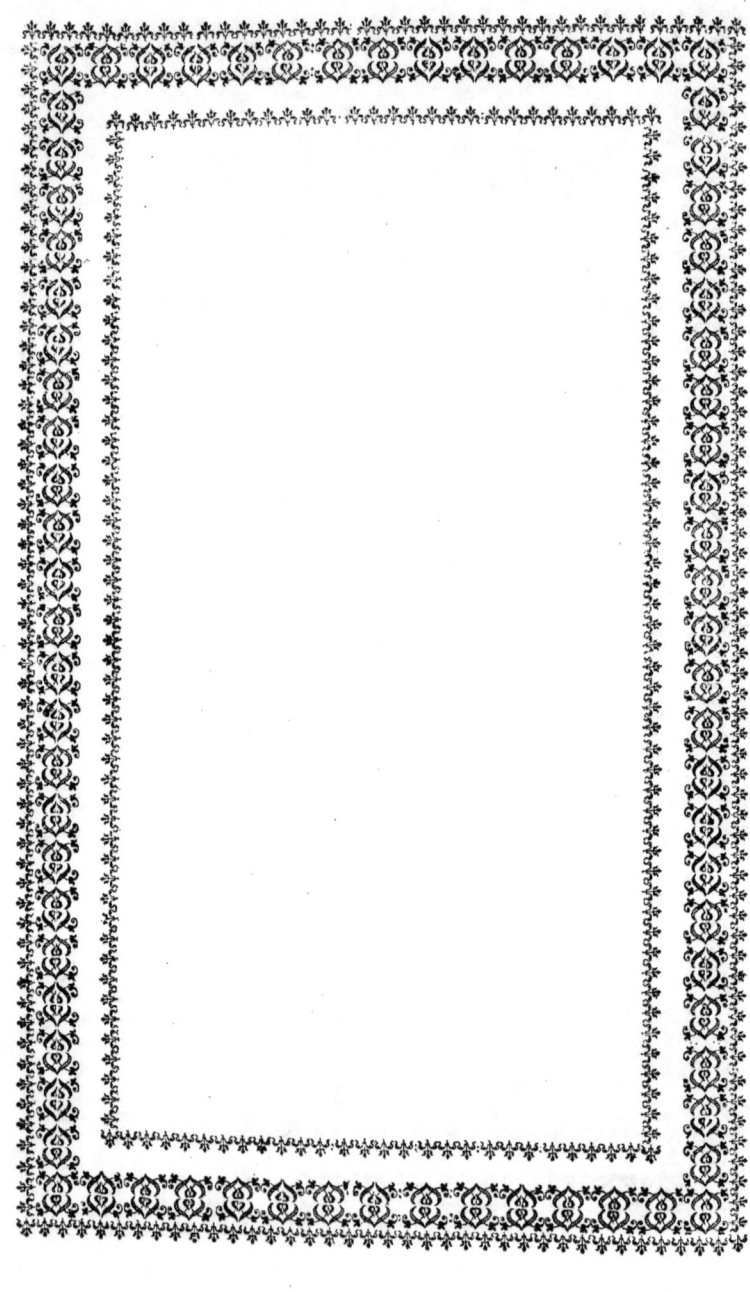

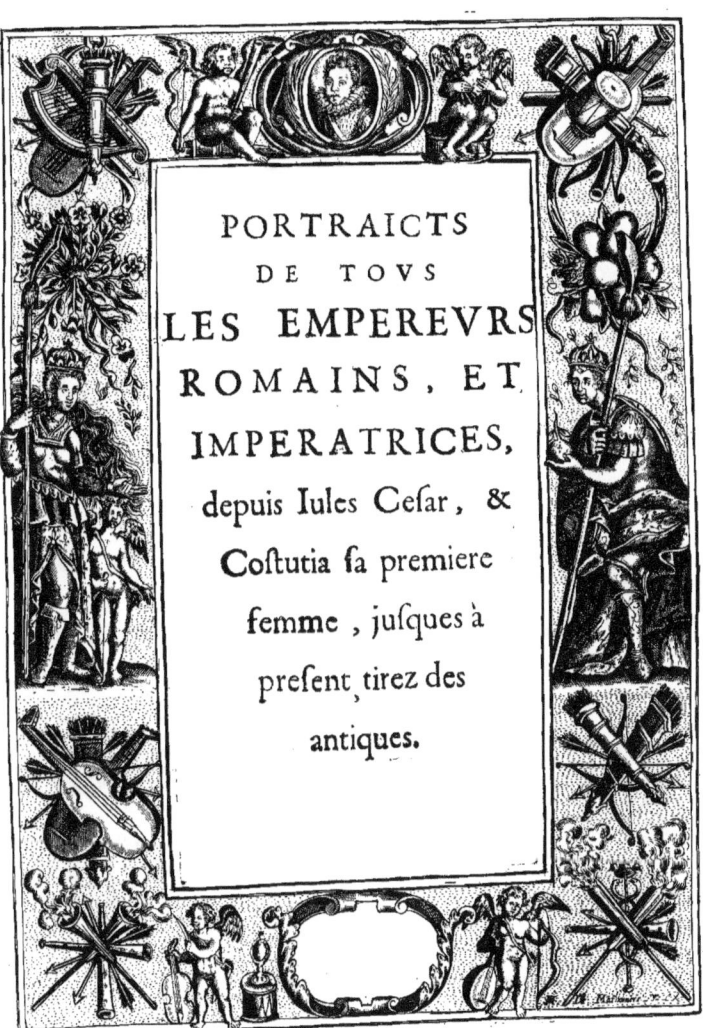

PORTRAICTS
DE TOVS
LES EMPEREVRS
ROMAINS, ET
IMPERATRICES,

depuis Iules Cefar, &

Coftutia fa premiere

femme, jufques à

prefent tirez des

antiques.

HISTOIRE
ABBREGEE DES

EMPEREVR &Imperatrices ou temmes des Empereurs.

DEPVIS COSSVTIA, PREMIERE femme de Jules Cesar, iusques à present.

C IVLE. CÆSAR.
Regna 3. ans.

COSSVTIA 1 fem.
de Jule Cesar

IAIE Iule Cesar premier Empereur des Romains, se rendit maistre de son pays, l'an du monde 3914. apres Rome bastie 706. & auant la naissance de Iesus-Christ 47. Lors qu'il fut fait Consul, il eut guerre contre Pompée, & presque tout le Senat; desquels estant victorieux, il fit son entrée à Rome, où il fut tué, estant au Senat, de vingt-trois coups de poignard, l'an 3. de son Empire, & 56. de son aage.

1. OSSVTIA grandement riche, & de famille illustre & Equestre, fut promise à IVLES CESAR en mariage, estant encore presque enfant : Son pere venant à mourir il n'en voulut plus, & renonça à toutes les promesses & accordailles qui s'estoient passees.

CORNELIA 2 femme de Iule Cesar

POMPEIA 3 femme Iule Cesar

CALPHVRNIA 4 fem. Iule Cesar

2. CORNELIA, fille de Cinna, qui auoit esté quatre fois Consul, fut la seconde femme de Iules Cesar. Il eut d'elle Iulia, & l'ayma de telle sorte qu'il ne l'a voulut repudier ; combien que Sylla Dictateur luy persuadast de le faire pour plusieurs raisons : Estant decedee il luy fit vne Oraison funebre, ce qui pleut grandement au peuple, & tesmoigna l'affection qu'il portoit à la deffuncte, r'appellant son frere L. Cinna d'exil: qui auoit suiuy, pendant la discorde ciuile, la faction de Lepidus.

3. POMPEIA, fille de Q. Pompee, niepce de Sylla, troisiesme femme de Iules Cesar, fut de luy repudiee, pour vn diuorce aduenu à l'occasion de P. Claudius qui auoit esté apprehendé, vestu en habit de femme, aux sacrifices de la Deesse Bonne, qu'on tenoit auoir adulteré auec elle, & qu'il en estoit épris.

4. CALPHVRNIA, fille de L. Pifon, fut la quatriefme & derniere femme de Iules Cefar: Car pendant fon mariage il fut occis fortant du Senat de vingt-trois coups de poignard. Le mefme iour que cela aduint, elle fongea en dormant qu'on le tuoit entre fes bras. A fon refueil, eftant efpouuantee de ce fonge, elle l'exhorta (mais en vain) de ne point aller ce iour là au Senat.

| OCTAVE Augufte Regna 56. ans | Claudia 1 femme d'Octauius Cefar | Scribonia 2 femme d'Octauius Cefar | Liuia 3 femme d'Augufte Cefar |

Ans de Iefus Chrift.

2. Octaue Augufte, fils adoptif de Iules Cefar, luy fucceda à l'Empire, ayant furmonté Antoine, qui affectoit la Monarchie. En l'aage de 19. ans il fut creé Conful par le Senat qui luy adheroit, & fut appellé Augufte, nom qui vint d'Augure, pour l'heureux fuccez de fes entreprifes, l'an 42. de fon Empire. Iefus-Chrift Sauueur du monde nafquit en Bethléem de Iudée.

5. CLAVDIA, fille de P. Claudius & de Fuluia, belle-mere de M. Antoine, fut donnée pour femme à C. Octauius Augufte Cefar, afin de remettre en bonne amitié & reünion M. Antoine auec luy apres fa profcription: Mais pour quelque rancune couuerte qu'il eut auec fa belle-mere deuant la guerre de Perufe, il l'a renuoya fans l'auoir touchee.

6. SCRIBONIA, de la famille des Libons, qui auoit efté mariee à deux hommés Confulaires, fut la feconde femme d'Augufte Cefar, & eut d'elle Iulia. Il l'a repudia neantmoins pour ces mauuaifes mœurs, & pource qu'elle eftoit intolerable en fes complexions.

7. LIVIA DRVSILLA, qui auoit efté apparauant mariee à Tibere Neron, fut recherchée d'Augufte pour eftre fa troifiefme femme : Elle fut de luy perfeueramment aymée, & vefquit iufques à quatre-vingts ans fans aucune maladie. Les Dames Romaines porterent le dueil vn an à caufe de fa mort par l'ordonnance du Senat.

| CL. TIBERE Regna 23. ans | Agrippina 1 femme de Tibere | Iulia 2 femme de Tibere |

16.

33.

3. Claude Tybere, fils de la femme d'Augufte, l'an 13. de fon Empire Pilate fut faict Prefident de Iudée, où il prefida neuf ans : & l'an 18. Iefus-Chrift fut crucifié, & 40. iours apres fa Refurrection monta au Ciel, ayant, trois ans auparauant fa mort, efté baptifé par fainct Iean Baptifte, & commencé la predication de l'Euangile.

8. AGRIPPINA, fille de Marcus Agrippa, niepce de Pomponius Atticus Cheualier Romain, fut donnee pour femme à Tibere Cesar. Il eut d'elle Drusus, & l'ayma fort : mais il fut contraint de la quitter, combien qu'elle fut enceinte.

9. IVLIA, fille d'Auguste, fut la seconde femme de Tibere Cesar, & par force, bien qu'il n'approuuast aucunement ses mœurs & façons de faire.

CALIGVLA
Regna 4. ans

Iunia Claudilla 1
femme de Caligula

38. | 4. C. Caligule, fils de Germanicus, fut fort dissolu en sa vie, apres auoir paillardé meschamment auec toutes ses sœurs, il fut tué par le General de son armée son domestique, qui conspira contre luy. De son temps Herode Agrippe fut constitué Roy de Iudée.

10. IVNIA CLAVDILLA, fille de Marcus Sillanus, femme de Caïus Cesar Caligula : auant qu'il fut Empereur elle mourut en trauail d'enfant.

Liuia Horestilia 2
femme de Caligula.

Lollia Paulina 3
femme de Caligula.

Cæsonia 4 femme
de Caligula.

11. LIVIA HORESTILIA, auparauant femme de Cn. Piso, fut enleuee d'vn festin où elle estoit, par Caïus Cesar Caligula pour estre sa seconde femme : Peu de iours apres il la repudia, & la relegua deux ans, pource qu'elle auoit esté reuoir Piso son premier mary.

12. LOLLIA PAVLINA, fille de M. Lollius, apres auoir esté mariee à Caius Memmius, fut conjoincte par mariage à Caïus Cesar Caligula : Ce fut sa troisiesme femme, & l'abandonna ayant suspicion d'elle.

13. CÆSONIA, femme qui n'estoit d'aucun merite, ains fort adonnee à la paillardise, fut la quatriesme & derniere femme de Caïus Cesar Caligula, il l'ayma si démesurément, que cela fit croire qu'elle luy auoit donné vn breuuage amoureux. Elle mourut apres le deceds de son mary par les mains du Centurion Lupus.

CLAVDE Regn. 14. ans | Emilia Lepida 1. fem. de Claude. | Iulia Medulina 2. femme de Claude.

43. ¶5. T. Claude, fils de Drusus, frere de Tybere Empereur, mourut par poison. De son temps S. Pierre vint à Rome, & y eut vne tres-grande famine par tout le monde : vne grande partie de l'Asie fut conuertie à la foy de Iesus-Christ par S. Paul. *Act.* 16.

14. ÆMILIA LEPIDA, petite niepce d'Auguste, fut la premiere femme de Claudius Cesar, lors qu'il estoit encore en son adolescence. Il la repudia pource que son pere auoit conjuré contre Auguste.

15. IVLIA MEDVLINA, surnommée Camilla, fille de Camillus le Dictateur, fut la seconde femme de l'Empereur Claudius Cesar, & mourut le propre iour qui estoit destiné pour les nopces.

Plaucia Herculanilla 3. fem. de Claude. | Elia Petina 4. fem. de Claude. | Valeria Messalina 5. fem. de Claude. | Iulia Agrippina 6. fem. de Claude.

16. PLAVCIA HERCVLANILLA, fille d'vn qui auoit triomphé, fut la troisiesme femme de Claudius Cesar : Elle fut de luy repudiee, bien qu'il eust d'elle Drusus & Claudia, pource qu'elle deuint paillarde, & qu'elle fut soupçonnee de quelque homicide.

17. ÆLIA PETINA, issuë de la famille des Tuberons, quatriesme femme de Claudius Cesar. Pour quelques legeres offences fut repudiee de luy : il eut d'elle Antonia.

18. VALERIA MESSALINA, fille de Barbatus Messala son cousin germain, renommee pour son impudicité, fut la cinquiesme femme de Claudius Cesar.

19. IVLIA AGRIPPINA fut la sixiesme & derniere femme de l'Empereur Claudius Cesar : elle le sceut si bien gaigner par ses allechements & blandices, qu'il faisoit tout ce qu'elle desiroit : mais il luy en print mal.

NERON Regna Octauia 1 femme   Poppea Sabina 2.   Statilia Messalina
13. ans   de Neron.   femme de Neron.   3. fem. de Neron.

57. 6. Neron, fils d'Agrippine, femme de Claude Empereur,
& adopté par luy, regna 5. ans honnestement, puis à cause
de l'intemperance de ses mœurs & sa tyrannie, il deuint
tres-meschant ; c'est le premier persecuteur des Chrestiens. Il fit mourir S. Pierre, & S. Paul : & en fin, il se tüa
soy-mesme l'an 32. de son aage.

20. OCTAVIA, fille de l'Empereur Claudius Cesar, & de Valeria
Messalina, fut promise en mariage par son pere à Domitius Neron : Elle
ne fut pas si tost auec luy qu'il mesprisa sa compagnie, & plusieurs fois
fit dessein de l'estrangler : en fin il la laissa, l'accusant d'estre sterile, &
l'enuoya en l'Isle Pandaterie, où estant il l'a fit emprisonner, puis
quelque temps apres il la fit mourir, en luy supposant qu'elle auoit commis adultere.

21. POPPÆA SABINA deuxiesme femme de Domitius Neron, fut
fille de Titius Ollius, & eut pour premier mary vn Cheualier Romain
nommé Crispinus, duquel elle eut vn fils du mesme nom, que Neron
tüa estant encore ieune. Il l'a gouuerna auant qu'elle fust sa seconde
femme, & l'ayma vniquement. Estant arriué quelque riotte entr'eux, &
comme elle luy reprochoit quelque chose, il luy donna vn coup de pied
dont elle mourut.

22. STATILIA MESSALINA niepce de Taurus deux fois Consul,
& qui auoit triomphé ; eut en premieres nopçes Atticus Vectius Consul, que Neron fit occire, afin de rauir sa femme, & l'auoir pour espouse troisiesme.

GALBA Regna   Lepida femme de
7. mov. 7. Jour   Galba.

70. 7. Sergius Galba, issu de la noble famille des Sulpices,
apres auoir comandé 7. mois, fut tué par les menées d'Othon, au lac de Curtius, dans le marché de Rome, sa teste
fut portée à Othon, & son corps fut enseuely par Argius,
és jardins de la voye Aurelia.

23. LEPIDA, femme de l'Empereur Galba : Il en eut deux fils. Elle morte
ne voulut se remarier.

OTHON *Regna*
4. mois. | *VITELLIVS*
Regna . 8. mois | *Petronia , femme*
de Vitellius . | *Galeria fundana, 2.*
femme de Vitellius.

70.   8. M. Siluius Othon, ayant surmonté Vitellius, qui auoit
esté en Allemagne creé Empereur par la gendarmerie, &
auoit desia enuoyé quelques trouppes en Italie, print le
gouuernement de l'Empire, & quatre mois apres la mort
de Galba, il se tüa d'vn coup de poignard.

70.   9. Aulus Vitellius, tout soüillé de vices, le 8. mois de son
Empire, fut pris, & les mains liées sur le dos, & vne corde
au col, fut traisné dans la fange parmy les ruës, & finalement tué, & son corps ietté dans le Tibre.

24. PETRONIA, fille d'vn homme de dignité Consulaire, fut mariée à l'Empereur Aulus Vitellius. Il eut d'elle vn fils nommé Petronius,
qui fut borgne, qu'il fit mourir, pour estre accusé de vouloir commettre vn parricide, & que pour l'executer on l'auoit trouué saisi de
poison.

2f. GALERIA FVNDANA fille d'vn Preteur, fut la deuxiesme
femme de l'Empereur Aulus Vitellius: il eut d'elle deux enfans, à sçauoir vn fils & vne fille : mais le masle begayoit si fort qu'il estoit presque muet.

VESPASIAN
Regna . 10. ans. | *Flauia Domicilla*
fem. de Vespasian.

71.   10. Vespasian renommé pour sa sagesse & honnesteté, &
Prince tres-digne de l'Empire, enuoya Tite son fils l'an 2.
de son regne, au siege de Hierusalé, au mois d'Auril lors
qu'on celebroit la feste de Pasques, l'ayant prise il la pilla
& brusla au mois de Septembre.

26. FLAVIA DOMICILLA, fille de Statilius Capella Cheualier
Romain, femme de Vespasian: Il en eut trois enfans, Titus, Domitian,
& Domicilla.

TITE Regna. 2. | Arricidia : femme | Martia Fuluia 2
anr. 2. mou 2. 0. iour | de Titus. | femme de Titus.

81. | **11.** Tite, fils de Vefpafian, doüé de toutes les heroïques
vertus, & pource appellé l'amour & les delices du genre
humain, mourut, comme aucuns eftiment, empoifonné.
Sainct Luc mourut de fon temps en Bithynie, & commencerent les Ebionites heretiques.

27. ARRICIDIA fille de Tertullus Cheualier Romain', & qui auoit
d'autres dignitez en la Republique, fut femme de Titus: elle mourut
fans enfans.

28. MARTIA FVLVIA femme de race illuftre, apres le deceds
d'Arricidia l'Empereur Titus l'efpoufa pour fa feconde femme: Il fe fepara d'elle apres en auoir eu vne fille.

DOMITIAN | Iulia : femme de | Domitia Longina
Regna 15. ans. | Domitian | 2 fem. de Domitian.

83. | **12.** Domitian, frere de Tite, vfa à Rome d'vne intéperan-
ce incroyable, & grande tyrannie, qui fut caufe qu'il fut à
la fin tué par vn nómé Eftienne Procureur de Domicille
| l'an 45. de fon âge. Il perfecuta le deuxiéme les Chreftiés.

29. IVLIA, fille de l'Empereur Titus, eftant mariee fut rauie &
defbauchee par fon oncle Domitian, & l'efpoufa pour fa premiere
femme: Mais apres l'auoir aymee ardemment, il la fit auorter, dont elle
mourut.

30. DOMITIA LONGINA fut enleuee à Ælius Lamia fon mary,
par Domitian, qui le tüa pour en joüyr plus à fon ayfe, & l'auoir pour
feconde femme. Il la repudia, pource qu'elle aymoit efperduëment vn
Paris Hiftrion, puis quelque peu de temps apres il la voulut r'auoir, & fe
remeit auec elle.

NERVA Regna | TRAIAN Regna | Plotina femme de
1. an 2. mou 10. I. | 20. ans | Traian

98.   13. Nerua esleu Empereur, adopta Trajan, qui pour lors commandoit à Colongne en Allemagne: il mourut aagé de 65. ans dix mois, bon Prince.

99.   14. Trajan, premier Empereur estranger: car il estoit Espagnol, fut adopté par Nerua, & tres-recommandé pour sa probité, il a fait de grãds exploits de guerre en Allemagne & Hongrie, & de son temps l'Empire Romain estoit de grande estenduë, il fut le troisiesme persecuteur des Chrestiens.

31. PLOTINA femme de l'Empereur Trajan, de laquelle il n'eut aucuns enfans. Par son industrie Adrian paruint à l'Empire par adoption collusoire. Icelle dissimulant la mort de son mary, supposa dedans son liét vn certain quidam, qui parlant en voix basse & cassee, seignoit estre l'Empereut Trajan, & adopta Ælius Adrianus. Apres qu'elle fut morte, ledit Empereur Adrian luy erigea vn Temple, & luy chanta des Hymnes.

ADRIA Regna 22. ans.   Sabina femme de Adrian.

118.   15. Ælie Adrian, fils adoptif de Trajã, rechercha par tous moyens la paix publique, tres-sçauant en Astrologie, il dressa d'illustres Bibliotheques, & sçauoit tres-bien la langue Grecque & Latine.

32. SABINA femme de l'Empereur Adrian, pour auoir plus familierement conuersé auec Septimius Clarus, Lieutenant du Preteur, & Suetonius Tranquillus Secretaire de son mary que l'honnesteté ne permettoit, fut disgraciee & delaissee de luy: Ce quia contraignit de choisir vne mort volontaire, & tient-on que ce fut d'vn poison que luy donna Adrian qu'elle mourut.

ANTONIN Regna 23. ans.   Annia Fousfina femme à Antonin.

139.   16. Anthonin le Debonnaire, adepté par Adrian, regna auec grande modestie, & fort paisiblement. On dit de luy, qu'il estimoit estre plus seant à vn Empereur de conseruer vn citoyen, que de tuër plusieurs ennemis.

33. ANNIA FAVSTINA, fille d'Annius Verus, fut femme de l'Empereur Antonin le Debonnaire: Il eut d'elle quatre enfans, deux fils & deux filles. L'aisnee espousa Lamia Syllanus: l'autre Marc Antonin le Philosophe: Elle fut appellee Auguste par le Senat, & mourut la troisiesme annee de son Empire.

M. AVREL
Regna .18. anr.

Faustina femme de Marc Aurel.

161. | 17. Marc Antonin, Philosophe, dit Aurele, a faict plusieurs belles constitutiõs, qui sont inserées és Pandectes, & au Code, mesmes il a composé des liures entiers, car il estoit orné de vertu & d'erudition.

34. FAVSTINA fille d'Antonin le Debonnaire, espousa Marc Aurelle Antonin le Philosophe son cousin germain: esprise de l'amour d'vn Gladiateur, mourut ayant beu de son sang.

LVCIVS Verus
Regna .ij. anr.

Lucilla femme de Lucius Verus.

161. | 18. Lucius Aurelius Verus a gouuerné l'Empire auec son frere Marc Antonin par l'espace de 11.ans, & par aucũs il est mis en ordre deuãt son frere, & par aucũs apres iceluy.

35. LVCILLA fille de Marc Aurelle, & de Faustine, fut mariee à l'Empereur Lucius Verus.

COMMODE
Regna .13. anr.

Crispina femme de Commode.

181. | 19. Commode, fils d'Antonin, égala Neron en cruauté, & voulut estre appellé Dieu, & tantost Hercules, en fin il fut estranglé par ses gens en la maison de Vestilian.

36. CRISPINA, femme de l'Empereur Commodus, par la fraude de laquelle Lucilla mourut, accusee de participer à la coniuration faicte contre son frere.

PETRIN
Regna . 6. mois.

Flauia Ticiana
femme de Pertinax.

194. | 20. Ælius Pertinax fut creé Empereur en l'aage de 70.
ans. Il regna en bon Prince, mais peu, ayant esté tué par
Iulian son successeur.

37. FLAVIA TICIANA fille de Flauius Sulpitianus (que Pertinax
auoit faict son Lieutenant) espousa l'Empereur Pertinax. Il ne fut pas
si curieux de la pudicité de sa femme qu'il deuoir, car il sçauoir bien
qu'elle s'abandonnoit aux desbauches & lasciuetez d'vn certain jouëur
d'instruments.

IVLIAN
Regna .7. mois.

Mallia Scontilla
femme de Iulian.

194. | 21. Didius Iulian achepta l'Empire à prix d'argent, il
estoit tres-docte en droict, & fut tué par Seuere.

38. MALLIA SCANTILLA fut femme de l'Empereur Iulian. Elle
luy persuada de s'emparer de l'Empire : & fut appellee Auguste par le
Senat.

NIGERIVS
Regna .3. ans.

SEPT. Seuere
Regna .18. ans.

Martia 1 femme
de Sept. Seuere.

Iulia 2 femme de
Sept. Seuere.

195. | 22. Pescennius Niger, ou Nigerius, fils d'Annius Fuscus
mediocrement lettré, fier, & orgueilleux, & enclin à tout
vice, fut salüé Empereur par la gendarmerie de Syrie, à
laquelle il commandoit, & tué par Seuere.

195. | 23. Au mesme temps Sept. Seuere fut creé Empereur par
ses soldats en Esclauonie. Il restablit l'Empire qui estoit
tombé en decadence, & persecuta les Chrestiens. Il mourut en Angleterre aagé de 70.ans.

39. MARTIA, felon aucuns MOTACILLA, efpoufa l'Empereur Septimus Seuere. Auant qu'il le fut, le pere d'icelle luy donna mariage, faifant la charge de Tribun du peuple.

40. IVLIA, iffuë de race tres-noble de Syrie, fut la deuxiefme femme de l'Empereur Septimius Seuere. Elle fut de vie fort defbordee & impudique. Il eut d'elle Geta, & plufieurs autres enfans. Elle fut accufee d'auoir contribué quelque chofe à la conjuration faiéte contre fon mary : apres le trefpas duquel, elle efpoufa fon beau-fils Baffianus. Pour plufieurs calamitez qui luy arriuerent, elle fe retira en Antioche, où elle fe donna la mort.

Cl. Albinus Regna .5. ans. CARACALLA Regna 6. ans. Plautilla et Iulia femmes de B. Caracalla

195. | 24. Cl. Albin, iffu des familles Romaines des Pofthumiens & Albins, fe fit Empereur eftant en France : il fut pris par des foldats, & amené demy en vie à Seuere, & ayant eu la tefte tranchée fut pendu au gibet, & là defchiré des chiens, & ietté en la riuiere.

213. | 25. Antonin Baffian Caracalle, tüa fon frere germain Geta, dans le giron de fa mere. Il fe maria auec fa maraftre, & fit mourir Papinian ce grand Iurifconfulte, parce qu'il ne voulut deffendre le parricide, & peu apres il fut tüé.

41. PLAVTILLA, fille de Plautian, fut donnee pour premiere femme à l'Empereur Baffianus Caracalla. Quelque temps apres qu'il fut marié, il la relegua en Sicile & la fit mourir. Il efpoufa pour fa feconde femme Iulia fa belle-mere, de laquelle nous auons parlé cy-deuant.

GETA Regna .4. ans. MACRIN Regna 1. an. 2. mois Nymia Celfa femme de Opilius Macrin

26. Antonin Geta, fils de Seuere, & de Iulia, né à Milan, apres la guerre Parthique, en laquelle il acquit grand honneur, fut appellé Cefar & Antonin du viuant de fon pere.

220. | 27. Opilius Macrin, tint l'Empire auec fon fils Diadumenus : l'vn & l'autre eurent la tefte tranchée.

41. NVMIA CELSA, femme de l'Empereur Oppilius Macrin, il eut d'elle Diadumenus.

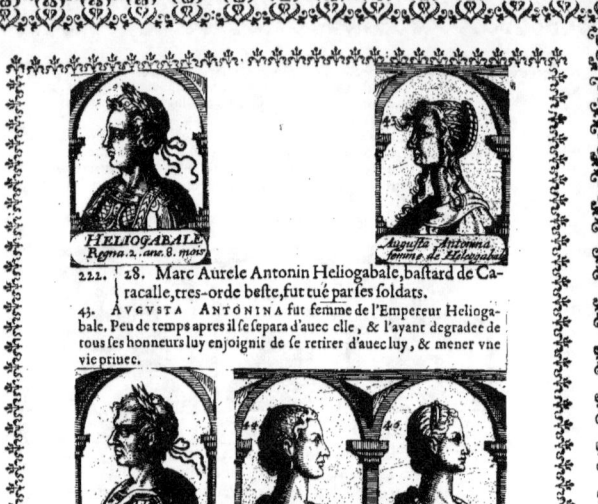

HELIOGABALE
Regna.2. ans 8. mois

Augusta Antonina
femme de Heliogabale

222. 28. Marc Aurele Antonin Heliogabale, baſtard de Ca-
racalle, tres-orde beſte, fut tué par ſes ſoldats.
43. AVGVSTA ANTONINA fut femme de l'Empereur Heliogaba-
bale. Peu de temps apres il ſe ſepara d'auec elle, & l'ayant degradee de
tous ſes honneurs luy enjoignit de ſe retirer d'auec luy, & mener vne
vie priuee.

ALEXANDRE
Regna.13. ans

Martia 1 femme de
Alexandre Seuere

Memmia 2 fem.
de Alexandre Seuere

225. 29. Alexãdre Seuere fut tres-clemēt. On dit qu'il fut fils
de Baſſian: il eſt grandemēt loüé pour ſes vertus. Il y eut
de ſon tēps de grands Iuriſcõſultes diſciples de Papinian.
44. MARTIA fille d'vn certain Martianus, eſpouſa l'Empereur
Alexandre Seuere, lequel ayant deſcouuert la faction que le pere de ſa
femme faiſoit contre luy, le fit mourir, & chaſſa ſa femme loing de
luy.
45. MEMMIA fille de Sulpitius Conſul, & niepce de Catulus, ſeconde femme d'Alexandre Seuere.

MAXIMIN
Regna.3. ans

Calphurnia femme
de Maximin

238. 30. Maximin en ſon ieune aage fut Berger en Thrace,
depuis ayant ſuiuy la guerre, à cauſe de ſa grandeur de
corps excedant l'ordinaire, conjointe auec vne audace
ſinguliere, fut eſleu Empereur par les ſoldats de l'armée,
& regna auec ſon fils.
46. CALPHVRNIA, femme ſaincte & venerable, fut mariee à l'Empereur Maximin, qui eut d'elle vn fils de meſme nõm, lequel a eſté Empereur.

GORDIAN Regna
1. an. 6. mois.

Fabia Oreftilla fem.
de Gordian.

241. | 31. Gordian aagé de 80.ans fut fait Empereur, lequel ré-
gna auec ses enfans. De son temps y eut vne méruceilleu-
se Eclipse de Soleil, & vn grand tremblement de terre.
47. FABIA ORESTILLA, petite niepce d'Antoine, femme de
l'Empereur Gordian premier, eut vn fils de mesme nom & Empereur, &
vne fille nommee Metia Fauftina.

PVPIENVS.
Regna 2. ans.

BALBINVS.
Regna 2. ans.

GORDIAN 2.
Regna 6. ans.

Tranquillina femme
de Gordian 2.

32. Pupienus Maximus, homme nouueau, fils d'vn Serru-
rier, s'adonna touſiours à la vertu, & à la hardieſſe militaire, & fut heureux contre les Polonois & Allemañs.
33. M. Cælius Balbinus, & Pupienus, apres auoir eſté Có-
ſuls, & que les Gordians eurent eſté tuez en Afrique, furent creés Empereurs par l'ordonnance du Senat contre
Maximin, & tous deux furent indignement maſſacrez.
34. Gordian 2. petit fils de Gordian de par ſa fille, né à
Rome, fut tué en vne ſedition de ſoldats par Philippe
Prefect du Pretoire.
48. TRANQVILLINA, fille de Miſitheus, homme tres-docte & eloquent, fut mariée à Gordian deuxieſme.

C. VALENS.
Hoſtilianus.

PHILIPPE Regna
5. ans.

Seuera Auguſta
femme de Philippe.

35. C. Valens Hoſtilianus n'eſt mis en rang par quelques
Hiſtoriens; parce qu'incontinent il mourut frappé de
peſte, de ſorte qu'à peine il reſta aucune memoire de luy.
247. | 36. Philippe eſtoit Arabe de nation, & auoit commandé

plusieurs années à l'armée, en fin fut tué auec son fils, par
le commandement de Dece, parce qu'ils auoient em-
brassé la foy Chrestienne.

49. SEVERA AVGVSTA fut donnee pour femme à l'Empereur
Philippe. On tient qu'elle croyoit en IESVS-CHRIST, & que par le
soing & exhortations du Pontife Fabian elle fut baptisee auec son mary
& son fils.

| DECE Regna 2. ans. 6. mois. | Q. HERENNIVS Hetrucus. | VIBIVS Gallus Regna 2. ans. 8. mois |

252. 37. Dece Trajan, ayât fait tuër les Philippes, fut fait Em-
pereur, & persecuta les Chrestiens: c'est pourquoy les
Goths, par vengeance diuine, rauagerent tout l'Empire
Romain: Il se noya aagé de 50. ans.

38. Q. Herennius Hetruscus n'est mis par aucun Historien entre les Empereurs, toutesfois en ce rang son pourtraict se trouue au liure de Hubert Goltzius, & y est escrit, qu'il estoit fils de Dece, & qu'il fut tué en Hongrie
en vne bataille contre les Goths.

254. 39. Vibius Gallus Hostilianus, fut Empereur auec son fils
Volusian après la mort de Dece, & persecuta aussi les
Chrestiens.

| VOLVSIAN Regna 2. ans. | AEMILIAN Regna 4. mois. | LICINIVS Valerian Regna 15. ans. |

40. Volusian, comme son pere, fut tué par les soldats.

41. Æmilian Lybien, né en Mauritanie, dés son ieune
aage suiuit les armés, & peu de temps apres qu'il fut
Empereur, il fut tué à Spolette aagé de 40. ans.

256. 42. Licinius Valerian fut esleu Empereur en la haute
Allemagne par les soldats, auec son fils Gallien, & confirmé par le Senat.

GALIEN.
Regna 15. ans.

Salonina Pipera. 3.
femme de Galien

Helena 2. femme
de Galien.

256. | 43. Gallien fils de Valerian, laissa viure les Chrestiens en
paix, & regna 9 ans seul, apres que so pere fut mené captif
en Perse par Sapores: il estoit sçauät, mais adöné au luxe.

50. SALONINA PIPERA espousa Galien, & luy engendra Salo-
ninus: Il l'ayma esperduëment, & eut de son pere Roy des Marcomans,
pour dot, vne partie de la Hongrie superieure.

51. HELENA fut donnee pour deuxiesme femme audit Empereur
Galien.

SALONIN.
Valerian.

LABIENVS.
Parthenius

FLAVE   CLAVDE
Regna   2.   ans

44. Salonin Valerian, fils de Gallien, fut tué auec son
pere, s'estant retirez à Milan, & n'auoit lors que dix ans.

45. Cassius Labienus Postumus, de simple soldat paruint
à de grandes dignitez, & estant en France fut fait Empereur du temps de Gallien, où il fut tué.

271. | 46. Flaue Claude, dont est issuë la famille des Constan-
tins, fut grand guerrier, & chassa les Quades, Sarmates,
Getes, & Scythes de l'Empire Romain, qu'ils auoient
enuahy, & reconquit Dace.

QVINTILLVS.
Regna 17. iours.

AVRELIAN.
5. ans. 6. mois.

TACITE. Regna
6. mois. 10. iours

273. | 47. Aurele Quintile frere de Claude, apres la mort de so
frere fut saluë Empereur par le Senat, & tué 17.iours apres.

273. | 48. Aurelian surmonta les Gaulois ou Francs, en batail-
le rangée pres de Mogunce, & puis apres les Goths en

Esclauonie.

278. 49. Tacite apres la mort d'Aurelian, qui fut tué en Grece, fut designé Empereur, & regna en tres-bon Prince.

FLORIAN. 2. mois.   PROBVS Regna 6. ans   CARVS Regna L. an

279. 50. Annius Florian frere de Tacite, desireux de regner, vsurpa l'Empire comme hereditaire, & peu de temps apres fut tué à Tharse par ses soldats.

280. 51. Probus est mis au nombre des meilleurs Princes: il fut esleu par les soldats, & approuué par le Senat, il surmonta les Thuringiens & les Francs.

286. 52. Carus fut tué par la foudre, & laissa Numerian & Carinus ses enfans qu'il auoit associez à l'Empire.

NVMERIAN. Regna 2. ans.   CARINVS Regna 2. ans   DIOCLETIAN Regna 22. ans

53. Numerian fut bon Prince, renommé pour sa probité, & son erudition.

54. Carinus fut semblable à Neron en meschanceté.

288. 55. Diocletian fut vn Prince doüé de grande sagesse, au reste ennemy iuré de ceux qui faisoient profession du Christianisme, il quitta l'Empire, & vescut comme priué.

MAXIMIAN. Regna 20. ans

Eutropia femme de V. Maximian.

56. Valere Maximian surnômé Herculius, hôme de son naturel fier & cruel, bruslât de paillardise, mesmes à l'endroit de ses sœurs, lourdaut en ses côseils & aduis, sans ciuilité, & châpestre, fut associé par Diocletian à l'Empire.

52. Eutropia femme de l'Empereur Maximian, luy conceut l'Empereur Maxence, & vne fille nommée Fauste, qui fut mariee à Constantius.

CONSTANCE
Regna. 4. ans.

Elene et Theodora
femmes de Constance

308. | 37. Constance pere de Constantin eut en sa subjection les Gaules & Allemagne, les ayant subjuguées, il mourut en Angleterre, & fut au lieu de Diocletian.

53. Helene, fille de Coël Roy d'Angleterre, espousa Constance, qui fut contraint de la repudier pour espouser Theodora. Elle eut de luy Constantin le Grand, qu'elle fit instruire en la foy Chrestienne, & le fit baptiser. Elle cultiua son esprit en la pieté. Dieu luy donna la grace de trouuer sa saincte Croix, qui estoit cachee en vn lieu escarté. Quelques bons Peres de l'Eglise asseurent que cela luy auoit esté reuelé. Elle mourut aagee de quatre-vingts ans, & fut inhumee dedans Constantinople, en l'Eglise que son fils Constantin auoit fait edifier au nom des douze Apostres, pour y estre luy & les siens ensepulturez. Elle est canonisee & reputee saincte, & Theodora belle mere de Maximian, espousa Constance, apres qu'il eut repudié Helene sa premiere femme: Elle eut de luy trois enfans, Amiaballian, Constance, & Constantia, femme de l'Empereur Licinius.

GALERIVS.
Armentarius.

Valeria femme de
Galerius Maximian.

58. Galerius Maximian, dit Armétarius, parce qu'il estoit fils d'vn Berger, fut fait Empereur, il estoit beau de corps, & heureux guerrier: Il succeda à Maximian Herculius.

54. Valeria, fille de Diocletian, fut donnee pour femme à Galerius Maximian, dit Armentarius, à cause de ce mariage Diocletian l'adopta.

MAXIMIN 2.
Regna 3. ans.
SEVERE.
Regna 4. ans.
MAXENCE.
Regna 4. ans.

59. Maximin 2. neueu d'Armentarius de par sa sœur, fut
Empereur & persecuteur des Chrestiens en Orient.
60. Seuere Prefect d'Italie & d'Afrique, fut declaré Empereur par Galérius, & combattant auec Maxence fut
pris à Rauemne, & occis.
61. Maxence esleu Empereur par ses soldats, regna en Tyran, & fut semblable à son pere Maximian, estant vaincu
par Constantin pres le pont Miluius, il fut noyé en vn
goulfe, & son corps n'a esté trouué depuis.

LICINIVS.
Regna 15. ans.
Constantia femme
de Licinius.

62. Licinius. Licinian issu de parents champestres, fut heureux en la guerre qu'il eut contre Maximin: depuis il fut
mocqueur de Christ, & persecuta ceux qui tenoiēt sa foy,
& parce qu'il estoit ignorāt, il fut grād ennemi des lettres.
55. CONSTANTIA, fille de Constance, & femme de l'Empereur Licinius. Elle eut de luy deux fils: l'vn s'appelloit Licinius le ieune, l'autre Anaballian, pere de l'Empereur Dalmatius.

MARTINIAN.
CONSTANTIN.
Regna 30. ans.
Minervina à fem.
de Constantin.
Fausta à femme
de Constantin.

63. Martinian fut creé Cesar par Licinius contre Constantin, qui de nuict estoit entré dans son camp, & l'auoit
mis en fuite.
310. 64. Constantin le grand fils de Constance, fut le premier
Empereur qui fist profession du nō Chrestien, vrayemēt

bon Prince, il reſtaura les Egliſes, il agrandit la ville de Byzance, qu'il nomma Conſtantinople, & y transfera le ſiege de l'Empire.

56. MINERVINA fut femme de l'Empereur Conſtantin le Grand, & de luy cherie & bien aymee : elle eut vn fils nommé Criſpus qui fut Empereur.

57. FAVSTA, ſeconde femme de Conſtantin le Grand. Il eut d'elle cinq enfans, Conſtantin, Conſtance, Conſtante, Helene & Conſtance, par la malice de laquelle l'Empereur Criſpus fut tué, dont elle fut punie & iettee dedans des eſtuues ardentes.

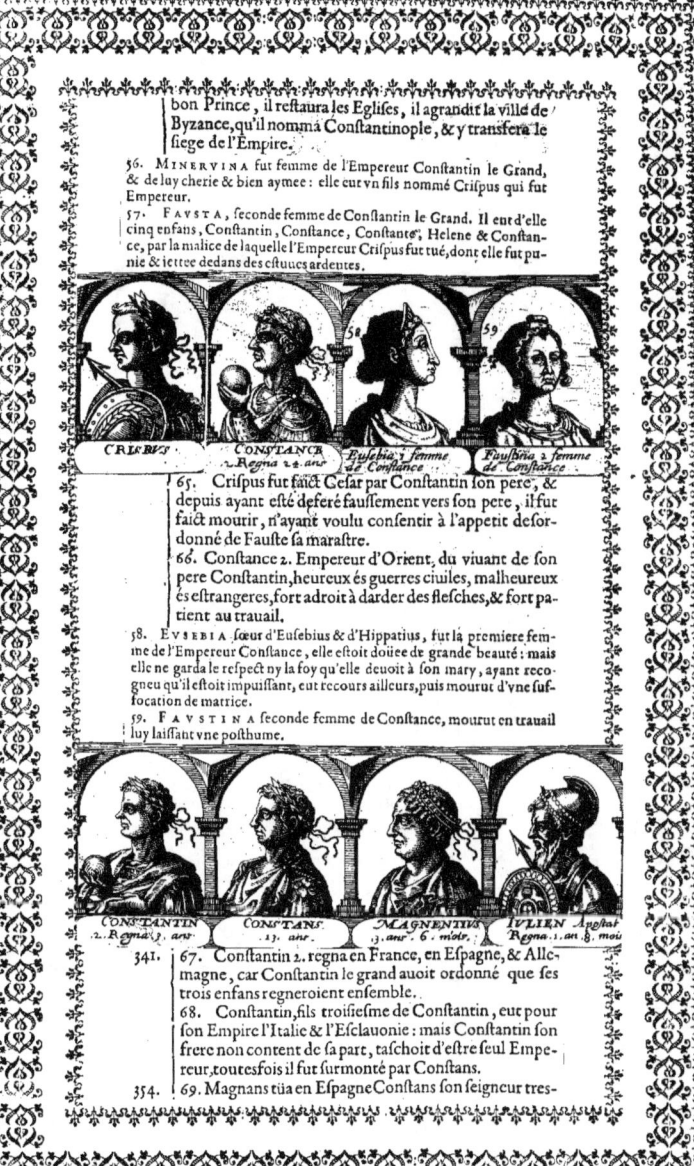

CRISPVS   CONSTANCE   Euſebie 1 femme   Fauſtina 2 femme
          Regna 24 ans   de Conſtance   de Conſtance

65. Criſpus fut faict Ceſar par Conſtantin ſon pere, & depuis ayant eſté deferé fauſſement vers ſon pere, il fut faict mourir, n'ayant voulu conſentir à l'appetit deſordonné de Fauſte ſa maraſtre.

66. Conſtance 2. Empereur d'Orient, du viuant de ſon pere Conſtantin, heureux és guerres ciuiles, malheureux és eſtrangeres, fort adroit à darder des fleſches, & fort patient au trauail.

58. EVSEBIA ſœur d'Euſebius & d'Hippatius, fut la premiere femme de l'Empereur Conſtance, elle eſtoit doüee de grande beauté : mais elle ne garda le reſpect ny la foy qu'elle deuoit à ſon mary, ayant recogneu qu'il eſtoit impuiſſant, eut recours ailleurs, puis mourut d'vne ſuffocation de matrice.

59. FAVSTINA ſeconde femme de Conſtance, mourut en trauail luy laiſſant vne poſthume.

CONSTANTIN   CONSTANS   MAGNENTIV   IVLIEN Apoſtat
2. Regna 3 ans   1 an   3 ans 6 mois   Regna 1 an 8 mois

341.   67. Conſtantin 2. regna en France, en Eſpagne, & Allemagne, car Conſtantin le grand auoit ordonné que ſes trois enfans regneroient enſemble.

68. Conſtantin, fils troiſieſme de Conſtantin, eut pour ſon Empire l'Italie & l'Eſclauonie : mais Conſtantin ſon frere non content de ſa part, taſchoit d'eſtre ſeul Empereur, toutesfois il fut ſurmonté par Conſtans.

354.   69. Magnans tüa en Eſpagne Conſtans ſon ſeigneur tres-

humain, & se fit salüer Empereur à Autun par ses soldats, mais estant vaincu par Constantin, il se tua soy-mesme.

366. 70. Iulian Apostat adopté par Constance 2. fut doüé de grande erudition. Il fut docte Theologien & Philosophe, depuis il fut Apostat, & persecuteur des Chrestiens, & estant allé en Perse auec vne armée, il fut tué.

IOVLAN Regna 8. mois.

Caritho femme de Iouian ou Iouinian.

367. 71. Iouian, ou Iouinian, fut vn Prince fort recommandé pour sa pieté. De son temps furent bastis des Colleges ou Monasteres pour les Moynes & Religieux.

60. CARITHO, fille de Lucillian, espousa Iouian ou Iouinian Empereur, & eut de luy vn fils nommé Varronian : mais ayant receu nouuelles que son mary reuenoit auec luy en triomphe, elle mourut de ioye.

VALENTINIAN 11. ans, 8. mois. 20. i.

Seuera, et Iustinà som. de Valentinian.

368. 72. Valentinian eut l'Empire d'Occident, & laissa à son frere Valens celuy d'Orient. Il fut zelateur de la Religiõ Chrestienne : il eut de grandes guerres en Allemagne, il subjugua les Saxons & Bourguignons, puis il mourut de fiéure.

61. SEVERA fut femme de l'Empereur Valentinian. Il eut d'elle Gratian. A la suasion d'icelle il eut vne autre femme nommee Iustina, de laquelle il eut plusieurs enfans.

VALENS Regna 13. ans, 5. mois.

Dominica femme de Valens.

378. 73. Valens apres la mort de son frere fut Empereur & soustint l'heresie d'Arrius : il fut tué par les Goths en vne bataille pres de Constantinople.

62. DOMINICA femme de l'Empereur Valens, estoit vne braue & vertueuse Dame: elle fit leuer le siege aux Gots de deuant la ville de Constantinople, de laquelle ils auoient pillé les faux-bourgs, moyennant vne grande somme de deniers qu'elle leur donna liberalement pour les faire retirer: & par ainsi deliura ceste ville & son mary d'vne desolation deplorable qui estoit preste à fondre sur eux.

GRATIAN Regna.
ii. ans 8. mois. 25.J.

Constantia Posthuma
femme de Gratian.

382. 74. Gratian, fils aisné de Valentinian, associa à l'Empire son frere puisné Valentinian 2. & Theodose. Ce Prince fut renommé pour sa probité & doctrine: il fut tué és Gaules par les menées de Maximin son Prefect.

63. CONSTANTIA Posthuma fille de Constance second, & de Faustina, fut mariee à l'Empereur Gratian.

MAXIMVS
Regna 1. an.

VALENTINIAN
2. 7. ans.

387. 75. Maxime se constitua Empereur par tyrannie apres auoir massacré son maistre, toutesfois il fut pris par Theodose, & mis à mort.

388. 76. Valentinian 2. frere de Gratian, regna auec Theodose: de son temps les Lombards auec leur Roy Agelmond rauagerent l'Italie.

THEODOSE
Regna. 17. ans.

Termantia femme de
Theodose et Placcilla sa.

Galla 3 femme de
Theodose.

392. 77. Theodose, Espagnol de nation, fut Empereur auec Arcade & Honore ses enfans: il rendit l'Empire paisible depuis l'Allemagne iusques en Egypte, & restitua la paix à l'Eglise.

64. TERMANTIA fut la premiere femme de l'Empereur Theodose le Grand, & FLACCILLA sa seconde, qui fut tres-deuote & Religieuse, & monstra plusieurs exemples de grande pieté & charité enuers les pauures: Elle eut deux fils Arcadius & Honorius qui furent Empereurs.

65. GALLA fille de Valentinian le Majeur: apres le deceds de Flaccilla Theodose l'espousa pour sa troisiesme femme, & eut d'elle Placidia Galla.

ARCADIVS.
Regna 13 ans.

Eudoxia femme d'Arcadius.

400. | 78. Arcade tint l'Empire à Constantinople en Orient, & son frere Honore en Occident: de leur temps l'Empire fut diuisé en diuers partis par la perfidie des chefs des armées.

66. EVDOXIA, femme arrogante, audacieuse, & auare, espousa Arcadius Empereur, & se mesla fort des affaires de l'Empire, à cause du peu d'entendement qu'auoit son mary: Elle fit bannir sainct Iean Chrysostome és deserts d'Armenie, pource qu'il luy remonstroit. Par vengeance diuine elle mourut de mort violente, & laissa vn fils & trois filles.

HONORIVS
Regna 16. ans.

Maria et Thermantia femmes de Honorius.

412. | 79. Honorius tint aussi l'Empire auec Theodose 2. fils de son frere Arcade. En ce têps les Goths vindrent premieremêt en Italie auec vne puissante & formidable armée.

67. MARIA & TEMANTIA filles de Stilicon, furent l'vne apres l'autre femmes de l'Empereur Honorius: toutes deux moururent vierges & de mort subite.

THEODOSE.2.
Regna 32. ans.

Eudoxia femme de Theodose 2.

428. | 80. Theodose 2. fils d'Arcade regna en Constantinople, & associa Valentinian 3. De son temps les Vandales qui estoient lors és Espagnes, s'emparerent de l'Afrique.

68. EVDOXIA fille de Leon Athenien Philosophe, espousa l'Empereur Theodose 2. du nom, elle fut doüée des dons de l'esprit & du corps : elle composa des vers qui ne furent mesprisez. Elle eut vne fille de semblable nom, qui fut femme de Valentinian 3.

VALENTINIAN · 3. Regna .30. ans.

Eudoxia femme de Valentinian 3.

428. | 81. Valentinian 3. fils de Constance, & de Placidia fille de Theodose, fut Empereur auec Theodose 2. Il chassa Iean le Tyran, qui auoit vsurpé l'Empire d'Orient, il fit la paix auec Genseric Roy des Vandales, & mena vne armée contre Attila.

69. EVDOXIA fille de Theodose le ieune, femme de Valentinian 3. vengea sa mort par le mariage qu'elle fit auec Genseric Roy des Vandales.

MARTIAN. Regna .6. ans.

LEON Regna .16. ans.

Berina femme de Leon.

454. | 82. Flaue Valere Martian regna tres-bien en Orient. Majoranus demourant à Rauenne, gouuerne l'Occident, où Attila commença à rauager l'Allemagne & les Gaules, & puis apres l'Italie.

461. | 83. Leon fut Empereur d'Orient : car l'Empire d'Italie, apres la mort de Valentinian 3. fut gouuerné par l'espace de 20. ans par 9. Empereurs qui se tuerēt les vns les autres iusques à Augustule, & lors les Goths s'en emparerent.

70. BERINA fut femme de l'Empereur Leon, eut de luy deux filles, Ariadna & Leontia, qui fut mariee à Martianus fils de l'Empereur Anthemius.

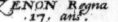

ZENON Regna
17. ans.

Ariadna femme
de Zenon.

478. | 84. Zenon fut Empereur, luy ayant esté quitté l'Empire
par Leon le Ieune, fils de sa femme, il enuoya en Italie
Theodoric ou Dietric de Berne, & le fit Consul, par les
prouesses duquel il fut plus recogneu, que par ses propres
vertus: car il regna tyranniquement.

71. ARIADNA fille de l'Empereur Leon & de Berina, espousa l'Empereur Zenon, qui estoit fort adonné à l'yurongnerie. Icelle le voyant
enseuely dedans le vin & presque mort, commanda qu'on le portast où
estoient ensepulturez les Empereurs & les Roys, & le fit couurir d'vne
grosse pierre. Iceluy venant à se des-yurer, se print à escrier; mais on ne
luy apporta aucun secours: de maniere qu'il fut contraint de mourir
dedans ce sepulchre.

ANASTASE
Regna. 27. ans.

IVSTIN Regna
9. ans. 2. mois.

Lupicia femme
de Iustin.

494. | 85. Anastase tint l'Empire en Orient en grande paix, de
son temps S. Remy Euesque de Rheims florissoit en France, Anastase fut heretique, & mourut touché du foudre.

521. | 86. Iustin natif de Thrace fut Empereur, ayant esté en ses
ieunes ans porcher, & depuis il deuint soldat, & par sa
prouesse paruint à l'Empire d'Orient, & en chassa les
Euesques heretiques.

72. LVPICIA femme de l'Empereur Iustin, apres auoir receu la Con-
ronne Imperiale, fut nommée Auguste, & appellee Euphemia.

IVSTINIAN
Regna 39. ans.

Theodora femme
de Iustinian.

528. | 87. Iustinian fils de la sœur de Iustin: il s'adonna à resta-
blir l'Empire, & par armes, & par belles ordonnances. Il

fut assisté de Bellisaire & Narses, par l'ayde desquels il surmonta les Perses & les Goths, conserua la Syrie, & reconquit l'Afrique : & estant en paix il fit compiler les Pandectes, le Code, & Institutes du droict ciuil, par Tribonian, & autres grands personnages, dont il acquist tres-grande gloire & renom.

73. THEODORA Dame tres-illustre & prudente, fut femme de l'Empereur Iustinian.

IVSTIN . 2.
Roma ij. ans.

Sophie femme de
Iustin 2.

566. | 88. Iustin 2. fils de la sœur de Iustinian : de son temps les
| Lombards vindrent habiter en Italie.

74. SOPHIE Dame de grand entendement, & de prudence incroyable, se rendit tant complaisante aux humeurs de l'Empereur Iustinian, qu'il ayma son mary Iustin 2. de telle affection, qu'il le fit couronner Empereur ; où estant paruenu, elle l'induisit à la liberalité & à faire des largesses, au moyen dequoy il s'acquit la bien-veillance des gens de guerre & des Citoyens : ce qui ne luy dura pas, pource que de son naturel il estoit enclin à l'auarice. Elle fut d'vn courage releué & hautain, & rescriuit à Narces (accusé de mal traicter les Romains) qu'elle l'occuperoit à la filace pour filer auec ses filles. Il luy respondit qu'il luy ourdiroit en Italie vne toile, qui ne romproit de sa vie. Cela fut vray : car Narces voyant que Iustin, pour le demettre de son gouuernement, enuoya Longin auec vne armee, fit venir de Hongrie deux cents mille Lombards, auec leurs femmes & enfans, qui se firent Seigneurs d'Italie, & l'ont depuis tenuë deux cents quatre ans. Sophie fut tant aymee de son mary, qu'il fit construire vn Havre qu'on appella le Havre de Sophie, comme aussi plusieurs Palais & autres somptueux edifices, qui porterent son nom, & la recommanda sur toutes choses en mourant, à Tibere qu'il luy succeda.

TIBERE . 2.
Roma . 7. ans.

Anastasia femme
de Tibere

578. | 89. Tybere 2. estoit Prefect de Iustin, & fut adopté par
luy, & par ce moyen succeda à l'Empire : il gaigna les Perses en bataille rangée, mais il fut mal-heureux contre les Lombards. On cessa de parler Latin à Rome, le langage estant corrompu par les Goths & estrangers qui occupoient l'Italie.

75. ANASTASIA femme de l'Empereur Tibere, il eut d'elle Charitia & Constantina.

MAVRICE.
Regna 20. ans.

Constantina femme de Maurice

584. 90.   Maurice gendre de Tybere 2. obtint vne grande victoire contre les Perses & ceux de Hongrie, & fut massacré par son Prefect Phocas.

76.   CONSTANTINA fille de l'Empereur Tibere deuxiesme & d'Anastasia, espousa l'Empereur Maurice de Capadoce, duquel elle conceut trois fils & trois filles, que Phocas fit occire auec Constantina leur mere, en la presence de Maurice leur pere : cela fait on luy trancha la teste.

PHOCAS Regna 13. ans.

Leontia femme de Phocas

604. 91.   Phocas fut fait Empereur par l'ayde du Pape Boniface 3. De son temps les forces de l'Empire furent grandement affoiblies, en ayant esté ostées la France, l'Espagne, l'Allemagne, & la Lombardie.

77.   LEONTIA femme de l'Empereur Phocas, il l'a fit appeller Auguste : & eut d'elle Domantia qu'il donna pour espouse à Priscus Prefect de sa gend'armerie.

HERACLIVS Regna 31. ans.

Fulfia Eudoxia, & Martina sœur de Heracl.

611. 92.   Heraclius reconquist à l'Empire Hierusalem, Syrie, Egypte : ayant recouert le bois de la vraye Croix de nostre Seigneur, il la fit apporter à Constantinople, & depuis la transporta à Rome. Constantin fils d'Heraclius n'est point icy mis en rang, parce qu'il fut empoisonné par sa

maraftre Martine, pour faire regner fon fils Heracleonas,
qui fut chaffé auec fa mere par le peuple & Senat de Conftantinople.

78. FABIA EVDOXIA premiere femme de l'Empereur Heraclius:
il eut d'elle Epiphania & Heraclius, furnommé le nouueau Conftantin,
qu'il fit couronner Empereur eftant encore en bas aage, & Martina
fille de fon frere fut fa feconde femme, qu'il fit appeller Augufte : il eut
d'elle Heraclona qui fut nommé Fabius, & vn autre fils appellé Dauid.

| CONSTANTIN 3. Regna. 27. ans. | CONSTANTIN 4. 17. ans. | IVSTINIAN 2. Regna. 26. ans. | Theodora femme de Iuftinian. |

643. 93. Conftantin 3. autrement Conftant, fut mal-heureux,
ayant efté furmonté en Orient par les Sarrazins, & en Italie par les Lombards, fut tué par les fiens à Syracufe en fe
baignant.

670. 94. Conftantin 4. dit le Barbu, fit la guerre heureufement
aux Sarrazins, qui vouloient s'emparer de la Sicile, de la
Grece, & de Thrace, tant par mer que par terre, & les rendit tributaires de l'Empire.

687. 95. Iuftinian 2. fils de Conftantin, ayant regné dix ans fut
defpoüillé de l'Empire, & relegué en Cherfonnefe, par
Leonce & Tybere, qui luy firent coupper le nez & les
oreilles.

79. THEODORA fille de Chaganus, femme de l'Empereur Iuftin ou
Iuftinian : il eut d'elle Tibere.

LEONCE
Regna. 3. ans.

Maria femme de
Leonce ou Leon.

697. 96. Leonce ou Leon 2. gouuerna tres-mal l'Empire, c'eft
pourquoy Tybere luy ayant faict couper le nez, le fit garder en prifon.

80. MARIA femme de l'Empereur Leon 3. fut appellee Augufte : il
eut d'elle Conftantin.

TIBERE. 3.	PHILIPPICVS	ANASTASE. 2.	THEODOSE. 3.
Regna . 2. ans.	1. an . 6. mois.	Regna . 1. an. 3. m.	Regna . 2. ans.

700.
97. Tybere 3. autrement Abfimare, vfurpa l'Empire par
fept ans : mais Iuftinian 2. fecouru par les Bulgares, retourna à Conftantinople auec vne puiffante armée, & tint
l'Empire pour la deuxiefme fois auec fon fils : & en prefence du peuple, ayant foulé aux pieds Leonce & Tybere,
il leur fit trancher la tefte, & regna fix ans.

713.
98. Philippicus Bardefanes, ayant tué Iuftinian 2. & fon
fils Tybere, obtint l'Empire, & fut declaré fchifmatique
en vn Synode tenu à Rome : & depuis ayant les yeux cre-
uez fut chaffé de l'Empire.

715.
99. Anaftafe 2. dit Athenius, ou Artemas, gouuerna
l'Empire mefchantement : à cefte caufe il fut pris par
Theodofe, & priué de l'Empire, & enfermé en vn Monaftere.

717.
100. Theodofe 3. ayant vfurpé l'Empire, le delaiffa à
Leon 3. fe deffiant qu'il ne le pourroit garder, & fe rendit
Moyne.

LEON .3.
Regna . 24. ans.

Irenia femme de
Leon. 4.

718.
101. Leon 3. furnommé Ifauricus, fit la guerre aux images,
& fut appellé Iconomaque. Conftantinople fut affiegée
par l'efpace de huict ans par les Sarrazins, qui endurerent
beaucoup en ce fiege, à caufe de la pefte & famine : & en
fin furent chaffez par les Bulgares, qui fecoururent l'Empire, & leurs nauires bruflées par feu artificiel.

81. IRENIA femme de l'Empereur Leon 4. eftoit Athenienne, &
Dame doüée de beauté & de grandes perfections, noble en fes mœurs
& en fes actions, & bien entenduë au maniement des affaires de l'Empire, qu'elle gouuerna quelque temps pour fon fils Conftantin, eftant
encor en bas aage. *Le pourtraict de Leon 4. a eft'oublié par inaduertance dedans les*
pourtraicts des Empereurs, & mefme en la coppie de Rome : ce qui fe reparera à la pre-
miere impreffion.

CONSTANTIN
5. Regna .35. ans. | CONSTANTIN
6. Regna .1ʃ. ans. | Maria femme de
Constantin. 6.

742. | 102. Constantin 5. dit Copronyme, parce qu'il deschar-
gea son ventre dans les fonds baptismaux, il estoit fils de
Leon 3. Son fils Leon 4. luy succeda par 5. ans, & n'a esté
inseré en son rang par oubliance.

782. | 103. Constantin 6.fils de Leon 4.fut fait Empereur auec
sa mere Irené, laquelle apres dix ans fut chassée par son
fils,& regna seul cinq ans:mais parce qu'il regnoit tyranniquement,les habitans de Constantinople firent reuenir sa mere Irené,qui fit creuer les yeux à son fils,&regna
trois ans seule fort sagement & dignement.

82. MARIA femme de l'Empereur Constantin sixiesme du nom,tres-
bonne Dame, & sans aucune occasion legitime, fut par luy recluse en
vn Monastere.

CHARLEMAGNE
14. ans.1.mou. 4.7. | Galiene 1 femme de
Charle-Magne. | Hermingarde 2 sem.
de Charle-Magne.

801. | 104. Charlemagne fut à Rome couronné Empereur, le
iour de Noël par le Pape Leon 3. l'Empire fut transferé
aux Allemans, & toutesfois à Constantinople y a eu des
Empereurs successiuemét iusques à ce que les Turcs s'en
soient rendus maistres,qui fut en l'an 1453.desquels Empereurs ne sera icy faict mention. Charles surnommé le
Grãd pour ses faits heroïques,il estoit Roy de France, &
fils de Pepin:il mourut à Aix en Allemagne,où son corps
repose.

83. GALIENE fille du Roy de Tolede, premiere femme de Charles-
Magne Roy de France & Empereur, fut de luy aymee fut toutes les
femmes qu'il eut : elle vesquit peu.

84. HERMINGARDE fille de Didier Roy des Lombards, seconde
femme de Charles-Magne, & de luy repudiee pource qu'elle luy estoit
infidelle : aucuns la nomment Theodore, & disent qu'elle n'estoit que
sœur dudit Didier.

Hildegarde 3 fem. | Fastrade 4 femme | Luithegarde 5 fem.
de Charle-Magne. | de Charle-Magne. | de Charle-Magne.

85. HILDEGARDE ou HILDEGRANDE, fille de Hildegrand Duc
de Sueue troisiesme femme de Charles-Magne : Il eut d'elle Charles,
Pepin, Louys, Rotrude, Berthe, & Gilles. Elle decedda à Thionuille
le trentiesme Auril l'an sept cents quatre-vingts trois. Elle gist à Sainct
Arnoul de Mets.

86. FASTRADE fille de Raoul Comte en la Franconie, quatriesme
femme de Charles-Magne, eut vn zele grand enuers Dieu, & employoit
tout son loisir à faire des parements & ornements pour les Eglises, qu'elle visitoit deuotement.

87. LVITHEGARDE de la maison de Sueue, espousa en dernieres
nopces Charles-Magne : Elle gist à sainct Martin de Tours où elle
mourut.

Lovys
Regne. xxi. ans

Armenias 1 fem. de | Iudith 2 femme de
Louys le Debonnaire. | Louys le Debonnaire.

814. | 105. Louys le Debonnaire, fut Empereur apres son pere
Charlemagne, il renouuella l'alliance que son pere auoit
faicte auec les Empereurs de Constantinople. Il y eut
transaction faicte entre luy & le Pape, de ce que chacun
d'eux tiendroit en Italie.

88. ARMENIAS ou EMENGARDE, fille du Comte de Hildegrand
de la maison de Saxe, premiere femme de Louys le Debonnaire, fut d'vn
naturel tres-benin & pitoyable : Elle eut de luy trois fils, puis mourut
en Angleterre le troisiesme Octobre 829. son corps gist en la grande
Eglise d'Angers.

89. IVDITH fille de Vvelfon Comte d'Altirf, fut la deuxiesme femme
dudit Louys le Debonnaire Roy de France & Empereur : Elle souffrit
beaucoup de persecutions par ses enfans, apres que son mary fut enfermé dedans le Monastere de sainct Medard à Soissons, elle fut confinee
ailleurs auec son fils Charles, qu'elle ayma plus que tous ses autres enfans.

LOTHAIRE
Regna 15. ans

Hermingarde de fem.
de Lothaire

840. | 106. Lothaire fils de Louys succeda à son pere, & cessa
lors ce siecle d'or, à cause de la diuision qui suruint entre
Lothaire & ses freres.

90. HERMINGARDE Dame tres-illustre, femme de Lothaire Empereur, fils de Louys le Debonnaire, eut de luy trois fils, Louys, Lo-
haire, & Charles.

LOVYS. 2.
Regna 21. ans

Ansgarde et Richeult ou
Adeilde fem. de Louys 2.

856. | 107. Louys 2. fils de Lothaire, repoussa vertueusement
les Sarrazins qui estoient entrez de force en Italie : il
mourut peu apres, & est enterré à Milan.

91. ANSGARDE, & par aucuns appelléz AMBA femme de Louys second, fils de l'Empereur Lothaire & d'Hermingarde, de laquelle il eut
vne fille : & apres son deceds il espousa vne seconde femme nommée
Richeult ou Adeilde sœur du Roy d'Angleterre.

CHARLES le Chauue
Regna 2. ans

Hermingarde 1. fem.
de Charles le Chauue

Richilde 2. femme
de Charles le Chauue

878. | 108. Charles le Chauue vint à Rome, & par la faueur du
Pape Iean 9. fut designé Empereur, les enfans de Louys 2.
accompagnez de cinquante mille hommes le mirent en
route pres de Cologne : Quelque temps apres il mourut
de maladie, aucuns disent que ce fut de poison. Interregne de deux ans & plus.

92. HEMINGARDE femme de Charles le Chauue Empereur, & Roy
de France : Il eut d'elle quatre enfans.

93. RICHILDE ou RIXANT, seconde femme de Charles le Chauue :

i eut d'elle deux fils. Elle estoit sœur de Boson Roy de Bourgongne, & fut grandement estimée pour la foy & l'amitié qu'elle garda enuers son nary.

CHARLES le gros
Regna 12. ans 3. m

Richarde femme de
Charles le Gros

881. 109. Charles surnommé le Gros, tout adonné à Religió, deliura l'Italie, grădement oppressée & trauaillée par les Sarrazins: il quitta l'Empire à Arnoul fils de son frere, & mourut en misere, & est inhumé à Augée prés de Constance.

94. RICHARDE fille du Roy d'Escosse, femme de Charles le Gros Empereur & Roy de France, fut Dame viuant chastement & sainctement, & fonda vn Monastere en Auxois où elle mourut.

ARNOVL Regna
12. ans

Agnes 1 femme de
Arnoul

Deita 2. femme de
Arnoul

891. 110. Arnoul ou Arnulphe fils de Carloman, Duc de Bauiere, de Sueue, & de Franconie: il surmonta les Moranes & Normans. Il prist Rome de force, & fut couronné par le Pape Formosus, ayant chassé en exil Guy Duc de Spolette, qui auoit vsurpé l'Empire.

95. AGNES fille d'vn Roy de Grece, fut mariée à l'Empereur Arnoul, fils naturel de Carloman Duc de Bauiere, de Sueue, & de Franconie: & eut d'elle deux fils, Arnoul surnommé le Mauuais, & Vveruhs Comte de Schee.

96. DEITA, que quelques-vns nomment Luithgarde, fut la seconde femme de l'Empereur Arnoul. Elle luy enfanta Louys troisiesme qui fut Roy des Romains.

LOVYS. 3.
Regna 10. ans.

Mathilde femme
de Louys 3

903. III. Louys 3.fils d'Arnoul fut Empereur apres son pere, il ne se lit point qu'il ait esté couronné:il surmonta en bataille les Hongres qui s'estoiét emparez de l'Allemagne, mais il fut puis apres aussi vaincu par eux.Icy a esté obmis

913. Conrad dernier Empereur de la race de Charlemagne, qui tint l'Empire sept ans, & mourant donna charge à son frere Ebrard de porter la couronne à Henry Duc de Saxe, ce qu'il fit : De son temps il y eut vn Berenger qui vsurpa le nom d'Empereur en Italie.

97. MATHILDA fille d'Othon le Grand Duc de Luitholphe, femme de l'Empereur Louys troisiesme du nom, de laquelle il n'eut aucuns enfans.

HENRY Regna 18. ans.

Mechtildis femme de Henry

920. 112.Henry surnommé l'Oyseleur,Duc de Saxe, fils d'Othon, estoit fort adonné à la chasse de l'oyseau : il ne fut point couronné,& n'alla en Italie, ains se tint en Allemagne qu'il rendit paisible : il surmonta en vne bataille à Mersburg quarante mille Hongres.

98. MECHTILDIS fille de Theodoric de la maison de Saxe, espousa l'Empereur Henry, surnommé Loyseleur,& fut Dame de rare pudicité. Il eut d'elle deux fils nommez Henry, Bruno,& deux filles Mechtilde & Adelheide.

OTHON . 2. Regna. 30. ans.

Editha 1 femme de Othon 2.

Adalheide 2 seri. de Othon 2

938. 113.Otho 1.surnommé le grand,fils de Henry l'Oyseleur, receut la couronne Imperiale à Aix en Allemagne par l'Euesque de Mogunce, il fut fort heureux en guerre, ayant surmonté trois puissans ennemis, qui affectoient l'Empire, sçauoir Gislebert Prince de Lorraine, Henry frere aisné dudit Othon,& Ludolphe son propre fils.

99. EDITHA fille d'Edoüard Roy d'Angleterre , premiere femme de l'Empereur Othon deuxiesme du nom , surnommé le Grand , fut Dame de saincte vie. Il eut d'elle deux fils, Luitholphe, & Guillaume de Magonce.

100. ADALHEIDE fille de Rodolphe Roy des Bourguignons, seconde femme d'Othon le Grand. Il eut d'elle Henry , Bruno, & Othon,qui luy succeda à l'Empire.

OTHON. 3.
Regna. 10. ans.

Theophania femme
de Othon 3.

974. | 114. Othon 3. succeda à son pere, & dompta par armes
Henry Duc de Bauiere son cousin, qui pretendoit l'Empire luy appartenir; il surmonta aussi les François, qu'il
poursuiuit iusques aupres de Paris.

101. THEOPHANIA fille de Romain Empereur de Constantinople, espousa l'Empereur Othon troisiesme : elle estoit femme fine & caute. Il
eut d'elle Othon qui fut Empereur, Hugues, & vne fille appellee Alysie :
quand elle fut morte, il en eut vne autre de la maison d'Austrie, de laquelle le nom est incertain.

OTHON. 4.
Regna. 19. ans.

Marie Daragon fe.
de Othon. 4.

984. | 115. Othon 4 parce qu'il estoit ieune enfant lors que son
pere mourut, fut tenu en garde à Rome par le commandement de Henry Duc de Bauiere son cousin qui vsurpa
derechef l'Empire : mais en fin Othon fut declaré Empereur, il fut instituteur de l'ordre des Princes Electeurs
de l'Empire.

102. MARIE D'ARRAGON femme de l'Empereur Othon quattriesme, fut fort desordonnee en ses mœurs, son mary ayant eu cognoissance
de ses lubricitez il la fit punir.

HENRY. 2.
Regna. 22. ans.

Chynegunde fem.
de Henry 2.

1003. | 116. Henry 2. Duc de Bauiere fut esleu Empereur, les
Turcs prennent de son temps la ville de Hierusalem : les
Sarrazins sont surmontez en Italie par les Grecs & Venitiens. Il vescut si sainctement qu'apres sa mort il fut
canonizé.

103. CHVNEGVNDE fille de Sigifredus Palatin du Rhin, espousa l'Empereur Henry deuxiesme du nom: Il vesquit auec elle en celibat, & estant prest à mourir la rendit vierge & sans l'auoit aucunement touchee à ses parents.

CONRAD
Regna .15. ans.

Gisela femme de Conrad.

1025. 117. Conrad fut aussi esleu Empereur, & afin de remedier aux troubles qui luy suruindrent au commencement de son Empire, il y associa son fils du consentement des Electeurs. Il dompta Erneste Duc de Sueue: il assubjettit à l'Empire la Bourgongne, Lyon, & le Royaume d'Arles: il vint à Rome, où il fut couronné par le Pape Iean 20.

104. GISELA fille de Lothaire Roy de France, & de Mechtilde, de l'antique race de Charles-Magne: apres auoir eu pour premier mary Bruno Roy de Saxe, & pour le second Ernest Duc de Sueue, dont elle eut des enfans, espousa pour le troisiesme l'Empereur Conrad, auquel elle laissa d'elle Henry troisiesme. Apres le decez de son mary elle mourut à Spire.

HENRY. 3.
Regna .17. ans.

Chunegunde i fem. de Henry 3.   Agnes 2 femme de Henry 3.

1040. 118. Henry 3. dit le Noir, surmonta les Bohemiens: il contraignit les Hongres de luy demander la paix: il rendit obeyssant à l'Empire le Duc de Lorraine. A Capouë il vainquit les Sarrazins, & retourné qu'il fut en Allemagne, il assembla vn Synode à Mogunce. De son temps viuoit Berenger auteur des Sacramentaires.

105. CHVNEGVNDE fille de Cyniton Roy des Anglois, ayant espousé l'Empereur Henry troisiesme du nom, fut de luy repudiee pour estre soupçonnee d'auoir commis adultere, & enfermee dedans vn Conuent de Religieuses.

106. AGNES fille de Guillaume Duc & Prince d'Aquitaine, Dame tres-sage & prudente, espousa en secondes nopces Henry troisiesme. Apres le deceds de son mary, elle regit l'Empire auec son fils Henry: ayant esté deboutee de ceste regence, elle se retira à Rome où elle vesquit religieusement vingt ans, au bout desquels elle mourut.

HENRY 4.
Regna 50. ans.

Bertha femme de
Henry 4.

1057. 119. Henry 4. fut Empereur à sept ans: on dit qu'il donna
cinquante-deux batailles: il surmonta Rodolphe que le
Pape auoit constitué Empereur contre luy.

107. BERTHA fille d'Othon Marquis d'Italie, premiere femme de
l'Empereur Henry quarriesme du nom: elle eut de luy Conrad, Henry
cinquiesme, depuis Empereur, & trois filles, Agnes, Limpergime, &
Sophie II en espousa vne seconde, qui estoit fille du Roy de Russie, &
veufue du Marquis d'Vthon, dont les nopces en furent celebrees à Cologne.

HENRY 5.
20. anr.

Mechilde femme
de Henry 5.

1107. 120. Henry 5. succeda à son pere Henry 4. Il y eut de
grandes diuisions entre les Papes de son temps & luy, qui
furent cause de schismes en l'Eglise, comme il y en auoit
eu du viuant de son pere.

108. MECHTILDE fille de Henry Roy des Anglois, espousa Henry
cinquiesme du nom Empereur, & ne luy fit aucune lignee: Estât veufue
elle se remaria à Godefroy Comte d'Anjou, & eut de luy Henry Duc de
Normandie, & depuis Roy d'Angleterre.

LOTHAIRE.
2. Regna 13. ans.

Richisa femme de
Lothaire 2.

1126. 121. Lothaire 2. Duc de Saxe, fut esleu Empereur par les
Princes Electeurs, duquel le pere nommé Gebhard auoit
esté tué par Henry 4. Il y eut de grands troubles de son
temps, qui est fort remarquable en ce que les liures du
droict Romain, qui auoient esté reduits en ordre par Iustinian, & long-temps comme perdus & oubliez, furent

109. RICHISA fille de Henry le Gras Comte de Northein, de Saxe, & de Getrude Marquife de Saxe, femme de l'Empereur Lothaire deuxiefme du nom. Apres fon deceds elle fut remariee à Henry premier Duc d'Auftrie.

CONRAD . 2 .
. 14 . anr .

Gertrude femme
de Conrad 2 .

1139. 112. Conrad 2. fucceda à Lothaire le Saxon, & eut guerre contre Henry gendre de Lothaire : mais ce trouble ceffa par fa mort. Par le confeil de fainct Bernard, Conrad alla auec vne armée contre les Turcs iufques en Hierufalem, & à fon retour il mourut.

110. GERTRVDE de Bauiere Comteffe de Sultzpach , femme de Conrád deuxiefme du nom Empereur.

FRIDERIC
. 37 . anr .

Adila 1 femme de
Frideric .

Beatrice 2 femme
de Frideric .

1152. 123. Frideric furnommé Barberouffe, neueu de Conrad de par fon frere, fut efleu Empereur , affez cognu pour fa hardieffe, vaillance & iuftice , & neantmoins fort mal voulu par le Pape Alexandre 3.

111. ADILA fille du Marquis de Vobburg & Bauiere, premiere femme de l'Empereur Frideric Barberouffe, il fe fepara d'elle par le iugement de l'Eglife de Conftance , pource qu'elle luy eftoit trop proche de confanguinité.

112. BEATRICE fille tres-illuftre & vnique de Reghaud Comte Bizantin, feconde femme de Frideric Barberouffe Empereur , auquel elle apporta vn tres grand doüaire : elle luy conceut cinq fils, Henry, Frideric, Othon, Conrad, Philippes, & deux filles, Sophie & Beatrice.

HENRY . 6 .
Regna . 10. anr .

Conftantia femme
de Henry 6 .

1190. | 124. Henry 6.fils de Frideric, eut de grandes guerres en
| la Poüille,& subjugua en fin le Royaume.

113. CONSTANTIA fille de Guillaume deuxiesme Roy de Sicile &
d'Apulie, de peur de concenoir vn enfant, qui ne fut le deſtructeur du
Royaume, ſelon ce qui eſtoit predit, ſe retira à Panorme en vn Monaſtere de ſaincte Claire: Mais le Pape Celeſtin luy donna abſolution de
ſon vœu, & deſia vieille fut mariee à l'Empereur Henry ſuxieſme du
nom, duquel elle eut vn fils nommé Frideric, & vne fille appellee
Marie.

PHILIPPE.
.10. ans.

Irene femme de
Philippes 2.

1198. | 125. Philippe 2. auſſi fils de Frideric, ſucceda à ſon frere:
| mais il eut des trauerſes à cauſe de Bartholde qui fut eſ-
| leu Empereur, lequel ſe voyant n'eſtre eſgal en force &
| puiſſance à Philippe, ſe vint rendre à luy.

114. IRENE ſœur d'Alexis Empereur de Conſtantinople, femme de
Philippes deuxieſme Empereur, eut de luy quatre filles,Chunegunde,
Ethile, la troiſieſme fut mariee au frere du Pape, & la derniere nommee
Beatrice.

OTHON .5.
Regna .3. ans.

Marie 1 femme
de Othon 5.

Beatrice 2 femme
de Othon 5.

1209. | 126. Othon 5. apres Philippes gouuerna l'Empire,& fut
| couronné par le Pape Innocent 3. à Rome: il eſtoit Prin-
| ce de Brunſuic,& fut depuis excommunié par le meſme
| Pape, qui ſollicita les Electeurs d'eſlire Frideric 2. telle-
| ment qu'il fut priué de l'Empire.

115. MARIE, fille du Duc de Brabant, femme d'Othon cinquieſme
du nom Empereur, à cauſe qu'elle luy eſtoit parente de trop pres, fut de
luy repudiee.

116. BEATRICE, fille de Philippe deuxieſme du nom Empereur, &
d'Irené ſeconde femme de l'Empereur Othon cinquieſme, fut de luy
beaucoup authoriſee és affaires de l'Empire : elle mourut ſans auoir
lignee.

FRIDERIC
2. 32e anc.

Constance 1 femme
de Frideric 2.

Iola 2 femme de
Frideric 2.

1212. | 127. Frideric 2.fils de Héry 6.& petit-fils de Barberouffe
Roy de Sicile,receut la couronne à Aix en Allemagne:il
affocia fon fils Héry à l'Empire,lequel depuis mourut en
prifon,retenu par fon pere,côtre lequel il auoit confpiré:
il fut excommunié par trois fois,& priué de l'Empire par
5.ans. Aptes fon deceds il y eut des fchifmes en l'Empire,
iufques à Rodolphe, qui fut efleu Empereur l'an 1273.
C'eft pourquoy il n'eft faict icy mention de Conrad fils
de Frideric, ny de Henry Lantgraue de Thuringe,ny de
Guillaume Comte de Hollande , ny d'Alphonfe Roy
d'Efpagne,ny de Richard frere duRoy d'Angleterre,qui
furent efleus Empereurs par diuers partis.

117. CONSTANCE Royne d'Arragon premiere femme de Frideric
deuxiefme , elle eut de luy Henry Roy de Suede , depuis Roy des Romains, & Iordain qui mourut ieune.

118. IOLA fille de Iean Roy de Hierufalem & Comte de Brone, fut par
par luy donnee pour feconde femme à Frideric 2. Empereur : eftant de
retour du voyage de la Terre Saincte , elle eut de luy Conrad Empereur
des Romains.

Agnes. 3. femme de
Frideric 2.

Rutina. 4. fem. de
Frideric 2.

Isabelle 5 fem. de
Frideric. 2.

Mechilde 6 fem.
de Frideric 2.

119. AGNES fille d'Othon Duc de Morauie, troifiefme femme de Frideric deuxiefme , & de luy repudiee , depuis fe maria à Vldaric Duc de
Carinthe.

120. RVTINA fille d'Othon Comte de Vuolffertzhaufem en Bauiere,
femme quatriefme de l'Empereur Frideric 2.du nom.

121. ISABELLE fille de Louys Duc de Bauiere , qui fut tué en la ville
de Khelheym, cinquiefme femme de l'Empereur Frederic deuxiefme du
nom.

122. MECHTILDE fille de Iean Roy d'Angleterre,fut mariee & donnee pour la fixiefme femme à Frideric 2. par difpence du Pape, bien
qu'elle fuft fa proche parente.

RODOLPHE
19. ans.

Anne 1. femme de
Rodolphe

Agnes 2. femme
de Rodolphe.

1273. 122. Rodolphe, ou Radulphe, Comte de Hafpurg, fut
efleu Empereur, & confirmé par le Pape Gregoire 10. en
vn Synode tenu à Lyon. Il n'alla en Italie, mais y enuoya
vn Lieutenant general qui y fut bien receu : il eut guerre
contre Othacarus Roy de Boheme, qu'il vainquit & tua,
& donna le Duché d'Auftriche à fon fils Albert.

123. ANNE Comteffe de Hohemberg en Suede , femme de Rodolphe
Comte de Hafpurg , & puis Empereur , eut de luy fept fils , Rodolphe,
Hartman, Frideric, Rodolphe 2. Albert, Hartman 2. Charles, & fept
filles , Euphemie, Guta Mechtilde, Agnes , Catherine , Anne , & Clemence.

124. AGNES icune fille du Duc de Bourgongne , & niepce du Roy de
France, fut donnee pour feconde femme à l'Empereur Rodolphe:eftant
defia vieil, & n'ayant eu lignee de luy, elle fe retira en Bourgongne apres
fa mort.

ADOLPHE.
Regna 8. ans.

Imagina femme de
Adolphe

1292. 129. Adolphe, ou Aftaulphe, Comte de Naffau, fut efleu
Empereur, & depuis depofé parce qu'il n'eftoit affez riche pour entretenir la dignité Imperiale: Ce que ne pouuant fupporter, il eut guerre contre Albert efleu en fon
lieu, en laquelle il mourut.

125. IMAGINA fille d'vn noble perfonnage de Lympurg femme d'A-
dolphe , luy procrea trois fils, Adolphe, & deux autres, & vne fille nommee Mechtilde, qui fut mariee à Rodolphe Palatin du Rhin.

ALBERT
Regna. 10. ans.

Elizabeth femme
d'Albert.

1298. 130. Albert fils de Rodolphe, fut confirmé par Boniface

8. Pape, auquel il donna le Royaume de France, ayãt excommunié Philippe le Bel, il fit son fils Roy de Boheme: en fin il fut tué par le fils de sou frere.

126. ELIZABETH fille de Meinhard Comte de Tirol & de Goritie, Dame tres-illustre & de grand esprit, fut femme de l'Empereur Albert, luy fit vingt-vn enfant, desquels vnze paruindrent en dignitez, les autres moururent en ieunesse. Icelle trouua vne miniere de sel, & monstra l'vsage pour le faire à ceux de Hallis aupres de Gmunde en l'Austriche superieure, & pourueut de sel tous les Monasteres de ce lieu qui auoient besoin pour leur prouision, & fonda vn Monastere qu'elle renta au lieu où son mary auoit esté occis. Apres son decez, elle fut inhumee dedans le Monastere qu'elle auoit fondé à Koingsfeldt.

HENRY 7.
Regna. 6. ans.

Marguerite femme
de Henry.

1308. | 131. Henry 7. Prince de Luxembourg, apres son election fut confirmé par le Pape Iean 22. Il n'auoit de grands moyens, mais il estoit fort recommandé pour sa iustice, prudence, & gloire de ses hauts faicts: il fut empoisonné à Florence par vn Iacobin, luy baillant le sainct Sacrement de l'Autel.

127. MARGVERITE fille du Duc de Brabant, espousa Henry septiesme dit nom Empereur, duquel elle eut Iean Roy de Boheme, & trois filles. Elle estoit tres-noble & vertueuse Dame, bien deuote, & curieuse d'ouyr le diuin seruice: liberalle & debonnaire enuers les Prestres & gens d'Eglise, charitable aux paures souffreteux qu'elle alimentoit, & si humble qu'estant à Milan vn iour de Ieudy Sainct, elle laua auec grande humilité les pieds de grand nombre de paures de ses mains propres, & leur donna à chacun d'eux vn habit & la suitte. Elle suiuit son mary à Rome: mais arriuant à Gennes elle mourut, & fut inhumee au Conuent des Freres Mineurs.

FRIDERIC 3.
Regna. 8. ans.

Isabelle 1 femme
de Frideric 3.

Elizabeth 2. fem.
de Frideric 3.

1314. | 132. Frideric 3. fils d'Albert, fut creé Roy des Romains, & couronné à Bonne. & eut guerre l'espace de huict ans contre Louys 4. qui auoit aussi esté esleu Empereur, en laquelle Frideric fut pris prisonnier, & contrainct de ceder le droict qu'il pretendoit à l'Empire.

128. ISABELLE fille de Renauld Comte de Gueldre, fut fiancée à l'Empereur Frideric troisiesme: mais il ne voulut l'espouser, & parfaire

le mariage, ayant defcouuert vne trahifon que fon pere tramoit contre luy.

129. ELISABETH fille de Iacques Roy d'Arragon feconde femme de l'Empereur Frideric troifiefme. Elle l'ayma vniquement, & pendant qu'il fut prifonnier pour l'Empire, elle ne ceſſa d'aller en diuers Pelerinages, de ieufner & faire de grandes abftinences, pleurant iour & nuict, & mefme prefte à perdre la vie, iufques à ce que fon mary fuft deliuré. Elle eut de luy vn fils appellé Frideric, & deux filles nommees Anne & Elifabeth.

LOVYS 4. Regna 24. ans.   Beatrix 1 femme de Louys 4.   Marguerite 2 fe. de Louys 4.

1314. 133. Louys 4. fut efleu Empereur du mefme temps que Frideric, apres lequel il regna feul 24. ans: il fut excõmunié par Iean 22. Pape, & ne peut eftre abfous par fes fucceſſeurs, qui fut caufe de grands troubles en Allemagne.

130. BEATRIX fille du Duc de Pologne, efpoufa l'Empereur Louys quatriefme, & eut de luy deux fils Louys & Eftienne.

131. MARGVERITE fille de Guillaume troifiefme Comte de Holande & de Zelande, efpoufa en fecondes nopces Louys quatriefme Empereur. Elle l'accompagna à Rome, où elle fut couronnee Imperatrice, & y accoucha d'vn fils nommé Louys, & furnommé Romain.

CHARLES 4. Regna 32. ans.   Elizabeth 1 femme de Charles 4.

1347. 134. Charles 4. fils de Iean Roy de Boheme, fut efleu Empereur du viuant de Louys 4. & depuis fon eflection fut rejettée, & vn nommé Guntherus fubrogé en fon lieu, qui mourut bien toft apres, tellement que Charles demoura: il eftoit Prince religieux & ſçauant, qui abolit la fecte des Flagellez.

132. ELIZABETH Duchefse de Stetin, premiere femme de Charles 4. Empereur, luy fit lignee.

Agnes 2. femme / de Charles 4. — Blanche 3 femme / de Charles 4. — Anne 4. femme / de Charles 4.

133. AGNES fille de Rodolphe le ieune Palatin du Rhin, deuxiesme femme de Charles quatriesme Empereur. Elle estoit inseconde & sterile.

134. BLANCHE Comtesse de Valois, sœur de Philippes de Valois qui fut Roy de France depuis, fut la troisiesme femme de Charles quatriesme Empereur.

135. ANNE, qu'aucuns appellent Ieanne, fut la quatriesme femme de Charles quatriesme Empereur, & eut de luy deux fils, Venceslas & Sigismond.

WENCESLAS / Regna 22. ans. — Ieanne 1 femme / de Wenceslas — Sophie 2 femme / de Venceslas.

1378. 135. VVenceslas fils de Charles succeda à son pere: il s'adonna à toutes voluptez, & negligea sa charge d'Empereur, tellement que son frere Sigismond le fit mettre en prison à Vienne, où il mourut.

136. IEANNE fille d'Albert l'aisné Duc de Bauiere, & Comte de Hollande, premiere femme de Venceslas Empereur, fils de Charles 4. Il ne peut auoir aucuns enfans d'elle.

137. SOPHIE fille de Iean Duc de Bauiere, seconde femme de l'Empereur Venceslas, fut bien nee, & de forme elegante & agreable, sterile toutesfois. Elle mourut l'an de salut 1428. à Poson ville de Hongrie, & gist en l'Eglise sainct Martin dudit lieu.

ROBERT Regna / 10. ans — Elizabeth femme / de Robert.

1400. 135. Robert ou Rupert Comte Palatin du Rhin, Prince tres-grand iusticier, fut esleu Empereur: il mourut à Oppenheim, & est enterré à Heydelberg. De son temps

136. ELIZABETH fille du Burgrave de Norimberg, seconde femme de Robert, Empereur: elle eut de luy cinq fils, Frideric, Louys, Estienne, Iean & Othon. Le nom de sa premiere n'est pas cogneu, ny la famille dont elle estoit descenduë: Il eut pourtant d'elle vn fils nommé Robert, Palatin, surnommé Pipa, qui fut prins auec Iean Duc de Bourgongne par le Turc, & qui mourut apres sa deliurance sans femme & sans enfans à Amberge où il gist.

SIGISMOND Regna 27. ans   Marie 1 femme de Sigismond   Barbe 2 femme de Sigismond

1411. 137. Sigismond fils de Charles 4. Marquis de Brandebourg, Roy de Hongrie & de Boheme, fut esleu Empereur: il estoit fort recõmandé pour sa sagesse, probité, & cognoissance de diuerses langues: il fut mal-heureux en guerre contre les Turcs. De son temps au Concile de Constance il y eut trois Papes deposez, & Martin 5. esleu en leur lieu.

139. MARIE fille de Louys Roy de Hongrie & de Pologne, premiere femme de Sigismond Empereur, ne luy fit aucuns enfans: il fut à cause d'elle Roy de Pologne.

140. BARBE fille du Comte Herman de Silie, deuxiesme femme de l'Empereur Sigismond, fut paillarde desmesurément, langarde, & lasciue en ses paroles, & ne prenoit plus grand plaisir qu'à ouyr parler de choses voluptueuses: elle faisoit peu d'estat de la Religion Chrestienne, & pensoit que l'ame mourust auec le corps: elle mourut de la contagion en Grece, & de là fut rapportee à Prague, où elle gist au sepulchre des Roys.

ALBERT 2. Regna 2. ans   Elizabeth femme d'Albert

1438. 138. Albert 2. Duc d'Austriche, gendre de Sigismond, succeda à son beau-pere, & mourut prés la ville de Strigonia, faisant la guerre contre Amurath Turc.

141. ELIZABETH fille de Sigismond Empereur, & de Barbe sa femme, espousa Albert deuxiesme du nom Empereur, & eut de luy deux filles, Anne & Elizabeth, son mary mourant la laissa grosse, elle enfanta Ladislas.

FRIDERIC. 4.
Regna 33. ans. 6. m.

Leonora femme
de Frideric. 4.

1446. 139. Frideric 4.dit 3.Duc d'Auſtriche, fut fort long-téps
Empereur : Ce fut le premier qui ordonna que les fiefs
ſeroient tenus en proprieté:il mourut fort aagé d'vn flux
de ventre. De ſon temps Conſtantinople fut priſe par
les Turcs,& l'art d'imprimer inuenté en Allemagne.

142. LEONORA fille d'Edoüard de Portugal & de Ieanne ſon eſpouſe , eſpouſa Frideric quatrieſme du nom Empereur, duquel elle eut trois
fils , Chriſtophle, Maximilian Empereur, & Iean, & deux filles, Helene,
& Chunegunde qu'Albert Duc de Bauiere à l'inſceu de ſon pere, & par
aſtuce eſpouſa.

MAXIMILIAN.
Regna 33. ans

Marie 1 femme
de Maximilian

Anne 2 femme
de Maximilian

Marie Blanche 3 fon
de Maximilian

1494. 140. Maximilian fut aſſocié à l'Empire du viuant de ſon
pere Frideric,& le gouuerna 8.ans,& apres ſa mort 25. Il
eut de grandes guerres en Flandres & Brabant,&contre
les Veniciens. De ſon téps cōmença Luther ſon hereſie.

143. MARIE fille du tres belliqueux Charles Duc de Bourgongne,
premiere femme de Maximilian Empereur , eſtoit belle & agreable , &
veſquit vnanimement auec luy , & auec beaucoup de plaiſir & de contentement. Il eut d'elle Philippe Roy de Galice & Grenade, & vne fille
nommee Marguerite: icelle eſtant derechef groſſe d'enfant, & tombant
de deſſus vn cheual par cas fortuit , aduança ſa couche & en mourut.

144. ANNE fille de François Duc de Bretagne, eſpouſa Maximilian
Empereur par ſon Ambaſſadeur Vvolphang de Polhayn , Baron d'Auſtriche , & gouuerneur general pour luy és terres d'Auſtriche, qui repo-
ſa auec elle: mais il ne luy amena point, pource que Charles huictieſme
Roy de France l'enleua de force , luy quittant ſa fille Marguerite qu'il
auoit accordee quelques annees auparauant.

145. MARIE BLANCHE fille de Galeace Duc de Milan, troiſieſme
femme de Maximilian Empereur , apres auoir veſcu tranquillement 16.
ans auec luy , mourut ſans enfans , ſon corps giſt à Stans en vn Monaſtere.

CHARLES .5.
Regnà .39. 1555

Isabelle femme de
Charles 5.

1519. | 141. Charles 5. Roy d'Espagne, Prince d'Austriche & de
Bourgongne, fut esleu Empereur apres la mort de Maximilian: il a esté vn des plus heureux Prince de son temps,
& victorieux. Il faudroit vn volume entier pour descrire
ses proüesses & hauts faicts. Sur la fin il se retira du monde, delaissant la charge à son frere, & quelque temps
apres il mourut.

146. ISABELLE, fille d'Emanuel Roy de Portugal, femme de Charles
cinquiesme Empereur : elle eut de luy cinq enfans, deux fils desquels
Philippes deuxiesme luy succeda aux Royaumes des Espagnes, & trois
filles : elle mourut l'an 1539.

FERDINAND.
Regnà .7. ans

Anne femme de
Ferdinand.

1530. | 142. Ferdinand frere de Charles 5. Roy de Hongrie &
de Boheme, fut associé à l'Empire par Charles, du consentement des Electeurs, & apres le decez de son frere
qui mourut le 21. Septembre 1558. il tint seul l'Empire six
ans ou enuiron.

147. ANNE fille de Ladislas Roy de Hongrie, femme de l'Empereur
Ferdinand, fut Dame de grand merite, & de hautain courage. Il eut
d'elle Maximilian 2. qui luy succeda: elle mourut l'an mil cinq cents qua-
rante-sept.

MAXIMILIA.
2. Regnà .12. as

Marie femme de
Maximilian 2.

1564. | 143. Maximilian 2. fils de Ferdinãd, fut esleu Roy des Ro-
mains, l'an 1564. & succeda à son pere. Il fut bon Prince,

prudent & liberal, & mourut en paix à Vienne en Auſtriche, l'an 1576.

148. Marie fille de l'Empereur Charles cinquieſme, eſpouſa Maximilian deuxieſme du nom Empereur , bien qu'elle fuſt ſa couſine germaine. Il eut d'elle Rodolphe deuxieſme du nom qui luy ſucceda , &
Mathias.

RODOLPHE . 2.   MATHIAS 1.du nom   Anne femme de
Regna . 3 5 . ans .   Reg. 6 ans 7m. et 23 Jours   Mathias 1 du nom

1576. | 144. Rodolphe 2. Archiduc d'Auſtriche, fils aiſné de
Maximilian 2. ſucceda à ſon pere. Il deceda le 10. de
Ianuier, l'an 1612.

1612. | 145. Mathias 1.Roy de Hongrie & de Boheme, Archiduc d'Au-
ſtriche, frere du deffunct Empereur, fut ſolemnellement eſleu à
Francfort le 3. de Iuin 1612. & mourut à Vienne en Auſtriche le
20. Mars 1619. ayant veſcu 62. ans & 15. iours. Son corps eſt inhumé au Couuent des Vierges Royales à Vienne , où ſes obſe-
ques furent faictes le 24. Auril.

146. Anne d'Auſtriche, fille de Maximilian d'Auſtriche Comte de
Tirol, eſpouſa l'Empereur Mathias, frere de l'Empereur Rodolphe II.
qui ne fut point marié: elle fut grandement vertueuſe, pieuſe, & charitable enuers les pauures, n'eut aucune lignee : & mourut auant ſon mary
regrettee d'vn chacun.

FERDINAND 2. du nom

1619. | 146. Ferdinand 2.Roy de Hongrie & de Boheme, apres le de-
cez de l'Empereur Mathias, fut eſleu , ſacré, & couronné Empereur à Francfort en l'Egliſe de ſainct Barthelemy, le 9. iour
de Septembre 1619. ſuiuant ce qui auoit eſté arreſté & conclud
dés le 18. Aouſt, en l'Aſſemblée tenuë par les Electeurs, tant
ſpirituels, que ſeculiers, en ladite Egliſe de ſainct Barthelemy.
En ces ceremonies les anciennes couſtumes furent obſeruées,
& largeſſe fut faicte de pieces d'or & d'argent, rondes & quar-
tées, qui auoient ces paroles d'vn coſté , FERDINANDVS II.
HVNGARIÆ ET BOHEMIÆ REX CORONATVS IN
REGEM ROMANORVM 9. SEPT. 1619. & au reuers vne
main tenant vne couronne auec ceſte inſcription, LEGITIME
CERTANTIBVS. Dieu luy 'faſſe la grace d'obtenir victoire
de ſes ennemis.

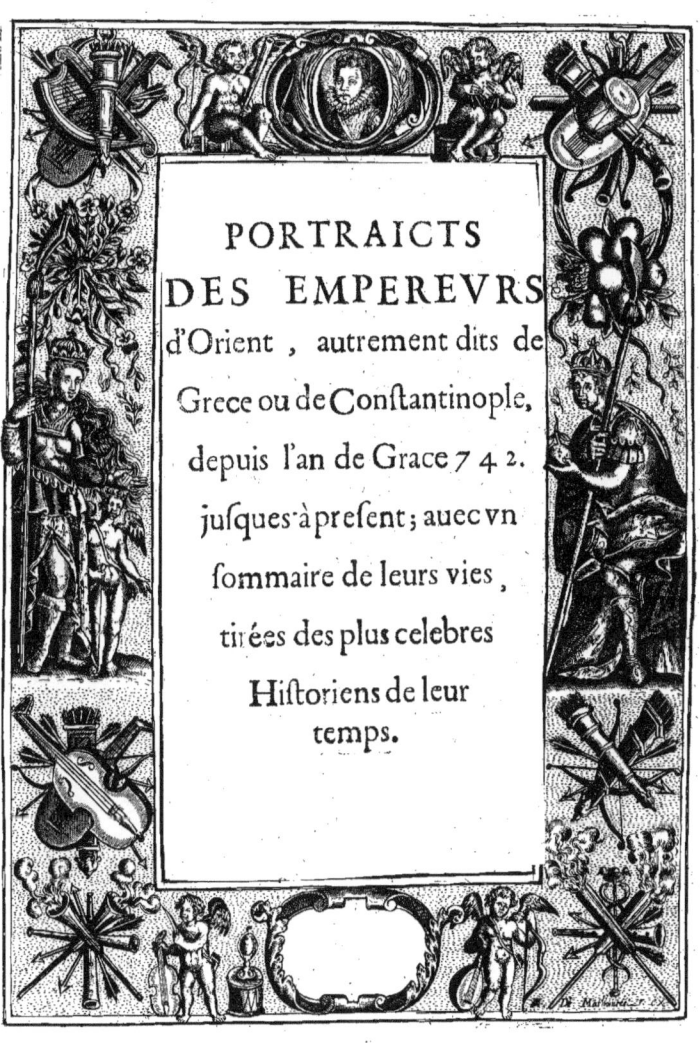

PORTRAICTS
DES EMPEREVRS

d'Orient , autrement dits de

Grece ou de Conſtantinople,

depuis l'an de Grace 7 4 2.

juſques à preſent ; auec vn

ſommaire de leurs vies ,

tirées des plus celebres

Hiſtoriens de leur
temps.

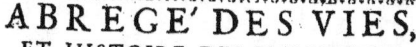

ABREGE' DES VIES,
ET HISTOIRE DES EMPEREVRS
D'ORIENT, ET DES OTTOMANS:

1. LEONCE. Regna 3. ans.   2. TIBERE 3.e Regna 2. ans.   3. PHILIPPICVS Regna 1. an. 6. mois

EON ou Leonce 1. fils d'vn Senateur de Constantinople, fut faict Chef d'armée par Iustinian, contre les Mardaites: Sa prouësse amena à l'Empire l'Iberie, l'Alanie, & plusieurs autres contrées, Iustinian eut soupçon qu'il n'affectast l'Empire: C'est pourquoy il le tint deux ans prisonnier, au bout desquels rompant les prisons il se mit en liberté, auec vn grand nombre de captifs, qui en recognoissance de ce, que par son moyen ils estoient hors de seruitude, le proclamerent Empereur, jouïssant de ce grade par l'entremise de Gallinicus Patriarche. Il relegua Iustinian à Chersone apres luy auoir faict couper le nez, retournant d'Afrique où il cuidoit dechasser les Arabes qui l'occupoient. Tibere se saisit de sa personne, le deuestit de sa dignité, luy mutila le nez, & le fit enfermer en vne estroitte prison. Cependant la fortune monstra vn autre visage à Iustinian, qui assisté des forces de Trebellius Roy des Bulgares, rentra victorieux dedans Constantinople; où estant, commanda qu'on apprehendast Leonce & Tibere, qui furent attachez à la queuë de deux cheuaux, & ainsi traisnez par toute la ville, & par l'Amphiteatre où le peuple estoit assemblé, en presence duquel, apres les auoir tous deux foulez aux pieds, les fit tous deux decapiter. Il ne regna que trois ans.

2. Tibere, autrement dit Absimarus, fut creé Empereur par l'armée qu'il auoit menée en Afrique, qu'il ramena en diligence à Constantinople, pour se maintenir en ceste creation, & debusqua Leonce auant qu'il eut moyen de luy resister, puis le fit enfermer afin qu'il ne luy peust nuire, apres luy auoir fait couper le nez. Iceluy adioustoit foy aux songes, ayant vne fois songé en dormant qu'il auoit veu voltiger vn Aigle sur la teste de Philippe, qui l'ombrageoit de ses aisles: craignant qu'il ne fust Empereur, le bannit. Il finit en fin comme dit est.

3. Philippic, surnommé Bardanius, fils de Nicephore Patricien, bien qu'il eust aydé à Tibere Absimare pour paruenir à l'Empire, si en fut-il ingratement recogneu, mais il en tira sa raison par l'assistance des Chersoniens, qui l'ayant cogneu galland homme pendant son exil, le firent General en la derniere guerre qu'ils eurent cõtre Iustinian, l'armée duquel ayãt esté exterminée, entra triõphant dedans Constantinople, nonobstant toute resistance fit tuër Iustinian & son fils, pour regner auec plus de seureté vn certain Moyne qui luy auoit predit son auancement le posseda de telle sorte, qu'à son occasion il banda tout son pouuoir, pour rompre & annuller tout ce qui auoit esté arresté au sixiesme Synode, par vn autre subsequent. Il fut mieux disant, que bien faisant: les thresors de l'Empire furent gaspillez, sa lascheté ou nonchalance permit que les Bulgares fissent vn grand degast dedans la Thrace, par vn sien Edict les Images des Saincts furent ostées des Eglises. Anastase l'empescha de regner plus d'vn an & demy, apres l'auoir denué de toute authorité, il luy fit creuer les yeux.

ANASTASE 2.   **THEODOSE 3.**   **LEON 3.**
4. Regna 1 an. 3 mois.   5. Regna 2 ans.   6. Regna 24 ans.

4. Anastase surnommé Arthemius, apres auoir traicté inhumainement Philippic, s'empara de son throsne, on ne remarque point qu'il ait esté tel enuers aucũ, estant de nature) assez doux, affable en ses paroles, equitable en toutes ses actions, franc, non dissimulé, experimenté aux affaires d'Estat, approbateur des saincts Conciles des Papes, grand deffenseur de la foy Orthodoxe. L'Egypte fut funeste à ses desseins, & l'armée qu'il auoit menée pour deffaire les Sarrazins enemis du nom Chrestié, deffaite. Theodose prenant lors sa chance à propos, le voyant affoibly par ceste perte de gens, se fist installer en sa place par ceux qui estoient ses enemis iurez. Anastase donc fut razé & reclus dedans vn Monastere, où il s'entretint d'esperance tant qu'il vesquit, de pouuoir encor rentrer quelque iour en sa dignité passée, par l'intelligence qu'il entretenoit secretement auec les Bulgares. Mais Leon 3. paruenant à l'Empire, & ayant esté aduerty que quelque reste d'ambition luy faisoit ourdir des monopoles secrettes, commanda qu'on se desfist de luy. Ainsi mourut-il, n'ayant regné qu'vn an & trois mois.

5. Theodose 3. surnommé Adramitenius Constantinopolitain, pour estre issu de bas lieu, ne laissa pas d'auoir en luy des dons de graces, comme d'estre pieux, religieux, benin, gracieux, officieux, liberal, ainsi à chacun, à cause dequoy il merita l'amour & bien-vueillance de tout le monde, qui le louoit grandement. Tout son principal soing fut de faire restablir & remettre dedans les Eglises les Images & tableaux que Philippic fit oster malicieusement, & nommément le grand tableau où estoient depeintes les ceremonies du sainct Synode. Il fut grand obseruateur de la foy Orthodoxe, ayant le nom de Iesus-Christ en singuliere recommandation, l'Empire ne fut regy par luy que deux ans, ce qui causa vne grande desolation aux Chrestiens. Leon s'en estant rendu le maistre auec force ouuerte & iniuste vsurpatió, il se confina volontairement dedans vn Monastere, pour acheuer paisiblement en solitude le reste de sa vie.

6. Leon 3. dit Isaurus, fut né de si pauures parents, qu'on luy fit apprendre le mestier de cousturier, qu'il quitta, quelques guerres estans suruenuës, où il se façonna si bien, que Iustinian le trouua digne de conduire vne armée, qu'il enuoya contre les Alains & Asmages. Sa valeur luy acquist tant de reputation, qu'à son retour on le crea Lieutenant general en Orient. Lors se seruant de son credit, s'efforça de paruenir à l'Empire, ce qu'il fit assez facilement, pource que Theodose ne s'apperceut point de ses menées que le coup ne fust faict, toutes sortes de vices & de meschancetez logerent en son ame, son impieté fut grande enuers Dieu & ses Saincts. Il fit la guerre à leurs Images auec telle furie, pour cõplaire à quelques Iuifs qu'il y auoit, qu'il fit toutes abbatre celles qui estoient dedans les Eglises, & ailleurs, enioignant expressément qu'on n'en laissast aucunes entieres, pour ce subiect il fut nommé Iconomaque. Germain Euesque de Constantinople sentit la fureur, & chassé de son siege, le Pape Gregoire qui luy auoit reserit quelques lettres, pour essayer à le faire restabli, encourut sa mal-veillance, & peu s'en fallut qu'il ne fust attrapé par ses satelites qu'il auoit enuoyez pour cet effect à Rome. Le S. Pere le voyant persister en son peché, l'excommunia, & par punition diuine son esprit s'aliena. Pendant son regne l'Italie & plusieurs nations releuans de l'Empire, furent grandement affligées de diuerses calamitez. Les Sarrazins tindrent Constantinople assiegée trois ans durant, en grande necessité, Mascada & Solyman, les chefs principaux de ceste Gent infidelle, firent de grands maux par mer & par terre: mais toutes les armées qu'ils auoient sur pied, furent battuës de peste, & de famine, & le reste mis à sac par les Bulgares, & leurs vaisseaux mis en fond, & consumez par le feu artificiel : sans ce secours Constantinople eust esté prinse. En icelle pendant ce siege moururent plus de trois cents mille personnes de peste & de faim. Vne grande partie de ses murs tomba. La Thrace & la Bithynie eurent de grands tremble-terres. Tous ces signes precurseurs de l'ire de Dieu, ne peurent neantmoins flechir la dureté de cœur de ce Prince impieux: mais au contraire, en fut plus cruel, & durant 24. ans qu'il regna, ne fut autre que meschant. Il mourut en fin d'vne dissenterie, laissant pour son successeur son fils Constantin qu'il auoit associé au gouuernement de l'Empire dés son viuant.

7. CONSTANTIN   ARTABASDUS   9. LEON   4.
Regna 34 a 5. m.   Regna 1. an ou muiron   R. 4. ans. 3. mois. 7. iours

7. Conſtantin 5. du nom ſucceda à ſon pere Leon Iſaurien, tant en l'Empire de Conſtantinople qu'en meſchanceré, que la ſienne ſurpaſſa, on le nomma Captonyme, pource qu'il fit la deſcharge de ſon ventre dedans les Fonds comme on le baptiſoit. Il eut en meſpris les Images des Saincts, & commanda qu'on bruſlaſt leurs Reliques, ſon eſprit s'addonna à Magie. Les gens de bien eurent beaucoup à ſouffrir. Pendant ſon regne deux Patriarches de Conſtantinople auec pluſieurs perſonnages des plus celebres, furent mis à mort. Il guerroya par mer & par terre les Bulgares, tantoſt vaincu & tantoſt vainqueur. Artabaſdus qui pendant ſon abſence auoit brigué l'Empire, ne joüit gueres de ſon grade ſans eſtre troublé. Conſtantin luy arracha les yeux, fit meurtrir ſes enfans: Mais Dieu le frappa de ladrerie pour ſes iniquitez, puis mourut le 35. an de ſon regne. De ſon temps il y eut vn hyuer ſi froid, que le Pont, & le Boſphore fleuue de Thrace, furent gelez, & la Paleſtine auec la Syrie eurent de grands tremble-terres.

8. Artabaſdus, bien qu'iſſu de bas lieu, ne laiſſa d'eſtre bien voulu du Senat & des gens de guerre, pour les vertus & la droicte foy qui eſtoit en luy, les fidelles Chreſtiens deteſtans la mauuaiſe vie de Conſtantin 5. le placerent en ſa dignité. Il remit les Images des Saincts en veuë, & en vſage. Fortifia Conſtantinople, qui neantmoins ne reſiſta au ſiege que Conſtantin mit deuant, d'où s'enſuiuit le ſac de cette ville, où Artabaſdus fut priué de ſes enfans & de ſes deux yeux.

9. Leon 4. fils de Conſtantin 5. & de Cazara iſſuë d'vne noble lignée des Bulgares, qui fut Dame fort deuote & craignant Dieu, de laquelle il ne retint rien: car il fut conforme à ſon pere en toutes ſortes de vices, ce qu'il ſceut cacher à ſon aduenement, mais en fin ſa vehemence leua le voile, & fut recogneu pour autre qu'il ne ſeignoit eſtre. Il adjouſta à ſon impieté vn grand ſacrilege, car il oſa mettre ſur ſa teſte vne tres-riche Couronne qu'vn Empereur auoit dediée à Dieu par grande deuotion, tenté du prix qu'elle valoit, il fit quelque expedition à ſon profit ſur les Syriens, d'où retournant il luy vint peu de temps apres vn Antrax ou Apoſtume au chef, qui fut ſuiuy d'vne fièvre chaude qui l'oſta du monde: ſa femme fut Irené.

10. Conſtantin 6.   Irené femme de Leon   12. Nicephore Regna.
Regna 17. aus.   Regna 5. a. 2. m. 13. j.   9 ans. 8. mois. 26. jours.

10. Conſtantin 6. du nom fils de Leon 4. paruint au grade Imperial en l'an de grace 781. agé de dix ans: à cauſe de ſon bas aage il admit ſa mere Irené au gouuernement de l'Empire, & regna auec elle 9. ans. Par le ſoing & entremiſe de ceſte bonne Dame, la Religion Chreſtienne reuint à ſon ancien luſtre, les Images furent remiſes dedans les Egliſes, & la pieté ſe releua. A ſon inſtance fut tenu le ſeptieſme Synode à Nice, où ſe trouuerent 350. Eueſques, Theraſius eſtant Patriarche de Conſtantinople. Conſtantin croiſſant en aage, creut auſſi en courage: de ſorte qu'il ne peut dauantage tollerer que ſa mere regnaſt auec luy. De là en auat il deuint inſupportable, à cauſe dequoy pluſieurs conſpirerent d'eſleuer en ſon lieu Nicephorus ſon Oncle: Ce que venant à ſcauoir il luy fit tronquer la langue & creuer les yeux, Puis repudia ſa femme nommée Marie, fille de Charlemagne, ſubſtituant en ſa place vne paillarde. Tandis qu'il menoit ceſte vie,

sa mere pratiqua la faueur du peuple & l'amitié de quelques Capitaines qui la remirent
au siege Imperial, d'où ils debuterent Constantin, & luy creuerent les yeux cinq ans
apres, au mesme iour qu'il les auoit fait creuer à Nicephore. Ainsi equippé on le confina en vne estroitte prison, où il mourut de regret l'an 798.
11. Irené issuë d'Athenes, fut femme de Leon 4. & mere de Constantin 6. auec lequel
elle fut associée au regime de l'Empire neuf ans, & apres luy regna seule cinq ans, aucuns ne disent que trois. Nicephore la despouilla de son authorité, & l'exila en l'Isle de
Lesbos, maintenant appellé Methelin, où elle mourut, elle est remarquée pour auoir
esté belle de face, bien proportionée de corps, & autant de l'esprit & des mœurs.
12. Nicephore osta l'Empire à Irené par fraude, apres l'auoir (comme dit est) bannie,
& dechassée. Son commencement fut meilleur que sa fin. La meschanceté, la cruauté, &
l'auarice le rendirent odieux à vn chacun. La punition diuine cheut sur luy en vne bataille qu'il eut contre les Bulgares, où il mourut dedans le sang de son armée desfaicte,
d'où peut à peine eschapper son fils Stauratius qu'il auoit associé auec luy à l'Empire,
pour estre grandement blessé. Le regne duquel ne dura que trois mois : car son beau-
frere s'inuestit de son throsne, le fit razer, & enfermer dedans vn Monastere.

13. *Stauratius*   14. *Michel Curopalate*   15. *Leon 5. Regna*
     Regna 2. mois. 10. jours.   *Regna 1. an. 9. mois. 9. jours.*   *7. ans. 5. mois. 14. jours*

13. Stauratius fils de Nicephore fut homme de mauuaise mine, laid au possible, de
grossier entendement, regna auec son pere qui le fit participant de son authorité: mais
apres sa mort fut priué de l'Empire par Michel Curopalates qui le fit reclure dedans vn
conuent de Moynes, apres auoir regné enuiron trois mois depuis le deceds de son pere.
14. Michel Curopalates surnommé Bancabé, gendre de Nicephore, pour auoir espousé sa fille Procopie, apres la mort duquel, & l'expulsion de son fils Stauratius, fut
couronné Empereur par le Patriarche de Constantinople : iceluy estant Empereur se
pleut plus à la paix qu'à la guerre, à laquelle il n'eut aucune inclination. Ce qu'il tesmoigna assez en vne bataille qu'il eut contre les Bulgares qui rodoient & faisoient de
grands degasts en Thrace. Car ayant esté par iceux son armée rudement chargée, au lieu
de se monstrer magnanime, & de r'allier ses soldats, il print la fuitte comme coüard, &
s'alla retirer en cachette dedans vn Monastere, se demettant totalement de la charge de
l'Empire. Il fit alliance comme auoit fait son predecesseur auec Charlemagne, & eut
cela de bon en luy qu'il fut fort affectionné à la Religion Chrestienne : son regne ne
fut que de quatre ans.
15. Leon Armenien cinquiesme du nom, estant Colonel de la gendarmerie de Michel
Curopalates, gaigna si bien les cœurs des soldats qu'il fut par eux ainsi qu'il desiroit de
longue-main esleu Empereur de Constantinople, à quoy estant paruenu en l'an 813. &
selon aucuns 815. le fils de Michel Curopalates fut par son commandement chastré de
crainte qu'il ne se mariast, & fist alliance auec quelque Prince estranger qui luy donna
secours: puis le bannit, fit prendre autre route & desseins à ceux qui pour auoir ja pris
Andrinople se disposoient d'assieger Constantinople. Il desfit les Bulgares auec heureuse victoire, leur osta Thrace, & triompha de plusieurs siens ennemis. Il fut tué l'an
huictiesme de son Empire de nuict en l'Eglise, comme il oyoit le diuin seruice: pource
qu'il n'auoit voulu accorder & permettre que les Images des Saincts qu'il auoit faict
abatre & oster des Eglises fussent remises & releuées. Apres sa mort sa femme fut recluse en vn Monastere, & ses enfans cachez en lieux incogneus.

16. Michel le Begue à cause de son begayement surnommé Thraule, combien qu'il fust de vile famille & reprochable, ne laissa pas d'aspirer à l'Empire de Constantinople, ce qui luy reüssit à souhait en l'an de grace 820. apres le meurtre par luy commis en la personne de son predecesseur. Il eut pour contendant vn certain Thomas qui luy donna plusieurs fascheuses trauerses, dont il vint en fin à bout, par le moyen de son soing & deffiance: car pour luy rompre vne sienne entreprise, il fit tendre vne chaisne de fer au trauers du traiect de mer, depuis Constantinople iusques à Pera, & print en ses pieges son aduersaire Thomas, auquel il fit couper les pieds & les mains. De ce temps Candie fut vsurpée des Sarrazins qui remporterent deux victoires sur les Grecs. La fin de ce meurtrier Empereur fut par vn flux de ventre, aprés auoir regné cruellement huict ans & neuf mois.

17. Theophile fils de Michel le Begue nasquit en Armorium, petit-bourg de la haute Phrygie, & succeda à son pere en l'Empire de Constantinople en l'an de grace 829. il fut obseruateur de iustice, & debonnaire enuers ses subjects, en ce poinct dissemblable à son pere, mais semblable en impieté & irreuerence enuers les Images des Saincts, qu'il eut en telle detestation qu'il faisoit punir iusques au mourir ceux qui les veneroient. Il fut vaincu deux fois en deux batailles qu'il eut contre les Sarrazins qui gastoient l'Asie, & y perdit toutes ses tentes, munitions & bagages, dequoy il print vne telle fascherie, que ne prenant aucun aliment ny breuuage que de l'eau froide, il fut accueilly d'vne dissenterie, de laquelle il mourut.

18. Theodora veufue de Theophile eut la regence de l'Empire pendant la minorité de son fils Michel, & gouuerna les affaires d'iceluy auec grande prudence, les faisant reüssir auec assez heureuse rencontre à ce qu'elle visoit, pour l'augmentation & accroissement de sa domination. Dessous son regne les Images des Saincts furent replacees és lieux d'où elles auoient esté ostées, & s'appella d'exil ceux qui y auoient esté enuoyez par Theophile, pour auoir maintenu contre son opiniastreté que l'honneur & reuerence estoit deuë ausdites Images. Elle fit la paix auec le Roy des Bulgares, au moyen qu'elle luy rendit sa sœur, qui par son induction occasionna que le Roy & ses subjects se conuertirent à la Religion Chrestienne. Son fils estant en l'aage requis de gouuerner seul, elle se retira en vn Monastere pour estre Religieuse, & luy remit toute la charge de l'Empire, en l'an de salut 856.

19. Michel estant encore en bas aage quãd son pere Theophile mourut, ne laissa pourtant de luy succeder à l'Empire de Constantinople, mais on luy donna sa mere Theodora pour coadiutrice au gouuernement d'iceluy, qui fut en l'an de grace 842. comme il fut grand, sa dire mere le luy laissa seul regir, se demettant librement de ceste charge, n'ayant plus personne qui luy contredist, les flateurs & caualcadoutts furent bien venus auprés de luy. Les grandes & immenses richesses amassées par son feu pere, pour subuenir aux necessitez de l'Estat, furent dissipées par sa demesurée prodigalité en peu de

temps, s'eſtant laiſſé aller à la pareſſe & nonchalance, il aſſocia auec luy à l'Empire vn
nommé Baſile , natif de Macedoine , qui le tũa peu apres , pour dominer ſans compagnon. Il regna vnze ans neuf mois, & quelques iours, depuis que ſa mere ſe mit en Religion, qui ſont en tout vingt-cinq ans dix mois & enuiron quinze iours.

20. Baſile Macedonien, qui auoit tué l'Empereur Michel, print incontinent ſon Empire de Conſtantinople, & fut receu & approuué de tous dans le Palais Imperial, en l'an
de ſalut 867. Luy eſtant ieune enfant auoit eſté mené captif à Conſtantinople, entre les
autres que l'on vendoit : Toutesfois il fut ſi fin Empereur, & luy diſt ſi bien la fortune,
que ſes enfans & les enfans de ſes enfans furent auſſi Empereurs apres luy. Premierement il fit rendre la moitié de l'argent que Michel ſon predeceſſeur auoit prodigale-
ment donné, & le miſt au treſor,inſtitua ſes trois fils heritiers de l'Empire: puis eut pluſieurs guerres contre les Sarrazins, & fut par fois victorieux. Pluſieurs Iuifs & Scythes
par ſon moyen receurent la foy Chreſtienne, il fut tué par vn Cerf à la chaſſe, qui luy
donna de ſes cornes dans le ventre.

21. Leon ſixieſme de ce nom, ſurnommé le Philoſophe, commença à regner en l'an de
ſalut 886. Premierement auec l'ayde des Turcs il vainquit les Bulgares qui ſe reuol-
toient : mais puis apres eſtant abuſé d'iceux Turcs par vaines treſues, fit grande perte.
Nonobſtant il ne laiſſa de dreſſer vne armée contre les Sarrazins, dont par la conduite
de Nicet,il rapporta vne triomphante victoire. Il fut vigilant ſur la Republique, & alla
quelquefois ſeul de nuict en habit deſguiſé pour eſprouuer les gens du guet, qui le battirent tres-bien, & le menerent en priſon , auſquels le lendemain il donna de l'argent,
& les honora.

22. Alexandre Regna.   23. Conſtantin . 7.° Regna.   24. Romain Lecapen.
1. an . 1. mois.   54. ans. 5. mois. 5. iours.   Regna . 26. ans.

22. Alexandre frere de Leon Empereũ ſuſdit, ſuccepda à l'Empire de Conſtantinople,
en l'an de ſaint 904. Il fut du tout contraire en mœurs à ſon pere Baſile & à Leon ſon
frere , car il fut de mauuais gouuernement, addonné à tous ſes plaiſirs , & commit à la
charge des affaires à des flatteurs & plaiſanteurs ſes complices, & compagnons en ſes
meſchancetez : il mouſut d'vn flux de ſang qui luy tomboit du nez & du membre viril,
apres auoir gourmandé & exceſſiuement ioüé à la paume : car montant tout chaud ſur
ſon cheual , & s'eſtendant il ſe rompit vne veine, dont il mourut.

23. Conſtantin ſeptieſme, fils de Leon ſixieſme, dont a eſté parlé cy-deuant, fut en l'aage
de ſept ans delaiſſé par ſon pere ſous la charge & tutelle de ſa mere Zoé. Lequel commença à tenir l'Empire de Conſtantinople apres ſon oncle Alexandre ſuſnommé en l'an
de ſalut 906. Vn quidam nommé Romain Lecapen luy fit grande reſiſtance, par l'eſpace
de vingt-ſix ans, & le cuida du tout deietter : mais en fin Lecapen fut par ſes propres fils
prins & enfermé en vn Monaſtere, luy qui auoit auſſi eſté cauſe que Zoé mere de Conſtantin auoit eſté ainſi recluſe en vn Monaſtere. Or quand les fils de Lecapen machine-
rent faire le ſemblable à Conſtantin comme à leur pere, autant leur en print à eux-
meſmes, & furent reſſerrez en vn Monaſtere. Ainſi Conſtantin recouura ſon Empire,
qu'il gouuerna ſeul aſſez bien, opprimant quelques Tyrans, & induiſant à la foy Chreſtienne les Princes Turcs : il fit reure les lettres dans la Grece, & laiſſa à ſon fils vn
liure traictant des affaires de l'Empire, que les Venitiens gardent comme vn grand treſor. Il regna quatorze ans auec ſa mere Zoé, vingt-ſix ans auec Lecapen, & enuiron
quinze ans ſeul , qui fut en tout pres de cinquante-cinq ans.

24. Romain Lecapen, homme de bas lieu, troubla ſi fort Conſtantin ſeptieſme en ſon
Empire, qu'il fut contraint le receuoir pour compagnon en la dignité Imperiale, en l'an
de ſalut 920.auquel Conſtantin il bailla ſa fille Helene en mariage. Or ny le ſainct iu-
rement qu'il auoit faict, ny l'alliance de ſon gendre Conſtantin, ne l'empeſcherent qu'il
n'vſurpaſt l'Empire pour luy & pour ſon fils Chriſtofle : & qu'il ne dechaſſaſt quaſi du
tout Conſtantin. Mais il fut trompé en ſes deſſeins: car comme il n'eut pas bonne iſſue
de la guerre qu'il fit contre les Bulgares, & contre Simeon leur Duc, il fut prins par ſes
fils Eſtienne & Conſtantin, qui le deſpoüillerent de l'Empire, & le mirent en vn Monaſtere qui eſtoit dans vne Iſle prochaine , pour la philoſopher , puis en voulant autant
faire à Conſtantin, la fortune tourna contr'eux, & aux meſmes lacs qu'ils auoient ten-
du, ils furent prins: car ils furent eux-meſmes ſerrez en vn Monaſtere, ainſi Conſtantin
demeura ſeul paiſible Empereur.

28. *Romain* 2. | 26. *Nicephore* 2. *Regna*
Regna.3.ans.4.m.5.j. | 6. *ans. 5. mois.9. jours*

25. Romain le ieune fils de Conftantin VII. tint l'Empire de Conftantinople apres
fon pere, l'an de falut 959. mais fut gouuerné fous la conduite & arbitre de Nicephorus
Phocas. Cét Empereur Romain de nom, chaffa fa mere & fes fœurs, lefquelles de regret
& de defpit d'auoir laiffé leur fi grande pompe & eftat, fe mirent à gaigner leur vie en
fe mal gouuernant de leurs corps: & quant à luy, eftant addonné aux ieux, & à gouf-
maudife, il mourut empoifonné.

26. Nicephore Phocas tint l'Empire de Conftantinople en l'an de falut 963. il a bataillé fouuent & affez heureufement contre les Sarrazins qui vfurpoient & tenoient
Calabre, Sicile, Cypre, Candie, & Cilicie, que l'on appelle auiourd'huy Caramanie: en
Sicile, l'affaire ne fut pas trop bien mené par fes Commis & Lieutenans: mais quant à
luy, il recouura Cilicie, & la plus-grande partie d'Afie pour bon commencement: & incontinent en alla tiet fur Antioche, qu'il print de nuict, & en dechaffa les Sarrazins. Mais il fut hay de tous fes fubiets, pour caufe que fous ombre de guerres qu'il menoit, il mit fus de grands impofts, exactions & pilleries: & fit forger monnoye corrom-
puë, & en diminua auffi le poids: au moyen dequoy eftant ainfi mal voulu des citoyens,
il fut facilement occis de nuict en dormant en fa chambre, par Iean Zimifces: & Theo-
phanie femme de Nicephore donna mefmement entrée au meurdrier, & aux pendards
qui eftoient auec luy.

27. *Iean Zimifces. Regna* | 28. *Bafile 2. Regna* | 29. *Conftantin 8.*
6. *ans. 6. iours* | 49 *ans.* | *Regna.3. ans.3. mois.*

27. Iean Zimifces, meurdrier de Nicephore, fut Empereur de Conftantinople apres
luy en l'an de falut 969. il fut vaillant homme de guerre, recouura toute la Bulgarie que
les Roxolains tenoient, & leur Roy Sphendollanus fe rendit à luy : mais apres cefte
victoire eftant retourné à Conftantinople auec triomphe, il fut empoifonné. Il fit compagnons de fon Empire Bafile & Conftantin freres, enfans de Romain predeceffeur de
Nicephore Phocas. 28.29. Bafile II. & Conftantin VIII. freres, enfans de Romain le
ieune, furent Empereurs de Conftantinople apres Iean Zimifces en l'an de falut 976.
Barda Sclerus leur fit guerre ciuile, cuidant vfurpet l'Empire : mais vaincu en bataille, il
s'enfuit aux Perfes: Auffi fit le femblable Phocas vaincu, & pour mefme caufe: car ayant
defpit d'eftre mefprifé, apres auoir bien faict fon deuoir côtre Sclerus, il fe vouloit faire
Empereur. Bafile depuis vainquit les Bulgares en plufieurs batailles, & pour punir leur
rebellion, fit arracher les yeux à quinze mille captifs, fors à vn d'eux pour les conduire
à leur Duc Samuel : car ils auoient couru le pays de Thrace, Macedoine, & Grece, &
tout mis à feu & à fang. Lors toute la Bulgarie fut affubiettie à l'Empire de Conftantinople, qui iufques là s'eftoit toufiours rebellée. Samuel ne vefquit gueres apres, ains
mourut de dueil qu'il eut. Conftantin fut compagnon en l'Empire auec fon frere Bafile,
plus en honneur qu'en puiffance : mais apres la mort d'iceluy, il fut feul Empereur pres
de trois ans, & mourut tout confit en fes plaifirs & voluptez.

Romain 3. Argyre. Regna | Michel 4. Paphlagon | Michel 5. Calaphat.
3. ans. 3. mois. 3. iours. | Regna.7. m. 2 & 7. | Regna. 4. mois 5. iour

30. Romain Argyre ou Argyropile gendre de Constantin VIII. luy succeda en l'Empire, l'an de salut 1029. au commencement il changea maintes choses en mieux: mais ne pouuant venir à chef des Sarrazins, il s'addonna à faire amas d'argent : puis fut par trahison de Zoé sa femme, & de son paillard, noyé en se baignant aux estuues.

31. Michel Paphlagon paillard de l'Emperiere Zoé, & qui auoit suffoqué son mary Argyropile au bain dedans les estuues, fut par icelle fait Empereur de Constantinople, en l'an de salut 1034. Il estoit seruiteur estranger, & n'auoit pas la teste bien faite, à toute heure tomboit en terre du mal caduc, escumant de la bouche: bref tout ce qu'il auoit de bien estoit qu'il auoit vn petit de beauté, ce qui le fit aymer à Zoé desia tirant sur l'âge. Il ne gouuerna pas pourtant mal l'Empire, ains fit trêves auec le Roy d'Egypte pour trente ans: il deliura la ville d'Edessa qui estoit assiegée : fut benign à tous ceux de sa maison, fors à Zoé, pour la paillardise qu'il auoit cogneu en elle: estant deuenu hydropique, il ordôna Michel Calaphat, fils adoptif de sa femme Zoé, pour son successeur.

32. Michel Calaphat fils adoptif de Zoé apres la mort de Michel Paphlagon, se prosterna aux pieds d'elle, en iurant qu'il n'entêdoit tenir l'Empire que de nom tant seulement, & que toute la puissance seroit par deuers elle, & par telles flatteries & feintes paroles, il fut Empereur de Côstantinople en l'an de salut 1042. Peu apres il machina côtre Zoé, luy mettant faussement sus qu'elle le vouloit empoisonner: ainsi il l'enferma en vn Monastere, & la fit tondre: mais le peuple s'estant mutiné contre luy, fit Theodore sœur de Zoé Emperiere, retira Zoé du Monastere, poursuiuit Calaphat, & luy creua les yeux, & à son frere: il fut dit Calaphat, parce que son pere calefretoit les Nauires.

33. La Femme Dorguo- | 34. Constantin.9. Monomach | Theodore sœur de
ale. Regna. 1. mois. | Regna. 1. an. 8. mois. | Zoé. Regna 2. ans.

33. Zoé rappellée de son exil & Monastere par le peuple, fut remise au souuerain estat de l'Empire de Côstantinople pour en iouïr auec la sœur Theodore: ce fut en la mesme année que Michel Calaphat regna quatre mois. Ainsi le mauuais gouuernement des Empereurs fit que l'on estima l'Empire pouuoir estre mieux gouuerné par fêmes que par hommes: mais comme la femme est tousiours variable & inconstante, selon que dit le Poëte, Zoé aagée de soixante ans, bruslant toutesfois encore de volupté & concupiscence charnelle, r'appella d'exil Constantin Monomach, & le prenant pour mary, le fit Empereur, lors que ces deux femmes auoient à peine tenu l'Empire trois mois.

34. Constantin IX. Monomach, qui estoit aussi de race ou lignée Imperiale, fut faict Empereur par Zoé sa femme, à Côstantinople en l'an de salut 1042. il fut lasche & plein de ses plaisirs: tint vne paillarde assez belle au lieu de sa femme, nonobstant souffrit & vint à chef de deux grâdes guerres ciuiles, & de quelqu'autres. Ce fut lors que les Turcs cômencerent à se respandre plus auant en Asie: toutesfois cependant furent vaincus les Roxolains & Patzinaces qui sont deux natiôs de Scythes. Zoé mourut aagée de soixante dix ans, & luy estant podagre & surpris d'vne pleuresie, mourut quelques années apres.

35. Theodore sœur de Zoé, qui auoit já auparauant tenu l'Empire de Constantinople

enuiron trois mois, côme a esté dit en parlât de Zoé, tint dereechef l'Empire, mais seule apres Constantin Monomach, en l'an de salut 1055, enuiron de deux ans: & n'estoit point honte de mettre ceste-cy au rang & nôbre des Empereurs, attendu qu'elle ne s'est point gouuernée en l'Empire d'vn cœur effeminé ou lasche: ains a donné si bon ordre, & s'est portée si virilement, qu'elle a maintenu la paix & tranquillité, tant enuers les estrâgers qu'enuers les siés mesmes: & y a eu si grande abondance de tous biés, & repos durât son gouuernemêt, que l'on n'eut aucune occasiô ny volôté de mespriser l'Empire & domination de telle femme. Mais côme les maladies auec l'age la pressoient, par les douces paroles & remonstrances de ses seruiteurs ordinaires, elle fit participant de la charge de l'Empire vn certain hôme desia vieillard nômé Michel, & elle ne vesquit gueres apres.

| 36. Michel .6.º Vieillart | 37. Isaac . Comnene | 38. Constantin .10. Ducas |
| Regna.1.an. ou miron. | Regna .2.ans. peu plus | Regna .7.ans. 5.mois. |

36. Michel l'Ancien fut Empereur de Constantinople auec & apres icelle Theodore, & par le moyen susdit. Il estoit renômé en Noblesse & richesse: mais au reste pour soustenir le faix & charge de l'Empire, n'estoit pas propre, ioint ques on grand aage le rendoit pesant & inutile: & comme il eut à peine regné vn an, Isaac Comnene le desfit & depose de l'Estat de l'Empire: ainsi viuant solitairement & en homme priué, il mourut incontinent apres.

37. Isaac Comnene fut Empereur de Constantinople en l'an de salut 1058. il deietta de l'Empire Michel l'Ancien: il fut toutesfois homme preux & vaillant, renommé en faict de paix & de guerre, de grand cœur, mais arrogant. Le Patriarche de Côstantinople luy auoit bien aydé à le pousser à la dignité de l'Empire, ce qu'il recognent tres-mal: car il le bannit & dechassa auec les siens. Il estoit de noble lieu, diligent, & de prompte expedition en affaires: mais vn mal de costé le print comme il estoit à la chasse, adonc n'esperant plus de santé, il se fit Moyne, & institua Empereur Constantin Ducas, du bon vouloir & consentement du Senat & du peuple. L'on a escrit qu'il fut si chaste qu'il ne voulut auoir affaire à sa femme depuis son premier enfant, encores que les Medecins luy conseillassent d'y habiter, pour remede ou allegeâce de sa maladie.

38. Constantin X. Ducas fut Empereur de Constantinople apres le dessusdit nommé Isaac, en l'an de salut 1060. A son aduenement y eut grande côspiration contre luy, qu'il reprima, non pas sans difficulté. Il fut deuôt enuers Dieu, & bon iusticier: mais l'insatiable auarice le gasta, dont il fut hay des siens, & mesprisé des ennemis qui endommagerent l'Empire: & si aduint vne fortune assez coustumiere à Constantinople, c'est que plusieurs Eglises & maisons tomberent par vn tremblement de terre. Il mourut aagé de soixante ans, laissant sa femme Eudoxie, & trois de ses fils heritiers de l'Empire.

| 39. Eudoxie femme de Constan. | 40. Romain . 4.º Diogenes. | 41. Michel .7. Parapinace. |
| tin.10. R.vm . quelque iour. | Regna.13. ans. 8.m.22. f. | Regna.16.ans. 6.mois. |

39. Eudoxie & ses fils tindrent l'Empire de Constantinople apres leur pere Constantin Ducas. Ceste femme pouuoit bien gouuerner les affaires de l'Empire par sa prudence, si la guerre ne fust venüe de dehors. Comme donc les estrangers se rüassent de tous co-

ſteruſur l'Empire, l'opinion de ceux qui tenoient qu'il falloit qu'vn homme idoine en
prinſt la charge, l'emporta. Parquoy Eudozie, contre la promeſſe & ſerement qu'elle
auoit fait à ſon mary mourant, elle ayant regné ſept mois & quelques iours, ſe remaria
à Romain Diogenes: mais elle s'en repentit bien-toſt, faſchée de l'arrogance de cét
homme qui vouloit tout gouuerner.

40. Romain ſurnômé Diogenes, tint l'Empire de Conſtantinople en l'an de ſalut 1068.
Il fit guerre par deux fois: à la premiere la fortune luy diſt bien; à la ſeconde mal: car
ſes gens en partie tuez, en partie chaſſez, luy-meſme tout Empereur qu'il eſtoit, fut
prins; ce qu'oncques auparauant n'eſtoit aduenu, qu'vn Empereur de Conſtantinople
euſt eſté fait priſonnier de guerre. L'on dit touteſfois que le Turc Sultan Azan oyant
ces nouuelles, ne le peut croire, & s'arreſta tout court: puis le manda, & l'ayant veu leur
en honneur & eſtimation, & luy faiſant de grands preſens, le renuoya en liberté, apres
auoir traicté paix auec luy. Mais à Conſtantinople tout fut renuerſé, comme c'eſt la
couſtume, ſi toſt que l'on entend de mauuaiſes nouuelles. Eudoxie fut chaſſée, Diogenes deſmis, & Michel de Conſtantin fut fait Empereur, qui fit arracher les yeux à Diogenes, & puis le bannit, auquel eſtat il mourut, & fut enſeuely par ſa femme Eudoxie.

41. Michel, qui fut dit Parapinace, à cauſe de la grande famine qui regna de ſon têps,
fut Empereur de Conſtantinople, en l'an de ſalut 1071. Il fut mal propre à telle charge,
& comme il s'addonnoit aux lettres, & à compoſer en vers ſous ſon maiſtre Pſellus, les
Turcs aſſaillirent l'Empire de tous coſtez, principalement du coſté de l'Aſie. Adoncles
Chefs & Capitaines quaſi contraints, eſleurent vn autre Empereur ſur eux, à ſçauoir
Nicephore Botaniat, qui fut facilement receu des citoyens, en deſdain, & au meſpris de
l'autre Empereur negligent, i'entens de Michel, qui fut mis dans vn Monaſtere auec ſa
femme & ſon fils, & fut rendu Moyne.

42. | Nicephore. 5.|| 43. | Alexius Comme-|| 44. | Iean. 2. Caloian|
Regna. 3. ans.| ne. Regna 37. ans. 4. m. 15. j.| Regna. 26. ans.

41. Nicephore Botaniat, qui eſtoit deſcendu de la lignée de l'Empereur Phocas, facilement, comme le plus noble de tous, obtint l'Empire de Côſtantinople, quand Michel
en fut dechaſſé, en l'an de ſalut 1078. Il print Conſtantin, fils de Conſtantin Ducas, qui
vouloit vſurper l'Empire: le fit tondre, & le fit promouuoir à l'ordre de Preſtriſe. Puis
auſſi Nicephore fit luy-meſme deſerté par les freres Comnenes, qui luy auoient auparauant bien aydé à dechaſſer deux vſurpateurs de l'Empire: & fut reſſerré en vn Monaſtere, où il veſquit peu de temps. Alexius Comnene, le plus ieune, & le plus aymé des
gens d'armes, tint l'Empire apres luy, qui le propre iour de Paſques entrant en Conſtantinople, la pilla comme ennemy.

43. Alexius Comnene, fils de l'Empereur Iſaac, tint l'Empire de Conſtantinople, l'an
de ſalut 1081. Il vint auec les Venitiens au deuant de Robert Guiſcard, mais il fut vaincu
& repouſſé. Dauantage, il s'efforça d'empeſcher & rompre la memorable entrepriſe des
François, pour le recouurement de la terre Saincte: mais Buhemond Duc de la Poüille,
dreſſa ſon armée contre luy, & aſſiega Baudras: lors Alexius craignant ſa puiſſance,
compoſa auec luy, promit fournir viures & autres choſes aux François. Depuis s'adôna
à faire deux edifices, l'vn pour les pauures orphelins, l'autre pour vn College: il fut auſſi
charitable enuers les pauures vieillards: fut bien moderé en ſes mœurs, & non leger à
punir: il donna faueur & ſupport à tous gens d'eſprit & de vertu, & les eſleua en dignitez. En fin preſſé de longue maladie, il mourut l'an de ſon age ſoixantedix.

44. Caloian fils d'Alexus tint l'Empire apres ſon pere, l'an de ſalut 1118. Il fit pluſi-
res guerres en Aſie, vainquit en quelques batailles les Turcs & les Perſes, & print ſur eux
beaucoup de villes: fut contraire aux François & Venitiens, qui eſtoient joints enſemble, touteſfois les Venitiens prindrent les Iſles de Rhodes, de Samo, & de Methelin:
il mourut d'vn coup de dard, que luy-meſme auoit empoiſonné, s'en frappant par la
main, en le brandiſſant contre vn ſanglier. Il eſleua tous les ſiens en dignité.

45. Manuelfrere, ou comme aucuns disent fils de Calojan, tint l'Empire de Constantinople apres luy, en l'an de salut 1143. il pria Conrad Allemád, Empereur de Rome luy donner secours, soit contre Roger Roy de Sicile, qui troubloit & vouloit usurper & l'vn & l'autre Empire, soit pour aller contre les Turcs : mais ayant Manuel changé visage, fit mettre du plastre parmy la farine qu'il enuoya aux gens de Conrad, qui auoient la famine : & ne luy fut assez de faire vne sois cette meschanceté, ains en fit autant aux gens de Louys Roy de France, pere de Philippes Dieu-donné. Ainsi en peu de temps grand nóbre de François perirent par grande lascheté & trahison, dont le nom de Manuel fut odieux aux François. Roger se rua sur le païs de Grece à bon escient, assiegea Constantinople, & fit par brauade tirer des flesches d'or & d'argent dans les jardins de l'Empereur. Manuel fit outrage à vn Ambassadeur de Venise : print vn iour tous leurs marchands qu'il auoit fait venir sous ombre de paix : parquoy puis apres les Venitiens le contraignirent par armes d'achepter la paix. Il fit guerre contre les Turcs, où il fut quasi prins : apres auoir regné pres de trente-huict ans, il vesquit en Moyne, & mourut de maladie.

46. Alexius fils de Manuel, tint l'Empire apres luy l'an de salut 1180. sous Andronic son cousin germain, qui luy fut tuteur, puis cópagnon d'Empire, en fin son meurdrier : car il luy fit secrettement trancher la teste, & ietter son corps en la mer, en l'aage de quinze ans.

47. Andronic Comnene fils d'Isaac, tint l'Empire de Constantinople apres son cousin germain Alexius, qu'il fit iniquement mourir en l'an de salut 1183. Guillaume Roy de Sicile luy fit guerre pour venger la mort d'Alexius : & comme il estoit assailly de tous costez, Isaac l'Ange contre l'opinion de tous, luy donna à dos, si bien qu'il le vainquit & deietta de l'Empire, luy fit arracher vn œil, le monta sur vne asnesse à reculons, le couronna d'aulx ou porreaux, luy bailla en sa main vne queue au lieu de sceptre : ainsi bien en ordre, luy fit faire monstre par la ville de Constantinople. Et lors les enfans, hommes & femmes à belles iniures apres luy, & outre luy iettoient de la fange & de la boüe au visage, auec pierres & bastons : ainsi tout meurdry & rompu mourut, & fut pendu, & les femmes encore à beaux crochets le desmembrerent en petites pieces.

48. Isaac l'Ange tint l'Empire apres Andronic l'an de salut 1185. Il esteignit la tyrannie de plusieurs : receut magnifiquement Frideric Empereur de Rome, qui alloit en Syrie, rachela à grande somme d'argent son frere puisné Alexius, qui tres-ingrat luy arracha les yeux & l'Empire, pource qu'il sembloit fauoriser aux Venitiens, & l'emprisonna iusques à ce qu'Alexius fils d'Isaac, autre & d'autre cœur que le subdit, obtint par pleurs & par prieres secours des François & Venitiens, dont il deliura son pere, qui peu apres mourut, pour auoir prins trop d'air apres vne longue prison.

49. Alexius l'Ange meurdrier de son frere Isaac, apres iceluy tint l'Empire de Con-

stantinople l'an de salut 1195. Il fut tres-meschant, & traitta cruellement son frere aisné
pour vsurper l'Empire, & en voulut autant faire a son neueu Alexius, qui s'enfuiant
fut porté par mer en Dalmace, & trouua la Noblesse de France auec Baudoüin & les
Veniciens, qu'il excitoit à guerroyer contre son oncle : leur promit trente mille marcs
d'or, & des viures, si son pere lors prisonnier ou luy, estoit remis par leur moyen en
l'Empire. Parquoy ces Seigneurs firent voile vers Constantinople : la prindrent, ayans
premier rompu la chaisne tenduë trauersant la mer; Alexius l'Ange se sauua à la fuitte:
Isaac fut deliuré de prison, qui mourut tost apres : & son fils Alexius le ieune fut esleu
Empereur.

50. Alexius le ieune fils d'Isaac, fut remis au siege de l'Empire (comme a esté dit) en
l'an de salut 1204. Par accord entre luy & les François & Venitiens, fut dit que le Patriarche de Constantinople seroit subjet & inferieur au Pape de Rome, & que l'Empereur
recompenseroit lesdits François & Venitiens, des dommages que leur auoit fait Manuel. Mais à peine estoit-il entré au gouuernement de son Empire, que comme il employoit d'accomplir les promesses du traicté, Murziphle non noble, qui auoit toutesfois esté par luy esleué en grande authorité, le tua. Ainsi mourut par trahison ce ieune
& innocent Prince. Murziphle trouuant apres à qui parler, de nuict s'enfuit auec sa
femme, auec ses putains, & ses thresors : & peu apres fut ramené de la Morée captif à
Constantinople, où il mourut miserable. Partant la ville demeura aux François, &
l'Empire de Grece, dont Baudoüin fut le premier Empereur de nation Françoise.

51. Baudoüin.   52. Henry. Regna.
Regna. 13. mois   10 ans.

51. Baudoüin Comte de Flandres, fut apres Alexius le ieune esleu Empereur de Constantinople par toute la gendarmerie de Flandres, du Marquis de Montferrat , de Sauoye, & de Venise, en l'an de salut 1105. Auparauant ceste ellection y auoit telle condition arrestée, qui si l'Empereur qui seroit esleu estoit des François, ses Venitiens seroient vn Patriarche, ce qui aduint. Baudoüin donc recouura tout ce qui estoit de l'Empire de Constantinople, fors Andrinople, laquelle Theodore gendre d'Alexius le
meurdrier print pour le dot de sa femme, & y tint son Empire. Et comme les François
l'assiegeoient & estoient sur le poinct de la prendre, voicy Baudoüin qui est prins & mis
à mort, ayant à peine regné vn an.

52. Henry frere de Baudoüin fut fait Empereur apres luy, en l'an de salut 1106. Il poursuiuit l'assiegement & assault d'Andrinople, mais les Sarrazins venans au secours , il se
retira à Constantinople, & la fit remparer. Il fit la paix & alliance auec les Vallaques,
print la fille de leur Duc en mariage : prés & loing mena ses affaires prudemment, constitua Guillaume fils de Boniface Roy de Thessalie : tost apres il mourut, laissant sa fille
Iollante heritiere, qui estoit mariée à Pierre d'Auxerre, qui succeda à l'Empire.

53. Pierre. D'auxerre   54.   Robert   55. Baudoum. 2.
Regna. 4. ans   Regna. 7. ans. 8.mois   Regna. 31. ans.

53. Pierre de Courtenay, ou pour mieux dire de France, estant petit fils du Roy Louys
le Gros Comte d'Auxerre, par le moyen du droict de sa femme Iollante , puis que

Henry n'auoit laissé aucun hoir masse, succeda à l'Empire de Constantinople en l'an de salut 1216. Et retournant de Rome apres son couronnement, il assiegea Baudras en faueur des Venitiens, mais ce fut en vain ; car il fut en plein banquet decapité par Theodore Lascare, qui se disoit Empereur d'Andrinople & des Grecs, qui l'auoit attrait sous ombre de paix feinte, auec la foy promise sous faux serment. Autres disent que Lascare auoit mis embusches és forests de Thessalie, au lieu de Tempé, & qu'il surprint ainsi iceluy Pierre, l'amena & resserra, & en captiuité le fit mourir. Sa femme Iollante durant sa captiuité tint l'Empire deux ans.

54. Robert fils de Pierre susdit, aussi tost qu'il sceut les nouuelles de la malencontre de son pere, promptement il part de France, & tire droit à Constantinople, où il est receu pour Empereur en l'an de salut 1220. Là il se portoit vaillant, lors qu'il print a femme vne ieune Dame qui estoit ja promise & fiancée auec vn Gentil-homme de Bourgongne, lequel ne peust souffrir ce tort ; ains monta au Palais, coupa le nez de la Dame, & ietta sa mere qui auoit dressé ce nouueau mariage en la mer ; & de ce n'en osa mot dire l'Empereur, qui alloit à Rome pour prendre la Couronne : mais puis apres retournant en intention de se venger, il mourut de maladie en Achaie.

55. Baudoüin 2. fils de Robert susdit, succeda à son pere en l'Empire de Constantinople, l'an de salut 1228. mais parce qu'il estoit trop ieune, Brennus Roy de Hierusalem de tiltre seulement, fut mandé d'Italie pour luy estre adioint ou conducteur ; de qui il espousa la fille, sans faire cas de celle du Roy Pontique, dont sourdit grande guerre. Baudoüin bien desnué d'argent par les guerres, & bien pressé, engagea son fils aux Venitiens, & au Roy S. Louys vne partie de la vraye Croix, & plusieurs precieuses reliques des Eglises, puis leua grosse armée, auec laquelle il se planta à l'entrée du destroit de Constantinople, & cependant Michel Paleologue par intelligence entra dans la ville : lors Baudoüin auec le Patriarche fuiant, singlerent en Negrepont : ainsi craignant le mal de dehors, celuy du dedans luy fut pire. Lors les Grecs recouurerent l'Empire de Constantinople, que les François auoient tenu prés de soixante ans.

56 Michel.8. Paleologue Regna 22. ans. 23. J.　57. Andronic. 2. Regna. 50. ans.　58. Michel. 9. du viuant de son pere

56. Michel Paleologue, auquel Theodore mourant, laissa en garde & tutelle son fils Iean Lascare, comme la brebis au loup, surprint Constantinople en l'an de salut 1259. ayant premier chassé Guillaume Roy d'Achaie, auec l'aide des Geneuois, & vsurpé son Royaume. Et fut luy qui osta l'Empire de Constantinople aux François. Il fit longue guerre contre les Venitiens, qui l'eussent peu despoüiller de l'Empire sans les Geneuois. Les trefues faites, il vint au Concile à Lyon, & furent bons amis le Pape Gregoire 10 & luy : dont il fut tant hay des Grecs, qu'apres sa mort ne luy fut fait aucun honneur de sepulture. Toutesfois l'Empire demoura aux siens prés de deux cents ans, & iusques à ce que les Turcs le prindrent, comme il sera dit cy-apres.

57. 58. Andronic 2. qui estoit le fils aisné de Paleologue, succeda à son dit pere à l'Empire de Constantinople en l'an de salut 1283. Il fit son fils Michel, qu'aucuns disent auoir esté son gendre, participant de l'Empire, lequel mourut incontinent en l'an 1319. & adonc Andronic appella vn autre certain Andronic Constantin Despot, pour tuage de à Michel, & auoit part a l'Empire, donc Andronic fils de Michel estant irrité, se esleua contre l'Empereur Andronic son ayeul : & auec l'ayde des Geneuois fut superieur, mais les Venitiens restablirent l'ayeul. En fin les Bulgares & Geneuois luy donnans à dos, il fut contraint par son petit fils laisser le party des Venitiens, & prendre celuy des Geneuois, puis mourut, ayant plus de soixante & dix ans.

Andronic 3. Le Ieune **Iean 3. Cantacuzen** **Iean 4. Paleologue.**
59 Regna. 9. ans. ou enuiron **60 Regna. 16. ans.** **61 Regna. 37. ans.**

59. Andronic 3. le ieune fils de Michel, & petit fils de l'Empereur Andronic 2. fit plus de fix ans diuerse & douteuse guerre contre son ayeul Andronic 2. Souuent ils firent paix par le moyen de leurs amis, mais elle n'eut point de tenuë, iusques à ce qu'en fin l'an de salut 1332. le ieune Andronic entra finement dans Constantinople, & y estant ne fit autre mal à son ayeul, que de le laisser regner auec luy tant qu'il vesquit : Apres la mort duquel il fut victorieux sur ses ennemis : puis aagé de cinquante ans, fut surprins d'vne fiévre & mal de reste, dont il mourut en quatre iours.

60. Iean Cantacuzen fut tuteur de Iean Paleologue, & compagnon de l'Empire, l'an de salut 1341. dont sera parlé dans la vie de Iean Paleologue.

61. Iean Paleologue, dit aussi Calojan, succéda à son pere en l'Empire de Constantinople en l'an de salut 1341. Estant fort ieune, il eut pour tuteur Iean Cantacuzen, & pour compagnon en l'Empire, lequel fut dechassé par la menée d'vn homme de bas lieu, mais qui estoit fin & rusé, & partant bien venu en Cour, & aussi par l'ambition du Patriarche de Constantinople : mais luy impatient de telle iniure, fit cinq ans guerre contre la mere de Iean Paleologue, & contre ledit Iean Empereur: & fut le premier qui amena les Turcs en Europe. En fin Constantinople se rendit à luy, & quand il la tint, il ne fit tort à personne, seulement se porta comme compagnon de l'Empire, donnant sa fille à femme audit Iean Empereur. Apres fit guerre contre les Geneuois, par fois bien, par fois mal, ayant toutesfois auec luy les Venitiens & Arragonnois. Puis Iean Paleologue qui estoit banny luy fit guerre, aydé principalement des Turcs, & ausquels il donna premiere habitation en Europe, lequel entra finement en Constantinople l'an 1357. Et lors Cantacuzen laissant l'Empire, entra en vn Monastere, & vesquit comme Moyne: & Matthieu son fils voulant faire du compagnon auec Paleologue, fut contraint soy desister. Estant donc Paleologue venu à chef de maintes guerres, il mourut l'an 1384. ayant regné seize ans auec son tuteur Cantacuzen, & vingt-sept ans tout seul, qui sont en tout quarante-trois ans : & apres luy fut Empereur par le temps de trois ans, Andronic fils aisné, qui toutesfois n'est mis au nombre des Empereurs.

Manuel 2. Regna **Iean 5. Regna** **Cōstantin. 11.**
62 34. ans. **63 24. ans.** **64 Regna. 8. a. ou plus**

62. Emanuel ou Manuel, fils de Iean Paleologue vint à l'Empire de Constantinople, succedant à son pere l'an de salut 1387. au lieu qu'il ne se rendit illustre par ses gestes, il laissa memoire de luy par sept enfans qu'il laissa, l'aisné desquels nommé Iean, succeda à l'Empire l'an 1421.

63. Iean fils aisné d'Emanuel, fut Empereur de Constantinople apres son pere l'an 1421. Desirant plus la paix que la guerre, il s'accorda & pacifia auec tous les Princes, n'offençant personne: il s'achemina au Concile de Florence, inuité par le Pape Eugene 4. de ce nom, accompagné de son frere Demetrius, Prince de la Morée, de plusieurs grands Seigneurs & Prelats de Grece. En ce Concile furent ensemblement vnies l'Eglise

Grécque & l'Eglise Latine. Peu apres qu'il fut de retour en son Empire, il sortit de cette vie, sans laisser aucune lignée pour luy succeder l'an 1445.

64. Constantin 11. fils d'Emanuel. apres le decez de son frere mourut au throsne de l'Empire. A son aduenement il se monstra d'vn grand courage, & souuentesfois desist & chargea les Turcs en plusieurs rencontres, sur lesquels il exerça tant de cruautez, qu'à cause de cela on le nomma Dragon. Mais quand il oüit dire qu'Amurat assiegeoit la forteresse, & qu'elle ne pouuoit longuement resister, perdant tout courage, il s'offrit aux conditions de la paix, telles que voudroit l'ennemy, & luy payer le tribut duquel il faisoit refus auparauant. Mahomet qui auoit succedé à Amurat, cognoissant sa lascheté, poussa sa fortune, & prist Constantinople, d'où Constantin cuidant s'enfuir, il fut escaché de la foule des Turcs, qui le recognoissant, s'acharnerent cruellement sur luy : sa teste fut mise au bout d'vne lance, & portée en derision par toute la ville. Le pillage de laquelle dura trois iours. Cela arriua le 29. May 1453. Ainsi finit le tres-ancien Empire de la Grece, qui auoit floty & subsisté 1190. ans & plus. On peut remarquer en ceste prinse vne chose digne d'estre mise en memoire, que l'Empire de Constantinople finit au dernier du nom de Constantin, duquel la mere s'appelloit pareillement Helene, comme il auoit pris son accroissement sous le regne de Constantin premier fils de saincte Helene, qui auoit sur le modelle de la grand ville de Rome fait bastir & construire Constantinople, qui par son moyen ne ceda en rien à la grandeur Romaine. Ceste grande ville qu'on appelloit anciennement Bizance, est en la Thrace : elle a pour ses termes & consins de la part du Leuant, la Propontide auec les embouchures de la mer Majeure. Du costé du Ponant elle a vne portion de la Bulgarie, & vne autre de la Macedoine. Deuers le Septentrion, la Bossine. Et de la part du Midy, la mer Aegée la ferme, auec vne partie de la Macedoine, qui s'estend vers le fleuue nommé à present Nissane. Le grand Seigneur des Turcs y fait sa residence auec sa Cour royale. On dit qu'elle a dixhuict milles de circuit, auec sept collines en son enceinte. On void encores en icelle l'Hypodrome où l'on donnoit anciennement carriere aux cheuaux, où est au milieu vn Obelisque de cinquante brasses de haut, qui s'aboutist en forme d'esguille vers la partie superieure, qui est supportée sur quatre gros globes de marbre. On y peut pareillement contempler plusieurs beaux restes de la venerable Antiquité. Les Turcs ont tiré leur origine de la Scythie, laquelle est à present vne partie de la Tartarie & region Septentrionale, diuisée en deux par le fleuue Tanais.

Briefue narration des faits & gestes des Othomans, ou Empereurs Turcs, depuis 300. ans.

Ottoman Regna 28. ans.	Orchanes Regna 22. ans.	Solyman Regna 2. ans.
64	66	69

1. THOMAN fils de Zich, & selon aucuns d'Orthogules, homme de peu de moyens, mais accort, subtil, gentil, braue, vaillant, & si bien aymé de ceux de sa nation, qu'il luy fut facile de faire leuée d'hommes, par la force desquels enhardy, il courut l'Asie, & s'enrichit luy & ses gens de la despoüille du païs : au moyé duquoy il ietta les premiers fondemens de la puissance Turquesque, assisté de trois siens copagnons, l'vn nommé Michel, Grec, qui s'estoit fait Ture, l'autre Marques, pareillement Grec renié, & le troisiesme Auram, ausquels il promist telle part & portion qu'ils voudroient en la bonne fortune, & en la grandeur de ses estats, qu'à ceste occasion y apporteroient tout ce qu'ils peurent. De ces trois descendirent les Marcalogies, les Malcozoles, & les Buracastes. L'enuie de regner seul luy fit trouuer l'inuention se se deffaire de ses associez. De sorte qu'il obtint la domination absolüe enuiron l'an de grace 1300. & en icelle regna 28. ans, & mourut en l'année 1328. sous le Pontificat de Benoist 2. du nom. Iusques à luy les Turcs n'auoient pas beaucoup faict, depuis que Godefroy de Buillon & autres Princes Chrestiens les déconfirent en la iournée qu'ils eurent contre Soliman, prés l'ancienne cité de Nice, & que la saincte ville de Hierusalem fut reprinse sur eux, laquelle ils auoient enuahie dés l'an 1008.

2. Orchanes fils d'Othoman, luy succeda à l'Empire l'an 1328. mais il le surpassa en vaillance, ruses militaires, cognoissance de stratagemes, & liberalité. Ce qui luy concilia l'amitié & le cœur des gens de guerre, par l'assistance desquels la ville de Bursie, l'ancien sejour des Roys de Bithynie & la Cilicie, auec infinies autres Prouinces se soufmirent à sa puissance. Il mourut d'vn coup qu'il receut en vn siege de ville, aucuns disent que

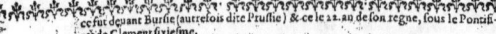

ce fut deuant Burſie (autrefois dite Pruſſie) & ce le 22. an de ſon regne, ſous le Pontificat de Clement ſixieſme.

3. Soliman fils d'Orchanes, ſelon le dire d'aucuns, fut Empereur apres le deceds de ſon
pere: il trauailla les Grecs par armes: fut victorieux des Bulgares en l'Europe, prenāt
ſur eux pluſieurs places & forchereſſes, & les côtraignit de ſe diſperſer en diuers lieux. Il
regna deux ans. Paul Ioue ne le met en ſon hiſtoire des Turcs au rang des Empereurs.

| 68 Amurath Regna 28. ans. | 69 Baiazeth Regna 13. ans. | 70 Ioſua ou Cyriſcelebes Regna 6. ans 7. mois. |

4. Amurat 1. du nom, fut creé Empereur ou Grand Seigneur des Turcs apres le decez de ſon pere, & comme diſent quelques Hiſtoriens, apres celuy de ſon frere Orchanes en l'an 1358. & ſelon la ſupputation d'aucuns, l'an 1350. Il fut maladif du corps,
mais ambitieux, infidele, & diſſimulé. Il occupa vne grande partie de la Grece, & affoi-
blit la puiſſance de l'Empire de Conſtantinople pour les diuiſions qu'il ſema: ce qui eſ-
meut les Princes de la Grece à conſpirer contre l'Empereur Paleologue, qui foible en
force, demanda ſecours à Amurat, qui luy enuoya douze mille Turcs d'eſlite, pour
aller contre Marc Craiouich Prince de Bulgarie, qui fut deffait & dechaſſé auec perte
de ſes forces & de ſes biens. Ces Turcs allechez de ce butin, inciterent Amurat à faire
repaſſer encore vne fois en l'Europe ſix mille hommes de guerre dedans les Galeres.
Geneuoiſes: iceux ſous pretexte de vouloir defendre l'Empereur de Conſtantinople
encontre tous ſes ennemis, vſurperent la Grece, s'emparerent de la Seruie & de la
Bulgarie. Parmy ces victorieux & ſignalez ſuccez, il fut tué par vn ſerf Seruien, qui
vengea ſur luy la mort de ſon maiſtre, Deſpote de Seruie, auec vn coup de poignard.
Il regna vingt-troisans, & treſpaſſa ſous le Pontificat de Gregoire 11.

5. Baiazet premier du nom, fut eſleu grand Seigneur des Turcs: il ſeit eſtrangler ſon
pro pre frere de crainte qu'il auroit de ne regner longuement: il eſt Andrinopolis
po ur la ville capitale de ſon Empire, parce que c'eſtoit là ſa commodité pour ioindre
les forces de l'Europe & de l'Aſie. La vengeance de la mort de ſon pere luy ſeit ſucce-
ge r la Bulgarie, la Seruie, la Croacie & la Valachie, courant pluſieurs contrées, & les
de ſolant. Tamberlan Roy des Tartares voulant obuier à la deſtruction de la Grece, &
l' empeſcher de prendre Conſtantinople qu'il auoit aſſiegée dix ans y auoit ou enuirō,
vā nt aux mains auec luy, le vainquit en vne bataille entr'eux donnée prés le mont Stella, mais il voulut conſeruer Baiazet, & le ſeit lier de chaiſnes d'or, le meit dedans vne
ca g e de fer, & le menoit ainſi par tout où il alloit; & quand il prenoit ſes repas il le fai-
ſo it mettre deſſous la table, luy faiſant donner à manger à guiſe d'vn chien: & quand il
m ontoit à cheual, il le ſeruoit de luy comme d'vn ſcabeau au montoir. Il fut veu en ce
pi teux eſtat par toute la Syrie & l'Aſie, puis mourut au temps que Boniface neufieſme
te noit le ſainct Siege.

6. Cyriſcelebes ou Ioſua, qu'aucuns nôment mal à propos Calepin, fils aiſné de Baiazet eſtant eſchapé de la bataille où ſon pere perdit toute ſa fortune, cuidant ſe pouuoir
ietter dedans Andrinopolis, fut prins & mené priſonnier vers l'Empereur de Conſtantinople par les gardes qu'il auoit expreſſément miſes en diuers paſſages: au lieu de le
mettre à rançon & de mal traitter, il le meit en liberté. Iceluy s'en alla en Aſie, & s'in-
ſtalla en la ſouueraineté de ſon pere, apres auoir mis vne puiſſante & groſſe armée, cô-
poſée du reſte des trouppes de feu ſon pere, & d'vne nouuelle leuée de ſes ſubjets, il
vint s'oppoſer au chemin de Sigiſmond Roy des Pannoniens qui le venoit endomma-
ger, s'eſtant deſia ſaiſi facilement de pluſieurs places, croyant que les Turcs n'auroient
l'aſſeurance de paroiſtre en armes deuant luy, pour les reuendiquer, eſtans encore re-
creus & abbatus de courage, pour la perte qu'ils auoient euë par la victoire de Tamberlan. Sigiſmond en ceſte entrepriſe ne fut pas mieux fortuné qu'il auoit eſté en la
bataille qu'il auoit donnée contre Baiazet à Nicopolis. Son Infanterie fut toute tra-
uerſée à coups de fleſches, & ſa caualerie ſans coup ferir, print l'eſpouuante au bruit &
clameurs des premiers combatans qui feitent vn tel carnage ſur les fuyards que la victoire demeura à Cyriſcelebes. Par icelle encouragé, il courut ſus le Deſpote de Seruie: gaſta les terres & limites de l'Empire de Conſtantinople: mais preuenu de maladie
en la fleur de ſon aage, il mourut l'an ſixieſme de ſon regne, ſous le Pontificat d'Alexandre cinquieſme: aucuns diſent que Muſtapha, autrement Muſulman ſon frere, le
tüa en l'an 1407.

71. *Muſtapha ou Orchanes.*   72. *Moyſe.*
2. *Regna peu de mois.*   *Regna peu de temps.*   73. *Mahommeth.*
Regna 12. ans.

7. Muſtapha ou Muſulman ne jouit gueres de l'Empire des Turcs, pour ce que l'ambition de ſon frere Moyſe ne le peut longuement ſouffrir en ceſte dignité. Quelques Hiſtoriens nomment ce Muſtapha Orchanes ſecõd, qu'ils aſſeurent auoir eſté fils naturel de Cyriſcelebes, & que Moyſe ſon oncle paternel l'auoit luy-meſme occis. Lors que ce ieune & valeureux Prince s'eſforçoit de s'aſſeoir au throſne qu'auoit occupé ſon pere auparauant, par le moyen de quelques gens qui l'aſſiſtoient d'armes & de faueur, la celeſte Iuſtice ne laiſſa impunie la meſchanceté de Moyſe: car Mahomet ſon frere le priua de biens & de vie. Aucuns Eſcriuains font regner ce Mahomet incontinent apres ſon pere Bajazet, paſſans ſous ſilence Cyriſcelebes ou Ioſua, Muſtapha ou Orchanes, & Moyſe.

8. Moyſe s'eſtant deffait de ſon frere Muſtapha, comme dit eſt, ou de ſon nepueu Orchanes, ſelon l'opinion d'aucuns; reçeut ſemblable payement de Mahomet ſon frere, pour ce qu'il ne regna gueres non plus que ſon frere Muſtapha. On ne les met pas de l'aduis de pluſieurs au nombre des Empereurs Turcs.

9. Mahomet premier du nom, frere de Cyriſcelebes, & Muſtapha, & de Moyſe cy deſſus nommez, paruint à l'Empire. Iceluy feit aſprement la guerre aux Valachiens, puis s'achemina en Aſie, où il reprint tout ce que Tamberlan auoit occupé: il extirpa de la Galatie, de Pont, & de Capadoçe pluſieurs Princes de la nation Turque ſes alliez, il ſe retira de Pruſſie à Andrinopolis ville Metropolitaine de Thrace, & y eſtabliſſõ ſejour, il gouuerna l'Empire 14. ans, & deceda du temps que Martin 5. eſtoit Pape de Rome en l'an 1419.

74. *Amurath. 2.*   75. *Mahommeth. 2.*   76. *Baiazeth. 2.*
Regna 32. ans.   *Regna 31. ans.*   *Regna 31. a.1. m. 21.ſ.*

10. Amurat premier fils de Mahomet ſucceda à ſon pere en l'an 1419. iceluy eut vne bataille contre le Deſpote de Seruie à ſon profit: de ſorte que pourſuiuant ſa pointe, il s'empara de Scopie, Sophie & de Neufmont: print priſonniers trois enfans dudit Deſpote, deux fils & vne fille, laquelle il eſpouſa, pource qu'elle eſtoit fort belle; mais il feit creuer les yeux aux deux garçons auec vn fer chaud, il extermina ſon oncle Muſtapha, il a eſté le premier des Empereurs Turcs qui ait eu des gardes de Ianiſſaires. Il gaſta fort la Valachie, l'Albanie, la Hongrie, & la Grece: il oſta Theſſalonice au Senat de Veniſe: Mais comme il eut failly à la prinſe de Croye qu'il auoit longuement battue & aſſiegée, il en receut vne telle douleur, ou pluſtoſt vne rage, qu'il tomba malade, & peu apres mourut à Andrinopolis en l'an 1450. du temps de Nicolas 5. Pape de Rome. Il regna 31. an.

11. Mahomet deuxieſme, apres la mort d'Amurath ſon pere, en l'aage de 21. an fut ſalllié Empereur auec tres-grand applaudiſſement & faueur des ſoldats. Incõtinent apres il commanda qu'on occiſt ſon frere, afin de commander plus librement. La fortune luy fut tres-proſpere: cela luy eſleua tant le courage, qu'il ne croyoit eſtre en rien diſſemblable à Alexandre le Grand: ſes plus grands amis paſſerent par ſa cruauté, auſſi bien

que ceux qu'il haïssoit: il estoit autāt inhumain chez luy qu'à la guerre, iusques à faire cruellement mourir quelques siens ieunes mignons qu'il aimoit deshonnestement, pour vne legere faute: parmy cela il aima les hommes qui estoient excellens en quelque art. Il n'auoit aucune Religion, se mocquant mesme de la sienne, & de son faux Dieu Mahomet. Il print d'assaut Constantin 11. regnant, ainsi qu'il a esté recité cy deuant, la fameuse ville de Constantinople le 29. May 1453. Trebizunde n'en eut pas meilleur marché. Il despouilla les Chrestiens de douze Royaumes, & d'enuiron deux cens villes l'an 1479. l'Isle de Rhodes se veid assiegé luy. La magnanimité des Cheualiers qui estoient dedans, commandez de leur grand Maistre Pierre d'Aubusson, ou selon aucuns, d'Amboise, qu'on tient auoir esté François, la defendit autant courageusement, qu'elle auoit esté par luy battuë furieusement: de maniere qu'il feit vne honteuse retraitte. Il mourut de tranchée de ventre le 31. de son regne, ayant vescu 58. ans.

12. Baiazet second, apres la mort de Mahomet second son pere eut la Seigneurie des Turcs auec l'aide des Ianissaires en l'an 1481 son ambition le porta à faire mourir ses freres, excepté Zizime l'vn d'iceux, qui se ietta dedans la ville de Bursie, pour se maintenir & conseruer: estāt forcé par l'armée de son frere d'en sortir, il eut recours au grād Soldan du Caire, qui luy donna secours d'hommes & d'argent, auec quoy ne pouuant executer ses desseins mōta sur mer & vint à Rhodes, où il se soumit au pouuoir du grād Maistre qui l'enuoya au Pape Innocent, lequel le fit mener à Charles 8. Roy de Frāce qui le traitta comme vn Prince de son rang esperant par son introductiō gaigner quelque auantage sur les Infideles. Zizime venant à mourir l'occasion se perdit de faire aller l'armée Chrestienne en Turquie. Ce Baiazet conquesta la Valachie, Moncastre, & Lissostome, Tourna la pointe de ses armes contre la Sclauonie, print Durazze, & quelque temps apres il empieta sur les Veniriens Lepante, Modon, & Corō, eux pourleur reuanche reprindrent sur luy l'Isle de Cefalonie & de sainct Maur, laquelle luy fut peu apres rendué par le moyen des conuentions de la paix concluë par André Gritti au nom de la Seigneurie Venise. Finalement Selim son fils puisné s'estant souleué contre luy, fauorisée des plus puissans, fut proclamé Empereur. Ce que voyant Baiazet, il renonça à l'Empire: de maniere qu'il partit de Constantinople, emmenant quant & soy tous ses thresors & richesses en la ville de Gaspe en Thrace, où estāt arriué 36 Medecin Ammon Iuif de nation, l'empoisonna à l'instance & sollicitation de son fils, l'an 1512 sous le Pontificat de Iules second. Il auoit y escu 74. ans, & regné trente vn an.

77. *Selim.* Regna 9. ans. 6. mois. 78. *Soliman 2.* Regna 47. ans. 79. *Selim 2.* Regna 8. ans.

13. Selim ayant la domination de l'Empire, commença son regne auec de grandes cruautez, faisant mourir Acmet & Corcuth ses freres au gibet. Ce luy fut chose coustumiere de faire empoisonner toutes sortes de personnes, sans respect de ce qu'elles estoit deux Soldans furent par luy debellez, & le Sophy expulsé de Perse, auec perte de ses biens & honneurs, apres auoir defaict son armée és campagnes Calderannes, à cause de l'artillerie qu'il auoit, il accreut sō Empire de l'Egypte, de l'Arabie, & du grād Caire. Print Tauris, puis vint à mourir, à cause d'vn vlcere qui s'engendra dedans ses reins comme vn chancre, qui de douleur luy donna vne fiévre pestilentielle, l'an 1520. au mois de Septembre, de son age le 46. an, & de son regne le huictiesme.

14. Soliman fils vnique de Selim fut creé Empereur, au mesme an que Charles V. fut couronné pareillement Empereur à Aix en Allemagne. Il n'auoit que vingt ans au cōmencement de son Empire: Depuis vint deuant Rhodes, qui bien que valeureusement defendue par ses Cheualiers six mois durant, fut forcée de se rendre à luy le propre iour de Noël en l'an 1522. & selon Ioue 1521. De là n'ayant en pareille rencontre en Sicile, ses gens fondirēt sur les Hongres qu'ils deffirent, tuerent leur Roy. Apres ceste victoire Soliman se fit Seigneur de Bude, pilla le Chasteau, & brusla la Bibliotheque que le Roy Matthias y auoit dressée. Depuis s'empara de l'Isle de Negrepont. Il secourut Sepusius Roy de Hongrie contre Ferdinand Archiduc d'Austrie. Le siege de Vienne luy apporta perte & dommage, car il laissa des siens pres de soixante mille hommes morts sur la place. Ceste deffaicte ne l'empescha neantmoins de venir à Grats ville de Stytie: mais ayant esté aduerty que l'Empereur Charles cinquiesme l'attendoit auec vne grosse armée de Chrestiens pour le combattre, ne voulut exposer ses gens qui estoient fatiguez au douteux hazard d'vne bataille, se diuertit à Constantinople. L'an-

née d'apres il attaqua Tamas Roy de Perſe, entra dedans Babylone, s'empara de la Syrie : battit Tauris, d'où les Perſes le firent debuſquer auec grand carnage des ſiens.
Eſtant de retour en ſes terres, il fit mourir Mahomet Baſſa, l'accuſant de fauoriſer les
Chreſtiens, Les Turcs n'en eurent oncques vn plus belliqueux, ny vn plus rigoureux
Iuſticier. Iceluy deſirant conuoiteuſement d'accroiſtre ſes victoires & triomphes, meit
le ſiege deuant Malte en l'an 1565. & mourut le 47. de ſon regne 1566.
15. Selim ſecond de ce nom, ſon pere eſtant decedé fut ſalüé grand Seigneur & Empereur des Turcs dedans Conſtantinople, par la practique de Mahomet Baſſa, auparauant que la mort de ſon pere Soliman fut ſceuё : de maniere qu'on ſceut pluſtoſt la
ſalutation de Selim à l'Empire, que le deceds du defunct Empereur. Ceſte ceremonie
parachenёe promptement. Selim s'en alla à Belgrade pour y receuoir le corps de feu
ſon pere. Il fit la paix auec Maximilian, en laquelle fut compris Iean Sepuſius, que
ſon pere auoit faict couronner Roy de Hongrie. Se voyant ſans affaires de ce coſté-là,
ſon animoſité tourna vers les Venitiens que ſon armée deſpoüilla du Royaume de Cypre, rompant toute confederation. Mais en l'an 1571. il perdit toutes ſes forces naua-
les en la bataille de Lepante qu'il eut contre les Chreſtiens. Toſt apres il arma derechef, & renoüa ſon accord auec les Venitiens, s'enfonce en Afrique, où le Baſſa Sinan
print Tunes & la Goulette, nonobſtant la defenſe de Pierre Carrara Eſpagnol, qui
eſtoit dedans en garniſon auec des Eſpagnols, deſquels il nettoya l'Afrique. Ce Selim
ne feit rien de remarquable pour le faict des armes que par ſes Baſſas, pour ce qu'il e-
ſtoit homme de plaiſir, qui s'adonnoit immoderément aux femmes & au vin : ſon deceds aduint l'an 1574. apres auoir regné huict ans,

80. Amurath. 3ᵉ   81. Mahometh. 3ᵉ   Acmet Regna 15. ans
Regna 21. ans.   Regna 9. ans.

16. Amurat troiſieſme de ce nom, apres la mort de Selim ſon pere, fut creé grand Seigneur des Turcs, aagé de 28. ans. Si peu à que ſa vie eſtoit en peril s'il ne ſe defaiſoit
de Mahomet, Aladin, Tangie, Abdala, & Soliman ſes freres, leſquels (ſelon la barbarie
du pays, il eſtrigler : quelques concubines de ſon pere (bien qu'elles fuſſent groſſes
d'enfans) paſſerent le meſme pas. Les Polonois voülans faire election d'vn nouueau
Roy, à cauſe du partement de Henry Roy de Pologne, qui s'en eſtoit retourné en France pour ſucceder à Charles 9. ſon frere, eurēt lettres & ambaſſades de ſa part, à ce qu'ils
fauoriſaſſent en ceſte election Eſtienne Battory, Vayuode de Tranſſiluanie : ſa demande eut ſon accompliſſement. Aucuns diſent qu'il auoit intelligence auec ledit Battory,
& qu'à ceſte cauſe il luy fut aiſé de s'emparer de quelques villes de Hongrie & de Sclauonie, qu'il ne garda longuement. Il mourut l'an 52. de ſon aage en Ianuier 1595. apres
auoir regné 21. an.
17. Mahomet troiſieſme de ce nom, fils d'Amurat troiſieſme, obtint l'Empire des
Turcs en l'an 1595. iceluy ſuiuant l'inhumaine couſtume des Ottomans, fit ſoudain
mourir ſes freres qui eſtoient en grand nombre, & ainſi qu'on dit, ils eſtoient dix-neuf.
Commanda ſemblablement qu'on noyaſt pluſieurs concubines, qui apres la mort de
ſon pere ſe trouuerent enceincte de ſon faict, pour s'oſter toutes occaſiōs d'apprehender quelques attentats. Il paſſa bien plus outre pour ce poinct ; car il fit mourir vn ſien
fils aiſné qui promettoit beaucoup de luy, & la femme de laquelle il l'auoit eu, pource
qu'il auoit faict inquiſition par des Deuins combien de temps ſondit pere Mahomet
regneroit. Ses faicts degenererent beaucoup de ceux de ſes predeceſſeurs. Le vice luy
fut plus recommandable que la vertu : la paillardiſe que la proüeſſe. Ses ennemis reprindrent ſur luy ce que ſes predeceſſeurs auoient aſſemblé & annexé à l'Empire Turc.
La peſte l'oſta de ſon Empire & de ceſte vie le 9. an de ſon regne, en Ianuier 1604.
18. Acmet ou Acmat ſucceda à ſon pere Mahomet 3. à l'Empire des Turcs en l'an 1604.
n'ayant d'aage que 17. ans ou enuiron. Peu apres qu'il fut Empereur il reſpādit ſes forces dedans la Hongrie, en laquelle il fit paiſiblement ſes affaires, comme auſſi dans la
Strigonie. Puis deſirant faire la guerre au Sophy de Perſe, traicta la paix auec les Chreſtiens pour 20. ans. Il a recherché ſur toutes choſes l'amitié & confederation de Henry
le Grand Roy de France & de Nauarre, auquel il donnoit tous ces tiltres par lettres
qu'il luy reſcriuoit, Au plus glorieux, magnanime, & grand Seigneur de la creance de Iesvs,
Esleu entre les Princes de la nation du Meſſie, Iuge de tous les debats qui arriuent parmy les peuples Chreſtiens, Poſſeſſeur de Grandeur, Maieſté, & richeſſe glorieuſe, Guide des plus Grands,
de qui la fin ſoit heureuſe. On conte de luy que ſouuentesfois il a prins grand contente-

ment à ſe faire lire l'hiſtoire de France , ſous le regne dudit Roy Henry le Grand , à la
requeſte & ſollicitation duquel il reuoqua l'arreſt qu'il auoit donné pour la demoliriõ
du ſainct Sepulchre de N. S. Iᴇꜱᴠꜱ-Cʜʀɪꜱᴛ, qu'il a laiſſé en ſon entier, & permis
qu'il fuſt reparé & rebaſty où il eſtoit neceſſaire : pour à quoy fournir, ce noſtre pieux
Prince, que Dieu abſolue, fit tenir à Ieruſalem deux cents mille eſcus, & en outre conſentit & accorda iceluy Acmet , que les Peres Ieſuiſtes euſſent vn College à Pera en
l'an 1609. Les années ſuiuantes les Perſes & les Turcs ſe ſont entreguerroyez, & en
1610. le Perſan vainquit le Baſſa Naſſuf en vne bataille où vingt mille Turcs demeurerent ſur la place. Cét Empereur ayant regné 13ᵉ. ans , mourut le 15. Nouembre 1617.
n'eſtant agé que de 10.ans ou enuiron.

83. Muſtapha regna 2. mois 6. iours.   84. Oſſeman

19. Muſtapha 2. du nom, fils de Mahomet ; apres le deceds d'Acmet ſon frere fut retiré de la captiuité en laquelle il eſtoit detenu dedans le Serrail, de peur qu'il ne trou-
blaſt les affaires de l'Empire, duquel il eut l'entiere direction, n'eſtant agé que de 25.
ans. Si toſt qu'il eut le nom & le pouuoir de Grand-Seigneur il deuint deſdaigneux &
meſſiant , & ſe comporta autrement qu'il ne deuoit tant enuers ceux de ſa nation,
que d'autre , iuſques à entreprendre de vouloir faire mourir le Mophty (qui eſt cõme
le grand Pontiſe) le Quierelerega , chef des Eunuques , & le Caymaquan , Lieutenãt
general du grand Vizir. En ſuitte de cela Coreſqui Prince de Pologue ayant mené vne
armée en Catabodanie la perdit , & fut priſonnier & mis en ſeure garde en la fortereſſe
des ſept Tours, qui eſt à l'embouchure de la Mer Noire. Peu apres ce Prince Polonois s'eſuada de ſa priſon. Le Grand-Seigneur s'imaginãt que le ſieur Baron de Mole,
lors Ambaſſadeur pour la Majeſté tres-Chreſtienne, euſt aydé à ceſte euaſion, viola en
ſa perſonne le droict des Gents , bien qu'il n'euſt trempé aucunement en tout ce qui
s'eſtoit paſſé. Cela eſtant paruenu aux aureilles du grand Vizir, il vint promptement
auec des forces és enuirons de Côſtantinople, & entré dedans dedans le força
de ſe deſpoüiller de la dignité Imperiale, pour en reueſtir Oſſeman ſon nepueu, fils
d'Acmet : De ſorte que Muſtapha ne regna que deux mois & quelques iours , apres
leſquels il fut remis là d'où il eſtoit ſorty.
20. Oſſeman, fils d'Acmet, fut declaré Empereur en l'âge de 12. ans au mois de Feurier 1618. Louys 13.Roy de France & de Nauarre enuoya les ſieurs de Nans & le Secretaire Anguſſe vers luy , pour auoir raiſon du tort qu'on auoit faict, & ſans raiſon, à
ſon Ambaſſadeur le ſieur Baron de Mole (dit de Sãcy) pendant le regne de Muſtapha.
Arriuez qu'ils furent à Conſtantinople , ils furent bien receus & accueillis. Le Grand
Seigneur leur dõna audience, & par l'aduis du grand Vizir & de ſon Conſeil enuoya
vers ſa Majeſté tres-Chreſtienne Vᴚju Chaoux pour renouueller alliance auec elle,
& luy teſmoigner le deſir qu'il auoit de reparer l'indignité que Muſtapha auoit practi-
quée ſur ce qui luy appartenoit, & à quoy il ſatisfit. L'inſcription des lettres qu'il enuoya au Roy l'an 1618. eſtoit de ceſte teneur : *An plus Glorieux & Puiſſant Prince de la
croyance de* Iᴇꜱᴠꜱ, *Arbitre des differents qui ſuruiennent entre les Chreſtiens , & de tous le
plus ancien, le plus Noble, l'Empereur de France, auquel ſouhaittons la fin de ſes iours eſtre heureuſe, ſes deſirs ſoient accomplis.* Cét Ambaſſadeur eſtant arriué à Paris, eut audience de ſa
Majeſté, & fut pendant ſon ſejour traité magnifiquement ſans qu'il luy couſta rien.
Le ſieur Baron de Mole ayant paracheué ſon Ambaſſade, le Comte de Sezi fut mis en
ſa place. Le Grand-Seigneur deſirant accroiſtre la grandeur de ſon Empire , continuë
à faire la guerre aux Perſes, deſquels en Septembre 1619. il defit en vne bataille cent
mille hommes qui demeurerent ſur la place.

PORTRAICTS
DE TOVS LES
PAPES, DEPVIS
SAINCT PIERRE
Apoſtre, juſques à preſent, tirez
des antiques, auec le temps
que chacun d'eux a tenu le
Siege, ſelon Onufrius
Paninius.

NOSTRE SEIGNEVR

IESVS-CHRIST NAZAREEN, DIEV
& Homme, Meßie, Sauueur du monde, Sainct des Saincts,
Sauueur & Eternel Pontife, Chef de l'Eglise

SALVATOR MVNDI.

MATER DEI.

S. Pierre. 24 ans	S. Linus.	S. Clement	S. Cletus	S. Anacletus	6 Euaristus
5. mois. 12. iours	11. a. 3. m. 12. j.	9. a. 4. m. 26. j.	6. a. 5. m. 5. j.	12. a. 3. m. 10. j.	13. a. 3. m.

44. **I.** SAINCT Pierre dit Cephas, natif de Bethsaïda, fils de Iean, Prince des Apostres, Vicaire de Iesus-Christ en terre, tint sept ans le Siege en Antioche, & depuis à Rome sous l'Empire de Claude & de Neron, qui le fit crucifier audit lieu, ayant Simon le Magicien premier heretique esté condamné par luy, & le premier Concile tenu en Hierusalem. Premiere persecution.

57. 2. S. Linus fils d'Herculanus natif de Volterre en la Toscane, disciple de S. Pierre, & son coadjuteur eut la teste tranchée sous Neron.

68. 3. S. Clement fils de Faustin Romain, premier Prestre de l'Eglise Romaine, fut designé par S. Pierre son successeur, fut relegué au Pont & noyé ayant vne anchre attachée au col.

77. 4. S. Cletus fils d'Emilian Romain, fut martyrisé sous Domitian. Menander, Ebion, Cherinthus heretiques. Seconde persecution.

84. 5. S. Anacletus fils d'Antiochus Athenien, Prestre de l'Eglise Romaine, Martyr sous Nerua & Trajan.

96. 9. S. Euariste Grec, fils de Iudas Iuif Bethléemite, Martyr sous Trajan. Saturnin, Basilides, Isidore, heretiques. Troisiesme persecution.

S. Alexander	S. Sixte	S. Telesphore	S. Higinus	S. Pius	S. Anicetus
7. a. 5. m. 19. j.	9. a. 10. m. 9. j.	10. a. 8. m. 22. j.	4. a.	11. a. 5. m. 27. j.	9. a. 8. m. 23. j.

109.	7. S. Alexandre fils d'Alexandre Romain, Martyr sous Trajan.
117.	8. S. Sixte fils de Pastor Romain, Prestre de l'Eglise Romaine, Martyr sous Adrian. Carpocrates, Epiphanes, Prodicus Autheur des Gnostiques heretiques. Quatriesme persecution.
127.	9. S. Telesphore Grec, fils d'Anachorete Prestre de l'Eglise Romaine, Martyr sous Adrian. Aquila de Pont heretique.
138.	10. S. Higinus Grec, fils d'vn Philosophe Athenien, Prestre de l'Eglise Romaine, sous l'Empire d'Antonin.
142.	11. S. Pius d'Aquilée fils de Ruffin, Prestre de l'Eglise Romaine sous Antonin. Dispute touchant la feste de Pasques à Laodicée. Valentin & ses disciples Marc, Secundus, Bassus, Ptolomée, Colarbase, & Heracleo heretiques.
153.	12. S. Anicetus Syrien fils de Icân, Martyr soubs l'Empereur Antonius Verus.

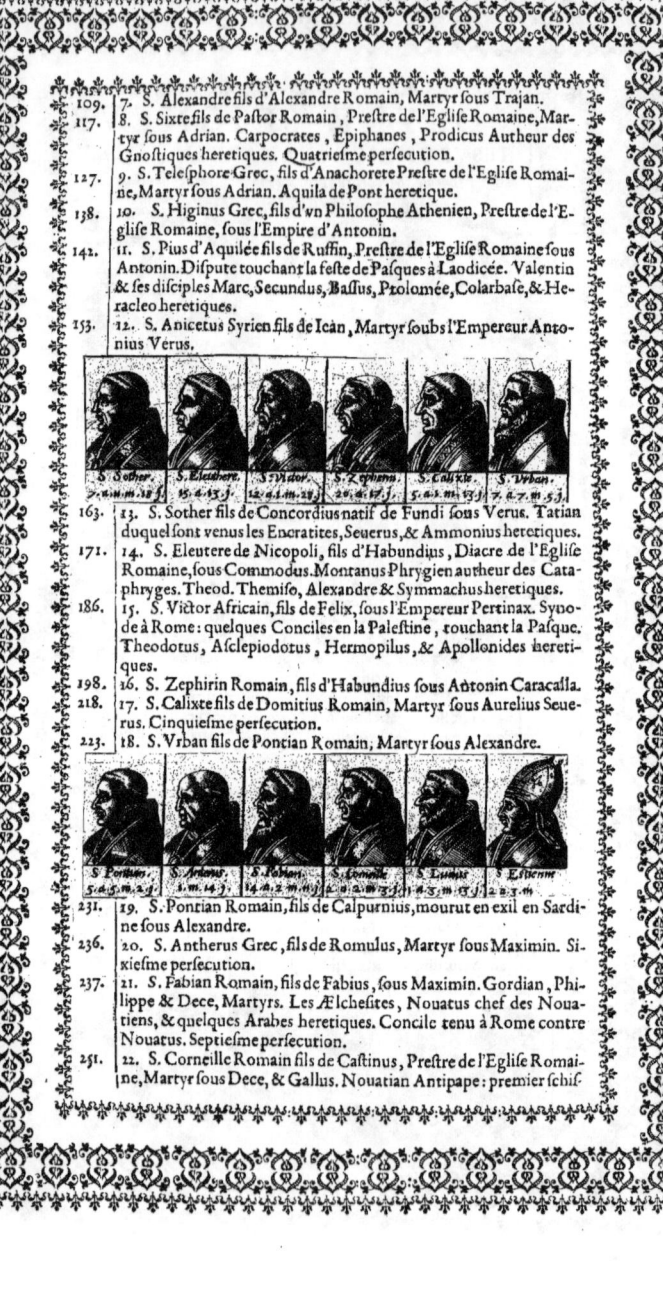

S. Sother. | S. Eleuthere. | S. Victor. | S. Zephenn. | S. Calixte. | S. Vrban.

163.	13. S. Sother fils de Concordius natif de Fundi sous Verus. Tatian duquel sont venus les Encratites, Seuerus, & Ammonius heretiques.
171.	14. S. Eleutere de Nicopoli, fils d'Habundius, Diacre de l'Eglise Romaine, sous Commodus. Montanus Phrygien autheur des Cataphryges. Theod. Themiso, Alexandre & Symmachus heretiques.
186.	15. S. Victor Africain, fils de Felix, sous l'Empereur Pertinax. Synode à Rome: quelques Conciles en la Palestine, touchant la Pasque. Theodotus, Asclepiodotus, Hermopilus, & Apollonides heretiques.
198.	16. S. Zephirin Romain, fils d'Habundius sous Antonin Caracalla.
218.	17. S. Calixte fils de Domitius Romain, Martyr sous Aurelius Seuerus. Cinquiesme persecution.
223.	18. S. Vrban fils de Pontian Romain, Martyr sous Alexandre.

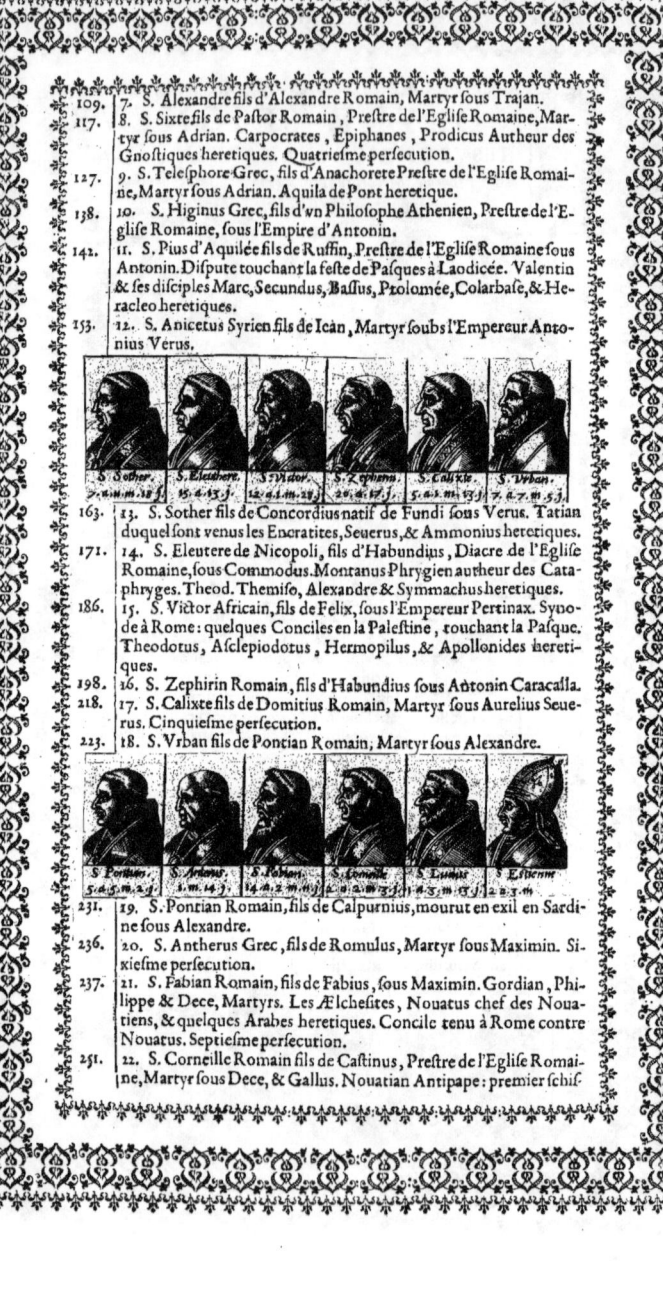

S. Pontian. | S. Antern. | S. Fabian. | S. Corneille. | S. Lucius. | S. Estienne.

231.	19. S. Pontian Romain, fils de Calpurnius, mourut en exil en Sardine sous Alexandre.
236.	20. S. Antherus Grec, fils de Romulus, Martyr sous Maximin. Sixiesme persecution.
237.	21. S. Fabian Romain, fils de Fabius, sous Maximin. Gordian, Philippe & Dece, Martyrs. Les Ælchesites, Nouatus chef des Nouatiens, & quelques Arabes heretiques. Concile tenu à Rome contre Nouatus. Septiesme persecution.
251.	22. S. Corneille Romain fils de Castinus, Prestre de l'Eglise Romaine, Martyr sous Dece, & Gallus. Nouatian Antipape: premier schis-

me en l'Eglise. Deux Synodes en Afrique contre Nouatian. Le siege vacant y eut vn Synode à Rome, touchant ceux qui auoient nié
la foy.

253. 23. S. Lucius Romain fils de Porphyrius, Martyr fous Gallien & Valerian. Deux Conciles à Carthage, l'vn fur le doute fil falloit reba-
ptifer les heretiques, & l'autre fil falloit baptifer les enfans. Deux autres Conciles en Afie, fur le doute s'il falloit receuoir les heretiques
venans à refipifcence. Huictiefme perfecution.

255. 24. S. Eftienne Romain, fils de Iulius, Archidiacre de l'Eglife Romaine, Martyr fous Valerian & Galien. Synode en Afrique contre
Bafilides, & Martial Euefques renegats.

S. Sixte. 2.	S. Denis.	S. Felix.	S. Eutichian.	S. Caius.	S. Marcellin.
s.a.10.m.23.j.	10.a.5.m.5.j.	4.6.5.m.	8.a.6.m.4.j.	12.a.4.m.6.j.	7.a.9.m.27.j.

257. 25. S. Sixte fecond Athenien, fils d'vn Philofophe, Martyr auec fainct
Laurent, fous Valerian & Gallien. Noëtus, & Sabellinus, Autheur
de l'herefie Sabellienne, & Paul de Samofate, heretiques.

260. 26. S. Denys Moyne fous Claude Empereur. Nepos heretique qui
a renouuellé les Chiliaftes. Deux Synodes à Antioche contre Paul
de Samofate, & vn Synode à Rome, pour la caufe de Denys de Co-
rinthe.

271. 27. S. Felix Romain, fils de Conftantius, Martyr fous Aurelian.
Neufiefme perfecution.

275. 28. S. Eutychian, fils de Maximus, natif de Lune en la Tofcane,
Martyr fous Aurelian, Tacite & Florian Empereurs. Manes heretique chef des Manichéens.

283. 29. S. Caius, fils de Caius, natif de Salone en Dalmatie, Martyr fous
Carinus, Numerian, Diocletian, & Maximian, Empereurs.

296. 30. S. Marcellin Romain, fils de Projectus, Martyr fous Diocletian
& Maximian. Dixiefme & fanglante perfecution. Vn Synode à Sinueffe en la caufe de Marcellin Pape.

S. Marcel.	S. Eufebe.	S. Miltiades.	S. Siluestre.	S. Marc.	S. Iule.
5.a.6.m.23.j.	2.a.7.m.27.j.	3.a.2.m.	20.a.4.j.	8.m.22.j.	16.a.5.m.16.j.

304. 31. S. Marcel Romain fils de Benoift, Prestre Cardinal de l'Eglife
Romaine, fous Conftantin.

310. 32. S. Eufebe Grec fils d'vn Medecin, fous Conftantin.

311. 33. S. Miltiades ou Melchiades Afriquain, Cardinal Prestre de l'E-
glife Romaine, fous Conftantin. Schifme des Donatiftes en Afrique,
le Synode Elibertin en Efpagne, le Synode de Rome, & de Cartage.

315. 34. S. Syluestre Romain, fils de Ruffin, Cardinal Prestre fous Conftantin, Synode d'Ancyre & Neocefarienfe. Concile general de Nice, auquel Arrius fut condamné : Troifiefme Synode tenu à Rome.

336. 35. S. Marc Romain fils de Priscus, Cardinal Diacre fous Côftantin.

336. 36. S. Iule Romain fils de Ruftic, Cardinal Diacre fous Conftantin, & fes enfans. Les Afteriens, Anthropomorphites, Eufebiens, Macedoniens, Duliens, Luciferiens, Marcelliens heretiques, Photin, Acace, & Ætius. Les Synodes de Rome, de Cologne, de Sardes, de Hierufalem & d'Alexandrie.

| S. Liberius. | S. Felix. 2. | S. Damafe. | S. Sirenus. | S. Anaftase. | Innocent. |
| 3. a. 4. m. 17.j. | 10 a. 3. m. 11.j. | 18. a. 2. m. 11.j. | 15 a. 1. m. 25.j. | 3. a. 21.j. | 15. 4. 2. m. 27.j. |

353. 37. S. Liberius Romain fils d'Augufte, Cardinal Diacre, fut enuoyé en exil fous Conftance. Perfecution de l'Eglife par les Arriens: fchifme fecond entre Liberius & Felix.

355. 38. S. Felix 2. Romain fils d'Anaftafe, Cardinal Diacre, fut creé Pape du viuant de Liberius, fous Conftance, & martyrifé par la faction des Arriens.

366. 39. S. Damafe Portugais fils d'Anthoine, Cardinal Diacre, fous Valentinian, Valens, Gratian, Theodofe, & Arcade: fchifme 3. entre Damafe & Vrficinus, Synodes à Rome, & en Efpagne, & de Valence en France. Les Eunomiens, Eutichiens, Prifcilianiftes, Appollinariftes, & Meffaliens heretiques. Concile general à Conftantinople contre Macedonius.

384. 40. S. Siricius Romain fils de Tiburtius, Cardinal Diacre fous Arcade & Honorius. Quelques Synodes à Carthage. Heluidius, Dorothée & Vigilance heretiques.

398. 41. S. Anaftafe Romain, fils de Maximus, Cardinal Preftre fous Honorius. Synodes de Cypre & de Tolede.

501. 42. S. Innocent natif d'Albanie, fils d'Innocent, Cardinal Diacre fous Honorius, Arcade & Theodofe. Pelagius heretique.

| Zosime. | Boniface. | Celestin. | Sixte. 3. | S Leon le grand | Hilaire. |
| 3. a. 4. m. 7.j. | 3. a. 9. m. 20.j. | 2. a. 5. m. 3.j. | 7. a. 11. m. | 20. a. 11. m. | 6. a. 3. m. 10.j. |

416. 43. S. Zofime de Cappadoce, fils d'Abraham, Cardinal Preftre fous Theodofe le ieune. Sixiefme Synode de Carthage.

419. 44. S. Boniface Romain, fils de Iocundus, Cardinal Preftre, fous Theodofe. Schifme d'Eulalius Antipape.

423. 45. S. Celeftin Romain fils de Prifcus, Cardinal Diacre. Concile general d'Ephefe contre Neftorius, fous Theodofe.

432. 46. S. Sixte 3. Romain fils de Sixte, Cardinal Preftre fous Valentinian.

440. 47. S. Leon le grand, Romain, fils de Quinctian, Cardinal Archidiacre fous Theodofe. Concile general de Chalcedoine contre Diofcorus & Eutiches.

461. 48. S. Hilaire natif de Sardaigne fils de Crifpinus, Cardinal Diacre fous l'Empire de Leon.

Simplicius	Felix. 3.	Gelase.	Anastase. 2.	Symmachus	Hormisda.
15.a.8.m.23	8.a.11.m.17.j	4.a.2.m.19.j.	1.a.11.m.24.j	15.a.7.m.28.j	9.a.18.j.

467.	49. S. Simplicius natif de Tribur, fils de Castinus ou Castorius, sous Leon.
485.	50. S. Felix 3. le ieune Romain, fils de Felix Prestre, Cardinal sous Zenon.
492.	51. S. Gelase Afriquain, fils de Valuere Euesque, sous l'Empire d'Anastase.
496.	52. S. Anastase 2. Romain fils de Pierre, sous Anastase.
498.	53. S. Symmachus, natif de Sardigne, fils de Fortuné, sous Anastase. Schisme 5. entre Symmachus & Laurent, qui depuis fut Euesque de Nocere.
514.	54. S. Hormisda natif de la terre de Labour, fils de Iustus, sous Anastase & Iustin. Synodes de Geronde, de Cæsar Auguste, & de Constantinople.

Iean.	Felix. 4.	Boniface.2.	Iean.2.	Agapetus	Siluerius.
2.a.9.m.16.j	4.a.2.m.18.j	2.a.26.j	2.a.4.m.6.j	11.m.19.j	1.a.5.m.11.

523.	55. S. Iean natif de Toscane, fils de Constantius, Cardinal Prestre sous Iustin. Il mourut en prison à Rauenne, ayant esté pris par Theodoric Roy des Goths.
526.	56. S. Felix 4. Sannite, fils de Castorius, Cardinal Prestre de S. Siluestre, sous Iustin & Iustiniã. Synode deuxiesme de Tolede.
530.	57. Boniface 2. Romain, fils de Sigeuulte, Cardinal Prestre de saincte Cecile, sous Iustinian. Schisme 6. entre Boniface & Dioscore: Trois Synodes à Rome.
530.	58. Iean 2. surnommé Mercure, Romain, fils de Proiectus, Cardinal Prestre de sainct Clement, sous Iustinian.
534.	56. S. Agapete Romain, fils de Gordian, Cardinal, Achidiacre de l'Eglise Romaine, sous Iustiniã: vn Synode à Cõstãtinople.
535.	60. S. Siluerius, natif de la terre de Labour, fils du Pape Hormisda, Sous-diacre de l'Eglise Romaine, sous Iustinian, estant chassé & relegué en l'Isle Pontia, il meurt. Synode 2. d'Orleãs.

Vigilius.	Pelagius	Iean. 3.	Benoist	Pelagius. 2.	S. Gregoire.
18.a. 6 m.28.j	4 a 10.m.18.j	12.a.11 m.27.j	4.a.1 m.20.j	10.a.2.m 10.j	13.a.6.m.10. j.

| 537. | 61. Vigilius Romain, fis de Iean qui auoit esté Consul, Archidiacre de l'Eglise Romaine, sous Iustinian: schisme 7. entre Sil- |

uerius & Virgilius. Cinquiesme Concile general de Constantinople contre les Origenistes, & le 3. Synode d'Orleans.

553. 62. S. Pelagius Romain, fils de Iean Vicarianus, Archidiacre
de l'Eglise Romaine, sous Iustinian. Deux Synodes de Paris.

561. 63. S. Iean 3. Catellin Romain, fils d'Anastase, sous Iustinian,
& Iustin, commencement du regne des Lombards en Italie.

575. 64. S. Benoist Bonosus Romain, fils de Boniface, sous Iustin
& Tibere Constantin.

579. 65. S. Pelagius 2. Romain, fils de Vinigildus, sous Tybere &
Maurice. Le Patriarchat d'Aquilée est transferé à Grade.

590. 66. S. Gregoire le Grand, Moyne Romain, Docteur de l'Eglise fils de Gordian Senateur, & de Syluie tressaincte femme, Archidiacre de l'Eglise Romaine, Legat ou Agent du S. Siege à
Constantinople vers l'Empereur, Apostre des Anglois sous
Tybere, Maurice & Phocas.

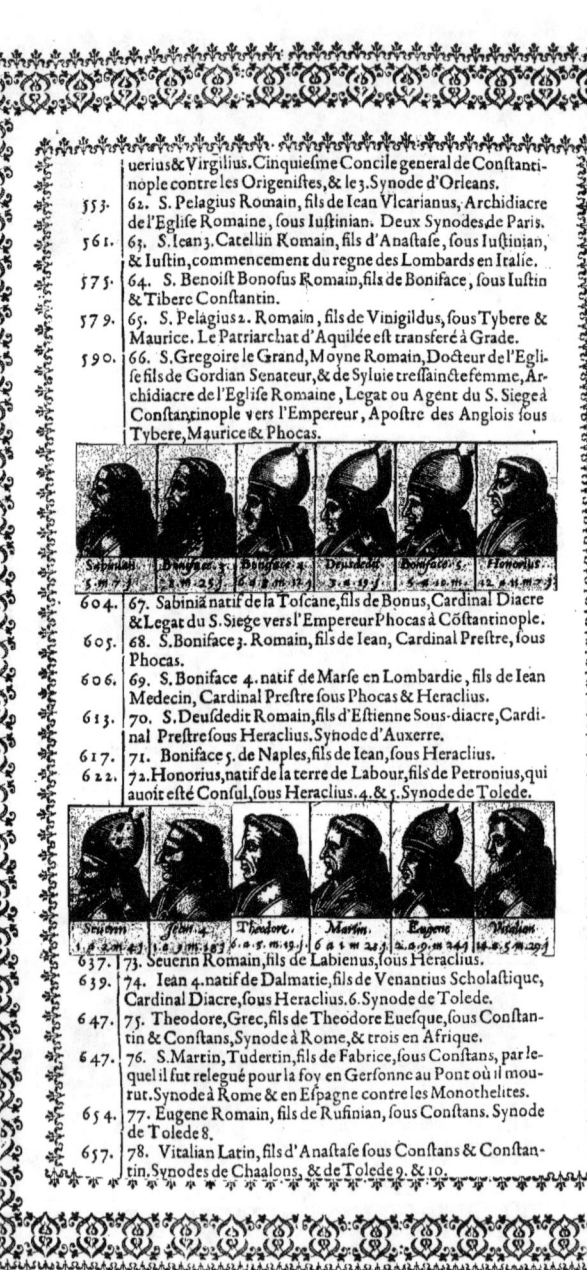

Sabinian   Boniface 3   Boniface 4   Deusdedit   Boniface 5   Honorius

604. 67. Sabinian natif de la Toscane, fils de Bonus, Cardinal Diacre
& Legat du S. Siege vers l'Empereur Phocas à Constantinople.

605. 68. S. Boniface 3. Romain, fils de Iean, Cardinal Prestre, sous
Phocas.

606. 69. S. Boniface 4. natif de Marse en Lombardie, fils de Iean
Medecin, Cardinal Prestre sous Phocas & Heraclius.

613. 70. S. Deusdedit Romain, fils d'Estienne Sous-diacre, Cardinal Prestre sous Heraclius. Synode d'Auxerre.

617. 71. Boniface 5. de Naples, fils de Iean, sous Heraclius.

622. 72. Honorius, natif de la terre de Labour, fils de Petronius, qui
auoit esté Consul, sous Heraclius. 4. & 5. Synode de Tolede.

Seuerin   Iean 4   Theodore   Martin   Eugene   Vitalien

637. 73. Seuerin Romain, fils de Labienus, sous Heraclius.

639. 74. Iean 4. natif de Dalmatie, fils de Venantius Scholastique,
Cardinal Diacre, sous Heraclius. 6. Synode de Tolede.

647. 75. Theodore, Grec, fils de Theodore Euesque, sous Constantin & Constans, Synode à Rome, & trois en Afrique.

647. 76. S. Martin, Tudertin, fils de Fabrice, sous Constans, par lequel il fut relegué pour la foy en Gersonne au Pont où il mourut. Synode à Rome & en Espagne contre les Monothelites.

654. 77. Eugene Romain, fils de Rufinian, sous Constans. Synode
de Tolede 8.

657. 78. Vitalian Latin, fils d'Anastase sous Constans & Constantin. Synodes de Chaalons, & de Tolede 9. & 10.

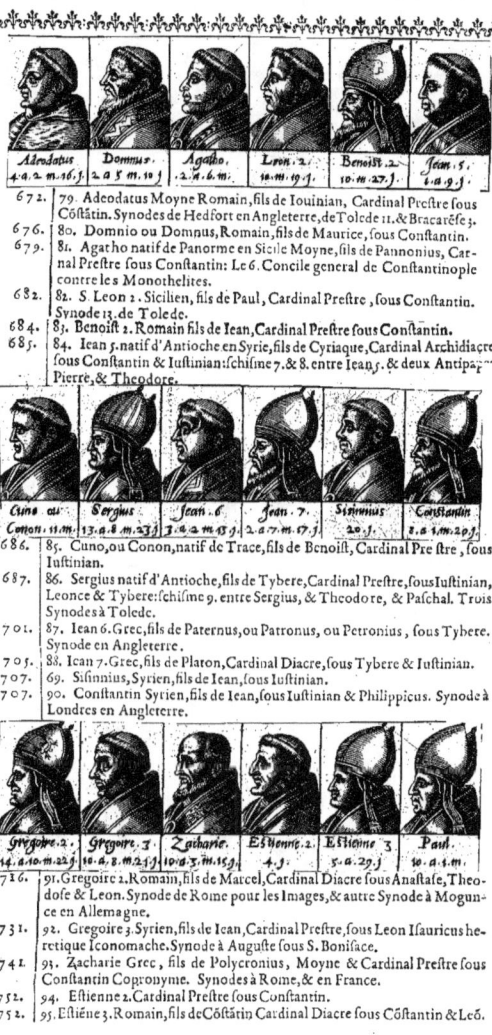

Adeodatus	Dommus	Agatho	Leon.2	Benoist.2	Iean.5
4.a.2.m.16.j.	2.a.5.m.10.j	.2.a.6.m.	10.m.19.j	10.m.27.j	1.a.9.j

672. | 79. Adeodatus Moyne Romain, fils de Iouinian, Cardinal Prestre sous Côstâtin. Synodes de Hedfort en Angleterre, de Tolede 11. & Bracarêse 3.
676. | 80. Domnio ou Domnus, Romain, fils de Maurice, sous Constantin.
679. | 81. Agatho natif de Panorme en Sicile Moyne, fils de Pannonius, Carnal Prestre sous Constantin: Le 6. Concile general de Constantinople contre les Monothelites.
682. | 82. S. Leon 2. Sicilien, fils de Paul, Cardinal Prestre, sous Constantin. Synode 13. de Tolede.
684. | 83. Benoist 2. Romain fils de Iean, Cardinal Prestre sous Constantin.
685. | 84. Iean 5. natif d'Antioche en Syrie, fils de Cyriaque, Cardinal Archidiacre sous Constantin & Iustinian: schisme 7. & 8. entre Iean. 5. & deux Antipapes Pierre, & Theodore.

Cuno ou Conon.	Sergius	Iean.6	Iean.7	Sisinnius	Constantin
11.m.	13.a.8.m.23.j	3.a.2.m.3.j	2.a.7.m.17.j	20.j	3.a.1.m.20.j

686. | 85. Cuno, ou Conon, natif de Trace, fils de Benoist, Cardinal Prestre, sous Iustinian.
687. | 86. Sergius natif d'Antioche, fils de Tybere, Cardinal Prestre, sous Iustinian, Leonce & Tybere: schisme 9. entre Sergius, & Theodore, & Paschal. Trois Synodes à Tolede.
701. | 87. Iean 6. Grec, fils de Paternus, ou Patronus, ou Petronius, sous Tybere. Synode en Angleterre.
705. | 88. Iean 7. Grec, fils de Platon, Cardinal Diacre, sous Tybere & Iustinian.
707. | 69. Sisinnius, Syrien, fils de Iean, sous Iustinian.
707. | 90. Constantin Syrien, fils de Iean, sous Iustinian & Philippicus. Synode à Londres en Angleterre.

Gregoire.2	Gregoire.3	Zacharie.	Estienne.2	Estienne.3	Paul.
14.a.10.m.22.j	10.a.8.m.23.j	10.a.3.m.16.j	4.j	5.a.29.j	10.a.1.m.

716. | 91. Gregoire 2. Romain, fils de Marcel, Cardinal Diacre sous Anastase, Theodose & Leon. Synode de Rome pour les Images, & autre Synode à Mogunce en Allemagne.
731. | 92. Gregoire 3. Syrien, fils de Iean, Cardinal Prestre, sous Leon Isauricus heretique Iconomache. Synode à Auguste sous S. Boniface.
741. | 93. Zacharie Grec, fils de Polycronius, Moyne & Cardinal Prestre sous Constantin Copronyme. Synodes à Rome, & en France.
752. | 94. Estienne 2. Cardinal Prestre sous Constantin.
752. | 95. Estiéne 3. Romain, fils de Côstâtin Cardinal Diacre sous Côstâtin & Leô.

757. 96. Paul Romain fils de Constantin, & frere d'Estiéne 3. Pape, Cardinal Diacre sous Constanrin & Leon: schisme 10. entre Paul & Theophylacte, Synode en Bauiere & en Allemagne.

Constantin. 2	Estienne. 4	Adrian.	Leon. 3	Estienne. 5	Paschal.
s. a. 4. m. 18. j.	3. a. 5. m. 27. j	23. a. 10. m. 17 j	20. a. 15. m. 18. j.	6. m. 23. j.	7. a. 3. m. 17. j.

767. 97. Constantin 2. fils du Duc Nepesin, estant Lay fut creé Pape de force: mais il fut depuis enfermé en vn Monastere, aptes qu'on luy eut creué les yeux: schisme 11. entre luy & Philippe.

768. 98. Estienne 4. Moyne Sicilien, fils d'Olibrius, Cardinal Prestre sous Constantin & Leon, Synode Romain pour donner ordre aux schismes aduenir, & vn Synode à Vvormes.

772. 99. Adrian Romain de tresnoble famille fils de Theodore, Cardinal Diacre, sous Leon 4. & Constantin son fils, le 7. Cocile general de Nicene contre les Iconomaches. Apres que Didier Roy fut pris, finit le regne des Lombards.

796. 100. Leô 3. Romain, fils d'Azzupius Cardinal Prestre sous Côstantin 8. Nicephore. Ce Leon crea Charles le Grand Roy de France, Empereur, vers lequel il estoit refugié.

816. 101. Estienne 5. Romain fils de Iule Marin, Prestre, Cardinal sous Loüys le Debonnaire Empereur.

817. 102. Paschal Romain, Moyne & Abbé, fils de Maximus Bonosus, Cardinal Prestre sous Louys & Lotaire.

Eugene. 2.	Valentin.	Gregoire. 4.	Sergius. 2.	Leon. 4.	Benoist. 3
3. a. 6. m. 23. j.	1. m. 10. j.	16. a.	3. a. 2. m. 13. j	8. a. 3. m. 6. j.	2. a. 8. m. 16. j.

824. 103. Eugene 2. Romain, fils de Boëmond, Cardinal Archiprestre, sous Loüys & Lothaire: schisme 12. entre Eugene & Zinzinus.

827. 104. Valentin Romain, fils de Leonce Cardinal Archidiacre, sous les mesmes Empereurs.

827. 105. Gregoire 4. Romain, fils de Iean Cardinal Prestre, sous Loüys & Lothaire. Deux Synodes en Allemagne.

844. 106. Sergius 2. Romain, fils de Sergius, Cardinal Archiprestre, sous Lothaire.

847. 107. Leon 4. Moyne Romain, fils de Rodolphe, Cardinal Prestre sous Lotaire, & Loüys le ieune, Synode de Mogunce sous Rabanus.

855. 108. Benoist 3. Romain fils de Pierre, Cardinal Prestre, sous Loüys le ieune: schisme 13. entre Benoist & Anastase.

Nicolas.	Adrian. 2.	Jean. 8.	Martin. 2.	Adrian. 3.	Estienne. 6.
9. a. 6. m. 20. j.	4. a. 11. m. 12. j	10. a. 2. j.	10. m. 11. m.	1. a. 3. m. 19. j.	6. a. 9. j.

858. 109. Nicolas le Grand, fils de Theodore, Cardinal Prestre sous Loüys.

859. 110. Adrian 2. Romain, fils de Talarus Euesque Cardinal Prestre, sous Loüys. Le 8. Concile general de Constantinople, contre Phocins.

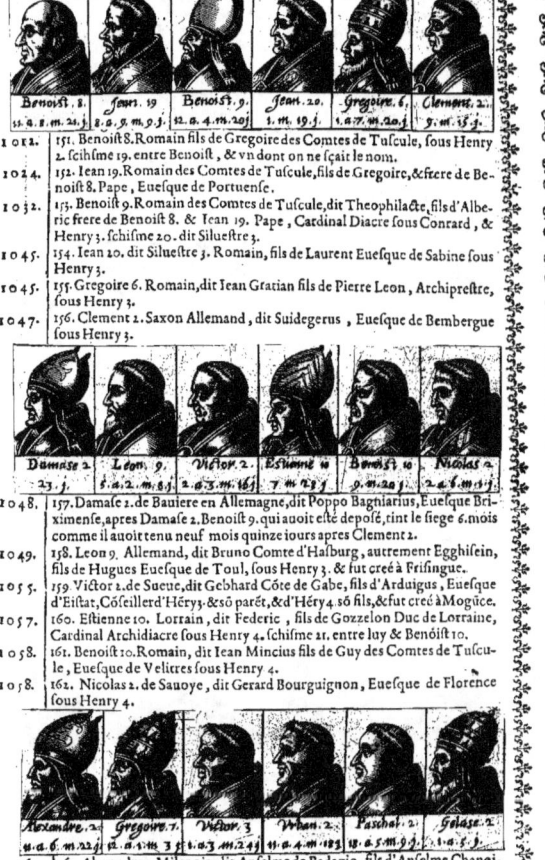

Benoiſt. 8.	Ieans. 19	Benoiſt. 9.	Iean. 20.	Gregoire. 6.	Clemens. 2.
ſi.a.8.m.21.j	ſ.a.9.m.9.j.	ſi.a.4.m.20.j	i. m. 19.j	ſ.a.7.m.20.j	5. m. 15.j.

1012. 151. Benoiſt 8. Romain fils de Gregoire des Comtes de Tuſcule, ſous Henry 2. ſcihſme 19. entre Benoiſt, & vn dont on ne ſçait le nom.

1024. 152. Iean 19. Romain des Comtes de Tuſcule, fils de Gregoire, & ſrere de Benoiſt 8. Pape , Eueſque de Portuenſe.

1032. 153. Benoiſt 9. Romain des Comtes de Tuſcule, dit Theophilacte, fils d'Alberic ſrere de Benoiſt 8. & Iean 19. Pape , Cardinal Diacre ſous Conrad , & Henry 3. ſchiſme 20. dit Siluestre 3.

1045. 154. Iean 20. dit Siluestre 3. Romain, fils de Laurent Eueſque de Sabine ſous Henry 3.

1045. 155. Gregoire 6. Romain, dit Iean Gratian fils de Pierre Leon, Archipreſtre, ſous Henry 3.

1047. 156. Clement 2. Saxon Allemand, dit Suidegerus , Eueſque de Bembergue ſous Henry 3.

Damaſe 2	Leon. 9.	Victor. 2.	Eſtienne 11	Benoiſt 10	Nicolas 2.
23.j.	ſ.a.2. m.8.j	2.a.3. m.16.j	7 m.23.j	9. m. 20.j	2.a.6.m.11.j

1048. 157. Damaſe 2. de Bauiere en Allemagne, dit Poppo Baghiarius, Eueſque Briximenſe, apres Damaſe 2. Benoiſt 9. qui auoit eſté depoſé, tint le ſiege 6. mois comme il auoit tenu neuf mois quinze iours apres Clement 2.

1049. 158. Leon 9. Allemand, dit Bruno Comte d'Haſburg, autrement Egghiſein, fils de Hugues Eueſque de Toul, ſous Henty 3. & fut creé à Friſingue.

1055. 159. Victor 2. de Sueue, dit Gebhard Côte de Gabe, fils d'Arduigus , Eueſque d'Eiſtat, Côſeillerd'Héry3. & ſõ parét, &d'Héry4. ſõ fils, & fut creé à Mogûce.

1057. 160. Eſtienne 10. Lorrain , dit Federic , fils de Gozzelon Duc de Lorraine, Cardinal Archidiacre ſous Henry 4. ſchiſme 21. entre luy & Benoiſt 10.

1058. 161. Benoiſt 10. Romain, dit Iean Mincius fils de Guy des Comtes de Tuſcule , Eueſque de Velitres ſous Henry 4.

1058. 162. Nicolas 2. de Sauoye , dit Gerard Bourguignon, Eueſque de Florence ſous Henry 4.

Alexandre. 2	Gregoire. 7.	Victor. 3	Vrban. 2.	Paſchal. 2.	Gelaſe. 2.
ſi.a.6.m.22.j	12.a.1.m.3.j	ſi.a.3. m.24.j	11.a.4.m.19.j	18.a.5.m.9.j	1.a.5.j.

1061. 163. Alexandre 2. Milanois, dit Anſelme de Badagio , fils d'Anſelme Chanoine regulier , Eueſque de Lucques en la Toſcane , ſous Henry 4. ſchiſme 22. entre luy & Honorius 2.

1073. 164. Gregoire 7. Toſcan de Soane, dit Hildebrand des Comtes de Pitilian, fils de Bonicius Prieur de Cluny, Abbé de S. Paul de Rome, Cardinal Archidiacre ſous Henry 4. ſchiſme 23. entre luy & Cleméts. qui fut Antipape du téps de Victor 3. Vrban 2. & Paſchal 2. & a ce ſchiſme continué long-temps.

1086. 165. Victor 3. de Beneuent , dit Didier du Prince de Beneuent , Moyne du

Mont Caffin Cardinal Diacre fous Henry 4.

1088. 166. Vrban 2. François, natif de Chaftillon Dioceſe de Rheims, dit Othon fils de Milon, Chanoine regulier de Latran , Moyne de Cluny, & Euefque d'Oſtie fous Henry 4.

1099. 167. Paſcal 2. Toſcan de Blede, dit Rainerius fils de Creſcéce, Moyne de Cluny, Abbé de S. Laurent & S. Eſtienne hors Rome Preſtre Cardinal fous Héry 4. & Héry 5. Albert Attellan, Theodoric Romain & Siluestre Antipapes fous Paſchal 2. qui fit deterrer & puis bruſler le corps de Clement 3. Antipape qui eſtoit inhumé à Rauenne.

1118. 168. Gelaſe 2. Caietan , dit Iean fils de Creſcence , Moyne du Mont Caſſin, Cardinal diacre fous Henry 5 ſchiſme 24. entre luy & Gregoire 8. Eſpagnol, dit Maurice Bourdin.

Calixte. 2.	Honorius 2	Innocent. 2.	Celeſtin. 2.	Lucius. 2.	Eugene. 3.
ſ. a. 10. m. 13. j	ſ. a. 2. m. 3. j.	13 a. 7. m. 8. j.	ſ. m. 15. j.	n. m. 14. j.	8. a. 4. m. 12. j.

1119. 169. Calixte 2. Bourguignon, dit Milon, autrement Guy, fils de Guillaume Comte de Bourgongne Archeueſque de Vienne fous Henry 5. Concile general de Latran contre les Antipapes, où aſſiſterent pres de mille Prelats.

1124. 170. Honorius 2. Bolonois , Lambert de Fagnano , Chanoine regulier de Latran, Cardinal Eueſque d'Oſtie fous Henry & Lotaire Saxons, Empereurs: ſchiſme 25 entre luy & Celeſtin 2.

1130. 171. Innocent 2. Romain, dit Gregoire fils de Iean Guidon, Chanoine regulier de Latran, le premier des Cardinaux Diacres , fous Lothaire de Saxe , & Conrard: ſchiſme 26. entre luy & deux Antipapes Anacletus 2. & Victor 4. Concile general de Latran 2. où aſſiſterent mille Eueſques ou enuiron.

1143. 172. Celeſtin 2. Toſcan, dit Guy de Caſtello, Cardinal Diacre, & depuis Cardinal Preſtre fous Conrard.

1144. 173. Lucius 2. Bolonois, dit Gerard Cecianimicus, fils d'Albert, Chanoine regulier, Cardinal Preſtre & Chancelier du ſiege Apoſtolique fous Conrard.

1145. 174. Eugene 3. de Piſe, dit Pierre Bernard, Moyne de Ciſteaux, diſciple de S. Bernard, Abbé de S. Vincent & S. Anaſtaſe à Rome, fous Conrard & Federic Barberouſſe Empereurs.

Anaſtaſe. 4	Adrian. 4.	Alexandre 3	Lucius. 3.	Vrban 3	Gregoire 8
ſ. a. 4. m. 24. j	4. a. 8. m. 28. j	21. a. n. m. 23. j	4 a. 2. m. 28. j.	1. a. 10. m. 25. j	1 m. 27. j.

1153. 175. Anaſtaſe 4. Romain, dit Conrard de Subura, fils de Benoît, Chanoine regulier , Abbé & Cardinal , Eueſque de Sabine fous Federic Barberouſſe.

1154. 176. Adrian 4. Anglois dit Nicolas Brekſpeare, fils de Robert Moyne, Chanoine regulier & Abbé, Cardinal Eueſque d'Albe fous Barberouſſe.

1159. 177. Alexandre 3. natif de Sienne en la Toſcane , dit Roland Bondinelli, fils de Ranutius, Cardinal Diacre , & depuis Cardinal Preſtre, & Chancelier de l'Egliſe Romaine fous Barberouſſe. Concile general de Latran 3. ſchiſme 27. tres-grand, durant lequel, contre Alexandre furent creez Victor 4. puis Paſchal 3. Calixte 3. & Innocent 3. qui par contrainte renonça au Papat.

1181. 178. Lucius 3. Toſcan de Lucques, dit Vbaldus Ailucingolus, fils de Bonagiũta, Cardinal Preſtre & puis Eueſque d'Oſtie & de Velitres, fous Barberouſſe.

1185. 179. Vrban 3. Milanois, dit Lambert Cribel fils de Iean , Cardinal Preſtre, & Archeueſque de Milan fous Barberouſſe.

1187. 180. Gregoire 8. de Beneuĕt, dit Albert Spanachiõ, autremēt de More, Cardinal Diacre, puis Cardinal Preſtre, & Chancelier du S. Siege, fous Barberouſſe.

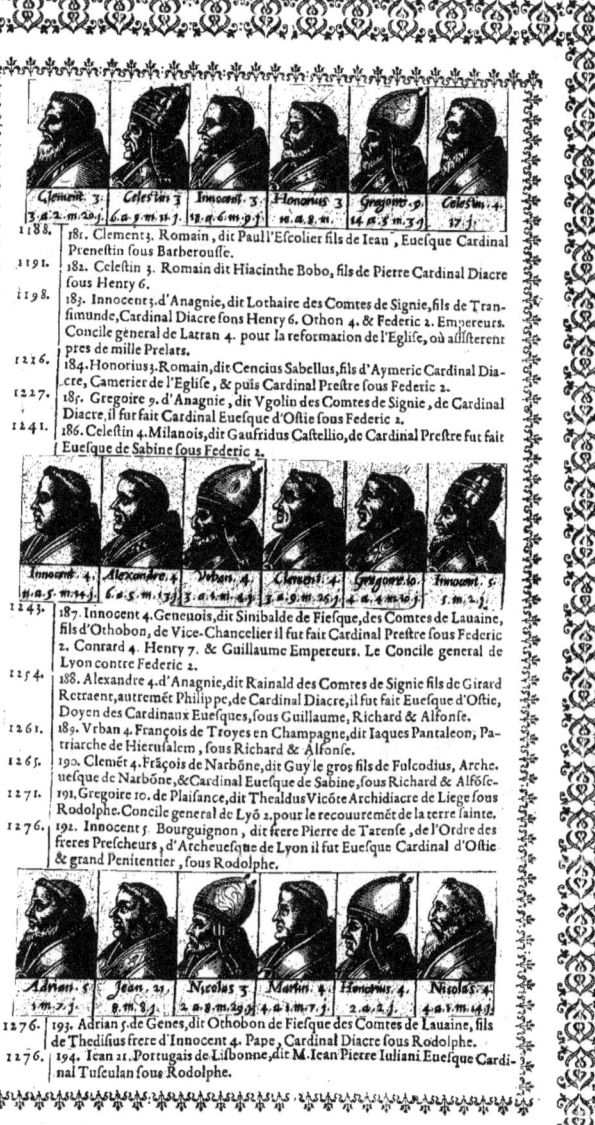

Clement 3.	Celestin 3.	Innocent 3.	Honorius 3	Gregoire 9.	Celestin 4.
a.a.z.m.20.j.	6.a.9.m.11.j.	18.a.6.m.9.j.	10.a.8.m.	14.a.5.m.39	17.j.

1188. | 181. Clement 3. Romain, dit Paul l'Escolier fils de Iean, Euesque Cardinal Prenestin sous Barberousse.
1191. | 182. Celestin 3. Romain dit Hiacinthe Bobo, fils de Pierre Cardinal Diacre sous Henry 6.
1198. | 183. Innocent 3. d'Anagnie, dit Lothaire des Comtes de Signie, fils de Transimunde, Cardinal Diacre sons Henry 6. Othon 4. & Federic 2. Empereurs. Concile general de Latran 4. pour la reformation de l'Eglise, où assisterent pres de mille Prelats.
1216. | 184. Honorius 3. Romain, dit Cencius Sabellus, fils d'Aymeric Cardinal Diacre, Camerier de l'Eglise, & puis Cardinal Prestre sous Federic 2.
1227. | 185. Gregoire 9. d'Anagnie, dit Vgolin des Comtes de Signie, de Cardinal Diacre, il fut fait Cardinal Euesque d'Ostie sous Federic 2.
1241. | 186. Celestin 4. Milanois, dit Gaufridus Castellio, de Cardinal Prestre fut fait Euesque de Sabine sous Federic 2.

Innocent 4.	Alexandre. 4	Vrban. 4.	Clement 4.	Gregoire. 10.	Innocent. 5.
11.a.5. m.14.j	6.a.5.m. 13.j	3.a.1.m. 4.j	3.a.9.m. 26.j	4.a.4.m.2.j	5.m.2.j.

1243. | 187. Innocent 4. Geneuois, dit Sinibalde de Fiesque, des Comtes de Lauaine, fils d'Othobon, de Vice-Chancelier il fut fait Cardinal Prestre sous Federic 2. Conrard 4. Henry 7. & Guillaume Empereurs. Le Concile general de Lyon contre Federic 2.
1254. | 188. Alexandre 4. d'Anagnie, dit Rainald des Comtes de Signie fils de Girard Retraent, autremét Philippe, de Cardinal Diacre, il fut fait Euesque d'Ostie, Doyen des Cardinaux Euesques, sous Guillaume, Richard & Alfonse.
1261. | 189. Vrban 4. François de Troyes en Champagne, dit Iaques Pantaleon, Patriarche de Hierusalem, sous Richard & Alfonse.
1265. | 190. Clemét 4. Fráçois de Narbône, dit Guy le gros fils de Fulcodius, Archeuesque de Narbône, & Cardinal Euesque de Sabine, sous Richard & Alfóse.
1271. | 191. Gregoire 10. de Plaisance, dit Thealdus Vicôte Archidiacre de Liege sous Rodolphe. Concile general de Lyõ 2. pour le recouuremét de la terre sainte.
1276. | 192. Innocent 5. Bourguignon, dit frere Pierre de Tarense, de l'Ordre des freres Prescheurs, d'Archeuesque de Lyon il fut Euesque Cardinal d'Ostie & grand Penitentier, sous Rodolphe.

Adrian. 5	Jean. 21	Nicolas 3	Martin. 4	Honorius. 4.	Nicolas. 4.
1.m.9.j	8.m.8.j	2.a.8.m.29.j	4.a.1.m.7.j	2.a.2.j	4.a.1.m.14.j

1276. | 193. Adrian 5. de Genes, dit Othobon de Fiesque des Comtes de Lauaine, fils de Thedisius frere d'Innocent 4. Pape, Cardinal Diacre sous Rodolphe.
1276. | 194. Iean 21. Portugais de Lisbonne, dit M. Iean Pierre Iuliani Euesque Cardinal Tusculan sous Rodolphe.

1277. 195. Nicolas 3. Romain, dit Iean Cajetan des Vrſins, Cardinal Diacre ſoubs Rodolphe.

1281. 196. Martin 4. François Tourangeau, dit Simon de Brie, Cardinal Preſtre ſous Rodolphe.

1285. 197. Honorius 4. Romain, dit Iacques Sabelle, fils de Luc, premier Cardinal Diacre ſous Rodolphe.

1288. 198. Nicolas 4. natif d'Aſcule, dit frere Hieroſme, de Miniſtre General des freres Mineurs, il fut Cardinal Preſtre, depuis Eueſque Preneſtin, ſous Rodolphe & Adolphe.

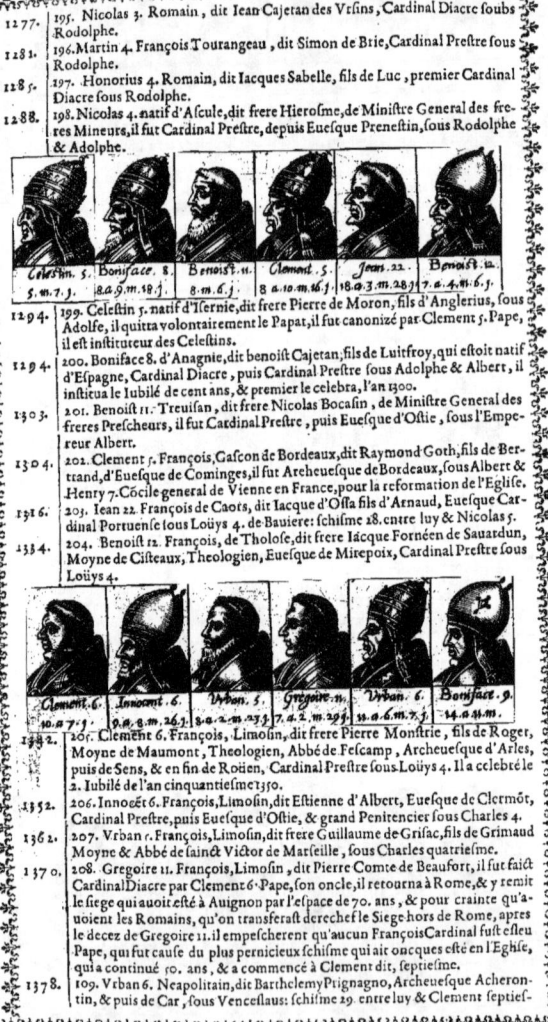

Celeſtin. 5.	Boniface. 8.	Benoiſt. 11.	Clement. 5.	Iean. 22.	Benoiſt. 12.
5. m. 7. j.	8. a. 9. m. 18. j.	8. m. 6. j.	8. a. 10. m. 16. j.	18. a. 3. m. 28. j.	7. a. 4. m. 6. j.

1294. 199. Celeſtin 5. natif d'Iſernie, dit frere Pierre de Moron, fils d'Anglerius, ſous Adolfe, il quitta volontairement le Papat, il fut canonizé par Clement 5. Pape, il eſt inſtituteur des Celeſtins.

1294. 200. Boniface 8. d'Anagnie, dit benoiſt Cajetan, fils de Luitfroy, qui eſtoit natif d'Eſpagne, Cardinal Diacre, puis Cardinal Preſtre ſous Adolphe & Albert, il inſtitua le Iubilé de cent ans, & premier le celebra, l'an 1300.

1303. 201. Benoiſt 11. Treuiſan, dit frere Nicolas Bocaſin, de Miniſtre General des freres Preſcheurs, il fut Cardinal Preſtre, puis Eueſque d'Oſtie, ſous l'Empereur Albert.

1304. 202. Clement 5. François, Gaſcon de Bordeaux, dit Raymond Goth, fils de Bertrand, d'Eueſque de Cominges, il fut Archeueſque de Bordeaux, ſous Albert & Henry 7. Côcile general de Vienne en France, pour la reformation de l'Egliſe.

1316. 203. Iean 22. François de Caots, dit Iacque d'Oſſa fils d'Arnaud, Eueſque Cardinal Portuenſe ſous Loüys 4. de Bauiere: ſchiſme 18. entre luy & Nicolas 5.

1334. 204. Benoiſt 12. François, de Tholoſe, dit frere Iacque Fornéen de Sauardun, Moyne de Ciſteaux, Theologien, Eueſque de Mirepoix, Cardinal Preſtre ſous Loüys 4.

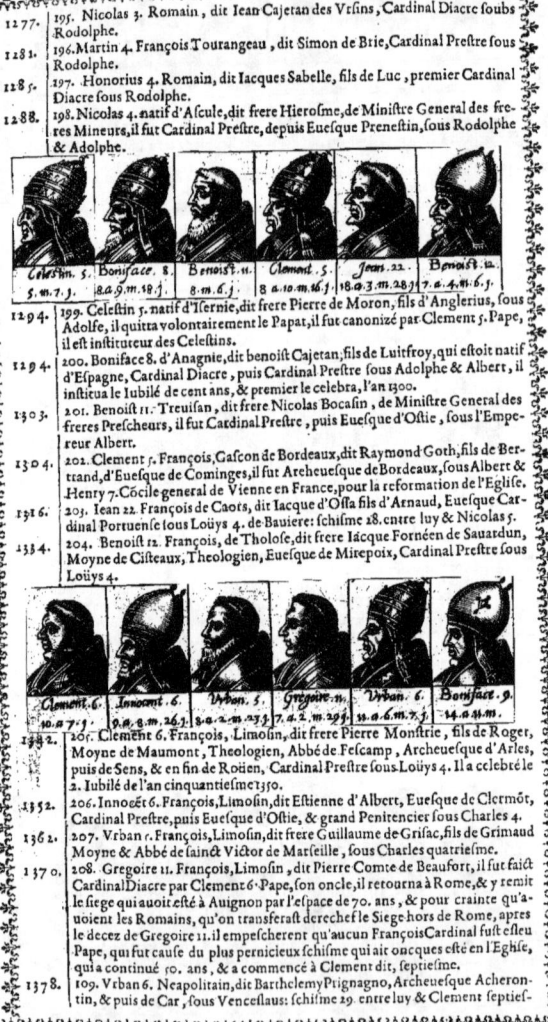

Clement. 6.	Innocent. 6.	Vrban. 5.	Gregoire. 11.	Vrban. 6.	Boniface. 9.
10. a. 7. j.	9. a. 8. m. 26. j.	8. a. 1. m. 23. j.	7. a. 2. m. 29. j.	11. a. 6. m. 7. j.	14. a. 9. m.

1342. 205. Clement 6. François, Limoſin, dit frere Pierre Monſtrie, fils de Roger, Moyne de Maumont, Theologien, Abbé de Feſcamp, Archeueſque d'Arles, puis de Sens, & en fin de Roüen, Cardinal Preſtre ſous Loüys 4. Il a celebré le 2. Iubilé de l'an cinquantieſme 1350.

1352. 206. Innocent 6. François, Limoſin, dit Eſtienne d'Albert, Eueſque de Clermôt, Cardinal Preſtre, puis Eueſque d'Oſtie, & grand Penitencier ſous Charles 4.

1362. 207. Vrban 5. François, Limoſin, dit frere Guillaume de Griſac, fils de Grimaud Moyne & Abbé de ſainct Victor de Marſeille, ſous Charles quatrieſme.

1370. 208. Gregoire 11. François, Limoſin, dit Pierre Comte de Beaufort, il fut faict Cardinal Diacre par Clement 6. Pape, (ſon oncle, il retourna à Rome, & y remit le ſiege qui auoit eſté à Auignon par l'eſpace de 70. ans, & pour crainte qu'auoient les Romains, qu'on transfereſt derechef le Siege hors de Rome, apres le decez de Gregoire 11. il empeſcherent qu'aucun François Cardinal fuſt eſleu Pape, qui fut cauſe du plus pernicieux ſchiſme qui ait oncques eſté en l'Egliſe, qui a continué 50. ans, & a commencé à Clement dit, ſeptieſme.

1378. 209. Vrban 6. Neapolitain, dit Barthelemy Prignagno, Archeueſque Acherontin, & puis de Car, ſous Venceſlaus: ſchiſme 19. entre luy & Clement ſeptieſme, qui eſtant François de Geneue, nommé Robert, des Comtes de Geneue, Eueſque de Cambray. Vrban 6. inſtitua le Iubilé de 36. ans.

1386.　210. Boniface 9. Neapolitain, dit Pierre ou Perin Tomacelli, de Cardinal Diacre, fut Cardinal Preſtre ſous Venceſlaus & Robert Empereurs, il celebra l'an 1390. le 3. Iubilé inſtitué par ſon predeceſſeur, & en l'an 1400. le 4. Iubilé à la mode ancienne. De ſon temps eſtoient à Auignon Clement dit 7. & Benoiſt 13.

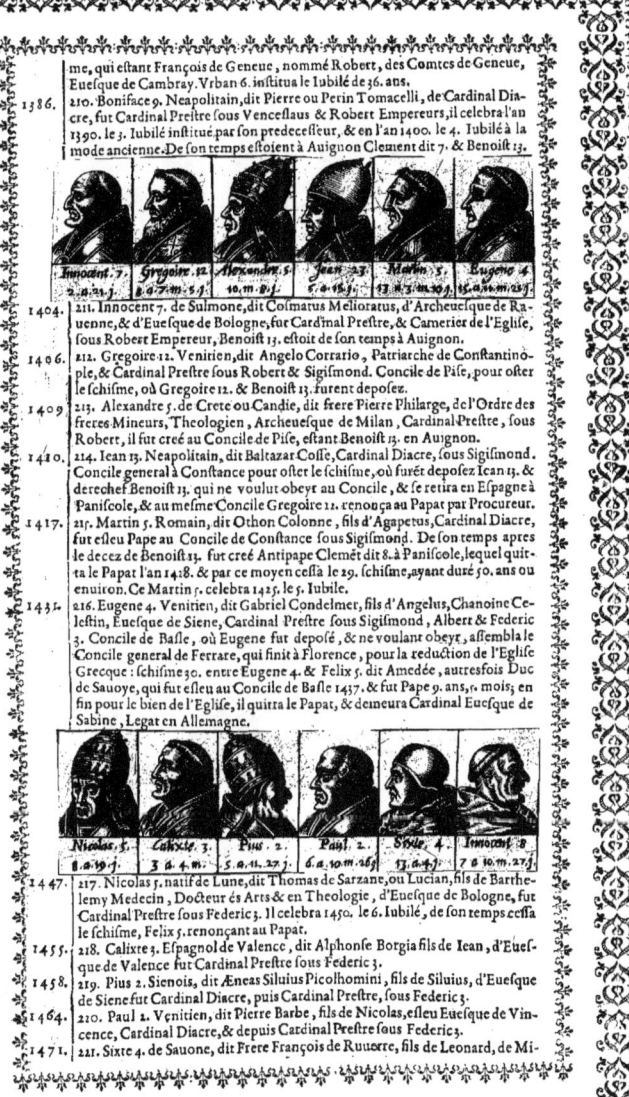

Innocent. 7.	Gregoire. 12.	Alexandre. 5.	Iean. 23.	Martin. 5.	Eugene. 4.
2. a. 21. j.	2. a. 7. m. 5. j.	10. m. 9. j.	5. a. 13. j.	13. a. 3. m. 30. j.	15. a. 11. m. 27. j.

1404.　211. Innocent 7. de Sulmone, dit Coſmatus Melioratus, d'Archeueſque de Rauenne, & d'Eueſque de Bologne, fut Cardinal Preſtre, & Camerier de l'Egliſe, ſous Robert Empereur, Benoiſt 13. eſtoit de ſon temps à Auignon.

1406.　212. Gregoire 12. Venitien, dit Angelo Corrario, Patriarche de Conſtantinople, & Cardinal Preſtre ſous Robert & Sigiſmond. Concile de Piſe, pour oſter le ſchiſme, où Gregoire 12. & Benoiſt 13. furent depoſez.

1409.　213. Alexandre 5. de Crete ou Candie, dit ſrere Pierre Philarge, de l'Ordre des freres Mineurs, Theologien, Archeueſque de Milan, Cardinal Preſtre, ſous Robert, il fut creé au Concile de Piſe, eſtant Benoiſt 13. en Auignon.

1410.　214. Iean 13. Neapolitain, dit Baltazar Coſſe, Cardinal Diacre, ſous Sigiſmond. Concile general à Conſtance pour oſter le ſchiſme, où furét depoſez Iean 13. & derechef Benoiſt 13. qui ne voulut obeyr au Concile, & ſe retira en Eſpagne à Paniſcole, & au meſme Concile Gregoire 12. renonça au Papat par Procureur.

1417.　215. Martin 5. Romain, dit Othon Colonne, fils d'Agapetus, Cardinal Diacre, fut eſleu Pape au Concile de Conſtance ſous Sigiſmond. De ſon temps apres le decez de Benoiſt 13. fut creé Antipape Clemét dit 8. à Paniſcole, lequel quitta le Papat l'an 1418. & par ce moyen ceſſa le 29. ſchiſme, ayant duré 50. ans ou enuiron. Ce Martin 5. celebra 1425. le 5. Iubile.

1431.　216. Eugene 4. Venitien, dit Gabriel Condelmer, fils d'Angelus, Chanoine Celeſtin, Eueſque de Siene, Cardinal Preſtre ſous Sigiſmond, Albert & Federic 3. Concile de Baſle, où Eugene fut depoſé, & ne voulant obeyr, aſſembla le Concile general de Ferrare, qui finit à Florence, pour la reduction de l'Egliſe Grecque : ſchiſme 30. entre Eugene 4. & Felix 5. dit Amedée, autresfois Duc de Sauoye, qui fut eſleu au Concile de Baſle 1437. & fut Pape 9. ans, 5. mois; en fin pour le bien de l'Egliſe, il quitta le Papat, & demeura Cardinal Eueſque de Sabine, Legat en Allemagne.

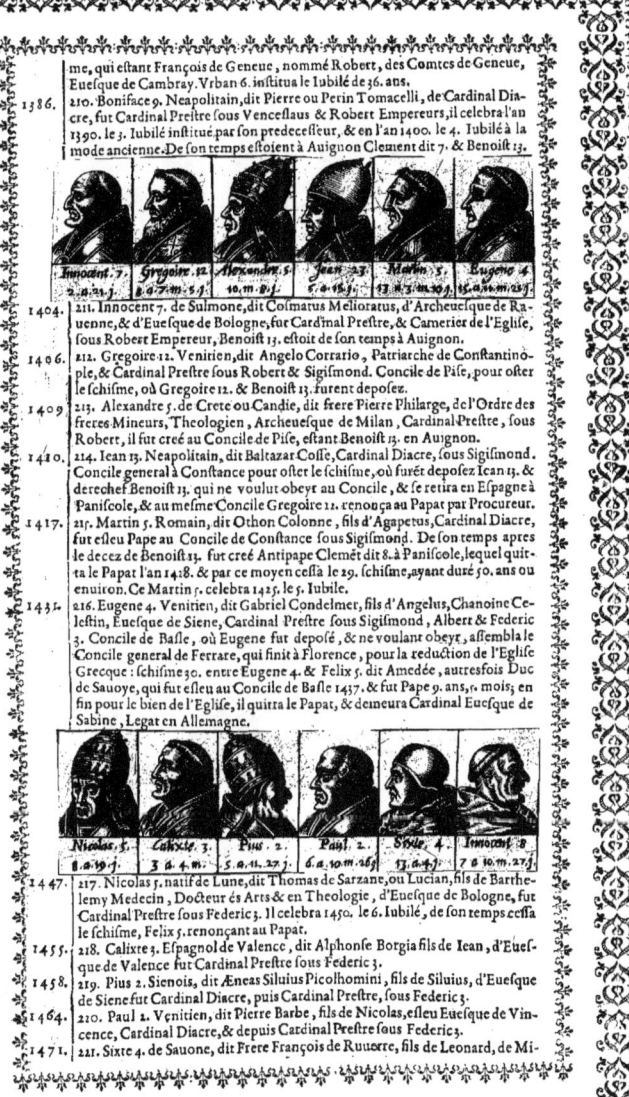

Nicolas. 5.	Calixte. 3.	Pius. 2.	Paul. 2.	Sixte. 4.	Innocent. 8.
8. a. 19. j.	3. a. 4. m.	5. a. 11. 27. j.	6. a. 10. m. 26. j.	13. a. 5. j.	7. a. 10. m. 27. j.

1447.　217. Nicolas 5. natif de Lune, dit Thomas de Sarzane, ou Lucian, fils de Barthelemy Medecin, Docteur és Arts & en Theologie, d'Eueſque de Bologne, fut Cardinal Preſtre ſous Federic 3. Il celebra 1450. le 6. Iubilé, de ſon temps ceſſa le ſchiſme, Felix 5. renonçant au Papat.

1455.　218. Calixte 3. Eſpagnol de Valence, dit Alphonſe Borgia fils de Iean, d'Eueſque de Valence fut Cardinal Preſtre ſous Federic 3.

1458.　219. Pius 2. Sienois, dit Æneas Siluius Picolhomini, fils de Siluius, d'Eueſque de Siene fut Cardinal Diacre, puis Cardinal Preſtre, ſous Federic 3.

1464.　220. Paul 2. Venitien, dit Pierre Barbe, fils de Nicolas, eſleu Eueſque de Vincence, Cardinal Diacre, & depuis Cardinal Preſtre ſous Federic 3.

1471.　221. Sixte 4. de Sauone, dit Frere François de Ruuorre, fils de Leonard, de Mi-

niftre general des freres Mineurs , fut Cardinal Preftre fous Federic 3. il celebra le 7. Iubilé l'an 1475.

1484. 212. Innocent 8. Geneuois, dit Iean Baptifte Cibo, fils d'Aaron, d'Euefque de
Melfes, il fut Dataire & Cardinal fous Federic 3.

Alexandre 6	Pius. 3.	Iule. 2.	Leon. 10.	Adrian 6	Clement. 7.
11. a. 8. j.	20. j.	9. a. 3. m. 21. j.	8. a. 8. m. 20. j.	1. a. 8 m 6 j	10. a. 10 m 7 j

1492. 213. Alexandre 6. Efpagnol de Valence , dit Roderic Borgia, fils de Geofroy
Euefque de Valence, Cardinal Diacre, depuis Preftre, & en fin Euefque d'Al-
be , Vice-Chancelier , & Doyen de l'Eglife fous Maximilian. Il celebra le 8.
Iubilé l'an 1500.

1503. 214. Pius 3. Sienois, dit François Todefcin Picolhomini fils de la fœur de Pius
2. Pape mariée auec Nannes, il fut Archeuefque de Sienne , & Cardinal Diacre fous Maximilian.

1503. 215. Iule 2. de Sauone, dit Iulian de Ruuere fils de Raphaël , frere de Sixte 4.
Pape, de Cardinal Preftre il fut Euefque d'Albe , depuis Euefque d'Oftie , &
grand Penitentier, fous Maximilian , le Concile general de Latran.

1513. 216. Leon 10. Florentin , dit Iean de Medici fils de Laurent, Cardinal Diacre
fous Maximilian & Charles 5.

1522. 217. Adrian 6. natif d'Vtrech en la Gaule Belgique, fils de Florent, d'Euefque
d'Ertufe fut Cardinal Preftre, fous Charles 5. duquel il auoit efté Precepteur.

1523. 218. Clement 7. Florentin , dit frere Iule de Medici , fils de Iulian , Cheualier
de Hierufalem , neueu de Leon 10. Pape, efleu Archeuefque de Florence.
Cardinal Diacre , & depuis Preftre , & Chancelier de l'Eglife fous Charles 5.
Il celebra le 9. Iubilé l'an 1525.

Paul. 3.	Iule. 3.	Marcel. 2.	Paul. 4.	Pius. 4.	Pius. 5.
15. a. 2. 8 j	5. a. 1. m. 26 j	21. j.	4. a. 2. m. 27. j	5. a. 11. m. 15 j	6. a. 3. m. 23. j

1534. 219. Paul 3. Romain, dit Alexandre Farnefe , fils de Pierre Louys , Cardinal
Diacre, depuis Euefque Cardinal Tufculan , Preneftin, Sabin, Portuenfe, &
Doyen des Cardinaux fous Charles 5. & Ferdinand. Le Concile general de
Trente commence 1545.

1550. 230. Iule 3. Aretin , dit Iean Marie de Monte, fils de Vincent, Archeuefque
Sipontain, Cardinal Preftre, & puis Euefque Preneftin , fous Charles & Ferdinand. Il celebra le 10. Iubilé l'an 1550.

1555. 231. Marcel 2. Tofcan , dit Marcel Ceruin , fils de Richard , d'Euefque de
Neuf chaftel, il fut Cardinal Preftre fous Charles 5. & Ferdinand.

1555. 232. Paul 4. Neapolitain , dit Iean Pierre Caraffe , fils de Iean Alfonfe Comte
de Matalune, d'Archeuefque de Naple il fut Cardinal Preftre, puis d'Albe, Sabin, Tufculan & d'Oftie, & Doyé des Cardinaux fous Charles 5. & Ferdinand.

1559. 233. Pius 4. Milanois, dit Iean Ange de Medici , fils de Bernardin , Cardinal
Preftre, fous Ferdinand & Maximilian 2. De fon temps le Concile de Trente
fut paracheué 1563.

1566. 234. Pius 5. Alexandrin Lombard, de l'Ordre des freres Prefcheurs, dit frere
Michel Gilller, d'Euefque Suttin & Nepefin, il fut Cardinal Preftre, grand
Inquifiteur, & Euefque de Montreal fous Maximilian 2.

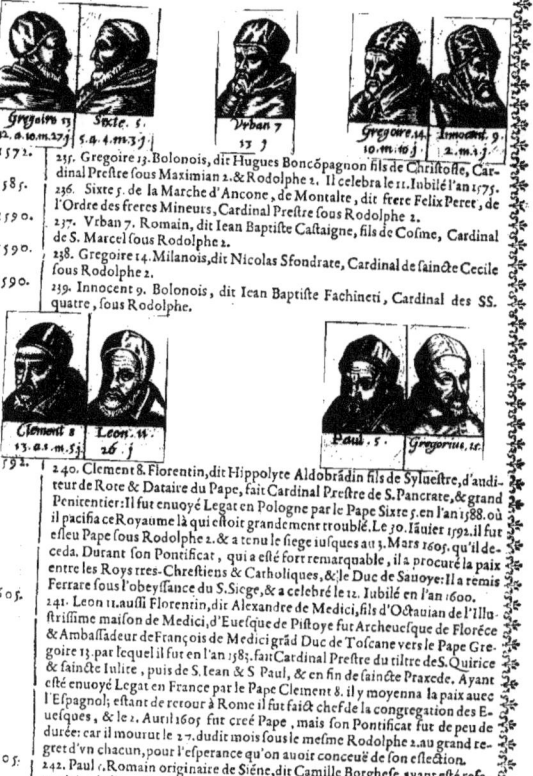

Gregoire 13. | Sixte. 5. | Vrban 7 | Gregoire.14. | Innocent. 9
12. 8. 10. m. 27 j | 5. 4. 4. m. 3 j | 13 j | 10. m. 10 j | 2. m. 1 j

1572. | 235. Gregoire 13. Bolonois, dit Hugues Boncōpagnon fils de Christofle, Cardinal Prestre fous Maximian 2. & Rodolphe 2. Il celebra le 11. Iubilé l'an 1575.
1585. | 236. Sixte 5. de la Marche d'Ancone, de Montalte, dit frere Felix Peret, de l'Ordre des freres Mineurs, Cardinal Prestre fous Rodolphe 2.
1590. | 237. Vrban 7. Romain, dit Iean Baptiste Castaigne, fils de Cosme, Cardinal de S. Marcel fous Rodolphe 2.
1590. | 238. Gregoire 14. Milanois, dit Nicolas Sfondrate, Cardinal de faincte Cecile fous Rodolphe 2.
1590. | 239. Innocent 9. Bolonois, dit Iean Baptiste Fachineti, Cardinal des SS. quatre, fous Rodolphe.

Clement 8 | Leon. 11 | Paul. 5. | Gregorius, 15.
13. 8. 5. m. 5 j | 26 j

1592. | 240. Clement 8. Florentin, dit Hippolyte Aldobrādin fils de Syluestre, d'auditeur de Rote & Dataire du Pape, fait Cardinal Prestre de S. Pancrate, & grand Penitentier: Il fut enuoyé Legat en Pologne par le Pape Sixte 5. en l'an 1588. où il pacifia ce Royaume là qui estoit grandement troublé. Le 30. Ianuier 1592. il fut esleu Pape fous Rodolphe 2. & a tenu le siege iusques au 3. Mars 1605. qu'il deceda. Durant son Pontificat, qui a esté fort remarquable, il a procuré la paix entre les Roys tres-Chrestiens & Catholiques, & le Duc de Sauoye: Il a remis Ferrare fous l'obeïssance du S. Siege, & a celebré le 12. Iubilé en l'an 1600.
1605. | 241. Leon 11. aussi Florentin, dit Alexandre de Medici, fils d'Octauian de l'Illustrissime maison de Medici, d'Euesque de Pistoye fut Archeuesque de Floréce & Ambassadeur de François de Medici grād Duc de Toscane vers le Pape Gregoire 13. par lequel il fut en l'an 1583. fait Cardinal Prestre du tiltre de S. Quirice & saincte Iulite, puis de S. Iean & S Paul, & en fin de saincte Praxede. Ayant esté enuoyé Legat en France par le Pape Clement 8. il y moyenna la paix auec l'Espagnol; estant de retour à Rome il fut faict chef de la congregation des Euesques, & le 2. Auril 1605 fut creé Pape, mais son Pontificat fut de peu de durée: car il mourut le 27. dudit mois fous le mesme Rodolphe 2. au grand regret d'vn chacun, pour l'esperance qu'on auoit conceuë de son eslection.
1605. | 242. Paul 5. Romain originaire de Siéne, dit Camille Borghese, ayant esté referendaire de l'vne & de l'autre signature, Vicaire de l'Eglise Patriarchale de saincte Marie Majour, Vice-legat à Bologne, auditeur general de la Chambre Apostolique, & Nonce du S. Siege en Espagne, il fut faict Cardinal Prestre de S. Eusebe, en l'an 1596. par le Pape Clement 8. & depuis Euesque d'Esino en la Marche d'Ancone, lequel pour sa vie irreprehensible, sa doctrine singuliere, & ses autres vertus, auoit merité le surnom de bon Cardinal. Apres le deceds du Pape Leō 11. il fut esleu en son lieu le 16. May 1605. Le siege ayant vacqué seulement vingt iours. Dieu le vueille longuement conseruer à son honneur & gloire pour le bien de son Eglise, afin qu'il maintienne en paix les Princes Chrestiens, & luy face la grace de tellement gouuerner son trouppeau, qu'à la fin de ses iours il paruienne auec luy à la vie eternelle.

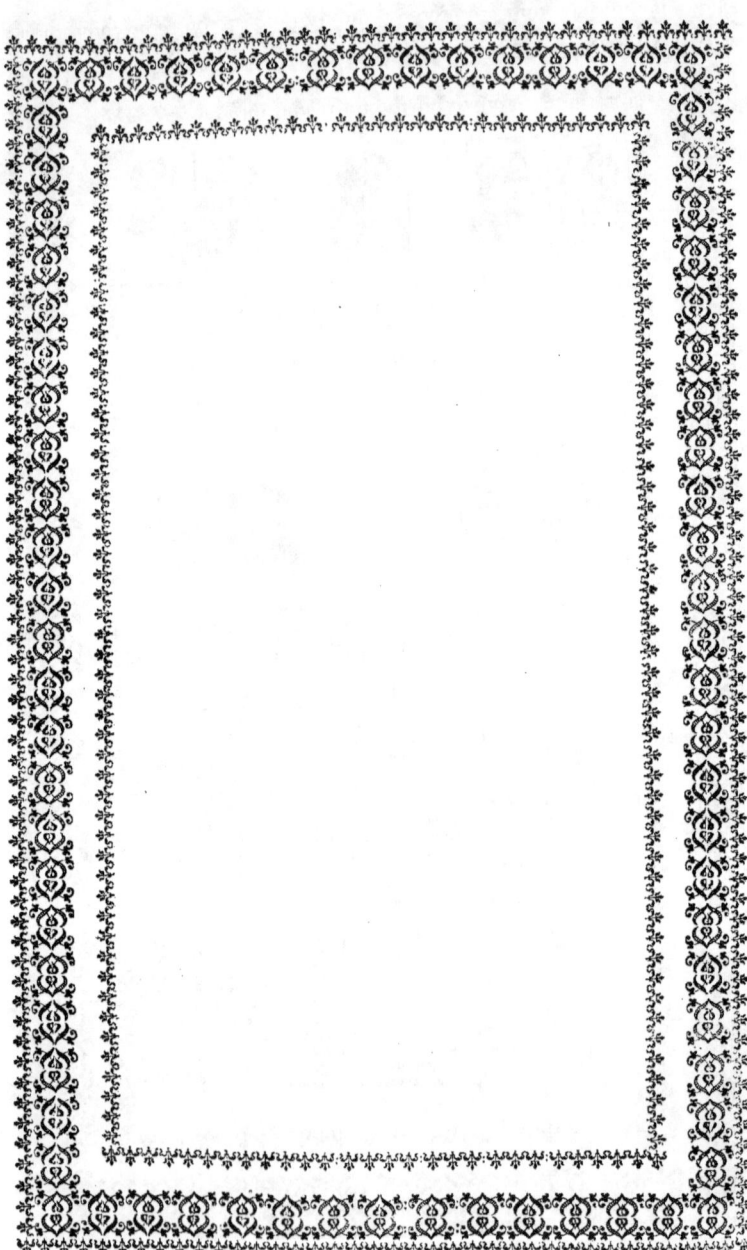

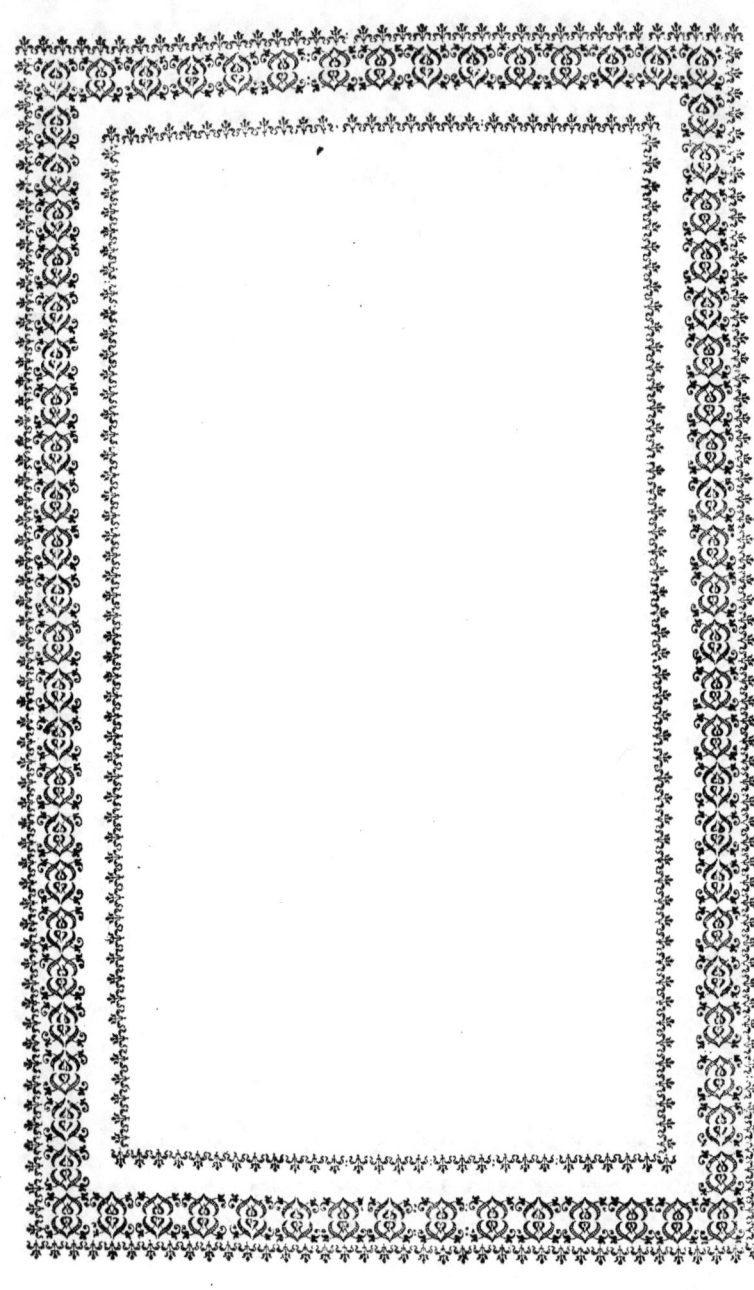

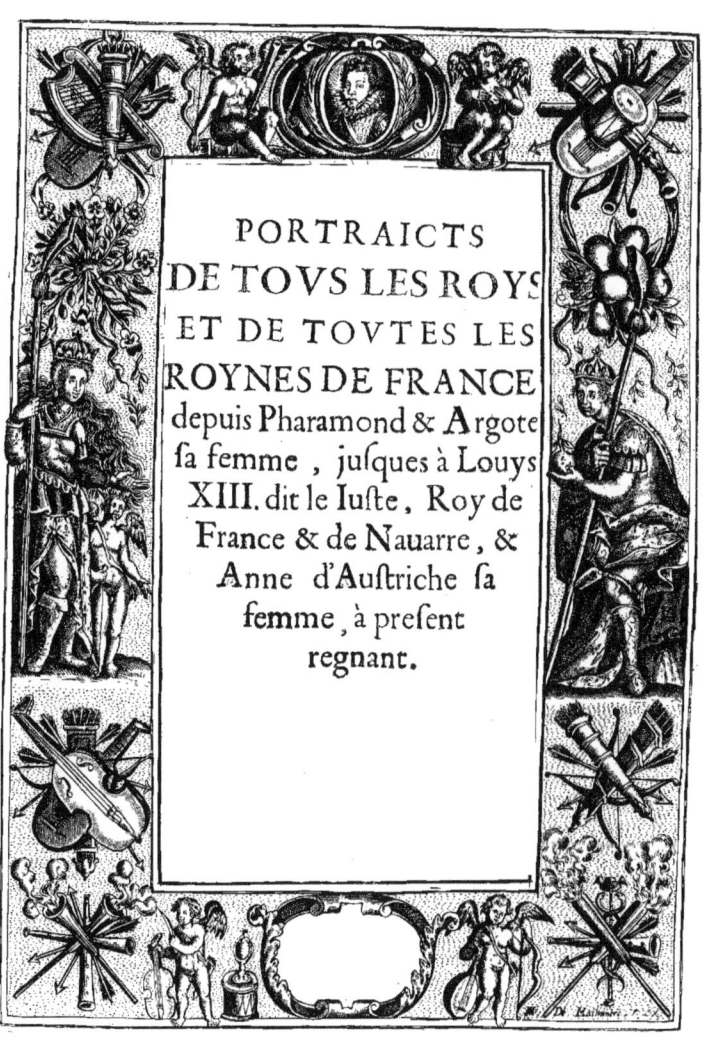

PORTRAICTS
DE TOVS LES ROYS
ET DE TOVTES LES
ROYNES DE FRANCE
depuis Pharamond & Argote
fa femme , jufques à Louys
XIII. dit le Iufte , Roy de
France & de Nauarre , &
Anne d'Auftriche fa
femme , à prefent
regnant.

ABBREGE'
CHRONOLOGIQVE
DES FAICTS ET GESTES DES
ROYS ETROYNES DE France, depuis
Pharamond premier

Roy, iusques à LOVYS XIII. Roy de France
& de Nauarre, à present regnant.

Le tout succinctement recueilly selon la verité des Annales
& Histoires de France, & autres.

PREMIERE RACE.

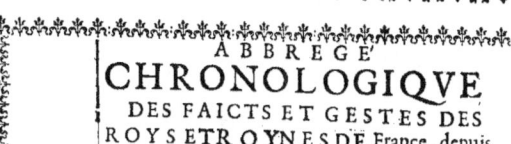

LA Monarchie Françoise fit ses premiers fonde-
ments des demolitions de l'Empire Romain,
tandis qu'Honorius & Arcadius freres, & fils
de Theodose le Grand le desmembroient &
assailloient de toutes parts, par les armées de diuerses nations qu'ils auoient leuées pour les ruïner.

I. PHARAMOND Regna ij.
420. ans. oit sur le Mont En-Rombrys

ARGOTTE ou Ember-
I. Femme de Pharamond. Roy
& France

PHARAMOND fils de Marcomir print l'occasion aux
cheueux, & le temps à propos, car apres auoir esté esleu
premier Roy des François à Virtzbourg en Germanie, il
enuoya vne partie de son armée à ceux de Treues, qui se
saisit de leur ville, & de là s'espandit par toute la Hongrie
(qu'aucuns pensent estre le pays de Liege) comme aussi
de diuers costez, où ses exploicts d'armes eurent d'heureux succez de degré en degré. Luy voyant les bornes de
son Royaume aggrandies, establit de belles loix pour po-
licer ses subjets, & remit sus les loix Saliques, qu'il auoit
receuës de ses ancestres pour le reglement de son Estat. Il
commença à regner l'an 420. mourant il laissa pour successeur Clodion son fils, qu'il eut d'Argotte sa femme,
regna vnze ans. Le Lecteur remarquera que ceste Monarchie a esté regie par trois races. Premierement, par celle
des Merouingiens en nombre de vingt-deux Roys : se-
condement, par celle des Carlouingiens, ou Carlées, en
nombre de treize Roys : tiercement, par celle des Capets
ou Capeuingiens en nombre de vingt-neuf Roys, y compris Louys treiziesme que Dieu preserue.

ARGOTTE ou Eimbergide, fille de Boſo-gaſt, l'vn des quatre Barons qui approuue-rent la Loy Salicque, fut femme de PHA-RAMOND Payen, fils du Duc Marcomir, premier Roy des François en l'an de grace 420. elle euſt de luy Clodion le Cheuelu. Selon aucuns elle mourut à Virtzbourg en Germanie, où elle eſt inhumée.

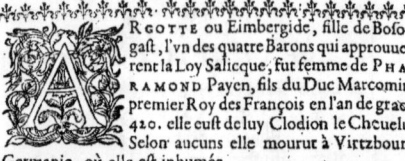

CLODION Regna 20. ans qiſt a Cambray.   ALTINA Femme de Clodion.

431. CLODION dit le Cheuelu, dautant qu'il fit la loy des cheuelures pour les Roys, leurs enfans, & Princes de leur ſang. Heritier des deſſeins de ſon pere, taſche de les effe-ctuer, mais ſans effect. Meurt, ſelon aucuns, aagé de trente cinq ans. Tant par la loy du Royaume, que par l'eſléction des François,

2. Altina fille du Roy d'Auſtraſie, fut mariée à Clodion dit le Cheuelu, 2. Roy de France en l'an 431. en vn Chaſteau d'Alle-magne appellé Diſpargun, elle eut de luy quatre enfans qui fu-rent priuez de la Couronne de France, par Meroüée Cheualier deſcendu des Troyens. Aucuns l'ont tenu pour le fils de Clo-dion, les autres pour ſon proche parent. Aucuns ſont d'opi-nion qu'elle euſt nom Baſſine, l'hiſtoire ne dit point où elle giſt.

MEROVEE Regna 10. ans.   METINA Femme de Merouee.

451. MEROVEE ſon fils (ou proche parent) luy ſuccede, qui fauoriſe d'Ætius Gentil-homme Romain, paſſe le Rhin auec ſon armée, prend pluſieurs villes, & ſeſtend iuſques à la Champagne. Eſt victorieux en ſuitte d'Attila Roy des Huns, en bataille rangée en la plaine Cataleutique. Prend

Paris, Sens, Orleans, & les circonuoiſins, qu'il appelle France. Aucuns luy donnent le tiltre de premier Roy des François, & à ſa race de Merouingiens.

3. Metina, couſine de Stufard Roy des Huns, fut femme de Meroüée troiſieſme Roy de France, elle eut de luy Childeric ou Chilperic premier du nom. Elle ſuruesquit ſon mary Meroüée, elle giſt à Strasbourg.

CHILPERIC Regna 26. ans
4.

4. BASSINE Femme de Childeric

461. CHILDERIC vient apres au Royaume de ſon pere Merouée, d'où il eſt chaſſé à l'occaſion de ſes vicieux deportemens, depuis rappellé, par l'heureuſe entremiſe de Guiemans. Ioinct à ſon Eſtat le pays d'Anjou. Faict vne grande faute, voire irreparable: car violant le droict d'hoſpitalité à Baſis Roy de Turingie, qui l'auoit receu & aſſiſté au plus fort de ſon aduerſité, luy enleue Baſine ſa femme, de laquelle il eut

4. Baſſine, fille du Roy d'Auſtraſie Ouidelphe, fut premierement mariée à Baſſin ou Baſis Roy de Thuringe, qui retira chez luy Childeric ou Chilperic, quand il fut dechaſſé du Royaume de France, eſtant cheu en la mal-veillance de ſes ſubjects. Pendant ſa diſgrace, Baſſine s'eſprit de luy par amour, de maniere qu'à ſon occaſion elle abandonna ſondit mary, & ſuiuit ledit Childeric Roy, quand il fut reintegré en ſon Royaume par les pratiques de Guinemaux ſon Chancelier. Iceluy recognoiſſant ſon affection la print pour femme, elle eut de luy Clouis, & deux filles, l'vne nommée Alboſle, ou Andeſiede, & l'autre Anthechilde, on ne ſçait où elle giſt.

CLOVIS Regna 30. ans giſt à S.t Geneuieſue à Paris

5. CLOTILDE Femme de Clouis premier Roy Chreſtien

CLOVIS premier Roy Chreſtien de ceſte Monarchie, dont il print le gouuernail à l'aage de quinze ans. Par la priſe du Comté de Soiſſons, eſteint les reſtes de l'orgueil Romain en la Gaule. Eſpouſe Clotilde fille de Chilperic Roy de Bourgongne. Obtient la victoire ſur les Allemans en la iournée de Tolbiac, apres laquelle il embraſſe la Religion Chreſtienne. Trauerſe fort Gondebaut oncle de ſa femme, fait de grandes conqueſtes ſur luy. Tuë de ſa propre main en la meſlée Alaric Roy des Vuiſigots. Deſfaict Almaric au champ Arrien pres Bordeaux. Choiſit Paris pour ſon ſejour ordinaire, depuis fait chef du Royaume, où il decede à l'aage de quarante-cinq ans, laiſſant quatre maſles, & deux filles. Des maſles.

5. Clotilde fille de Chilperic Roy de Bourgongne, qui fut tué par Godemar, eſpouſe de Clouis 1. Roy Chreſtien de France. Elle le conuertit par ſes pieuſes admonitions à la foy Chreſtienne, & par les prieres de ſaincte Geneuiefue qui viuoit alors, auec laquelle ceſte bonne Royne conuerſoit ordinairement. Elle induiſit ſon mary à faire edifier hors les murs au mont de Paris, vne Egliſe en l'hõneur des Apoſtres ſainct Pierre & ſainct Paul, en l'an 499. où Clouis fut inhumé en l'an 514. Depuis ſon decez elle veſquit ſolitairement, & ſe tint par grande deuotion au ſepulchre de ſainct Martin de Tours, pendant lequel temps elle fonda vne Egliſe en l'honneur de Noſtre-Dame, au lieu où eſt à preſent Chelles prés Paris. Et apres ſon treſpas on la fit apporter au lieu où giſt ſon mary, qu'on nomme à preſent ſaincte Geneuiefue du Mont à Paris.

CHILDEBERT Regna 46 ans giſt a S.t Germain des Prez. 6. VLTROGOTE Femme de Childebert.

CHILDEBERT ſon aiſné ſuccede, non à tout : car il eſt partagé en quatre. Il eſt donc Roy de Paris, & dependances, Poictou le Maine, Touraine, Champagne, Anjou, Guyenne, Auuergne. Faict la guerre aux Bourguignons, prend Sigiſmond leur Roy en bataille, qui depuis eſt precipité dans vn puits à Orleans, ſa femme, & ſes enfans. Eſtrange meſnage aduient entre luy & ſes freres, ſuiuy d'vn accord admirable. Tourne ſes armes contre Almaric Roy des Viſigots, qui fut tué pres de Tolete, & la ville emportée, decede ſans enfans. Ainſi le Royaume tombe entre les mains de

6. Vltrogote, femme de Childebert fils de Clouis, apres le decez de ſon mary fit ſolemnellement dedier l'Egliſe baſtie au nom

de S. Vincent, par S. Germain, qui estoit lors Prelat & Euesque
de Paris, icelle Eglise est à present nommée de ce Sainct. Ladite
Royne l'augmenta de grandes rentes & reuenus, son corps y
repose, & est dite l'Abbaye de sainct Germain des Prez.

7. CLOTAIRE Regna 8. ans
qui est a S. Medard de Soissons

7. GOLDEAQVE Femme
de Clotaire premiere du no

560.　　CLOTAIRE premier, qui au commencement de son
regue dompte les Saxons, mais sans beaucoup d'effect. Ce
fut luy qui erigea la terre d'Iuetot en Royaume. Eut sept
femmes, & de deux cinq fils & vne fille. Il mourut à Compiegne la cinquante-vniesme année de son aage. Derechef ce grand corps d'Estat est mis en quatre pieces, dont
la principale demeure à l'aisné nommé

7. Goldeaque, espouse en premieres nopces de Clodomire
Roy d'Orleans, fut depuis femme du Roy Clotaire premier du
nom, lequel eut d'elle & de sa seconde femme 5. fils & vne fille.

8. INGONDE 2. Femme
de Clotaire

9. ARREGONDE 3. Femme
de Clotaire

10. CHENISEVA 4. Femme
de Clotaire

8. Iugunde fille du Comte Hermanique, fut la seconde femme du susdit Clotaire premier du nom.
9. Arregonde ou Arderide, sœur de la susdite Iugunde, fut la
troisiesme femme de Clotaire premier du nom.
10. Cheniseua, fut la quatriesme femme dudit Roy Clotaire
premier du nom: elle mourut suspecte de s'estre empoisonnée
par ialousie.

CONSONNE 5. Femme de Clotaire. · RADEGONDE 6. Femme de Clotaire. · VLTRODADE 7. Femme dudit Clotaire.

11. Confonne Princeffe de Dannemarc, fut la cinquiefme femme dudit Roy Clotaire premier du nom..

12. Radegonde fille de Bertaire Roy de Thuringe, fut la fixiefme femme dudit Roy Clotaire, du confentement duquel elle fe retira à Poictiers, pour viure religieufement en l'Abbaye de fainte Croix, où il y a des Nonnains, elle demena là vne fainte vie, & fit baftir aupres vne Eglife appelée de fon nom fainte Radegonde, où elle mift Chanoines, & y eft enterrée.

13. Vltrodade feptiefme femme dudit Roy Clotaire, fut de luy repudiée par le confeil de l'Eglife, parce qu'elle auoit efté aparauant mariée auec Theodal fon neveu,

CHEREBERT Regna 9. ans gift à S. Romain de Blaye.

INGOBERGVE Femme de Cherebert.

565. CHEREBERT qui meine vne vie fi voluptueufe, qu'elle ne luy permet marquer fon regne d'aucun acte fignalé; ains meurt à Blaye, fans laiffer de foy aucune pofterité pour luy fucceder. Mais apres fa mort & de Sigifbert fon frere, affaffiné par deux foldats, apoftez par Fredegonde,

14. Ingobergue ou Nigobergue, fut femme d'Aribert ou Cherebert, fils de Clotaire, & la repudia pour la folle amour qu'il portoit à deux Damoifelles qu'il entretenoit de longue main, pour fournir à fes voluptez; l'vne fe nommoit Marconefe; & l'autre Merofide.

CHILPERIC 2. Regna. 23.
9. ans gist a S. Germain.

15. SVRDOREE I. Femme
de Chilperic.

574. CHILPERIC I. part de Tournay pour apprehender la
succession. Il y eut de grands desordres en son commencement, par la mort de ses enfans, Merouée & Clouis.
Chasse Andouere, estrangle dans le lict Athanagilde, ses
femmes. Espouse Fredegōde sa concubine, dont il eut vn
fils nommé Clotaire. Surcharge son peuple de daces infinies & insupportables. Est en fin tué reuenāt de la chasse,
suiuāt le cōplot fait entre Fredegōde & Landry son adultere. Tant a de force la loy fondamentale de l'Estat, que

15. Surdorée, ou Audomere, fut la premiere femme de Chilperic, elle eut de luy trois fils, Theodebert, Merouée, Clouis, &
vne fille nommée Childerade, laquelle fut recluse dans vn Monastere au Mans, par les entremises de Fredegonde, qui la fit pareillement repudier, & en fin occire.

GALSONTE 2. Femme
de Chilperic.
16.

FREDEGONDE 3. Femme
dudit Chilperic.
17.

16. Galsonte fille d'Atunagilde, Roy des Visigots en Espagne,
fut la seconde femme de Chilperic, qui la fit cruellement estrangler de nuict en son lict, à la suscitation de Fredegonde.

17. Fredegonde, natiue de Hauaucourt en Picardie, issuë de
Nobles, mais pauures parens, fit tant par ses caresses amoureuses & lascifs attraits, qu'elle gaigna le cœur du Roy Chilperic premier du nom, qui de simple Damoiselle de Court qu'elle
estoit, la fit sa troisiesme espouse, & en fin elle le fit tuer par les
seruiteurs de Landry son adultere, comme il retournoit de la
chasse, pour jouyr à son ayse de ses embrassemens, & preuenir
la mauuaise volonté que le Roy vouloit executer sur eux deux,
& gouuerner aussi le Royaume auec ledit Landry, elle mourut

l'an 601. De-Serres dit que ce fut en l'an 596. & gist à S. Germain des Prez, son Epitaphe y est.

CLOTAIRE 2. Regna. BERTRVDE, ou Geltrude, SICHILDE 2.
10. 44. ans gist a S. Germain. 18. 1. Femme de Clotaire 2. du nom 19. dudit Clotaire.

578. CLOTAIRE II. en l'aage de quatre mois est salüé Roy, & recogneu pour legitime. Il regne sous la sage conduite de Gontran son oncle, & tuition de Fredegonde, nonobstant les trauerses de Childebert Roy de Mets. Gôdeuaut eschappé d'vn Cloistre veut troubler son Estat, se disant legitime ; mais il tombe és mains de Gontran qui le faict mourir. Apres le decez de Gôtran & de Fredegôde, Clotaire a des monstres estranges à côbattre, dont il demeure victorieux, pacifiant son Royaume par douceur. Ayant trauersé toutes ces espineuses difficultez, il paye le tribut à nature en l'aage de 44. ans, laissant pour Roy son fils.

18. Bertude, ou Geltrude, de la maison de Saxe, fut la 1. femme de Clotaire 2. du nom, elle eut de luy Dagobert, elle gist à sainct Germain des Prez, son Epitaphe y est, elle mourut en l'an 613.
19. Sichilde, ou Sigilde, fut la 2. femme dudit Roy Clotaire, & eut de luy vn fils nommé Aubert, qui mourut ieune.

DAGOBER. Regna. 16. GOMATRVDE. 1. Femme NANTILDE. 2. Femme
11. ans gist a S. Dénis. de dagobert 1. du nom. 21. dudit Dagobert 1.

631. DAGOBERT I. du nom. Ce regne est en Iustice Pieté (ciment de la Paix, vrayes colomnes de l'Estat) en son commencement : mais soüillé depuis d'vne vie lasciue & desbordée, laquelle neantmoins est suiuie de resipiscence, par les admonitions fructueuses de Pepin, qui manie toutes ses armes, en la reduction des Gascons rebelles; acquisition des Bretons, chastiment des Esclauons, restablissement de l'Austrasie, où il ordonne Roy son fils Sigisbert. Chassé par Edict perpetuel les Iuifs hors la France, bastit

l'Eglise sainct Denis (sepulture de nos Roys) l'enrichit
de plusieurs ornements. Meurt à Espinay d'vn flux de
ventre, laissant deux fils, l'vn desquels, à sçauoir,

20. Goinatrude, ou Gontrude, fut sœur de Sigide, & femme de
Dagobert 1. du nom, & ce durant le regne de son pere en l'an
630. les nopces en furent celebrées à Clichy la Garenne prés Paris, il la repudia pource qu'elle n'estoit propre à luy faire lignée.
21. Nantilde fut la 2. femme dudit Dagobert, & combien qu'il
eut d'elle Clouis 2. du nom, il ne laissa de s'enamourer d'vne ieune Damoiselle nommée Rategrunde, ou Raguetrunde, pour
l'amour de laquelle il luy fit mauuais traittement, elle mourut
en 649. elle gist à S. Denis en France au cercueil de son mary.

CLOVIS 2. Regna. 17. BAVDOVR Femme
12. ans, gist a S'. Denis 2.me de Clouer. 2.

646. CLOVIS II. bien que puisné, prend le timon du gouuernemét souuerain, sans controuerse aucune: mais nous
voyons en ce regne & aux suiuans, vne nouuelle Royauté
aux Maires du Palais. Ayant donc espousé Baudour, Damoiselle de Saxe, deuote à merueille, il s'adóne à ses plaisirs. Parmy lesquels est neantmoins remarquée vne grande charité en ce Prince: Car il fit descouurir l'Abbaye S.
Denis de l'argent qui y estoit, pour en assister les pauures,
lors pressez de grande famine, l'exemptant en recompense de la Iurisdiction de l'Euesque de Paris. Aagé de 21. ou
23. ans, selon aucuns, il decede, & laisse trois fils qui seront
Roys l'vn apres l'autre. En premier rang marche

22. Baudour, ou Balthilde, issuë de Royalle lignée de Saxe, fut
emmenée comme esclaue en France, par Bertinaox Maire du
Pallais de Clouis 2. du nom, à son retour de la guerre des Saxons,
il la fit nourrir soigneusement & esleuer en sa maison, elle luy
pleut tant pour sa beauté & bonnes mœurs, que sa femme venât
à deceder, il la voulut espouser en son lieu. Pour à quoy obuier
elle se retira de sa maison, & ne parut depuis deuant luy qu'il ne
fust remarié. Peu de temps apres il la rendit si agreable au Roy
par le recit qu'il luy fit de sa gentillesse, qu'il l'espousa, elle eut du
Roy Clouis son mary Clotaire 3. qui ne fut point marié, Childeric & Thierry qui le furent, elle fut Dame fort deuote, & entre-autres Monasteres elle fonda l'Abbaye de Chelles, sainte
Baudour prés Paris, où elle gist, Sainct Pierre de Corbie prés
Amiens, & l'Abbaye de Iumieges en Normandie, qui s'appelle
l'Abbaye des Eneruez, elle est reputée sainte.

CLOTAIRE 3. *Regna* | CHILDERIC *Regna 12* | AMALTILDE *Femme*
13. *ans quî a Chelles* | *ans quî a S. Germain.* | 23. *de Childeric 2.*

662.   CLOTAIRE III. gouuerné par Erich, & depuis par
Ebroin Maire de son Palais, homme meschant & cruel,
lequel abusa estrangement de la minorité de ce Prince,
qui n'ayant que le nom & l'habit de Roy, mourut sans
aucune marque de chose memorable, & sans enfans, luy
succedant son frere

666.   CHILDERIC II. du nom, second fils de Dagobert, receu des François en haine de Thierry (qui à la persuasion
d'Ebroin s'estoit ja faict couronner Roy, depuis tondu &
mis dans sainct Denis, Ebroin à Luçon en Bourgongne:)
mais son insolence & cruauté le font finir tragiquement,
tué à la chasse par Bodille Gentil-homme de Franconie,
qu'il auoit faict foüetter, ne laissant aucuns enfans, Bli-
tilde sa femme (enceinte) massacrée de mesmes. Ce qui
donne la souueraine puissance sur les François à

23.   Amalthilde, ou Bithilde, selon aucuns Vlcide, femme de
Chilperic ou Childerie 2. du nom, Roy de France, fut occise
auec luy estant enceinte, par Bodille Gentil-homme, que le Roy
auoit faict auparauant fustiger & battre de verges, ce qu'il occasionna de les aguetter dans les bois de Bondis prés de Paris, où ils
furent tuez reuenant de la chasse, & gisent tous deux à sainct
Germain des Prez, leur Epitaphe y est.

THEODORIC *Regna 14* | CLODOILDE, *Femme*
15. *ans est à S. Vast Arras* | 24. *de Theodoric.*

680.   THIERRY I. tiré du Monastere, sous le regne duquel
Ebroin poussé d'vn esprit de vengeance, gouuernant le
Roy fort paisiblement, exerce infinies cruautez, meurtres, trahisons, dont il est en fin iustement payé, venu en la
puissance d'Erméfroy Gentilhôme François, qui luy oste

la vie, à tant que Pepin prend l'administration de toute la Monarchie. Thierry mourant pere de deux enfans, dont

24. Clodoilde autrement appellée Vultes, selon aucuns Clotilde, femme de Theodoric ou Thierry 1. du nom, elle eut de luy Clouis 3. & Childebert.

CLOVIS. 3. Regna 4. ans
16.

TANAQVILLE Femme de Clouis. 3.
25.

594. CLOVIS III. du nom son aisné, entre en possession de la Royauté, fort ieune d'ans. Pepin sous son authorité passe le Rhin auec vne puissante armée, range sous sa domination les Saxons & Sueuiens, qui parauant s'estoient soustraits d'icelle par les troubles aduenus en France. Regne paisible & de bonne odeur aux estrangers, mais court, & de peu de durée. Mourant Clouis sans enfans,

25. Tanaquille fut femme de Clouis 3. du nom, ils ne laisserent point d'enfans.

CHILDEBERT 2. Regna 17. ans. gift a Nancy.
17.

EVDOXINE Femme de Childebert. 2.
26.

698. CHILDEBERT II. son frere luy succede. Son regne est assez long, mais il n'a rien de recommandable, sinon qu'Anepos Euesque, marchant auec vn puissant nombre de gens de guerre, conduits par Villarius, contre les Sueuiens rebellez, les range au deuoir. Au reste, ce Roy laisse deux fils, Dagobert & Clotaire, l'vn desquels, à sçauoir,

26. Eudoxine alliée de Rabod Duc de Frise, fut femme de Childebert 2. du nom, elle eut de luy deux fils, Dagobert & Clotaire. Dagobert fut depuis Roy de France 2. du nom.

716. DAGOBERT II. du nom regne fort peu, fans auoir fait
chofe digne de memoire. Pepin commande à la Royale,
mefcognoift fa fortune, dont il eft en fin chaftié, portant
le fruict de fa paillardife en foy & en fon fils. Dagobert
meurt, pere de deux enfans, Chilperic & Thierry. Mais les
menées & factions de Charles Martel fils de Pepin, receu
Maire en France, par le decez de fon pere font regner

27. Clotilde 2. du nom, de la maifon de Saxe, femme de Dagobert 2. du nom, elle eut de luy quatre enfans. Aucuns Hiftoriens
n'en content que deux, Chilperic & Thierry. Charles Martel
Maire du Pallais, ou Prince des François, les fit enfermer dans
vn Cloiftre, & regner en leur lieu Clotaire 4. du nom.

720. CLOTAIRE IIII. & enfermer les enfans de Dagobert dans vn Cloiftre. Regne non feulement imaginaire,
mais court, parmy des horribles diuifions, fondées fur la
pretenfion de la Mairie du Palais; lequel eft apprehendé
confecutiuement par

28. Helmine femme de Clotaire 4. du nom, auquel fucceda
Chilperic ou Daniel, qui ne fut point marié, Charles Martel
l'enuoya querir en Gafcogne, où il eftoit en vn Monaftere, & le
fit regner au lieu des enfans de Dagobert, aufquels le Royaume
appartenoit. Theodoric ou Thierry 2. du nom fon frere, regna
apres luy quinze ans, fous la conduitte & Regence de Charles
Martel, mourant delaiffa fon fils Childeric dit l'Infenfé. Ie n'ay
point leu en aucun Hiftorien en quelle maifon il print femme,
ny quel nom elle auoit, c'eft pourquoy ie ne l'ay icy inferée,
pour n'en auoir veu aucun pourtraict ny medaillon antique.

CHILPERIC. 3. Regna 6.
20 ans qui ſt a Noyon.

GISALDE, Femme
29. de Childeric 3.

723. | CHILPERIC II. du nom, legitime, qui dure auſſi fort
peu de temps. Neantmoins Charles Martel aſfermiſſoit
de plus en plus ſon authorité à l'abry de ces Roys de nom,
& en apparence ſeulement: tant que ceſtuy-cy mourant
ſans enfans, laiſſe la couronne à ſon frere

29. Giſalde ou Giſale femme de Childeric 3. du nom, fut comme luy recluſe en vn Monaſtere au pays de Bauieres, par la declaration du Pape Zacharie, à la ſuſcitation de Pepin, qui le de-
poſſeda de ſon Royaume.

THEODORIC. 2. Regna 15.
21 ans qui ſt a S. Denis.

CHILDERIC. 3. Regna
22. 9. ans.

727. | THIERRY II. de ce nom, lequel regne bien plus lon-
guement que les precedents, mais touſiours ſous la conduite & regence de Charles Martel, qui cependant dreſſe
la planche aux ſiens pour monter au throſne Royal. Il eſt
donc creé Prince ou Duc des François. Troubles eſmeus
en Guyenne ſagement accoiſez, dont ſ'enſuit la iournée
de Tours contre les Sarrazins, qui depuis font des nouuelles conqueſtes: mais comme feu de paille, auſſi toſt
eſteintes que nées, par la grande valeur de Charles. Cependant Thierry decede, & laiſſe

742. | CHILDERIC III. du nom, Roy en peinture comme
luy, ſous Charles Martel & Pepin ſon fils, qui apres le decez de ſon pere, menaſgea ſi dextrement le droict qu'il luy
auoit acquis par ſa vertu, que par Eſtats aſſemblez à Soiſſons, Childeric depoſſedé de l'ordonnance du Pape Zacharie, par l'entremiſe de Bruchard Eueſque de Bourges,

& Foltrad Chapellain dudit Pepin, est mis dans vn Monastere au pays de Bauiere, & Gisale sa femme. Ainsi regne: Ainsi finit la race des Merouingiens, & celle des Carlouingiens entre en sa place pour regir le Royaume.

SECONDE RACE.

PEPIN Regna 18. ans cist a St. Denis. 23.

BERTHE au grand pied Femme de Pepin. 30.

751. PEPIN surnommé le Bref, Prince petit de corps, mais grand d'esprit, de douceur aymable, de grauité admirable, est couronné à Soissons par Boniface Archeuesque de Mayence, depuis dans S. Denis par le Pape Estienne, venu en France pour le tirer à son secours contre le Lombards : à quoy il se porte librement & vaillamment, apres auoir dompté les Saxons emancipez de son obeissance. Esteint les guerres esmeuës en Guyéne par Gaifre. Reünit l'Aquitaine à la Couronne par vne bataille gaignée pres Perigord côtre Vvaifer. Accablé de tât de fatigues meurt aagé de 54. ans, laissant de Berthe au grand pied sa femme, deux fils & sept filles; autât regretté à sa mort de ses sujets qu'aymé pendant sa vie, qui furét en suitte gouuernez par

30. Berthe surnommée au grand Pied, fille d'Heraclie Empereur de Constantinople, fut femme de Pepin le Bref, elle estoit doüée d'vne grande beauté, elle eut de luy deux fils & six filles, son corps repose en l'Abbaye de sainct Denis en France, le sacré Mausole des Roys & Roynes.

CHARLEMAGNE Regna 4 ans. cist a Aix la Chapelle. 24.

GALIENE. 1. Femme de Charlemagne. 31.

HERMINGARDE. 2. Femme de Charlemagne. 32.

769. CHARLEMAGNE son fils aisné, couronné à Vvormes, apres auoir faict partage auec Carloman son frere. Prince orné de toutes sortes de vertus, amy des lettres & lettrez, tesmoins Paris & Pise : incomparable aux armes,

qui le fignalerent du furnom de GRAND. Il eſtouffe l'eſ-
meute faite en Guyenne, fomentée par Carloman, qui de
deſpit va à Rome, d'où reuenu meurt toſt apres. Eſpouſe
(pour complaire à ſa mere) Theodore ſœur ou fille de Didier Roy des Lombards, qu'il repudie incontinent, puis
prend Hildegrande fille du Duc de Sueue, de laquelle il
eut, Charles, Pepin, Louys, Rotrude, Berthe, Gille. Son
heureuſe guerre contre Didier le rend maiſtre de l'Italie.
Les Saxons cependant trauerſent ſes deſſeins, mais il les
remet heureuſement & en la religion, & en ſon obeyſſance. Conuertit ſes armes en Eſpagne contre les Sarrazins,
qu'il bat diuerſement, ſans autre eſchec, que la bataille de
Ronceuaux. De là en Allemagne, auec ſon heur accouſtumé. Affiſte le Pape Leon en ſa neceſſité, qui le couronne Empereur. Depuis eſt victorieux en Italie, Saxe, Veniſe. Perd ſes deux meilleurs fils, Charles & Pepin. Dreſſe
des reglemens pour les Eccleſiaſtiques, appellez *Capitula
Caroli Magni*. Faict tenir les Conciles de Mayence, de
Rheims, Tours, Chaalons, Arles, Francfort. Tel fut le
regne de ce grand Charles, heureux en ſa vie: heureux depart de ce monde aagé de ſeptante-vn an, pour aller jouïr
de la beatitude eternelle, & ſa ſucceſſion continuée en

31. Galiene fille du Roy de Tolette, 1. femme de Charlemagne,
Roy de France; on tient qu'elle eſtoit douée d'vne grande beauté, tant de l'eſprit que du corps. Ce grand Roy l'ayma ſur toutes
les femmes qu'il eut, mais ſa vie fut de courte durée. Quelques-
vns aſſeurent que ſon corps repoſe à Vvormes.

32. Hermingrade, fille de Didier Roy des Lombards, fut la 2.
femme de Charlemagne, il la repudia ayant recogneu qu'elle
eſtoit infidelle enuers luy, & qu'elle ne vouloit ſe conuertir en
la foy Chreſtienne. Paule Emile la nomme Theodore, & dit
qu'elle n'eſtoit que la ſœur dudit Roy Didier.

HILDEGARDE. 3. Femme   FASTRADE 4 Femme   LINTHARDE. 5.
33. de Charlemagne.   34. de Charlemagne.   35. Femme dudit Charlemagne.

33. Hildegarde ou Hildegrande, fille de Hiltebrand Duc de
Sueue, fut la 2. femme dudit Charlemagne, il eut d'elle Charles,
Pepin, Louis, Rotrude, Berthe, Gille. Elle deceda à Theonuille
le 30. Auril 783. Elle giſt à ſainct Arnoul de Mets.

34. Faſtrade fille de Raoul Côte de la Franconie, fut la 4. femme dudit Charlemagne, elle eſtoit tant zelée à ſeruir Dieu,
qu'elle employoit tout le temps de ſon loiſir à faire des ouurages de raiſeuil de toutes façons à l'eſguille, & des tapis d'or, d'ar-

35. Liuthegarde de la maiſon de Sueue, eſpouſa en 5. nopces le
Roy Charlemagne le 22. Iuin 800. Elle giſt à S. Martin de Tours
où elle mourut. Outre ces 5. Roynes femmes de Charlemagne,
il y en a aucuns qui adiouſtent à ce nombre vne ſixieſme, nommée Hermitrude : leur opinion eſt fondée ſur ce qu'ils trouuent
à ſainct Denis en France la ſepulture d'vne Royne femme dudit
Charlemagne ainſi intitulée, *Hermitrudis Reg. vxor Caroli magni:*
c'eſt à dire, icy giſt Hermitrude Royne femme de Charlemag.

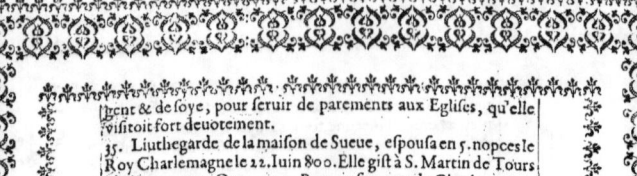

LOVYS i. le debonnaire
25. *Regna 27. ans giſt à Metz.*   ARMENIAS. 1. Femme
36. *de Louys le debonnaire.*   IVDITH 2. Femme
37. *dudit Louys le debonnaire.*

816.   LOVYS le Debonnaire (mais non ſa vertu & grandeur
de courage) ainſi ſurnommé à cauſe de ſa trop grande facilité, qui rendit ſon authorité meſpriſée, & aux ſiens, &
aux eſtrangers. Ainſi pluſieurs deſbauches arriuent ſoubs
ſon regne, tant de la part de Bernard ſon neueu, que de ſes
propres enfans, leſquels (ayant au preallable mis dans vn
Monaſtere ſa femme & Charles ſon fils) par le decret du
Concile de Lyon, l'enferment à ſainct Medard de Soiſſons l'eſpace de cinq ans, au bout deſquels il partage auec
eux, non ſans beaucoup d'autres indignitez, dont preſſé
de vieilleſſe & de regret, prend ſon repos au Ciel, ne le
pouuant obtenir en terre, au 64. de ſon aage, laiſſant quatre fils, trois du premier, vn du ſecond lict, leſquels eurent
de grandes altercations enſemble. Mais en fin

36. Armenias, autrement Hitmingarde, ou Emengarde, fille du
Comte Hildegrand, de la maiſon de Saxe, fut la 1. femme de
Louis le Debonnaire, il eut d'elle trois fils, elle fut de nature be-
nigne & pitoyable, puis mourut en Angleterre le 3. Octobre
829. ſon corps giſt en la grande Egliſe d'Angers.

37. Iudith, fille de Vvelfon Comte d'Altorf, fut la 2. femme dudit Louis le Debonnaire, elle ſouffrit beaucoup de perſecutions
pour la querelle de ſon mary par ſes enfans iſſus du premier lict,
elle fut fort ambitieuſe, & n'auoit autre choſe en teſte que d'a-
grandir Charles ſon fils, au prejudice des autres enfans de ſon
mary, de la facilité duquel elle abuſa trop licentieuſement, &
vers lequel les plus Grands ne pouuoient trouuer faueur ny
abord que par ſa faueur. Quand les enfans du premier lict eurent enfermé leur pere dedans le Monaſtere de ſainct Medard à
Soiſſons, ils la confinerent ailleurs auec ſon fils Charles.

CHARLES 2. Le Chauue Regne | HERMINGARDE dite reine | RIXANT 2. femme
26. 36. ans gist à S.t Denis | 38 1. Femme de Charle le chauue | 39. dudit Charle le Chauue

843. CHARLES II. dit le Chauue, ayant rompu tous les
vains efforts faicts contre luy, Lothaire s'estant rendu
Moyne à l'Abbaye de Pluuiers, & Louys d'accord auec
luy, est proclamé Roy & Empereur. Passe en Italie auec
forces, pour s'emparer du bien de sa niece Hermingrade,
mariée à Bozon Comte des Ardennes, qui le preuient &
rompt son entreprise par secrettes intelligences qu'il a en
France, où le Roy faisant dessein de retourner, meurt à
Mantouë, laissant de Richilde

38. Hermingarde 1. femme de Charles le Chauue, elle gist à
sainct Denis en France.

39. Rixant ou Richilde, fut la 2. femme dudit Charles le Chauue, elle eut de luy Louis le Begue & Iudith, qui fut mariée à
Adulphe Roy d'Angleterre.

LOYS 2. le begue Regna | ANSGARDE 1. Femme | RICHEULT 2. Femme
27. 2. ans gist à S.t Corneille | 40 de Louys le Begue | 41 dudit Louis le begue.

879. LOVYS II. surnommé le Begue, heritier du Royaume
& de l'Empire, disputé neantmoins par les Italiens & Allemans. Iean III. Pape recourt à luy, eschappé des mains
de ses ennemis, sejourne quelque temps en France, assem-
ble vn Concile à Troyes en Champagne, retourne à Rome. Sur ces entrefaictes le Roy meurt, sa femme demeure
enceinte, accouche peu de temps apres d'vn fils nommé
Charles. Mais il y auoit deux bastards, qui neantmoins
sont couronnez Roys, à sçauoir,

40. Ansgarde fut la maistresse de Louis le Begue, auparauant
qu'estre sa femme, dont il eut deux Bastards, Louis & Carloman. Tous deux ensemble ne regneret que quatre ans. Carloman suruesquit son frere d'vn an, & partant ce sont cinq ans, les

deux ne sont contez que pour vn regne. Ils ne furent mariez ny l'vn ny l'autre, combien que quelques-vns vueillent dire que Carloman ait esté marié, & que Louis le Faineant ait esté son fils. Ceux qui sont de la meilleure opinion le tiennent pour son frere, les Chroniques d'Allemagne asseurent que Louis le Begue auoit espousé Ansgarde, & que par apres il la repudia venant à la Couronne.

41. Richeult ou Adeilde, sœur du Roy d'Angleterre, fut la seconde femme dudit Louis le Begue, qui mourant la laissa grosse d'vn fils, qui long-temps apres fut Roy de France, dit Charles le Simple.

LOYS: 3. et CHARL: LOYS: 4. faineant et   CHRISTIERNE Femme
Regnerent. 5. ans. 29. Chasle gras Regneront 5. ans. 42. de Louis le faineant.

881. LOVYS III. & Carloman, qui regnent fort peu, non sans grandes difficultez, parmy lesquelles ils meurent. Louys despité d'auoir esté deffaict, Carloman mis en pieces estant à la chasse par vn Sanglier. Son successeur est

886. LOVYS IIII. dit le Faineant, tenu pour son fils, dont le regne fut court (son nom marque assez sa valeur.) Apres luy Charles le Gros, Roy & Empereur, qui passe en Italie, chasse les Sarrazins qui infectoient Rome, reuient en France, où il trouue d'estranges grabuges, qu'il arreste si malheureusement, qu'encourant la haine de ses subjets, il est debouté & de l'Empire & du Royaume, meurt en vn pauure village de Suaube fort pauurement. En son lieu est installé

42. Christierne, femme de Louis le Faineant, estoit Religieuse à l'Abbaye de Chelles, d'où il la retira pour contenter ses voluptez. Ce Louis n'a point d'effigie au Pallais, & par aucuns n'est pas nombré entre les Roys, ny tenu pour le fils de Carloman, mais pour proche parent d'iceluy.

RICHARDE, *Femme de Charles le Gros Regente en France*

43. Richarde de la maison d'Escosse, femme de Charles le Gros Empereur, fonda vn Monastere en Auxois où elle trespassa. Aucuns Historiens ne mettent point ce Charles le Gros au rang des Roys de France, pource qu'il n'a point d'effigie au Palais de Paris, si le fut-il par vsurpation en l'absence de Charles le Simple, fils de Louis le Begue, duquel il fut tuteur & administrateur en France, où il regna comme Roy cinq ans. Odo ou Eude luy succeda, qui ne fut point marié.

EVDER *regna 9. ans.* | **CHARLES.3.** *le simple* | **OGINE** *Femme de Charles le simple.*
30. | 31. *R. 27. a. qui F. a S. Foursy a Peronn.* | 44.

891. | EVDES, qui sous le tiltre de Roy prend le gouvernement de l'Estat, tempesté de toutes parts, duquel il se deuest deuant sa mort, le remettant entre les mains du legitime heritier, posthume de Louys le Begue, nommé & surnommé

900. | CHARLES le Simple III. du nom, duquel le regne fut peu heureux : car Robert frere d'Eudes esmeut de grands troubles contre luy (sans aucune pretension legitime) qui luy fait auoir recours à Henry III. Empereur. Armée de part & d'autre : combat fort rude & sanglant. Robert y demeure, mais peu apres Charles est mené prisonnier à Chasteau-Thierry, de là à Soissons, où en l'Assemblée des principaux du Royaume, il est contraint de quitter la Couronne à Raoul, meurt par apres d'ennuy, laissant de Theargine vn fils nommé Louys, qu'elle sauue en Angleterre, cependant que

44. Ogine ou Algine, fille d'Edoüard Roy d'Angleterre, fut femme de charles le Simple, elle est nommée par aucuns Theargine, elle eut de luy vn fils appellé Louis, qu'elle sauua en An-

gleterre, fous la protection de fon frere Adelſtan, qui lors y regnoit, ſuiuant la viciſſitude de la Monarchie, il retourna en
France, & fut dit Louis d'Outre-mer.

RAOVL, Regna 2 ans,
32. gist à S.t Coulombe a Sens,

BERTHE 2. du nom
Femme de Raoul

927. R A O V L couronné à Soiſſons tient le timon du nauire
François auec beaucoup de peine & de fatigue. Toutes
ſes expeditions faictes en Normandie, Guyenne, Lorraine, Italie, auec plus de bruit que de fruict. Ainſi parmy
tant d'horribles deſordres ſe deſmembre, & le Royaume
& l'Empire des François, ſuiuy de la mort de Raoul, apres
laquelle

45. Berthe 2. du nom, fille du Duc de Sueue, fut femme de
Raoul, fils de Richard Duc de Bourgongne, qui vſurpa la Couronne de France & fut Roy, elle fut exceſſiuement ſuperbe &
faſtueuſe.

LOYS doutre mer Regna
33. 27 ans, gist à S.t Remy a Reims

Gerberge Femme de Louis
du nom dit doultremer

929. L O V Y S reuient en France, ayant ſejourné l'eſpace de neuf
ans ou enuiron en Angleterre, pour-ce auſſi eſt-il ſurnommé
d'Outre-mer. Son regne n'a pas plus de bon-heur que les precedents. Il eſpouſe Herberge fille de Henry l'Oyſeleur : moyenne
tout d'vne main le mariage d'Auoye ſa belle-ſœur auec Hugues
le Grand, de laquelle ſort Hugues Capet, qui montera en bref à
la Royauté. Nouueaux remuements en Normandie, eſtranges en
leur progrez, mais bien plus au ſuccez. Meurt aagé de 36. ans,
laiſſant deux fils, Lothaire & Charles.

46. Geberge ou Engeberge, fille d'Othon 1. Empereur, qui auoit
eſté auparauant mariée au Duc de Bourgongne, fut femme de
Louis 4. du nom Roy de France. Quelques Hiſtoriens la nomment Heberge, & la diſent auoir eſté fille de Henry l'Oyſeleur.

LOTAIRE *Regna.31. ans*
qi∫t a S.t Remy a Reims.

ARVEDE *Femme de*
Lotaire.

34
956.   L O T H A I R E herite du mal-heur de ſon pere aux affaires de
Normandie, touſiours querelant, touſiours batu. A ceſtuy-cy
eſt adiouſté vn autre procez qu'il intente pour la Lorraine, qui
enfante entre les François & Allemans des furieuſes guerres,
rompt en ſuitte le bon-heur qui regardoit Charles ſon frere. Il
prend à femme Hemina, ou Emma, fille de Lothaire II. Roy d'I-
talie, meur, & laiſſe d'elle pour ſucceſſeur

47. Aruine, fut femme de Lothaire Roy de France, fils aiſné de
Louis 4. du nom. Aucuns la nomment Hemina ou Emma, &
tiennent qu'elle eſtoit fille de Lothaire 2. Roy d'Italie, elle euſt
de luy Louis 5. du nom, qui ſucceda à ſon pere.

LOYS. 5. *Regna.i. ans*
qiſt a S.t Cornille a Compieg.

BLANCHE *Femme de*
Louis 5. du nom.

35
968.   L O V Y S V. du nom, de ſa derniere race, appellé par quelques-vns Faineant, qui eſpouſe Blanche fille d'vn Duc d'Aquitaine, regne peu, ne faict rien digne de memoire, decede ſans
enfans.

48. Blanche, fille d'Othon 2. du nom, Empereur, fut femme de
Louis 5. Roy de France, qu'il ayma d'vne amitié ſi extreme, qu'il
luy donna ſon Royaume, à condition qu'elle eſpouſeroit Hugues
Capet apres ſon treſpas. Aucuns Hiſtoriens tiennent qu'elle fut
fille d'vn Duc d'Aquitaine, & qu'elle empoiſonna ledit Roy ſon
mary, qui fut le denier auorton du grand Roy Charlemagne.

HVE CAPET Regna
36 ans, mort à S. Denis.

YVONNE 1.ᵉ Femme
dud. Huē Capet.

ALGINE 2.ᵉ Femme
dud. Huē Capet.

588. **H**VGVES Capet declaré Roy par les Estats Generaux con-
huoquez à Noyon, outre & par deſſus les pretenſions de
Charles de Lorraine, & ſacré à Rheims: En ſon commencement
eſt battu par Charles, qu'il prend depuis dans Laon, le faict mener à Orleans en priſon perpetuelle, où il meurt. Renge le Côte
de Flandres: Ordonne les douze Pairs: Oſte l'authorité de Maire
du Palais, faiſant couronner Roy ſon fils Robert, qu'il auoit eu
d'Adelais fille d'Edoüard Roy d'Angleterre. Accroiſt la dignité
du Conneſtable, eſtablit des Mareſchaux. Faict de tres-belles
Ordonnances. Le Royaume ainſi reſtably, rapporte par ſa mort
les François à la Royauté hereditaire, luy ſuccedant

49. Yuonne, fille du Comte Eude de Champagne, premiere
femme de Huës, ou Hugues Capet, roy de France.

50. Algine, fille d'Edoüard roy d'Angleterre, 2. femme dudit
Hugues ou Huē Capet roy de France: L'hiſtoire d'Angleterre
la nomme Adelais, elle eut robert vnique du nom, qui ſucceda
à ſon pere.

ROBERT Regna 34 ans,
31. mort a S. Denis.

BERTE 3 du nom, 1. Femme
51 de Robert.

CONSTANCE 2. Femme
52 dudit Robert.

597. **R**OBERT ſon fils, vnique du nom, qui vray heritier de la Courône & vertu de ſon pere, deuot, amateur des ſainctes lettres (on
chante encores en l'Egliſe des Hymnes de ſa façon) faict valoir
l'authorité Royale, meſnage ſes alliances, employe la force où il
faut. Pacifie la Bourgongne, qu'il baille en appennage à ſon fils
aiſné. Conuient de Lorraine auec l'Empereur. Appointe le Duc
de Normandie & le Comte de Chartres. Contient tous les plus
remüans de ſon Royaume, par ſa prudence & authorité vrayement Royale. A trois femmes, Lutharde, Berthe (qu'il quitte
d'autāt qu'elle eſtoit ſa commere) & Conſtance de laquelle ſor-
tent trois fils, dont l'vn meurt durant ſon regne, &

51. Berthe, Comtesse de Noyon troisieme du nom, fut la premiere femme de Robert fils de Hugues Capet Roy de France, mais il la repudia, à cause qu'elle luy estoit proche parente. Paradin en ses Alliances la nomme Agnes. Quelques-vns disent que Lutharde fut sa premiere femme, & qu'il en auoit eu trois: Mais ie me suis tenu à l'opinion que ie croy plus certaine de ceux qui ne luy en donnent que deux.

52. Constance surnommée Candide, fille de Guillaume Comte d'Arles, & selon aucuns de Guillaume Duc de Normandie, autres disent d'Orleans, fut 112. femme du Roy Robert, d'elle sortirent trois fils. On tient qu'elle fonda l'Abbaye de Poissy, & qu'elle y est gisante: Toutesfois on trouue sa sepulture entre celles de sainct Denis, elle est remarquée pour auoir esté fort deuotieuse & charitable enuers les paures.

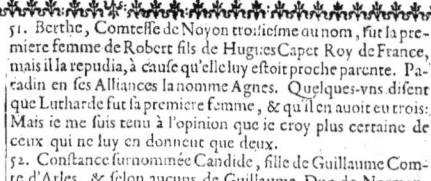

HENRI Regna 30. ans: gist à St Denis. 1031.   MATHILDE. 1. Femme 53. de Henri. 1. du nom.   ANNE. 2. Femme 54. dudit Henri. 1.

HENRY I. du nom, (puisné de Robert son frere) commence à regner auec quelques difficultez, appaisées par le bon & paisible naturel de Robert, auquel la Bourgongne demeura, & aux siens en tiltre de fief de France. Odo y suscite des troubles, Robert en Normandie, qui ne furent suffisans (bien que grands) à esbranler cest Estat, y estant prudemment pourueu. De Anne fille de George ou Gaultier l'Esclauon Roy des Russiens, il eut Philippe & Hugues, Item vne fille mariée au Duc de Normandie. L'ordre de succession legitime donne la Couronne en suitte à

53. Mathilde ou Mahaut, niepce de l'Empereur Henry premier du nom, fut femme de Henry premier du nom, Roy de France, grande de courage, & de pretentions releuées.

54. Anne ou Auine, fille de George, Roy d'Esclauonie, ou selon aucuns de Gaultier Roy des Ruthenois, fut la seconde femme dudit Henry premier: Elle eut de luy deux fils & vne fille. Elle fonda l'Eglise S. Vincent à Senlis, où l'on dit qu'elle repose.

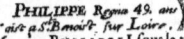

PHILIPPE I. Regna 49. ans
39. gist a S. Benoist sur Loire.

BERTHE 4. du nom
55. Femme de Philippe 1 du nom
II.

1061.　　PHILIPPE I. sous la tutelle & conduite de Baudoüin Comte
de Flandres, ordonné par le pere. Le soupçon conceu contre ce
Regent esmeut les Gascons, mais sa prudence sceut bien dissiper
ces nouueaux nuages, feignant d'aller contre les Sarrazins. Ce
Prince prenant (Baudoüin mort) les resnes de l'Estat à l'aage de
quinze ans, forligne de la simplicité de ses ayeul & pere. Troubles en Flandre, Angleterre, Italie, Allemagne: il est spectateur
seulement des vns, & attise les autres. Le voyage en la terre
Saincte se delibere, auquel Philippe contribuë plus que tout le
reste de la Chrestienté, Berthe fille de Baudoüin fut sa femme,
de laquelle il eut

55. Berthe 4. du nom, fille de Florent Duc de Frise, Comte de
Hollande, & selon aucuns de Baudoüin, fut femme de Philippes 1. du nom, qui l'abandonna pour vn temps, pource qu'il
abusoit de la femme de Fouques Duc d'Anjou, nommée Ber-
trande, laquelle il fut contraint de quitter par la césure du Pape,
& reprit sadite femme legitime, de laquelle sortit Louis le Gros.

LOYS. 6. le gros Regna
2.8. ans gist a S.t Denis.

GVICHARDE 1 Femme
56. de Louys le Gros 6 du nom.

ALIX. 2. Femme dudct
57.　Louys. 6.

1110.　　LOVYS VI. surnommé le Gros, couronné Roy du viuant de
son pere. Il deffaict Henry Roy d'Angleterre pres de Gisors, qui
suscite d'estranges diuisions entre Louys & l'Empereur, mais
sans effect. Appaise les troubles de Flandre, Bourbonnois, Auuergne. Meurt aagé de soixante ans, laissant six fils & vne fille.

56. Guicharde, fille du Duc de Vermandois, fils de Hugues le
grand Comte de Paris, fut la premiere femme de Louis le Gros
sixiesme du nom Roy de France. L'histoire n'est pas asseurée si
ce fut d'elle ou de sa 2. femme, qu'il laissa six fils & vne fille.

57. Alix ou Edeline, fille d'Hubert Comte de Vertus, fut la
seconde femme dudit Louis le Gros. Elle gist en l'Abbaye des
Nonnains de Montmartre, qu'elle fonda pres Paris.

LOYS .7. le ieune Reyna
41. 43. ans. gist a l'Abb. de Barbeau

ALIENOR 1. Femme
58. de Lovys .7. du nom.

2138. | LOVYS son fils luy succede, dit le Ieune, septiesme du nom, qui
persuadé par S. Bernard au voyage de Leuant, le faict, en reuient
sain & sauf, mais sans autre fruit. Eleonor sa femme, fille du Duc
de Guyenne, seule heritiere, s'y desbauche, il la repudie, luy rend
la Guyenne, retient neantmoins deux filles nées sous leur mariage. Espouse Constance, fille d'Alphonse Roy de Galice, dont il
eut deux filles. Guerre auec l'Anglois pour le Comté de Tholose, esteinte par le mariage de Marguerite sa fille, auec l'aisné
d'Angleterre. Veuf de sa seconde, prend en troisiesme femme
Alix, fille de Thibault Comte de Champagne, qui luy fait vn fils
nommé Dieu-donné. Mauuais mesnage en Angleterre entre le
pere & le fils, qui ayant recours à Louys, faict naistre vne funeste
guerre, sans beaucoup de succez, suiuie en fin d'vn accord, au-
thorisé du mariage d'Alix, fille de Louys, auec l'autre fille. Mourant il laisse l'administration du Royaume à

58. Alienor ou Leonor, fille du Duc de Guyenne, & niepce
d'Aymond Prince d'Austriche, fut la premiere femme de Louis
7. dit le Piteux, qui la repudia, tant pour la proximité du lignage
d'ent'reux, que pour quelque suspicion d'adultere qu'on la
croyoit auoir commis auec vn Sarazin nommé Saladin : deux
filles sortirent de leur mariage. Mais elle ne laissa d'espouser
Henry Duc de Normandie, qui depuis fut Roy d'Angleterre.

CONSTANCE 2. du nom
2. Femme de Lovys .7.

ALIX. 2. du nom. 3. Femme
60. du dit Louys .7.

59. Constance 2. du nom, fille du Roy Alphonse d'Espagne &
de Galice, fut la deuxiesme femme dudit Louis 7. qui en eut
deux filles. On dit qu'à son occasion il fonda l'Abbaye de Barbeau sur Seine : elle gist à sainct Denis en France.

60. Alix deuxiesme du nom, ou Adelle, fille de Thibault Comte de Blois & de Champagne, fut la troisiesme femme dudit
Louis 7. du nom, elle eut de luy Philippes Dieu-donné, dit le

Conquerant, & vne fille qui fut nommée Agnes, qui fut mariée au fils de l'Empereur de Constantinople, elle gist en Bourgongne à Pontigny prés son pere.

PHILIPPE 2 Dieu donné,
42. Regna 43 ans, gist à S. Denis.

ELISABET 1 du nom 1
Femme de Philippe 2.

1181. PHILIPPE II. dit Auguste, ou Dieu-donné, couronné & fian-
cé du viuant de son pere auec Ysabeau, fille de Baudoüin Comte
de Hainault. Amy de l'Anglois, se ligue auec luy pour le voyage
de la terre Saincte, qu'il font ensemble. Cependant paroles entre-
eux à cause d'Alix sœur de Philippe, qu'il trouua à son retour en
France. Il est grandement trauersé en ses mariages diuers, passe
neantmoins ses iours auec Gerberge (qu'il auoit repudiée pour
espouser vne autre) en grande amitié. Grande guerres contre les
Roys d'Angleterre & Comte de Flandre, sur lesquels il faict des
conquestes admirables. Iournée de Bouines. Louys son fils passe
en Angleterre, où il est recogneu Roy, puis quitté. Philippe in-
stituë le Preuost des Marchands & Eschenins à Paris, faict pa-
uer la ville, & bastir le Louure & les Halles, clorre le bois de
Vincennes, acheuer l'Eglise nostre Dame. Dresse infinies belles
Ordōnances, qui sont obseruées de son téps. Reduit ou annexe
à la Couronne la Normādie, Guyéne, Anjou, Touraine, Mayne,
Vermandois, Cambresis, Valois, Clermont, Beaumont, Auuergne, Ponthieu, Alençon, Limosin, Vendosme, Dammartin,
Mortagne, Aumale, qui luy font donner le nom de CONQVE-
RANT. Decede en l'aage de 59. ans, pere de deux fils & vne fille.

61. Elisabeth ou Isabelle, fille de Baudoüin Comte de He-
nault, fut la premiere femme de Philippes Dieu-donné, dit le
Conquerant deuxiesme du nom : sa pudicité fut soupçonnée
d'auoir failly, elle deceda le 20. Feurier en l'an 1189, & fut enterrée à nostre-Dame de Paris, pendant qu'on la bastissoit. Elle
gist dedans le chœur de ceste Eglise.

IMBERGE 2 Femme
61. de Philippe 2.

MARIE 3 du nom 3.
63. Femme dudit Philippe 2.

62. Imberge ou Engelberge, ou Gerberge sœur de Cain, Roy
de Dannemarc, fut la deuxiesme femme dudit Philippes Dieu

donné, il la repudia ſoubs couleur de parenté, aucuns la nomment Vigebourg, il la reprint en amitié comme auparauant,
combien qu'il ſe fuſt allié auec Marie de Boëſme.

63. Marie premiere du nom, fille du Duc de Morauie & de
Boëſme, fut la troiſieſme femme dudit Philippes Dieu-donné.
Elle treſpaſſa de dueil, à cauſe qu'il auoit repris Engelberge ſa
deuxieſme femme qu'il auoit repudiée : elle eut de luy deux fils
& vne fille.

LOYS 8 Regna 3. ans
43. giſt à S.t Denis.

BLANCHE 2. du nom
Femme de Louis 8.

1224. LOVYS VIII. ſe ſied au throſne Royal, ayant deſia pluſieurs
enfans de Blanche fille du Roy de Caſtille. Regne court, mais ſi-
gnalé de la reünion du Languedoc à la Couronne, par la ruyne
du Comte Raymond Chef des Albigeois. Concile de Latran.
Guerre en Guyenne contre les Anglois. Meurt à Montpenſier
en Auuergne aagé de quarante ans, fils d'vn bon pere, pere d'vn
bon fils, qui luy ſuccede.

64. Blanche 2. du nom, fille du Roy de Caſtille, fut femme de
Louis 8. & mere de ſainct Louis, qui ſucceda à ſon pere, de
Robert Comte d'Artois, qui mourut en la Morée, d'Alphonſe
Comte de Poictiers, & de Charles Comte d'Anjou, & depuis
de Prouence, & en fin Roy de Sicile & de Hieruſalem. Elle fut
Regente en France, pendant le voyage de ſainct Louis en la
Terre-Saincte : Elle fonda l'Abbaye de Maubuiſſon prés Pon-
toiſe où elle giſt, & celle du Lys pres de Melun.

S. LOYS. 9 Regna 44. ans
44. giſt à S.t Denis.

MARGVERITE 1. du no
65. Femme de S.t Louis 9.

1227. LOVYS IX. ſurnommé Sainct, pour ſa grande pieté. Blanche
ſa mere ordonnée Regente par le pere, eſt declarée telle, par les
Eſtats aſſemblez à Paris. Contrarietez grandes s'eſleuent par les
Princes du Sang, appaiſées par la prudence & bon heur du Roy,
auquel le BRETON faict hommage de la Bretagne, dont il eſt
appellé MAVCLERC. Paix par tout le Royaume, qu'il refor-

me en la Religion, en sa vie & maison, aux lettres, en la Iustice,
au soulagement de son peuple. Espouse Marguerite fille de Raymond Berenger Comte de Prouence, dont il eut cinq fils & 4.
filles. Faict deux voyages en la terre Saincte, & apres plusieurs
victoires, meurt à Tunis aagé de 56. ans. Ainsi la nature & la vertu portent à la Royauté

65. Marguerite fille de Raymond Berenger Comte de Prouence, femme de sainct Louis neufiesme du nom, Roy de
France, fut mere de cinq fils, & quatre filles: elle fonda le Monastere des Cordelieres sainct Marceau lez Paris, où l'vne de ses
filles fut renduë. Elle deceda le Mercredy deuant Noël, l'an

PHILIPPE 3 le hardi   ELISABET 2 du nom   MARIE 2 du nom
45. Regna 15 ans aist à S. Denis   3. Femme de Philippe 3.   2. Femme de Philippe 3.

1271.   PHILIPPE III. son fils aisné, dit le Hardy, qui reuient en
France, où il a maintes difficultez à soustenir la mort de Philippe
son fils empoisonné: incorporation du Côté de Thoulouse: querelle du Royaume de Nauarre, affaires de Constantinople (arriuent cependant les Vespres Siciliennes) tres-espineux, de difficile & pireux succez, y mourant au quarantiesme de son aage,
laissant d'Ysabeau sœur de Pierre d'Arragon, Philippe, Charles,
Marie: & de Marie, fille de Henry Duc de Brabant, Louys,
Marguerite. Succede en suitte

66. Isabelle deuxiesme du nom, fille de Pierre d'Arragon Roy,
fut la premiere femme de Philippes troisiesme du nom, Roy de
France. De ce mariage sortirent deux fils & vne fille, sçauoir
Philippes, Charles & Marie. Elle gist à sainct Denis en France.

67. Marie deuxiesme du nom, fille de Henry Duc de Brabant,
fut la 2. femme dudit Roy Philippes 3. Elle eut de luy fils & fille,
Louis & Marguerite, & vesquit apres son deceds en viduité
l'espace de 36. ans, elle trespassa le 12. Ianuier 1321. Son corps
gist aux Cordelieres de Paris.

PHILIPPE 4. le bel Regna   IEANNE 1. du nom
46. 28. ans aist à S. Denis.   68. Femme de Philippe 4.

1286. | PHILIPPE IV. du nom, qui est surnommé le Bel, Roy de Nauarre, à cause de Ieanne sa femme, dont il eut trois fils & vne fille. Establit le Parlement de Paris, faict bastir le Palais, & sa femme le College de Nauarre. La Flâdre, l'Anglois, & le Pape luy dressent des fortes parties. Les Flamans sont reduits au Domaine François, mais mal-conduits se renoltent. Bruges tuë tous les François ses hostes. Iournée de Courtray fauorable aux Flamans, deplorable aux François. Les efforts des Anglois s'esuanoüissent. Mais voicy les Bulles de Boniface contre Philippe, bruslées en la court du Palais. Toutes ces bourrasques passées, il meurt à la naissance d'autres, cherchant an Ciel le repos, dont il n'auoit peu joüir en terre, aagé de cinquante-huict ans.

68. Icanne, fille de Henry Roy de Nauarre, Comtesse Palatine, de Champagne & de Brie, espouse du Roy Philippes le Bel, Roy de Nauarre à cause d'elle, duquel elle eut trois fils & vne fille. Elle fonda le College Royal de Nauarre à Paris, & trespassa le 2. d'Auril en l'an 1304. Son corps gist aux Cordelieres.

LOYS 10 Hutin Regna   MARGVERITE 1 dz no   CLEMENCE 2 Femme
7. ans gist a S.t Dens   2.e Femme de Louis 10.   70.e dudit Louis 16.

1314. | LOVYS X. dit Hutin, prend l'administration du Royaume, ainsi surnommé, à la conformité de ses mœurs. (Enguerrand de Marigny est pendu à Mont-faucon, qu'il auoit faict dresser.) Prend à femme Marguerite fille de Robert Duc de Bourgongne, dont il eut vne fille: puis espouse Constance, qu'il laisse enceinte d'vn fils nommé Iean qui ne vesquit que huict iours. Tel est le regne de Lonys, court & peu memorable: laissant par sa mort les deux Royaumes de France & de Nauarre à

69. Marguerite 2. du nom, fille de Robert 2. Duc de Bourgongne, fut la premiere femme de Louis Hutin, dont il eut vne fille: elle fut conuaincuë d'auoir mal conserué son honneur, & pour ceste cause confinée à Chasteau-Gaillard sur Seine, où elle mourut en son ignominie. Aucuns raportent qu'elle mourut auparauant que son mary paruint à la Couronne.

70. Clemence ou Constance, sœur, & selon aucuns, fille de Carobert Roy de Hongrie, fut la deuxiesme femme de Louis Hutin Roy de France, qui la laissa enceinte d'vn fils nommé Iean, quine vesquit que huict iours. Elle trespassa au temple à Paris, le 14. Octobre 1323. & gist aux Iacobins de Paris.

PHILIPPE 5. le long Regna
48. 5. ans gist a S. Denis
1316.

IEANNE 2. du nom
74. Fauté de Philippe 5. furnomé le long

PHILIPPE V. dit le Long, qui eut de Ieanne fille d'Othelin
Comte de Bourgongne quatre filles seulement, qui contente-
rent les Princes mal-contents. Brigands nommez Pastoureaux,
deffaicts en Languedoc. Iuifs rappellez & rechassez. Troubles
de Flandre appaisez par mariage. Le Roy meurt sans masles, ce
qui appelle à la succession legitime son frere

71. Ieanne 2. du nom, fille d'Othelin ou de Huges Comte de
Bourgongne, fut femme du Roy Philippes le Long, elle fonda
le College de Bourgongne à Paris, & trespassa à Roye. Son corps
gist aux Cordelieres de Paris, & son cœur à S. Denis en France.

CHARLES 4. le Bel
49. Rame 7. ans gist a S. Denis
1321.

BLANCHE 3. du nom
72. femme de Charle 4. dit le Bel

CHARLES I V. du nom, dit le Bel, qui eut trois femmes,
Blanche, Marie, & Marguerite. Ayme la iustice & l'ordre. Iourdain de l'Isle (bien que neueu du Pape Iean 22.) est pendu &
estranglé à Paris pour ses crimes estranges. S'accorde auec l'Anglois, range le Comte de Flandre & ses subjects, par vne reconciliation commune. Sa vie est courte, au regard des belles parties
qui reluisoient en luy. Par son decez, la seconde branche des
Capets, dite de Valois, vient à la Royauté, & commence par

72. Blanche troisiefme du nom, fille d'Otho Comte de Bourgongne, fut femme de Charles le Bel auparauant qu'il fut Roy
de France, mais depuis separée d'auec luy, par l'authorité de
l'Eglise, & renduë Religieuse à Maubuisson.

1286. | Philippe IV. du nom, qui est surnommé le Bel, Roy de Nauarre, à cause de Ieanne sa femme, dont il eut trois fils & vne fille. Establit le Parlement de Paris, faict bastir le Palais, & sa femme le College de Nauarre. La Flâdre, l'Anglois, & le Pape luy dressent des fortes parties. Les Flamans sont reduits au Domaine François, mais mal-conduits se reuoltent. Bruges tuë tous les François ses hostes. Iournée de Courtray fauorable aux Flamans, deplorable aux François. Les efforts des Anglois s'esuanoüissent. Mais voicy les Bulles de Boniface contre Philippe, bruslées en la court du Palais. Toutes ces boutrasques passées, il meurt à la naissance d'autres, cherchant au Ciel le repos, dont il n'auoit peu joüir en terre, aagé de cinquante-huict ans.

68. Ieanne, fille de Henry Roy de Nauarre, Comtesse Palatine, de Champagne & de Brie, espouse du Roy Philippes le Bel, Roy de Nauarre à cause d'elle, duquel elle eut trois fils & vne fille. Elle fonda le College Royal de Nauarre à Paris, & trespassa le 2. d'Auril en l'an 1304. Son corps gist aux Cordelieres.

LOYS 10 Hutin Regna 2. ans q̃ se F a St Dens. | MARGVERITE du no 2e. Femme de Louis 10e. | CLEMENCE 2e. Femme dudit Louis. 10e.

1314. | Lovys X. dit Hutin, prend l'administration du Royaume, ainsi surnommé, à la conformité de ses mœurs. (Enguerrand de Marigny est pendu à Mont-faucon, qu'il auoit faict dresser.) Prend à femme Marguerite fille de Robert Duc de Bourgongne, dont il eut vne fille: puis espouse Constance, qu'il laisse enceinte d'vn fils nommé Iean qui ne vesquit que huict iours. Tel est le regne de Louys, court & peu memorable: laissant par sa mort les deux Royaumes de France & de Nauarre à

69. Marguerite 2. du nom, fille de Robert 2. Duc de Bourgongne, fut la premiere femme de Louis Hutin, dont il eut vne fille: elle fut conuaincuë d'auoir mal conserué son honneur, & pour ceste cause confinée à Chasteau-Gaillard sur Seine, où elle mourut en son ignominie. Aucuns raportent qu'elle mourut auparauant que son mary paruint à la Couronne.

70. Clemence ou Constance, sœur, & selon aucuns, fille de Carobert Roy de Hongrie, fut la deuxiesme femme de Louis Hutin Roy de France, qui la laissa enceinte d'vn fils nommé Iean, qui ne vesquit que huict iours. Elle trespassa au temple à Paris, le 14. Octobre 1323. & gist aux Iacobins de Paris.

uarre, Comte d'Eureux, fut la deuxiesme femme du Roy Philippes de Valois. Elle trespassa à Beziers le cinquiesme Octobre
1398. Son corps gist à sainct Denis.

IEAN. 1. Regna 14. ans
gist à S. Denis.

IEANNE 5. du nom femme
d'Iean 1. du nom.

1350. 51. IEAN son fils luy succede, & au Royaume, & aux confusions
horribles d'iceluy, où il n'est pas plus heureux. Il espouse Ieanne
Côtesse de Boulongne, de laquelle il eut 4. fils & vne fille. Raoul
Connestable de France decapité en prison. Cheualiers de l'E-
stoille instituez, degenerêt au Cheualier du guet & ses Archers.
Iournée de Poictiers, où Iean est prisonnier de l'Anglois: prison
qui fait voir de piteuses tragedies, dont les plus furieuses se
joüent dans la capitale ville. Le Nauarrois s'y entremesle à la faueur de l'Anglois, mais sans bruict. Paix entre les deux Roys:
deliurance de Iean, qui retourné en Angleterre y laisse la vie,

77. Ieanne 5. du nom, Comtesse de Boulongne, fille du Comte Guillaume, fut la 2. femme du Roy Iean premier du nom:
quatre fils & vne fille sortirent de leur alliance, elle auoit esté
mariée en premieres nopces à Philippes Duc de Bourgongne.

CHARLES. 5. Regna. 16.
ans gist à S. Denis.

IEANNE 6. du nom.
Femme de Charles 5.

1364. 52. CHARLES V. du nom, dit le Sage, qui prend à femme Ieanne
fille de Charles Duc de Bourbon, dôt il eut trois fils & vne fille.
Il employe ses gens de guerre en Bretagne, en Flandre, en son
Royaume, en Castille assez heureusement. Sedition à Montpel-
lier: six cents seditieux iusticiez. La saincte Bible mise en lâgage
François par son commandement, qui est encores au cabinet
Royal du Louure, rend son ame à Dieu au Chasteau de Beauté.

78. Ieanne sixiesme du nom, fille de Pierre Duc de Bourbon,
aucuns le nomment Charles, fut femme de Charles V. duquel
elle eut trois fils & vne fille. Elle trespassa le sixiesme Fevrier
1377. Son corps gist à sainct Denis.

MARIE. 3. du nom, 3. Femme
73. de Charle. 4.

IEANNE. 3. du nom, 3.
74. Femme dudit Charle. 4.

73. Marie troisiesme du nom : fille de Louis de Luxembourg, aucuns disent de Henry Empereur d'Allemaigne, fut la seconde femme du Roy Charles le Bel, & mourut voyant mourir le premier fruict de la premiere année de son mariage. Elle gist à Montargis en vne Abbaye de Nonnains.

74. Ieanne 3. du nom, fille de Louis Comte d'Eureux, fut la troisiesme femme dudit Charles le Bel. Quelques Autheurs l'ont nommée Marguerite, elle trespassa le quatriesme Mars 1370. Son corps gist aux Cordeliers de Paris, & son cœur à sainct Denis en France, où elle donna vne Chasse, où il y a de la vraye Croix, & vne espine de la saincte Couronne ne nostre Seigneur, & du sainct Sepulchre.

PHILIPPE. 6. de valois
50. Regna. 22. ans gist à S. Denis.
1328.

IEANNE. 4. du nom, 1. Femme
75. de Philippe de valois. 6.

BLANCHE. 4. du nom, 2.
76. Femme dudit Philippe. 6.

PHILIPPE VI. du nom, qui luy est disputée par Edoüard III. Roy d'Angleterre. Le differend se vuide és Estats generaux assemblez à Paris. Il chastie les Flamans rebellez côtre leur Comte Edoüard, est contraint luy faire hommage de la Guyenne & Ponthieu, dont mal-content luy taille de la besongne en Flandre, Bretagne, Allemagne. Iournées de l'Escluse & Crecy, aduantageuses à l'Anglois, qui prend Calais en suitte. Le Dauphiné reuient à la Couronne, Montpellier s'y adjoint. Ayant eu de Ieanne deux fils, conuole en secondes nopces auec Blanche, fille de Philippe d'Eureux Roy de Nauarre, meurt en la 65. année de son aage.

75. Ieanne 4. du nom, fille de Robert Duc de Bourgongne, fut la premiere femme de Philippes de Valois Roy de France, elle eut de luy deux fils. Moyennant ce mariage le Duché de Bourgongne fut joinct à la Couronne.

76. Blanche quatriesme du nom, fille de Philippes Roy de Na-

de Louys Duc d'Anjou, Roy de Sicile, en a trois fils & cinq
filles. Combat d'estranges difficultez durant son regne, reçoit
de grandes pertes, mais notamment aux iournées de Creuant,
Vernueil, & des Harancs. Est neantmoins victorieux de ses ennemis. Ieanne la Pucelle en est le principal instrument, bruslée
depuis à Roüen par l'Anglois. Tout enfin obeyt, & se remet
peu à peu à l'obeyssance du Roy, lequel ayant restauré le Royaume auec beaucoup de trauaux, va reposer heureusement au Ciél,
aagé de 59. ans, laissant pour luy succeder.

80. Marie 4. du nom, fille de Louis Roy de Sicile 2. de ce nom,
fut femme du Roy Charles 7. elle en eut trois fils & cinq filles,
& trespassa le 29. Nouembre 1463. Son corps gist à S. Denis.

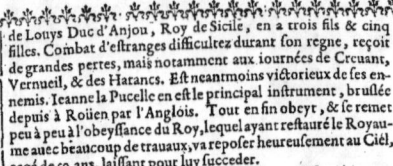

LOYS 11. Regna 23. ans   MARGUERITE du no   CHARLOTTE 2. Femme
55   gist à Clery   3. Femme de Louis 11.   8. 2. duclé   dudit Louis 11.

1461. LOVYS XI. du nom, qui trouue nombre notable d'ennemis,
domestiques & estrangers. Espouse Marguerite fille du Roy
d'Escosse, puis Charlotte fille du Duc de Sauoye, de laquelle il
eut trois fils & deux filles. Comté de Roussillon acquise; villes
sur Somme rachetées. Ligue du bien public. Iournées de Mont-
l'Hery, Gransson, Nancy, Guinegaste. Paix de Conflans. Traité d'Ancenis. L'ordre S. Michel institué. Villes de Picardie
reduites. La Bourgongne reünie. Iacques d'Armagnac Duc de
Nemours decapité. Voicy donc le periode de ce regne, crainte,
messiance, soupçon, qui enueloppent de telle force ce Roy,
qu'il est porté au sepulchre, ayant vescu 61. an.

81. Marguerite troisiesme du nom, fille du Roy d'Escosse, fut
la premiere femme du Roy Louis XI. les Annales ne parlent
asseurément du lieu où elle mourut.

82. Charlotte, fille de Louis Duc de Sauoye, fut la deuxiesme
femme d'udit Roy Louis XI. Elle eut de luy trois fils & deux
filles, & gist auec luy à nostre Dame de Clery.

CHARLES 8. Regna 14   ANNE de Bretaigne
56. ans gist à S. Denis   9. Femme de Charles 8.

1484. CHARLES VIII. luy fuccede, lequel fouſtient vne longue &
forte guerre en Bretagne , terminée par ſon mariage auec Anne
fille aiſnée de François Duc de Bretagne, de laquelle il eut trois
fils, ſans en pouuoir eſleuer aucun. Iournée de ſainct Aubin, en
ſuitte il paſſe les monts (pour apprehender ſes pretenſions au
Royaume de Naples) heureuſement. La muraille tombant
d'elle-meſine, luy faict entrée dans Rome , pareillemēt au Chaſteau S. Ange, il eſt nommé Empereur de Conſtantinople, couronné Roy de Sicile. victorieux à Fornoue. Retourne en France
chargé de trophées , où il meurt d'vne apoplexie à l'aage de 27.
ans, ſans enfans. Ainſi finit en luy la ligne directe des Valois, &
ſuccede la collaterale, qui commence à

183. Anne, fille de François Duc de bretagne, fut femme en premieres nopces du Roy Charles 8. Le flambeau de la Guerre al-
lumé en Bretagne fut eſteint par leur mariage , elle conuola en
ſecondes nopces auec LOUIS 12. Elle eut de luy trois fils, & ne
peurent eſleuer aucun d'eux.

LOYS. 12. Regna 17 ans
57. giſt a S. Denis.

IEANNE.1 du nom.1.
84. Femme de Louis. 12.

1498. LOVYS XII. Duc d'Orleans & de Valois, fils de Charles auſſi
Duc d'Orleans, & de Marie de Cleues. Il dreſſe ſes armes en Italie, auec ſuccez. Iournées d'Agnadel, Breſſe & Rauenne. Cependant l'Anglois trouble la Picardie, où le Roy tourne ſes deſſeins , dont s'enſuit la iournée des Eſperons: finalement la paix
confirmée par ſon mariage auec Marie d'Angleterre. Il auoit eu
auparauant deux femmes, Ieanne de France, & Anne de Bretagne, neantmoins decede ſans enfans, au grand regret de ſon peuple, dont il eſtoit le Pere.

84. Ieanne, fille du Roy LOUIS XI. fut la 1. femme de LOUIS 12.
& de luy repudiée au cōmencement de ſon regne, pour n'auoir
eſté trouuée habile à conceuoir lignée, elle eſtant demariée veſquit ſainctemēt à Bourges en Berry, où ſon corps repoſe.

ANNE. de Bretaigne. 2.
85. Femme de Louis. 12.

MARIE. du nom. 3.
86. Femme dudi Louis. 12.

85. Anne Duchesse de Bretagne cy-dessus nommée veufve, de Charles. 8. espousa en 2. nopces ce Roy Louis 12. Elle fut par ce moyen deux fois Royne de France; son corps gist auec celuy de son mary à sainct Denis sous vne excellête sepulture, que les estrangers viennent visiter par admiration. De leur mariage nasquit mesdames Claude, qui fut femme de François premier Roy de France, & Renée qui fut aussi femme du Duc de Ferrare.

86. Marie d'Yorc 5. du nom, sœur de Henry Roy d'Angleterre, fut la 3. femme dudit Roy Louis 12. elle ne fut que trois mois Royne de France, & depuis se remaria au Duc de Suffort.

FRANÇOIS I. Vallois Roy ……. | CLAVDE 1. Femme …….. | ELEONOR 2. Femme
12. ans gist à S. Denis. | dudit François. 1. | dudit François. 1.

1515. FRANÇOIS I. succede en ligne collaterale masculine: Tous ses desseins buttent au recouurement de Milan. Gaigne deux batailles sur les Suisses. Guerre en Picardie , qui trauerse ses armes en Italie. Iournée de la Bicoque. Reuient en France, repasse delà les Monts; retourne Milan, assiege Pauie, où il est prins prisonnier. Eschec qui luy rauit ses victoires, on luy donne Eleonor pour femme, sœur de l'Empereur. Duché de Bretagne incorporé à la France. L'Angleterre se separe de l'Eglise Catholique, Apostolique Romaine. Guerre en Sauoye, & en Piedmôt. Marquisat de Saluces deuolu à la Couronne. Armes en Luxembourg, Roussillon , Picardie. Iournée de Serisoles. Partialitez en France pour la Religion. Guerre au Boulenois contre l'Anglois, finie par vne paix, apres laquelle François meurt aagé de 54. ans.

87. Claude, fille de Louis 12. & de la Royne Anne, fut la premiere femme du Roy François premier, qui eut d'elle trois fils & quatre filles : Sa mort fut grandement plorée, elle partit de ce monde le 26. de Iuillet l'an 1524. son corps est inhumé auprès de celuy de son espoux en vn mesme sepulchre à sainct Denis en France.

88. Eleonor ou Alienor , sœur de l'Empereur Charles 5. & fille de l'Archiduc Roy d'Espagne, fut la 2. femme dudit Roy François premier. Elle fit son entrée à Paris le 16. iour de Mars 1530. elle auoit esté couronnée Royne de France à sainct Denis le 5. dudit mois audit an. Apres le trespas dudit Roy son mary, elle retourna en Espagne, où elle est decedée & inhumée.

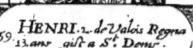

HENRI 2. de Valois Regne 59 13. ans gist a St. Denis

CATHERINE de medi vir Femme de Henry 2.

1547. | HENRY II. luy fuccede, qui a de grandes guerres & dedans & dehors le Royaume. Siege de Mets : memorable bataille de S. Laurent. Paix faicte par le mariage d'Elizabeth de France auec le Roy Philippe d'Efpagne, & le Duc de Sauoye auec Margue-rite fœur du Roy: mais fuiuie de fa mort par vn trifte accident. au 42. de fon aage. Il eut de Catherine de Medicis cinq fils & cinq filles. La loy luy donne pour fucceffeur

89. Catherine de Medicis, fille de Laurent de Medicis, Duc d'Vrbin, Comteffe de Boulogne, fut femme de Henry 2. dés le viuant de François premier fon pere, qui accorda ce mariage auec le Pape Clement 7. du nom, oncle de ladite Comteffe de Bologne, à l'entreueuë qu'ils firent à Marfeilles l'an 1533. au mois d'Octobre. Henry 2. fon mary ayant fuccedé à la Couronne, elle fut couronnée Royne de France à fainct Denis, par l'Illu-ftriffime Cardinal de Bourbon, le Lundy de la Pentecofte 10. de Iuin 1549. & le 18. dudit mois & an, la ville de Paris luy prepara vne tres-magnifique entrée, où elle fut receuë & accueillie auec vne grande allegreffe du peuple. Le Ciel benit fa fecondité, qui donna à la France cinq fils & cinq filles. Trois de fes fils furent Roys, fçauoir, François 2. Charles 9. & Henry 3. Pendant leur minorité elle fe comporta tres-prudemment & heureufement en tous fes deffeins, tant en qualité de Royne mere que de Re-gente. De forte que les regnes des Roys qui precederent le fien, n'ont point veu faire de plus beaux exploicts que les fiens, foit en guerre ou en paix. Apres auoir glorieufement vefcu & tef-moigné par fes vertueufes & loüables actions, qu'elle ne tendoit qu'à la conferuation du Royaume, augmétation du bien du peu-ple, & du repos de toute la Chreftienté, elle deceda au Chafteau de Blois en l'an 1589. le cinquiefme iour de Ianuier, les Eftats y eftans affemblez.

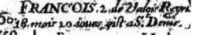

FRANÇOIS. 2. de Valois Roy.
6°38. mort 10 dieux, gist a S. Denis.

MARIE. Stuard. 6. du no
90. Femme de François I.

1559.　FRANÇOIS II. du nom, Roy d'Escosse de par sa femme.
Troubles continuez pour la diuersité de Religion. Entreprise
d'Amboise descouuerte : Le Prince de Condé arresté prisonnier
à Orleans, où le Roy meurt en bas aage, laissant

90. Marie Stuard 6. du nom, fille de Iacques 5. Roy d'Escosse,
dont elle fut Royne apres son decez, espousa Monseigneur
François Dauphin, depuis Roy de France, le Dimanche 24. iour
d'Auril 1558. en l'Eglise nostre-Dame de Paris, où Monseigneur
le Cardinal de Bourbon fit l'office. LE ROY François 2. du nom
estant decedé au mois de Decembre 1560. sans auoir lignée, elle
se retira l'an ensuiuant en Escosse, où elle fut trauaillée de la rebellion de ses sujets. Pour à quoy remedier elle vint en Angleterre, cuidant estre secouruë des forces de la Royne, son attente
fut vaine, elle y fut detenuë & arrestée prisonniere, & mourut
le 26. de Feurier 1588. au Chasteau de Frodinghaye.

CHARLES. 9. de Valois
61. Regna 14. ans gist a S. Denis.

ISABELLE D'austriche 5.
91. du nom femme de Char. 9.

1560.　CHARLES IX. son frere, lequel est trauersé en son regne de
beaucoup de dissensions ciuiles pour le fait de la Religion : dont
s'ensuit le Colloque de Poissy, l'Edict de Ianuier, la mort du Duc
de Guyse tué au siege d'Orleans par Poltrot. Le voyage de
Bayonne : Batailles de Dreux, S. Denis, Iarnac, Montcontour :
Autres Edicts de Pacification : nopces de Henry de Bourbon
Roy de Nauarre, & de Marguerite de Valois. Siege de Sancerre
& de la Rochelle, retraicte du Prince de Condé en Allemagne,
& en fin le decez du Roy accablé de tant de fatigues au 24. an de
son aage sans enfans, mais

91. Elisabeth ou Isabelle d'Austriche, fille de l'Empereur Maximilian, espousa le Roy Charles 9. à Mezieres, le 26. de Nouembre l'an 1570. elle n'eut de luy qu'vne fille nommée Marie, qui

mourut fort ieune. Apres le decez de son mary, ceste bonne
Royne se retira en Hongrie, où elle est decedée.

HENRY. 3. de Valois Regna
62.
15. a. 2. m. gist a S. Denis
1374.

LOVYSE de Lorraine
92. femme de Henry 3.

HENRY III. luy deuant succeder, vient de Pologne. Espouse Louyse de Lorraine, fille du Comte de Vaudemont. Est agité
diuersement par les partialitez en la Religion, qui passent sous
ce pretexte en faction formée contre l'Estat, palliée du nom de
Ligue, ou saincte Vnion, laquelle il combat auec beaucoup de
difficultez & exploicts diuers entre les deux partis. Aduiennent
sous luy la deffaicte de l'armée des Reistres, Bataille de Coutras;
Estats de Blois : reuolte presque generale : reconciliation des
deux Roys, qui pressent tellement les factieux & rebelles, qu'ils
ont recours au parricide execrable fait en la sacrée personne du
Roy, à S. Cloud, par Iacques Clement, Moyne Iacobin, le 1. iour
d'Aoust, qui le met au cercueil le lendemain, defaillant en luy la
race de la branche Royale de Valois. Ainsi

92. LOVISE de LORRAINE, fille de Nicolas Comte de Vaudemont,
de la tres-ancienne & genereuse maison de LORRAINE, fut femme
de Henry 3. ROY de France & de Pologne. Le Cardinal de Bourbon les maria en la grand' Eglise de Rheims le 15. iour de Feurier
1575. De leur couche Royale ne sont sortis aucuns enfans. Elle
fut Princesse tres-vertueuse, pieuse, charitable & deuote. Apres
le decez du Roy son mary, proditoirement occis à sainct Cloud,
en l'an 1589. & en qui faillit la branche Royale de la tige des Valois, elle se retira à Moulins où elle mourut au grand regret d'vn
chacun. Son corps gist au Conuent des Capucines, fondé aux
faux-bourgs de sainct Honoré à Paris.

HENRY de Bourbon. 4.
5) Roy de France et de Navarre
Regna 20. a. 9. m. 13. iours à la
1589.

MARIE de Medicis, 5. me.
femme de Henry le grand
Roy de France, et de Nauarre

HENRY IV. desia Roy de Nauarre, l'est aussi de France, estant
sorty en droicte ligne de Robert Comte de Clermont en Beau-
uoisis, dernier fils de S. Louys. Regne espineux en son commen-

cemét, marqué d'actes fignalez en fon progrez, les plus notables defquels (pour le faire court)font heureufement compris en ces quatre vers, d'vn perfonnage d'honneur & de reputation,

Arques, Tury, Dijon, portent toufiours les marques
De l'heur, du droiɛt, du cœur, du plus grand de nos Rous:
Et l'orgueil eftranger tremble toutes les fois,
Qu'on parle des combats de Dijon, d'Tury, d'Arques,

iufques à ce que folemnellement recogneu, il a doucement rengé tous fes fubjets en fon obeyffance, reftably la paix dedans & dehors le Royaume, qui a continué iufques à fon decez, & Dieu beniffant fon mariage auec la Princeffe de Florence Marie de Medicis, luy a donné trois enfans mafles, & autant de filles. En fin comme ce grand Monarque eftoit fur le poinɛt de faire florir la France plus que iamais, le lendemain du Couronnement de la Royne, au milieu des allegreffes publiques le Vendredy 14. de May, il fut traiftreufement affaffiné en fa ville de Paris, par vn detestable parricide, qui le frappa d'vn coup de coufteau au deffous du cœur, & eftant regretté de tous les bons François plus qu'aucun de fes predeceffeurs, laiffa fon fils aifné fucceffeur de fes Royaumes au 57. de fon aage.

93. Marie de Medicis 7. du nom, fille de François de Medicis Duc de Florence & de Sienne, efpoufa Henry de Bourbon Roy de France & de Nauarre, l'an 1600. Les Royales ceremonies de leur mariage furent celebrées en la ville de Lyon, le 17. de Decembre, en grandes magnificences & alegreffes publiques, neuf mois dix iours apres elles furent renouuelées par la naiffance de Monfeigneur le Dauphin à prefent regnant. L'Eftat en releua fes efperances, & le peuple veid luire fur le trouble de fes apprehenfions, le Soleil d'vne affeurée felicité & paix trãquille. Cefte naiffance a efté fuyuie de cinq autres, qui augmentent la force des Lys. La chafte fecondité de cefte grande & incomparable Princeffe (deftinée pour la confervation de ce Royaume) a faiɛt dire bien à propos ce quatrain fuiuant.

Cefte grand' Royne qui precede
Toutes celles qui l'ont efté,
En temps, À MIS ICI REMEDDE
Par fa chafte fecondité

Cest Anagramme luy est fort conuenable. Que luy fçauroit-on dauantage attribuer que luy dire qu'ICI elle A MIS REMEDDE? c'eft imiter la diuinité que de remedier aux grands inconueniens & defolations qui mettent en peril vne Monarchie, quand celuy qui la domine decede fans enfans. Elle nous en a donné qui deffendront & accroiftront la noftre. Apres ces dons de grace elle fut couronnée Royne de France à fainɛt Denis, le Ieudy 13. de May 1610. Le iour fuiuant fut ialoux de fa gloire & ennemy de fon heur, car il la fit veufve par vn execrable parricide commis en la facrée perfonne de fon efpoux, qui mourant nous laiffa Louis treiziefme du nom pour luy fucceder. Luy feant en fon liɛt de Iuftice declara la Royne fa mere Regente en France, par l'aduis des Princes de fon fang, & autres Princes, Prelats, Ducs, Pairs & Officiers de la Couronne, pour auoir foing de l'education & nourriture de fa perfonne, & de l'adminiftration des affaires de fon Royaume pendant fon bas aage, auec toute puiffance & authorité. La Cour verifia fa Declaration par fon Arreft du quinziefme du mois fufdit audit an.

Elle s'eſt comportée ſi dignement en ſa Regence, que toutes
celles qui ſe ſont ingerées en pareilles charges luy cedent la Palme. Sa prudence & ſon bon conſeil (qui void par les yeux de la
preuoyance) ont pour le bien de la Chreſtienté faict les alliances
de France & d'Eſpagne. Ses merites ſont incomprehenſibles.
Ses loüables & vertueux deportemens la rendent autant imica-
ble qu'admirable : elle a autant de vertus que de ſubjects. Elles
l'ont faicte leur Temple, la Iuſtice en a faict ſon Aſyle, la Pieté
eſt l'ame de ſon ame, & la bonté prononce tous ſes oracles par
ſa belle bouche. Sa prudence pacifia les emotions de l'année
1614. & par la preſence de la Majeſté du Roy & de la ſienne, les
villes qui en furent eſclairées ſe confirmerent en leur ancienne
obeïſſance. Le 16. de Septembre audit an la ville de Paris celebra
auec grande allegreſſe le retour de leurs Majeſtez. Le 2. iour
d'Octobre enſuiuant le Roy Louis trezieſme fut declaré Majeur, & en ce meſme mois fit faire l'ouuerture des Eſtats, pour
remedier à ce qui pourroit apporter du deſordre aux affaires du
Royaume. Ceſte grande Royne a fondé & renté vn Hoſpital ou
maiſon-Dieu à Challiot en ceſte année 1615. pour faire nourrir,
entretenir & inſtruire de pauures enfans.

1610.

LOVYS XIII. aagé de neuf ans ou enuiron, ſucceda à Henry
le Grand ſon pere, & le premier acte qu'il fit au commencement
de ſon regne, fut d'aller ſeoir en ſon lict de Iuſtice en ſa Cour de
Parlement le 15. de May, où par l'aduis des Princes de ſon ſang,
autres Princes, Prelats, Ducs, Pairs, Officiers de ſa Couronne, il
declara la Royne ſa mere Regente en France, pour auoir ſoing
de l'education & nourriture de ſa perſonne, & l'adminiſtration
des affaires de ſon Royaume durant ſon bas aage. Le 17. Octobre
enſuiuant, il fut oingt & ſacré ſolemnellement par Monſieur le
le Cardinal de Ioyeuſe, repreſentant l'Archeueſque & Duc de
Rheims; & le lendemain il receut de luy le collier de Grand
Maiſtre de l'Ordre du ſainct Eſprit: & ayant touché les malades
des eſcroüelles à ſainct Marcoül, il retourna à Paris le 30. du
meſme mois. Depuis ce retour la Royne ſa mere eſtant recherchée par le Roy d'Eſpagne de marier le Roy auec ſa fille Anne
d'Auſtriche, & Madame auec le Prince d'Eſpagne, par l'aduis
des Princes & Seigneurs du Conſeil, & Officiers de ſa Couronne, elle a eu ceſte recherche aggreable, pour vnir enſembles ces
deux tres-puiſſans Royaumes d'vn eſtroit lien d'amitié: à l'occaſion dequoy ont eſté faictes en l'année 1612. de grandes reſioüiſ-
ſances de part & d'autre; & ont eſté enuoyez des Ambaſſadeurs

extraordinaires, par l'entremife defquels ce double mariage fut
accordé. Le Roy pour accomplir ce qui eftoit accordé, partit de
Paris le 17. d'Aouft 1615. fejourne à Poictiers; de là vint à Angoulefme le 1. d'Octobre, & le 7. dudit mois il aborda heureufement
à Bordeaux. Quelque temps apres on donna ordre à fondit mariage, qui fut en fin heureufement celebré à Madric en Efpagne
auec de grandes & Royales obferuations; & le 18. d'Octobre le
Duc de Lerma efpoufa l'Infante d'Efpagne, au nom de fa Majefté tres-Chreftienne , comme ayant pouuoir d'elle : Cela faict,
elle s'achemina à Bordeaux, & y fit fon entrée le vingt fixiefme
Nouembre audit an. Le Roy arriua auec elle à Paris fe feiziefme
de May 1616. où ils eurent vne tres-magnifique reception. De
là en auant les fuccez de fes deffeins ont toufiours efté heureux : les remuemens & les rebellions n'ont feruy qu'à luy
donner de nouueaux lauriers. L'Eftat repréd vn meilleur vifage,
peu apres il s'altere: la prudence Royalle y remedie. Sa prefence
va oportunément à Roüen qui periclitoit, elle l'affeure; Caën
fe rend , auec plufieurs villes & fortes places de fa faction. La
iuftice de fes armes par tout eft fuiuie de la victoire , le Pont de
Sé ne luy refifte : fa Majefté triomphante fe reconcilie auec fa
mere. Le Bearn luy ouure fes portes , l'Eglife Romaine y eft re-
mife en liberté, les Euefques & Ecclefiaftiaques y font reftablis
en leurs honneurs & prerogatiues. Dieu le continuë en fes
graces.

94. Anne troifiefme du nom; fille aifnée de Philippes d'Auftriche, & de Marguerite fille de l'Archiduc d'Auftriche de
Gratze, Roy des Efpagnes, femme de Louis treziefme, Roy
de France & de Nauarre. Leur mariage fut celebré à Madric
en Efpagne, auec l'obferuation des ceremonies requifes, le Dimanche dix-huictiefme iour d'Octobre 1615. Le Duc de Lerma l'efpoufa au nom de fa Majefté tres-Chreftienne (comme
ayant pouuoir d'elle) quelque temps apres elle s'achemina à
Bordeaux, & y fit fon entrée le 26. Nouembre audit an , elle
arriua à Paris auec le Roy, le Lundy 16. de May 1616. où ils eurent vne tres-magnifique reception. Dieu refpande fes graces
fur cefte alliance.

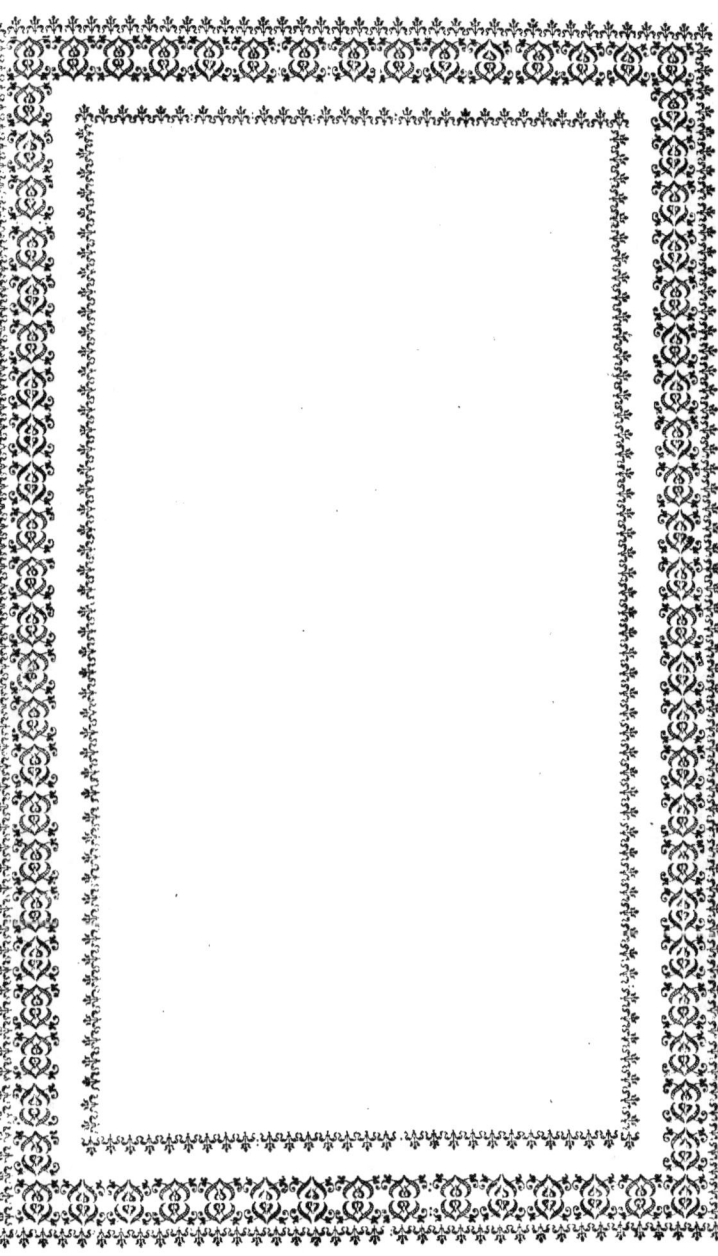

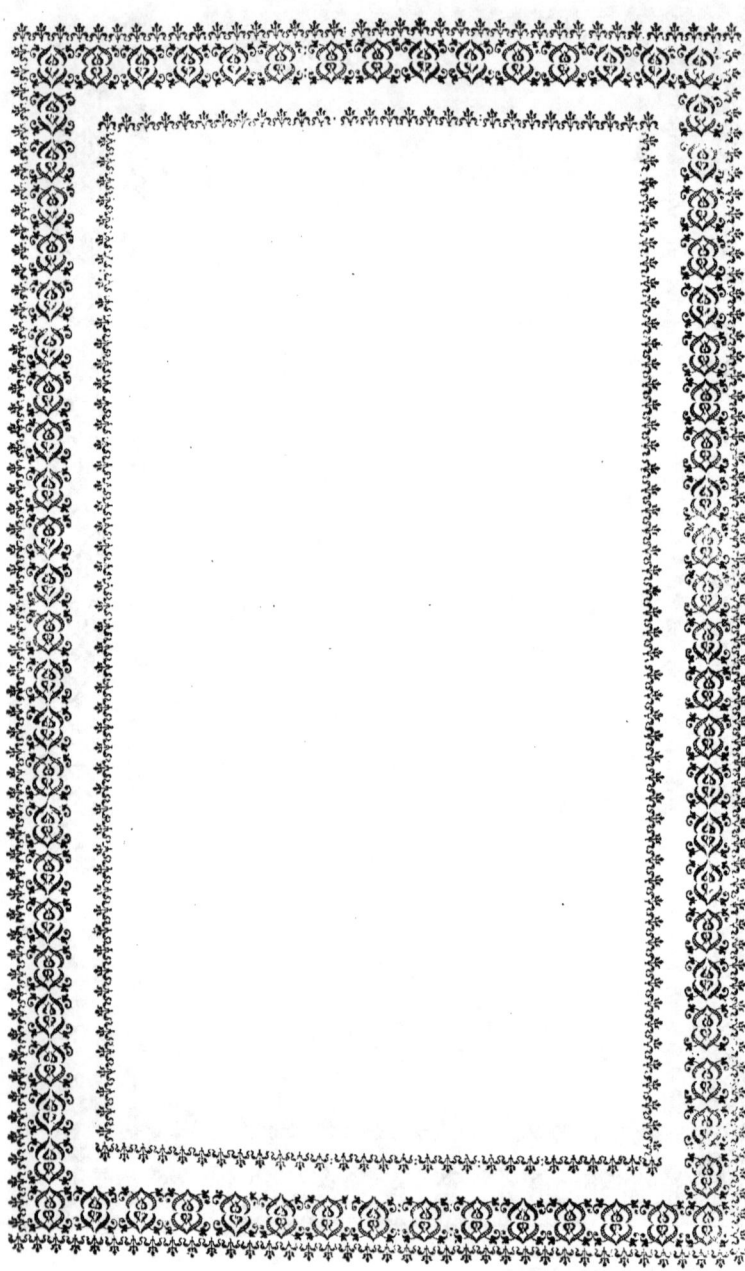

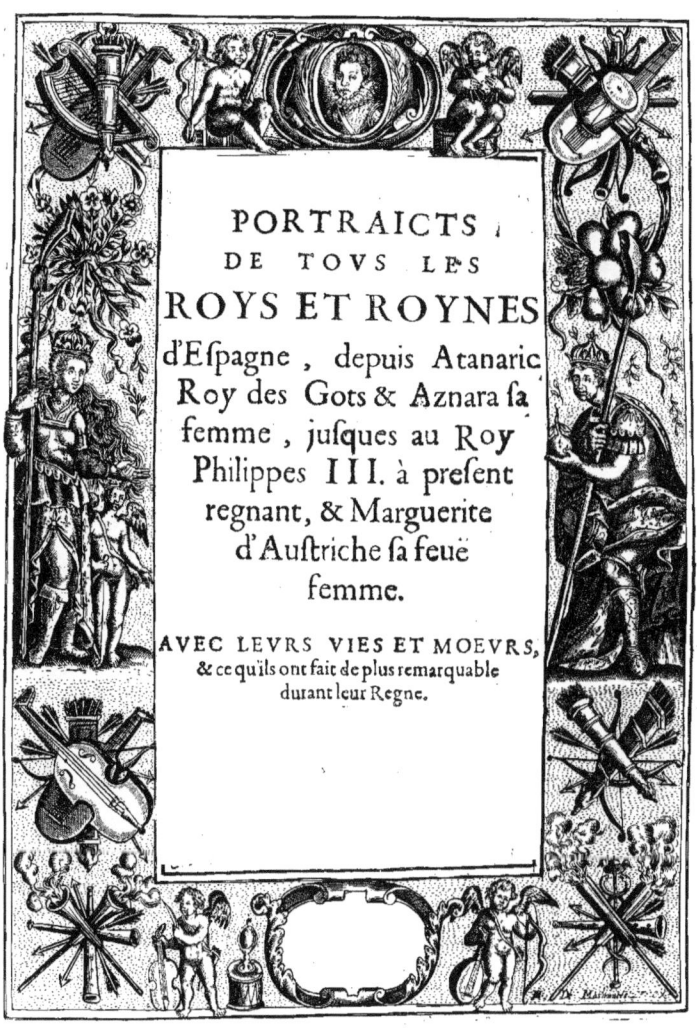

PORTRAICTS

DE TOVS LES

ROYS ET ROYNES

d'Espagne , depuis Atanaric
Roy des Gots & Aznara sa
femme , jusques au Roy
Philippes III. à present
regnant, & Marguerite
d'Austriche sa feuë
femme.

AVEC LEVRS VIES ET MOEVRS,
& ce qu'ils ont fait de plus remarquable
durant leur Regne.

QVAND les Carthaginois furent debusquez de l'Afrique par les Romains, ils occuperent la terre d'Espagne, puis la diuiserent en deux principales parties, a sçauoir l'vne en Betique, & l'autre en Tarraconoise, & par apres en vnze prouinces, & ils en furēt Seigneurs iusques au temps d'Vitilla Roy des Huns & des Gots, qui les subiugua : & partit derechef l'Espagne en cinq Royaumes. Le premier fut celuy de Castille & de Leon : Le second celuy d'Arragon : Le troisiesme celuy de Nauarre : Le quatriesme celuy de Portugal : Et le cinquiesme celuy d'Andalusie, ou de Grenade, que les Mores occuperent par beaucoup d'annees.

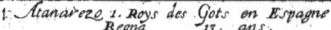

1. *Atanarezo*, 1. Roys des *Gots* en Espagne Regna 15. ans. — *Aznara femme d'Atanarezo*.

I. ATANAREZO Roy des Gots, commença a l'estre aussi d'Espagne en l'an 341. aucuns l'ont voulu nommer Athanaric, & les autres disent que ce n'est pas luy que les Roys d'Espagne commencerent, mais par Ataulfe. Il y a pourtant plus d'Autheurs qui sont de ceste opinion que de l'autre ; & entre-autres plusieurs Historiens Espagnols en font mention, i'ayme mieux les croire que ceux qui ont escrit apres eux & suiuant leurs memoires : il regna 25. ans.

AZNARA fille d'vn grand Seigneur de Carthage, ayant esté prise au sac d'vne ville par quelques soldats d'Atanarezo, la voyant belle & de riche taille, & d'vn maintien qui monstroit qu'elle estoit de noble extraction ; l'ayant separee d'auec les autres, la luy donnerent. Il ne l'eut pas si tost veuë qu'il en deuint amoureux : car outre la beauté & la bonne grace qui estoit en elle, son langage estoit si gracieux qu'elle gaignoit l'affection & le cœur de ceux qui l'oyoient discourir : il l'a gouuerna amoureusement quelque temps, puis ayant sceu qu'elle estoit d'illustre

race, & que son pere & ses predecesseurs auoient esté
de grands personnages, que le mal-heur des guerres
auoit exterminez, la print à femme. Les Gots qui ne de-
siroiét rien tant que d'auoir vneRoyne, de laquelle leur
Roy peut auoir lignee, approuuerét ce mariage, & à ce
sujet firent de grandes resioüïssances en l'armee. Estant
enceinte d'enuiron six mois, elle mourut à son grand
regret, & ses subjets en menerent vn deuil nompareil.

2. Alaric hongrois   Abdera femme
r. 23. a.   d'Alaric. 2.

2. ALARIC ayant esté esleu Roy des Gots, au preindice de l'oxente de Radagase qui
affectoit ceste dignité: se voyant assisté de forces suffisantes pour passer en Italie, y print
son chemin. L'Empereur Honorius aduerty de son dessein, craignant que la grande armee qu'il menoit ne la rauageast, & quel'Empire s'en receut quelque desolation pour
le demouoir de sa resolution, luy accorda par l'aduis de Stilico, la possession des Gaules & des Espagnes, lesquelles estoient aussi bien en proye aux François, & autres nations. Stilico contreuenant à l'accord fait auec luy, l'attendit dans les destroits des Alpes, où ses surprises ne peurent empescher que la magnanimité de Alaric ne desfit l'armee Imperiale, de laquel'e estant victorieux il desira passer outre pour chastier ceste
perfidie, gastant miserablement la Lombardie, la Tuscanne, la Romaigne, mettât tout
à feu & à sang, print Rome, pardonna neantmoins aux lieux saincts. La mort preuint ses
autres entreprises pres Cosence, & fut iohumé dans la riuiere de Barsente, à ceste cause
detournee, & puis remise dans son lict par les Gots: quelques Historiens ont dit, qu'il
estoit de nation Hongre, & qu'il regna 23 ans.

2. Abdera fille d'vn des plus vaillants & illustres Capitaines d'entre les Gots, agrea tant à Alaric auant qu'il
fust paruenu au Royaume d'Espagne, qu'il voulut
qu'elle fut sa femme; mais la septiesme annee de son
mariage il commença à la hayr d'autant plus qu'il l'a-
uoit aymee, luy ayant esté rapporté par quelques flateurs, qu'elle s'estoit abandonnee aux embrassements
d'vn More: à cause dequoy il la fit estrangler auec deux
enfans qu'il auoit eu d'elle.

3. *Ataulfe Regna*
5. a.

*Placidia Galla
femme d'Ataulfe.* 3.

3. ATAVLE a fucceda à Alaric fon oncle, & felon aucus fon pere, au Royaume des Gots
& d'Efpagne. Il efpoufa Placidia Galla, fœur de l'Empereur Honorius à Forly en la
Romaigne, deflors ayant quelque refpeƈt à Honorius, comme à fon allié, ne paracheua
le rauage qu'il s'eftoit propofé de faire en Italie, paffa en Efpagne, & fut, comme on dit
le premier qui y fit habiter les Gots, il fut m'affacré par les fiens propres, auec fix de fes
enfans du premier lieƈt, aupres de Barcelonne: aucuns attribuent la caufe de fa mort à fa
femme, pour ce qu'à fa fuafion il s'eftoit defifté de faire la guerre aux Romains, & que
les foldats fruftrez de l'efperance du butin qu'ils s'attendoient de faire dans les villes
pillees, confpirerent contre luy; dont mort s'enfuiuit. Il regna 5 ans.

3. Placidia Galla, fœur de l'Empereur Honorius, &
fille de Theodofe, efpoufa Ataulfe Roy d'Efpagne à
Forly en Romaigne : on la tient fufpecte de la mort
de fon mary, pource qu'à fa fuafion il feftoit defifté de faire la guerre aux Romains, & que les foldats fruftrez de l'efperance du grand butin qu'ils pretendoient faire dedans fes villes, qui n'attendoient que
l'heure d'eftre faccagees & pillees, confpirerent contre
fa vie, & le maffacrerent dedans Barcelone auecques
quelques fiens enfans.

4. *Sigeric.*
r. 1. an.

*Gilbiga femme de
Sigeric.* 4.

4. SIGERIC apres le trefpas d'Ataulfe, fut Roy des Gots & d'Efpagne, fon regne ne fut
que d'vn an, car fes gens le tuerent parce qu'il vouloit continuer la paix auec les Romains: mourant il laiffa plufieurs enfans, Giferic, Huneric, Guntemand, Trafamund,
& Hilderic.

4. Gilbiga d'vne illuftre & ancienne famille d'Afrique, fut femme de Sigeric Roy d'Efpagne par vne heureufe rencontre pour elle, car iceluy ayant eu la chaffe
par quelques fiens ennemis qui le pourfuiuoient, fe
fauua dedans la maifon de cefte Dame qui le meit en

lieu de seureté: Ayant par ce moyen euité la mort, il
voulut qu'elle fut sa femme , & eut d'elle Senseric,
Huneric, Guntenand, Trasamundo, & Hilderic. Elle
mourut de regret pour l'assassin commis en la personne de son mary.

5. Valia   Nageria femme
                  de Valia

5. VALLIA succeda à Sigerie l'an 418. & fut esleu Roy des Gots en Espagne : de son
temps les François commencerent à establir vn Royaume des Gaules soûs Pharamond,
(ce Vallia se monstra amy & affectionné à l'Empire Romain) Il rendit à Honorius sa
sœur Placidia, veusue du feu Roy Ataulfe, laquelle il auoit honorée & tenuë en sa maison depuis le decez de son mary: depuis par le secours & ayde que luy donna l'Empereur desigué Constantius, second mary de Placidia , il deschassa d'Espagne les nations
barbares, Vandales, Alains, & Sueues au profit de l'Empire Romain & du sien, il acquit
aux Gots les terres qui sont depuis Thoulouse, iusques à l'Ocean, bornées par les Pyrenees, s'estant remis sur pied, derechef pour reprimer les cruautez & rauages qu'vne
nouuelle leuée de Vandales faisoit vers la Lituanie, la mort arresta sa course, & finit sa
vie, apres auoir regné selon aucuns 21. ans.

5. Nageria niece du Roy Attacus, fut femme de Valia
Roy d'Espagne , de laquelle il ne peut auoir lignee,
pource qu'elle auortoit de tous les enfans dont elle
estoit enceinte.

6. Theodoric ou Roderic   Daroca femme
                          de Theodoric

6. THEODORIC ou Roderic selon aucuns, succeda à Vallia, en l'an 440. au Royaume des Gots en Espagne, apres s'estre comporté tres-vaillamment en plusieurs rencô-
tres, & principalement en ceste sanglante bataille, où Attila Roy des Huns fut desfaict
és champs Catelans, où estoit Merouée Roy des François, y fut tué. Il regna 3. ans.

6. Daroca grande Dame de merites, qu'aucuns tiennent auoir esté natifue de Narbonne, espousa Theodoric Roy d'Espagne. Il eut d'elle trois fils, & selon
aucuns cinq: ceux qui ont esté recognus par les histoires sont, Torismond, Theodoric, & Henric, qui tous

7. *Turriſmond*
rĕg̃ na iij ans

8. *Theodoric 2.*
regna 14. a.

7. TVRISMOND entra au Royaume des Gots, en Eſpagne, apres la mort de ſon pere Theodoric, il auoit pluſieurs freres, Theodoric, Frederic, Turic, Rothenier, & Hunetic: de ceux-cy Ætius Lieutenant general pour l'Empereur Valentinian, luy donna grand ſoupçon qu'ils ne s'emparaſſent du Royaume, pendant qu'il eſtoit abſent, & luy conſeilla de s'en aller promptement à Thoulouſe ſe faire receuoir & couronner, Ætius ſe fuſoit par deſfiance qu'il auoit de ceſte nation Gothique, laquelle il n'aymoit point pres de luy, ioinct auſſi qu'il voyoit ce ieune Prince encor en ceruelle de courir ſus au reſte des Huns, qu'il deſiroit exterminer du tout, craignant que n'ayant par apres ſur qui remuer ſes armes, il ne les tournaſt à la nuiſance de l'Empire, ſon cõſeil ſortit en effect: & partant ce qui eſtoit demeuré de la deconfiture d'Attila ſe ſauua de la ruyne qui les menaçoit. Turiſmond ayant regné trois ans, ſelon aucuns dit, fut tué par ſes ennemis: Autres racontent qu'vn certain meurtrier nommé Aſcalerne, perſuadé par ſes freres qui eſtoient ialoux de le voir regner, le poignarda en trahiſon.
8. THEODORIC 2. du nom, fils de Theodoric premier, ſucceda à ſon frere Turiſmond, en l'an 457. ce fut vn grand Prince, auquel on ne trouuoit rien à redire, ſinon qu'il ſuiuoit la ſecte Arrienne, aduerty que Recchiaire Roy des Sueues, qui dominoit en Luſitanie & Galice, machinoit quelque vſurpation, le deuança, & luy ſiura bataille pres le fleuue Vrbic, entre l'Aſturie & Leon, d'où il remporta la victoire, la fuitte ne peut ſauuer Recchiaire, car il fut prins & liuré à Theodoric, qui s'en deſfioit, bien qu'il fut ſon beau-frere: ceſte victoire augmenta la domination de Theodoric du Royaume de Portugal. Il fut tué à Thoulouſe par ſon frere Henry ou Euric, ayant regné 14. ans, de ſon temps veſquit Sidonius Apollinarius, qui de Comte ſe fit Eueſque.

Eoric ou Euric
r. 17. a.

Zẽuora fĩmŭ̃e
d'Euric

9. EVRIC, ou Eoric, ou Henry, apres l'execution de la conſpiration en la perſonne de ſon frere Theodoric, ſucceda au Royaume d'Eſpagne, où il entra auec grande armee & s'empara de tout ce en quoy elle conſiſte au deçà d'u fleuue Ebro, car il print Pampelonne & Sarragoſſe, & autres places de la Prouince, dite lors Tarraconoiſe, puis ſe iettant vers la Luſitanie, & ſçachant la m auuaiſe diſpoſition des affaires de l'Empire aſſiegea au deçà des monts Pyrenees, Arles, & Marſeille, & les adjoignit à ſon Royaume. Riothime Roy des Bretons, qui en faueur des Romains amenoit contre luy douze mille hommes, fut desfonfit, il fit rediger par eſcrit les loix des Gots, leſquels iuſques à ſon temps s'eſtoient gouuernez par couſtumes non eſcrites, ſa mort fut precedee d'vn prodige eſtrange, faiſant à Arles vne Aſſemblee generale des ſiens en armes ſelon la couſtume de ceſte gent, on veid changer le couleur du fer des lances, & autres baſtons, lequel deuint vert, rouge, noir, iaune, & d'autres diuerſes couleurs: il ne dura gueres apres cela. Il regna diſſept ans, il fut de Religion Arrienne.

7. Zemora femme d'Euric ou d'Henric , Roy d'Espagne, luy conceut plusieurs enfans, entre lesquels Alaric luy succeda au Royaume d'Espagne.

10. Alaric 2. regna 12. ans.

Amalaßintha fem. d'Alaric. 8

10. ALARIC deuxiesme de ce nom, fils de Henry ou Euric succeda au Royaume d'Espagne, il mena guerre contre Clouis Roy de France qui s'estoit fait Chrestien, s'estās l'vn & l'autre campez aux champs de Voglaç à dix lieuës de la ville de Poictiers, ils vindrent aux mains: la victoire se tourna du costé des François. Les Gots Arriens furent desconfits, & le Roy Alaric tué, il auoit espousé Amalasunta fille de Theodoric Roy des Ostrogots & d'Italie: il eut d'elle vn fils nommé Almaric. Il regna 12. ans.

8. Amalaßintha fille de Theodoric Roy des Gots & d'Italie, Dame non moins belle, que de grand sens & intelligence, bien aduisee & courageuse, fut mariee à Alaric 2. & de laquelle il eut Almaric qui regna apres Genselaric.

ij. Genselaric regna 4. a.

Sabaria femme de Genselaric. 9

11. GENSELARIC, Gensolaric, ou Sisilaric, frere bastard d'Alaric entra en la domination du Royaume d'Espagne par vsurpation l'an 508. & ce pour autant qu'estant resté à son pere vn fils legitime nommé Almaric, qu'il auoit eu de Malassunta sa femme, fille , comme est dit, de Theodoric Roy des Ostrogots & d'Italie: il n'auoit peu estre admis au gouuernement du Royaume pour sa minorité, estāt ieune enfant de cinq ans: mais Theodoric enuoya contre Genselaric en faueur de son petit fils, pour le restablir en son throsne, octāte mille hommes sous la conduite d'Ilba qui en estoit chef, & qui passa en Espagne, d'où il dechassa l'vsurpateur Genselaric l'an quatriesme ou troisiesme de son regne , lequel se sauua en Afrique vers les Vandales , pensant par leur moyen pouuoir estre restitué en sa dignité: mais son recours fut deceu de son attente, parquoy estant retourné és Gaules, fut tué pres la Durance.

9. Sabaria femme de Genselaric Roy d'Espagne par vsurpation, frere bastard d'Alaric, elle se tua de sa propre main, voyant que Theodoric auoit enuoyé contre son mary vne armee de quatre-vingts mille hommes

pour reftablir dedans le throfne de fon pere Alaric 2.
Almaric fon fils, fur lequel il auoit vfurpé le Royaume d'Efpagne.

12. *Amalarie.*
r. 15. a 6. m.

Totilla femme
d'Almaric. 10.

12. AMALARIC fils de Aalaric, fucceda au Royaume qui luy appartenoit par la
mort de Genfelaric: fi toft qu'il fut d'aage, les fils du Roy Clouis luy fiancerent leur
fœur Clotilde, & luy reftituerent en faueur du futur mariage d'elle & de luy, Thoulou-
fe, ou pour le moins l'vfufruict: & ce fut faict auec le confentement de Theodoric fon
ayeul & tuteur. Iceluy, comme dit eft, ayant efpoufé Clotilde, la traicta indignement,
pour la diuerfité de la Religion : car elle eftoit bien inftruite, & fut en tel mefpris, que
allant par les tués, le peuple luy ietoit des pierres & de la bouë, eftãt retiree elle effuya
fon fang auec vn mouchoir qu'elle enuoya a fes freres ainfi teinct & fouillé, leur faifant
fçauoir ies indignitez qu'elle fouffroit, dequoy irritez, ils denoncerent la guerre à Almaric, leurs armees s'entre-chargerent pres Narbonne, où Almaric fut vaincu, & fe
cuidant fauuer, fut tué d'vn coup de hallebarde que luy donna vn foldat qui le pourfui-
uoit, eftant delaiffé de fes gens. Il regna, tant feul, que fous la charge de fes tuteurs 15.
ans & demy. Amalaffunta fut inftalee en fa place: mais Theude, ou Theudius, s'inueftit
de fa dignité, pource que quelques Hiftoriens l'ont pareillement mife au nombre des
regiffants, ie ne l'ay obmife.

10. Totilla qu'aucuns nomment Clotide, fille de Clouis Roy de France, efpoufa Alaric ou Almaric, Roy
d'Efpagne, qui luy fit mauuais traictement, pource
qu'elle eftoit de religion contraire: à caufe dequoy fon
frere Childebert luy fit la guerre. Almaric y fut vaincu
en la bataille qui fe donna aupres de Narbonne, & cuidant fe fauuer fut tué par vn foldat, qui luy donna vn
coup de hallebarde dedans le ventre.

Amalassunta
regna. 13.

Theude ou Theodat
14. r. 17. a 5. mois

Ofma femme de
Theodat 15.

13. AMALASSVNTA, fille de Theodoric Roy d'Italie, & mere d'Almaric, luy fucceda, & adopta pour fils Theudio fon coufin, qui la fit noyer dans vn bain.
14. THEVDIO u Theodat, fut fait Roy d'Efpagne, de fon regne les François y entrerent, prinrent & pillerent Arragon, & autres pays circonuoifins: mais iis furẽt par apres

deffaits dedans les deftroits des monts Pyrenees, par l'armee des Vifigots, conduicte
par Theodifcle, ou Theudifelle, grand Capitaine. Cefte deffaicte n'abaiffa les courages
des François, ains au contraire les anima à nouuelles entreprifes: deforte qu'ayant reparé ce qui defailloit en leur armee, retournerent, prinrent Sarragoffe, & autres villes
d'Efpagne, contraignirent les habitas d'abjurer la fecte Arrienne. Childebert pour lors
Roy des François, rapporta de Sarragoffe la chemife de S. Vincent, laquelle il donna à
l'Eglife de S. Germain des Prez lez Paris, qu'il auoit fuict baftir au nom de ce Sainct.
Les François s'eftant retirez, les Gots allerent deuant la ville de Septe cuidas la reprendre fur les Romains, mais s'eftas voulu abftenir de manier les armes vn Dimãche, pour
la reuerence du iour, les affiegez fortirent deffus eux & les deffirent, & en fuite de cefte
perte Theude fut tué en fa chambre, par vn qui feignit eftre fol, pour y auoir entree,
qui luy donna vn coup de dague dedans le flanc. Il regna 17. ans & cinq mois.

11. Ofma femme de Teude ou Theodat, Roy d'Efpagne, s'eftant efprife de l'amour d'vn braue Caualier
François, qui s'eftoit trouué à la prinfe & au pillage de
la ville d'Arragon, fut empoifonnee par le commandement de fon mary.

Theudifelle   16. Agila   Ricelona, femme
r̃ a an 1. m.   5. ans   de Agila , an 1.

15. THEVDISELLE ou Theodifcle, nepueu de Totila Roy des Oftrogots, s'empara
du Royaume d'Efpagne: Il eftoit general des armees des Gots, ou Conneftable, en la
quelle charge il fe porta fi vaillamment, & principalement cõtre les François, que tous
les Primates d'Efpagne le fupportterent en cefte vfurpation: mais depuis fe laiffant aller
à vne vie lubrique & deshonnefte, polliüant par fes paillardifes & adulteres les grandes
familles & honneftes maifons, lefquelles il remplifoit de meurtres, à caufe de ce, quelques Seigneurs Gots le tuerent à Seuille. Il regna vn an & fept mois.

16. AGILA fut éfleu Roy apres la mort de Theudifelle, fon regne fut mal en contreux:
car fi cõmencement ayant affailli la ville & territoire de Cordoüe, qui s'eftoit reuol-
tés, les habitans pouffez autant de defefpoir que d'impatience, d'eftre fi longuement
oppreffez de fes cruautez, fortirent fur luy, & deffirent toute fon armee, & fon fils y fut
occis: & peu apres il fut poignardé à Merida, où il s'eftoit fauué par la faction d'Atanagilde qui luy fucceda, felon aucuns, ayant regné cinq ans, Il traicta fort mal les Chreftiens, & profana les Eglifes, fit fouler aux pieds des chevaux les os des faincts Martyrs,
Afcicles, & Victoire, dont mal luy en prit. Apres ceftuy-cy, quelques hiftoires font regner Atanagilde, ie n'ay pourtant mis fon pourtraict icy : Ils difent que ce Atanagilde
obtint le Royaume d'Efpagne par le decez d'Agila, & que fecretement il eftoit Chreftien, qu'il deteftoit la profeffion Arrienne: de fon temps les Sueues de Galice la laifferent, & eut diuerfes rencontres contre les Romains, tantoft bonnes, tantoft mauuaifes.
Theodoric fut le premier Roy de Galice, qui embraffa la Religion Chreftienne à fa
perfuafion deux defes filles furent mariees, l'vne nommee Brunchilde à Sigebert Roy
de Mets: & l'autre nommee Galfonde à Childeric Roy de Soiffons. Atanagilde mourut de mort naturelle à Tolede, le 14. defon regne, fa femme fe nommoit Goffuintha:
pour n'obmettre rien en cefte hiftoire ie l'y ay inferé.

12. Ricelona efpoufa Agila Roy d'Efpagne, elle fut
d'vn naturel tel que luy, cruel & felon, & totallement
ennemie des Chreftiens. Dieu luy ofta vn fils qu'elle
auoit au fiege de Cordube, où mourut auffi fon mary:
apres le trefpas duquel elle efpoufa Luiba.

17. *Luiba ou Limba*
r. 3. a.

Rora femme de Limba. 13.

17. LVIBA, Loiba, ou Limba, succeda à Agila, par l'election des Barons & principaux d'Espagne, lors qu'il estoit Lieutenant à Narbonne. Il eut deux femmes, sa seconde estoit vefue d'Agila: Il associa auec luy son frere Leouigilde pour administrer le Royaume. Ses gestes n'ont eu besoing d'estre escrits. Ayant regné trois ans, il mourut à Narbonne, sans laisser autre memoire de luy.

13. Rora femme de Limba ou Luiba, Roy d'Espagne, qui n'eut d'elle non plus d'enfans qu'il auoit eu de Ricelona, femme d'Agila son predecesseur.

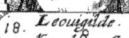

18. *Leouigilde*
r. 18. a.

Theodosia femme de Leouigilde. 14.

18. LEOVIGILDE estant jouyssant du sceptre d'Espagne, fit tant qu'il demeura seul Roy des Gots, tant deça que delà les Pyrenées: Apres le decez de son frere Luiba, adjoignit Grenade au Royaume des Gots, surprint en fin de nuict Cordoüe, qu'il auoit en vain longuement mitée, chassa de la Biscaye ceux qui vsurpoient les villes & Seigneuries, bastit Ripol en Espagne Citerieure, & Victoria en Biscaye: Il admit au gouuernement de l'Estat auec luy Hermengilde & Ricarede, ou Richar, ses fils, quelques-vns disent qu'il en eut trois, qu'ils nomment autrement, à sçauoir Erinelgonde, Leouigilde, & Luiba. Il maria Hermengilde à Ingunde fille de Sigebert Roy des Fraçois, qui à la solicitation de sa belle-mere Gosuinthe, ayant conspiré contre son pere, s'empara de Seuille, & de plusieurs autres places, à quoy l'armee de Leouigilde remedia, & Hermengilde despouillé de toutes ses dignitez, fut confiné à Valence, puis apres decapité par le commandement de son pere vn iour de Pasques. Il n'estoit Arrien comme luy, Leandre Euesque de Seuille l'auoit imbu de la Religion Chrestienne. Durãt son regne Mahomet nasquit. Leouigilde se recognut à la fin de ses iours, se fit Chrestien, se repentit de la cruauté commise enuers son fils aisné. Il mourut à Tolede, lors capitale de son Royaume, ayant regné 18. ans, selon aucuns 22.

14. Theodosia fille de Seuerian Duc de Carthage la neufue, fils de Theodose Roy des Gots, espousa Leouigilde Roy d'Espagne. Elle eut de luy Ricarede & Luiba, aucuns disent dauantage.

Ricarede
regna 15. a. 19 | Badda femme de
Ricarel̃e 1. 15 | Clotoſinde 2 femme
de Ricarede 1. 16

19. RICAREDE, ou Richar, apres le decez de ſon pere, fut couronné par l'Eueſque Leandre, Roy d'Eſpagne, & inſtruict par luy au Chriſtianiſme, reſtitua aux Egliſes ce que ſon pere & ſes predeceſſeurs y auoient oſté, punit le meurtrier de ſon frere Hermégilde, fit chaſtier pluſieurs conſpirateurs : ſa belle-mere fut pareillement punie, pour auoir attenté à ſa perſonne, & Argimund ayant eſté deſcouuert d'aſpirer à la dignité Royale, condáné à eſtre tondu (marque de nobleſſe perduë) auoit la main droicte coupee, eſtre battu de verges, & eſtre mené par toute la ville de Tolede monté deſſus vn aſne, & puis eſtre decapité. Il eut deux femmes. Badda fille d'Artus Roy de la grande Bretagne, & Clotoſinde, ſœur du Roy Childebert : par ce mariage la paix fut entre les François & les Gots, deſquels ayát tenu quinze anſ le Royaume en Eſpagne & és Gaules mourut à Tolede, au grand regret d'vn chacun.

15. Badda fille d'Artus Roy de la grand Bretagne, eſpouſa Ricarede : Elle eut de luy vn fils nommé Luiba deuxieſme du nom, qui ſucceda à ſon pere au Royaume d'Eſpagne.

16. Clotoſinde ſœur du Roy Childebert ſeconde femme de Ricarede Roy d'Eſpagne : ſon mariage amena la paix entre les Gots & les François, qui firẽt entr'eux ceſſation d'armes & d'hoſtilité, & furent tous bons amis.

Luiba ou Limba 2.
20. r. 2. a. | 21. Victoric
r. 7. a. | Emerita femme de
Victeric. 17.

20. LVIBA ou Limba 2. du nom, ſucceda à ſon pere Ricarede, encor en bas aage, auquel il donnoit de grandes eſperances, mais Victeric ou Vittoric s'empara de ſon Royaume, & ayant prinſt ce ieune Prince qui n'auoit que quinze ou ſeize ans, luy couppa la main droicte, & finalement le tüa le deuxieſme an de ſon regne.

21. VICTERIC, Euteric ou Deteric, apres auoir occis Luiba ou Limba, fut Roy malheureux, car les Romains & ceux qui tenoient leur party en Eſpagne, le battirent en pluſieurs rencontres, la ſecte Arrienne cuida eſtre releuee par luy en Eſpagne, il maria Hermemberge à Theodoric Roy de Mets, lequel ne la pouuant cognoiſtre, la renuoya à ſon pere entiere & pucelle, & dit on que Brunichilde qui eſtoit ſoupçonnee d'eſtre Sorciere auoit lié de charme Theodoric, & rendu inhabile enuers ſa femme : En ce téps Mahomet vint en Eſpagne, aagé enuiron de 23. ans : il preſcha ſa doctrine à Cordoüe : mais ayant deſcouuert qu'on le vouloit ſaiſir & apprehender, ils s'enfuit

secrettement. Or ainsi que Victeric auoit faict miserablement mourir l'innocent Prince Luiba ou Limba, fut par iuste vengeance mal-heurensement tué par les siens estant à table: Il regna sept ans.

17. Emerita femme de Victeric Roy d'Espagne, fut Dame de douce conuersation, & doüee d'vne grande humanité & charité, neantmoins Dieu permit qu'elle fust sterille, & qu'elle n'eut aucune lignee de son mary, qui pour regner auoit violé le droict des gents, & commis vn execrable meurtre en la personne de Luiba ou Limba 2. Elle finit ses iours par vne mort violente & inopinee.

22. Gundemar
de Gundemar 18.

22. GVNDEMAR, ou Gundamir, principal auteur de la mort de Victeric, fut creé Roy d'Espagne, environ la sixiesme annee de l'Empire de Phocas, sa femme s'appelloit Hilduare. Ce Roy ordonna la franchise des Temples, defendant que les coulpables qui s'y retireroient ne fussent punis, ny violez: De son temps fut tenu vn Concile à Tolede, auquel l'Archeuesque dudit lieu fut declaré Primat d'Espagne Il eut guerre contre les Gascons, & contre les Romains, auec heureux succez: depuis tombant malade, il vint mourir à Tolede, apres auoir regné 2. ans.

18. Hylduara femme de Gundemar Roy d'Espagne, estoit niece de Phocas Empereur, elle fut d'vn si bon naturel qu'elle ne fascha iamais aucun de ses subjets, & qu'elle adoucissoit le plus qu'il luy estoit possible son mary le voyant en courroux.

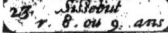

23. Sissebut
r. 8. ou 9. ans
Rachimira femme de Sissebut 19.

23. SISSEBVT ou Sizebuth, paruint à la couronne d'Espagne, apres le decez de Gundamir: Ce Prince eut de belles parties en luy, il fut valeureux & magnanime, sçauant & eloquent: Il chassa hors d'Espagne les Iuifs qui ne vouloient estre baptisez, la France en fut incontinent remplie: Dagobert Roy de France ne les voulut pareillement tolerer ny souffrir, ains fit vn Edict, par lequel il leur estoit enjoint de se renger à la Religion Chrestienne à peine de la vie. On lit és actes de Sissebut, qu'il fit vne loy, par la-

quelle il maudit tous les Roys qui luy succederoient, s'ils permettoient qu'aucū Chrestien fut tenu pour esclaue ou serf en quelque maniere chez vn Iuif. Il fit encore vne autre loy qui notte d'infamie ceux qui s'enfuyroient de l'armée quand elle marché en guerre: il dompta ceux d'Asturie, gaigna deux grandes victoires sur les Romains: au reste fut clement & benin enuers ses ennemis mesmes, rachetant les prisonniers de ses deniers, & les renuoyant francs & libres. Il fonda l'Eglise de saincte Leocadie à Tolede. Ayant regné huict ou neuf ans, il mourut de la peste, laissant son fils Ricarede fort ieune pour successeur en son Royaume, qui vesquit si peu qu'on ne le met au nombre des Roys d'Espagne, on dit qu'il ne dura que sept mois apres son pere.

19. Rachimira espousa Sissebut Roy d'Espagne: Elle fut Dame grandement pieuse & deuote, & sollicita son mary pour chasser & bannir les Iuifs du Royaume d'Espagne, au cas qu'ils ne se voulussent mettre dedans le Nature de l'Eglise, & receuoir le sainct Baptesme: elle le disposa pareillement à faire edifier l'Eglise de saincte Leucadie à Tolede. Il eut d'elle vn fils qui ne regna que sept mois.

Rachimira · Sunthila · Theodora femme de Sunthila

24. RICAREDE, du nom, fils de Sissebuth luy succeda: il ne regna seulement que sept mois, aucuns disent qu'il vesquit aage d'homme.

25. SVINTILLA, fils du premier Ricarede ou Richard, a esté le premier Roy des Gots, qui a obtenu l'entiere dominatiō de toute l'Espagne, & qui en destacina les Rō-mains, reprima les Gascons, & les ayant vaincus, leur fit rebastir les murailles d'Arragon qu'ils auoient rompuës, les condamna aussi à edifier à leurs despens la ville ditte Olit ou Oligit, pres Talasa. On luy attribuë la fondation de la ville de Fontarabie, appellee proprement Ondarriuia, qui signifie en langage Basque, sablon de riuiere, il associa son fils Rechimire en partie du gouuernement du Royaume: & ainsi vesquirent paisiblement, iusques à ce que Sisenand son aduersaire, par la volonté du peuple, & la force que luy presta Dagobert Roy de France, le contraiguit de se desmettre de la dignité Royale, le chassant auec son fils. Il regna dix ans.

20. Theodora fille de Sissebut espousa Sunthila fils de Ricarede premier Roy d'Espagne, & eut de luy Rachimirus, qui regna auec son pere dix ans, & mourut quāt & luy. Suinthila & Sissenand ses deux autres fils luy succederent au Royaume d'Espagne.

26 Sissenand
r. 7. ans
27 Cinthilla
r. 4. a
28 Tulgas

26. SISENAND s'estant colloqué en la place de Suinthila par l'assistance des François, fit tenir vn Concile à Tolede, où s'assemblerent enuiron six cents Prelats de sa Iurisdiction, & dit on de luy, que lors il les pria la larme à l'œil & à genoux, d'auoir soing de l'Eglise, & d'extirper les hereses de toute leur force & puissance. En ce Concile furent reformez plusieurs abus & diuerses choses ordonnees pour le biē de l'Eglise & accroissement de la Religion Chrestienne, les loix & ordonnances de iustice des Gots en Espagne eurent reformation du temps de ce Roy, qui ne regna que 7. ans.

27. CINTHILLA, & selon aucuns Suinthila 2. du nom, fut creé Roy d'Espagne, apres la mort de Sisenand son frere: de son regne le 5. Cōcile se tint à Tolede en l'an 637. & l'annee suiuante vn autre, qui fut le sixieme, où presida l'Archeuesque du lieu, là fut imposée loy perpetuelle aux Roys d'Espagne, qu'aucun ne pourroit d'oresnauant estre esleu Roy, que premier il n'eut presté serment de ne fauoriser les Iuifs en quelque façon que ce fust, & de ne permettre aucun viure, s'il n'estoit Catholique, & de faire ce serment solemnellement, auec les autres, que les Roys font auant leur couronnemēt. Il regna quatre ans.

28. TULGAS, Tolla, ou Tulca, fut esleu Roy des Gots en Espagne. Ce Prince estoit doüé de toutes les vertus qui sont requises à vn Prince, pour auoir esté meur en prudence, valeureux, liberal, courtois à l'endroict d'vn chacun. Il est grandement recommandé, mais il ne vescut gueres car il deceda à Tolede surpris d'vne maladie subite, l'an second de son regne. Sigebert dit, qu'il fut desmis par les Visigots pour ses legeretez & ieunesses, & qu'on le fit estre Ecclesiastique.

29 Sindaunthe
r. 10. a. 7. m.

Riciberga femme
de Sindaunthe 21

29. SINDAVINTHE ou Cindasiunthe paruint au lieu de Tulca, & regna sur les Gots seul six ans, & quatre ans sept mois auec son fils Flauius Reccessiunthe, ou Recisuindo qu'il auoit fait son coadiuteur au regime de ses terres & seigneuries cōme estoit la coustume des Roys Gots, Ce ieune Prince fut deuot & pieux, & studieux des sainctes lettres: & bastit plusieurs Eglises, qu'il renta de grands reueuus. Ce Roy Cindasuinthe mourut par poison: ayant regné, comme dit est, dix ans sept mois: aucuns disent vnze. Il gist auec sa femme Riciberge au monastere de S. Romain, nommé auiourd'huy Hormissa entre Toro & Tordesillas sur la riuiere de Duero.

21. Riciberga gentille Dame d'extraction Gottique, fut femme de Sindathiunthe ou Sindaiunthe, Roy des Gots comme les precedents, & d'Espagne. Elle fut Catholique & charitable enuers les Chrestiens qui passoient par son Royaume, & pour les recueillir fit construire des Hospitaux: elle eut de luy vn fils nom-

mé Receſſiunte, qui ſucceda à ſon pere; puis elle fut
inhumee apres ſon decez au Monaſtere de ſainct Romain, nommé pour le preſent Hormiſga ſur la riuiere
de Duero.

30. Receſſiunthe ... 19. a. 2. m

Saba femme de
Receſſunthe 22.

30. Receſivnthe, ou Reſciundo, reſta ſeul au Royaume des Gots en Eſpagne,
ſon pere eſtant allé de vie à treſpas: Pendant ſon regne trois Conciles ſe tindrent à Tolede: Il obtint de ſa Sainĉteté la primauté des Archeueſchez pour ceſte Egliſe, en l'an
huiĉtieſme de ſondit regne. L'Eſpagne eut vne grande terreur, à cauſe qu'en plain midy les eſtoilles apparurent au Ciel, & qu'il y euſt Eclyſe de Soleil. Ce Receſſiunthe
treſpaſſa à Tolede en l'an dix neuſieſme & trois mois de ſa domination. On l'inhuma
en vne ville qui s'appelloit autrefois Gertic, & maintenant Bamba, au pays de Palence.
Il laiſſa deux freres, à ſçauoir Therfred, qui fut pere de Roderic, dernier Roy des Gots
en Eſpagne, & Iaſila.

22. Saba femme de Receſſiunthe Roy des Gots &
d'Eſpagne, fut ſterile, & n'eut point d'enfans: ce dont
il ſe deſpleut de telle ſorte, qu'il eſtoit peu ſouuent en
ſanté. Venant à mourir il laiſſa deux freres, à ſçauoir
Terfred, qui fut pere de Roderic dernier Roy des Gots
en Eſpagne, & Iaſila.

31. Bamba ... r. 7. a. 1. m

Erminſenda femme
de Bamba. 23

31. Bamba fut eſleu Roy des Gots en Eſpagne, le meſme iour que deceda Receſſiunthe, ne voulant accepter ceſte eſlection, il y eut vn Seigneur Got qui tira ſon eſpee,
& le menaça de mort s'il n'acceptoit l'honneur qu'on luy faiſoit, ce à quoy il conſentit
pour euiter ce qui luy fut arriué de ſon refus. Quirin ou Quirice Eueſque de Tolede, le
couronna en la grande Egliſe de la Vierge Marie: on aſſeure qu'on vid lors iſſir de ſa teſ-
ſte, & d'entre ſes cheueux, vne vapeur comme fumee en forme de colomne: pluſieurs ſe
rebellerent contre luy, deſquels il triompha auec heureux ſuccez, fit ceindre Tolede de
murailles. Vn certain nommé Bruinge, iſſu d'vne fille du Roy Cindaſiunthe, conuoiteux de regner, empoiſonna Bamba, & de ce deuint inſenſé: dequoy ne pouuant eſtre
guery, ſe cognoiſſant inhabile pour gouuerner d'oreſnauant le Royaume, ſe deſmit
de toute charge, & ſe retira en vn Monaſtere appellé Pampliga pres Burgos, où il ra-
cheua le reſte de ſa vie, qui fut de 7. ans & vn mois, ayant eſté Roy neuf ans.

23. Erminſenda femme de Bamba Roy des Gots &
d'Eſpagne, mourut de deſplaiſir & d'enuuy, dequoy
vn nommé Eruinge iſſu d'vne fille de Sindaſiunthe
auoit empoiſonné ſon mary pour regner:elle ne le ſurueſquit que deux heures.

32. Eruinge
regna 7 ans

Luibigola femme
d'Eruinge. 24.

32. ERVINGE fut eſtably au ſiege Royal, & confirma les loix des Roys Gots, pour ſe
mettre en meſme reputation que les predeceſſeurs, fit tenir trois Conciles à Tolede,
pour ſe maintenir côtre les aguets de Theofrede, fils de Bamba, qu'il redoutoit. Il bailla
la fille Ciſilone qu'il auoit eue de Luibigote ſa femme, à vn braue & galland homme,
nommé Egica qui fut ſon gendre, auquel apres le decez d'Eruinge, qui mourut de ſa
belle mort à Tolede, l'an 7. de ſon regne, vint par eſlection le Royaume d'Eſpagne.

24. Luibigola fille de Iaſila frere de Receſſiunthe, fut
femme d'Eruinge ou d'Eringe, Roy des Gots & d'Eſpagne. Il eut d'elle Cixilona ou Siſilona, qu'il donna pour
femme à Egica.

33. Egica
r. 13. a.

Cixilona femme
d'Egica. 25.

33. EGICA, & ſelon aucuns Egican, ayant ſuccedé au lieu d'Eruinge ſon beau-pere,
du premier abord il repulia Cixilone ſa femme, à cauſe de la meſchanceté que ſon pere
auoit commiſe enuers le Roy Bamba, le deſchaſſant de ſon Royaume: Il aduoüa neantmoins l'enfant Vitiza qu'il auoit eu d'elle, & quand il fut grand, il l'admit au gouuernement du Royaume: ſa repudiation fut approuuee par le Concile, qu'il fit à ceſte
cauſe tenir à Tolede. Egica eſtant deſia vieil eſtablit ſon fils Vitiza, côme Vice-Roy à
Gallice, & tint ſon ſiege a Tuy, & puis vint mourir à Tolede, ayant regné treize ans,
on le tint pour Roy ſage & patient.

25. Cixilona ou Siſilona, eſpouſa Egica Roy des Gots
& d'Eſpagne, mais elle fut de luy repudiee pour le
mauuais tour que ſon pere auoit autrefois fait au Roy
Bamba, le deſchaſſant de ſon Royaume. Il aduoüa &
recognut neantmoins pour ſon fils Vitiſſa, qu'il auoit

eu d'elle, & quand il fut en aage il l'associa auec luy au
gouuernement du Royaume.

34 *Vitiza* r. 10. ans

Betaaa femme de
Etissa. 26

34. VITIZA eut la souueraineté du Royaume d'Espagne, apres le deceds de son pere,
aux mœurs & vertus duquel il ne se monstra gueres conforme, le cõmencement de son
regne fut meilleur que la suitte: sa lubricité excessiue fut suiuie de cruauté: fit tuër Fafila, fils du Roy Cindasiunthe: fit arracher les yeux à Theofrede confiné à Cordoüe,
pour l'empescher d'aspirer à la couronne, où le rang qu'il tenoit, & la faueur du peuple sembloient le porter. Autant en pensa-il faire à Pelage, fils de Fasila, qu'il auoit fait
tuër. Tandis que ce Tyran cõmit toutes sortes de meschans actes, les enfans que Theofrede (aueugle) auoit eu de sa femme Ricelone, Dame du sang Royal des Gots, nommez Costa & Roderic vindrent hommes, & pour vanger l'outrage fait à leur pere, im-
plorerent le secours des Romains: ce qui leur fut accordé. Et lors ils deposedederent ce
mal-heureux Vitiza du siege Royal, luy firent creuer les yeux, & le confinerent à Cordoüe, sans tiltre ny honneur, où il acheua le reste de sa vie en misere: ayãt regné dix ans,
delaissa deux fils Sisibut & Eba.

26. Betaca fut mariee à Etissa Roy des Gots & d'Espagne, elle esprouua en sa personne de grands excez de
cruautez de son mary, & quelques histoires tiennent
qu'il la poignarda luy-mesme: elle luy engendra Sissi-
but & Eba.

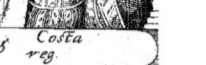

35 *Costa* reg.

Sanara femme de
Costa. 27

35. COSTA fils de Theofrede, à qui Vitiza auoit faict creuer les yeux, entra en l'admi-
nistratiou du Royaume auec son frere Roderic, auec lequel il ne peut gueres regner,
pour estre d'vn naturel fascheux & intollerable, il regna deux ans & 7. mois, quelques
autheurs disent qu'il ne paruint à la dignité Royale, & que Roderic son frere, feignant
auoir quelques affaires secrettes auec vn Seigneur des plus grands entre les Mores, l'y
enuoya, mais qu'il n'en retourna point: & à ceste occasion ne le mettens au nombre des
Roys.

27. Sanara femme de Costa Roy des Gots & d'Espagne, fut Dame fort chaste, bien que recherchee, & par
la poursuitte de quelques mignons qui luy repro-

choient bien souuent que son mary estoit grandement laid, & indigne d'elle, sans neátmoins en aduertir
Tondit mary, de peur de le mettre en courroux : elle les
rembarra si bien qu'ils n'eurent point d'aduantage sur
son hôneur, & eut de luy deux fils qui luy succederent.

36. Roderic
reg.

Alodia femme de
Roderie. 28.

36. RODERIC entré qu'il fut en la Monarchie d'Espagne, r'appella d'exil son cousin
Pelage, qu'il constitua son Lieutenant, poursuiuit auec toutes sortes d'inhumanitez &
barbaries, les enfans de Vitiza, qui pour attendre le temps propre pour se venger, passerent en Afrique, où Recila les recueillit. Il ne fut moins paillard que Vitiza : car il osa
entreprendre de violer Sana, ou Saba, fille du Comte Iulien, qui se ressentant de l'injure receuë en la virginité de sa fille, luy suscita infinis ennemis , & qui le battirent : côme
aussi il se sit part pour se venger. Roderic fut desfait luy & ses gés en vne bataille qui
dura huict iours, au bout desquels la victoire tourna du costé des Mores , conduits par
leur gouuerneur Musa, ou Muça : aucûs disent, que comme il veid son armee extermi-
nee , qu'il quitta ses ornemens Royaux & son cheual qu'on nommoit Orelia, afin de
n'estre remarqué, & se sauuer plus facilemét , & depuis ne fut veu. On trouua plusieurs
annees apres vn tombeau, auec vn Epitaphe de luy, en la ville de Visto en Portugal. En
ce Roy finit le Royaume des Gots : son regne est incertain. Apres que Roderic eut perdu la bataille , les Chefs de l'armee des Mores & des Sarrazins establirent pour Roy en
vne partie d'Espagne

28. Alodia Dame de grande continence, & de mœurs
vertueuses, espousa Roderic Roy des Gots & d'Espagne, mais elle ne trouua en luy le traictement qu'elle
meritoit : aussi ne suy dura-elle gueres, & ne luy engendra aucuns enfans.

37. Bellazin
reg.

38. Acabat
r.

37. BELLAZIN fils de Musa, ou de Muça, qui estoit l'vn de leurs conducteurs , puis
s'en retournerent en Afrique pour faire d'autres expeditions. Les vingt annees suiuantes l'Espagne fut gouuernee par quinze Roys Mores, qui pour la conuoitise qu'ils a-
uoient de regner , s'entretuerent les vns les autres.
38. ACABATH gouuerna le Royaume à son tour, il fut de nation More , & par consequent cruel, il se maintint si bien auec force & violence , qu'il regna longuement :

pendant son regne il fit mourir plus de trois cents hommes issus des Roys ses predecesseurs, il y eut interregne entre luy & Pelage. Quelques Historiens ne mettent ces
deux au nombre des Roys d'Espagne, & apres Roderic ne mettent que Pelage.

39. Pelage *Gaudiosa femme*
r. 19. a *de Pelage. 29.*

39. P E L A G E fils de Fafila, gouuerneur de la Biscaye, que Vitiza auoit tué, n'estant encore Roy, pour concubiner plus familierement auec sa femme, eut beaucoup de peine
à eschapper sa vie des perils de la mort auant qu'estre Roy. La prouidéce diuine l'auoit
ordonné, pour commencer la deliurance d'Espagne. Pendant que les Mores l'occupoient, il eut à supporter de grandes & fascheuses charges durant cinq années, au bout
desquelles il print resolution de quitter les montaignes, le difficile accez desquelles luy
auoit donné moyen de se guarantir de ses ennemis, & vint aux Asturies d'Ouiedo, pour
secourir les Chrestiens: Là estoit vn certain Numatius, autrement dit Mugnuza, Chrestien de profession, qui gouuernoit pour les Mores le pays de Sigion: & celuy sortant
des limites de l'honnesteté, viola la sœur de Pelage, qui estoit fort belle & gracieuse,
tandis qu'il l'auoit enuoyé vers le grand Amirant Musa, en Ambassade: cela estant venu à la cognoissance de Pelage, il se retira auec sa sœur dans le plus fort pays des Mors
d'Asturie, guettant l'occasion des'en venger. Mugnuza desesperé d'auoir perdu sa maistresse, s'arma contre luy, & donna à entédre aux Gouuerneurs des Arabes qui estoiét
en Espagne, que Pelage faisoit des entreprises contre leur Estat. Cét aduis leur fit enuoyer des gens à Mugnuza, pour l'opprimer: mais la vigilance ordinaire de Pelage le
guarantit de ceste tempeste de gens-d'armes qui menaçoit son chef, il passa la riuiere de
Piruina, & se ferma dedans le val de Cangas, où il se joignit auec grand nôbre de Chrestiens, que la crainte qu'ils auoient des Mores auoit fait retirer en ces lieux, les ayant
trouuez prompts, & affectionnez de s'employer pour la deliurance de leur pays: il print
la charge de les conduire en si genereuse entreprise, à ceste occasió ils l'esleurent pour
le Roy & Capitaine des Chrestiens dispersez, nul auparauant luy n'auoit eu ce tiltre aux
Asturies. Le bruict de ceste eslection ayant couru par tout, grande affluence de Chrestiens se vint incorporer auec son armee, dequoy l'armee Moresque fut retardée de
son dessein, & s'alla retirer à Serdouë. Pelage estoit de nation Gotique, sage, & magnanime: il defit auec mil hommes seulement plus de vingt mille Mores, où fut tué Al-
caman leur chef, sur le mont Auseba, en l'an 718. poursuiuant ce qu'il auoit entrepris,
ayant vne armee qui s'estoit bien amplifiée de Chrestiens, gaigna sur les Mores la ville
de Leon, & se fit nommer Roy d'Ouiedo, à cause qu'il auoit esté assisté genereusemét
en ses expeditions d'vn Seigneur Biscayn nommé Alphonse descendu de la race Royale
de Ricarede, il luy donna pour femme sa fille Ormisinde, de laquelle & dudit Alphonse sont sortis les Roys de Leon. Apres auoir fait plusieurs beaux faicts d'armes, le Roy
Pelage mourut à Cangas, l'an de salut 735. laissa pour successeur son fils Fafila. Il regna
19. ans, & selon aucuns 20. il est ensepulturé auec sa femme Gaudiouse en l'Eglise de
saincte Eulalie de Valama.

29. Gaudiosa Dame tres-sage, vertueuse & bien nour-
rie, fille d'vn Seigneur de Biscaye, qui auoit à forces
ouuertes grandement assisté & aydé Pelage pendant
ses trauerses, fut sa femme. Il a esté le premier nommé
Roy d'Ouiedo: elle eut de luy Ormisinde qui espousa
vn grand Seigneur de Biscaye nommé Alphonse, & vn
fils nommé Fafila, qui succeda à son pere. Son corps
repose en l'Eglise de saincte Eulalie de Valma, où est
celuy de son mary.

40. *Fafila* | *Froleua femme*
r. 1. ou 2. ans | *de Fafila.*
30.

40. FAFILA fils de Pelage, fucceda au Royaume d'Afturie & d'Ouiedo. Les Chreftiens ne luy furent fi recommandables, comme ils auoient efté à fon pere, des vertus duquel il forligna, fans fe fouuenir de fon extraction, ny de la confuruation de fon Eftat, mais perdant fon temps apres les femmes defordonnees, & s'addonnant plus qu'il ne deuoit aux plaifirs de la chaffe, il n'agrandit fa domination, ains fut diminuee par Alfatan, Gouuerneur pour les Mores en Espagne. Il eut vn court regne, aucuns ne le font regner qu'vn an, & les autres deux. Il mourut à la chaffe pourfuiuant vn Ours qui le tüa, eftant abandonné des fiens: luy & fa femme Froleua font enfeuelis tous deux en l'Eglife de fainéte Croix pres Cangas.

30. Froleua femme de Fafila fille de Pelage Roy d'Afturie & d'Ouiedo, n'eut point de lignee, à caufe dit-on que quelques-vns qui pretendoient à la Royauté luy auoient fait donner quelque breuuage qui l'auoit empefchee d'eftre fertile: elle eft inhumee en pareil fepulchre que fon mary en l'Eglife fainéte Croix pres Cangas.

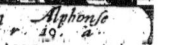

41 *Alphonfe* | *Ormifinda femme*
r. 19. a. | *d'Alphonfe 1.* 31.

41. ALPHONSE premier du nom, & troifiefme Roy d'Ouiedo, fils de Don Piette, Gouuerneur de Bifcaye, fucceda à Fafila, à caufe de fa femme Ormifinde, fille de Pelage, & fœur de Fafila, l'an de grace 737. ç'a efté la premiere femme qui a fucced à la couronne d'Efpagne: La deuotion & la pieté qui furent en cét Alphonfe, luy acquirée le nom de Catholique. Ce Prince fut grandemét curieux de renter & ornet les Eglifes, il eut auffi l'ame belliqueufe, & fit de grandes conqueftes fur les Sarrazins, leur oftant la deuxiefme annee de fon regne les villes de Lugo, Tuy, Aftorga, & grande partie de la vieille Caftille, & en apres Porto, Beja, Flauia, Ledefma, Zamora, Cinancas, le païs de Bureba, Braga, Vila, Salamanca, & autres villes de Portugal, Leon, Caftille, Nauarre, reintegrant les Euefques en leurs anciennés prerogatiues & authoritez, protegeant les Ecclefiaftiques: ramaffant de toutes parts des liures pour dreffer des Librairies en plufieurs endroicts de fa domination. Il adioufta à fes conqueftes les princes de Pampelûne & de Tolede, où il y mit pour Euefque Cixila homme fainét & fçauant, qui fut depuis Pape. De fon temps furent veus trois Soleils en Efpagne, & par l'efpace de deux ans il ne pleut aucunement, ce qui caufa vne grande fterilité de bleds & de vins. Peu apres mourut le bon & Religieux Prince Alphonfe, aagé de 64 ans, ayât regné 19. ans. Luy & fa femme Ormifinde, furent inhumez au Monaftere de fainéte Marie à Cangas. Il laiffa trois fils, Froila qui luy fucceda au Royaume d'Ouiedo, Vimaran, Aurele,

& vne fille nommee Odefinde, il eut auſſi d'vne fauorite vn fils nommé Mauregat, pluſieurs l'ont tenu pour ſainct, & diſent que lors qu'on faiſoit ſes funerailles, on ouyt des
voix chantans en l'air ce verſet en Latin: *Ecce quomodo tollitur iuſtus, & nemo conſiderat,
ablatus eſt à facie iniquitatis, & erit in pace memoria eius.*

31. Ormiſinda ou Ermiſenda fille du Roy Pelage, eſpouſa Alphonſe troiſieſme Roy d'Ouiedo & d'Eſpagne: elle qui a eſté la premiere femme qui a ſuccedé à la
Couronne d'Eſpagne par la mort de Faſila, laiſſa trois
fils, Froila qui ſucceda au Royaume d'Ouiedo, Vnua-
ran, Aurelle, & vne fille appellee Odeſinthe. Son corps
giſt en l'Egliſe de ſaincte Marie à Cangas.

D. Froila
42 r. ij a 6 m.

Menina femme de
dom Froila 1. 32

42. FROILA ſucceda à ſon pere Alphonſe, comme l'aiſné au Royaume d'Eſpagne,
l'an de grace 756. il fut d'vn naturel aſſez mal aiſé à gouuerner, & plus enclin à la ſeueri-
té qu'à la douceur, il fonda la ville d'Ourcle Metropolitaine d'Aſturie, où il tint ſon
ſiege. On luy attribuë l'eſtabliſſement d'vne ordonnance, qui interdit aux Preſtres d'Eſpagne, le mariage qui leur auoit eſté permis depuis le regne de Vitixa, ayant iceux ran-
gez au decret du Pape Gregoire premier. Il deffit en vne bataille cinquante quatre
milles Mores, qui eſtoient conduits par vn de leurs Gouuerneurs en Eſpagne nommé
Joſeph, & en deſcharga les confins de Galice, & donna vne chaſſe honteuſe au reſte
de ceſte gent il euſt pour femme la fille d'Eude Duc d'Aquitaine, nommée Menine, ou
Momerane, de laquelle il euſt Alphonſe dict le Chaſte, Bermond ou Veremoud, & vne
fille nommee Ximena, il mit le premier en vſage le tiltre de Don, duquel les Roys, &
autres Seigneurs d'Eſpagne vſent encores à preſent. La jalouſie luy fit commettre le meurtre de ſon frere Vimaran. La repentance l'ayant ſaiſi, il adopta le fils de Vimaran pour
luy ſucceder. D. Aurele ſon frere le tüa en vengeance de la mort de Vimaran. Froila regna enuiron 11.ans & demy, & giſt à Ouiedo, & ſelon aucuns à Cangas.

32. Menina Momerané ou Moyna, fille d'Eude Duc
d'Aquitaine, eſpouſa Froila. Il eut d'elle Alphonſe ſurnommé le Chaſte, Beremond ou Veremôd, & vne fille
appellee Ximena. Son corps repoſe à Cangas, aucuns
diſent à Ouiedo: ce Froila meit le premier en vſage le
tiltre de Don.

D. Aurele   D. Silo   Dona Odisinda fem. de Don Silo.   33

43. DON AVRELE succeda au Royaume d'Ouiedo, par le péricide qu'il commit en la personne de son frere en l'an 767, combien qu'iceluy eust laissé D. Alphonse, dit le Chaste, & autres enfans. La haine que les Seigneurs du pays porterent à son pere, luy fit empeschement de paruenir à la couronne plus que sa minorité: Ce Roy fut fin & caut, ayma neantmoins plus la paix que la guerre. On le taxe de ce qu'il capitula auec Abderamen pour l'auoir, & qu'il luy accorda pour tribut annuel certain nombre de pucelles. Il donna sa sœur Odisinde pour espousée à vn Cheualier nommé Don Silo, on ne trouue point qu'il ait eu femme ny enfans. Il regna sept ans, & gist à Cangas.

44. DON SILO mary d'Odisinde ou d'Vsende fut fait Roy d'Espagne, côme le plus proche de la couronne par sa femme sœur d'Aurele, l'an 774. les commencemens de son regne luy donnerent de fascheuses atraintes, plusieurs se rebellerent contre, luy desmians obeyssance: il les régea en fin par vne victoire qu'il gaigna sur eux sur le mot Zebrero, puis recognoissant qu'il n'auoit point d'enfant, se deschargea de sa souueraineté és mains de Don Alphonse dit le Chaste, neueu de sa femme, qui luy fut comme coadiutrice au maniement des affaires & de l'Estat, & suiuit vne vie paisible & tranquille, puis mourut, ayant regné 7 ans, & selon aucuns neuf. On l'inhuma à Ouiedo, au temple de sainct Iean qu'il auoit basty.

33. Dona Odesinda ou Vsenda, apporta le Royaume d'Ouiedo à son mary Don Silo, par le decez de son frere Aurelle. Ils n'eurent point d'enfans ensemble, les corps de l'vn & l'autre gisent à Ouiedo en l'Eglise sainct Iean.

45. D. Mauregato   D. Felica femme de D. Mauregato.   34

45. D. MAVREGAT oncle de L. Alphonse dit le Chaste, & frere bastard de son pere Alphonse premier du nom, conuoiteux de regner, chassa Alphonse son nepueu hors des Asturies & de Leon, par le complot qu'il fit auec les Mores, & l'ayde qu'il eust d'eux, & fut contrainct de se retirer és terres de Biscaya & d'Alana, où il se garra contre les poursuites de ce Tyran, qui pour remunerer les Barbares de leur assistance, fit pact auec eux de leur enuoyer chacun an pour tribut cinquante filles de noble race, & autant de condition roturiere: cét acte brutal & infame le fit hayr. Son regne ne passa cinq ans & cinq mois. Il mourut sans enfans, & fut ensepulturé en la ville de Prauia.

34. D. Felica espousa Mauregato Roy des Asturies & d'Ouiedo, fils naturel d'Alphonse, surnommé le Catholique: elle n'eut lignee de luy, & est enterree en la ville de Prauia.

46. D. Veremonde roy a 6 m

D. Imilona femme de D. Beremond. 35.

46. D. BEREMOND ou Veremond, fils de Froila, euft apres le decez de Mauregat le Royaume d'Ouiedo & de Leon en fa domination, fe maria auec Dona Imilona, de laquelle il euft deux fils, Ramir & Garcia: puis s'abftint de fa compagnie, craignant de là en auāt d'offenfer Dieu, pource qu'il auoit efté promeu aux Ordres Ecclefiaftiques, jafques au Diaconat. Preferant donc fon eftat Clerical à l'adminiftration d'vn Royaume, il fe defpouilla de cefte dignité pour en veftir fon frere Don Alphonfe, l'an 2. ou 3. de fon regne, & vefcut auec luy 4. ans & 6. mois: on dit qu'il fe fit Moyne, & fa femme Religieufe. Il gift à Ouiedo.

35. D. Imilona femme de Beremond Roy des Afturies & d'Ouiedo, apres auoir eu de luy deux fils, Ramiras & Garcias, vefquirent chaftement & continemment enfemble; puis quelque temps apres du confentement de l'vn & de l'autre, Veremond fe rendit Moyne, & elle Religieufe.

D. Alphonfe 2. 30. ou 41. ans

D. Bertha femme de D. Alphonfe 2. 36.

47. D. ALPHONSE deuxiefme dit le Chafte, à caufe de fa grande continence, print poffeffion du Royaume d'Efpagne, & feul fut Roy aux Afturies d'Ouiedo, fans compagnon, Don Beremond eftant allé de cefte vie en l'autre, & Alphonfe vefcut faincfement & chaftement, fans auoir mefme compagnie de fa propre femme nommee Berte. Il fut liberal, craignant Dieu, pieux, amy des gens d'Eglife, grand baftiffeur de Cōuents, mais auec tout cela vaillant, guerrier, fage, & grand iufticier: de forte qu'il ne s'efpargna pas à punir le mariage clandeftin de fa fœur Ximena, auec Don Sandias, duquel fortit Bernard del Carpio. La fabrique de l'Eglife de fainct Sauueur en Ouiedo luy eft attribuee, il l'a augmentee de plufieurs precieux reliquaires. On dit qu'en icelle il y a vne Croix qui a efté faicte par deux Anges: On l'eftime le fondateur de S. Iacques de Compoftelle: il deffit feptante mille Mores qui auoient gafté vne grande partie des Afturies: de fon temps arriua la deffaicte des François à Ronceuaux, où mourut Roland. Le Roy Don Alphonfe, apres plufieurs beaux actes par luy faicts, mourut l'an 824. apres auoir regné 29. ans, & felon quelques hiftoriens Efpagnols 41. an. Il gift en l'Eglife de faincte Marie à Ouiedo qu'il auoit fondee.

36. D. Bertha efpoufa Alphonfe dit le Chafte, Roy des Afturies, d'Ouiedo & d'Efpagne, mais ils vefquirent fainctement & continemment par enfemble, fans fe

cognoiſtre charnellement : elle a eſté reputee par aucuns pour ſaincte, & diſent qu'en touchant ſon tombeau qui eſt dedans l'Egliſe de ſaincte Marie à Oui do,
quelques infirmes ont eſté guaris.

48. D. RAMIR fils de Bermond ou Veremond, dit le Diacre, ſucceda à Alphonſe
ſon oncle, qui le prefera à D. Bernard del Carpio, fils de ſa ſœur Ximena, fut Prince genereux: entrant à la couronne, il priat vne Dame nommee D. Vrraca, natifue de Caſtille, dont naſquirent deux fils; D. Ordogne qui luy ſucceda, & D. Garcia. La guerre
ciuile le trauailla par la rebellion de Nepotian qu'il vainquit, & le fit enfermer en vn
conuent de Moynes, où on luy creua les yeux. Les Normans ſous la conduitte de Rol-
lo luy firent la guerre, mais en fin il en fit vne grande rurie, au lieu du Far, pluſieurs
rebellions, comme celle d'Alderel, & de Piniol le trauaillerent, dont il vint à bout
apres quelque dommage qu'il auoit receu des Mores. Sainct Iacques s'apparut à luy
de nuict qui l'encourage de raſſaillir de rechef les Mores luy promettant la victoire,
& de l'aſſiſter en perſonne. Cela fut: car le matin enſuiuant, les armées eſtans venuës
aux mains, S. Iacques fut veu ſur vn cheual blanc, portant vn eſtendart blanc auec vne
Croix Rouge, combattant & encourageant les Chreſtiens qui deffirent leurs ennemis.
En ſon honneur il donna de grands reuenus à l'Egliſe de Compoſtelle, & inſtitua l'ordre des Cheualiers de S. Iacques. Il regna 6. ans & 9. mois.

37. D. Vrraca natifue de Caſtille, eſpouſa Don Ranair,
fils de Vermond Roy d'Eſpagne, qui inſtitua l'Ordre
des Cheualiers de ſainct Iacques de Compoſtelle. Il
eut d'elle D. Ordogne qui luy ſucceda, & D. Garcias.

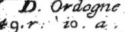

49. D. ORDOGNO ſucceda à Ramir ſon pere au Royaume d'Ouiedo & de Leon,
l'an 851. & eſpouſa vne Dame nommee D. Momadona ou Munia donna, de laquelle il
eut cinq fils, à ſcauoir D. Alphonſe, qui fut Roy apres luy. Don Bermond, D. Nugne,
D. Odoaire, D. Fruela, & vne fille. Il reconquiſt ſur les Mores la ville d'Albayda, & l'a
remit en la puiſſance des Chreſtiens: il fut fort affligé des gouttes, & mourut de deſplaiſir que ſes gens qu'il auoit enuoyez au ſecours de Toiede, furent deffaicts par les
Barbares, ſon regne fut de dix ans.

38. D. Moma ou Munia, femme de Don Ordogne, fils de Veremond Roy d'Eſpagne, eut de luy cinq fils, à ſcauoir D. Alphonſe

qui luy ſucceda, D. Bermond, D. Nugno, D. Odaire, D. Fruela, &
vne fille. Ceſte Dame eut de grandes perfections, & ayma ſur
toutes choſes la pieté, & la charité : elle mourut d'vne mauuaiſe
couche. Son corps repoſe à Ouiedo.

D. Alphonſo 3.
50. r. 46 a

D. Amelina femme
de D. Alphonſe 3. 39.

50. D. ALPHONSE troiſieſme du nom, ſurnommé le Grand, ſucceda à ſon pere Ordogno : iceluy craignant que ſes freres ne luy tramaſſent quelques menées & deſordres en ſon adminiſtration, leur fit creuer les yeux. Il eſpouſa vne Dame du ſang
Royal de France, nommée Ameline, qui changea ſon nom en D. Ximena, & engendra
d'elle quatre fils, D. Garcia, D. Ordogno, D. Fruela, ou Froila, qui regnerent, & D.
Gonçale. L'Archediacre d'Ouiedo, qui à la ſuſcitation de leur mere, le forcerent de
quitter ſon Royaume, ayant regné quarante-ſix ans : & tient on qu'il fut quelque tẽps
apres Lieutenant de ſon fils Garcia, & qu'il mourut en la ville de Zamora, fut enſeuely
à Aſtorga, & tranſporté depuis à Ouiedo.

39. D. Amelina qui changea ſon nom en celuy de D. Ximena,
eſtoit de la Maiſon de France, & du ſang Royal. Alphonſe troiſieſme Roy d'Eſpagne, deſirant ſ'allier en icelle afin d'eſtre aſſiſté
des forces Françoiſes, pour reſiſter aux Mores qui le trauail-
loient, & ſ'efforçoient de le chaſſer de ſon Royaume d'Eſpagne.
Elle eut de luy quatre enfans, Don Garcia, Don Ordogne, Don
Fruela ou Froila, & D. Gonçale : elle treſpaſſa de ioye, luy ayant
eſté rapporté que ſon mary auoit deffaict vingt mille Mores, qui
ſ'eſtoient mis en campagne pour ſ'inueſtir des Aſturies.

D. Garcia
51. reg

D. Totla femme de
D. Garcia.   40

51. D. GARCIA premier de ce nom, eſt noté d'impieté pour auoir depoſſedé ſon
pere Alphonſe apres ſon deceds, ce Garcia arma contre les Mores, fit de grandes courſes, & beaucoup de degaſt dedans vne grande eſtenduë du pays qu'ils tenoient, & venu
aux mains auec leurs armées, il la vainquit, & print leur General nommé Ayola qui
ſ'eſchappa, à faute d'eſtre bien gardé. Ce fut le dernier des exploicts de D. Garcia : car
il mourut peu apres, ſans laiſſer lignée de ſoy, en la ville de Zamora, l'an 880.

40. D. Toda ſorty de la Maiſon de Nauarre, eſpouſa D. Garcia
Roy d'Eſpagne, qui voyant qu'elle eſtoit ſterile, & qu'elle ne
pouuoit auoir lignée, la repudia, & entretint vne concubine en

son lieu, de laquelle il eut plusieurs enfans qui s'entre-haïrent mortellement, & se deffirent les vns les autres.

D. Ordogne 2.
52.
D. Munia 2. femme
de d'Ordogne 2. 41

51. D. ORDOGNO 1. du nom, succeda à son frere au Royaume d'Ouiedo. Il fit renaistre en luy la bonté & la pieté de son pere, & fut grand sectateur de ses vertus, fit construire plusieurs Eglises, & erigea Mondognedo en siege Episcopal. Il se maria à Munia dona, ou Eluira, qui luy donna quatre fils, D. Sancho, D. Alphonse, D. Ramir, D. Garcia, & vne fille D. Ximena. En secondes nopces il espousa D. Radegonde de Castille, & en troisiesme l'Infante de Nauarre & d'Arragon, D. Sancha, fille du Roy Garcias Inigo, & D. Vrraca. Les Mores qui auoient esté endommagez par luy en Galice, eurent leur reuanche au val de Ionquera : Il fit occire quatre Contes de Castille sans occasion, ce qui souilla ses gestes precedens, depuy les Nobles & le peuple se rebellerent contre luy. Vn an apres ce cruel acte mourut le Roy d'Ordogno, ayant regné 8. ans & six mois, & fut enseuely à Leon, & gist à saincte Marie Majeur. Ce fut le premier des Roys qui print le tiltre de Roy d'Ouiedo & de Leon ensemble.

41. D. Munia ou Eluira, fut femme d'Ordogne 2. du nom, qui succeda à son frere au Royaume d'Ouido. Il eut d'elle quatre fils, Don Sancho, D. Alphonse, D. Ramir, Don Garcia, & vne fille appellee Ximena.

D. Radegonda 2. fem.
de d'Ordogne 2. 42
D. Sancha 3. fem. de
d'Ordogne 2. 43

42. D. Radegonda Princesse de Castille, & Dame de grands merites, causa de grandes guerres en Espagne pour sa beauté, qui la fit rechercher de plusieurs Princes en mariage, & entr'autres d'vn Vriman, duquel les Mores faisoient grand estat. Iceluy pour l'auoir fit d'estranges desseins, & meit à feu & à sang plusieurs contrees de l'Espagne, mais en fin il fut exterminé par Ordogne. Il espousa ladite Radegonda en seconde nopces.

43. D. Sancha Infante de Nauarre, fille de Garcias Inigo Roy de Nauarre, fut la troisiesme femme d'Ordogne, Roy d'Ouiedo & d'Espagne.

D. Mainna femme de
Fryila 2. 44

53. D. FRVELA, ou, Froila 2. du nom, vſurpa ſur les nepueux D. Alphonſe, & D. Ramir, enfans de don Ordogno, les Royaumes d'Ouiedo & de Leon, & les exila, il eſpouſa vne Dame nommée D. Manina, ou don Nugna, delaquelle il euſt trois fils. Il eſtoit
valetudinaire & infecté de la lepre : on dit qu'il ne regna que 14. mois, & qu'il eſt inhumé en l'Egliſe principale de Leon.

44. D. Mainna ou Nugna, eſpouſa Froila deuxieſme du nom,
Roy d'Ouiedo & de Leon. Il eut d'elle (bien que valetudinaire
& infecté de la lepre) trois fils, & ſelon aucuns quatre; Don Alphonſe, D. Ramir, D. Ordogne, & D. Froila : Elle fut Dame de
grande amitié, & qui ayma les gens d'Egliſe, & viſitoit ſouuent
les Hoſpitaux, & faiſoit de grandes aumoſnes aux pauures.

D. Alphonſe &
y. 6. 44

D. Vrraca fem. de
D. Alphonſe 4. 45

54. ALPHONSE 4. du nom, apres la mort de D. Froila, s'entra en la ſucceſſion de
ſon pere, on le ſurnoma le Moyne & l'Aueugle, par faute de courage il remit la charge de ſon Royaume à D. Ramir ſon frere, & ſe retira au Monaſtere dict Dominus Sa-
ctus, & preſent Saliagun, & y print l'habit de Moyne, n'ayant occupé le ſiege Royal que
cinq ans & demy, il euſt vn fils de ſa femme D. Vrraca Ximena qu'il appella Ordogno, depuis ſurnommé le mauuais.

45. D. Vrraca Ximena ou Imena, eſpouſa Don Alphonſe quatrieſme, nommé le Moyne, aueugle, qui par ſa puſillanimité &
faute de courage, remit la charge de ſon Royaume entre les
mains de Don Ramir ſon frere, qui s'en acquitta mieux qu'il n'a-
uoit faict. Il eut de ſa femme vn fils nommé Don Ordogne, qui
depuis à cauſe de ſa malignité & cruauté plus que barbare, fut
ſurnommé le Mauuais.

55. D. Ramir 2.ᵉ r̃. 21. à̃. 2.ᵐ̃ 113.   D. Teresa femme de D. Ramir. 2. 46

55. D. RAMIR 2. du nom, paruint inopinément au Royaume d'Ouiedo & de Leon, & de là en auant le tiltre Royal fut attribué à la cité de Leon, taisant Ouiedo, d'autant que cefte ville eftoit la plus grande & plus peuplée de tout l'Eftat de ces Roys. Il femaria à D. Thereſa, fille du Roy D. Sancho, Abarca, de Nauarre, de laquelle il eut trois fils, Don Ordogno, & Don Sancho, & vne fille Dona Eluira Il fit creuer les yeux à vn ſien frere, & à ſes nepueux, & les confina au Monaftere S. Iulien. Le Monaftere de S. Sauueur de Leon fut bafty par luy, pour y mettre religieuſe ſa fille Dona Eluira, où il giſt. Il mourut de mort naturelle à Leon, ayant regné 11.an, 1.mois.

46. Dona Tereſa fille du Roy de Nauarre Don Sancho Arbaca, eſpouſa Don Ramir 2.Roy d'Ouiedo & Leon : elle demena vne grande ſanctimonie de vie, auſſi Dieu luy voulut-il dõner lignée, pour ſucceder à ſon mary. Elle luy engendra Dõn Ordogne, D. Sancho, & vne fille, nommée Eluira, pour laquelle mettre en religion elle fit baftir le Monaftere de ſainct Sauueur à Leon, où elle finit ſes iours ſainctement & religieuſement.

56. D. Ordogne 3.ᵉ r̃. 5. a   D. Vrraca et D. Eluira femmes de D. Ordogne.

56. D. ORDOGNO 3. du nom, ſucceda à ſon pere. D. Ramir, ayant deffaict maints ennemis, entra és terres des Mores, qu'il mit en deſolation. Sa femme D. Vrraca ſuſpecte de ce qu'il s'eſtoit paſſé contre luy, fut par luy repudiée, bien qu'il euft eu d'elle vn fils nommé Sancho, & print en ſon lieu vne Dame nommée Dona Eluira, dont il eut Don Bermond, faiſant deſſein de guerroyer encore les Mores, vne maladie le ſaiſit en la ville de Zamora, où il treſpaſſa l'an 5. de ſon regne.

47. D. Vrraca eſpouſa Don Ordogne Roy d'Eſpagne, fils de D. Ramir 2. du nom, & eut de luy vn fils nommé D. Sancho: puis il la repudia, & print en ſon lieu vne Dame nommée Eluira, dont il eut encores Veremond deuxiefme.

57. D. Ordogno 4. de ce nom, fils d'Alphonse 4. qui auoit esté fait aueugle par
son frere, occupa le siege Royal quelque temps, contre le consentement & volonté de
la Noblesse & du peuple. On le surnôma le mauuais : Il se maria à D. Vrraca, qui auoit
esté repudiee par don Ordogno 3 du nom, pource qu'il vesquit tyranniquement & tu-
multueusement auec ses subjects, il mourut à Cordouë, où il fut occis, ayant esté vaincu par Sancho premier du nom, fils d'Ordogno 3. Il ne regna gueres.

48. D. Vrraca veufue de Don Ordogne 3. & de luy repudiee,
espousa en secondes nopces Ordogne 4. qui auoit esté fait aueugle par son frere Ramir 2. du nom, de peur qu'il ne regnast. Par
les pratiques de ladite Vrraca, la Noblesse le porta à la Royauté,
de laquelle il n'eut pas longue iouyssance, pource que la tyrannie
qu'il exerçoit sur ses subjects luy causa sa mort en vne sedition
populaire qui se fit à Cordouë. Il ne regna gueres.

58. D. Sancho premier du nom, fils d'Ordogno 3. acquit la dignité Royale, par ses
armes : on le nomma le Gras. Vne Dame nommee D. Theresa sa femme, luy donna va
fils qui luy succeda. Vn Gouuerneur de Galice nommé Gonçales, à qui le Roy auoit
pardonné quelques entreprinses qu'il auoit faites sur son Estat, l'empoisonna d'vne
pomme qu'il luy presenta, dont il mourut sur le chemin de Leon, cuidant s'en retourner. Il regna 12. ans, & repose à S. Sauueur de Leon.

49. D. Teresa Princesse tres-vertueuse, espousa Don Sancho
premier du nom, Roy d'Espagne, surnommé le Gras. Il eut d'elle
vn fils qui luy succeda.

D. Ramir 3. regna 28. a. 59

D. Vraca femme de D. Ramir 3. 50

59. D. RAMIR 3. du nom, fut eftably Roy à Leon, apres la mort de fon pere D. Sancho, à l'aage de cinq ans, fa minorité donna fubiect à quelques flottes de Pirates Normans, de rauager & faire de grands degafts fur les coftes de Galice, fa mere Therefa fut
fa regente, & admit en cefte charge fa tante Eluira Religieufe. Il print à femme vne
Dame nommee Vraca, dont il n'eut point d'enfans, fes vices & fes voluptez le meirent en la hayne de fes fubjects, qui en fon lieu efleurent Bermond ou Veremond, &
mourut apres auoir regné 25. ans, fon corps fut enterré à Deftriana, & depuis tranfpor-
té à Aftorga.

50. D. Vraca iffuë d'vne race tres-illuftre & ancienne de Barcelone, fut mariee à D. Ramir 3. Roy d'Efpagne. Elle fut d'vn naturel hagard, & d'vn vif efprit: ce qui meit en ceruelle fon mary, qui
ne fe fioit pas trop à elle, & n'en eut aucuns enfans.

D. Veremond 2. r. 7. a. 60

D. Velafquita femme 1. de D. Veremond 2. 51

D. Eluira 2. femme de D. Veremond 2. 52

60. D. BERMOND, ou Veremond 2. du nom, fils du Roy D. Ordogno 3. reünit les
deux Royaumes de Leon & de Galice eftant inftalé, apres le decez de don Ramir, il
eut deux femmes, dona Velafquita, de laquelle il eut vne fille, puis la repudia. Sa feconde fe nommoit D. Eluira, il engendra Alphonfe, qui fut Roy apres luy, il fut furnommé le gouteux. Bermond, apres auoir eu vne grande perte de biens & de gens par
les Mores, mourut frappé de maladie, ayant regné 7. ans.

51. D. Velafquita efpoufa Veremond 2. fils d'Ordogne 3. qui
reünit les deux Royaumes de Leon & de Galice enfemble, & eut
de luy vne fille: neantmoins il la repudia pour quelques faux rapports qu'on luy fit entendre de fa pudicité, & luy meit-on à fus
qu'elle des-honoroit fon lict, & qu'elle viuoit impudiquement
auec vn Quidam qui eftoit de Caftille, que le Roy fit en fin tuer,
allant en quelque voyage qu'il luy auoit commandé de faire.

52. D. Eluira 2. femme de Veremond 2. auoit efté auparauant
Religieufe auec vne fienne tante nommee ainfi qu'elle: ils s'entr'aymerent grandement, mais elle n'eut de luy qu'vn fils nommé Alphonfe, dit le Goufteux.

D. Alphonse 5.
61. c. 17. 2.

D. Eluira femme de
D. Alphonse 5. 55.

61. D. ALPHONSE 5. du nom, succeda à son pere Bermond, estant seulement agé de 14. ans, estant mariable il espousa D. Eluira, fille de don Melendo Gonçales, Comte de Galice, qu'il auoit gouuerné en sa ieunesse, pour auoir paix auec Abdala Roy des Sarrazins, il luy donna pour femme sa sœur Theresa, qui la luy r'enuoya par apres, à cause qu'elle n'auoit voulu souffrir qu'il l'a cogneust charnellement : depuis elle vescut sainctement au Monastere de S. Pelage. Il fut blessé à mort d'vn coup de flesche, estant desarmé, deuant le chasteau de Visco en Portugal, que les Mores occupoient, & mourut l'an 17. de son regne.

53. D. Eluira fille de D. Melendo Gonçales Comte de Gallice, espousa D. Alphonse 5. Roy d'Espagne, qui auoit eu en ieunesse le pere d'Eluira pour gouuerneur : à cause dequoy & se ressouuenant du soing qu'il auoit eu de luy, la print à femme.

D. Veremond
D. Teresa femme de
D. Veremond. 5. 54.

62. D. BERMOND 3. du nom, fils de don Alphonse 5. succeda à son pere au Royaume de Leon, estant encores fort ieune, apres son establissement, il se mit à suiure les religieuses traces de son pere, faisant releuer & reedifier les lieux pieux, que les Mores & Arabes auoient abbatus & desmolis. Il eut pour femme D. Theresa, seconde fille du Comte don Sancho de Castille. Ce Roy don Bermond mourut d'vn coup de lance en vne bataille qui se donna entre luy & don Fernand son beau-frere, & fut enterré auec sa femme decedee auparauant luy à Leon : son regne fut de dix ans.

54. D. Theresa seconde fille du Comte D. Sancho de Castille, espousa Veremond 3. Roy d'Espagne. Ceste Dame ne fut aucunement portee à la mondaineté, mais à la spiritualité, & mena vne vie plus religieuse qu'autre, & visitoit les pauures, & leur aumosnoit ce qui leur faisoit besoin.

D. Fernand — D. Sanctia femme de D. Fernand 1. 55.

64. D. FERNAND 1. du nom, & premier Roy de Castille, succeda à D. Bermond. Il fut grand Iusticier, Religieux, & vaillant, & en fit preuue contre les Mores plusieurs fois. Il fit rebaftir la cité de Zamora, qui eftoit en ruyne depuis D. Ramir 3. du nom. Les Auteurs font en doute du temps qu'il regna : il fut enterré à S. Ifidore de Leon, & mourut fi bien contrit & repentant de fes pechez, qu'on repute fon corps comme fainc-te relique, en la Chappelle des Roys en cefte Eglife.

55. D. Sanctia fille de D. Sancho Comte d'Aluarin, efpoufa Fer-nand premier, Roy d'Efpagne, qui fut vn grand Iusticier, reli-gieux & vaillant. Le nom de Sanctia luy conuenoit fort bien, car elle viuoit fainctement & religieufement, aymant mieux eftre paree de vertus & bonnes mœurs que d'habits fomptueux: On a reputé fon corps & celuy de fon mary comme de fainctes reli-ques. Ils font tous deux inhumez en l'Eglife de fainct Ifidore à Leon: leur fils Don Sancho fut Roy d'Efpagne.

D. Sancho 1. — D. Blancha femme de D. Sancho 1. 56.

64. D. SANCHO Fernandes, 2. du nom. fut le fecond Roy de Caftille, & furnommé le Vaillant, pour auoir vexé & fpolié fes freres & fœurs: affiegeant la ville de Zamora, vn Cheualier determiné appellé Velides Atauphe, fortit de propos delibeté de la ville, & l'ayant abordé fous pretexte de luy vouloir declarer par où il l'a pourroit prêdre, luy donna vn coup d'efpee au trauers de corps, dont il mourut : ayant regné fix ans & neuf mois, fon corps fut inhumé au monaftere de S. Saluador d'Ogna.

56. D. Blanca fille de Garcia Roy de Nauarre, efpoufa Don Sancho Fernandes 2. fecond Roy de Caftille, furnommé le Vail-lant, qui mourut de mort violente. Apres le decez de fon mary fe voulut reclure & retirer du monde, mais elle ordonna par fon teftament qu'elle feroit enfepulturee auec fon mary en vn mef-me cercueil au Monaftere de fainct Sauueur d'Ogna.

65. *D. Fernand 2.* 66. *D. Sancho 3.*

65. D. FERNAND 2 du nom , est obmis par quelques Historiens , & par quelques
autres reputé estre le premier, duquel nous auons parlé cy deuant, quelques-vns le disent auoir esté fils bastard de don Fernand, & qu'il fut Cardinal, & non Roy de Castille,
mais trop bien qu'il s'efforça d'oster le Royaume de Galice à D. Garcia son frere naturel, & qu'il mourut en vne bataille pres Cordouë , deffendant son droict & succession
paternelle.

66. D. SANCHO 3. du nom , fils de don Fernand premier dn nom, chassa son frere Alphonse de Leon, qu'il occupa, mais cuidant en faire autant à vn autre qui estoit Roy de
Portugal, la mort qui le preuint en vne bataille, luy fit quitter son entreprinse.

D. Alphonse 6.
r. 14. a. 8. m.

D. Ignes 1. fem. de
D. Alphonse 6. 57.

D. Constantia 2. fem
de IV. Alphonse 6. 58.

67. D. ALPHONSE 4. du nom , Roy de Leon, qui s'estoit retiré à Tolede, & mis en
la protection d'Almenon Roy des Mores, fut Roy de Castille & des Asturies , estant
aagé de trente ans, apres le decez de Sancho 3. il espousa six femmes, la premiere se nõ-
moit dona Ynes Espagnole: la seconde, dona Constance: la troisiesme dona Marie, fille
du Roy de Seuille, qui s'appelloit Zaida, auant qu'elle fust baptisée: la quatriesme, dona Berthe de Tuscane: la cinquiesme, dona Isabel Espagnole: la sixiesme, dona Beatrix
Espagnole. Aussi il eut de Zaida vn fils nõmé Sancho, qui mourut ieune en vne bataille
contre les Sarrazins. Il eut vne fille nommée Theresa , qui fut mariee à Henry , fils de
Guillaume de Boulongue, Duc de Lorraine : & frere de Godefroy de Bouillon , premier Roy de Hierusalem, & luy donna ledit Alphonse en douaire , pource qu'il l'auoit
assisté en plusieurs guerres , vne partie de Galice appelee Portugal : D'iceux les Roys
de Portugal sont sortis , & ont pris leur origine. Ce Roy meit Tolede en son obeyssance, regna 14. ans 8. mois, mourut sans enfans masles, aagé de 71. ans, & affligé de grãdes maladies, & gist au monastere de S. Facond , aupres sa femme Marie: Autres disent
que son corps repose au monastere de Sahagun.

57. D. Ignes Princesse autant sage que belle , & d'vne ancienne
famille d'Espagne, espousa Alphonse 6. Roy de Leon & de Castille, & fut sa premiere femme, & ne vesquit en mariage que
trois ans six mois. Son corps repose au Monastere de Sahagun.

58. D. Constantia Infante de Nauarre , comme disent aucuns,
fut la seconde femme d'Alphonse 6. Elle eut de luy D. Vrraca,
qui fut mariee à Raymond Berenger Comte de Thoulouse.

D. Zaida 3. femme
de D. Alphonse 6. 59.

D. Bertha 4. femme
de D. Alphonse. 6. 60.

59. D. Zaida fille du Roy de Seuille qui tenoit de la Religion
des Mores, fut la 3. femme d'Alphonse 6. qui auant que l'efpoufer
la fit baptifer & nommer Marie. Depuis eftant Chreftienne, elle
fit baftir plufieurs Monafteres, & venant à mourir elle fut enterree en celuy de fainct Facond. Elle luy engendra vn fils, qui mourut en la guerre contre les Sarrazins.

60. D. Bertha fille d'Vrello grand Seigneur de la Tofcane, fut la
quatriefme femme d'Alphonfe 6. Apres le decez de fa femme
Marie ce mariage fe fit, à caufe qu'Vrelle fon pere auoit grandement affifté le Roy Alphonfe contre les Mores, auec des forces
qu'il auoit leuees à fes propres coufts & defpens.

D. Ifabella 5. fem. de
D. Alphonfe 6. 61.

D. Beatrix 6. fem. de
D. Alphonfe 6. 62.

61. D. Ifabella fille de France, 5. femme d'Alphonfe 6. eut de luy
vne fille nommee Sanctia, par le moyen de laquelle il fit alliance
auec le Comte Roderic, bien qu'il eut feptante ans lors qu'elle
l'efpoufa, & qu'elle fut ieune, & ne laiffa de l'aymer parfaicte-
ment; & apres fon decez elle f'encloiftra dedans vn Monaftere
de la dependance de celuy de Sabagun, où elle vacqua à ieufnes
& oraifons, feruant d'vn fainct exemple.

62. D. Beatrix d'vne tres-illuftre maifon d'Efpagne, fut la fixiefme femme d'Alphonfe 6. Il eut auec elle vne certaine fauorite,
de laquelle il eut Dona Terefa, qui fut mariee à Henry fils de
Guillaume de Boulongne Duc de Lorraine, & frere de Godefroy de Bouillon premier Roy de Hierufalem.

D. Alphonse 7.
68 r 30 a

D. Guillia femme de
D. Alphonse 7. 63

68. D. Alphonse 7. du nom, fils de Raymond Comte de Barcelonne, & de Vrraca, fille d'Alphonse 6. fut esleu Roy par les Seigneurs & Barons du pays, apres le trespas de son ayeul maternel: Cestuy-cy voulut estre appellé Empereur des Espagnes : Il eut deux fils & deux filles, don Sancho, don Fernãd, D. Isabel, & dona Beatrix: en son vieil aage il fut tué aupres du fort de Fraga. Il regna environ 30. ans en Prince excellent & heureux, si les esuentez domestiques & la hayne des siens ne l'eussent trauersé, quelques Historiens ne font regner apres luy don Sancho 4. ny don Fernand 2. mais Alphonse huictiesme.

63. D. Guillia gentille Dame, natifue de Portugal, espousa Alphonse 7. fils de Raymond Comte de Barcelone, & de D. Vrraca fille d'Alphonse 6. Cet Alphõse 7. voulut estre appellé Empereur des Espagnes. Il eut d'elle D. Sancho, D. Fernand, D. Isabelle, & D. Beatrix: Elle mourut à Ouiedo.

D. Sancho 4.
69 r 7 a

D. Blanci, fem. de
D. Sancho 4. 64

69. D. Sancho 4. du nom, surnommé le desiré, regna en Castille 7. ans seulemẽt en justice & bon gouuernement: il institua l'ordre des Cheualiers de Calatraua, qui est fort insigne en Espagne. Il eut de sa femme dona Blanche vn fils nommé Alphonse, qui ne luy peust succeder, à cause des empeschemens que luy dõna son oncle don Fernand. Il est enterré à Tolede aupres son Pere Alphonse.

64. D. Blanca de Portugal, espousa D. Sancho 4. Roy d'Espagne, surnommé le Desiré, qui institua l'ordre des Cheualiers de la Calatraua, qui est fort insigne en Espagne. Il eut d'elle vn fils nommé Alphonse qui ne luy succeda, à cause des empeschemens que luy donna Don Fernand son oncle.

D. Fernand 3.
reg. 31. ans

D. Vrraca et D. Nugna
fem. de D. Fernand 3.

70. D. FERNAND 3. du nom, & fils d'Alphonse 7 apres la mort de Sancho occupa
le Royaume de Castille. De trois femmes qu'il eut, il repudia dona Vrraca la premiere,
bien qu'il eust d'elle don Alphonse qui luy succeda és Royaumes de Leon & de Galice:
sa seconde fut fille du Comte de Loppes, elle luy donna deux fils nommez don Sancho
Fernandez, & don Garcia. Il deceda en la ville de Benauent, son corps fut enterré en
l'Eglise de S. Iacques de Compostelle, ayant regné 31.an.

65. D. Vrraca fut la premiere femme de Don Fernand 3. Roy
d'Espagne. Il eut d'elle Alphonse qui luy succeda és Royaumes
de Leon & de Galice. De sa 2. femme D. Nugna fille du Comte
de Loppez, il eut D. Sancho Fernandes, & D. Garcia. Le nom de
sa troisiesme est passé sous silence.

D. Alphonse 8.
r. 53. a.

D. Eleonora fem. de
D. Alphonse 8. 66

71. D. ALPHONSE 8. du nom, surnommé le Bon, fils de Sancho 4. domina les mes-
mes Royaumes: sa femme Eleonor, & selon aucuns Berengula, fille de don Raymond
Arnould, Comte de Barcelonne, luy donna don Sancho, don Alphonse, & don
Fernand, & deux filles, dont l'aisnee nommee Isabelle, & selon aucuns Constance, es-
pousa Lonys septiesme du nom Roy de France, & dona Sancha qui fut espouse de don
Sancho, surnommé le Sage, Roy de Nauarre. Ce Roy fut hardy, vaillant, entrepreneur,
sage, doux, accointable, & fort deuotieux de S. Iacques, reprint la ville de Soria sur les
Mores, & leur osta la ville de Calatraua, puis mourut l'an 51. de son regne.

66. D. Eleonora, & selon aucuns Berengula, fille de Raymond
Arnould Comte de Barcelone femme d'Alphonse 8. luy conceut trois fils, D. Alphonse, D. Sancho, & D. Fernand, auec deux
filles, dont l'vne fut nommee Isabelle, & selon aucuns Constance, espousa Louys 7. du nom Roy de France, & l'autre D. Sancha
qui fut mariee à D. Sancho Roy de Nauarre.

72. D. Alphonse 9°
† 54. ans

D. Leonora femme
de D. Alphonse 9. 67

71. D. ALPHONSE 9. du nom, sçachant la mort de don Alphonse son deuancier, se
fit Roy de Leon & de Castille, & espousa doua Leonor, sœur puisnée de Blanche mere
de S. Louys Roy de France, sa prouësse fut accōpagnée de grādes victoires à la bataille
de Mutradal, ou de Thoulouse, où plus de deux cents mille Mores demeurerent sur la
place, qui morts, qui blessez: le butin fut si grand que tous ceux qui s'assisterent eurent
dequoy se contenter, pource que le Roy D. Sancho de Nauarre, qui s'y trouua en
personne, auoit le premier rompu la closture des chesnes, dās laquelle estoit en bataille l'esquadron du Miralmumin Roy des Arabes, print pour ses armoiries des chesnes
d'or en champ de gueules, ce que ses predecesseurs ont retenu, en commemoration de
ceste memorable deffaicte & victoire obtenuë, tous les ans on en celebre la memoire
au iour mesme 16. de Iuillet, à Tolede, sous le tiltre de triumphæ crucis. Ce Roy Alphō-
se, surnōmmé le Noble, mourut pour vn despit qu'il eut auec son gēdre le Roy de Portugal, ayant regné 54. ant, ses funerailles furent faictes à Burgos, & son corps enterré
au monastere de las Huelgas.

67. D. Leonora sœur puisnée de Blanche de Castille, mere de
sainct Louys Roy de France, espousa Alphonse 9. Roy d'Espagne. Taraphe en son histoire dit, qu'elle estoit fille du Roy d'Angleterre. Elle eut de luy sept enfans, desquels Henry succeda au
Royaume de son pere: elle regna auec luy. Son corps est enterré
au Monastere de la Huelgas.

73. D. Henric. 1°
† 2. a

D. Malfada femme
de D. Henry 1°. 68

71. A D. HENRIC premier du nom, succeda D. Alphonse 9. estant seulement agé de
douze ans, à cause dequoy les Prelats, Seigneurs, & communautez, assemblez à Burgos, l'a yans declaré Roy, ordonnerent la Royne dona Leonor sa mere gouuernante de
sa persōne & de ses Royaumes: elle ne suruesquit son mary que 15. iours, la sœur d'i-
celle Berenguela fut en sa place, au contentement de tous: aucuns la nomment Beren-
garia, & disent qu'elle fut creée Royne de Castille, apres la mort de don Henric, qui
fut mat tié par force à dona Malfada, & ne regna que deux ans 9. mois, 15. iours, finissant
sa vie par la cheute d'vne pierre qui tomba d'vn toict sur sa teste, comme il se resiouys-
soit auec quelques Seigneurs de sa Cour: son corps gistà Burgos, au Monastere de las
Huelg. 15.

68. D. Malfada, selon aucuns Princesse du Royaume de Naples,
fut femme de Henry premier Roy de Leon & de Castille, contre
sa volonté. Elle est enterree auec son mary au Monastere de la
Huelgas à Burgos.

D. Fernand. 4.   D. Beatrix 1. fem. de   D. Ioanna 2. fem.
74. r. 35. a.   D. Fernand 4. 69   de D. Fernand 4. 70

74. D. FERNAND, ou Ferdinand 4. du nom, fils de Berenguela, qu'elle auoit eu
d'Alph onse Roy de Leon, fut declaré Roy de Castille & de Toiede, & de Nagera, à
Oteilla, par les Prelats & Seigneurs, à condition que sa mere seroit Regente. D. Ferdinand eut de sa femme dona Ieanne trois fils, don Alphonse, don Federic, & don Hé-
ric, il se fit Grenade tributaire, print la ville de Seuille sur Azataf gouuerneur des Mores, apres vn siege de 16. mois. La mort le print dedans sa nouuelle acquisition, & l'empescha de dilater plus loing ses trophees. Il regna en Castille enuiron 35. ans, à Leon 11.
an, les Espagnols le tiennent pour Sainct.

69. D. Beatrix fille de l'Empereur des Germains, selon aucuns
Duc de Brabant, fut premiere femme de D. Fernand 4. Elle eut
de luy six enfans, Alphonse, Frederic, Emanuel, Philippes qui
espousa Christierne fille du Roy de Dannemarc, Don Sancho,
& Henry,

70. D. Ioanna fille du Comte de Pont 2. femme de Fernand 4.
eut de luy vn fils appellé Louys, & vne fille nommee Leonora.

75. D. Alphonse 10.   D. Violanta femme
r. 32. a. 10. m. 23. Iours.   de D. Alphonse 10. 71

75. D. ALPHONS 10. du nom, succeda à son pere D. Ferdinand, auparauant qu'il
fust Roy il espousa dona Violante, fille de Iacques Roy d'Arragon, laquelle se trouua
grosse comme il la vouloit repudier: & partant le pretendu mariage de Christienne, fille
du Roy de Dannemarc demeura nul. Il eut d'elle vne belle lignee: il refusa l'Empire auquel il estoit esleu, fit des staturs & ordonnances vtiles à la Republique, & commanda qu'on fist l'histoire du pays, dressa luy mesme ces fameuses tables Astronomiques
qu'on intitule de son nom, fut le Mecene des hômes sçauans, recouura la ville de Mur-
tia sur les Mores: il maria l'Infant don Ferdinand, bien qu'il n'eust que dix ans auec D.
Blanche de France, fille aisnee de S. Louys, l'an 1267. Il mourut l'annee 1284. fut enterré à Seuille, ayant regné 31. an, dix mois, vingt-trois iours.

71. D. Violanta fille de Iacques Roy d'Arragon, fut mariee à D.
Alphonse 10. Roy d'Espagne, comme il la vouloit repudier esti-
mant qu'elle fut sterile, elle se trouua grosse, & partant le pretendu mariage de Christiene fille du Roy de Dannemarc demeura
nul & sans effect. Elle de luy sept enfans, desquels l'Infant D. Ferdinand fut marié en l'aage de dix ans auec Blanche de France
fille aisnee de sainct Louys, l'an 1267. Ils sont tous deux inhumez
à Seuille.

D. Sancho 5
76 r. ij. a

D. Maria femme
de D. Sancho 5. 72.

76. D. SANCHO 5. du nom, fils d'Alphonse 10. duquel il receut la malediction paternelle, pour les affrons qu'il luy auoit faits, espousa dona Marie, fille du Seigneur de
Molina frere du Roy don Ferdinand 3. eut d'elle quatre fils, don Ferdinand, don Pierre,
don Philippes, & don Henry, & vne fille dona Beatrix: fut cruel, & peu soigneux de garder sa foy: la Iustice de Dieu chastia son impieté commise enuers son pere: se sentant
malade à la mort laissa Ferdinand pour son successeur, en la tutelle de la Royne Marie sa
femme: mourut à Tolede, & fut enseueli en la grãde Eglise d'icelle, ayãt regné 11. ans.

72. D. Maria fille d'Alphonse Seigneur de Molina, frere de Ferdinand 3. espousa D. Sancho 5. Roy d'Espagne, qui auoit esté
maudit de par son pere Alphonse 10. pour les trauerses qui luy
auoit donnez. Elle eut de luy quatre fils, Ferdinand, Pierre, Philippes, & Henry. Apres la mort de son mary, Ferdinand venant à
luy succeder, elle en eut la tutelle, & regna auec luy. Elle est ense-
uelie en la grande Eglise de Tolede.

D. Fernand 5.
77 r. 17 a

D. Constantia femme
de D. Fernand 5. 73.

77. D. FERNAND ou Ferdinand 5. du nom, dit l'Adjourné, succeda à son pere don
Sancho 5. estant encore enfant. La prudence de sa mere le maincint en sa domination: il
eut à femme Constance de Portugal, ses subjects luy apporterent de fascheuses incommoditez. Pour auoir paix il quitta plusieurs terres au Roy d'Arragon: on dit qu'il fit
precipiter à Martos deux Cheualiers freres du haut d'vne tour, qui protesterent de leur
innocence pour les cas à eux imposez, adiournerent le Roy comparoistre deuant le
tribunal de Dieu dans trente iours, au terme desquels il mourut, s'estant mis à dormir
vne apres disnee: il estoit agé enuiron de 25. ans, & auoit regné vn peu plus de 17. Il
repose à la grande Eglise de Cordoüe.

73. D. Constantia fille du Roy de Portugal, espousa D. Fernand
5. Roy d'Espagne. Il eut d'elle Alphonse qui succeda au Royaume de Castille, & Leonora qui fut femme d'Alphonse Roy d'Arragon. Son corps repose en la grande Eglise de Cordoüe.

73.D. Alphonse 11e 40. ans.   D. Maria femme de D. Alphonse 11e. 74.

73. D. Alphonse 11. du nom, succeda à son pere Ferdinand, tant en malheurs qu'en Royaumes: son enfance fut fort trauaillee par les menees de don Iean de Castille, & don Iean Nugnes de Lara, deux flambeaux qui auoient souuent embrasé le Royaume: de sa femme dona Marie de Portugal, il eut don Pietre: recouura plusieurs places & forteresses sur les Arabes : puis ayant regné 40. ans, il mourut de peste.

74. D. Maria fille de Denis Roy de Portugal, femme d'Alphonse 11. Roy d'Espagne, eut de luy D. Pierre qui luy succeda, mais il ne se contenta pas d'elle seulement, car il cognut charnellement Leonora de Guzman, & en eut Henry Crastamare, & Frederic, Grand-Maistre de l'Ordre de sainct Iacques.

D. Pierre 1er 79. r. 19. a.   D. Blancha 1e femme de D. Pierre. 75.   D. Ioanna 2e femme de D. Pierre. 76.

79. D. Pierre 1. du nom, fils d'Alphonse 11. surnommé le Cruël, print à femme Blanche de Bourbon, laquelle il repudia, à la solicitation & poursuitte de dona Marie de Padilla sa concubine nommee la Riche dona: sa premiere femme viuante, il espousa dona Ieanne de Castro: sa cruauté & inhumanité n'espargna parens ny amis. Les François l'osterent de son throsne: mais ce Roy don Pietre, au moyen de quelque secours, y rentra, & dechassa Henry qui l'auoit usurpé, qui puis apres l'ayant pris prisonnier luy fit trancher la teste, selon aucuns le poignarda luy mesme, le 19. an de son regne, & de son aage le 35.

75. D. Blanca fille du Duc de Bourbon, espousa D. Pierre premier du nom Roy d'Espagne, fils d'Alphonse 11. mais il la repudia, à la sollicitation & pourluitte de Marie de Padilla sa concubine, surnommee la Ricca Dona.

76. D. Ioanna de Castro, fut la seconde femme de D. Pierre Roy d'Espagne, & du viuant mesme de sa premiere D. Blanca. Ce Prince fut cruel & inhumain, n'espargnant parents & amis : aussi mourut-il de mort violente.

D. Henry 2. D. Ioanna femme de D. Henry 2. 77

80. D. Henri 2. du nom, Comte de Tranſtamare, frere baſtard de don Pierre premier, paruint à la Royauté de Caſtille, par l'aſſiſtance des forces de Bertrand du Gueſclin Conneſtable de France, non ſans grandes difficultez pour n'eſtre legitime. Il mourut l'an 8. de ſon regne, ayant eſté empoiſonné par des bottes que luy vendit vn More, par l'aduis du Roy de Grenade. Il auoit eſpouſé dona Ieanne Manuel, fille d'vn puiſſant Prince d'Eſpagne.

77. D. Ioanna fille de l'Infant Emanuel de la Cerda, eſpouſa Henry 2. du nom Roy d'Eſpagne, fils naturel d'Alphonſe 11. Elle eut de luy D. Iouan qui luy ſucceda, & Leonora qui fut mariee au Roy de Nauarre.

D. Iean. D. Leonora femme de D. Iean. D. Beatrix 2. femme de D. Iean 4. 79.

81. D. Iean premier dit nom, ſucceda à ſon pere Henry 2. agé de 21. an 3. mois, & fut courbonné à Bruges. Il ſe maria à la fille du Roy d'Arragon dona Leonor, qui luy conceut don Henric, qui luy ſucceda, & don Ferdinand qui fut Roy d'Arragon. Apres la mort d'Eleonor, il eſpouſa Beatrix de Portugal, de laquelle il eut pluſieurs enfans, ce Roy Iean courant à cheual tomba en bas, & mourut ſur la place de ceſte cheute, ſon regne ne fut que d'vnze ans: il veſcut 32. ans, ſon corps repoſe au ſepulchre des derniers Roys à Tolede.

78. D. Leonora fille de D. Pierre d'Arragon, eſpouſa Iean premier du nom Roy d'Eſpagne, fils de Henry 2.

79. D. Beatrix fille vnique de Fernand Roy de Portugal, fut la ſeconde femme de Iean premier Roy d'Eſpagne. Il eut pluſieurs enfans d'elle. Son corps repoſe auec le ſien en l'Egliſe de Tolede.

82. D. Henric. 3.
r. 16. ans.

D. Catherina femme
de D. Henry 3. 80.

82. D. Henric 3. du nóm, fils de Iean premier, succeda à son pere au Royaume de Castille, à l'aage d'vnze ou 12. ans, à cause qu'il estoit debile il fut nommé le Maladif: cela fut la source de plusieurs discordes qui troublerent son Estat: de son temps les Isles fortunees, ou de Canaries, furent descouuertes : Il pacifia auec les Portugais qui s'estoient souleuez contre luy, reuendiqua les deniers que les principaux Officiers de sa Couronne luy auoient desrobez par vne belle dexterité : decora son Royaume de plusieurs Eglises & beaux edifices. Il estoit fort prudent & de bon cóseil, par lequel la paix se maintint entre les Castillans & ceux de Grenade, iusques à ce qu'il mourut à Tolede, aagé de 14. ans, desquels il auoit regné 16. Il laissa 3. enfans, dona Marie, dona Catherine, & don Iean, qui luy succeda. De dona Catherine sa femme

80. D. Catherina fille du Duc de Lanclastre en Angleterre, espousa Henry 3. Roy d'Espagne. De son regne les Isles de Canaries furent descouuertes. Elle eut de luy trois enfans, Marie, Catherine, & Iean qui succeda au Royaume d'Espagne.

83. D. Ian. 2.
r. 50. a.

D. Maria 1 femme
de D. Iean 2. 81.

81. Iean 2. du nom, fut successeur de son pere Henry 3. en ses Royaûmes , enfant au maillot, aagé de 12. mois: par le testamét du feu Roy, dona Catherine sa femme & l'Infant D. Ferdinand, Duc de Pegnafiel, furent ordonnez tuteurs & administrateurs de ce ieune Roy, pour en auoir soin : à cause dequoy plusieurs Seigneurs se partirent en factions: Le bon ordre qu'y apporta la Royne, les fit consentir d'en auoir la garde, & que le Royaume de Castille, pendant la minorité du Roy son fils, seroit par elle regy: & par le Duc de Pegnafiel: cela fut arresté à Segobia, estant venu en aage de discretion. Il espousa dona Matie, fille du Duc de Pegnafiel , en laquelle il engendra Henry 4. & d'vne autre femme eut dona Isabel, & don Alphonse. Il regna 50. ans, & mourut de fiévre.

81. D. Maria fille de Ferdinand, bien que proche parente & cousine germaine, espousa D. Iean 2. fils de Henry 3. Roy d'Espagne, qui n'auoit lors de leur mariage que quatorze ans. Pendant sa minorité elle gouuerna le Royaume auec le Duc de Pegnafiel. Icelle estant decedee le Roy se remaria.

Dona Maria 2 femme
de D. Iean 2. 82

D. Isabella 3 femme
de D. Iean 2. 83

82. D. Maria fille du Duc de Pegnafiel, espousa Iean deuxiesme
du nom Roy d'Espagne, & fut sa seconde femme. Estant desia
assez aagee elle eut de luy Henry 4. qui luy succeda au Royaume d'Espagne.

83. D. Isabella fille de Iean Infant de Portugal, fut la troisiesme femme de
Iean 2. Roy d'Espagne, & luy conceut Alphonse, qui mourut en son adolescence, & Dona Isabella Royne Catholique.

D. Henri 4.
8 4. 21 a

D. Blancha 1 femme
de D. Henry 4. 84

D. Ioanna 2 femme
de D. Henry 4. 85

84. D. Henry 4. du nom, fils de Iean 2. fut appellé à la couronne d'Espagne, sçauoit
de Leon & de Castille. Il fut surnommé le Franc, à cause qu'il estoit non seul ement
franc & liberal, mais prodigue & dissipateur. Quelques-vns disent qu'il estoit solitaire,
ennemy de compagnie, toutesfois courtois & affable à ses familiers : fut grand bastisseur de Monasteres, esleua plusieurs à grands estats & richesse, aymoit la musique & la
chasse : mais il ne gousta oncques vin. Il eut deux femmes : La premiere nommee Blanche de Nauarre, ne luy fit lignee, & fut separee d'auec luy par le Pape Nicolas 5. La seconde dona Ieäne de Portugal sœur du Roy don Alphose, & fille du feu Roy Edoüard,
luy fit vne fille nommee dona Ieanne, laquelle auoit bruit d'auoir esté supposee par sa
mere en gesine, les Mores & luy s'entresirent longuement la guerre : mais il remporta
de leur domination les Chasteaux de Gibatar, d'Estipona & d'Achedona, auec le secours de quinze grands Princes de son Royaume : cela resrena l'arrogance des Mores,
par la diminution de leurs forces. Le Roy de France Louys vnziesme, fut arbitre entre
le Roy d'Arragon & luy, & s'entreuirent au village d'Endaya, appartenant au Roy de
France, sa fille dona Ieanne fut mariee à son cousin le Roy de Portugal, par dispense du
Pape, & sa sœur dona Isabel, Infante de Castille à don Ferdinand fils du Roy d'Arragon, se promettant succeder à la Couronne de Castille, apres la mort de Henry 4. qu'on
tenoit pour impuissant à engendrer, & par consequent dona Ieanne sa fille illegitime
pour succeder : ceste opinion mit le Roy de Portugal & Ferdinand d'Arragon en different, apres le deceds de Henry 4. qui mourut de fascherie, le 41. de son aage, ayät regné
21. an. Il gist à Guadalupe. En luy finit ceste lignee.
84. D. Blanca fille de Iean Roy d'Arragon, femme de Henry 4. Roy
d'Espagne, ne luy engendra aucune lignee ; & à ceste occasion fut d'auec
luy separee par le Pape Nicolas 5. Apres ceste separation il se remaria.
85. D. Ioanna fille du Roy de Portugal 2. femme de Henry 4. Roy d'Espa-

gne, luy engendra vne fille nommee auſſi Icanne, laquelle eut ſe bruit
d'auoir eſté ſuppoſee par ſa mere en ſa geſine. Laquelle ſuppoſition meit
le Roy de Portugal & Ferdinand d'Arragon en differend apres le decez
de Henry 4. qu'on tenoit auoir eſté impuiſſant pour faire lignee.

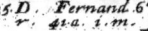

85. D. Fernand 6.   D. Iſabella femme de
r. 41. a. 1. m.   D. Fernand 6. 86

85. D. Ferdinand, ou Fernand 5. du nom, & ſelon quelques Chroniqueurs le 6.
& dona Iſabelle, eurent accez à la Coûrône de Caſtille & de Leon, par le decez d'Henry 4. Les Princes & Seigneurs d'Eſpagne les vinrent ſaluër Roy & Royne, apres les funerailles du ſuſdit Roy à Segobia, tous deux furent doüez de qualitez Royales & vertus heroïques. Chaſſerent les Mores de Grenade & lieux circonuoiſins, & planterent la
Religion Chreſtiéne, firent baſtir pluſieurs belles Egliſes à l'honneur de Dieu & de ſes
Sainéts, qu'ils renterent de grands renenus par ces bonnes & loüables œuures, ils re-
nouuellerent en eux le tiltre de Catholiques qu'auoit acquis vn des Roys precedents.
Iſabel enfanta vn fils à Ferdinand, qui eut nom don Iean, & qui fut marié, bié que fort
ieune, à Marguerite d'Auſtriche, fille de l'Empereur Maximiliä, que Charles huiétieſ-
me Roy de France auoit renuoyee. Ceſtuy don Iean ne veſcut que 20. ans. Ceſte Princeſſe eut auſſi quatre filles: ſa premiere fut mariee en premieres nopces à don Alphonſe de Portugal, fils du Roy don Iean: & en ſecondes nopces à don Manuel Roy de Portugal, auquel elle laiſſa vn fils nommé don Michel, qui ne veſquit que deux ans, & elle
mourut en geſine. La ſeconde fut mariee à don Philippes Archiduc d'Auſtriche, Comte
de Flandres, pere de l'Empereur Charles 5. La 3. au fils du Roy d'Angleterre Henry 8.
& la quatrieſme encores au fils du Roy de Portugal. De leur regne Chriſtofle Couïomb
fit pluſieurs voyages aux Indes. Ces deux Roy & Royne Catholiques nettoyerent l'Eſpagne des ſuperſtitions des Mores qu'il auoient occupee 789. ans. Chaſſerent les Iuifs
& les Chreſtiens qui tenoient de leur loy, & inſtituerent l'Inquiſition, firent alliance
auec Louys 11. Roy de France. Apres pluſieurs belles actions, la Royne dona Iſabelle
mourut enſá geut à Medina del Campo, aagée de 17. ans 7. mois, en la 30. annee de ſon
regne. Elle fut chaſte, liberale, humaine, deuotieuſe, charitable, dona Ferdinand ſon
mary, ſurnommé le Grand, la ſurueſquit 12. ans: depuis mourut à Calaraiub le 23. Juillet
1506. aagé de 63. ans, ayant regné 41. an, 1. mois 9. iours, en ce compris le temps que regna D. Philippes Archiduc d'Auſtriche ſon beau fils. Ils ſont tous deux inhumez en la
chapelle des Roys à Grenade.

86. D. Iſabella Infante de Caſtille, eſpouſa D. Ferdinand 6. Roy d'Eſpagne par le decez d'Henry 4. Les Princes & Seigneurs de ſon Royaume le
vindrent ſaluër Roy, & ſa femme Royne, à Segobia. Tous deux furent amplement ornez & decorez de qualitez vrayement Royales, & de vertus
heroïques. Ils nettoyerent le Royaume de Grenade, & lieux adjacents
de la ſuperſtition & hereſie des Mores, pour y planter la Religion Chreſtienne: firent edifier en l'honneur de Dieu & de ſes Sainéts, pluſieurs
beaux Temples, qu'ils renterent de grands reuenus, & y eſtabliſſant pour
ceſt effeét des fondations pour l'entretien d'iceux. Ils eurent vne heureuſe lignee, à ſçauoir D. Iean, qui fut marié (bien que ſoit ieune) à Marguerite d'Auſtriche, fille de l'Empereur Maximilian, que Charles 8. Roy
de France auoit renuoyee contre la demande qu'il en auoit faiéte en Mariage. Iceluy D. Iean ne paſſa l'aage de vingt ans. Ceſte grande Royne eut
auſſi quatre filles: Sa premiere fut mariee à Don Alphonſe de Portugal, fils
du Roy Iean: & puis en ſecondes nopces à Don Emanuel Roy de Portugal, auquel elle laiſſa vn fils nommé Don Michel, qui ne veſquit que deux
ans. Sa ſeconde eſpouſa D. Philippes Archiduc Comte de Flandres,
pere de Charles 5. La troiſieſme eſpouſa le fils d'Henry 8. Roy d'Angleterre: Et la quatrieſme fut encores donnee pour femme au fils du Roy de
Portugal. De leurs regnes Couïomb fit pluſieurs heureux voyages aux In-

des. Apres plusieurs belles & recommandables actions, la Royne Dona Isabella mourut à Medina del Campo, aagee de 57. ans 7. mois, en la 30. annee de son regne. Elle est inhumee auec son mary en la Chappelle des Roys à Grenade.

86 D. Ieanne r. l. a.   87 D. Philippe d'Austr. r. l. a.   D. Ioanna femme de D. Philippes 5. 87

86. DONA ISANNA, fille de Ferdinand 5. & de dona Isabel leur succeda en leurs Royaumes d'Espagne, que Philippes Archiduc d'Austriche son mary & elle, regirent heureusement, à cause de plusieurs siens merites, & qu'elle a esté mere de ce grãd Charles 5. Empereur & Roy des Espagnes, ayeul du Roy Catholique regnant à present Philippes 3. Ie l'ay inserée au rang des Roys d'Espagne.

87. D. PHILIPPES Archiduc d'Austriche, surnommé le Grand, Comte de Flandres, fils de Maximilian, & de Marie fille vnique de Charles Duc de Bourgongne, espousa dona Ieanne fille de Ferdinand & d'Isabel Roy & Royne de Castille & de Leon, à cause du droict d'icelle Ieanne ausdits Royaumes de par sa mere: apres son deceds don Philippes fut proclamé Roy à Salamanca par les Estats, & les enseignes furent leuees selõ l'ancienne coustume en son nom deuant ses Ambassadeurs. Il n'auoit pour lors que 26. ans. Pour quelque different qui sur trouué en ceste negociation, apres auoir appaisé quelques emotions de guerre entre ceux de Brabãt & de Gueldres, sur lesquels il print quelquës villes, il se delibera de passer en Espagne, mais la tempeste & le vent contraire le ietta luy & ses vaisseaux en Angleterre, où le Roy Hẽry septiesme le receut Royalement: toutesfois il ne luy fut loisible de paracheuer son voyage, qu'il n'eut liuré és mains du Roy le Duc de Suffole, Aymond Pol, son competiteur à la Couronne d'Angleterre, lequel estoit des pieça prisonnier à Namur. Or arriué qu'il fut en Espagne, Ferdinand se retira à Naples, voyant le peu d'asseurance qu'il y auoit à la legereté de ses subjects qui preferoiẽt la ieunesse de don Philippes à la vieillesse, peu apres ce nouueau Roy sur surpris d'vne fiebvre, à cause du changement de l'air, & deceda au chasteau de la ville de Burgos aagé de vingt-huict ans, en ayant regné deux: il fut Prince beau & vertueux, de belle corporance, bien prins & formé, & tres-debonnaire. Il laissa de sa femme dona Ieanne, Charles V. Empereur, Ferdinand Roy de Boheme & de Hongrie, dona Alienor, dona Isabel, dona Marie, dona Catherine Royne de France, de dannemarc, de Hongrie, & de Portugal,

87. D. Ioanna fille de Ferdinand 5. & de D. Isabella, espousa D. Philippes Archiduc d'Austriche surnommé le Grand, Comte de Flandres, fils de de Maximilian, & de Marie fille vnique de Charles Duc de Bourgongne Roy de Leon & de Castille, à cause du droict qu'y auoit sa femme Ioanna. Il eut d'elle Charles 5. Empereur, Ferdinand Roy de Boheme & de Hongrie, D. Alienor, D. Isabella, D. Marie, D. Catherine, toutes Roynes, de France, de Dannemarc, de Hongtie, & de Portugal.

D. Charles 5. empe 88 regna 46. a.

D. Isabella femme de D. Charles 5. 88

88. CHARLES fils de Philippes d'Austriche & de doña Ieanne de Castille, fut heritier de tous les Royaumes de ses ayeur don Ferdinand & doña Isabel, & Empereur d'Allemagne cinquiesme du nom, grand & excellent Prince: On dit que la Royne doña Isabel son ayeule, aux nouuelles de sa naissance, profera par esprit prophetique de la future vniuerselle succession d'iceluy és grands Estats d'Espagne, (ces mots des Actes des Apostres) le sort est tombé sur Mathias, denotant que D. Michel, fils du Roy de Portugal, & de sa fille aisnee Isabel (qui estoit encor viuant) n'heriteroit point, & que ce seroit celuy qui estoit nay le iour de S. Mathias, lequel a tousiours esté estimé & esprouué heureux pour l'Empereur Charles, qui nasquit le iour que dessus 24. Feurier, en l'an 1500. en la ville de Gand, fut nourry à Malignes. Adrian Florent natif d'Vtrec en Hollande) qui fut apres Pape) fut son Precepteur. Le Roy François premier du nom, & luy, furent côtemporains, & s'entrefirent plusieurs fois la guerre. Apres auoir glorieusement regné, & fait parler de luy par tous les coings du monde, par ses gestes, prins Tunis sur le Turc, rengé les Allemans à sa volonté, pour viure en repos se despouilla de la dignité Imperiale, la resigna à Ferdinand son frere : & pour la Couronne des Espagnes il la remit à Philippes 2. son fils : ayant esté 40. ans Empereur, se retira au Monastere appellé Iust, où il mourut l'an 1558. il est enterré à S. Laurens de l'Escurial. Isabeau fille du Roy de Portugal, eut de luy cinq enfans, deux fils, desquels Philippe luy succeda, & trois filles.

88. D. Isabella fille d'Emanuel Roy de Portugal, espousa Charles 5. Empereur, fils de Philippes d'Austriche, & de D. Ioanna de Castille, heritier de tous les Royaumes de ses ayeulx, d'vn Ferdinand & de D. Isabella: Elle eut de luy quatre enfans, deux fils & deux filles, à sçauoir Ferdinand, qui deceda en ieunesse, & Philippes Roy d'Espagne Comte de Flandres, qui nasquit à Valladolid l'an 1516. Quand à sa fille aisnee nommee Ieanne, elle espousa Iean 4. du nom Roy de Portugal, & Marie sa puisnee fut femme de Maximilian d'Austriche Empereur de Rome, duquel elle eut Rodolphe & Mathias qui luy succederent à l'Empire : quelques Historiens disent qu'elle eut trois filles: Elle est inhumee à S. Laurent de l'Escurial.

D. Philippe 2. | D. Maria 1.e femme | D. Maria 2.e femme
89. v.   40. a. | de D. Philippe 2. 89 | de D. Philippes 2.e 90

89. PHILIPPES 2. du nom, nasquit l'an 1526. le iour S. Marc en Auril, & succeda aux Royaumes de son pere Charles 5. en l'an 1558. ce Prince a esté orné & pourueu de Royales vertus, a tousiours aymé la Iustice, & esté protecteur de la foy Catholique. Ce Roy espousa Marie de Portugal, Marie Royne d'Angleterre, & Isabel de Frace. Il mourut au Chasteau de l'Escurial, qu'il auoit fait bastir, le 13. de Septembre en l'an 1598. & de son aage le 72. quatre mois dix-huict iours, ayant regné 40. ans, il repose au sepulchre de ses ancestres.

89. D. Maria fille de Iean 3. Roy de Portugal, espousa Philippes 2. du nom Roy des Espagnes, n'eut qu'vn enfant de luy, qui mourut en la fleur de son âge: De l'ennuy qu'elle eut de son deces, pource que c'estoit vn Prince de grande esperance elle se saisit si fort qu'elle mourut peu de temps apres luy. Son corps est inhumé à sainct Laurent de l'Escurial.

90. D. Maria fille de Henry 8. Roy d'Angleterre, espousa D. Philippes 2. du nom, Roy des Espagnes. Icelle se voyant hors d'esperance d'auoir des enfans, elle s'attrista de telle sorte, qu'elle deuint maladiue & chagrine : Elle remit l'exercice de la Religion Catholique en Angleterre : declara la guerre à Henry 2. Roy de France sur la fin de l'an 1557. à la persuasion de son mary: & de l'issue de ceste guerre ne remporta autre chose, que la perte de la ville de Calais, que François de Lorraine Duc de Guise assiegea au mois de Ianuier ensuiuant, & reprint sur les Anglois dans sept iours qui auoit esté sous leur domination cent douze ans ou enuiron : En fin la Royne mourut en Nouembre 1558. ayant regné 5. ans.

D. Isabelas femme
de D. Philippes 2. 91.

D. Anne
de D. Philippes 92.

91. D. Isabella fille aisnee de Henry 2. Roy de France, espousa Philippes 2.
du nom Roy d'Espagne, par le Duc d'Albe, substitué pour ledit Roy en
l'Eglise N. Dame de Paris, le 22. Iuin 1559. Elle eut de luy D. Isabelle Claire
Eugenie Infante d'Espagne, femme d'Albert Archiduc d'Austriche Duc
de Brabant Comte de Flandres: elle fut aussi mere de Catherine d'Espagne
qui fut mariee à Charles Emanuel Duc de Sauoye, qui en a eu des enfans,
representans en eux la viue image des vertus paternelles & maternelles.

92. D. Anne Marie de la maison d'Austriche 4. femme de Philippes 2. Roy
d'Espagne, par la dispense de sa Saincteté, à cause qu'elle estoit sa niepce,
elle luy enfanta trois fils & vne fille, de ces quatre enfans il ne luy resta
que Philippes 3. pource que les trois autres moururent en bas aage.

D. Philippe 3
90. regne a present

D. Marguerite femme
de D. Philippes 3. 93.

90. PHILIPPES III. apres le deceds de son pere, fut Roy des Espaignes, ensemble d'Arragon, Portugal, Naples, Sicil., tant des Indes Orientales, qu'Occiden-
tales, Seigneur du Duché de Milan, & de plusieurs autres principautez & Seigneuries
qu'il a regies en bon Prince: il s'est allié de la maison de France, par les mariages
d'Anne d'Austriche sa fille, auec le tres-Chrestien Roy Louys XIII & de Madame
Elizabeth de France sa sœur, auec Philippes Dominique Victor, Infant d'Espaigne,
à present Roy; pour ce suiet, le Duc de Mayenne fut en Espaigne, & le Duc de Pastra-
ne vint à Paris l'an 161., de part & d'autre furent faictes d. grandes reiouissances publiques, il a regné 22. ans cinq mois dix-huict iours, il est mort d'vne fiévre, le Mercredy 31. iour de Mars 1621. il repose au sepulchre de ses ancestres.

93. D. Marguerite, fille de Charles Archiduc d'Austriche, espousa Philippes III. du nom, Roy des Espagnes, moyennât la dispense du sainct
Siege: de leur heureux mariage sont yssus plusieurs enfans; elle mourut l'an 1611.

Philippes 4 a present
Regnant

D. Elisabeth femme
de D. Philippes 4.

91. PHILIPPES IIII. succeda à son pere au Royaume d'Espaigne, & autres son-
uerainetez, à son aduenement à la Couronne, il a reformé de grands abus qui auoient
alteré ses finances & changé plusieurs officiers qui auoient mal vsé de leurs charges,
il a pour femme Madame Elizabeth de France, sœur aisnée du tres-Chrestien Louys
XIII. Roy de France & de Nauarre : Dieu les tienne en amitié & concorde, à la
gloire & augmentation de son Eglise, & repos de leurs peuples.

94. D. Elizabeth, fille d'Henry le Grand, Roy de France & de Nauarre, & de Marie de Medicis, a espousé Philippes Dominique Victor Infant d'Espagne, à present Roy par le deceds de Philippes III. son pere,
les admirables vertus de l'vn & de l'autre font naistre de grandes espe-
rances pour la felicité de leur siecle.

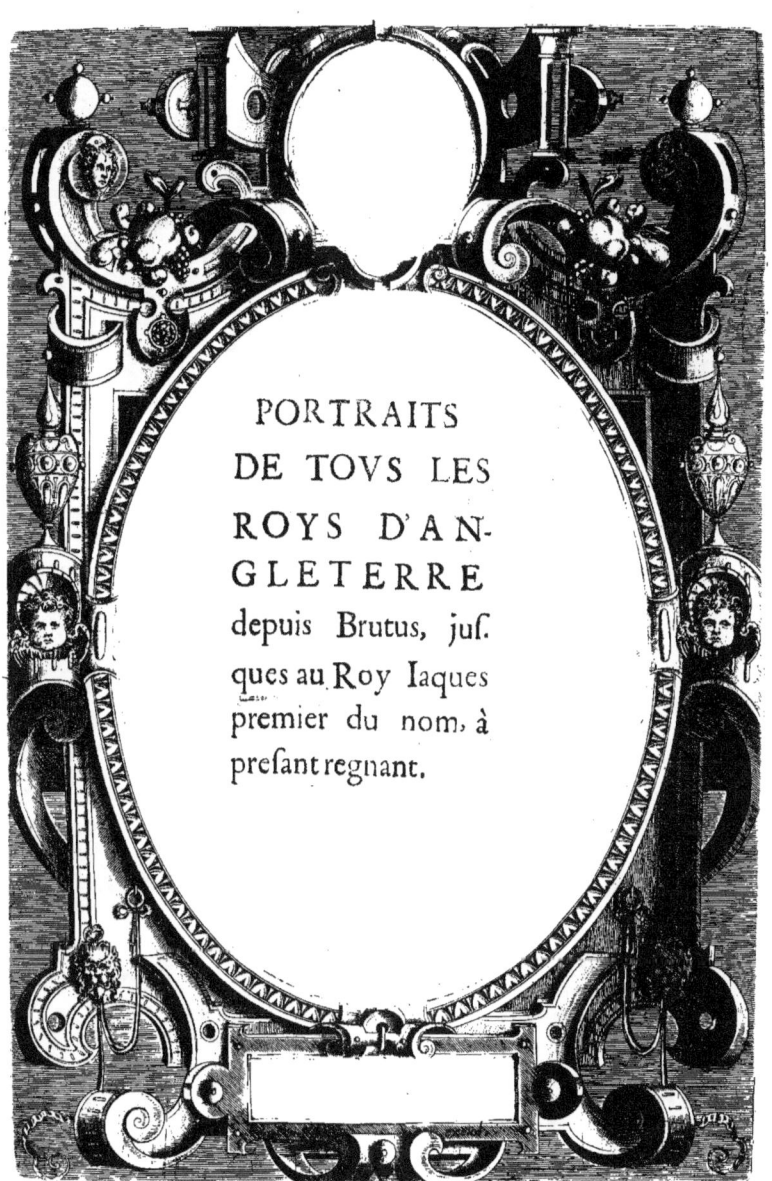

PORTRAITS
DE TOVS LES
ROYS D'AN-
GLETERRE
depuis Brutus, juſ.
ques au Roy Iaques
premier du nom, à
preſant regnant.

SOMMAIRE OV ABBREGE
DE LA VIE ET HISTOIRE DES ROYS
de la grande Bretagne, à present dicte Angleterre.

Brutus.	Locrinus.	Madanus.	Mempricus.	Ebrancus.

RVTVS ou Brito, du nom duquel on dit la grande Bretagne auoir ainsi esté nommee, fut fils de Syluius Posthumus, qui estoit fils d'Ascanius, & ledit Ascanius fils d'Eneas Troyen. Apres la destruction de Troye la Grande, ledit Brutus fut banny d'Italie, pour ce qu'il auoit par mesgarde tué son pere d'vn coup de traict, cuidant tirer à vne beste sauuage estans tous deux à la chasse. Durant son exil, il se retira en vne Prouince de Grece, où dominoit pour lors le Roy Pendrasus, extraict du sang d'Achille, qui tenoit bon nombre de Troyës prisonniers. Pour iceux deliurer de captiuité, Brutus fit guerre à Pendrasus, & de luy bailler en mariage sa fille Ignogen, auec grande quantité de Nauires & vaisseaux de Mer, de munitions & argent. Le mariage consommé, Brutus monta sur mer auec sa femme & leur train, cherchans leur bône aduenture, & ayant long temps nauigé, il mist pied à terre auec Gorinee, qui donna le nom au pays de Cornouaille, en vn Haure appellé Totnes en l'isle d'Albion, où il occit certains geans qui occupoient ceste Isle. Ce qui aduint enuiron vnze cens ans deuant l'Incarnation de nostre Seigneur. Apres que Brutus eut pris plaisir à contempler la beauté & fertilité du pays és endroits par où il passoit, estant arriué à la riuiere de Tamise, se proposa de bastir vne ville le long d'icelle, qu'il nomma Troye-neufue en memoire de la Grande Troye destruicte, qui fut depuis appellee Ternouatum, & en fin Londres, du nom de Lud, frere de Cassibelan, qui l'enuironna de murailles, de tours & de forteresses, & apres auoir regné 24. ans, il mourut & fut inhumé en la ville qu'il auoit fait bastir, laissant trois enfans, Locrinus, Camber & Albanactus.

2 LOGRINVS succeda à sô pere Brutus, estât l'aisné, & bailla à Câber son frere le Royaume de Galles, & au plus ieune Albanactus le Royaume d'Escosse, lequel Albanactus fut tué par Hüber Roy des Huns, & Locrin s'estât ioint auec son frere Câber, vainquit & en bataille iceluy Hüber, qui pensant se sauuer à la fuite, se noya dans vne riuiere qui a retenu son nô. Il espousa Gôdolenne fille de Gorinee, dôt il en eut vn fils nômé Madan. Depuis il fist diuorce auec elle, & s'adonna à aymer vne belle fille nommee Estrilde, à cause dequoy Gondolene sa femme le fit tuer l'an 10. de son regne, & icelle Gôdolene regna 15. ans apres la mort de son mary.

3 MADAN fils de Locrin, ayant attaint l'aage de quinze ou seize ans fut Roy, & sa mere luy quitta le Royaume, se contentant du pays de Cornouaille sa vie durant. De son temps viuoit Samuel en Iudee, & Syluius Æneas en Italie, & le Poëte Homere en Grece. Il se maria, & eut de sa femme deux enfans Mempriscus & Manlius, & ayant regné 40. ans il mourut, & fut enterré en la ville de Troyeneufue à present nommer Londres.

4 MEMPRISCVS, ou Mempricius fils de Madan, succeda à son pere au Royaume, mais pour raison d'iceluy, il y eut debat entre luy & son frere Manlius, lequel il fit tuer en trahison feignant de vouloir parler à luy pour s'accorder ensemble: Il gouuerna tyranniquement son peuple, faisant mourir tous ceux qu'il estimoit estre capables de luy pouuoir succeder: ayant eu vn fils de sa femme, il s'adonna au peché côtre nature, dont il fut horriblement puny. Car comme il estoit à la chasse, s'estant retiré en vn lieu secret, il fut deuoré d'vn grand nombre de loups enragez, apres auoir regné 20. ans. Saül regnoit en Iudee de son temps & Euristeus à Sparte en Lacedemone.

5 EBRANCVS fils de Mempriscus, fut homme de grande stature & d'vne force merueilleuse, il succeda au Royaume de son pere par l'espace de 40. ans. Il fut le premier qui vint faire la guerre en Gaule, où il fit plusieurs rauages & remporta le butin en son Royaume, dont il bastit les villes de Kerebranc, & d'Aldud, & le Chasteau de Pucelles. Il eut 20. femmes 20. en-

fans maſles & 20. filles, regna en la grãde Bretagne 40. ans. Autres diſet 60. Dauid regnoit
lors en Iudee, & Syluius Latinus en Italie Et Gad, Nathan & Aſaph prophetiſoiet en Iudee.

Bruʔus 2. | Lilhus. | Ludhurdibras | Bladud | Leyr.

6 BRVTVS 2. ſurnõmé verdEſcu, fils aiſné d'Ebrãc fut Roy apres ſon pere 12. ans. Il fut ainſi
ſurnommé, parce qu'il portoit touſiours vn boticlier ou Eſcu de verde couleur. Il fut enterré
en vn Tẽple que ſon pere auoit fait baſtir à Diane, en la ville de Kerebranc, autrement York.
7 LEYLVS ou Leyrus fils de Brutus 2 ayma grandement la Paix & la Iuſtice, auſſi fut-il fort
heureux en ſon regne. Il fit baſtir en la partie Septentrionale de la grande Bretagne, là ville de
Caerlcil. Lors Salomon commença à faire baſtir le Temple du Seigneur en Hieruſalem, &
la Royne de Saba vint le voir. Il regna 25. ans, & fut inhumé en la ville qu'il auoit fait baſtir.
8 LVDHVRDIBRAS, regna apres ſon pere Leylus 39. ans, & ayant appaiſé la diſcorde &
diuiſion qui eſtoit entre ſes ſuieęts, & eſtably vne bonne paix, baſtit les villes de Cantorbery
appellee Kerkent, Guinton & Sophonie. De ſon temps Capys viuoit fils d'Epitus, & en Iudee prophetiſoient Aggee, Amos, Ioel & Azarias, il a eſté enterré à Vinceſtre.
9 BLADVD ou Baldud regna en la grande Bretagne apres la mort de ſon pere Ludhurdibras,
il fut fort ingenieux & grandement expert en l'art de Magie & Necromance. Thales Mile-
ſius viuoit de ſon temps, & le Roy Nabuchodonoſor, & en Perſe Darius, Cyrus Cambiſe, & Si
Darius Hydaſpis, qui furent auſſi Magiciens & enchanteurs, cõme fut Bladud, lequel ayant
regné 20. ans, laiſſa ſon Royaume à ſon fils Leyr. Helie prophetiſoit en Iudee, & par ſa priere
la pluye ceſſa par trois ans & demy. Il fit baſtir la ville de Kerbad, & s'eſtant appliqué des ailes pour voler, il ſe rompit le col, tombant ſur le Temple d'Apollon.
10 LEYR n'eut point de fils, mais trois filles ſeulement, il fit baſtir la ville de Leyceſtre, il
maria ſes trois filles à trois Rois, ſçauoir l'aiſnee Genorilla au Roy d'Albanie ou Eſcoſſe
Malganus, la ſeconde nommee Ragana à Enninus Roy de Cornoüaille, & Cordille la troiſieſme & plus ieune au Roy de Neuſtrie Aganippus. Il fut chaſſé de ſon Royaume par ſes
deux premiers gendres, & eut recours à ſon dernier gendre & à ſa fille Cordilla, par le ſecours deſquels il fut reſtably, & mourut ayant regné 60. ans.

Cordilla. | Morgan. | Riuallo | Gurguſtius. | Syſillus.

11 CORDILLA, ayant reſtably ſon pere Leyr en ſon Royaume, eſtant vefue ſe retira en la
grande Bretagne, de laquelle elle fut Royne par l'eſpace de 5. ans, mais ſes nepueux Morgan
& Cunedagius, dont l'vn eſtoit fils de Malganus & l'autre d'Enninus, indignez que la Bretagne eſtoit en la puiſſance d'vne femme, luy firent la guerre & la conſtituerent en priſon, où
de regret elle ſe fit mourir elle-meſme, & ſon pere la fit enterrer en la ville de Leyceſtre qu'il
auoit fait baſtir.
12 MORGAN & Cunedage couſins germains, enfans des deux filles aiſnees de Leyr, partirent & diuiſerent entr'eux le Royaume de la grand'Bretagne, dont ils iouyrent paiſiblement
par le temps & eſpace de deux ans, mais l'ambition les mit en diſcorde, & eurent guerre enſemble, où Cunedage fut victorieux & pourſuiuit tellement ſon couſin Morgan, qu'il le tua
de ſa main, & regna 33. ans. De ſon temps Romulus premier Roy des Romains baſtit la ville

de Rome,& en Iudée prophetifoient Elaye & Ofee.

13 RIVALLO fucceda à fon pere Cunedage, il fut heureux & gouerna bien le Royaume, il fut affailly par l'efpace de trois iours par les moufches, qui l'enuenimerent de telle forte qu'il en mourut. Auffi de fon temps il pleut du fang trois iours entiers, dont enfuiuit vne grande mortalité.Il regna 4 6.ans.

14 GVRGVSTIVS,fils de Riuallo, regna en grande ioye & profperité, defendant virilement fon Royaume contre fes ennemis,il eftoit fujet au vin ordinairement,ce qui eftoit fort honteux en luy.Il regna 38.ans.

15 SYSILLVS fils de Gurguftius luy fucceda au Royaume, & durant fon regne il y eut de grandes oppreffions,de forte que la paix & la Iuftice eftoient bannies de fon pays, qui eftoit remply de guerres Ciuiles,tueries & cruels meurtres fans aucune punition.Il regna 49.ans.

Iagus.   Rumarus.   Gorbodug.   Mulmutius.   Bellinus.

16 IAGO, nepueu de Gurguftius voyant que fon coufin, fils dudit Syfillus nommé Kymarus,lors que fon pere deceda n'eftoit âgé que de trois mois,occupa le Royaume,& en iouyt par l'efpace de 25.ans. Son regne fut pire que celuy de fon predeceffeur, & fut frappé de la main de Dieu d'vne telle lethargie, qu'il mourut phrenetique.

17 KIMARVS autrement Kinmachus, ou Kynemarchus fils de Syfillus, apres le decez de Iago fut couronné Roy de la grande Bretagne,& eftoit Prince vertueux, de forte qu'il maintint fes fujets en paix & tranquillité, faifant garder eftroittement la Iuftice, & ayant regné 54.ans,il mourut.

18 GORBODVG,ou Gordebugo fils de Kimarus efpoufa Nydor dont il eut deux fils, Ferrex & Porrex,& leur pere eftant vieil, ils eurent difpute & querelle enfemble , lequel des deux fuccederoit aux Royaume,ils fe donnerent bataille en laquelle Ferrex fut tué,dont leur mere indignee,qui aymoit tendrement fon fils Ferrex, entra dans le pauillon de fon autre fils Porrex,où le trouuant endormy,elle le tua. De cefte diuifion le peuple de la grande Bretagne fut tellement fcandalifé,qu'ils tuerent Gorboduc & fa femme & leurs autres enfans, & depuis le Royaume fut occupé par cinq diuets tyrans qui en poffederent partie, iufques à ce que Dunvvallo les chaffa & defit en bataille : Le regne de Gorbodug dura 43. ans, & fut le dernier de la lignee de Brutus.

19 MOLMVTIVS DVNVVALLO, ayant deffaict les cinq tyrans qui auoient vfurpé le Royaume fut fait Roy. Il fut grand Iufticier, & fit des loix & ordonnances qu'on appella Molmutiennes, dont on vfe encores en Angleterre,il regna 40.ans. Et eftant decedé, il fut inhumé aupres du temple de Concorde,maintenant appellé fainct Paul, qu'il auoit fait baftir pour la confirmation de fes loix,en la ville de Troye-neufue ou Ternouate, autrement dicte Londres. Il laiffa le Royaume paifible à fes deux fils Bellinus & Brennus, & fut le premier qui fut couronné d'vne couronne d'or.

20 BELLINVS, & Brennus enfans de Molmutius Dunvvallo partagerent le Royaume, & furent en paix 5. ans, mais en fin par la diuifion qui s'efleua entr'eux, ils vindrent aux mains, & Brennus qui eftoit le moins fort fe retira en Gaule deuers le Roy des Senonois,par l'ayde duquel il rentra en la grande Bretagne, & là furent accordez par leur mere cõme ils eftoient prefts de cõbattre & fe donner bataille,& depuis eftans bons amis ils conquirent les Gaules, & fe rendirét les Romains tributaires,& mefme Brennus affiegea Rome qu'il print. Et Bellinus eftant retourné en la grande Bretagne, il y mourut ayant regné 26. ans, & fut enterré à Troye-neufue autrement Lõdres,laiffant fon fils Gurguinbatrus fucceffeur de fa Courõne.

Gurguinbatrus. Guintellinus. Sicilius. Morindus. Gorbonianus

21 GVRGVINBATRVS, fils de Bellinus s'empara du Royaume de Dannemark, apres qu'il
eut furmonté le Roy en bataille, où les Danois furent occis en grãd nombre auec leur Roy
& le reste des Danois luy paya tribut fa vie durant. A son retour de Dannemark, il rencontra
30. nauires chargees d'Espagnols & Espagnoles qui estoient vagabõds, & cerchans quelque
pays pour se peupler, & le Roy Gurguinbatrus ayant compassion d'eux, leur bailla pour habiter l'isle d'Hybernie ou Irlande, ayant regné 19. ans. Il fut enterré en la ville de Carlion.

22 GVITELLIN, fils de Gurguinbatrus, estoit sage, vaillant, humble, & misericordieux vers
les pauures. Il espousa vne femme de si grand sçauoir, qu'elle inuenta les loix que ceux du
pays appellent Martianes, lesquelles le Roy d'Angleterre Aluredus, long temps apres tranf-
flata de langage Breton en langage Anglois. Ce Guittelin regna 16. ans, & fut inhumé en la
ville de Troye la Neufue, ditte Londres à present.

23 SYSILLVS, fils de Guittelin, gouuerna sagement son Royaume l'espace de 7. ans, suiuant
les pas de son pere & de sa mere Martie, & luy succeda son fils kimar, qui regit ses subiects
en toute droicture, & Iustice, vsant de misericorde enuers eux, lequel regna trois ans. Apres
luy son frere Elanius fut Roy, & de son temps il y eut de grands troubles & vesquit sans repos, & les loix du pays estans enfraintes par la vie folle & desreglee, son Royaume fut mal
gouuerné par l'espace de 9. ans qu'il regna.

24 MORINDVS, fils bastard d'Elanius & de Tanguestela concubine, succeda à son pere. Il
estoit fort cholere, & se plaisoit à voir respandre le sang humain. Il eut guerre contre le Roy
des Maures qu'il descõfit en bataille, & les fit brusler & reduire en cendres. Du temps de ce
Roy vint de la coste d'Irlande vn monstre, qui faisoit de grands rauages deuorant le peuple,
dont le Roy estant fasché, alla vn iour seul combatre ce monstre, lequel il tua, mais il perdit
aussi la vie ayant regné 8. ans, & laissa cinq fils, qui tous furent Roys les vns apres les autres.

25 GORBONIANVS, fils aisné de Morindus fut grand Iusticier, plus qu'aucun Prince de son
temps, bon & religieux, lequel renouuella les temples de ses Dieux, & gouuerna son peuple
en paix & tranquillité aymant l'agriculture. Il bastit les villes de Kambrige & Grantham. Et
apres auoir regné 11. ans mourut, & fut enterré à Troye la Neufue ditte Londres.

Archigallo. Elidurus. Vigenius. Reginus. Morgan.

26 ARCHIGALLO, second fils de Morindus, en toutes ses actions fut contraire à son frere
Gorbonianus, car de tout son pouuoir, il s'esforçoit de desposseder les Seigneurs des terres
de son Royaume, & d'agrandir les gens de peu & de basse condition, en chassant les riches &
les priuant de leurs biens, lesquels il appliquoit à soy, dont il fut tellement hay de son peuple
qu'il fut luy-mesmes priué de son Royaume, & son frere Elidurus estably en son lieu, Prince
fort pitoyable, parce qu'au bout de cinq ans ayant compassion de son frere, il le remit en
possession de la Couronne, & depuis ce restablissement, Archigallo gouuerna paisiblement
& regna 10. ans, & fut enterré à Grantham.

27 ELIDVRVS, 3. fils de
ce fut apres le decez de l
ques à ce que ses freres p
apres leur mort, il fut po
inhumé à Carlyle.

Morindus & frere de Gorbonianus, & d'Archigallo, regna pour la secon-
õ son frere Archigallo qu'il auoit restably, comme a esté dit cy-deuant, iuf-
usines Vigenius & Peridurus le chasserent l'ayant emprisonné, & en fin
ur la 3. fois remis en son Royaume, & ayant regné 11. ans, mourut & fut

28 VIGENIVS & Peridurus enfans de Morindus, & freres des trois Rois precedens, demirent leur

62 HELY fils d'Lunguellus reg aa 40.ans fort heureusement, & laissa deux enfans Lud & Cassibellan, qui regnerent tous deux apres luy.

63. LVD fils d'Hely succeda au Royaume de son pere, & fut vn grand bastisseur de villes, il enuironna de murailles nouuelles la ville de Troye neufue, & de tours & donjons, & enjoignit aux habitans d'y faire bastir des maisons,& la nomma de son nom Kerlud ou kerlondon, & depuis a esté appellé Londres, où le Roy fit sa principale demeure. Il fut Prince fort belliqueux, & excessif en festins & banquets. Estant decedé il fut inhumé en lad'este ville de Londres, pres d'vne porte qu'on appelle Porz Lud Anglois,& en Saxon Ludesgate, ayant regné vnze ans, & laissé deux fils Androgeus & Teuantius.

64 CASSIBELLANVS frere de Lud fut Roy de la grand Bretagne, parce que ses nepueux enfans de son frere Lud estoient en bas aage lors que leur pere mourut. Il regna en reputation d'vn bon Prince & liberal: & ses nepueux estans paruenus en aage viril, il leur bailla vne partie du Royaume, sçauoir le pays de Kent à Androgeus aisné, auec la ville de Londres, & le Duché de Cornuaille au puisné Tenantius. De son temps Iules Cesar vint par trois fois en la grand Bretagne, pour la rendre tributaire aux Romains, mais il fut honteusement repoussé par deux fois, & à la fin surmonta Cassibellan en bataille, qui fut contrainct de recognoistre l'Empire Romain, & se soubsmettre à iceluy, & apres auoir regné 19.ans il mourut, & fut inhumé en la ville d'Yorx.

65 TENANTIVS succeda au Royaume de la grand Bretagne apres la mort de son oncle Cassibellan, & fut proclamé Roy, parce que lors son frere aisné Androgeus estoit à Rome auec Cesar. Il fut Prince belliqueux, & grand amateur de iustice: il regna 28.ans, selon aucuns, & selon d'autres 22.ans, aucuns Historiens le nomment Theomantius.

66	67	68	69	70
Kimbellinus.	Guinderius.	Aruiragus.	Marius.	Coyllus. 1

66 KIMBELLINVS fils de Tenateus fut Roy apres son pere, il fut vaillant guerrier, il auoit esté nourry en la Cour d'Auguste,& partant fut fort grand amy des Romains.De son temps nostre Sauueur IESVS-CHRIST fut né de la Vierge Marie en la ville de Bethleem en Iudee, l'an du monde selon la supputation de Iosephe Scaliger 3947. & l'an 751. depuis que la ville de Rome fut bastie, & l'an 2.de la 194.Olympiade,il regna 35.ans.

67 GVINDERIVS fils de kimbellinus dénia le tribut qui auoit esté accordé aux Romains par Cassibellan:à ceste occasion l'Empereur Claudius vint en la grãd Bretagne,& assiegea la ville de Portcestre, contre lequel vint Guinderius & luy liura bataille, en laquelle ledict Roy Guinderius fut tué par vn Romain nommé Lelius Hamon, & toutesfois les Romains furent contraints de fuyr, parce que Aruiragus frere du defunct Roy cela la mort du Roy, & prenant ses armes poursuiuit les Romains, & tua de sa main Hamon, pres d'vn port qu'on appelle à cause de cela le Port Hamõ,il regna 28.ans.

68 ARVIRAGVS voyant que son frere Guinderius estoit mort en bataille, print ses armes, & fut Roy apres luy, ayant surmonté les Romains, il se retira à Portcestre: & Claudius ayant ramassé ses gens la vint assieger, laquelle ville il print, & Aruiragus s'estant logé dans la ville de Vuitonne, fut assiegé par Claudius, mais ils s'accorderent ensemble par le moyen du mariage d'Aruiragus auec la fille de l'Empereur Claudius, à la charge qu'il recognoistroit l'Empire Romain,& au lieu où sa fille surmariee fut bastie la ville de Clocestre ou Claudiocestre, où apres auoir regné 24.ans il mourut, & y fut enterré.

69 MARIVS fils d'Aruiragus luy succeda au Royaume, lequel fut bien prudent & sage.Il eut guerre contre le Roy des Pictes Londricus qui fut tué en la bataille, & donna aux Pictes certaine partie d'Escosse qu'on appelle Cathenese. Il continua de payer aux Romains leur tribut, & sous bonnes loix,il gouuerna son peuple en paix, & mourut ayant regné 45.ans.

70 COYLE 1.fils de Marius fut Roy apres son pere,il auoit esté nourry à Rome, & parce qu'il auoit suguné les meurs des Romains,il les eut toute sa vie en honneur, & leur paya le tribut accoustumé.Il fut fort aymé de ses subiects,& luy les aimoit aussi de sorte qu'apres sa mort il fut regretté plus qu'aucun autre de ses predecesseurs,& laissa vn fils fort vertueux, apres qu'il eut regné vnze ans, il le nommoit autrement Coel.

71	72	73	74	75
Lucius.	Bassianus.	Carasius.	Asclepiodo.	Coyllus. 2

72 LVCIVS fils de Coyle succeda au Royaume de son pere, & le gouuerna fort paisiblement. L'an de salut 182. sous le Pape Eleuthere, & sous l'Empire de Seuerus, Lucius fut baptisé:& par ce moyen il fut le premier Roy Chrestien de la grand' Bretagne. De son temps furent establis au Royaume trois Archeuesschez & 28. Euesscher: Apres quoy le Roy Lucius mourut sans enfans ayant regné 12. ans, qui fut cause que l'Empereur Seuere passa en la grand' Bretagne, & y fit bastir vne muraille pour separer les Escossois, qui estoit d'vne mer à l'autre, & contenoit cent trente deux mille pas. Apres quoy l'Empereur mourut, & fut enterré à Yorx.

72e BASSIANVS fils de l'Empereur Seuere succeda à l'Empire apres la mort de son pere, & resida quelque temps en l'Isle de la grand' Bretagne, pour chretenir les peuples d'icelle sous l'obeyssance des Romains, & cela dura iusques à ce que Carasius fut commis pour gouuerner la grande Bretagne, il regna 7. ans.

73 CARASIVS estably par les Romains pour regir & gouuerner l'Isle de la grand' Bretagne, ne leur tint promesse, ains se fit nommer Roy par ceux de l'Isle, & en chassa les Romains, dont l'Empereur aduerty enuoya vne armee contre luy, sous la conduitte d'Alectus, lequel vainquit en bataille Carasius l'an 8. de son regne. Et apres sa mort ledit Alectus gouuerna les peuples de ceste Isle sous l'obeyssance des Romains par 45. ans.

74 ASCLEPIODO Duc de Cornuaille voyant qu'Alectus traictoit mal ceux de la grande Bretagne, assembla vne bataille armee contre luy, & le desfit, luy faisant perdre la vie, & assiegea Londres que les Romains occupoient, dont il les chassa, & en occit vn grand nombre. Depuis il regna longtemps en paix & iustice, comme bon & vertueux Prince, sans payer aucun tribut aux Romains, mais sur la fin de son regne Coyle Duc de Cloceestre luy fit la guerre, & fut Asclepiodo tué en la bataille ayant regné 38. ans.

75 COYLE 3. ayant surmonté en bataille & tué Asclepiodo, se fist couronner Roy de la grande Bretagne, cóme victorieux & triomphant, mais il ne fut pas long temps Roy, parce que Constantius fut enuoyé en l'Isle par les Empereurs Diocletian & Maximia, pour la remettre sous l'obeyssance de l'Empire Romain. La venue d'iceluy fut cause que Coyle se soubmist volontairement à la puissance des Romains, & promit de leur payer le tribut & subside, & peu de temps apres ce traicté il mourut ayant regné 14. ans, & laissa vne fille vnique nommee Helene, qui fut mere de Constantin le Grand.

Constantius Constantinus Octauius Traherus Maximus

76 CONSTANTIVS voyant que Coyle ou Coël estoit decedé, se fist couronner Roy de la grande Bretagne, & espousa Helene fille de son predecesseur, de laquelle naisquit le Grand Constantin. Fut elle qui trouua le bois sacré de la Croix en laquelle nostre Seigneur Iesus Christ fut crucifié. Le mesme Constantius fut Empereur de Rome, ayant esté adopté par Diocletian, & mourut en la ville d'Yorx ayant regné quinze ans.

77 CONSTANTIN LE GRAND, fils de Constantius & de Saincte Helene, natif de la grande Bretagne, il fut salüé Empereur apres le decez de son pere, & de la vint à Rome où il desfit l'Empereur Maxence, Son histoire est si commune & notoire, qu'il n'est besoin d'en faire icy plus long discours. Il fist bastir Constantinople qu'on nommoit Byzance, qu'il appella nouuelle Rome, où il alla resider, & y establit le siege de son Empire. De son temps le Concile general de Nicene fut tenu par 318. Euesques, contre la damnable heresie d'Arius.

78 OCTAVIVS voyant que la grande Bretagne estoit gouuernee par des Proconsuls, leur fist la guerre, & les surmonta, & se fist Roy de l'Isle. Dont Constantin le Grand estant aduerty enuoya contre luy Traherus auec trois legions, afin d'en chasser Octauius vsurpateur. Ils se donnerent bataille en laquelle Traherus eut du pire, mais ayant rallié ses gens, il fist tant qu'il chassa Octauius, lequel se retira en Noruege ayant regné 14. ans.

79 TRAHARVS, pendant l'absence d'Octauius qu'il auoit chassé iusques au Royaume de Noruege, fut Roy de la grande Bretagne, mais il ne fut pas long temps Roy, d'autant que par les practiques & menees d'Octauius, il fut tué en vne embuscade qui luy fut dressée hors de la ville de Londres, dont aduerty Octauius, il retourna, & fut derechef Roy de l'Isle en ayant chassé les Romains, & ne laissa qu'vne seule fille, il ne regna que deux ans.

80 MAXIMIAN, ou Maximus fut marié auec la fille d'Octauius, & succeda au Royaume de son beaupere, apres auoir surmonté Conan Meriadec, lequel depuis il ayda de forces & de gens pour conquerir la petite Bretagne, autrement ditte Armorique. Il fut esleu Empereur par la gendarmerie Romaine, & vint prendre les Gaules d'assaut. En fin il fut liuré par les Soldats à Theodose qui le fist mourir, ayant regné 3. ans. S. Martin viuoit de son temps.

Gratianus. Constantin. Constans. Vortiger. Vortimer.

81 GRATIAN apres auoir entendu la mort de Maximus le fist declarer Roy, mais il exerça tant de cruautez vers ses subiects, qu'ils conspirerent contre luy & le tuerent. Et si tost que les Pictes & Hüs en furent aduertis, ils conquirent la grande Bretagne par force d'armes, & quand ils en furent Seigneurs, ils firent beaucoup de cruautez au peuple du pays, lequel demanda secours au Roy de la petite Bretagne nommé Audran, qui leur enuoya son frere Constantin.

82 CONSTANTIN, 2. estant venu au secours des peuples de la grande Bretagne, chassa les Pictes & Huns qui l'occupoient, & fut couronné Roy dudit Royaume, où il regna par l'espace de 10. ans, & laissa trois enfans, Constantius, Aurelius & Vter pendragon.

83 CONSTANTIVS, 2. fils de Constantin 2. estoit Moyne Profez lors que son pere mourut, si est-ce que par le conseil de Vortiger qui auoit beaucoup de creance au Royaume, il fut tiré du Monastere & fait Roy, & pour ceste cause Constantius eut Vortiger tousiours depuis en grande estime, & luy laissa entierement le gouuernement de son Royaume. Mais Vortiger conseilla au Roy d'auoir autour de sa personne quelque nôbre de Pictes à ses gages pour le garder, lequel conseil le Roy creut, mais au lieu de le garder, ils le tuerent pour complaire audit Vortiger qui affectoit le Royaume, & ses deux freres Aurelius & Vter furent enuoyez en la petite Bretagne, il regna trois ans.

84 VORTIGER, apres la mort de Constantius se fist couronner Roy, mais il fut incontinent hay de son peuple, & craignant d'vn costé les Pictes irritez contre luy, & d'autre costé que les freres du defunct Constantin 2. ne le chassassent du Royaume qui leur appartenoit, comme estans enfans de Constantin 2. il appella à secours les Saxons qui estoient arriuez en la grande Bretagne, sous la conduitte de Horsus & Hengistus, & les retint à sa solde, & leur bailla vne partie du Royaume pour habiter, & mesmes espousa la fille d'Hengistus, il regna 19 ans.

85 VORTIMER, fils de Vortiger, fut esleué à la dignité Royale par les Seigneurs de la grâde Bretagne qui redoutoiёt les Saxons, & craignoient qu'ils se rendissent Seigneurs de l'Isle, aussi qu'ils estoient Payens. Ce qui fut fait du viuant de Vortiger, mais il ne fut pas long temps Roy, par ce que sa belle-mere Ronixe le fist empoisonner, & apres sa mort son pere Vortiger recouura son Royaume par le secours & ayde des Saxons, qui en fin se rendirent maistres de la plus grande partie dudit Royaume.

Aurelius. Vter pendragõ. Arthus. Constantinus. Aurelius Conanus.

86 AVRELIVS AMBROSIVS, auec son frere Vter arriuerent en la grande Bretagne, auec quatre mil combatans qu'ils auoient amenez de la petite Bretagne Armorique, & fut Aurelius couronné Roy, lequel alla incontinent assieger Vortiger, qui s'estoit retiré en la ville d'York, où il le fist brusler dans vne Tour. Et ayant surmonté les Saxons, & pris leur Roy Hengistus, il les receut à mercy, ayant toutesfois fait trancher la teste à Hengistus. Estant paisible il restablit la religion Catholique en son Royaume : Et de son temps S. Germain Euesque d'Auxerre y vint auec S. Loup, pour confuter l'erreur des Pelagiens. Le Roy fut empoisonné par vn breuuage, & mourut ayant regné 32. ans.

87 VTER PENDRAGON, apres la mort de son frere Aurelius fut couronné Roy, & eust de grandes guerres contre Octa & Cosa chefs des Saxons, lesquels il en fin subiugua, & puis apres il fut empoisonné par son Eschanson, delaissant vn fils nommé Arthus, il a regné 18. ans.

88 ARTHVS LE GRAND ou le Preux, fut Roy apres le trespas de son pere Vter pendragon, & en receut la Couronne. Il eut de grandes guerres contre les Saxons, esquelles il fut assisté du Roy de la petite Bretagne nommé Hoel son nepueu, & en fin il les surmonta. Il fist reparer les Eglises de la ville d'York, qui auoient esté demolies par les Saxons infideles. Il conquist le Royaume de Noruege, & estant retourné en son Royaume, il y establit les Cheualiers de la Table Ronde, en fin il fut trahy par Modredus, & tué en bataille par les Saxons, il regna 16. ans.

89 CONSTANTIN 3 cousin du Roy Arthus succeda au Royaume, il estoit fils de Cador Duc de Cornuaille. Apres qu'il fut couronné les Saxons s'efforcerent de luy faire la guerre, & le tiers an de son regne il fut tué en bataille. Il estoit fort dissolu en sa vie, & de son temps viuoit S. Gildas, lequel estant homme de saincte vie, luy remonstroit fort doucement & charitablement les fautes & offenses qu'il commettoit contre Dieu, & contre son peuple, mais ses remonstrances ne luy profiterent

de rien. De sorte que par diuine vengeance, il fut tué par son nepueu Aurelius Conanus, & inhumé auprés du Roy Vterpendragon, guerre loin de Salisbery, ayant regné 3. ans.

90 AVRELIVS CONANVS, nepueu de Constantin, fut Roy apres la mort d'iceluy. Il fut vn vaillant Prince, & fit dure & cruelle guerre aux Saxons, contre lesquels il donna bataille, où il mourut, ayant regné 3. ans ou enuiron.

Vortiporus. Malgon. Corentius. Caduanus.

91 VORTIPORVS fut Roy de la grande Bretagne apres Conanus, & chassa les Saxons hors de son Royaume, & le gouuerna en bonne diligence, & mourut le 4. an de son regue.

92 MALGON autrement Maglocunus, fut aussi Roy de la grande Bretagne apres la mort de Vortiporus. Il estoit Beau Prince & robuste, ma s il s'adonna au peché contre nature, dont mal luy print: Car apres auoir conquis par sa vaillance six Prouinces, lesquel il mourut soudainement, & ses enfans Hannanus & Run, ne luy succederent, il regna 35. ans.

93 CATHERICVS ou Carentus, succeda à la Couronne de la grande Bretagne. Les Saxons luy firent la guerre, & le chasserent de place en place, de sorte qu'il fut contraint de se retirer en France, & les Saxons se rendirent maistres de la plus grande partie du Royaume, qu'ils partirent en 7. Royaumes. Il regna 24. ans.

94 CADVVAN ou Caduan, fut esleu Roy de la grande Bretagne par les plus grands Seigneurs de l'Isle, qui ne pouuoient supporter la domination des Saxons. Estant couronné, il eust alliance auec plusieurs Princes, pour luy estre aidans à recouurer son Royaume contre les Saxons Anglois, contre lesquels il eut guerre perpetuelle, mais ayant regné 22. ans il mourut.

Cadouallo. Cadouallader. Athelstanus.

95 CADVVALLON succeda au Royaume de son pere Caduuan, auec son frere, mais il eut grande guerre contre son dit frere Edim, où du commencement Edim fut victorieux, mais Caduuallon eust recours au Roy de la petite Bretagne Salomon, lequel l'ayda de quatre mil hommes de guerre, & assisté d'eux, & du Roy Peanda Saxon qu'il auoit pris prisonnier en guerre, & duquel il auoit espousé la sœur, il vainquit son frere, & les Saxons, & apres ceste victoire il mourut de maladie, ayant regné 48. ans.

96 CADOVALADER, ou Cadoualadrus fils de Caduuallon fut Roy apres le deceds de son pere: à cause des longues & continuelles guerres qui auoient esté en la grande Bretagne, les laboureurs auoient dela laissé leurs labeurs, & ne s'appliquoient plus sinon à brigander & vuiller, dont proceda vne grande famine, suiue d'vne cruelle mortalité: de sorte que les viuans ne pouuoient fournir à enseuelir les morts. A ceste cause les hab tans de l'Isle s'enfuyrent en la petite Bretagne en France, tellement que l'Isle demeura presque deserte, parce que la peste y continua par l'espace d'vnze ans. Puis apres le Roy Cadoualader al a à Rome vers le Pape Sergius, où estant il trespassa d'vne maladie qui le surprint. Il regna en tout douze ans, & laissa deux enfans nommez Yuor & Yuy, qui estoient en la petite Bretagne auec le Roy Alain le Long, en l'an 689. Estans retournez en la grande Bretagne, ils eurent guerre contre les Saxons Anglois, ma s ils furent deffa cts, & la mortalité continuant, ils furent contraints de s'enfuyr & abandonner le pays, ayans regné 49. ans apres la mort de leur pere.

97 ATHELSCAVNS ou Adelscanus, apres la cessation de la mortalité fut esleu Roy par les Anglois Saxons, qui auoient occupé le Royaume, & le diuiserent en 7. Royaumes, ledit Roy regna 16. ans. Et icy finit Galfredus Arturus de Monmouth son histoire des Bretons, dont la plus part de ce qui a esté dit cy-dessus a esté extrait, duquel l'histoire est pour la plus grande partie fabuleuse. Tesmoin ce qu'en dit Polydore Virgile au 1.liure de son Histoire d'Angleterre, apres Guillaume de Neubrige Historien Anglois, lequel viuo t sous Richard 1. du nom, enuiron l'an de salut 1195. Il y a 5. Roys obmis en la figure, sçauoir, Inas, Ethelarde, Cuthred, kenulphus, & Brithrich.

Egbert premier Roy d'Angleterre l'an 800.

Egbertus.   Edduolphus.   Alfredus.   Edouardlaifne   Athelstanus.

98 EGBERT, apres la mort de Brithrich qui deceda sans enfans, comme plus proche de la lignée Royale fut establi Roy des Saxons Occidentaux en la grande Bretagne, lequel gouuerna fort heureusement & humainement ses sujets par l'espace de 37. ans. Il subjugua les anciens Bretons qu'on dit maintenant Vualliens ou Gallois, vainquit en bataille Bertulfe Roy des Merciens, & print prisonnier Etelulphe Roy de Kent, le Royaume duquel il reduisit en sa puissance, faisant le semblable de Sutrede Roy des Saxons Orientaux, qui fut cause que les Northumbriens se rendirent volontairement à luy, eux & leur Royaume. Voyant sa puissance ainsi accreuë il fit vn Edict, par lequel il ordonna que l'Isle qu'on nommoit Bretagne, seroit de là en auant appellee Angleterre, & les habitans d'icelle Anglois. Ainsi il fut le premier Roy d'Angleterre, au mesme temps que Charlemagne Roy de France fut proclamé Empereur d'Occident. L'Empire d'Orient estant demeuré à Irene mere de Constantin Porphyrogenite, auquel elle auoit fait creuer les yeux pour seule gouuerner l'Empire. Finablement en l'an de salut 848. Egbert apres auoir repoussé les Danois qui s'estoient venus hasarder dedans l'Angleterre, deceda laissant vn fils nommé

99 ETHELVOLPHE ou Atulfe, lequel regna apres son pere. Au commencement de son regne il fut assailly des Danois, mais il en vint vaillamment à son honneur. Cependant pource qu'il auoit fait profession de la vie Monastique deuant qu'il fust Roy, il se transporta à Rome pour auoir dispense du Pape de se matier. Il se soucioit si peu de regner, qu'il ne retint que le Royaume des Saxons Occidentaux qui auoit esté renu de ses ancestres, laissant posseder à son fils aisné tout ce que son pere auoit conquesté, il regna 20. ans 5. mois. Il eut 4. fils, sçauoir Ethelbalde, Ethelbert, Ethelrede, & Alfrede, qui regnerent apres luy successiuement, mais les trois premiers ont peu vescu, & toutesfois ont regné depuis l'an 857. jusques en l'an 872. sans laisser aucuns enfans. De sorte que 100. AL-FREDVS ou Aluredus, succeda au Royaume apres le deceds de son frere Ethelrede. Il fut couronné à Rome par le Pape Adrian 2. en l'an 892. il surmonta les Danois, apres auoir esté en guerre perpetuelle contr'eux, les neuf premieres annees de son regne. Il conuertit au Christianisme le Roy des Danois nommé Gomornes, & luy bailla le Royaume des Northumbriens en gouuernement. Il fonda trois Monasteres l'annee suyuante, & l'an 895. il institua & dota l'Vniuersité d'Oxfort. On tient qu'il fut si bien instruict és bonnes lettres, qu'il escriuit plusieurs liures de son inuention, & en translata d'autres de langue Latine en sa naturelle, & mesmes on rapporte de luy qu'il distribuoit ses 24. heures du jour à son vsage, en telle sorte qu'il en employoit 8. à mediter, estudier & composer, les autres 8. à vacquer aux affaires du Royaume, & le reste à ses commoditez corporelles. En fin il mourut apres auoir regné 28. ans.

101 EDOVARD l'aisné fils d'Alfredus apres la mort de son pere succeda à la Couronne l'an 900. & fut sacré par l'Archeuesque de Cantorbie Athelrede, il chassa les Danois de son pays, & hors-mis le Royaume d'Escosse, il fut seul Roy de toute l'Isle de Bretagne. L'an 906. son frere Athenolde se rebella contre luy, mais il se defendit si vertueusement, qu'il mist son dit frere Athenolde en suitte, & le contraignit de quitter totalement l'Angleterre. L'an 911. il s'empara du Royaume de Kent, & l'annexa au sien, & apres auoir regné 24. ans il mourut.

102 ATHISTAN fils naturel de Edoüard l'an 925. succeda au Royaume de son pere, qui n'auoit laissé aucuns enfans masles legitimes, on dit qu'il regna 16. ans en reputation d'vn Prince vertueux, qui ne fut ignorant des bonnes lettres & sciences liberales. L'an 930. mourut Sitric Roy Danois en Northumbellande, laissant deux fils Analaphe & Godefroy, qui furent chassez du Royaume de leur pere par Athelstan Roy d'Angleterre, & ne le peurent recouurer quoy qu'ils fussent secourus par le Roy d'Escosse Constantin 3. lequel fut desconfit par Athelstan en bataille rangee pres de Gronningfel l'an 933. De son temps Louys fils de Charles le Simple Roy de France se retira en Angleterre auec sa mere Edgine fille du feu Roy Edouard vers son oncle Athelstan, lequel deceda l'an 941. sans hoirs de son corps, de sorte que

Edmondus 1.   Edredus.   Edouinus.   Edgarus.   Edouardle ieune.

103 EDMOND son frere succeda au Royaume, qui fut Roy fort vertueux & religieux, & regna 6 ans. Les Northumbriens à l'occasion de la ieunesse du Roy qui n'estoit aagé que de 18. ans, quand il commença à regner, se rebellerent contre luy, reprenans le Prince Analaphe pour leur Roy, qui

s'eftoit retiré en Hibernie, qui fut caufe que le Roy Edmond enuoya vne armee contre, qui les chaftia fi bien de leur temerité, qu'ils furent contraints de venir recognoiftre leur faute, & Analaphe
fe vint rendre a la mercy du Roy, & fe fit Chreftien, mais eftant retourné en fon erreur, il fut chaffé du Royaume, & le Roy donna le pays de Cumberlande au Roy d'Ffcoffe Malcolme, pour le tenir
en fidelité & hommage de luy. Puis quelque temps apres il fut tué & affafiné par vn voleur l'an
946. laiffant deux enfans Eduin & Edgar, fous le gouuernement & tutelle de leur oncle Eldrede, a
caufe qu'ils eftoient encore en fort bas aage.

104 ELDREDE gouuerna fort fagement & prudément le Royaume par l'efpace de 9 ans durant la
minorité de fes nepueux enfans de fon frere, & fut fi redouté ; pour fa proüeffe & vaillance, que ny les
Efcoffois, ny les autres peuples n'oferent s'efmouuoir contre luy, il mourut l'an 955.

105 EDVIN fils ainé d'Edmond fut Roy d'Angleterre apres le deceds de fon oncle Eldrede, fes mauuaifes complexions le rendirent tellement odieux à fes fubiects, que les Merciens & Northumbriens fe reuolterent contre luy, & prindrent fon frere Edgar pour leur Roy, dequoy il print tel
defplaifir qu'il en mourut, ayant regné 4. ans, au moyen dequoy

106 EDGAR fon frere puifné fe mift en poffeffion de tout le Royaume d'Angleterre l'an 959. &
fut couronné a Bathone par l'Archeuefque de Cantorbie Othon, & regna 16. ans fort heureufement. Il fonda vn Monaftere de filles Religieufes de l'ordre S. Benoift a Vilthone près Salisbery,
duquel fut fa fille Eda premiere Abbeffe, il mourut a l'aage de 37. ans.

107 EDOVARD 2. ou le ieune fut Roy apres le deceds d'Edgar fon pere, & regna fort fainctement:
La fainéteté de mœurs duquel ne pûft diuertir le mauuais courage de fa belle-mere Alfrede de luy
pourchaffer la mort par fes mandites practiques, afin de faire tomber le Royaume d'Angleterre entre les mains de fon fils Ethelrede qui deuoit eftre fon heritier : & de faict, côme le Roy Edouard
retournoit de la chaffe il fut maffacré, apres auoir regné 4. ans, & fut mis au nombre des Saincts
Martyrs.

Etheldredus.   Edmond. 2.   Canutus.

108 ETHELRED frere de S. Edouard fucceda au Royaume, & pource qu'il eftoit autant defpour-
ueu des bonnes conditions & perfections qu'eftoient en fon frere, que remply de celles qui desho-
noroient vn Roy, il fut caufe que la vigueur & excellence de fon Royaume prift tel declin & decroif-
fement auec luy, qu'il ne peut fouftenir ny repouffer l'inuafion des Danois qui le vindrent derechef
affaillir, finon en s'obligeant de leur payer certain tribut tous les ans pour fe laiffer en paix : Nonobftant cela toutesfois il regna 38. ans, & de fa femme fille de Richard Duc de Normandie, il eut
trois enfans, Alfrede, Edmond, & Edouard, & mourut l'an 1016. de noftre Seigneur en la ville de
Londres, & y eft inhumé en l'Eglife de S. Paul.

109 EDMOND cofte' de fer fils d'Etheldred apres le deceds de fon pere fut Roy d'Angleterre, où
il ne regna qu'vn an, ayant beaucoup de fois tenté la fortune de la guerre contre le Roy des Danois
Canut, fut en fin contraint de faire accord auec luy, par lequel ils partagerent entre eux le Royaume d'Angleterre par moitié, mais bien toft apres il fut tué par trahifon, & fes enfans Edmond &
Edouard furent releguez en Hongrie.

110 CANVT Roy des Danois fils de Suenon fut Roy d'Angleterre l'an 1017. dont il s'empara par
force, apres le deceds du Roy Edmond, & s'en fit couronner Roy par Alurede Archeuefque de
Cantorbie, apres auoir chaffé les enfans du feu Roy, & fait punir ceux qui auoient occis: mais afin
de fe reconcilier auec les Normans, il efpoufa la vefue du Roy Ethelred mere dudit Edmond, de
forte qu'il regna en ceffe façon l'efpace de 20. ans. Il alla a Rome en pelerinage l'an 1030. du temps
du Pape Iean 20. autrement 19. & en l'an 1036. il mourut fort fainctement, ayant faict penitence de
fa mefchante vie paffee.

Harauld. 1.   S. Edouard.   Harauld. 2.

111 HARAVD I. furnommé Pied de Lieure, à caufe de la viffteffe a courir, fucceda au Royaume
d'Angleterre apres la mort du Roy Canut, & regna 4. ans, & apres luy fon frere Canut Roy des Danois fe tranfporta en Angleterre, où il fut receu pour Roy de tous les Anglois: de forte qu'il regna
deux ans fur eux, durant lefquels il fit venir de Normandie le Prince Edouard fon frere de mere, qui
eftoit fils d'Ethelred pour le faire regner auec luy.

112 S. EDOUARD 3. fils d'Etheldred apres le deceds de Canut 2. fut Roy d'Angleterre l'an 1043. il gouuerna son Royaume fort fainctement par l'espace de 23. ans, & paisiblement, ayant faict de belles Ordonnances pour regler son dict Royaume. qu'on a depuis appelees les Loix communes. Il mourut sans enfans, aussi ne fut-il point marié, & institua son heritier & successeur à la Couronne d'Angleterre Guillaume le Bastard Duc de Normandie, en faueur du bon traittement qu'il auoit receu de luy au temps de son exil : mais les Anglois ne se rangeans pas volontiers sous le gouuernement d'vn Prince estranger, aymerent mieux que Haraud 2. fils de Godouin Comte, & de la sœur du Roy Canut 2. fut leur Roy : De sorte qu'ils luy laisserent occuper le Royaume.

113 HARAVD 2. vsurpa donc le Royaume au preiudice du testament de S. Edouard, qui fut cause que Guillaume Duc de Normandie luy enuoya demäder son droict, ce qu'il refusa de sorte qu'ayät dressé vne forte & puissante armee il la fit descendre en Angleterre, contre laquelle Haraud vint donner bataille, où il fut tué, auec vingt mille Anglois : au moyen dequoy les Normans qui gaignerent ceste memorable victoire le 14. d'Octobre 1066. demeurerent Seigneurs de toute l'Angleterre, qu'ils ont conseruee depuis à leur posterité iusques à present.

Commencement du regne des Normans en Angleterre qui dure encore à present.

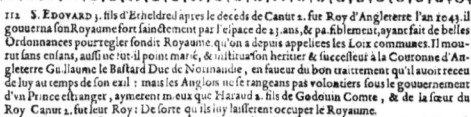

114   115   116   117   118.7

Guillaume. le   Guillaume le roy   Henry. 1.   Estienne.   Henry. 2.
lonquereur   doux

114 GVILLAVME LE BASTARD surnommé le Conquerant, le iour de Noël enfuyuant se fit couronner Roy d'Angleterre par l'Euesque de Vvaruic, où il regna l'espace de 21. ans, poliçant son Royaume de telles Loix qu'il iugea estre conuenables à l'entretenement de son estat. Le mauuais traittement que le Roy faisoit aux Anglois, fut cause que beaucoup de grands Seigneurs, côme Edouyn, Morchare & Edgar qui estoient du sang Royal des Anglois ou Danois se retirerent vers Malcolme Roy d'Escosse, & que d'autres se rebellerent ouuertement au pays de Northumbellande, où ils dessirent vne bonne trouppe de gens auec leur Capitaine que le Roy enuoyoit contr'eux, qui fut cause qu'il y alla en personne, & print telle raison des rebelles qu'il voulut : aucuns desquels furent contraints de se rendre à sa mercy, comme Edgar & Morchare. Il mena de si rude façon le Roy d'Escosse Malcolme qui receuoit & supportoit les bannis d'Angleterre, qu'il le contraignit en fin pour s'exempter de pis, de luy faire hommage auec serment de fidelité. L'an 1085. il fit faire description ou desnombrement de son Royaume, pour cognoistre le nombre de ses subiects, & le reuenu, rentes, possessions & facultez d'vn chacun. Ce qu'il redigea en vn volume. Estant allé en Normandie pour chastier son fils Robert, qui s'estoit rebellé contre luy, il mourut à Roüen l'an 1087. laissant la Normandie audit Robert, le Royaume d'Angleterre à Guillaume surnommé le Roux, & à Henry son troisiesme fils tous les meubles & thresors, auec toutes les possessions de la mere. Libus dit qu'il fut enterré à Caen en vn Monastere qu'il auoit fondé.

115 GVILLAVME 2. du nom surnommé le Roux, second fils du Roy Guillaume le Conquerant auoit esté laissé en Angleterre lors que son pere en partit, & ils'y en retourna quand soudit pere estoit proche de la mort : Au moyë dequoy s'estant acquis la faueur de l'ancienne Archeuesque de Cantorbie, ioint la declaration de son pere, il s'empara pour la mort d'iceluy de la Couronne d'Angleterre, & s'en fit couronner Roy par le mesme Archeuesque le 17. de Septembre 1088. à Vvestmonstier, auparauant que son frere aisné Robert eust loisir de venir prendre possession de son droict d'ainesse : lequel voulut repeter son droict par armes, mais en fin ils s'accorderent, & le Royaume demeura à Guillaume, qui presta à son frere Robert dix mil marcs d'argent pour aller à la guerre sainct en Hierusalem. En fin s'estant cruellement comporté enuers les Ecclesiastiques d'Ang leterre, & ayant banny S. Anselme Euesque de Cantorbie, il fut fortuitement blessé le 1. iour d'Aoust l'an 1100. estant à la chasse, dont il mourut, & est inhumé à Vinton, au 12. an de son regne.

116 HENRY surnommé Beauclere 1. de ce nom frere de Guillaume le Roux, voyant que son frere aisné Robert estoit en la Palestine s'empara du Royaume d'Angleterre, parce que son frere Guillaume n'auoit laissé aucuns enfans Son frere Robert estant de retour de son voyage d'outremer, se mist en deuoir de recouurer son droict au Royaume d'Angleterre, mais les deux freres par l'entremise de leurs amys furent mis d'accord, & par iceluy la possession dudict Royaume demeura à Henry, qui la retint iusques à son deceds par 35 ans 3. mois 12. iours, à condition de le recognoistre tenir de son frere Robert, & en signe de recognoissance de luy payer tous les ans vne pension ou tribut. Il fut couronné par l'Euesque de Londres Maurice à Vvestmonstier, il reuoqua d'exil S. Anselme en l'an 1108 Il vint en Normandie, & fit la guerre à son frere Robert qu'il print prisonnier & l'emmena en Angleterre, où il mourut en prison. Tellement qu'il fut aussi Duc de Normandie, dont il fit hommage au Roy de France. Finablement en Decembre 1135. il mourut sans laisser aucuns enfans, lors vne fille nommee Mathilde ou Mahault qui auoit esté mariee en prem eres nopces auec l'Empereur Henry V. & en secondes nopces auec Geoffroy Comte d'Anjou, duquel elle auoit deux enfans Henry & Guillaume, lesquels leur ayeul auoit declarez ses successeurs au Royaume, mais

117 ESTIENNE Comte de Boulogne fils d'Estienne Comte de Blois, & d'Adele œur du Roy Henry se trouuant le plus fort en Ang eterre, s'empara sac l-ment du Royaume, & s'en fit couronner Roy le 23. Decembre audit an à Vvestmonstier par Guillaume Archeuesque de Cantorbie. La Princesse Mathilde passa en Angleterre, & son fils Henry Comte d'Anjou, pour rauo r led.t Royaume, & apres plusieurs rencontres ils s'accorderent ensemble, que le Royaume demeureroit à Estienne la vie durant, mais qu'apres son deceds ledict Henry reuiendroit à la Couronne d'Angleterre, nonobstant que ledit Estienne eust encores vn fils nommé Guillaume, auquel seroient assi-

gnees que ques terres en Angle erre & en Normandie pour son appannage. En fin Estienne mourut le 24. Novembre 1154. ayant regné 19. ans

118 HENRY 2 Duc de Normandie, Comte d'Anjou, de Touraine, & du Mayne, & de par sa femme de Poictou & de Guyenne, se declara, soynant l'accord precedent, Roy d'Angleterre, & fut couronné Roy à Vvestmonster, par Thibauld Archevesque de Cantorbie le 20. Decembre audit an 1154, & regna iusques à son trespas 34. ans & environ 9. mois L'an 1170. le Roy se t couronner on fils Henry de son vivant a Londres, par Roger Archevesque d'York, en l'absence de Thomas Archevesque de Cantorbie, lequel fut 7. ans en exil, & estant retourné en Angleterre, fut massacré en son Eglise, & mis au nombre des Saincts Martyrs par le Pape Alexandre 3. Le Roy se purgea par serment qu'il n'auoit commandé ce massacre, toutesfois pour expier la faute qu'il auoit commise en cela, il promist d'enuoyer en la Terre saincte, & entretenir deux cens soldats pour la guerre contre les Infideles, & mesmes d'y al-er en personne dans 3. ans Ses enfans se reuoltrecent contre luy, qui contre son gré se rendirent maistres de la Normand-e, de l'Aquitaine & de la Bretagne Henry son frere aisné estant mort, Richard son autre fils laisse son pere, & suit le Roy de France Philippe Auguste, lequel preud sur luy la Touraine, & le Mayne: dont Henry mourut de regret & de dueil.

| 119 | 120 | 121 | 122 | 123 |
| Richard. 1 | Henry. 3 | Iean. | Edouard 1 | Edouard 2 |

119 RICHARD 1. surnommé cœur de Lyon, par le deces du Roy Henry 2. son pere, recueillit sa succession l'an 1189 & fut couronné à Londres par l'Archevesque de Cantorbie. Il alla en la Terre-saincte, & a son retour fut retenu prisonnier par l'Empereur Henry 6. en Allemagne: & pour sortir de prison paya de rançon cent quarante mil marcs d'argent. Retourné qu'il fut en Angleterre, il eut guerre contre le Roy de France. En fin en An. l 1199. Il mourut sans laisser enfans, ayant regné 10. ans, il institua Arthus Duc de Bretagne fils de son frere Geoffroy son heritier, mais

120 IEAN, dict sans terres, frere de Richard & oncle d'Arthus usurpa la Couronne, apres auoir inhumainement fait mourir en prison son nepueu Arthus, auquel le Royaume appartenoit. Il fut dit sans terres, parce que le Roy Philippe Auguste s'empara desdites terres, principalement de celles qu'il auoit en France, comme de la Duché de Normandie, & autres, pour ses grandes rebellions & desobeissances. Il fut excommunié par le Pape Innocent 3. & declaré ennemy de l'Eglise Finalement il fut empoisonné en la ville de Nenark, ayant regné 17. ans.

121 HENRY 3. fils de Iean sans terres fut Roy apres son pere l'an 1217. & en l'aage de 9. ans fut couronné par les Euesques de Vinton & de Bathone, en l'an 1236. il espousa Alienor fille de Raymond Comte de Provence, de laquelle il laissa deux fils, Edouard Prince de Galles, & Emond Duc de Lancastre, & mourut ayant regné 56. ans.

122 EDOVARD 1. estoit le plus ieune des enfans de Henry 3. mais pour la beauté de son corps il fut mieux aymé & fauorisé du peuple, tellement qu'il fut preferé à son frere aisné Emond, que l'on disoit estre bossu. Ce qui causa entre leurs successeurs des querelles mortelles: Et d'eux commencerent les factions d'York & de Lancastre, autrement appellee la Rose blanche & la Rose rouge, parce que ces deux maisons auoient lesdites roses pour armes de leurs familles. Donc ques Edouard en l aage de 35. ans fut couronné Roy 1273. & eut de grandes traverses durant son regne qui dura 35. ans, mesmes il eut guerre perpetuelle contre les Escossois, qui l'accompagneren iusques à la mort. De deux femmes, sçauoir d'Alienor sœur d'Alphosie Roy de Castille, & de Marguer te sœur du Roy de France Philippe le Bel, il eut 6. fils, & 5. filles. Les trois premiers de ses fils decederent ieunes, & son 4 fils

123 EDOVARD 2. luy succeda l'an 1308. & fut couronné Roy à Vvestmonstier, auec sa femme Isabelle fille du Roy de France Philippe le Bel: d'icel-e il eut Edouard Prince de Galles, lequel fut couronné Roy du vivant de son pere l'an 1326. parce que sa femme Isabelle l'auoit priué de son Royaume, & le retenoit prisonnier, où il mourut: de sorte qu'il ne regna que 19. ans

| 124 | 125 | 126 | 127 | 128 |
| Edouard 3 | Richard 2 | Henry. 4 | Henry 5 | Henry. 6 |

124 EDOVARD 3. surnommé de Vindelore petit-fils à cause de la mere du Roy Philippes le Bel, apres la mort des trois fils d'iceluy qui furent successivement Ro s de France, sçauoir de Lou s Hutin, Philippe le Long, & Charles le Bel, pretendont que la Couronne de France luy appartenoit, contre le Roy Philippe de Valois, cousin germain desdits trois Rois freres, lequel Edouard fut debouté de ses pretentions par les Estats de la France en vertu de la Loy Salique Nonobstant cela il ne laissa des attribuer les armes & tiltre de Roy de France, & de faict luy & son fils Edouard Prince de Galles appel é le Prince Noir, passerent a mer, firent infinis rauages en Normandie, gagnerent la bataille de Crecy contre les Franço s, & prindrent Calais, apres vn siege de douze mois. Il institua les Cheualiers de l'Ordre de la Iartetiere, en l'an 1350 auec cette deuise, Honny soit qui mal y pense. Il print prisonnier

en l'an 1356. près Poctiers le Roy leur fils de Philippe de Valois, qu'il mena en Angleterre, & luy fit payer grosse rançon par le traicté de Bretigny, en fin il mourut aagé de 65 ans, ayant regné 31 ans, & est inhumé à Vvestmonstier.

125 RICHARD 2 du nom fils d'Edouard Prince de Galles, & petit fils d'Edouard 3. succeda au Royaume, apres le deceds du Roy ayeul, & fut couronné a l'aage de 11 ans. Ses oncles paternels les Ducs de Lancastre & d'York furent les tuteurs l'an 1378. & a regné 22 ans, & est mort en prison l'an 1399. de son aage 1399. ayant auparavant renoncé à la Couronne, & en son lieu fut establ' son cousin germain.

126 HENRY 4. fils du Duc de Lancastre, lequel fit massacrer & executer par plusieurs rigueurs de supplices ceux qu'il cognoissoit favoriser le party du Roy Richard son cousin qu'il auoit despouillé du Royaume, à l'occasion de quoy son regne fut sanguinaire à merueilles, autant ou plus que celuy d'aucun de ses predecesseurs. Mais en fin s'il n'en fut chastié de son vivant, la punition en fut reseruee à sa posterité. Il eut entr'autres enfans Henry Prince de Galles, & mourut ayant regné 14 ans.

127 HENRY V. fils de Henry 4. recueillit la Royauté d'Angleterre en l'an 1413. Il fit plusieurs grands efforts & conquestes sur Charles VI. Roy de France, qui pendit beaucoup de sa noblesse en la journee d'Az. mourut l'an 1416. dont le Roy Charles fut contrainct de luy accorder plusieurs grandes conditions: par ce que Henry estoit assisté du Duc de Bourgongne, & au regent de France la vie durant dudit Roy Charles, duquel tous ceste condition il espousa la fille Catherine dont nasquit Henry. Il ceda deux Monasteres, vn à Schené où il establit des Chartreux, & l'autre qu'on appelle l'Abbaye de Syon sur la riuiere de la Tamise & ayant regné 9. ans, il mourut au Bois de Vincennes, se disant Roy de France apres la mort dudit Charles 6. du temps duquel la Cour de Parlement fut transferee à Poictiers, où elle fut 13 ans, sont le regne de Charles 7.

128 HENRY 6. succeda à son pere Henry V. au Royaume d'Angleterre l'an 1424. & fut illustré du nom de Roy de France à Paris, quoy qu'il fust encore enfant, ma's il fut sous la tuelle de son oncle paternel le Duc de Clocestre, du Duc de Bethfort, & les Ducs de Bourgongne & de Bretagne. De son temps la Pucelle d'Orleans nommee Ieanne d'Arc, fit leuer le siege de deuant Orleans, & mena le Roy Charles 7. à Rheims, pour y estre oinct & couronné Roy, laquelle fut en fin prinse faisant vne sortie de la vue de Compiegne, & liuree aux Anglois, & fut bruslee à Roüen l'an 1437. Apres qu'il eut perdu les villes qu'il tenoit en France, il s'en retourna en Angleterre, & ayant fait refuses auec les François en l'an 1444. il espousa Marguerite d'Anjou fille de René Roy de Sicile & Duc d'Anjou, & regna 38. ans: mais il fut priué du Royaume par Richard Duc d'York, le fils duquel nommé

| Edouard. 4 | Edouard. 5 | Richard. 3 | Henry. 7 | Henry. 8 |

129 EDOUARD 4. fut couronné Roy d'Angleterre à Vvestmonstier, il retint prisonnier à Londres ledict Henry 6. lequel fut depuis restably Roy, apres vne prison de dix ans, l'an 1470. mais l'année suyuante il fut derechef despouillé du Royaume, & son fils Edouard tué, & luy aussi estant captif dans la Tour de Londres de sorte qu'Edouard 4. regna 23. ans iusques en Auril 1483. laissant deux fils & deux filles.

130 EDOUARD V. fils d'Edouard 4. à l'aage de 11. ans succeda non seulement à la Couronne de son pere, mais aussi à vne infinité de trauerses qui l'accompagnerent & son frere Richard, iusques à ce que leur Oncle paternel Richard Duc de Clocestre, & leur tuteur les fit mener en la grosse Tour de Londres, & les y fit estouffer le 24 May audit an 1483. ainsi il ne regna que deux mois & quelque ouis.

131 RICHARD 3. Duc de Clocestre fils de Richard Duc d'York vsurpa la Couronne d'Angleterre sur Edouard V. son nepueu, l'ayant fait meurtrir inhumainement. Il fit incontinent venir des parties Septentrionales 500. soldats pour sa garde, puis fut couronné à Vvestmonstier le 6. Iuillet audit an 1483. tellement qu'il regna en ceste sorte auec grande tyrannie au grand mescontentement des Anglois par l'espace d'environ deux ans, iusques à ce que Dieu luy eut enuoyé le salaire de ses dementes. Car les Seigneurs principaux Anglois firent en sorte qu'Henry Comte de Richemont que depuis quatre ans demeure prisonnier entre les mains du Duc de Bretagne, fut appellé à la Couronne, auec promesse qu'il espouseroit Elizabeth fille aisnee d'Edouard 4. afin que par ce mariage ces deux factions de la Rose blanche & rouge fussent esteintes. Tellement qu'iceluy Comte de Richemont assisté par le Roy de France Charles 8. & le Duc de Bretagne, vint en Angleterre, où il desfit en bataille le Roy Richard le 22. d'Aoust 1483. qui fut abandonné des siens, & tué. Ainsi

132 HENRY 7. fils d'Edmond Comte de Richemont qui estoit fils d'Ouden Teuther, Gallois de nation, & de Catherine fille du Roy de France Charles 6. veuë du Roy d'Angleterre Henry V. fut publié Roy ledit iour 22. d'Aoust, & couronné le dernier d'Octobre ensuiuant au gré de tous les Anglois, & son regne a duré 24. ans ou enuiron. Il espousa suyuant sa promesse la princesse Elisabeth fille aisnee d'Edouard 4. afin d'abolir par ceste alliance la pernicieuse memoire des factions de la maison d'York, & de la maison de Lancastre qui auoient duré plus de 85. ans, & auoient esté cause de grands meurtres depuis la mort du Roy Richard 2. iusques alors. Ledict Henry eut de la femme Elisabeth deux fils & trois filles, Arthus & Henry, Marguerite, Marie & Catherine. Arthus Prince de Galles aagé de 13. à 14. ans espousa Catherine fille de Ferdinand Roy d'Espagne, & cinq mois apres mourut. La vefue duquel par dispense du Pape fut depuis mariee auec Henry frere d'Arthus. Marguerite fille aisnee fut mariee auec Iacques 4. Roy d'Escosse l'an 1503. dont est issu en droicte ligne le Roy Iacques 6. d'Escosse & 1. d'Angleterre, comme il sera dit cy apres. En fin Henry 7. mourut le 22. Auril 1509. & est enterré à Vvestmonstier auec sa femme Elisabeth, qui estoit morte en Aoust 1503. en mal d'enfant.

133 HENRY 8. succeda au Royaume de son pere, & fut couronné auec sa femme Catherine in Iuin audit an 1509. de laquelle il eut vn fils nommé Henry qui mourut ieune, & Marie qui nasquit 1516. & fut declaree heritiere du Royaume. Ce Roy composa vn liure contre la doctrine de Luther, qui fut cause que le Pape Leon X. luy donna

à luy & à ses successeurs, le titre de Deffenseur de la Foy 1514. en plein Consistoire. Depuis il repudia sa femme Catherine, tante de l'Empereur Charles V. & l'an 1533. espousa Anne de Boulen, dont il eut vne fille nommee Elisabeth. Ceste repudiation causa de grands troubles en Angleterre pour le faict de la Religion : Car le Roy voyant que le Pape Clement 7. l'auoit excommunié, se reuolta contre luy, & se declara chef de l'Eglise d'Angleterre, dont s'ensuiuit de grandes persecutions contre ceux qui ne vouluent approuuer ce schisme. En l'an 1536. la Royne Catherine mourut, & pareillement la Royne Anne eut la teste tranchee, & d'vne troisiesme femme nommee Ieanne Seymer il eut vn fils nommé Edouard, qui succeda à son pere, & ladicte Royne Ieanne estant decedee 12. iours apres son enfantement, le Roy espousa Anne sœur du Duc de Cleues, qu'il repudia auant la consommation du mariage, & print à femme Catherine fille de Edmond Hauuard, à laquelle peu de temps apres il fit trancher la teste. Et l'an 1543. il espousa vne autre femme nommee Catherine Parc, veufue du seigneur de Latimer, & sœur du Marquis de Northampton, deuant laquelle il deceda en Ianuier 1547. le 38. an de son regne, à compter le commencement de l'an au 1. iour de Ianu er, & non à Pasques.

Edouard 6. | Marie. | Elizabeth. | Iacques.

134 EDOVARD 6. aagé de 10. ans succeda à son pere Henry 8. suyuant le testament d'iceluy, sous le gouuernement d'Edouard Seymer Comte de Hertiort, grand Chambellan d'Angleterre, son oncle maternel Duc de Sommerset, lequel sit abroger la Messe en Angleterre, & continuer le schisme contre le Pape en l'annee 1548. mais son regne ne dura que 6. ans & demy, & mourut à l'aage de 16. ans, sans laisser aucuns enfans l'an 1553. apres sa mort.

135 Marie fille du Roy Henry 8. & de atherine d'Espagne, suyuant le testament de son pere, fut recognue pour Royne par les Anglois au commencement d'Octobre 1553. combien que le Roy Edouard son frere en eust autrement ordonné par testament, laquelle remit sus en Angleterre l'exercice de la Religion Cathol que, & fust mariee auec Philippe Prince d'Espagne fils de l'Empereur Charles V. en Iuillet 1554. La Royne d'Angleterre sit desnoncer la guerre au Roy de France Henry 2. sur la fin de l'an 1557. à la persuasion de son mary : Qui fust cause qu'en Ianuier ensuyuant sous la conduite du Duc de Guyse Calais fut assiegé & repris sur les Anglois dans 7. iours, qui auoit esté sous la domination des Anglois 111. ans ou enuiron : au mois de Nouembre 1558. la Royne Marie mourut, ayant regné cinq ans.

136 ELISABETH fille de Henry 8. & d'Anne de Boulen succeda au droict du Royaume le 17. Nouembre audict an 1558. & fut couronnee à Vvestmonstier par l'Euesque de Carlisle le 14. Ianuier ensuyuant. Le 20. dudict mois les Estats d'Angleterre furent assemblez, & en ceste assemblee l'exercice de la Religion pretendue reformee fut restably au Royaume, qui y auoit esté durant les cinq ans du regne de la Royne Marie. Elle fut exhortee par les Estats de se marier, afin que par sa posterité & lignee la Couronne fut plus asseuree : Mais elle sit response, Quant à la Couronne que Dieu y pouruoiroit : & pour le mariage, ce luy seroit asse z qu'vne pierre de marbre declaraft qu'vne Royne d'Angleterre, apres auoir regné seroit decedee en virginité. Et de faict elle ne voulut entendre au mariage d'aucun Prince ny Seigneur. En l'an 1561. elle s'empara du Havre de Grace en Normandie, mais fur bien tost repris par les François, & la paix arrestee entre le Roy Charles 9. & ladicte Royne, auquel temps elle enuoya au Roy Charles l'Ordre de la Iarretiere. Elle a toussiours continué ceste paix ; & mesmes elle a secouru d'hommes de guerre & d'argent le Roy Henry le Grand pour le recouurement de son Royaume ès annees 1590. 1591. & suyuantes, & a maintenu ses subiects en paix & tranquillité, & apres auoir regné 44. ans, 4. mois sept iours, elle mourut le 24. Mars 1603. selon l'ancien compte, ou le 3. April, selon la reformation Gregorienne de l'annee, ayant declaré qu'apres son decess la Couronne appartenoit par droict hereditaire au Seren ssime Roy d'Escosse Iacques 6.

137 IACQVES I. du nom Roy d'Angleterre, & 6. d'Escosse succeda au Royaume d'Angleterre l'an 1603. estant descendu en droicte ligne de Marguerite fille aisnee du Roy Henry 7. & sœur de Henry 8. laquelle sur cent ans auparauant auec le Roy d'Escosse Iacques 4. comme a esté dict cy-deuant. Car de Iacques 4. est issu Iacques V. lequel estant marié auec Marie de Lorraine fille de Claude Duc de Guyse procrea la Royne d'Escosse Marie Stuart, dont est né ledit Roy Iacques. Estant paruenu à la Couronne, il s'est intitulé Roy de la grande Bretagne. De sa femme Anne fille de Federic 2. Roy de Dannemarc il a eu 4. enfans, Henry Prince de Gales, lequel est decedé n'ayant encores accompli l'aage de 20. ans en Nouembre 1612. Charles Duc d'York à present Prince dudit Galles né e 1 Nouembre 1600. Elisabeth née en Aoust 1596. mariee en l'annee 1612. auec le Comte Palatin du Rhin : & Marguerite née en Decembre 1598. Il a pour precepteur Georges Buchanan Escoffois, qui l'a instruit aux lettres humaines ; Il regne paisiblement en ceste annee 1619.

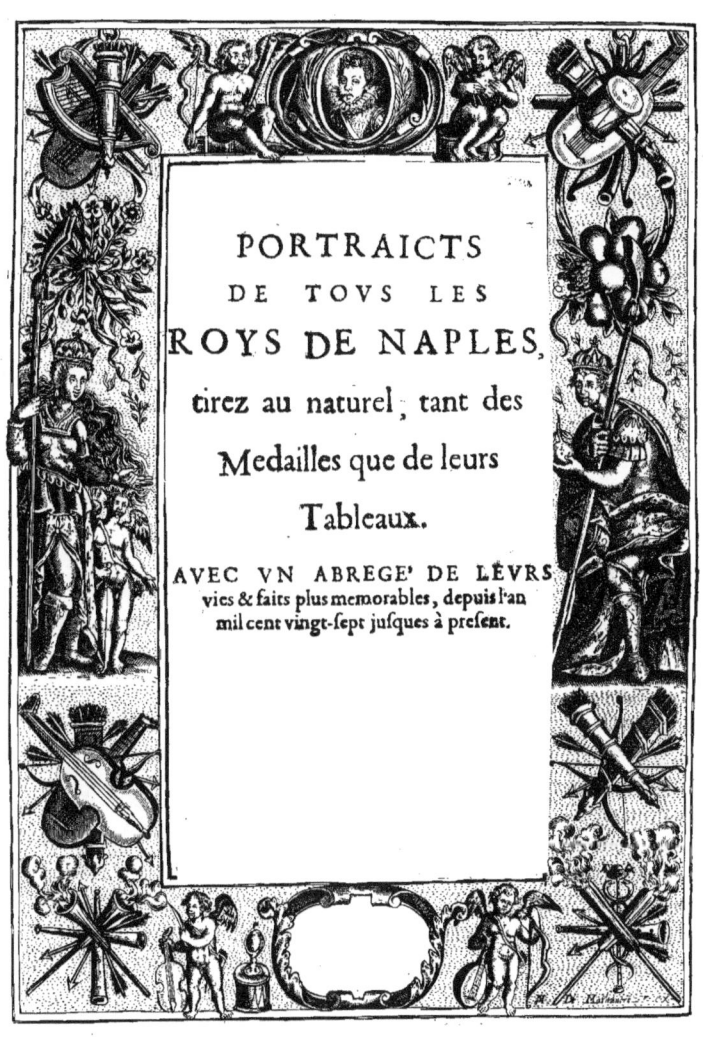

PORTRAICTS
DE TOVS LES
ROYS DE NAPLES,
tirez au naturel, tant des

Medailles que de leurs

Tableaux.

AVEC VN ABREGE' DE LEVRS
vies & faits plus memorables, depuis l'an
mil cent vingt-sept jusques à present.

HISTOIRE DES
ROYS DE NAPLES.

AVEC VNE BRIEFVE DESCRIPTION
de l'estenduë, & des particularitez
d'iceluy Royaume.

DESCRIPTION DV ROYAVME
de Naples.

'ESTENDVE du Royaume de Naples occupe à peu pres la moitié de l'Italie, outre la nomination qu'il prend de sa principale ville. Les Historiés tantost l'appellent le Royaume de la Poüille, tantost le Royaume de Sicile au deçà le Far, pour le distinguer du Royaume de Sicile qui est outre le Far, qui est l'Isle de Sicile mesme. Cela se peut voir lisant l'histoire, où vous trouuerez que quelques Roys qui auront regné à Naples & en Sicile tout ensemble, se sont nōmez en leurs tiltres Roys des deux Siciles, voulant par là monstrer que distinction doit estre entre celle qui est par deçà, & l'autre qui est par delà le Far. Federic 2. Charles premier d'Anjou & Alphonse d'Arragon, se sont intitulez Roys de Naples & de Sicile. Ce Royaume prend son cōmencement à la riuiere de Trente, dont l'emboucheure vire vers le Septentrion, depuis Terracine vers le fleuue Vfense, qui se descharge dans la mer de Toscane, & se respand iusques au destroit de Sicile; il est enclos entre la mer Adriatique & celle de Toscane, comme presque vne Isle. Il a pour ses bornes du Couchant les deux riuieres d'Vfense & de Trente, du Nort la mer Adriatique, du Midy la mer de Toscane, de Sicile & du Leuant la mer Ionique, selon le chemin qui se faict par terre. L'estenduë de ce Royaume est de mil quatre cents soixante & huict mil de tour. Alphonse premier Roy d'Arragon, de Naples & de Sicile, le diuisa en six Prouinces, à sçauoir en terre de Labeur, Principauté, Basilicate, Calabre, Poüille, & Abruzze; mais il s'aduisa par apres de partir la Poüille en trois, la diuisant en terre d'Otrente, terre de Bary, & Capitanat, ou Capitainerie. Ferdinand Roy d'Espagne, & Louys 12. Roy de France, par accord faict entr'eux, la separerent en parties esgales, en telle sorte que la Poüille & la Calabre demeurerent à l'Espagne, & la terre de Labeur auec la ville de Naples & l'Abruzze à la France. Maintenant elle a changé de mains, & est diuisée en douze parties, c'est à sçauoir en terre de Labeur, Abruzze tant deçà que de là, Poüille pleine, Capitainerie, Principauté tant deçà que delà, Basilicate, Calabre haute & basse, terre de Barry & d'Otrente. Son territoire contient deux mille sept cents lieux peuplez, dont il y en a vingt qui sont erigez en Archeueschez, sous lesquels sont contenus cent & vingt-sept Eueschez; on y compte mille quatre cents places. La capitale ville de ce Royaume anciennement fut Capoüe, où Annibal laissa amolir son courage, & son armée parmy les delices: à present la ville de Naples porte & à bon droict le tiltre de capitale, elle a enuiron sept mil de circuit. Il y a trois Chasteaux, dōt le principal est appellé Castelnouo, que Charles d'Anjou fit bastir: en ceste ville est vn Arsenal, où continuellement on fabrique des vaisseaux de guerre, on compte en ceste ville plus de deux cents mille personnes. Il y a vn beau Golfe auec vne plage, & des Isles & des Caps grandement plaisans & agreables. Là est le Puzzoli, où la nature faict voir des merueilles qui la font admirer. Là aussi est le Lac d'Agnan, Baye, Tridoly, & celuy d'Auerne: Bref il semble à voir que ce païs ait esté deputé pour estre le sejour des delices humaines. La terre produit toutes choses necessaires pour l'vsage de l'homme, tant pour le nourrir que pour le vestir, & medicamenter: Il y a abondance de bled, de vin, d'huille, de soye, de saffran, & de toutes sortes de fruicts. Autour du

Puzzoli sont plusieurs sources d'eaux medicinales, & des bains de di-
ueries vertus, il y naist de bons cheuaux, dont le Roy tient quatre race,
& l'on ne les peut tirer hors du Royaume, qu'auec expresse permission
du Roy d'Espagne, ou du Vic eroy, qui l'accorde bien rarement; Les
Napolitains sont presque tous gentils, assez ciuilizez & de bon esprit,
principalement à Naples, & és enuirons la Noblesse s'y retire presque
toute, autant pour joüir du bon air de ceste ville que pour y passer le
temps, y entretenir les Dames, & voir les bonnes compagnies qui s'y assemblent, pour faire diuers exercices. Il s'est trouué plusieurs Gentils-
hômes en ce païs-là, qui ont esté chercher la guerre où elle estoit, & qui
ont faict parler d'eux pour le faict des armes, le peuple ny est pas moins
affectionné, vne bonne partie de l'infanterie de l'Archiduc, & de celle
du Roy d'Espagne, vient de Naples. Il est aussi fort adonné au trafic,
mais ce qui le destourne de ceste inclination, c'est la charge des imposts
& subsides qui est très-grande & excessiuement importune. Les gens
de ceste contrée sont riches pour la grande commodité qu'ils ont de
debiter par l'estat de l'Eglise, & autres Prouinces, l'infaillible abondance qu'ils ont de toutes sortes de biens, la nauigation & le commerce
qu'ils font auec les Venitiens les enrichit beaucoup: ce fertile païs est le
magazin, où Genes & la Toscane se fournissent de soyes, la Barbarie
d'amendes, d'huiles, & de chairs. Rome, de vins de sainct Seuerin, de
cheuaux, d'agneaux, & de moutons. On tient que le Roy d'Espagne tire de ce Royaume deux millions & cinq cents mille ducats, y comprenant vn don volontaire qu'on luy faict toutes les années de deux cent
mille double ducats, qui est reduit en rente ordinaire. Les forces de ce
Royaume sont grandes, pource qu'il est fort peuplé. Il y a treize Princes,
vingt-quatre Ducs, vingt-cinq Marquis, quat re-vingts dix Comtes, &
enuiron huict cents Barons, qui sont tous obligez de seruir le Roy en
personne pour sa deffence, quand il en est besoing. Ce peuple a esté de
tout temps extremément subject aux reuoltes; de maniere qu'en quatre
cents cinquante-quatre ans durant lesquels ce Royaume a esté diuersement vsurpé par les Normans, François, Allemans, Catalans, & Espagnols, on compte vingt-sept rebellions de remarque, qui ont faict voye
& donné l'ouuerture aux nations qui les ont voulu entreprendre &
suppediter. Le Chasteau-neuf, celuy de l'Oeuf & celuy de sainct Erme
tiennent en arrest les Napolitains. Le Roy d'Espagne tient ordinairement en ce Royaume vn Viceroy qui demeure à Naples, qui a sous luy
dix Gouuerneurs, qu'on nomme aussi Vicerois, qui veillent & regardent à ce qui se passe es douze Prouinces. Outre ce Viceroy & les sur-
nommez Vicerois, il y a sept principaux Officiers; c'est à sçauoir, le Cô-
nestable, le grand Admiral, le grand Iusticier, le grand Chancelier, le
grand Chambellan, le grand Protenotaire, & le grand Seneschal. Il y a
quatre Cours, qu'on nomme Sieges, à sçauoir Capoüe, Nide, Montane,
& S. Gregoire, où tous les Princes, Ducs, Marquis, Comtes, Barons, &
tous les principaux du Royaume & les autres ordres s'assemblent pour
deliberer des affaires d'Estat, soit pour la paix soit pour la guerre.

AVANT-PROPOS POVR L'IN-
telligence de l'Histoire des Roys de Naples.

L'AN 987. & le dernier du regne de Charles V. Roy de Frâce: vn Gentil-homme nommé Tancrede, Cheualier, sieur
de Hauteuille en la basse Normandie, au Bailliage de Constantin, desireux de porter ses armes en quelque glorieuse
conqueste, eut volonté de passer les Monts, & descendre en Italie,
pour subuenir par sa proüesse à l'entretenement & conseruation de
sa noble extraction, & de douze siens enfans masles qu'il auoit eus
de deux femmes, à sçauoir de Moriella Lacha sa premiere, Frumentin,
Godefroy, Sarne, Tancrede, Malagero, Drogone, Godefroy & Albe-

uedo, & de sa seconde nōmée Freslanda de Rotaire, fille, ou (selon aucuns Historiens) sœur du Comte de Hauteuille, eut Guillaume Ferrabach, Omfroy, Robert Guischard, & Roggier Basso. Pour se faire vn
plus libre passage pour aller à ses entreprises, il s'accompagna de cinq
cents braues combattans, & entra auec eux sans contredit en Italie, laquelle il trouua lors diuisée & troublée par des dissensions ciuiles; dequoy faisant son profit, il conquesta vne grande partie de la Romaigne,
nommée par les Historiens anciens Gallia, Togata ou Flamina. Il se fit
aussi maistre & seigneūr d'vne grande partie de la Toscane, qui est le
païs Florentin, où la mort l'empescha de passer outre. Apres son decez
Guillaume son fils aisné surnommé Ferrabach, regna & posseda ses cō-
quests, & augmenta la puissance que son pere luy auoit laissée: le bruit
de sa generosité estāt paruenu aux aureilles de Michel Cathalaïcus Empereur de Constantinople, ayant vne forte guerre contre les Sarrazins
qui occupoient la Poüille, la Sicile, & la Calabre, il le requit de le vouloir assister; ce qu'il ne refusa, sous condition neantmoins que de toute la conqueste qui se feroit en ladite Sicile sur lesdits Sarrazins, il en
seroit fait quatre lots ou portions, desquelles l'vne seroit pour l'Empereur, la secōde pour luy, la tierce pour le Prince de Capoüe, la quatriesme pour le Prince de Salerne; sous l'attente de cet accord faict solemnellement par ensemble, chacun d'eux se prepare pour donner eschec
aux Sarrazins. Le iour de la bataille estant venu, les Sarrazins furent si
rudement chargez & battus qu'ils furent vaincus, deffaits, & du tout
exterminez. Apres cette signalée deffaite, Molochus qui estoit Lieutenant de l'Empereur, ne voulut faire les partages accordez, ne tenir ce
qui auoit esté promis; irrité de cela il se somme, & voyant sa somma-
tion estre vaine, il meit en campagne vne puissance armée auec laquelle il court sus Molochus, & le contraignit luy & les Grecs, de quitter
non seulement la Sicile, mais aussi la Calabre & la Poüille. L'Empereur
indigné de l'expulsion honteuse de ses gens, & de sa perte, faict vne
grande leuée de gens-d'armes pour se restablir là d'où il estoit deschas-
sé: la bataille se donne entre les Normans & les Grecs fort furieusemēt
entre le fleuue Aufide, & la ville d'Oliuet, où la victoire couronna les
iustes demandes & le droict de Ferrabach, & mesprisa la foy faulsée de
l'Empereur & de son Lieutenant. Ferrabach apres s'estre fait seigneur
de l'Isle de Sicile, des territoires de la Poüille, & de Calabre, deceda en
la ville de Melphe qu'il auoit fait bastir. Drogone son frere (selon aucuns son fils) luy succeda, & regna sept ans, pendant lesquels l'Empereur susdit l'ayant voulu entreprendre, sous la conduite de Meles son
Lieutenant, fut encore vne fois deffait & frustré de ses pretenduës conquestes. Apres le decez de Drogone, son frere Omfroy tint le Comté
de la Poüille, & les Principautez de Sicile & de Calabre, sans s'augmen-
ter dauantage. Apres son trespas son frere Godefroy entra en ses seigneuries & possessions. Leon Pape I X. du nom, Allemand de nation,
pretendant que ces terres appartenoiēt à l'Eglise, recharcha le secours
de l'Empereur Henry I I. fils de Conrard, pour les recouurer, & luy
fit la guerre. Godefroy se deffendit si courageusement qu'au iour de la
bataille l'armée qu'il auoit sur les bras fut deffaite, ledit Pape prins auec
aucuns Cardinaux † le victorieux ne fut plus superbe & plus insolent
pour auoir acquis la victoire, ains au contraire il traicta sa Saincteté &
ses Cardinaux auec tant de reuerence, respect & humilité, qu'il sembloit plustost vaincu que vainqueur, & le remena à Rome en toute seureté. Le Pape se ressentant d'vn si honneste traictement, & tout autre
qu'il n'auoit esperé, luy confirma les cōquestes & seigneuries, desquelles auoient ioüy ses deuanciers en Italie, & autres lieux. Godefroy estāt
decedé laissa la succession de son pouuoir à son frere Robert Guichard,
qui fut sans empeschement aucun proclamé seigneur legitime de tout
ce que ses predecesseurs Normans auoient possedé par les armes; & ce
par l'entremise du Pape Nicolas I I. du nom, qui voulut le gratifier de
ce qu'il auoit valeureusement vengé l'injure faicte au sainct Siege, par
l'Empereur de Grece Alexis, & les Venitiens, qui s'estoient liguez auec

luy : ayant regné 27. ans il mourut , & laissa deux fils Boemond & Rogier. Cestuy pendant l'absence de son frere aisné qui estoit en Grece,
s'empara de la totalité de ce que leur feu pere leur auoit laissé, à sçauoir
du Royaume de Naples, de Sicile, & Principauté de Calabre. Boemond
estant de retour , entra en iouÿssance de la moitié , & furent tous biens
communs entr'eux. Neantmoins il print desir à Boemond de se croiser,
& d'acompagner la saincte entreprise de Godefroy de Buillon pour le
voyage de Hierusalem. Là parut le courage de Boemond, qui du commun consentement de toute l'armée Chrestienne , fut nommé & esleu
Prince d'Antioche , pour remunerer ses grandes & glorieuses expeditions militaires. Il fit là son sejour, & mourut ; de maniere que Rogier
son frere, gouverna en paix ses seigneuries & dominations. Apres son
decez Guillaume II. du nom son fils vnique luy succeda, & fut creé
troisiesme Duc de la Poüille, & confirmé par le Pape. Il fit alliance auec
l'Empereur Alexis, & espousa sa fille sans consideration aucune, ce qui
luy causa de grands ennemis , pour autant que ledit Empereur estoit
ennemy mortel des Chrestiens, & pensant se mettre en seureté contre
tous ceux qui le voudroient entreprendre , il fut couru de plusieurs
grands Seigneurs, tant de ses pays, que des autres circonuoisins : & fut
forcé de se retirer à Salerne par son cousin Rogier , où il finit le reste de
sa vie, priué de Duché & d'enfans. Ayant regné seize ans, en luy faillit la
race de Robert Guichard en ligne masculine.

LES ROYS DE NAPLES.

*1. Rogier 2.ᵉ du nom roy de
Naples regna 24 ou 25 ans*

1127.   ROGIER II. de ce nom, Duc de la Poüille & de Calabre,
plus par vsurpation que succession, ne voulut se contenter de ce tiltre , ains estre honoré de celuy de Roy,
non seulement de Naples , mais il se fit appeller encore Roy d'I-
talie. Le Pape Honorius II. luy auoit donné le premier tiltre,
mais le Pape Innocent II. n'approuua le dernier, & se mit en telle colere que sans mesurer ses forces auec celle de son ennemy,
il le choqua, & luy donna bataille, en laquelle Rogier fut prins,
plustost par hazard que par force des armes, on le constitua prisonnier dedans le Chasteau de Galasse , d'où Guillaume Duc de

Calabre son fils se retira : & poursuiuant sa pointe s'affronta côtre l'armée Papale, sur laquelle il obtint la victoire, & s'empara
de la personne de sa Saincteté , & de celle de plusieurs Cardinaux. Toutesfois il obserua toutes sortes de respects enuers ses
prisonniers, & peu apres leur redonna la liberté; en consequence de ce , sa Saincteté moyenna que la ville de Naples fut remise en ses mains, bien que l'Empereur de Grece y pretendit quelque droict. Pendant que le Pape estoit absent de Rome, Anaclet
II. vint à estre creé Pape. Innocent susdit se refugie à Pise , & se
mit luy & les siens dedans quelques vaisseaux pour passer en
France. Rogier tandis vint à Rome, visite Anaclete, & obtint de
luy le tiltre de Roy de l'vne & de l'autre Sicile, tant deçà que delà le Phare, & fut proclamé tel en l'an 1130. Innocent retourne à
Rome auec le secours qu'il auoit imploré, Anaclete abandonne
le siege. L'armée de Lothaire Duc de Saxe qui auoit esté de na-
gueres esleu & couronné Empereur, se monstre en campagne,
elle poursuiuit Rogier , il rebrousse chemin en Sicile , perdit ce
faisant, ce qu'il auoit conquis en Italie, vn Regnault Gentil-hô-
me de grande valeur , & braue Capitaine le suit ; & apres l'auoir
mis à vauderoute par la perte d'vne bataille qui se donna entre-
eux , veid ses ennemis reuestus de ses despoüilles. Quelques
temps apres, la fortune luy presenta vn beau jeu, car la ville Rome & quelques villes d'Italie furent en combustion, à cause des
partialitez & pretensions de trois personnages , sçauoir Celesti-
nus, Lucius & Eugenius, qui aspiroient à la Papauté; Rogier re-
monstre visage à l'Italie , & remeine vne armée composée de
gens d'eslite, qui luy regaignerent ce qu'il auoit perdu. Lors le
Pape plus forcement que volontairemét, ratifia tout ce qu'il demanda, & le cônfirma derechef Roy de Naples & de Sicile, tant
deçà que delà le Phare. Cela donna le vent à sa generosité , qui
passa en Afrique pour inquieter les Sarrazins, ausquels il sit tant
la guerre, que le Roy de Tunes ayma mieux luy payer tribut que
de l'auoir pour ennemy. Le mauuais traittement que receuoient
les Chrestiens en la Terre saincte pat Emanuèl Empereur de Côstantinople, l'occasionnerent de se ietter sur ses terres. Il s'empara de Corfou, de Negrepont, & d'autres villes, d'où il remporta de grandes despoüilles, puis passa en Asie, & assista de ses forces Loüys VII. Roy de France, & le deliura du peril que couroit
sa Majesté, d'estre prinse par ledit Empereur des Grecs, qui pour
cette fois faillit à ses desseins. Quelque temps apres l'armée Venitienne qui tenoit le party de l'Empereur, desfit celle de Rogier, & le contraignit de s'enfuir auec la perte de vingt Galleres,
& de se retirer en son Royaume, où il mourut en la ville de Palerme l'an 1149. & selon aucuns 1153. aagé de 59. ans, ayant regné
24. ans , & selon aucuns 25. laissant quatre enfans legitimes, &
vn bastard nommé Tancrede.

Guillaume 2.ᵉ du nom roy de
2. *Naples regna 15. ans.*

1153. **2. GVILLAVME II.** du nom, Roy de Naples, par le decez
de son pere Rogier, fut surnommé le Mauuais, pource qu'il
fouloit ses subjets pour satisfaire à son extrême auarice : il en-
courut indignation du Pape Adrian, qui depuis l'excommunia
de ce qu'il s'estoit inuesty de Seperan & de Beanque, appartenāt
au domaine de l'Eglise, & rendit absous ses subjets du serment
de fidelité qui luy auoit presté, puis luy fit la guerre. L'Empereur
de Grece s'y iette à la trauerse, ce nouueau Roy resiste, & faict
teste aux armées qui fondent sur luy, & pres de Brinde triomphe
tant des forces Papales qu'imperiales, & chastie rigoureusemēt
ses subjets qui les auoient suiuis. L'apprehension qu'eurent les
Salentins, peuples des enuirons, de tomber sous sa seuere ri-
gueur, les fit rendre à sa mercy, dequoy il n'abusa. Cela moyenna la paix entre luy & le Pape, aussi luy promit-il de ne faire de-
sormais chose quelconque au prejudice de l'Eglise; & pour l'accroissement d'icelle, il courut sus les Sarrazins qui estoient en
Afrique. Apres les auoir deffaits & rompu, l'armée de l'Empereur de Constantinople qui les maintenoit, retourna victorieuse en Sicile, & assista de ses forces le Pape Alexandre III. com-
tre l'Empereur Federic, qui vouloit vsurper ce qui ne luy appartenoit : à cette occasion sa Saincteté luy donna le nom de
Grand, comme ayant deffendu le droict de l'Eglise. Ses subjects
se rebellerent, & tuerent vn certain, nommé Majon, par l'aduis
duquel ils auoient esté auparauant vexez : il est constitué prisonnier luy-mesme ; vn sien fils nommé Rogier est esleu Roy en
son lieu, puis peu apres mis à mort, de peur qu'il ne se ressente
de la felonnie faite à son pere. Apres ce parricide Guillaume est
mis hors des prisons, & restably en son Estat, au grand mescontentement des autheurs de la conjuration executée, tant contre
luy que contre Rogier son fils : il mourut l'an 1164. ou 1167. le 15.
de son regne & 46. de son aage. Son corps gist en l'Eglise de
Mont-real à Palerme aupres son pere.

3. *Guillaume* 3ᵉ *roy de Naples*
regna 25 *ans.*

1163. 3. GVILLAME III. du nom, Roy de Naples, succeda à
son pere Guillaume, surnommé le Mauuais, en l'aage d'vnze
ans, aucuns disent vingt, Rogier son frere aisné ayant esté tué.
A la difference de son dit pere il fut dit le Bon, pour auoir esté
tousiours en bonne intelligence auec le sainct Siege, & bien
gouuerné ses subjets en faueur du Pape Alexandre : il fit la guerre à l'Empereur Barberousse pour autre subjet, & à l'Empereur
de Constantinople Andronicus par mer, & print sur luy les So-
loniques pour se venger de la perfidie qu'il auoit exercée enuers
Emanuël pour le priuer de l'Empire, auquel il estoit destiné tuteur. La Grece & l'Achaïe furent en proye à son armée tant
qu'il voulut, sans qu'Andronicus osast l'attendre en nulle part.
La Terre saincte fut secouruë de ses puissances, sous la conduite
du Capitaine Marguerit son Lieutenant, fournissant quarante
Galleres pour le seruice des Chrestiens. Apres plusieurs beaux
faits d'armes, il mourut en l'an 1189. le 25. de son regne, & le 36.
de son aage. Son corps gist auec ses predecesseurs.

Tancrede roy de Naples
4.   regna 6 ans.

1188. 4. TANCREDE Roy de Naples, fils naturel du Roy Rogier,
aduenât le decez de Guillaume dit le Bon son oncle, qui mourut
sans lignée, fut esleu Roy de l'vne & l'autre Sicile : cela despleut
au sainct Siege, qui pretendoit que ce Royaume appartenoit à
l'Eglise. Le Pape Celestin 3. desirant s'en inuestir sous vn nom
emprunté, retira du Monastere de saincte Marie de Palerme
Costance, fille dudit Roy Rogier qui estoit Abbesse leans, aagée
de 52. ans, la dispensant de son vœu, & la dôna en mariage à Henry 6. fils de l'Empereur Barberousse, à condition qu'il rendroit à
l'Eglise toutes les terres que Tancrede occupoit. Le mariage accomply Henry se mit en campagne auec vne grosse armée pour
assieger Naples, & les places qui s'opposerêt à ses entreprises. La
peste qui s'espandit dedans ses trouppes le fit prendre le chemin
de la Germanie, laissant son Lieutenant Diopolde en Sicile, où
parut sa hardiesse, qui luy acquit la Poüille & la Salerne en peu
de temps. Tancrede cependant ramasse ses forces, & aduerty
qu'il fut du depart d'Henry 6. vint charger son Lieutenant, & en
moins de rien reconquit Naples, & prit prisonnier Constance,
& fit coürôner Roy dudit Royaume vn sien fils nommé Rogier,
auquel pour s'allier il fit auoir pour femme Irenée fille d'Isaac
Empereur de Constantinople, mais il ne vesquit gueres apres,
ny mesme Tancrede qui mourut l'an 1194. & le 6. de son regne,
laissant de sa femme Sybille vn fils nommé Guillaume, qui fut
criée Roy de Sicile, & priué de la ioüyssance de ce Royaume par
Henry VI. qui le fit chastrer, & luy creuer les yeux, le detenant
prisonnier en Alelmagne.

Henry 6.ᵉ Empereur roy de
Naples regna 3 ans.
5.

1195. 5. HENRY VI. Empereur, Roy de Naples, s'eſtant deffait de
ceux qui reſtoient de la famille des Normans, horſmis de Conſtance ſa femme, ſe fit Roy de l'vne & l'autre Sicile : En l'aage de
52. ans ou enuiron, elle eut de luy vn fils nommé Federic. Quelques Hiſtoriens diſent, que l'Abbé Ioachim ayant conſideré &
regardé de pres les traits de viſage de ladite Conſtance, eſtant encore ieune fille dit à ſon pere, que s'il la marioit d'elle naiſtroit
vn flambeau qui embrazeroit toute l'Italie, pour laquelle cauſe
pluſieurs opinoient qu'il luy falloit donner le Boucon, mais que
Tancrede ſon frere naturel n'y auoit voulu condeſcendre, & cō-
clud qu'il ſeroit plus decent de la faire Religieuſe. Quand l'Empereur ſon mary veid qu'elle eſtoit preſte d'accoucher, il luy fit
dreſſer vn ſuperbe pauillō au milieu de la place d'Eſt, où il eſtoit
pour lors, auec permiſſion à toutes perſonnes de l'vn & l'autre
ſexe d'y pouuoit entrer librement, afin que chacun peut voir
qu'en ſa geſine il n'y auoit eu ſuppoſition d'enfant, & ainſi elle
accoucha à la veuë de tous les aſſiſtans d'vn fils qui fut nommé
Federic, qui accōplit depuis la Prophetie du bon Abbé Ioachim,
& alluma dedans l'Italie, & principalement dedans la Sicile, les
brandons de diſcorde & des guerres ciuiles, & commença ſi toſt
que ſon pere l'eut faict courōner Roy de Germanie il fit la guerre contre le Roy d'Angleterre, & depuis ayant trop peiné à la
chaſſe retourna malade à Meſſine, où il mourut l'an 1198. ayant
eſté Empereur 7. ans, & Roy de Naples 3. Sa femme fut ſoupçon-
née de l'auoir empoiſonné, pour venger l'outrage qu'il auoit
cōmis en la perſonne de Guillaume ſon neueu, fils de Tancrede.

6. *Federic 2ᵉ Empereur roy de Naples regna 33 ou 34 ans.*

1198.   6. FEDERIC II. Empereur, fils de Henry VI. en sa minorité
succeda au Royaume de Naples, sous la Regence de sa mere
Constance, qui fut grandement trauaillée par Marcard, que ledit Henry auoit faict son Lieutenant en Italie, auec le titre de
Duc de Rauenne & de la Romanie, auec le Marquisat d'Ancone, desquelles dignitez le Pape Innocent le priua, pour autant
qu'ils'en faisoit trop à croire; Constance ayant esté pareillement
aduertie qu'il aspiroit à l'vsurpation du Royaume de Naples,
ruïna ses desseins, dont il mourut de regret, sans pouuoir faire
esclater son entreprise. Federic ne fut pas si tost deliuré de la
crainte du susdit Marcard, qu'ils'esleua contre l'Eglise Romaine; ce qui fut cause que les Papes Innocent 3. Honoré 3. & Innocent 4. le declarerent indigne de la dignité Imperiale, & l'excommunierent. Ces fulminations ne l'empescherent de mener
vne armée bien puissante en Italie, où il exerça de grandes
cruautez, puis à Rome, où il fit paix auec le Pape; & dit-on que
ce fut par l'entremise de Iean de Brenne Roy de Hierusalem,
qui estoit là venu pour demander secours à sa Saincteté, pour
faire la guerre aux Sarrazins: Aussi Federic espousa-il sa fille
nommée Iola, par le mariage de laquelle le Royaume de Hierusalem luy escheut apres le decez de son beau-pere. Apres qu'il
eut regné 33, ou 34.ans, il mourut le 13.iour de Decembre, en l'an
1250. aagé de 54. ans, laissant de sa femme Iola vn fils nommé
Conrad, qui luy succeda. On accuse vn sien bastard nommé
Manfroy de l'auoir empoisonné. Depuis luy les Roys de Naples
se sont dits aussi Roys de Hierusalem.

Conrad roy de Naples
7. regna 1 an et peu plus.

1251. 7. CONRAD fils legitime de l'Empereur Federic, luy succeda
au Royaume de Naples, ce qui luy fut debatu par Manfroy son
frere naturel, qui s'en vouloit emparer, comme pareillement de
l'Empire s'il euſt peu. Le Comte de Caſerta beau-frere de Manfroy fit reuolter les principales villes de Naples, Aquin, Capoüe, & Tarente. Conrad cependant prend la ville de Caſerta,
& autres places en Italie, & reuient auec des troupes d'eſlite re-
conqueſter en Sicile ce qu'on luy deſnioit: entre dedans Aquin,
force les Napolitains à ſe rendre, faict demolir & abbattre les
murailles de la ville, & de celle de Capoüe, ſe confiſque les biens
des rebelles, & enuoye en exil les plus factieux; reduit ſous ſon
vouloir Manfroy; & afin de n'auoir rien qui luy donne de l'ombrage, il faict cruellement aſſaſſiner par vn Capitaine More vn
ſien ieune frere nommé Henry, qui venoit ſe confeſſioüyr auec
luy de ſes heureux ſuccez. La vengeance cheut peu apres ſur
luy: car ſes ſubjects ſe reuolterent derechef par les menées de
Manſroy, qui le fit empoiſonner par vn cliſtere, & prendre le
Capitaine More qui auoit occis le ſuſdit Henry, qui eſtoit de
grande eſperance. Il regna vn peu plus d'vn an, & mourut en
l'an 1212. laiſſant vn fils appellé Corradin, qu'il eut de la ſœur
d'vn Duc de Bauieres.

Manfroy roy vsurpateur de
Naples regna 10 ans.

8. MANFROY Prince de Tarente, bastard de Federic, vsurpe
le Royaume de Naples apres le decez supposé de Corradin, sous
le titre de tuteur dudit Corradin son neueu, & se faict en son
lieu couróner Roy, pource qu'il croyoit qu'il fut mort, d'autant
qu'vn certain sien côfident auoit charge de l'empoisonner auec
certaines confitures qui luy auoit expressémét enuoyez iusques
en Allemagne, où il estoit auec sa mere, qui ayant pour suspéct
le present enuoyé par Manfroy, en bailla à manger à vn ieune
enfant, qui bien tost apres en mourut. Chacun le blasma de cet
execrable attentat : & le Pape Alexandre 4 & son success.
Vrbain l'excommunierent, & appellerent Charles Duc d'Aniou Comte de Prouence, frere de S. Louys, & le créerent Roy:
de maniere que Manfroy fut priué de son Royaume en l'an 1266.
puis mourut ayant regné 10. ans.

1254.

Charles d'Aniou roy de
9 Naples regna 19 ans

9. CHARLES d'Anjou, apres auoir deffaict & vaincu Manfroy, s'en alla victorieux à Rome, où il fut recueilly fort bien de sa Saincteté, qui le couronna dedans l'Eglise de sainct Iean de Latran Roy de Hierusalem & de Sicile: Cela estant paruenu aux aureilles de Corradin, qui estoit en Germanie, presupposant qu'injustement le Pape Clement quatriesme auoit couronné ledit Charles d'Anjou, il leua des gens-d'armes en grand nombre, pour jouyr paisiblement dudit Royaume. Son armée estant en Sicile, s'efforce de reconquester ce qu'on luy auoit osté, mais en vain: car en vne bataille qui se donna furieusement de part & d'autre, Corradin legitime successeur de Conrad, & petit fils de Federic, y perdit ses hommes & ses pretensions, & tomba entre les mains de son ennemy; qui apres l'auoir detenu vn an prisonnier, luy fit oster la teste de dessus les espaules en Octobre 1269. Depuis, sa prouesse rendit tributaire le Roy de Thunis, & acquit à ses successeurs le tiltre de Roy de Hierusalem. La reuolte de Sicile, où les Vespres Siciliennes arriuerent de son regne, en l'an 1281. & trois ans apres il mourut aagé de 54. ans le :9. de son regne.

10. *Charles 2.ᵉ roy de Naples*
regna 25 ans.

328 v. 10. CHARLES II. surnommé le Boiteux, fut de Prince de
Salerne qu'il estoit, couronné Roy de Sicile par le Pape Nicolas, à condition qu'il procureroit la paix entre les Arragonois,
l'Eglise de Rome, & le Roy de France. Iacques d'Arragon, oc-
cupateur de la Sicile, apres l'auoir trauaillé en la ioüyssance
d'icelle, qui luy appartenoit, se meit d'accord, & ne luy fit
plus de trouble; de sorte qu'il ioüyst de ce Royaume comme
de celuy de Hongrie, qui luy escheut par le moyen de Marie
fille vnique d'Estienne V. Roy de Hongrie, sa femme. Il regna
25. ans,& mourut l'an 130?. aagé de 60. ans, laissant pour luy succeder au Royaume de Hongrie son fils aisné Charles Marcel; &
à celuy de Naples, Robert son second fils.

11. *Robert roy de Naples*
regna 34 ans.

1309. 11. ROBERT succeda à son pere Charles 2.du nom, & eut pour femme D. Sanchia d'Arragon, qui luy conceut Charles, dit sans terre, Duc de Calaurie. Estant venu faire la reuerence au Pape Clement 5. en Auignon, obtint de luy par l'accord du Consistoire, la côfirmation de Roy de Naples & de Sicile. Puis en faueur du sainct Siege passa les Alpes pour aller faire la guerre à l'Empereur Henry 7. de la maison de Luxembourg, qui desoloit & ruïnoit l'Italie : Il conquist Genes, Sauone, & autres citez, par l'ayde & assistance des Guelphes ses alliez; és guerres meuës de son temps il perdit deux siens freres. Il combattit Castruccio Castrucrini Chef des Gibelins, & en ce faict d'armes acquit bien de la reputation : Il fut deuotieux , & amateur des gens de lettres. Petrarque & Bocace conuersoient familieremét auec luy. Il regna enuiron 34. ans, & mourut le 20. iour de Ianuier l'an 1343. & selon aucuns 1349. ne laissant aucuns hoirs de son corps.

Ieanne 1ᵉ du nom royne de Naples regna 39 ans .

12.

1343. 12. IEANNE fut creée Royne de Naples , apres le decez de Robert son ayeul. Elle eut 4. marys : Le premier fut André , fils de Charles Humbert Roy de Hongrie, que trois ans apres leur mariage elle fit estrangler : Le second, Loüys Prince de Tarente : Le troisieme, Iacques Infant de Majorque. & le 4. Othon d'Est Duc de Brunsuich & de Saxe; qui perdit en vne bataille qui se donna entre luy & Charles de Duras, toute sa bonne fortune & celle de sa femme, qui fut prise prisonniere, & depuis estranglée auec vn lacqs, de mesme qu'elle estoit soupçonnée de l'auoit faict faire à André son premier mary : Cela aduint en l'an 1381. & enuiron le 39. de son regne. Depuis son temps iusques à huy, la ville d'Auignon a esté du domaine de l'Eglise par la vendition qu'elle en fit.

Charles 3.ᵉ du nom dict de Duras
13. *roy de Naples regna 4 ans.*

1381. **13. Charles de Dvras III.** du nom, ayant succedé au
Royaume de Naples, & se voyant paisible possesseur d'iceluy,
adopta Loüys de Tarente, & selon aucuns d'Anjou, second fils
de Iean Roy de France, contre lequel il eut de grandes guerres;
tant pour auoir abusé de son adoption, que pour auoir prins par
force & contre son intention la ville d'Ares, & donné le pillage
& le butin d'icelle aux soldars : ne s'estant comporté plus doucement enuers ceux de Bar & de Tarente, le Comte Alberic de
Curno Lieutenant de Charles de Duras, le deffit ; & mourut
par apres de plusieurs blessures qu'il receut au iour de la bataille. Charles fut encore entrepris par le Pape qui desiroit esleuer en sa place vn sien neueu nommé Butille, homme de bas
lieu & sans courage : il n'y gaigna rien neantmoins. Aduertant
la mort de Loüys Roy de Hõgrie, il s'y achemina & s'en fit Roy
nonobstant les pretensions de Sigismond, cela fut cause de sa
mort : car à l'instance de la Royne Elisabeth femme du feu Roy
Loüys, vn soldat de fortune & bien resolu nommé Blaise le tüa,
pendant qu'il lisoit vne lettre, le 32.an de son aage, le 4. de son
regne, en l'an 1386 laissant de sa femme Marguerite, qui estoit sa
cousine, trois enfans, Ladislas, Ieanne, & Marie.

Ladislas roy de Naples et de
14. Hongrie regna 29 ans.

1386. | 14. LADISLAS fils de Charles de Duras, fut Roy de Naples
apres luy, & pareillement de Hongrie. Auec ses tiltres il voulut estre encore Empereur, & se fit proclamer tel en la ville de
Rome le 25 Aoust 1408. par son armée qu'il y auoit menée à cét
effet. Loüys d'Anjou tandis luy remuë des affaires nouuelles en
Sicile, vient au dessus, & se restituë en sa spoliation ; puis mourut en l'an 1414. sans auoir eu lignée aucune de Constance de
Clermont Sicilienne, ny de Marie sœur du Roy de Chypre, &
ny d'vne autre Marie Princesse de Tarente ses femmes : Ayant
vescu 40. ans, & regné 29. aucûs disent qu'il mourut d'vne fiévre.

Jeanne 2.e du nom royne de
15. Naples regna 20 ans.

1414. | 15. IEANNE II. sœur de Ladislas succeda au Royaume de Na-
ples, & fut grandement inconstante. Le Pape Vrbain 5. la spolia de son Royaume, & en inuestit Loüys d'Anjou 3. Duc de Lorraine & de Barrois, fils de Loüys 2. De là vint vn grand embrazement tant en Italie qu'en Sicile, & pource qu'elle auoit adopté A'phonse d'Arragon qui l'assista puissammét encontre tous,
pour recompense de quoy elle rompit peu de temps apres auec
luy, & adopta en son lieu le susdit Louys d'Anjou: Et apres son
decez, René son frere Duc aussi d'Anjou & Comte de Prouéce.
Elle eut pour mary Iacques de la Marche Seigneur Prouençal,
& auparauant luy vn Archiduc d'Austriche, du viuant de son
frere Ladislas. Elle regna 20. ans & plus, & mourut l'an 1435.
aagée de 65. ans.

16. René d'Anjou roy de Naple
regna 4 ans.

1438. | 16. RENE' d'Anjou fut esleu Roy de Naples, à cause de l'ado-
ption que Ieanne 2 Royne auoit faicte à son frere Loüys d'Anjou, & lors qu'il estoit detenu prisonnier par Iean Duc de Bourgongne, qui neantmoins fit recognoistre pour Royne de Naples sa femme Isabelle par les Napolitains. Depuis René son
mary estant deliuré y alla en personne, & y fut bien recueilli.
Alphonse, qui pretendoit ledit Royaume luy appartenir, le surprint par le moyen d'vn canal ou aqueduc qui entroit dedans la
ville de Naples, & s'en rendit le maistre, & en chassa René qui
se re tira en Prouence auec sa femme & ses enfans. Apres le decez d'elle, il se remaria pour son plaisir, ayant 64. ans, & laissa
partie de ses Estats à Charles d'Anjou son neueu. Apres auoir
regné 4. ans à Naples, il passa de ceste vie en l'autre, l'an 1481. à
Nancy.

17 Alphonse d'Aragon roy de
Naples regna 16 ans.

1442. 17. ALPHONSE d'Arragon s'estant acquis le Royaume de
Naples, plus par les armes que par l'adoption de Ieanne 2.Roy-
ne, print à femme vne braue Dame nommée Marie, de laquelle
ne pouuant auoir lignée , print en amitié vne Dame, qui luy fit
vn bastard nómé Ferdinand , auquel le Pape Nicolas octroya la
permiffion de tenir les Royaumes de son pere, le cas y escheant.
Ayant regné 16. ans il de ce da le 28. Iuin l'an 1458. aagé de 66. ans.

18 Ferdinand roy de Naples
regna 35 ans.

1458. 18. FERDINAND fils naturel d'Alphonse premier , & de luy
legitimé, fut par le couse ntement de Pie II.Euesque de Rome,

esleu Roy de Naples contre l'attente de Charles d'Anjou, qui
luy fit la guerre. Les Venitiens luy en voulurent aussi : mais pour
se venger d'eux, il donna conseil aux Turcs d'entrer dessus leurs
terres. Il eut d'Isabelle de Clermont, & de Ieanne sœur du
Roy Catholique ses femmes, sept enfans, qui rencontrerent de
bons partis en mariage. Il regna 35. ans, & mourut l'an 1494.
aagé de 71. an.

Alphonse 2.e roy de Naples
19   regna 1 an

1494. 19. ALPHONSE II. fils de Ferdinand, estant Roy de Naples reprint sur les Barbares la ville d'Hydrante, & s'arma en faueur
du Duc de Ferrare contre les Venitiens, qui l'auoient offencé
aussi bien que son pere. Il eut d'Hypolite Marie sa femme, fille
de François Sforce Duc de Milan, Don Ferdinand, Don Pierre,
& Dona Isabella Duchesse de Milan. Ayant deposé entre les
mains de Don Ferdinand son fils tous ses Estats, il se retira à
Mazara ville de Sicile, sur l'apprehension qu'il eut d'vne grosse
armée que Charles VIII. Roy de France amenoit vers Naples.
Il ne regna qu'vn an.

20 *Charles 8ᵉ roy de France et de Naples regna 14 ans*

1495 | 10. CHARLES VIII. Roy de France autant valeureux que
Prince de son temps , ayant passé les Alpes & paru en Italie
comme vn foudre qui rompt & brise tout ce qui luy faict ob-
stacle, parut en Sicile, se faisant maistre de la Campagne, de la
Pouille, & de la Calabre. Obtint du Pape Alexandre VI. l'inuestiture du Royaume de Naples, où il ne regna que dix mois ; car
s'en estant retourné en France tout ce qu'il auoit acquis & conquesté par les armes , se rebella, & secoüa le ioug des François.
Ferdinand fils d'Alphonse assisté du secours des Venitiens,
chassa les garnisons Françoises qui estoient dedans les villes &
forteresses de son Royaume. Apres ceste perte Charles s'estant
remis en volonté de retourner en Italie, pour recouurer sa perte, fut preueu d'vne apoplexie, qui luy print de s'estre eschauffé
à la paulme. Il mourut dans le Chasteau d'Amboise le 7. Auril,
l'an 1498.

Ferdinand 2.ᵉ roy de Naples
21. *regna 1 an. 8 mois*

1495. 21 FERDINAND II. ayant par force d'armes contraint Charles 8. & les François de quitter le Royaume de Naples, pour se
maintenir & asseurer dauantage son Estat, espousa D. Ieanne,
fille de Ferdinand premier son ayeul, & de Ieanne sœur de Ferdinand Roy d'Espagne, qui estoit sa tante ; mais il ne fut iouys-
sant de ce qu'il auoit reconquesté, pource qu'apres auoir seulement regné vn an huict mois, & quatorze iours, il mourut le 8.
Octobre, l'an 1496 sans laisser aucuns enfans.

Federic 2.ᵉ roy de Naples
22. *regna 6. ans.*

1496. 22. FEDERIC fils de Ferdinand premier, & oncle de Ferdinand II. succeda à son neueu au Royaume de Naples, & print alliance auec le Prince d'Altamura, par le mariage d'Isabelle de Balso sa fille, de laquelle il eut D Ferdinand Duc de Calaurie, deux autres fils, & deux filles: Cela ne l'empescha de quitter son Royaume à Loüys XII. qui le traicta plus humainement que Ferdinand Roy de Castille, qui ne luy voulut donner assistance aucune, qu'à des conditions qui estoient desaduantageuses. On tient qu'il regna enuiron six ans, & qu'il mourut à Tours, l'an 1101. ioüyssant du Duché d'Anjou que ledit Roy Louys auoit donné.

Louys 12.e roy de france et de
23. *Naples regna 17 ans.*

1501. 23. LOVYS XII. Roy de France, pour paruenir à l'effect des pretensions qu'il auoit sur le Royaume de Naples, s'asseura de Milan, de Genes, & de la Lombardie, par la prise de Ludouic Sforce. Il fit accord auec Ferdinand Roy d'Espagne, & partagea auec luy le Royaume de Naples, pource qu'ils auoient tous deux contribué à ce qu'il falloit pour le conquester : mais l'année d'apres, les Lieutenants de l'vn & de l'autre estans tombez en different touchant les confins & limites pretendües, ou mentionnées dedans leurs paches ; en vindrent aux mains, & apres aux armes : ce qui les occasionna de rompre ensemble leur accord; de maniere que les François en furent expulsez par la tromperie & infidelité des Espagnols. Depuis le Roy donna la part qu'il pretendoit audit Royaume à Ferdinand Roy d'Arragon, en faueur du mariage de Madame Germaine de Foix, fille d'vne sienne sœur. Il fit la guerre aux Venitiens, & gaigna sur eux vne bataille, & tourna ses armes depuis contre le Pape, qui s'estoit manifesté contre les François, & par Gaston de Foix son Lieutenant. Il fit leuer l'armée du Pape de deuant Boulongne, & secourut le Chasteau de Bresse que les Venitiens assiegeoient. L'Empereur & le Roy d'Angleterre ioignirent leurs forces auec celles du Pape, qui toutes se ietterent sur les François, & leur osterent plusieurs villes. Le Roy indigné se resolut d'en tirer sa

raifon , mais comme il vouloit dreffer vne armée pour paffer en
Italie, mourut le premier iour de l'an 1515. Il fut nommé le Pere
du peuple.

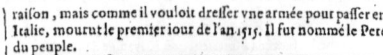

Ferdinand roy d'efpagne 3.^e du nom
a Naples regna 12 ans, 3 mois.

24

1503.

24 FERDINAND V. du nom en Efpagne, & felon aucuns VI.
& III. de Naples, efpoufa D. Ifabelle Infante de Caftille ; & tous
deux iouïrent du Royaume de Leon & de Caftille , & de celuy
de Naples que le Pape Iules II. leur confirma. Ils furent tous
deux decorez de vertus vrayement Royales & heroïques : &
pour aduancer la Religion Chreftienne , firent conftruire à la
gloire de Dieu & honneur de fes Saincts plufieurs Eglifes , lefquelles ils renterent de grands reuenus , pour les entretenir dignement. Ils defnuerent la Grenade & lieux attenans de la fecte
des Mores pour la remplir de gens qui profeffaffent le Chriftia-
nifme. Dieu benift leur mariage, & eurent plufieurs enfans par
lefquels ils firent de grádes alliances. La Royne D. Ifabelle mourut à Medina del Campo, aagée de 57. ans , & 7. mois, en la 30.
année de fon regne ; & fon mary Ferdinand la furuefquit de 12.
ans, & depuis mourut à Caiaraiuble 27. de Iuillet, l'an 1516 aagé
de 63. ans, ayant regné 41 an, & 12 ans trois mois à Naples.

Ieanne 3.ᵉ Royne de Naples
25. *regna 1 an 2 mois.*

1516. **25.** Ieanne III. fille de Ferdinand ou Fernand 5. ou 6. espousa D. Philippes Archiduc d'Austriche, surnommé le Grand Côte
de Flandres, fils de Maximiliã & de Marie fille vnique de Charles Duc de Bourgongne: Icelle succeda au Royaume de Naples
& autres souuerainetez, par le droict qu'elle y auoit apres le decez de son pere Ferdinand. Ceste Princesse estant veufue, ayant
gouuerné ses Royaumes enuiron 14. mois, institua heritier son
fils aisné Charles, qui n'auoit alors que 16. ans accomplis, estant
par elle inuesty de ses Estats, il s'achemina en Espagne, où il fut
receu auec grands applaudissements & acclamatiõs de tous ses
subjects. Sa prise de possession fut neantmoins debatuë par plusieurs des principaux officiers de la Couronne d'Espagne, Barõs
& grands Seigneurs, qui à cause de son bas aage ne le vouloient
recognoistre pour Roy, mais pour Prince: alleguans que s'estoit
offenser la Royne, & prejudicier au tiltre qu'elle portoit: & de
là sourdirent de grands tumultes & rumeurs, qui furent appaisez à la parfin par le sage aduis du conseil, qui trouua raisonnable que la mere porteroit le tiltre de Royne, & luy celuy de
Roy par ensemble. Elle estoit doüée des plus belles qualitez que
puisse auoir vne Princesse de semblables merites : elle mourut
le 23. Auril 1535. laissant Charles depuis Empereur 5. du nom.
Ferdinand Roy de Boheme & de Hongrie. D. Alienor, D. Isabelle, D. Marie, D. Catherine, toutes Roynes, de France, de
Dannemarc, de Hongrie, & de Portugal.

Charles 5. Empereur Roy
de Naples regna 39 ans.

1517. 26. CHARLES fils de Philippes d'Austriche & de Ieanne de
Castille, herita de tous les Royaumes de ses ayeuls, D. Ferdinãd
& Isabelle: Il eut de la peine à se rendre paisible possesseur du
Royaume de Naples, & l'eust perdu si André Dorie Geneuois,
qui suiuoit le party de France n'eust manqué de foy, & tourné
ses armes contre le Roy François premier, auquel il auoit presté serment de fidelité. Charles s'aduançant de plus en plus en
heureux succez, s'acquit le tiltre & la puissance d'Empereur,&
fut nommé Charles 5. On tient que son ayeule Isabelle aux
nouuelles de sa natiuité (comme par Prophetie) augura qu'il seroit Grand dessus les Grands, & qu'il joüyroit de l'vniuerselle
succession de ses ayeuls, & diçt ces mots prins des Actes des
Apostres, *Le sort est tombé sur Mathias,* denotant que D. Michel,
fils du Roy de Portugal & de sa fille aisnée Isabelle, qui estoit
encore viuant, n'heriteroit point; & que ce seroit celuy qui
estoit né le iour S. Mathias, lequel a esté tousiours estimé & cogneu tres-heureux pour l'Empereur Charles 5. qui nasquit le
iour que dessus 24. Feurier, en l'an 1500. en la ville de Gand , &
fut nourry à Malines, & instruict en sa ieunesse par Adrian Florent natif d'Vtrecht en Hollande, qui fut depuis Pape. Le Roy
François premier & luy furent contemporans, & s'entrefirent
à plusieurs & diuerses fois la guerre:apres auoir paru par ses exploits genereux par tous les Cantons du monde , prins Thunes
sur le Grand Seigneur , rangé les Allemans à sa volonté , pour
viure pour luy , comme il auoit vescu pour l'augmentation &
tranquillité de ses peuples, se deuestit de ses Estats , resignant sa
dignité Imperiale à Ferdinand son frere , & la couronne d'E-
spagne à Philippes 2. son fils , & se reclut en vn Monastere appellé S. Iust, où il mourut l'an 1558. aagé d'enuiron 58. ans. Son
corps repose à S. Laurent de l'Escurial. Il tint l'Empire 37. ans,
& le Royaume de Naples 39. laissant d'Isabelle sa femme 2. fils &
trois filles ; sçauoir D. Philippes qui luy succeda, & Ferdinand,
Marie , qui espousa Maximilian Roy de Boheme , D. Ieanne
Royne de Portugal, & Marguerite premiere Duchesse de Florence,& depuis de Parme.

*Philippes 2.e roy d'Espagne et
de Naples regna 40 ans.*
27.

1554. 27. PHILIPPES 2. du nom, fils de Charles 5. Empereur, Roy
d'Espagne, print possession du Royaume de Naples en la personne du Marquis de Pescate. Ce Prince a toussiours esté amateur
de la foy Catholique & deffenseur du S. Siege. Il eut quatre femmes, sçauoir Marie de Portugal, Marie d'Angleterre, Isabelle
de France, & Anne Marguerite d'Austriche. De la premiere il
eut Don Charles, qui trespassa en la fleur de son aage. De sa 3.
il eut Isabelle Claire Eugenie Infante d'Espagne, femme d'Albert Archiduc d'Austriche, & Catherine mariée à Charles Emanuel Prince de Piedmont Duc de Sauoye: d'Anne Marguerite
d'Austriche sa niece, il eut 4. enfans, trois desquels moururent
en bas aage, & ne luy resta que Philippes 3. Il mourut au Chasteau de l'Escurial le 13. Septembre 1598. aagé de 71. ans 4. mois
8. iours, ayant regné 40. ans.

*Philippes 3.º roy d'Espagne
et de Naples regna*

28.

28. PHILIPPES III. Roy d'Espagne & de Naples, par le deceds de son pere Philippes II. eut vn pareil zele que ses denūāciers enuers le sainct siege Apostolique : de sa femme Marguerite fille de Charles Archiduc d'Austriche il a eu plusieurs enfans ; & entre autres Anne à present femme du tres-Chrestien Roy Louys XIII. Il est decedé le dernier iour de Mars 1621. ayant regné vingt & deux ans cinq mois dix-huict iours.

*Philippes 4.º a present
Regnant*

29. PHILIPPES IIII. a succedé à son pere Philippes III. en tous ses Royaumes, comme en celuy de Naples :

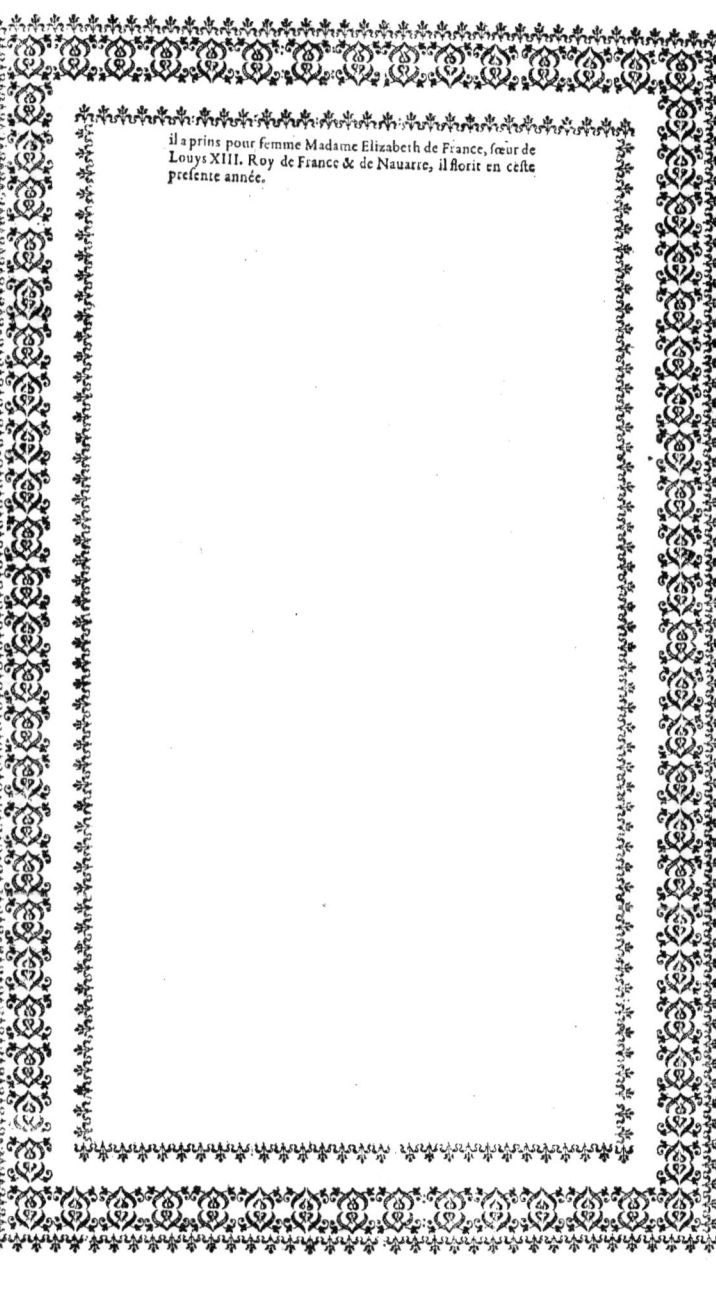

il a prins pour femme Madame Elizabeth de France, sœur de
Louys XIII. Roy de France & de Nauarre, il florit en ceste
presente année.

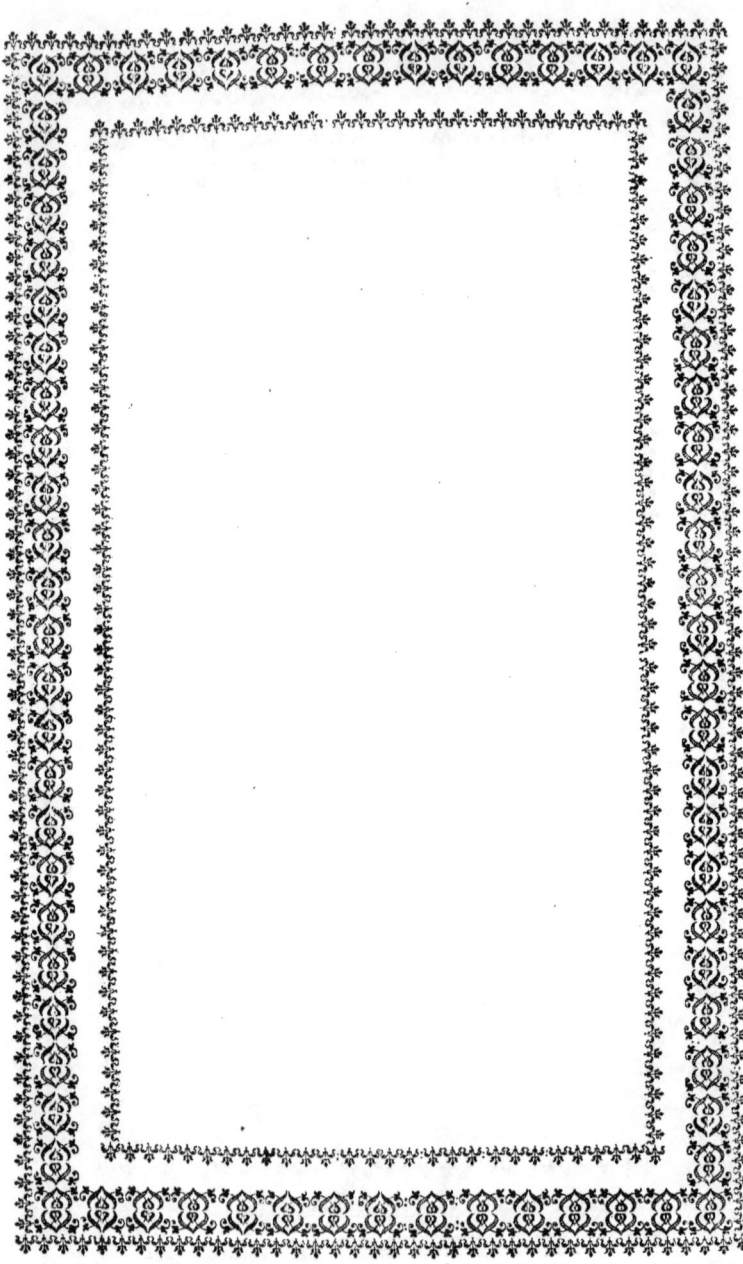

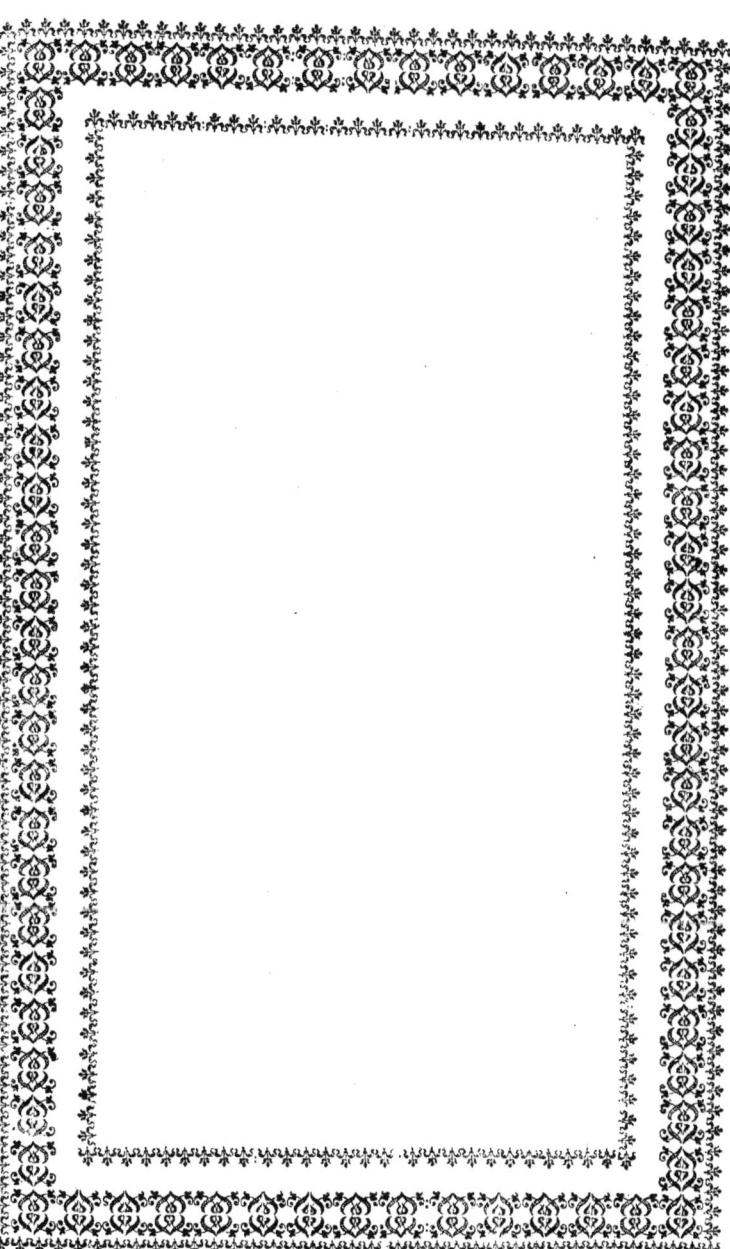

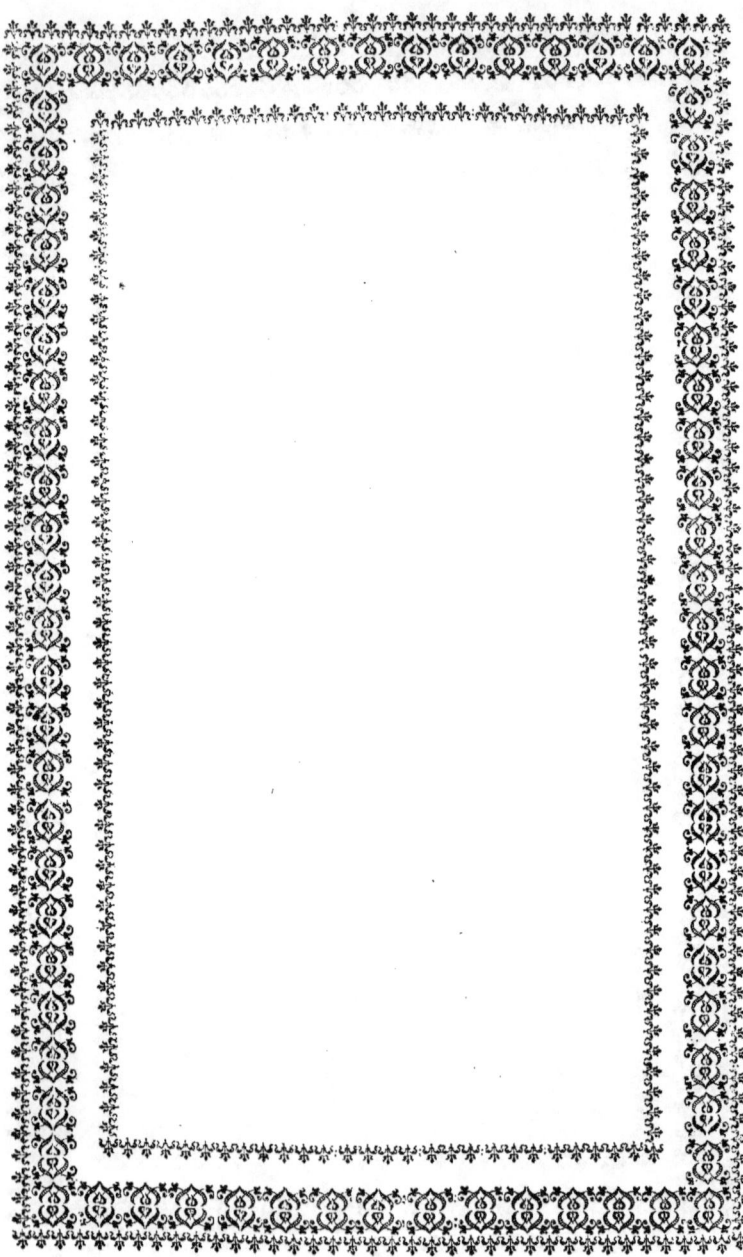

PORTRAICTS

DES ROYS

DE POLOGNE

depuis l'an 550. jufques à prefent : Auec vn abregé de
leurs vies & faits , extraite
des Hiftoriens anciens
& modernes.

SOMMAIRE OV ABREGE' DE L'HISTOIRE DES ROYS DE POLOGNE,

depuis l'an 550. jusques à present, extraicte des Historiens anciens & modernes.

ECHVS ou LECHO I. du nom, duquel les Polonois furent nommez Lechites, fut le premier qui en l'an 550. ou enuiron de noſtre ſalur, gouuerna le Royaume de Pologne, & y fiſt baſtir la ville de Gneſna, qu'il nõma ainſi, à cauſe d'vn nid d'Aigle qui y fut trouué ; & depuis, les Armoiries de cette Ville. Il voiré de tout le Royaume, ont eſté de Gueulles à vne Aigle d'argent couronnée & membrée d'or, ayant les aiſles deſployees. En ce meſme temps ſon frere, nommé Checus ou Checo, fut Roy de Boëme. Les hiſtoires Polonoiſes & Boëmiennes, recitent que la poſterité de ces deux freres regna ſucceſſiuement apres leur deceds l'eſpace de 150. ans, es Prouinces par euxo ccupées, où ils firẽt pluſieurs memorables cõqueſtes ſur leurs voiſins : mais la memoire en a eſté tellemẽt enſeuelic, que les ans ne ſont obſeruez par aucun Hiſtorien, ny les Princes nommez.

2. La poſterité de Lech & de Chech eſtant faillie, les Barons de Pologne aſſemblez au Chaſteau de Gneſna, creerent 7. ou 12. Vayuodes ou Palatins pour les gouuerner. Mais ils furent bien toſt ſaouls de ceſte ariſtocratie , de ſorte qu'ils eſleurent vn d'entr'eux pour eſtre leur Roy. Ce fut Cracus, lequel on dit auoir faiſt baſtir la ville de Cracouie, où il tranſporta le ſiege du Royaume , qui auparauant auoit touſiours eſté au Chaſteau de Gneſna, enuiron l'an 700. de noſtre Seigneur. Il mit à mort vne furieuſe beſte nõmee Olfagus, & par Solinus, Boa, qui habitoit dans vne cauerne du pays , & par ſon haleine peſtilentieuſe, infeſtoit toute la contree : On luy menoit chacun iour trois iumens qu'elle deuoroit. Le Roy Cracus s'aduiſa de faire remplir de ſoulfre & d'autres compoſitiõs artificielles de feu, la peau d'vn veau, qu'il fiſt mettre à l'emboucheure de la cauerne, & lors que ceſte beſte commença à l'engloutir, il y miſt le feu ſi à propos, que ſe ſentãt bruſler, elle ſe precipita dans le fleuue de Viſtula, où elle creua par le milieu. Ayant regné 28. ans il mourut, & laiſſa 2. fils & vne fille, qui luy ſuccederẽt.

3. Apres le decez de Cracus, ſon fils aiſné portant meſme nom, fut eſleu Roy en l'an 728. mais ſon regne fut de peu de duree, d'autãt que Lechus ſon frere puiſné le tua, lors qu'il eſtoit à la chaſſe, qu'il fiſt accroire au peuple qu'il eſtoit mort de la morſure d'vne beſte ſauuage : de ſorte qu'il regna au lieu de ſon frere enuiron deux ans : toutesfois la verité du fratricide ayant eſté découuerte, Lechus s'enfuit, & ainſi ſa ſœur Venda demeura ſeule paiſible du Royaume.

4. Venda regit le Royaume de Pologne l'an 730. apres la fuite de ſon frere Lechus, par l'eſpace de 20. ans. Sa valeur & ſinguliere beauté inuiterẽt Ritagora Prince de la Germanie, de la demãder en mariage, à quoy elle ne voulut entendre, qui fut cauſe que ce Prince ſe reſolut de l'auoir à force d'armes : mais ſon armee fut déconfite, & luy par deſeſpoir ſe donna la mort, dont la Royne Venda fut déplaiſante, & ne voulant plus ſe mettre en de ſemblables hazards, elle ſe noya dans vn fleuue, conſeruant ainſi la fleur de ſa virginité.

5. Les Polonois ſe voyans ſans Roy ny Royne, & leur païs aſſailly de tous coſtez, des Morauiens, Huns & Germains, proclamerent Roy Premiſlaus ou Lesco I. en l'an 750. lequel eſtoit vn des douze Palatins , fort vaillant & experimenté aux armes , ce qu'il fiſt paroiſtre par eſfeſt , parce qu'il repouſſa & miſt honteuſement en fuitte les ennemis , & gaigna ſur eux de grandes richeſſes. Il gouuerna la Republique Polonoiſe auec beaucoup de prudence &.

13. Ziemouiflaus fils de Lefco 4. fucceda à fon pere, & regit fon Royaume auec vne admirable fageffe & prudéce. Il eut vn fils en fa vieilleffe, qui nafquit aueugle, & fut nommé Miefco, & peu de temps apres il fut clair-voyant. Les deuins enquis que vouloit fignifier ce changement fi nouueau, refpondirent, que comme cét enfant auoit receu la clarté de veuë, par la grace de Dieu, ainfi la Pologne feroit efclairee, par fon moyen, dans peu de temps de la lumiere de la Foy. Il regna 41. an.

14. Miefco fut fils de Ziemouiflaus & Roy de Pologne en l'an 961. Il efpoufa Dambrouke, fille de Boleflaus Duc de Boëme, & fe fift le mefme iour baptifer auec tous fes Barons en la ville de Gnefna en l'an 965. Et puis apres par Edict, il fit mettre bas toutes les Idoles qui fe trouuerent en fon Royaume, le diuifant en neuf Eglifes Cathedrales, defquelles celle de Gnefna & de Cracouie furent Metropolitaines. Il fut nommé Mieflaus ou Mieciflaus lorfqu'il fuft baptizé. Son regne dura 37. ans.

15. Boleflaus furnommé Chrabri, c'eft à dire grand, en l'an 999. fucceda à fon pere Miefco. L'Empereur Othon eftant aduerty des merueilles qui fe faifoient de iour en iour au fepulchre de S. Adelbert Archeuefque de Pologne, qui auoit efté martyrifé par les Pruffiens, partit d'Italie pour l'aller vifiter, & pource qu'il fut recueilly fort honorablement & magnifiquement par Boleflaus, en faueur de ce il luy donna la couronne Imperiale, & la pofa folennellement fur fon chef l'an 1000. de noftre Seigneur. Ledit Roy fubjuga l'Efclauonie, qui eft outre le fleuue Odora, auec vne partie de la Ruffie & Pruffie. Il fift la guerre à Boleflaus Duc de Boëme qu'il print prifonnier auec fon fils, & luy fift creuer les yeux en l'an 1004. Il mena en l'an 1013. vne armee contre les Pomeraniens, Pruffiens & Caffubiens, & les contraignit de receuoir la religion Chreftienne, & de luy payer tribut, & mourut l'an 1025. ayant regné 25. à 26. ans, & vefcu 58. ans.

16. Miefco ou Mieciflaux 2. fut Roy apres le decez de fon pere Boleflaus, & regna enuiron 9. à dix ans. Il mena vne armee contre les Princes de Ruffie Iaroflaus & Mefciflaus, qui s'eftoient reuoltez contre luy, & les fift retirer en leur pays, par le moyen d'vne victoire, qu'il gaigna fur eux l'an 1026. & l'an 1034. accompagné de Bela frere d'Eftienne Roy de Hongrie, il entra dans la Pomeranie qui s'eftoit foufleuee contre luy, il la remift en fon obeïffance, puis l'erigea en Duché, qu'il donna en dot auec fa fille au Prince Bela, & l'an 1038. il mourut.

17. Apres la mort de Miefco 2. Cazimire fon fils eftant en fort bas aage, demeura fous la tutelle de fa mere Richza, laquelle fe comporta infolemment vers les Polonois, qui la chafferent & fon fils. Elle emporta auec foy vne bonne partie des threfors de fon Royaume, & fe retirant vers Conrad Empereur d'Allemagne; elle enuoya fon fils Cazimire eftudier à Paris, où il deuint fi deuotieux qu'il s'alla rendre Moine en l'Abbaye de Cluny. Cependant le Royaume fut fans Roy plus de fix ans, expofé à toutes fortes de miferes & calamitez, pour à quoy remedier, les Eftats de Pologne furent d'aduis de reftablir Cazimire en fon Royaume, & pour ceft effect vindrent le querir à Cluny, & firent en forte qu'il fuft difpenfé par le Pape Benoift 9. de fon vœu, & permis à luy de fe marier. Et en recognoiffance de cela, les Polonois s'obligerent de payer tous les ans chacun par tefte vn denier de tribut au faing Siege, qu'on appelle le denier faint Pierre. Ainfi Cazimire alla en Pologne, où il fut receu & couronné Roy l'an 1041. au grand contentement de fes fubjects, & donna fi bon ordre par fa prouidence, que fon Royaume fut en peu de tempes reduict en vnion & tranquillité, & regna 18. ans, & mourut l'an 1059. laiffant quatre fils & vne fille, apres s'eftre rendu maiftre de la Maffouie.

18. Boleflaus 2. furnommé le Hardy, parce qu'il fut belliqueux, fucceda à fon pere Cazimire. Il reconquift la Pomeranie fur les Pruffiens, qui furent contraincts de fe remettre en fon obeïffance, & affifta Bela pour conquerir le Royaume de Hongrie, & l'y maintenir. Il efpoufa Vuiffeflaua Princeffe de Ruffie, & apres plufieurs exploicts de guerre, il eut en fa puiffance la Premiflie qui appartenoit à fa femme, & print la Kionie, qu'il rendit au Prince de Ruffie, à la charge de luy en rendre certain tribut tous les ans. Il s'adonna tellement à fes plaifirs, que fes gens mefmes ne le pouuoient fupporter, ce qui le rendit cruel en leur endroit, & eftant repris de fa mauuaife vie par Staniflaus Archeuefque de Cracouie, il le fift

d'heur enuiron 30. ans, & mourut fans laiffer aucuns enfans, l'an 780.

6. Les principaux Seigneurs de Pologne fe refolurent d'eflire pour Roy Lefco 2. lequel, fit dreffer vne colomne deuāt la ville de Cracouie, fur laquelle il mift la Couronne Royale &, le Sceptre, & fit proclamer qu'il cederoit fa place de Roy à celuy qui le premier depuis le fleu ue Praduch arriueroit a cefte Colomne de pleine courfe de cheual. Dont aduerty vn nommé Lefchezek, homme de vile condition, paua de cloux dreffez en poincte le chemin par où les autres deuoient paffer, laiffant libre vn paffage pour fon cheual: de forte que par cefte ruze il paruint le premier à la Colomne, & ainfi gaigna le Royaume, duquel il ne iouïr gueres de temps: Car la tromperie, dont il auoit vfé, ayant efté découuerte, il fut priué du Royaume & de la vie tout enfemble, & Lefco 2. demeura Roy paifible.

7. Lefco 2. quoy qu'il fuft iffu de bas lieu, eut l'ame fi releuee qu'on euft creu qu'il eftoit defcendu des plus grands Princes & Monarques, tant il gouuerna fagement & difcrettement fes fubjects près de 21.an, & laiffa Lefco 3. fon fils pour fucceffeur; On a remarqué de luy, que durant fon regne il n'vfa jamais d'autres habits que de ceux qu'il fouloit porter eftant hom me priué: en quoy plufieurs Roys fes fucceffeurs l'ont imité apres fa mort.

8. Lefco 3. en l'an 801. fucceda à fon pere, les vertus heroiques duquel il imita toufiours, & regna paifiblement parmy fes fubjects enuiron 4. ans, mais ne pouuant viure oifif, il alla au fecours des Saxons & des Hongres, contre l'Empereur Charlemagne, où il fut defait auecq fon armee, & y perdit la vie pres le fleuue Odera l'an 805.

9. Pompilius ou Popiel 1. fils de Lefco 3. regna apres fon pere, neforlignant en rien des vertus paternelles & de fon ayeul. Il tranfporta le fiege Royal de Cracouie en la ville de Gnefna, depuis à Crafficia, où il fift baftir vne belle fortereffe dans le Lac de Goplo. Sur la fin de fes iours il s'adonna tellement au luxe, qu'il ne fit chofe digne de remarque, il regna 25. ans.

10. Pompilius ou Popiel 2. regna en Pologne apres le decez de fon pere Popiel 1. enuiron l'an 830. Il furpaffa tous les autres en diffolutions & lafciuetez, & laiffa le gouuernement à fa femme, qui fut caufe que les plus grands de fon Royaume commencerent à le mefprifer. Ce qu'eftant apperceu par la Royne, elle donna aduis au Roy de feindre qu'il eftoit extréme ment malade, & de prier les plus grands Seigneurs Polonois de le vénit vifiter, & les aftrain dre par ferment, s'il venoit à mourir, de faire en forte qu'vn de fes enfans luy fuccedaft. Ce qu'ayant efté fait, on les fift tous boire à la fanté du Roy, du vin empoifonné, dont ils mou rurent, & leurs corps furent jettez dans le Lac de Goplo, defquels par permiffion diuine, nafquit miraculeufement telle quantité de rats & de fouris, que le Roy & fa femme & en fans en furent mangez. Il regna 12. ans.

11. Les Barons de Pologne qui eftoient reftez apres la mort de Pompilius 2. en l'an 842. efleurent pour Roy vn de leur pays nommé Piaftus, homme de baffe extraction, mais ver tueux; lequel fe comporta toufiours fort fagement, & maintint la iuftice en fon Royaume, au grand contentement d'vn chacun. Il regna 53. ans, & l'an 895. luy fucceda fon fils Zie mouitte, Prince fort accomply, lequel contraignit à force d'armes les Hongres, Boëmiens & ceux de Pomeranie de luy payer tribut. Son regne dura 7. ans, & mourut l'an 902.

12. Lefco 4. fils de Ziemouitte, fut Roy de Pologne apres le decez de fon pere, & regna 19. ans. Il fut premierement gouuerné par Tuteur, à caufe de fa minorité: mais paruenu qu'il fut en aage competant, il adminiftra le Royaume fort paifiblement. Il fut toufiours vray imita teur des actions heroiques de fon pere & de fon ayeul. Il mourut l'an 921.

25. Le 5. surnommé le Blanc, succeda au Royaume apres son pere Cazimire, quoy qu'il fust
fort jeune, à cause dequoy sa mere Helene luy fut baillee pour tutrice & gouuernante. Il eust
la premiere annee de son regne guerre contre son oncle Miecislaus, qu'il surmonta en bataille, & depuis toutesfois la mere du Roy permist audit Miecislaus, qu'il print l'administration
du Royaume en sa main, lequel en fin fut par les Princes & Barons de Pologne remis en estat;
priué, & le jeune Lesco restitué en son premier degré en l'an 1200. & en l'an 1202. iceluy Miecislaus deceda, & Lesco demeura paisible, lequel vainquit en bataille rangee Romain Duc de
la Halicie pres la ville de Zauigoste l'an 1205. qui s'estoit reuolté côtre luy; ledit Duc fut occis
sur le chãp, & tous ses gens defaits & mis en route. Le Roy Lesco auoit institué vn Seigneur
de Pologne nommé Suatopelko, gouuerneur de Pomeranie, qui s'en voulut faire Prince &
proprietaire; & pource qu'il fut aduertique le Roy luy dressoit vn mauuais parti, il le preuint,
& traistreusement le tua le 14. de Nouembre, l'an 1217. au moyen dequoy il se rendit souuerain de la Pomeranie: le regne dudit Lesco dura enuiron 34. ans.

26. La mort du Roy Lesco mit le Royaume de Pologne en grand trouble, pour autant qu'il
laissa vn fils nommé Boleslaus 5. lequel n'estoit en aage capable de pouuoir gouuerner: de
sorte que Henry le Barbu Duc d'Vratislauie luy fut pourueu tuteur, dont Conrad Duc de
Massouie, plus proche du sang Royal, fut jaloux, & s'estant saisi dudit Henry, il luy fit renoncer à la tutelle du jeune Roy, & à l'administration du Royaume. Ledit Boleslaus regna 52. ans
depuis la mort de son pere, combien que les 13. premiers soient plustost attribuez à Conrad,
son tuteur & son oncle, qu'à luy. Il espousa en l'an 1239. Cunegonde, fille de Bela Roy de
Hongrie, auec laquelle toutesfois il vescut en perpetuelle continence, qui fut cause de luy
faire auoir le surnom de chaste. De son temps les Tartares rauagerent la Pologne & la Hongrie à diuerses fois. En l'an 1264. il subjuga les Iazigiens peuples de Transsyluanie, & leur fit
receuoir la Religion Chrestienne. Il mourut le 10. Decembre l'an 1279. sans enfans.

27. Lesco 6. surnômé le Noir, fils du cousin de Boleslaus, fut par luy adopté & declaré par
son testament, successeur du Royaume, print possession d'iceluy, sans que personne s'y osast
opposer, par la crainte qu'on auoit des Tartares, Russiens & Lituaniens, qui venoient sous la
conduite de Leon, fils de Daniel, qui estoit le principal Duc de Russie, entrer dans la basse
Pologne, où les Palatins de Cracouie & Sendomirie se presenterent de si bon courage cou-
tr'eux, qu'ils les defirent & mirent honteusement en route le 3. de Feurier 1280. Au moyen
dequoy Lesco les poursuiuit jusques dedans la Russie, & en fit de rechef vn grand carnage.
Puis il fit edifier vn fort sur leurs marches, qu'il nomma Leopolis. En l'an 1282. il deconfit en
vne grosse bataille, les Lituaniens accompagnez des Iazigiens; & l'annee ensuiuante il remist
la Sendomirie en son obeissance, qui s'estoit reuoltee contre luy. Mais en l'an 1286. à cause de
la venuë des Tartares en Pologne, il se retira en Hongrie, & mourut de fascherie le dernier
de Septembre l'an 1289. ayant regné 10. ans ou enuiron, sans laisser aucuns enfans.

28. Henry le Bon, Duc d'Vratislauie, succeda au Royaume de Pologne apres le deces de
Lesco le Noir, quoy que Boleslaus Duc de Plosque fut appellé à ce grade par l'Archeuesque
de Cracouie & plusieurs autres Seigneurs: mais Henry le chassa de force. Finalement Vladislaus, auquel le Royaume appartenoit de droit, se rédit maistre de la ville de Cracouie, où il fut
assiegé par Hêry, qui entra en la ville secrettemét, y estãt introduit par certains Allemãs; de sorte qu'Vladislaus eut bié de la peine à se sauuer. Ainsi le Roy Hêry demeura paisible jusques à sa
mort, qui aduint le 29. d'Aoust 1290. Son regne ne dura pas vn an, & ne laissa aucuns enfans.

29. Premislaus 2. par testamét du Roy Hêry fut institué son heritier és Principautez de Cracouie & de Sendomirie: mais la Cracouie luy demeura seulement, parce que la Sendom irie se

mourit l'an 1079. le 8. de May, à caufe dequoy le Pape Gregoire 7. l'excommunia. Ce qui donna fujeȼt à plufieurs de la Nobleffe de confpirer contre fa vie : pour quoy éuiter il fe retira en Hongrie l'an 1080. où il perdit l'entendement, & fe tua foy-mefme l'annee enfuiuant; & aucuns difent qu'il fut mangé des chiens en fa 13. annee de fon regne. Ses fucceffeurs furent plus de 200. ans fans porter Couronne.

19. Les Eftats de Pologne affemblez, pour obuier aux reprifes des Ruffiens, effeurent pour leur Prince & Seigneur Vladiflaus Hermanus, frere du Roy deffunȼt, en l'an 1082. lequel efpoufa, l'an 1087. Sophie fœur de l'Empereur Henry 3. & veufue de Salomon Roy de Hongrie. Les Pomeraniens & Pruffiens s'eftans reuoltez contre luy, perdirent vne cruelle & fanglante iournee, qui fut donnee le 15. d'Aouft 1090. & en fin fe remirent en fon obeiffance en l'an 1093. Il mourut l'an 1102. ayant regné 21. an

20. Boleflaus 3. fut laiffé en poffeffió du royaume par fon pere Vladiflaus. Il fut merueilleufemét belliqueux & heureux en guerre, & gouuerna la Pologne par l'efpace de 37.ans. Il remit toute la Pomeranie en fon obeiffáce, ayát pris d'affaut la ville de Bialogrode en l'an 1107. Pruffie l'an 1118. Et apres auoir gaigné 47. batailles il mourut l'an 1139. laiffant cinq enfans mafles.

21. L'aifné d'iceux nómé Vladiflaus 2. regna apres fon pere par l'efpace de 6. ans feulement: Car il entra en mauuais mefnage auec fes freres à la fuggeftion de fa femme Chriftine fille de l'Empereur Henry 5. les voulant frauder des portions que leur pere leur auoit affignees. Qui fut caufe de fa ruine, d'autant que fes freres voyás qu'ils s'eftoit rendu odieux enuers tous fes fubjeȼts, à caufe de fes cruautez, eurent la hardieffe de fe reuolter contre luy; & ayant affiegé fefdits freres en la ville de Pofnanie, fon armee fut mife en route par vne faillie qu'ils firēt fur luy, & pourfuiuirent fi afprement leur victoire, fous la faueur des Polonois qui les portoiét, qu'ils ne luy laifferent aucun lieu de retraicte en fon Royaume, & partát force luy fut de fe retirer vers l'Empereur Conrad, qui ne peut par aucunes prieres ny Ambaffades obtenir d'eux, qu'ils le voulaffent oncques depuis laiffer rentrer en fes Eftats. Ce qui arriua l'an 1145.

22. Boleflaus 4. furnómé le Crefpu, fut efleu Roy au lieu de fon frere, & ce du côfentement de fes autres freres, aufquels il affigna bon & fuffifant appanage, de forte qu'il regna modeftement l'efpace de 28. ans. L'Empereur Conrad en l'an 1149. mena vne armee en Pologne pour y reftablir Vladiflaus, ce qu'il ne peut effeȼtuer; Et l'an 1157. l'Empereur Frideric fift en forte auec Boleflaus qu'Vladiflaus feroit feulement remis en la Principauté de la Silefie: mais comme il s'y acheminoit la mort le furprift. En l'an 1163. le mefme Empereur fift mettre en poffeffion de la Silefie les enfans dudit Vladiflaus, fouz la foy & ligeance du Roy de Pologne leur oncle, lequel mourut fur la fin de l'an 1173. laiffant vn fils nommé Lefco.

23. Parce que Lefco fils de Boleflaus eftoit encore en bas aage, & fous la charge & tutelle de Cazimire fon oncle, les Eftats du Royaume affemblez, voulurēt que Mieciflaus vn autre des freres du Roy defunȼt, fuft leur Roy, pour la bóne opinion qu'ils auoient de luy. Laquelle toutesfois il entretint fi mal, qu'il la fift bien toft côuertir en haine de tous fes fubjeȼts par fes cruautez, tyrannies & exaȼtiós, qu'il fit fur fon peuple, chágeant la bonne vie, qu'il auoit menee jufques-là, en toute diffolution, infolence & auarice. Ce qui fut caufe de fon mal-heur, & de le faire depofer 4. ans apres fon Eflectió, qui fut en l'an 1177. qui fut caufe qu'il fe rettra vers l'Empereur Frideric, jufques en l'an 1180. que fon frere Cazimire le laiffa entrer en fon Royaume, ou partie d'iceluy.

24. Les Polonois s'eftans departis de l'obeïffance de Miecißlaus, fe foufmirent au gouuernement de Cazimire 2. furnommé le Iufte fon frere puifné, qui les gouuerna auec grande loüange & modeftie l'efpace de 17. ans, efquels il reforma l'Eftat de Pologne par beaucoup de bonnes & faincȼes Loix. En l'an 1182. il fubiuga les Ruffiens qui s'eftoient reuoltez contre luy, en l'an 1192. qu'il contraignit de fe remettre en fon obeïffance, & de luy payer les tributs des annees paffees. En fin l'an 1194. il beut vn breuuage empoifonné, duquel il mourut le 5. de May, laiffant deux fils, Lefco & Conrad.

estoit niepce du feu Roy Cazimire , laquelle il espousa en l'année suiuante. Il gaigna deux,
grandes batailles contre les Prussiens le 15. Iuillet & 10. Octobre 1410. en l'an 1416. la Royne anne mourut, qui fut cause que le Roy espousa en troisiesme nopces Elizabeth fille du
Palatin de Sendomirie,laquelle mourut en l'an 1420. & en fin en l'an 1434. Vladislaus deceda le 1. Iuin, ayant regné 49. ans 3. mois 14. iours.

36. Vladislaus 5. fils de Iagello succeda au Royaume de Pologne, du consentement des
Estats de Pologne, & regna l'espace de 10. ans 5. mois 10. iours,l'an 1440. il fut esleu Roy de
Hongrie, & y regna 5. ans. Ayant mené vne armée contre Amurath Empereur des Turcs en
l'an 1444. il perdit la bataille , & y fut tué , sans laisser aucuns enfans , Iean Huniade grand
Capitaine fut retenu prisonnier apres la perte de cette bataille.

37. Les Polonois ayans entendu la nouuelle du desastre de leur Roy,enuoyerent soudainement en Lituanie semódre le Duc Cazimire son frere de venir estre leur Roy,ce qu'il accepta,
apres auoir esté deuëmét informé de la mort de son frere,& voyát que les Estats en vouloiét
eslire vn autre ; tellement que Cazimire 4. fut couronné le 15. Iuin 1447. & depuis son cou-
rónemét il regna 46. ans. Les Prussiens se mirent en sa protection en l'an 1455. cótre la tyrá-
nie des Cheualiers Teutoniques , & luy liurerent 56. villes & chasteaux , à cause dequoy il
eut de grandes guerres contre lesdits Cheualiers : iusques à ce qu'en l'an 1466. ils firent
paix auec le Roy , à condition qu'ils seroient à l'aduenir sujets & vassaux des Rois de Pologne. Son fils Vladislaus fut Roy de Boëme , & tel cófirmé par l'Empereur Frideric l'an 1477.
& depuis de Hongrie. Cazimire obtint vne signalee victoire contre les Tartares en l'an 1489.
sous la conduite de Iean Albert son fils , chef de l'armee : Il mourut l'an 1492. ayant declaré
ledit Iean Albert son fils puisné son successeur au Royaume de Pologne.

38. Apres le deceds de Cazimire Iean Albert son fils fut confirmé Roy de Pologne par les
Estats du pays le 27. Aoust 1492. Il regna 9. ans, & surpris d'vne apoplexie il mourut sans
enfans sur la fin de l'année 1501.

39. Les Estats de Pologne assemblez prindrent au lieu de Iean Albert decedé , son frere
Alexandre grand Duc de Lituanie , lequel fut couronné enuiron le 12. de Decembre l'an
1501. Il remist le Cam de Tartarie en sa principauté, de laquelle il auoit esté dejetté , & ena-
l'an 1506. il mourut de maladie le 19. d'Aoust, sans laisser aucuns enfans, ayant institué son
frere Sigismond son successeur.

40. Sigismond , auquel on donne pour ses vertus le surnom de Grand , fut confirmé Roy
de Pologne par les Estats, & couronné le 24. Ianuier 1507. On fait compte qu'il a regné 42.
ans 2. mois 7. iours. Les Historiens de Pologne racontent vnanimement tant de bien de luy,,
qu'il ne semble point qu'il y ait eu Prince en toute l'Europe,qui ait vescu de son temps, qui
ait esté mieux pourueu & accomply de grandes vertus & bonnes parties requises en vn Roy
que luy. Il print à femme, Bonne, fille de Iean Galeace Duc de Milan : & apres auoir remis
en son premier lustre le Royaume de Pologne , il mourut l'an 1548. ayant passé 80. ans le 1.
iour d'Auril, auquel escheut la feste de Pasques.

41. Sigismond 2. surnommé Auguste, fut Roy de Pologne apres son pere Sigismond,lequel
5. ans aurauant auoit espousé Elizabeth fille de l'Empereur Ferdinad. Il eut de grandes
guerres auec les Cheualiers Teutoniques,& à contr'eux auec vne armee de cent mil hommes : De sorte qu'il s'humilierent , & recogneurent le Roy de Pologne pour leur Seigneur:
il eut pareillement guerre continuelle auec les Moscouites , & en fin il mourut de maladie
lente & longue ,en l'an 1572. le 7. Iuillet, sans auoir laissé aucune lignee de trois femmes qu'il
eut les vnes apres les autres,sçauoir d'Elizabeth, & de Barbe Radeuil , & de Catherine fille de

donna à Vladiſlaus ; En fin en l'an 1295. iceluy Premiſlaus fut prononcé Roy de Pologne par
les Eſtats, & couronné en la ville de Gneſna, le 26. Iuin, ſelon la mode ancienne, qui auoit ceſſé
depuis la mort de Boleſlaus le Hardy, qui auoit fait mourir de S. Staniſlaus : mais l'année ſuiuante il fut maſſacré, enuiron 8. mois apres ſon couronnement, ne laiſſant qu'vne fille.

30. Apres le maſſacre de Premiſlaus, les Polonois éleurent Vladiſlaus 3. ſurnommé Loktek,
qui ſignifie le Court : mais il n'oſa s'attribuer le titre de Roy de Pologne, d'autant que Venceſlaus Roy de Boëme en occupoit la plus grande partie ; auſſi qu'Vladiſlaus fut degradé de
la dignité Royalle par les Eſtats l'an 1299. & la tranſporterent audit Venceſlaus, qui fut couronné Roy en la ville de Gneſna l'an 1300. & eſpouſa Rixa, autremẽt Elizebath, fille du Roy
Premiſlaus, depuis ſon couronnement il a regné enuiron ſix ans : Ayant ordonné des Gouuerneurs en Pologne il retourna en Boëme, où il mourut en la ville de Prague le 23. Iuin 3105.
& laiſſa vn fils portant ſon nom, en l'aage de 16. ans, qui fut traiſtreuſement tué dans ſon lict,
par les pratiques de l'Empereur Albert.

31. Les Eſtats de Pologne aſſemblez dans Cracouie l'an 1306. declarerent derechef Roy le
Prince Vladiſlaus 3. & le remirẽt en poſſeſſion du Royaume : mais parce que les Poſnaniens,
qui auoient la Couronne, ne le voulurent recognoiſtre , il fut couronné en la ville de Cracouie auec ſa femme ſeulement, en l'an 1320. où les habillemens Royaux ont touſiours depuis
eſté gardez. Il eut guerre contre le Marquis de Brandebourg, & fit vn piteux rauage en ſon
païs y menant vne grande armee l'an 1326. qui bruſla 140. que villes, que bourgs, que village
ce qu'il continua l'année ſuiuante. Il mourut le 2. Mars 1333. ayant regné 26. ans & plus, depuis ſon reſtabliſſement.

32. Cazimire 3. ſurnommé le Grand fut ſubrogé par les Eſtats au Royaume apres le deceds
de ſon pere Vladiſlaus, & fut couronné auec Anne ſa femme, fille du Duc de Lituanie le 25.
d'Auril 1333. il ſubiugua la Ruſſie Meridionale, & la reduiſit en forme de Prouince en l'an
1340. & l'an 1347. il fonda la ville de Cazimirie & ſes Temples, en l'an 1349. il conquit pluſieurs villes en la Ruſſie : en l'an 1355. il remit la Maſſouie ſous ſon obeiſſance, l'an 1361. il fonda l'Vniuerſité de Cracouie, & apres auoir regné 37. ans & enuiron 7. mois, il mourut l'an
1370. laiſſant deux filles, qui ne ſuccederent à la Couronne.

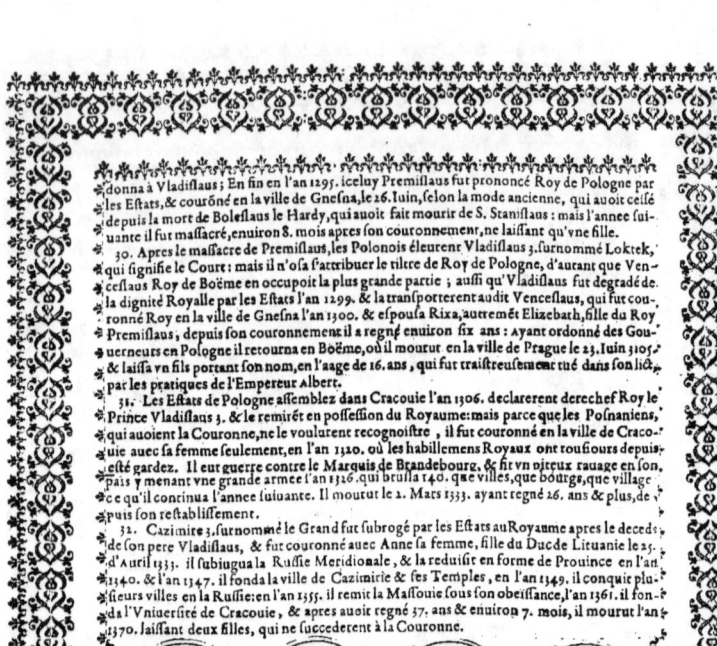

33. Louys Roy de Hongrie nepueu du Roy Cazimire fut par luy inſtitué ſon ſucceſſeur
du conſentement des Eſtats de Pologne : toutesfois quelques Barons de la grande Pologne
s'ennuians d'eſtre gouuernez par les eſtrangers, enuoyerent querir Vladiſlaus dit le Blanc,
nepueu du feu Roy Vladiſlaus 3. en France, où il eſtoit Religieux en l'Abbaye de ſaincte Be-
nigne de Dijon pour le faire Roy. Tellement qu'il obtint diſpenſe du Pape pour aller accepter la condition qu'ils luy offroient : mais il fut fruſtré de ſes intentions, & contraint de ſe
rendre à la maiſon de S. Louys, ce qui aduint en l'an 1375. & ſuiuans : ainſi le Roy Louys fut
paiſible de la Pologne iuſques au 2. de Septembre 1382. ayant regné 12. ans, & laiſſant deux
filles, Marie & Heduige il mourut.

34. Marie fille aiſnee du Roy Louys ſucceda au Royaume de Hongrie, mais les Polonois
eſleurent Heduige la puiſnee pour leur Royne, & la declarerent telle en l'aſſemblee de leurs
Eſtats : toutesfois Ziemouite Duc de Maſſouie ſe miſt en effort de reduire le Royaume en
ſa puiſſance : à quoy il ne peut paruenir, en eſtant empeſché par la Royne Elizabeth, veufue du Roy Louys, mere de Marie & d'Heduige, laquelle Heduige fut le 15. Octobre 1384.
couronnee Royne en la ville de Cracouie. Elle auoit eſté promiſe en mariage par ſon pere à
Guillaume Duc d'Auſtriche, mais le mariage ne fut accompli : parce que les Polonois enuoyerent querir Iagello grand Duc de Lituanie, qui à ſon arriuee ſe fit baptiſer ſolemnellement en la Religion Chreſtiéne le 14. Feurier 138. & nommer Vladiſlaus; quoy fait eſpouſa
la Royne Heduige qui auoit regné 2. ans 4. mois ou enuiron, depuis le deceds de ſon pere.

35. Iagello , autrement Vladiſlaus 4. du nom par le moyen de ſon mariage fut couronné
Roy de Pologne, auquel Royaume il annexa & incorpora d'vn droit perpetuel & inſepara-
ble la Lituanie, & à l'exemple de leur Prince les Lituaniens ſe firent tous baptiſer. L'an 1400.
la Royne Heduige mourut en couche d'vne fille, laquelle deceda bien toſt apres. Et combien
que le Royaume fuſt venu au Roy Vladiſlaus par elle, ſi eſt-ce que les Seigneurs du pays per-
mirent qu'il le retint encores, à condition qu'il eſpouſeroit Anne fille du Comte de Cilie, qui

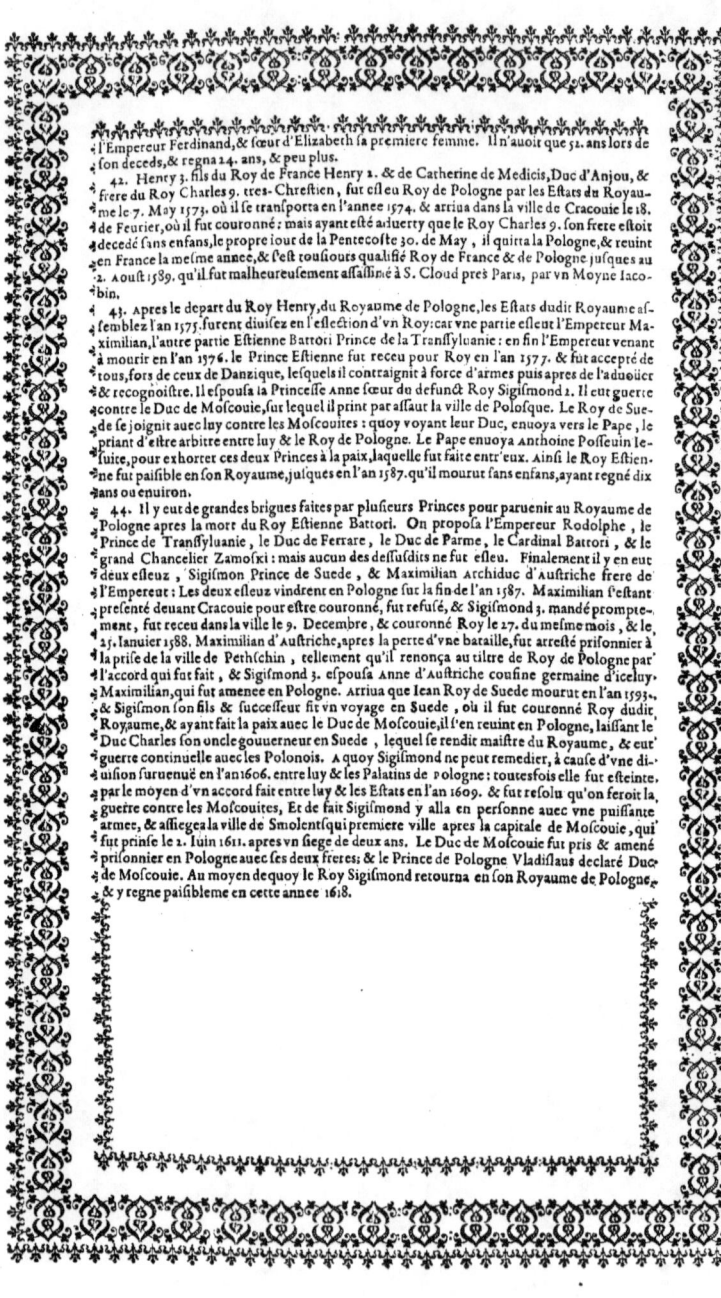

l'Empereur Ferdinand, & sœur d'Elizabeth sa premiere femme. Il n'auoit que 52. ans lors de son deces, & regna 24. ans, & peu plus.

42. Henry 3. fils du Roy de France Henry 2. & de Catherine de Medicis, Duc d'Anjou, & frere du Roy Charles 9. tres-Chrestien, fut esleu Roy de Pologne par les Estats du Royaume le 7. May 1573. où il se transporta en l'annee 1574. & arriua dans la ville de Cracouie le 18. de Feurier, où il fut couronné : mais ayant esté aduerty que le Roy Charles 9. son frere estoit decedé sans enfans, le propre iour de la Pentecoste 30. de May, il quitta la Pologne, & reuint en France la mesme annee, & s'est tousiours qualifié Roy de France & de Pologne iusques au 2. Aoust 1589. qu'il fut malheureusement assassiné à S. Cloud près Paris, par vn Moyne Iacobin.

43. Apres le depart du Roy Henry, du Royaume de Pologne, les Estats dudit Royaume assemblez l'an 1575. furent diuisez en l'eslection d'vn Roy : car vne partie esleut l'Empereur Maximilian, l'autre partie Estienne Battori Prince de la Transsyluanie : en fin l'Empereur venant à mourir en l'an 1576. le Prince Estienne fut receu pour Roy en l'an 1577. & fut accepté de tous, fors de ceux de Danzique, lesquels il contraignit à force d'armes puis apres à l'aduoüer & recognoistre. Il espousa la Princesse Anne sœur du defunct Roy Sigismond 2. Il eut guerre contre le Duc de Moscouie, sur lequel il print par assaut la ville de Polosque. Le Roy de Suede se joignit auec luy contre les Moscouites : quoy voyant leur Duc, enuoya vers le Pape, le priant d'estre arbitre entre luy & le Roy de Pologne. Le Pape enuoya Anthoine Posseuin lesuite, pour exhorter ces deux Princes à la paix, laquelle fut faite entr'eux. Ainsi le Roy Estienne fut paisible en son Royaume, iusques en l'an 1587. qu'il mourut sans enfans, ayant regné dix ans ou enuiron.

44. Il y eut de grandes brigues faites par plusieurs Princes pour paruenir au Royaume de Pologne apres la mort du Roy Estienne Battori. On proposa l'Empereur Rodolphe, le Prince de Transsyluanie, le Duc de Ferrare, le Duc de Parme, le Cardinal Battori, & le grand Chancelier Zamoski : mais aucun des dessusdits ne fut esleu. Finalement il y en eut deux esleuz, Sigismon Prince de Suede, & Maximilian Archiduc d'Austriche frere de l'Empereur : Les deux esleuz vindrent en Pologne sur la fin de l'an 1587. Maximilian s'estant presenté deuant Cracouie pour estre couronné, fut refusé, & Sigismond 3. mandé promptement, fut receu dans la ville le 9. Decembre, & couronné Roy le 27. du mesme mois, & le 25. Ianuier 1588. Maximilian d'Austriche, apres la perte d'vne bataille, fut arresté prisonnier à la prise de la ville de Peth(chin, tellement qu'il renonça au tiltre de Roy de Pologne par l'accord qui fut fait, & Sigismond 3. espousa Anne d'Austriche cousine germaine d'iceluy Maximilian, qui fut amenee en Pologne. Arriua que Iean Roy de Suede mourut en l'an 1593. & Sigismon son fils & successeur fit vn voyage en Suede, où il fut couronné Roy dudit Royaume, & ayant fait la paix auec le Duc de Moscouie, il s'en reuint en Pologne, laissant le Duc Charles son oncle gouuerneur en Suede, lequel se rendit maistre du Royaume, & eut guerre continuelle auec les Polonois. A quoy Sigismond ne peut remedier, à cause d'vne diuision suruenuë en l'an 1606. entre luy & les Palatins de pologne : toutesfois elle fut esteinte, par le moyen d'vn accord fait entre luy & les Estats en l'an 1609. & fut resolu qu'on feroit la guerre contre les Moscouites, Et de fait Sigismond y alla en personne auec vne puissante armee, & assiegea la ville de Smolensk qui premiere ville apres la capitale de Moscouie, qui fut prinse le 2. Iuin 1611. apres vn siege de deux ans. Le Duc de Moscouie fut pris & amené prisonnier en Pologne auec ses deux freres; & le Prince de Pologne Vladislaus declaré Duc de Moscouie. Au moyen de quoy le Roy Sigismond retourna en son Royaume de Pologne, & y regne paisibleme en cette annee 1618.

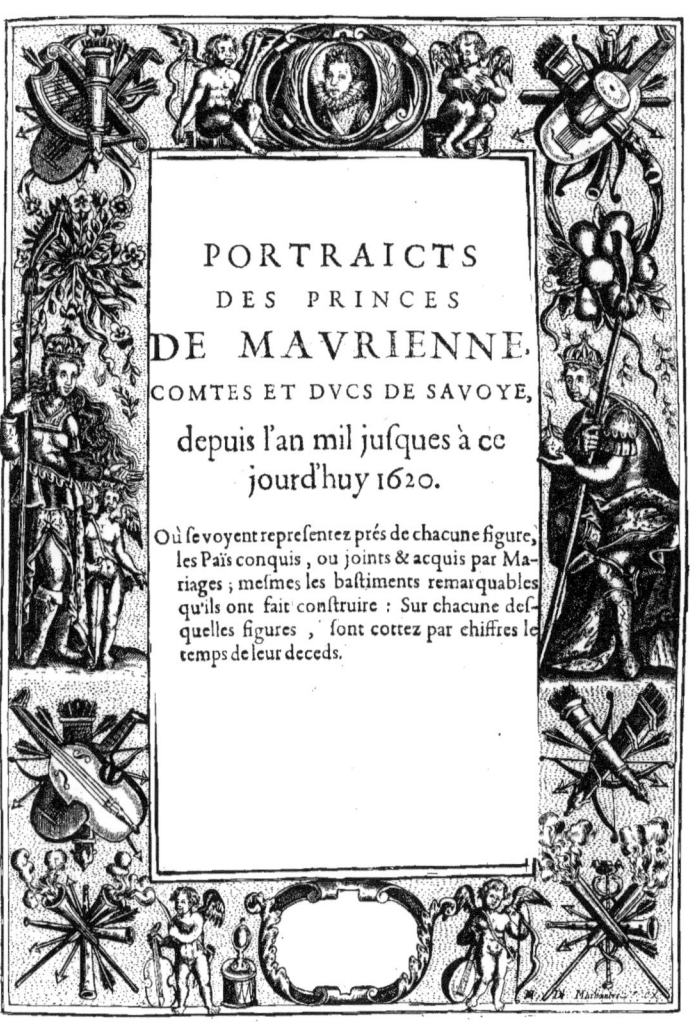

PORTRAICTS
DES PRINCES
DE MAVRIENNE.
COMTES ET DVCS DE SAVOYE,

depuis l'an mil jusques à ce
jourd'huy 1620.

Où se voyent representez prés de chacune figure,
les Païs conquis, ou joints & acquis par Mariages ; mesmes les bastiments remarquables
qu'ils ont fait construire : Sur chacune desquelles figures , sont cottez par chiffres le
temps de leur deceds.

ABBREGE' DE L'HISTOIRE
DES PRINCES DE MAVRIENNE
COMTES ET DVCS
de Sauoye,

OTTHON III EMPEREVR

L'HVEVR DVC SAXON

I. **B**EROLD ou Berald, & par quelques-vns appellé Gerold III.
fils de Hugues premier Duc de Saxe, qui eſtoit frere de
l'Empereur d'Allemagne Othon 3. du nom, fut auec ſes freres Federic & Vlric nourry en la Cour de l'Empereur ſon
oncle paternel, parce qu'il eſtoit en fort bas aage, lors que ſon pere Hugues mourut, & pour ſa vigilance & capacité entra ſi auant en la grace
de ſondit oncle, qu'il ſe rapportoit de tous ſes affaires à ſondit neueu Berald, lequel ayant deſcouuert que l'Imperatrice Marie d'Arragon ſe pro-
ſtituoit à vn ſien Maiſtre d'hoſtel, meu de iuſte douleur les ayant trouuez
couchez enſemble, il les tua d'vn meſme coup d'eſpee. Les parents de
l'Imperatrice voulurent auoir raiſon de cet acte ſi tragique, dont enſuiuit vne guerre contre le Duc de Saxe & ſes freres, laquelle fut aſſoupie
par vn traicté de paix, qui portoit que Berald s'abſenteroit d'Allemagne
pour dix ans. A quoy obeyſſant, il s'achemina en vne partie de Bourgongne, appellee le pays de Vaux, enuiron l'an 998. de noſtre Seigneur, &
ayant nettoyé le pays de nombre de voleurs qui empeſchoient le paſſage
& la liberté des voyageurs, il vint à Arles où eſtoit Bozon Roy de Bourgongne, qui le receut gracieuſement, & l'employa en ſes guerres & plus
importans affaires contre les Geneuois & autres leurs côfederez & alliez.
Meſmes apres le deceds de Bozon, Rodolphe ſon frere ſucçeda au Royaume, & inſtitua le Prince Berald Gouuerneur & ſon Lieutenant general
en Viennois, où il ſe côporta ſi vertueuſemét qu'il gaigna trois ou quatre
batailles ſur les Geneuois & Piedmontois, qui auoient occupé la Vallee de
Maurienne, lequel pays reconquis fut laiſſé au Prince Berald par le Roy
Rodolphe, où ſa femme le vint trouuer, de laquelle il auoit vn fils vnique
nommé Humbert aux Blanches mains, & le Roy Rodolphe eſtant decedé,

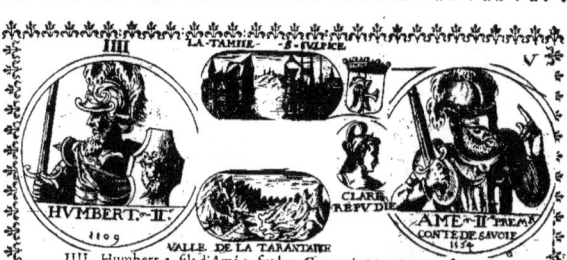

IIII. Humbert 2. fils d'Amé 1. fut le 4. Comte de Maurienne : eſtant vn iour à la chaſſe, il aduint que la beſte qu'il ſuiuoit s'alla rendre pres du lieu où eſtoit vn Comte de Venice, lequel oyant le cry des Veneurs monta à cheual, & vint rencontrer le Comte Humbert & toute ſa trouppe, & luy fiſt le plus grãd accueil & bien venuë qu'il fut poſſible, le feſtoyant en ſa maiſon pluſieurs iours, durant leſquels fut fait le mariage du Comte Humbert, auec la fille dudit Comte de Venice nommée Laurence, qui eſtoit des plus belles de ſon temps, & fut la feſte celebrée en la ville de Carpentras, & en l'an 1080. il eut d'elle fils vn nommé Amé, qui naſquit à Montmelian. Il eut different & guerre contre vn Seigneur de Briançon qu'il rangea à la raiſon, & quelque temps apres il ſubjugua les habitans du pays de la Tarentaiſe, & conquiſt la vallee d'icelle. De ſon temps le Pape Vrbain II. conuoqua vn Concile general en la ville de Clermont en Auuergne, auquel fut entrepris & conclud le premier voyage d'outremer, pour le recouurement de la terre ſainſte, par les prieres & exhortations d'vn Gentil-homme Picard natif d'Amiens, de ſolitaire & ſainſte vie, nõmé Pierre l'Hermite. Pour ce voyage ſe croiſerent pour le moins trois cents mil hommes, & entr'eux y eut pluſieurs grands Princes & Seigneurs, & l'vn d'iceux fut ledit Comte Humbert, lequel fut à la priſe de Hieruſalem, dont Godefroy de Buillon fut eſtably premier Roy. Apres que la Paleſtine fut conquiſe, ledit Comte retourna en ſes pays enuiron l'an 1100. où il fut perſecuté & affligé de grandes maladies, & mourut l'an 1109. ayant gouuerné trente trois ans ou enuiron, laiſſant ſon fils Amé ſucceſſeur de ſes pays, & vne fille nommée Adelis ou Ælis, qui fut mariee auec Louys VI. ſurnommé le Gros, Roy de France, dont eſt iſſu le Roy Louys le Ieune, pere de Philippes Auguſte Dieu-donné. De ſon temps fut le Pape Gregoire VII. nommé auparauant Hildebrand, lequel miſt les Papes hors de page de la main des Empereurs, & fut inſtitué l'Ordre des Chartreux en Dauphiné, par le bon pere ſainſt Brunon natif de Cologne. Ledit Comte Humbert mourut au Palais Royal de la principale ville de Mouſtier en la Tarentaiſe, où il giſt.

V. Amé 1. ou Amedee 4. Comte de Maurienne, fut Prince preux & vaillant au fait des armes. Du viuant de ſon pere il auoit eſté accordé qu'il prendroit à femme Clare ou Clatence, fille du Comte de Geneuois, mais il ne voulut entendre à la conſommatiõ de ce mariage, ains ſe maria auec Guigonne fille du Comte d'Albon, qui fut occaſion de grandes inimitiez entre ledit Comte de Geneuois & luy. Il eut de ſa femme entr'aurres enfans vn fils nommé Humbert qui luy ſucceda. De ſon temps Henry V. eſtant eſleu Empereur d'Allemagne, voulut entrer en la Gaule pour ſe mettre en poſſeſſion du Royaume d'Arles, qu'il pretendoit eſtre des appartenances de l'Empire. Et de faiſt il print ſon chemin par la Maurienne, & pria le Comte Amé de l'accõpagner au voyage de ſon couronnement en Italie ; ce qu'il luy accorda, de ſorte que l'Empereur ayant pris poſſeſſion de la ville d'Arles, il ſe fiſt couronner à Milan, & depuis eſtant arriué à Rome il y fut ſacré & couronné le iour de Paſques l'an 1111. Apres lequel couronnement, le Comte Amé demanda congé à l'Empereur de ſ'en retourner, ce qui luy fut accordé : & pour l'obliger d'auantage, l'Empereur erigea le pays de Sauoye en Comté, & en fiſt proclamer Amé le

parce qu'il n'auoit point d'enfans, son Royaume fut deuolu à l'Empire
par donation, & le gouuernement d'iceluy Royaume demeura audit Berald sa vie durant, par commission de l'Empereur son oncle, En fin apres
auoir tenu la Seigneurie de Maurienne l'espace de 18. ans, il mourut à
Marseille, & fut inhumé à Arles, l'an de salut 1027. du temps du regne de
Robert Roy de France, du Pontifical du Pape Iean 16. & de l'Empire de
Conrad 2 en Occident, & de Constantin 8. Porphyrogenite en Orient.

II

GVIGONNE DALBON

HVMBERT I. 1048.

III

AME I. MARQVIS D'ITALIE 1076.

MARQVISAT DE SVSE   ADELLE

Ieanne de Bourgogne

II. Humbert premier, ou Hundebert fils de Berald, apres la mort de son
pere fut continué par l'Empereur Conrad Gouuerneur du Royaume de
Bourgongne, & le pays de Maurienne ayant esté erigé en Comté, il en
fut le premier Comte. Il eut guerre du commencement à l'encontre du
Marquis de Suse, mais elle fut terminee par vne paix & alliance entr'eux
deux. Car ledit Marquis ayant vne fille vnique nommee Adelle, la bailla
en mariage au Comte Humbert, & par le moyen de ce mariage apres le
deceds du Marquis, ledit Humbert à cause de sa femme succeda audit
Marquisat, & eut de sa femme vn fils qui fut nommé Amé ou Amedee,
qui luy succeda. Il gouuerna son pays en grande paix & tranquillité par
l'espace de vingt ans & plus, & mourut aagé de cinquante ans. Son cops
fut ensepulturé en l'Eglise sainct Iean de Maurienne, par luy augmentee
de rentes & reuenus en l'an 1048.

III. Amé ou Amedee 1. du nom, apres Humbert fut le 2. Comte de Maurienne, & retenant le naturel de son pere, & ensuiuant la nourriture de
sa mere Adelle, il fut Prince doux & pacifique. Il donna secours à Guillaume Comte de Bourgongne, fils de Renaud & d'Alix de Normandie,
contre les Lorrains, & ayant obtenu vne signalee victoire contre Godefroy Comte de Lorraine, il espousa Ieanne fille dudit Comte de Bourgongne, de laquelle il eut vn fils qui fut nommé Humbert; il fut surnommé Cauda, ou à la Queuë, ou longue Queuë, parce que comme il
voulut aller voir l'Empereur d'Allemagne Henry 3. à Veronne, il fut accompagné d'vne grande suitte de Noblesse, & l'Empereur ayant commandé qu'il entrast seul, il fit response qu'il n'y entreroit sans sa queuë
ou suitte, dont aduerty l'Empereur luy donna entree & à sa compagnie,
& le surnomma Cauda, ou la grand' Queuë. Estant de retour en ses pays,
il vesquit en grand repos iusques en l'an 1076. auquel an estant qualifié
du tiltre de Marquis d'Italie par l'Empereur, il mourut & fut enterré auec
son pere en l'Eglise de S. Iean de Maurienne, à laquelle il fist de grands
dons, & l'augmenta de plusieurs bien faicts & belles prerogatiues, il
gouuerna ses pays 28. ans ou enuiron. De son temps l'Eglise Catholique
fut fort troublee à l'occasion de Berengarius Tourengeau, Archidiacre
de l'Eglise d'Angers, qui escriuit des liures touchant le sainct Sacrement
de l'Eucharistie contre la croyance de l'Eglise, & furent tenus trois Conciles contre son heresie, & entr'autres vn à Verceil en Piedmont, où il
abiura son erreur, ce qui est inseré au corps du Decret de Gratian.

mation de l'Hospitalité pour les suruenans. En l'an 1188 le Roy Philippes Auguste fist vn voyage en la terre saincte, où le Comte Humbert l'accompagna, & les Chrestiens prindrent sur les Infideles la ville d'Acre, & peu de temps apres retournerent, & le Comte Humbert incontinent apres son retour tomba en maladie, dont il deceda l'an 1201. & fut inhumé à Haute-Combe, ayant gouuerné 47. ans ou enuiron.

VII. Thomas succeda à son pere Humbert au Comté de Sauoye, estant en bas aage sous le gouuernement du Comte de Bourgongne son oncle maternel, iusques à ce qu'il fut paruenu à l'aage de discretion. Il espousa Beatrix fille du Comte Guy de Geneuois, contre le gré & vouloir de son beau-pere, lequel il print prisonnier, & luy fist ratifier le mariage de sa fille, & faire hommage solennel de son Comté de Geneuois, s'aduoüant vassal & homme lige du Comté de Sauoye. Apres cela il accompagna Louys fils aisné du Roy de France Philippes Auguste en la guerre contre les Albigeois ou Vaudois, auec plusieurs auttres Princes & Seigneurs : D'où estant de retour, il fist plusieurs conquestes au pays de Piedmont, parce que la lignee des Princes de Piedmont estoit faillie, il print Pignerol & Vignon, où il fist bastir des Citadelles, puis Carignan & Montcallier, de sorte qu'il s'acquist le tiltre de Prince Piedmont. Et apres auoir gouuerné ses Estats par l'espace de 32. ans, il mourut l'an 1233. ayant eu de sa femme huict enfans masles & deux filles. Il fut enterré en l'Abbaye de S. Michel pres d'Auillane, au Marquisat de Suse suiuant son testament. CONSTANCE

VAL D'AOVSTE

VIII

AMÉ. III.
1246.

CHABLAIS

IX

BONIFACE.
1256.

VIII. Amé ou Amedee 3. de ce nom, fils aisné du defunct Comte Thomas, apres le decez de son pere fut 4. Comte de Sauoye & 7. de Maurienne, il espousa en premieres nopces la fille du Comte d'Albon, Dauphin de Viennois, laquelle mourut bien tost apres sans enfans, & fut ensepulturee en l'Abbaye de Haute-Combe. Puis il fut marié en secondes nopces auec Cecile fille du Comte Raymond de Prouence, Princesse vn de grande estime & beauté, & de bien ancienne Noblesse, dont il eut vn fils nommé Boniface, & vne fille Constance. Il conquist assisté des forces de son frere puisné, Pierre de Sauoye, le pays de Chablais, & le Val d'Oste; & apres auoir gouuerné treize ans, il mourut à Montmelian 1246. & le 24. Iuin il fut inhumé en ladite Abbaye de Haute-Combe.

IX. Boniface apres la mort de son pere Amé 3. fut 5. Comte de Sauoye, & surnommé Rolland pour sa proüesse. Il eut guerre du commencement contre le Marquis de Montferrat, les Astisans, & les habitans de Thurin qui entreprenoient sur ses terres, desquels il fut victorieux. Et puis il assista Charles de France Comte d'Anjou & de Prouence, au voyage qu'il fist pour secourir Marguerite Comtesse de Flandres, dont estant de retour il assiegea la ville de Thurin, mais les habitans de ladite ville ayant imploré le secours du Marquis de Monferrat & des Astisans, ils furent secourus, & le siege leué, & le Comte Boniface & le Marquis de Saluces furent pris & menez prisonniers sous bonne garde en la ville d'Ast, où le Comte Boniface mourut de desplaisir l'an de salut 1256. ayant regné neuf ans & plus, & fut son corps apporté & inhumé à sainct Iean de Maurienne. Il n'eut aucuns enfans, aussi ne s'estoit-il point marié, & n'auoit qu'vne sœur nommee Constance, qui ne luy succeda au Comté de Sauoye, par ce que c'estoit vn fief Imperial, auquel les filles n'estoient capables de succeder.

premier Comte, & luy en donna l'inuestiture solennelle, à la charge qu'il le tiendroit de l'Empire, & qu'il feroit son premier & principal tiltre, & mesmes luy fist present de la Seigneurie de Baugey, ainsi Amé depuis ce temps-là se qualifia Comte de Sauoye. Estant retourné en son pays, il eut guerre contre le Comte de Geneuois, lequel y perdit la vie, & Amé demeura pacifique. Durant le temps qu'il fut en paix, il fist bastir & construire l'Abbaye & Monastere de S. Sulpice, de l'Ordre de S. Bernard, Abbé de Cleruaux, & vn autre de l'Odre de Cisteaux, qu'il nomma Tamise. Il eut quelque differend auec le Roy de France Louys le Gros son beau frere, qui continua auec son neueu Louys le Ieune, mais il fut appaisé par l'entremise de Pierre le Venerable Abbé de Cluny, & de S. Bernard, lequel en outre persuada au Comte Amé de se croiser contre les ennemis de la foy, & de passer en Syrie, ce qu'il fist au mois de May l'an 1146. comme y allerent aussi l'Empereur Conrad 3. & le Roy de France Louys le Ieune, où apres auoir combatu en plusieurs rencontres les Infideles, ils se deliborerent de retourner chacun en ses pays &seigneuries, & le Comte Amé passant à son retour par l'Isle de Cypre, il y mourut d'vne maladie en l'an 1154. ayant gouuerné son Estat pres de 45. ans. Le Roy de Cypre Guy de Lusignan le fist fort honorablement porter en l'Abbaye du Mont de S. Croix, où il fut inhumé. Il fut creé Lieutenät du S. Empire.

VI. Humbert 3. du nom fut 2. Comte de Sauoye apres le deceds de son pere Amé, il espousa Mathilde ou Mahault, fille du Comte de Flandres Theodoric, & de Sibille d'Anjou, dont il n'eut aucuns enfans, & sa femme estant morte en la fleur de son aage, il en receut vn grand desplaisir, & pour se consoler en Dieu, il entreprist de mener vne vie solitaire en vn Monastere & Abbaye qu'il fist bastir, & nomma Alpine l'an 1163. & y receut l'habit de Religieux, où il demeura plus d'vn an. Mais voyant que les Princes voisins se vouloient preualoir de ce changement de vie, & qu'ils estoient prests d'empieter ses Estats, il laissa la vie Monastique, & se remaria auec Anne fille du Duc de Salinge en Allemagne, de laquelle il eut vne fille nommee Agnes, qu'il voulut marier auec le fils du Roy d'Angleterre Henry 2. Et y auoit apparence que ce mariage eust esté effectué, sinon que sa fille mourut à l'aage de sept ans, & fut bien tost suiuie de sa mere Anne, dont le Comte Humbert receut telle fascherie, que derechef il se retira du monde pour paracheuer ses iours en vn lieu solitaire qu'il fist bastir, & appella l'Abbaye de Haute Combe. Toutesfois il en fut reuoqué par les instantes prieres de ses subjects, & pour la troisiesme fois il se remaria auec Pernelle fille du Comte de Bourgongne, qui estoit veufue d'vn Duc d'Austriche, de laquelle bien tost apres il eut vn fils nommé Thomas, & pour en rendre graces à Dieu, le Comte fonda vn Prieuré sous le nom de S. Maurice, qui depuis a esté appellé le Bourget, & fonda aussi vne belle Chapelle en la grande Chartreuse auec la

XII   XIII

Blanche de Bourgogne

Sibylle

AME. III.
1323.

BRESSE ET BEAVGE

ESDOVART.
1329.

XII. Amé ou Amedee 4. de ce nom, surnommé le Grand, tant à cause
de ses hauts faicts d'armes, qu'à raison de sa hauteur & beauté corpo-
relle, fut Comte de Sauoye apres son oncle; il fut nourry dés sa ieunesse en Italie où son oncle l'auoit mené, & y fut fait Cheualier. Il eut
pour femme Sibylle Comtesse de Baugey & Dame de Bresse, par le moyen
duquel mariage les Seigneuries de Bresse & de Baugey vindrent à la
Maison de Sauoye. Il eut guerre contre le Comte de Geneuois, aidé
de Humbert Dauphin de Viennois, où le frere aisné dudit Amé fut tué.
Il eut de sa femme deux fils, Edoüart & Amé, auec trois filles. La ville
d'Iuree se mist en sa puissance, & sous son obeyssance. Il print sur le
Comte de Geneuois les villes de sainct Germain & d'Amberieu. De son
temps le Roy de France Philippes le Bel alla pour la derniere fois contre
les Flamans, où le Prince Edoüard de Sauoye fils du Comte Amé l'accompagna, comme aussi l'Empereur Henry de Luxembourg passa par la
Sauoye, d'où le Comte Amé luy fist compagnie iusques à Rome, & assista
à son sacre & couronnement. Ledit Empereur creea le Comte Amé
Prince de l'Empire, il ayda grandement les Cheualiers de sainct Iean
de Hierusalem en la prise de Rhodes, qui fut cause que l'escu de Sauoye
fut à perpetuité decoré du sainct signe & armoiries de la Religion
l'Hospital de sainct Iean de Hierusalem, & que les Comtes de Sauo
prindrent pour leur deuise F. E. R. T. signifians *Fortitudo eius Rhodum*
tenuit, qui est à dire : Sa force a obtenu Rhodes. En fin le Comte Amé
estant allé en Auignon vers le Pape, pour auoir secours de luy contre
l'armee des Ottomans pour l'Empereur de Constantinople son gendre,
il y mourut l'an 1323. & fut inhumé à Haute-Combe, ayant regné dixhuict
ans ou enuiron.

XIII. Edoüart apres le deceds de son pere Amé, succeda au Comté de
Sauoye, & ayant receu l'Anneau de sainct Maurice, il en print possession. Il estoit de taille de corps grand, puissant & allegre, fort adroit
aux armes, & tres-liberal. Il eut guerre contre le Seigneur de Foucigny
son beau-frere, qu'il deffit par deux fois, & pareillement le Comte de
Geneuois, mais en fin il perdit la bataille de Varey, qui fut cause que le
Comte Edoüart se retira pardeuers le Duc de Bourgogne Eude son
beau-frere, & de là en Bretagne vers le Duc de Bretagne, pour auoir
secours d'eux; & estant venu à Paris faire ses doleances au Roy Philippe
de Valois, il demeura malade cinq ou six iours seulement, & y mourut
l'an 1329. ayant gouuerné pres de six ans. Son corps fut embaumé, &
mené à Haute-Combe où il fut enterré.

PIERRE I. 1268.

COMTE DE BOVRGONGNE

PHILIPPE. 1285.

X. Estant la succession de Sauoye par la mort du Comte Boniface de-uoluë à Pierre de Sauoye son oncle paternel, fils du Comte Thomas, il s'en mist en possession, & receut les hommages & autres droicts de fide-lité que luy firent les Seigneurs & Gentils-hommes du pays. Apres cela se voulant vanger de la mort de son neueu Boniface, il assiegea Thurin, qui luy fut renduë apres vn long siege. Il eut guerre côtre le Duc de Cho-phinguen qu'el'Empereur auoit enuoyé pour gouuerner Chablais & le Val d'Oste dependans de l'Empire, où ledit Duc fut pris prisonnier, & le Comte se voyant victorieux, entra au pays de Vaux qu'il conquist. Il fist vn voyage en Angleterre pour visiter la Royne Alienor sa niepce, fille de sa sœur Beatrix Comtesse de Prouence ; & durant son absence le Comte de Geneuois son voisin, pour luy nuire, fist reuolter contre luy ceux du pays de Vaux, dont aduerty le Comte s'en reuint accompagné de quatre mil hommes de guerre, que le Roy Edoüard d'Angleterre luy auoit bail-lez, par l'assistance desquels il assiegea & print les Chasteaux de Clees & de Roüé, & estant prest de donner bataille au Comte de Geneuois, il s'accorda auec luy par le moyen d'vne paix qui fut traictee entr'eux, par les Comtes de Bourgongne & de Mascon ses voisins. Puis apres il alla voir l'Empereur Richard d'Angleterre son oncle, pour luy faire homma-ge des Comtez de Maurienne & de Sauoye ; ce qu'ayant fait, il demanda l'inuestiture des pays de Chablais, d'Oste, & de Vaux, ce qui luy fut bien tost accordé. Estant de retour d'Allemagne, il fut affligé d'vne longue maladie, dont en fin il mourut sans enfans, & institua son heritier & suc-cesseur au Comté de Sauoye & autres Seigneuries, son frere Philippes de Sauoye, laissant à sa fille Constance qu'il auoit mariee au Comte d'Al-bon, de grands legs & donations. Ayant gouuerné douze ans, il deceda en l'an 1268. & fut enterré à Haute-Combe.

IX. Philippes apres le deceds de son frere succeda au Comté de Sauoye, lequel print à femme en la ville de Salins Alix Comtesse Palatine de Bourgongne, fille vnique & heritiere vniuerselle d'Othon Comte Pala-tin de Bourgongne, qui estoit descendu de l'Empereur Frederic Barbe-rousse. Il fut par le moyen dudit mariage Comte de Bourgongne, & peu de iours apres luy vindrent nouuelles de la mort du Comte de Sauoye son frere decedé sans enfans masles, de sorte que la succession dudit Comté luy escheut, dont il print possession, receuât les fidelitez & hom-mages des Seigneurs du pays, & l'Anneau de S. Maurice. Il fut appellé Comte de Bourgongne & de Sauoye, & gouuerna lesdits pays en grande paix & tranquillité par son sens, sagesse & grande experience qu'il auoit acquise dés son ieune aage, estant nourry aux affaires d'Italie & au faict du gouuernement & patrimoine de l'Eglise auec son frere Thomas. Il fut toutesfois pour la pluspart du temps malade d'hydropisie qui luy dura dix ans entiers, pendant lesquels voyant qu'il estoit hors d'espoir d'auoir des enfans, il fist venir deuant luy ses trois nepueux, enfans de Thomas de Sauoye son frere, & de Beatrix de Fiesque sa femme, ausquels par testa-ment il fist partage de ses terres & Seigneuries, & nommément donna à Amé puisné le Comté de Sauoye, & l'Anneau de S. Maurice. Il donna aussi aux pauures ses beaux & riches meubles & ioyaux, & des ornements somptueux à l'Abbaye de Haute Combe, où il auoit esleu sa sepulture, & où son corps fut porté apres qu'il fut decedé, qui fut en l'an 1285.

phiné, & Humbert se rendit Religieux de l'Ordre de sainct Dominique au Conuent de Lyon, & depuis fut Archeuesque de Rheims, &
Patriarche d'Alexandrie, & mourut à Paris l'an 1355. & est inhumé en
l'Eglise des Iacobins dudit lieu. Apres ceste acquisition le Dauphiné
fut donné en tiltre à Charles fils aisné du Roy Iean, car la vente en auoit
esté faite à condition que les fils aisnez des Roys de France s'intitule-
roient Dauphins de Viennois, prenans le nom & armes du Dauphiné
escartelees auec l'escu de France. Cela donna occasion au Comte de
Sauoye de rechercher l'amitié & alliance du Roy Iean, & de son fils
aisné, & pour empescher les occasions de guerre à l'aduenir, il fut accordé que le Comte Amé prendroit à femme Bonne sœur du Duc Louys
de Bourbon, & les limites de Sauoye & Dauphiné furent bornez par
la riuiere du Guyer. Le Comte Amé quelque temps apres son mariage
accomply, institua l'Ordre de l'Annonciade: il donna le collier de l'Ordre à 14. Cheualiers de choix & eslite, & luy faisoit le 15. estant Chef
& grand Maistre dudit Ordre. Pour enseigne ils portoient vn grand
collier d'or fait à trois lacs d'amour, dedans lesquels estoient entrelassez
ces mots, FERT. FERT. FERT. qui est la deuise des Côtes de Sauoye,
& au bas dudit collier pendoit vne Image de l'Annonciation faicte par
l'Ange Gabriel à la Vierge Marie Mere de Dieu. Il fonda aussi vne Religion & Monastere de Chartreux au lieu de Pierre Chastel, pour prier
Dieu pour le salut des Cheualiers dudit Ordre. Il combatit vaillamment
& heureusement contre le Roy de Bulgarie, qui tenoit prisonnier l'Empereur Alexius, lequel il remist en l'Empire de Constantinople, & fit en
Orient plusieurs beaux exploicts de guerre, & estant de retour il eut
guerre contre les Vicomtes Seigneurs de Milan, qui auoient empieté sur
ses terres pendant qu'il estoit absent. L'Empereur Charles 4. passant par
la Sauoye, fut par luy magnifiquement traicté à Chambery, mesmes il fut
faict vn festin tres-sumptueux, où les plats de viande estoient portez par
les Barons & Seigneurs, montez sur de grands & braues coursiers qu'ils
bailloient au Maistre d'Hostel, pour les poser sur la table dudit Empereur, lequel crea ledit Comte de Sauoye Prince du sainct Empire, & Vice
Empereur perpetuel, luy ayant baillé l'inuestirure de tous ses tiltres &
dignitez. Finalement il accompagna le Duc d'Anjou en la guerre pour le
recouurement du Royaume de Naples, apres auoir marié son fils aisné
aussi nommé Amé, Seigneur de Bresse, auec Bonne fille du Duc de Berry
auquel Royaume ils prindrent aucunes villes, mesmes la cité Royale
nommee l'Aigle, Montessard, & S. Estienne, auquel lieu print vne griefue
maladie au Comte Amé, dont il deceda, au grand regret du Duc d'Anjou, & de toute l'armee de France, mesmes de ses ennemis. Il eut de sa
femme Bonne de Bourbon deux fils, Amé & Louys. Il vescut enuiron
50. ans, en regna 40. & mourut le premier ou deuxiesme de Mars 1383.
Aucuns disent qu'il mourut à Caponé

XVI. Amé ou Amedee 7. appellé le Rouge, douziesme Comte de Sauoye, apres le deceds de son pere le Comte Verd entra au regime & principauté de Sauoye en l'aage de 23. ans. Il remist en son siege l'Euesque de
Sion Messire Edoüart de Sauoye, fils de Philippe Prince de la Morée,

AME. V.   Bonne de Bourb   AME. VI.
1342   1383

IACOPINS-DE- LA SAINCTE CHAPELLE LA-NVNCIADE
MONTMELIAN- DE-CHAMBERI

MARGVERITTE IOLE de Montferrat

XIV. Amé ou Amedee 5. fut appellé au Comté de Sauoye apres la
mort de son frere Edoüart, la fille vnique d'iceluy nommee Marguerite femme du Duc de Bretagne, en ayant esté excluse par les Estats de
Sauoye. Ayant pris possession dudit Comté, & receu l'Anneau de sainct
Maurice, il se maria auec Iole ou Yolant, fille du Marquis du Montferrat, dont il eut entr'autres vn fils qui fut nommé Amé, & d'autres
enfans. Il attira à son alliance les Comte de Geneuois & Seigneur de
Geix, & fist la guerre au Comte de Geneuois, sur lequel il reprint le
chasteau de Monthous, & le deffist en bataille; puis il fist bastir deux
chasteaux, l'vn appellé les Marches, & l'autre les Mottes, pour asseurer
la ville de Chambery. En fin par le moyen & entremise du Roy de France Philippes de Valois, l'appointement & accord fut faict entre les deux
Maisons de Sauoye & Dauphiné. Le Comte Amé estant en paix, fist
construire l'Eglise des Iacobins ou freres Prescheurs de Montmelian,
& la saincte Chapelle de Chambery. Bref, il fut toute sa vie grandement
honoré de ses voisins, fort aymé de la Noblesse, & de tous ses subiets.
Il laissa vn sien fils vnique nommé Amé, duquel eut la charge & tutelle
Louys de Sauoye son cousin, & apres auoir gouverné ses Estats douze ou
treize ans, il mourut l'an 1342. & fut enterré en la Chapelle de l'Abbaye
de Haute-Combe, où il a recueilly & ramassé tous les ossements de ses
predecesseurs.

XV. Amé ou Amedee 6. du nom, fut l'vnziesme Comte de Sauoye
apres que son pere Amé 5. fut decedé, n'estant aagé que d'enuiron
neuf ans, qui fut cause qu'il fut sous la tutelle de son cousin Louys de
Sauoye Seigneur de Vaux, & du Comte Amé de Geneuois son Parrain,
qu'il luy baillerent l'Anneau de S. Maurice, qu'il portoit ordinairement
auec luy. Pour auoir vn premier iour de May emporté l'honneur de
Cheualerie en vn Tournoy general, estant armé & vestu & tous ses
gens de Sendal verd, & ses cheuaux bardez caparassonnez & empen-
nachez de verd, il print si grand plaisir à ceste couleur verde qu'il s'en
vestoit ordinairement, & de là il fut surnommé le Comte verd Apres
le deces de Robert Roy de Naples, vne partie de la Seigneurie & Comté de Piedmont, se mist sous l'obeyssance du Comte de Sauoye, & de
Iacques de Sauoye Prince de la Moree. L'Euesque de Sion estant chassé
de son Siege par la rebellion des communautez du pays de Valois,
vint à refuge au Comte Amé, luy demandant aide & secours, ce qui
luy fut accordé, & par l'assistance dudit Comte il fut remis en son Siege,
& ses subiects rebelles furent amenez à raison. Ledit Comte eut
guerre contre le Dauphin de Viennois, sur lequel il print par force
quelques villes, ce qui donna occasion au Dauphin Humbert qui n'a-
uoit point d'enfans de mettre sa Seigneurie & principauté de Dauphiné
entre les mains du Roy de France, pour la defense des inuasions & entreprises dudit Comte de Sauoye, & de faict ledit Roy achepta le Dau-

XVIII — **XIX**

ANNE DE CYPRE — CHARLE ISABELLE DE FRANCE

LOYS·FILS DAME VIII 1466 — AMÉ·VIII· 1474 — PHILBERT

XVIII. Louys fils d'Amé, fut premierement nommé Comte de Geneuois, & puis fon pere entrant en l'Hermitage de Ripaille, il fut Prince
de Piedmont, & depuis fondit pere ayant efté efleu Pape en l'an 1439. il
fut proclamé fecond Duc de Sauoye. Il fut Prince gracieux, fort fimple,
& debonnaire, & heritier de fon pere, tant en fes biens qu'en fes fainctes
conditions, douceur, lenité & manfuetude. Il eut de fa femme Anne de
Cypre plufieurs enfans mafles, & des filles, l'aifnee defquelles nommee
Charlotte de Sauoye, fut mariee auec le Dauphin de France, fils du Roy
Charles VII. qui fut depuis Roy, & nommé Louys XI. Son fils aifné
nommé Amé Prince de Piedmont efpoufa Madame Yoland de France,
fille dudit Roy Charles VII. & fon puifné nommé Louys, fut marié auec
fa coufine germaine Charlotte, fille vnique & heritiere du Roy de Cypre, & ainfi à caufe de fa femme il fut Roy de Cypre, mais luy & fa femme furent priuez dudit Royaume par Iacques le baftard, affifté des forces
du Soudan d'Egypte. Le Duc Louys eftablit à Thurin vn Parlement en
l'an 1459. & depuis long temps apres f'eftant faict porter à Lyon pour y
voir le Roy Louys XI. fon gendre, il y mourut l'an 1466. ayant efté Duc
vingt·fix ans entiers: fon cœur fut inhumé au milieu du chœur de l'Eglife
des Celeftins dudit Lyon, qu'il auoit faict baftir du viuant & par le commandement de fon pere Amé, & fon corps fut apporté à Geneue, où il
fut enterré auprès de fa femme Anne de Lufignan.

XIX. Amé ou Amedee neufiefme du nom, fut troifiefme Duc de Sauoye
apres la mort de fon pere Louys, decedé en l'an 1466. Il fut femblable à
fon pere & ayeul en bonté, fimplicité, innocence, humilité, iuftice,
religion, douceur & debonnaireté. Il fut fubject au mal caduc qu'on
appelle Epilepfie: Il eut de fa femme Yoland de France, qu'autres appellent Ifabelle, Philebert & Charles, qui furent tous deux fucceffiuement
Ducs de Sauoye. Ledit Duc·Amé eftant en la ville d'Orleans mourut
d'vne difenterie ou flux de ventre, à la fin du mois de Iuin 1471. & fon
corps fut apporté à Verceil où il eft enterré. Philippe de Bergame efcrit
qu'à la fepulture dudit Duc il fe fit plufieurs miracles. Il auoit toufiours
efté fort charitable & tres-liberal enuers les pauures, il regna près de
cinq ans.

XX — **XXI**

PHILBERT 1482 — Blanche Marie de Milan. Blanche de Montferrat — CHARLE· 1490·

XX. Philebert I. du nom apres le deceds de fon pere Amé 9. fut quatriefme Duc de Sauoye, mais parce qu'il eftoit en bas aage, il fut fous la
tutelle de fa mere Yoland de France, laquelle le gouuerna fagement par

que les communes de Valois auoient chaffé, lefquelles il reduift fous
l'obeyffance de leur Euefque & Seigneur. Les habitans de la ville de Nice
en Prouence le receurent pour Seigneur, il print d'eux le ferment de
fidelité, ainfi il ioignit la principauté de Nice à la Sauoye. Tout le
temps que le Comte Amé le Rouge vefquit, il aima fur tous plaifirs le
deduit de la chaffe, & vrayement par trop il l'aima. Car vn iour comme il
fuiuoit vn Sanglier en la foreft de l'Orme à courfe de cheual, le vouant
fortir du bois, il picqua fi roidement apres pour y eftre des premiers &
le voir enferrer, qu'il tomba de fon cheual qui f'eftoit cabré, & fe bleffa
en la cuiffe, qui luy caufa vna inflammation dont il mourut le iour de la
Touffainéts 1391. ayant regné huiét ans ou enuiron. Il eft inhumé à
Haute-Combe.

XVII. Amé ou Amedee 8. du nom, apres le deceds de fon pere Amé 7.
fucceda au Comté de Sauoye aagé feulement de 8. ans, lequel demeura
en la charge de fa mere Bonne de Berry; fage & vertueufe Princeffe.
Eftant paruenu à l'aage de 10. ans. il confomma le mariage d'entre luy &
la fille de Philippes le Hardy Duc de Bourgongne, qui auoit efté contracté
entr'eux eftans au berceau. Dés fon ieune aage il print grand plaifir
à baftir, & ayant choifi vn lieu fort delectable fur le Lac de Geneue
nommé Ripaille, à demie lieuë de la ville de Thonon, il y commença vn
Chafteau de plaifance qu'il aima toute fa vie depuis, & y finit fes iours.
Il donna aux Celeftins la maifon des Templiers de Lyon, & commanda à
fon fils Louys d'y faire baftir vne Eglife. Il enuoya du fecours à fon beau-
frere le Duc Iean de Bourgongne pour la guerre qu'il auoit contre les
Liegeois. L'Empereur Sigifmond en l'an 1415. vint à Paris, & y fut accompagné par le Comte Amé, comme l'vn des 1. Comtes du S. Empire,
& en l'an 1417. ledit Empereur erigea le Comté de Sauoye en Duché, &
en fift proclamer folennellement Amé premier Duc, lequel Duc moyenna la paix entre le Roy Charles 7. & Philippes le Bon Duc de Bourgongne. L'an 1430. il inftitua & eftablit vn Senat ou Parlement à Chambery,
& l'an 1415. il maria fon fils Louys auec Anne fille vnique de Iean de Lufignan Roy de Cypre, & les nopces furent celebrees audit Chambery. Le
Duc Amé ayant atteint l'an 56 de fon aage, delibera de quitter le monde,
& de finir le refte de fes iours en vne folitude; & de faiét ayant laiffé en
l'an 1419. à fon fils Louys fes principautez, il fe retira à Ripaille où il y
auoit vn Prieuré de l'Ordre de S. Maurice, & là print l'habit d'Hermite
felon ledit Oordre, auec dix de fes Cheualiers & Gentil-hômes domefti-
ques. Peu de temps apres il fut efleu Pape par les Peres du Concile de
Bafle, apres auoir depofé le Pape Eugene 4. & fut nommé Felix 5. Ce qui
caufa vn fchifme en l'Eglife, d'autant qu'en Iralie & en France Eugene 4.
fut toufiours recogneu pour Pape, lequel fchifme dura plus de neuf ans,
mais il fut appaifé par l'entremife des Roys de France, d'Angleterre, &
de Sicile, qui firent en forte que le Pape Felix fift ceffion du Papat au
Pape Nicolas cinquiefme, qui auoit efté efleu à Rome, apres le deceds
d'Eugene 4. Ce qui aduint en l'an 1449. au mois de May. & le Duc Amé
demeura Cardinal Euefque de Sabine, Legat & Vicaire perpetuel du
S. Siege Apoftolique, & retourna en fô Hermitage à Ripaille, où il vefquit
le furplus de fa vie faincstrement, iufques en l'annee 1412. qu'il mourut le
fixiefme an du Pontificat dudit Nicolas 5 aagé de 69 ans ou enuiron, & eft
enterré en l'Eglife Cathedrale de Laufane. Il gouuerna fes Eftats 48. ans,

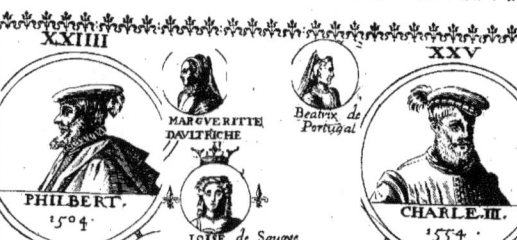

XXIIII   MARGVERITTE DAVLTRICHE   Beatrix de Portugal   XXV

PHILBERT. 1504   LOISE de Sauoye   CHARLE.III 1554

XXIIII. Philbert 2. furnommé le Bel, fucceda au Duché de Sauoye apres le deceds de
fon pere Philippes 2. & en fut le 8. Duc. Il fut nourry en la Cour du Roy de France auec
le Roy Charles VIII. fon coufin germain, lequel il accompagna à la conquefte du
Royaume de Naples: mais fon pere voyant que la pefte femeroit en l'armee du Roy, le
renuuya de Naples en Sauoye. Puis venant le Roy Louys XII. à la Couronne, il affifta
ledit Roy à la conquefte de Milan. Il efpoufa Marguerite d'Auftriche fille de l'Empereur Maximilian en l'an 1501. de laquelle il n'eut point d'enfans, & approchant de l'aage
de vingt cinq ans, il mourut d'vne pleurefie en Septembre 1504. ayant efté Duc pres de
fept ans. Sa veufue memorative du vœu que le Duc Philippe 2. pere dudit Philebert 2.
auoit faict de fonder & faire baftir vn Monaftere au lieu de Brou, pres de Bour en Breffe,
elle fit baftir ledit Monaftere ou Abbaye de Brou, qui eft le plus fuperbe & triomphant
edifice, & de la plus plaifante ftructure, pour vn ouurage à la moderne qui foit en
l'Europe. On fut trente cinq ans à conftruire & parfaire ladite Abbaye, où fut inhumé
ledit Duc Philebert auec fa mere & fa femme, & on dit que le baftiment coufta fix-vingts
mille efcus.

XXV. Charles 3. du nom, & 9. Duc de Sauoye, furnommé le Bon, fut fils de Philippes 2.
& de Madame Claude Comteffe de Penthieure, & fucceda au Duché de Sauoye apres
la mort de Philebert 2. fon frere confanguin, & y fut receu l'an 1504. en Septembre, en
excluant Louyfe de Sauoye, qui fut mere du Roy François premier, fœur germaine
dudit Philebert. Il eut pour femme Madame Beatrix de Portugal fille du Roy Emanuel
de Portugal, Princeffe de beauté & vertu indicible, dont il eut deux fils, Charles qui deceda en Efpagne en la Cour de l'Empereur Charles V. fon oncle, & Emanuel Philebert
qui fut Duc de Sauoye apres fon pere. Eftant paruenu à la dignité Ducale, il gouuerna
fon peuple en grande paix & tranquilité iufques en l'an 1516. que le Roy François premier vint reconquerir le Duché de Milan, où il gaigna vne bataille tres-fanglante contre les Suiffes, & apres fa victoire vint à Chambery voir le fainct Suaire de noftre Sauueur, où il fut receu en grand honneur par le Duc Charles fon oncle maternel. Puis fur-
uindrent les guerres & efmotions à caufe du changement de la Religion introduict par
Luther, de forte que ceux de Geneue s'exemptent de l'obeyffance de leur Euefque.
En fin ledit Roy François premier, ayant de grandes pretenfions fur la Sauoye, tant de
fon chef comme Roy de France, qu'à caufe de Louyfe de Sauoye fa mere, qui eftoit fœur
germaine du Duc Philebert 2. fift la guerre en Piedmont en l'annee 1536. & fuiuantes,
de forte que le Duc Charles fut priué d'vne grande partie de fon Eftat, par l'efpace de
dix-neuf ans, iufques en l'an 1554. qu'il mourut à Verceil ayant vefcu pres de foixante-
fept ans, & regné cinquante ans.

XXVI   Marguerite de France   XXVII

EMANVEL PHILBERT. 1580   Catherine D'efpagne   CHARLES EMA NVEL ENCORE VIVANT.

XXVI. Emanuel Philebert 10. Duc de Sauoye, fucceda au bon Duc Charles 3. fon
pere. Il fut nourry en la Cour de l'Empereur Charles V. fon oncle maternel, où il fut
Chef & Capitaine de l'efcadron Imperial eftant compofé de quatre mil cheuaux. Depuis
le deceds dudit Empereur il entra au gouuernement de l'Eftat des Pays-bas, fous le regne de Dom Philippes 2. Roy d'Efpagne fon coufin germain, lequel le fift General
d'armes contre les François, & fe trouua à la bataille de S. Quentin le iour de S. Laurent
1557. où l'armee Françoife fut defaicte. Finalement la paix fut faicte entre les Roys
Henry 2. & Philippes 2. par laquelle la fille ainee du Roy Henry 2. Madame Ifabelle de
France fut accordee auec le Roy Dom Philippes 2. Et Madame Marguerite de France

l'eſpace de dix ans, auec l'Eueſque de Geneue ſon oncle, mais ce ne fut
ſans beaucoup de peine. Car elle fut conſtituee priſonniere par le Duc de
Bourgongne, toutesfois elle fut deliuree par le moyen du Roy Loüys XI.
ſon frere, qui la renuoya en Sauoye en liberté. Le Duc Philebert fut marié auec Blanche Marie, fille de Galeas Vicomte Duc de Milan, à raiſon
dequoy le Duc Galeas print en ſa charge & ſauuegarde le ieuñe Duc Philebert, & le garantit d'vne conſpiration que l'Eueſque de Geneue ſon
oncle auoit braſſee contre luy, lequel fut faict priſonnier à Thurin, mais
ledit ieune Duc eſtant venu à Lyon en l'an 1482. il mourut de maladie,
aagé de ſeize ans huict mois, ayant regné vnze ans.

XXI. Charles 1. du nom frere de Philebert 1. & ſecond fils d'Amé 9. fut 5.
Duc de Sauoye apres la mort de ſon frere decedé ſans enfans, il eut pour
femme Blanche fille de Guillaume Marquis de Montſerrat, & d'Elizabet
de Milan fille de François Sforce, de laquelle il laiſſa vn fils auſſi nommé
Charles. Ce Duc Charles fut Prince autant vaillant & magnanime qui de
ſon temps ait veſcu. Il eut differend auec Loüys Marquis de Saluces pour
la recognoiſſance de ſuperiorité, car ledit Marquis ne voulant faire
hommage au Duc, il fut à force d'armes chaſſé du Marquiſat, & en iouyt
ledit Duc par l'eſpace de trois ans, iuſques au 14. de Mars 1490. qu'il
mourut à Pignerol aagé de 22. ans ou enuiron, ayant regné huict ans.
Il eſt enterré aux Cordeliers dudit Pignerol.

Marguerite de
Bourbon

CHARLE. II   PHILIPPE.
1490   1497
ABAIE DE BROV

XXII. Charles 2. du nom eſtant aagé ſeulement de 8 mois, ſucceda à ſon pere Charles 1.
au Duché de Sauoye, ſous l'adminiſtration & gouuernement de Blanche de Montſerrat
ſa mere, laquelle ſe conduiſoit par le conſeil de Philippes de Sauoye, Comte de Breſſe,
grand oncle de ſon fils, Prince fort redouté, qui auoit de grands Eſtats en France, eſtant
Chambellan, grand Maiſtre de France, Cheualier de l'Ordre ſainct Michel, de n'agueres
erigé par Loüys XI. Gouuerneur du Dauphiné, & Capitaines de cent hommes d'armés,
de ſorte que ladite Ducheſſe gouuerna fort paiſiblement & heureuſement la Sauoye, &
receut fort honorablement le Roy Charles 8. allant conquerir le Royaume de Naples,
paſſant par Suſe & Thurin, auquel elle preſta ſes bagues & ioyaux. Mais le ieune Duc
mourut à l'aage de ſept ans, le 16. Auril 1496. & ſa mere ne gouuerna la Sauoye ſous le
nom de ſondit fils que ſix ans quatre mois ou enuiron.
XXIII. Philippes 2. du nom Comte de Breſſe, apres le decés de Charles 2. ſon petit
nepueu, fut 7. Duc de Sauoye Il eſtoit fils de Loüys fils d'Amé 8 qui fut le premier Duc
de Sauoye, & frere d'Amé 9. & parce qu'il vouloit entreprendre contre ſon pere le Roy
Loüys XI. qui à cauſe de Charlotte de Sauoye eſtoit beau-frere dudit Philippes, le retint
deux ans priſonnier à Loches, mais eſtant en liberté il eſpouſa Margueri te de Bourbon,
fille de Charles Duc de Bourbon, & ſuiuit quelque temps le party de Charles Duc de
Bourgongne contre le Roy Loüys ſon beau-frere, lequel trouua moyen de luy faire
quitter le party de Bourgongne, luy donnant de grands Eſtats en France, où depuis il
fit de grands ſeruices audit Roy Loüys XI. & à Charles VIII. ſon fils. Il eut de ſa femme
Marguerite de Bourbon Philebert qui luy ſucceda au Duché, & Louyſe de Sauoye qui
fut mariee à Charles Comte d'Angouleſme, dont naſquit le Roy François premier de ce
nom, & vne autre fille nommee Phileberte, qui fut femme du magnifique Laurent de
Medicis frere du Pape Leon X. & de Claude fille du Comte de Peanhieure de la maiſon de
Bretagne ſa ſeconde femme, il eut Charles qui ſucceda à ſon frere Philebert audit Duché,
& Philippes de Sauoye Duc de Nemours & Comte de Geneuois, pere de Monſieur le
Duc de Nemours. Il eut vn fils naturel nommé René, qui fut grand Maiſtre de France,
duquel ſont venus les Comtes de Tende & de Vilſars. Il ne fut Duc qu'vn an, ſix mois,
& 21. iour, & veſquit 59 ans, vnze mois, & trois iours, car il mourut en la ville de Chiam-
bery le ſeptieſme Nouembre 1497.

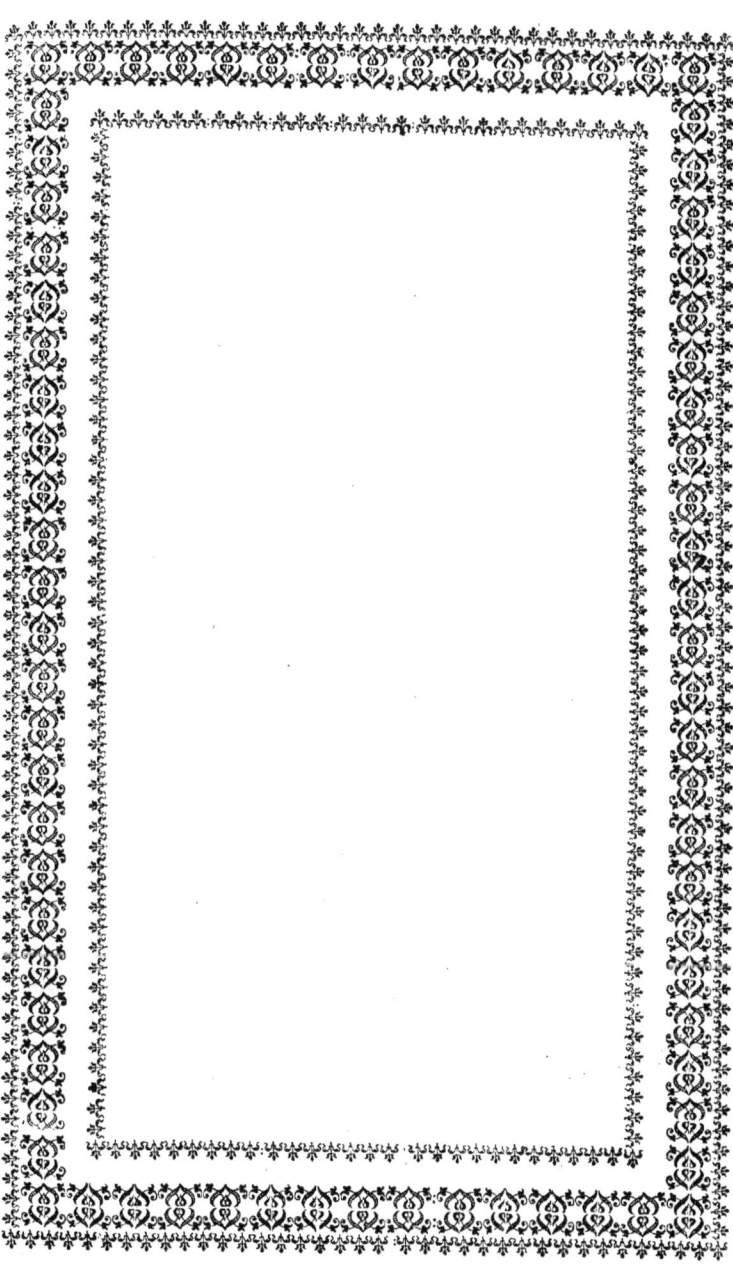

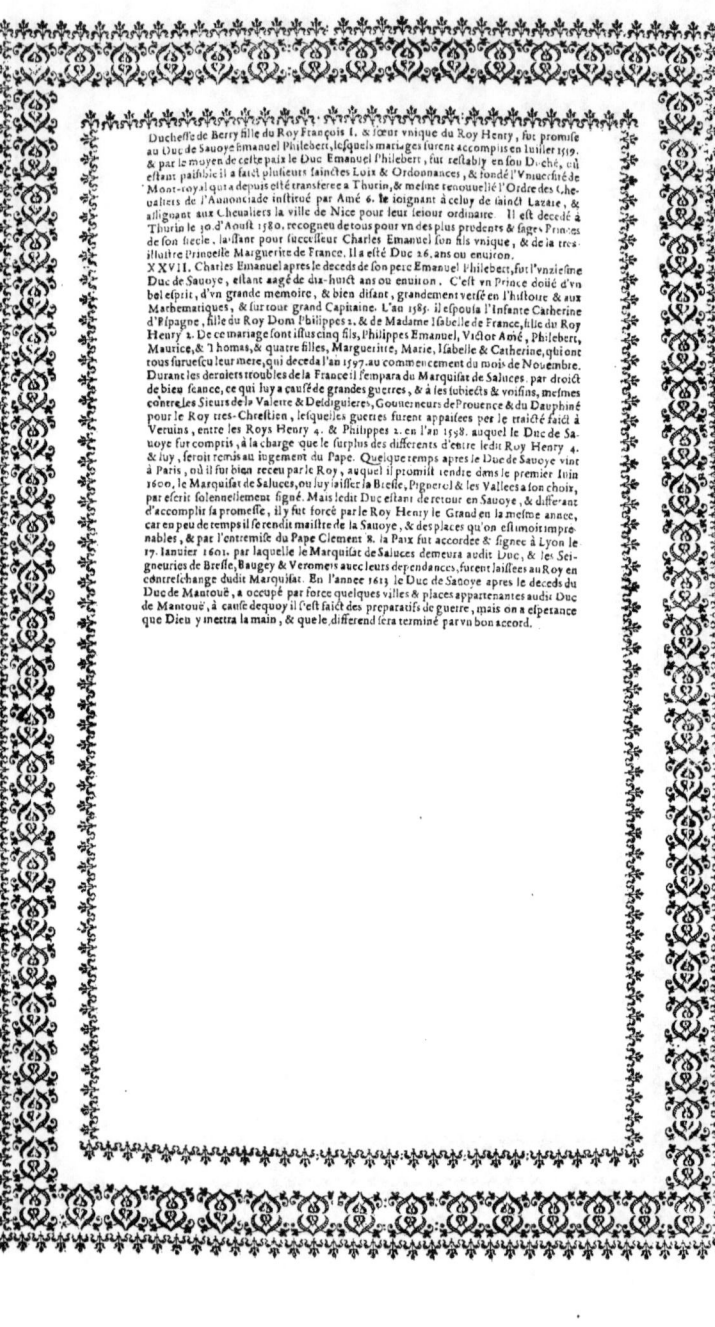

Ducheſſe de Berry fille du Roy François I. & ſœur vnique du Roy Henry, fut promiſe au Duc de Sauoye Emanuel Philebert, leſquels mariages furent accomplis en Iuillet 1559. & par le moyen de ceſte paix le Duc Emanuel Philebert, fut reſtably en ſon Duché, où eſtant paiſible il a faict pluſieurs ſainctes Loix & Ordonnances, & fondé l'Vniuerſité de Mont-royal qui a depuis eſté transferee a Thurin, & meſme renouuellé l'Ordre des Cheualiers de l'Annonciade inſtitué par Amé 6. le ioignant à celuy de ſainct Lazare, & aſſignant aux Cheualiers la ville de Nice pour leur ſeiour ordinaire. Il eſt decedé à Thurin le 30. d'Aouſt 1580. recogneu de tous pour vn des plus prudents & ſages Princes de ſon ſiecle, laiſſant pour ſucceſſeur Charles Emanuel ſon fils vnique, & de la tres-illuſtre Princeſſe Marguerite de France. Il a eſté Duc 26. ans ou enuiron.

XXVII. Charles Emanuel apres le deceds de ſon pere Emanuel Philebert, fut l'vnzieſme Duc de Sauoye, eſtant aagé de dix-huict ans ou enuiron. C'eſt vn Prince doüé d'vn bel eſprit, d'vn grande memoire, & bien diſant, grandement verſé en l'hiſtoire & aux Mathematiques, & fut tour grand Capitaine. L'an 1585. il eſpouſa l'Infante Catherine d'Eſpagne, fille du Roy Dom Philippes 2. & de Madame Iſabelle de France, fille du Roy Henry 2. De ce mariage ſont iſſus cinq fils, Philippes Emanuel, Victor Amé, Philebert, Maurice, & Thomas, & quatre filles, Marguerite, Marie, Iſabelle & Catherine, qui ont tous ſuruescu leur mere, qui deceda l'an 1597. au commencement du mois de Nouembre. Durant les derniers troubles de la France il ſempara du Marquiſat de Saluces, par droict de bien ſeance, ce qui luy a cauſé de grandes guerres, & à les ſubiects & voiſins, meſmes contre les Sieurs de la Valette & Deſdiguieres, Gouuerneurs de Prouence & du Dauphiné pour le Roy tres-Chreſtien, leſquelles guerres furent appaiſees per le traicté faict à Veruins, entre les Roys Henry 4. & Philippes 2. en l'an 1598. auquel le Duc de Sauoye fut compris, à la charge que le ſurplus des differents d'entre ledit Roy Henry 4. & luy, ſeroit remis au iugement du Pape. Quelque temps apres le Duc de Sauoye vint à Paris, où il fut bien receu par le Roy, auquel il promit rendre dans le premier Iuin 1600, le Marquiſat de Saluces, ou luy laiſſer la Breſſe, Pignerol & les Vallees à ſon choix, par eſcrit ſolennellement ſigné. Mais ledit Duc eſtant de retour en Sauoye, & differant d'accomplir ſa promeſſe, il y fut forcé par le Roy Henry le Grand en la meſme annee, car en peu de temps il ſe rendit maiſtre de la Sauoye, & des places qu'on eſtimoit imprenables, & par l'entremiſe du Pape Clement 8. la Paix fut accordee & ſignee à Lyon le 17. Ianuier 1601. par laquelle le Marquiſat de Saluces demeura audit Duc, & les Seigneuries de Breſſe, Baugey & Veromeis auec leurs dependances, furent laiſſees au Roy en contreſchange dudit Marquiſat. En l'annee 1613 le Duc de Sauoye apres le deceds du Duc de Mantoüe, a occupé par force quelques villes & places appartenantes audit Duc de Mantoüe, à cauſe dequoy il s'eſt faict des preparatifs de guerre, mais on a eſperance que Dieu y mettra la main, & que le different ſera terminé par vn bon accord.

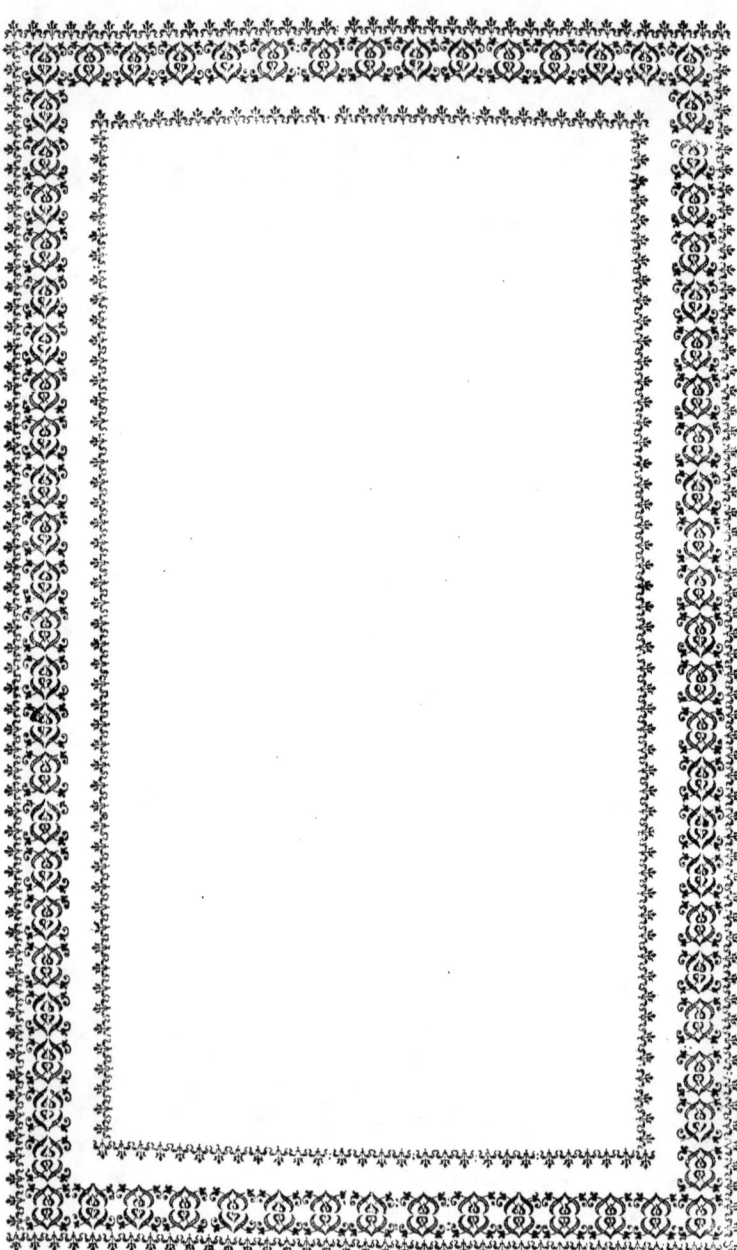

PORTRAICTS
DE TOVS, LES
PRINCES ET
DVCS DE VENI-
fe, depuis l'an 679.
iufques à prefent:
auec vn abregé de
leurs vies & jeftes.

BRIEF DISCOVRS DE L'ORIGINE DES VENITIENS, DE LA FONDATION DE VENISE, ET COMME

elle fut gouuernee depuis l'an de salut
421. iusques en l'an 697.

Es historiens qui ont escrit des Venitiens ne sont tous d'accord de leur vraye origine. Car les vns escriuent qu'ils sont yssus des Venitiens Gaulois, habitans le long de la mer Oceane en la petite Bretagne, dicte Armorique, desquels vne des principales villes ayant Euesché est appellee Vennes: Les autres & d'iceux est Tite Liue Padoüan, les asseurent estre venuz de Paphlagonie, & que Philemen leur Capitaine estant mort à Troye la grande, ils vindrent auec Antenor en Italie. D'autres ont escrit ceste nation auoir esté voisine des Cappadociens, & auoir combatu contre les Cimmeriens, & estre par-apres venüs sur la mer Adriatique. La plus commune opinion est de ceux qui disent les Henitiens ou Henetes estre venus auec Antenor en Italie, & auoir par-apres par chãgement d'vne lettre esté dits Venitiens ou Venetes. Ils chasserent en premier lieu les Euganeens, qui habitoient ceste contree qui est entre la mer & les Alpes, & fonderent la ville de Padoüe. Puis par succession de temps ils s'accreurent de telle sorte, qu'ils ne se rendirent pas seulement maistres de ce qui auoit appartenu aux Euganeens, qui cõsistoit en trente quatre villes, mais aussi de plusieurs places du Breslan, & de Forli. On a borné ceste contree des fleuues du Pau, & d'Adde, du Lac de la Garde anciennement dict de Benac, des Alpes, & de la mer Adriatique.

Ainsi les premiers Venitiens auoient estendu leur domination au long & au large en la plus plaisante contree d'Italie, mais l'assiette des lieux rendit tousiours l'ancien estat des Venitiens enuié. Car d'vn costé les brigandages ordinaires des Liburniens, & d'autre part les effroyables & frequentes courses des Barbares, les empeschoient de iouïr d'vn long repos. Sans cela ceste nation eust esté tres-heureuse pour s'estre acquis par droict de guerre vne des plus belles & plaisantes regions d'Italie. Car outre que du costé du Midy elle est enuironnee d'vn tres-calme circuit de la mer, & que pour raison de cõ elle est capable de receuoir toutes marchandises estrangeres, elle est encores arrosee de fleuues tres-delectables, par lesquels tout ce qui vient de la mer, est facilement transporté au milieu de la Prouince: Elle est abondante en lacs, estangs, forests, & bois taillis, & a vn terroüer grandement fertile en bled, vin, huile, & en toutes sortes de fruicts: Elle est aussi remplie de belles maisons champestres, de bourgs, bourgades, chasteaux & villes fort recommandees pour leur situation & clostures de murailles.

Ces nouueaux habitans deslors que leurs affaires commencerent à s'establir ne furent gueres exempts des guerres estrangeres. Car apres plusieurs & diuerses courses des Barbares, & continuelles guerres l'vne sur l'autre, depuis leur commencement iusques au temps d'Attila, estans encores tous espouuantez de l'assaut des Gots, vn orage vn peu plus grand que tous les autres vint fondre tout à coup sur eux. C'est que les Huns (peuple de Scithie qui habitoit pres les monts Riphees) conduits par Attila fils de Manduc s'espandirent dans l'Italie, & par vn horrible degast se ietterent dans la Prouince des Venitiens, prindrent la ville d'Aquilee apres vn long siege, la pillerent & bruslerent entierement, & ruinerent puis apres de mesme façon les villes de Concorde, d'Altine, & quasi toute la region Venitienne.

Aux nouuelles effroyables de ceste guerre les Venitiens furent plus estonnez que les autres, comme ceux qui auoiet de coustume de soustenir tousiours les premieres aduenuës des Barbares, on dit que pour lors vn grand nombre de personnes se retira de terre ferme aux Isles où est de preset bastic Venise, mais qu'il y en accourut beaucoup plus à l'arriuee de ce cruel ennemy Attila. Quelques vns des plus apparens de Padoüe commencerent la retraitte, & estans arriuez à l'emboucheure du fleuue, qui estoit lors fort profonde (dont le nom de Realte est demouré à ce lieu-là comme venant de Riuealte) ils ietterent les premiers fondemés de la ville de Venise: Ceux du Padoüan poussez de pareille frayeur s'enfuyrent & se mirent à peupler Chioggie, Malamoc, & Albiole: Quelques vns d'Aquilee se retirerent en mesme temps aux marests de Grade, & sur le retour d'Attila, on accourut en affluence des champs & du long de la mer aux prochai-

de leur retraitte és Isles, Lagunes ou marests, & des premiers bastimens. Les seconds furent Lucian Graule, Maxime ou Marin Lucie, & Hugues Fusque. Et les troisiesmes Marc Aurele, André Claudie, & Albin Maure. Les noms de ceux qui ont esté esleus apres eux ne se trouuent en aucunes Histoires.

Apres que les Isles des enuirons de Realte furent remplies, au lieu des Consuls on crea des Tribûs, pour la creation desquels l'affaire fut premieremêt debatu par peu de gens, puis ordonné & resolu en pleine assemblee des insulaires, que en chascune Isle il y auroit vn Tribun, & seroit ce magistrat annuel, qui rendroit la iustice à ses concitoyens, & puniroit seuerement les crimes. Mais le reste qui touchoit le general de la Republique fut remis aux assemblees generales des insulaires pour en deliberer. Depuis il n'y eut qu'vn seul Tribun, creé pour le Gouuernement des Isles, ce qui dura quelques annees: & finalement on aduisa d'ê creer dix, ausquels on en adiousta deux qui habitoient en Heraclee: & la dignité tribunaire a eu lieu par plus de deux cens ans.

Est à noter que les Tribuns des Isles abusans de leurs charges, auoient tellement troublé tout l'Estat par diuisions ciuiles, qu'il y auoit apparence que le corps de ceste ville viendroit à se dissoudre, si on n'y apportoit des remedes, qui fut cause que pour ouyr les plaintes d'vn chacun, on publia vne assemblee generale de toutes les Isles en Heraclee. A ceste assemblee Christofle Euesque de Grade presida, accompagné d'vn grand nombre du Clergé, & là apres le seruice diuin celebré, à la premiere proposition qui se fit de la Republique, chacun se mit à se plaindre de la fureur Tribunaire, & tut resolu, que pour le bien & vtilité publique on esliroit vn Duc qui representeroit tout l'honneur & majesté de l'Estat ou Seigneurie, qui auroit puissance d'assembler le Cõseil general, quãd il seroit question de quelque fait important à la Republique, & qui auroit pouuoir d'eslire tous les ans des Tribuns ou Magistrats en chacune Isle, desquels les appellations ressortiroient pardeuant luy: & au reste si quelqu'vn auroit obtenu quelque dignité, prelature, ou benefice par les suffrages du Clergé ou du peuple, qu'il ne luy soit acquis que sous le bon plaisir & auec le consentement du Duc, duquel la puissance finiroit lors qu'il mourroit. Cela fut ainsi cõclud, & en l'an 697. Paulluccio fut creé le premier Duc, & ainsi ceste dignité Ducale a continué iusques à present fors qu'en l'an 737. apres la mort du 3. Duc Orso, il fut arresté qu'on n'esliroit aucun Duc de 6. ans, ains qu'on establiroit vn Maistre de la Gêdarmerie, qui seroit annuel, ce qui ne dura que 5. ans: Car l'an 742. on proceda à l'Electiõ d'vn Duc, & depuis ce têps la Republique de Venise a tousiours eu des Ducs & Princes de la Seigneurie, par prudence desquels & du Conseil qui l'assiste, elle s'est maintenuë & conseruee en l'Estat florissant auquel elle est ceste annee 1619. L'an auquel chacun Duc fut esleu, & le temps qu'il à gouuerné est au bas de chacun des pourtraicts.

SOMMAIRE DE LA VIE DES DVCS
ET PRINCES DE LA SERENISSIME REPVBLIQUE
de Venise, & de ce qui s'est passé de plus remarquables pendant le gouuernement de chacun d'iceux.

1.	2.	3.	4.
Paoluccio Anafesto. 697. 20. a. cir. 8. i.	Marcello Tegaliano. 711. 9. a. 2. i.	Orso Ipato. 7 26. 14. a. 5. m.	Teodato Ipato. 742 15. a.

P AVLVCCIO ANAFESTO, fut le premier Prince du peuple, choisi en Heraclee; Il iura entre les mains de Christofle Patriarche de Grade, de gouuerner selon les loix, & n'auoir esgard qu'au bien public. Il pacifia les differends auec Luitprand Roy des Lombards, & fit amitié auec le Roy Aripert. Autant par son authorité que par ses armes il ranes iſles. Les Aquileens ſe ietterent dans Grade, lieu proche de terre ferme, entouré d'eauës. Les ſuiets de Concorde occuperẽt Coarli, & les Altinois ſix petites Iſles proches les vnes des autres, qu'ils nommerent du nom des portes de leur ville, perduë & ruynee, Sçauoit Torcelle, Majorbe, Buriane, Muriane, Amiane, & Conſtantiaque.

Ces lieux où de preſent eſt ſituee la ville de Veniſe, furent anciennement des Iſles fort eſtroites & proches l'vne de l'autre, ſeparees par le plaiſant cours des rivieres, qui vont en tournoyant à la mer, ſelon le changement de ſon flus & reſtus. On ne voyoit en ces eſtroites demeures que des oyſeaux marins, qui y venoient de la mer pour ſe mettre à l'abry, & par fois auſſi quelques peſcheurs s'y venoient repoſer.

Les Padoüans qui vindrent à Realte, furent les premiers qui commencerent à baſtir & fut en ce lieu où l'on ietta les premiers fondemens de la ville, le 25. Mars l'an de noſtre Seigneur 421. & 2. du regne de Pharamond premier Roy des François ou Gaulois, du temps du Pape Boniface 1. & de l'Empereur Honorius, de ſorte qu'on veoid qu'en meſme temps commencerent le Royaume de France, & la Republique de Veniſe, & que l'vn & l'autre ont duré iuſques à preſent depuis 1200 ans en çà, ou peu s'en faut.

Ceſte ville nouuellement commencee croiſſoit de iour en iour, & en peuple & en edifices, quand le feu venu tout ſoudain de la maiſon d'vn charpentier Grec, ou pluſtoſt Architecte de Nauires, nommé Entinopus, conſumma en vn moment d'vn continuel embraſement 24. maiſons, & apres que les nouueaux habitans ſe furent mis en prieres & oraiſons, & qu'ils eurent fait vœu de baſtir là vne Egliſe, en l'honneur de Dieu, & de l'Apoſtre S. Iacques, la ville fut preſeruee de ce peril, par vne pluye ſoudaine qui ſuruint au beſoing.

Ceſte Egliſe ſe veoid encores pour le iourd'huy auec les marques d'vne grande antiquité, au milieu de Realte, & fut lors conſacree par quatre Eueſques, ſçauoir par Seuerian Eueſque de Padoüe, par Ambroiſe Eueſque d'Altine, par Ioconde Eueſque de Treuiſe, & par Epodius Eueſque d'Vderzo, & y fut ordonné vn Preſtre nommé Felix pour y faire le ſeruice diuin.

Les premiers fondateurs de ceſte fameuſe ville furẽt fort gẽs de bien, nobles & riches: Car ces anciens Venitiens en ce changemẽt de demeure amenerẽt auec eux leurs fẽmes & enfans, & ayans emporté les plus precieux meubles qu'ils euſſent, ils ſe retirerent à loiſir aux lieux & endroits les plus aſſeurez: mais empeſchez par les courſes des Hus de cultiuer les terres le long du riuage, ceux qui auoient lors moins de commoditez & de moyens, s'addonnerent à la peſche & aux ſalines, ou à tranſporter les denrees de leurs voiſins, n'eſtimant ce gain plus laid & des-honneſte, que de cultiuer les terres d'autruy.

Quant aux plus riches, les vns s'addonnerent au traffic des marchandiſes eſtrangeres, & les autres demeurans en leurs maiſons appliquerent leur eſprit à façonner leur ville de nouuelles loix & couſtumes, & cependant tel eſtoit leur cœur à la iuſtice, telle entre eux l'egalité de droit, que l'on ne pouuoit recognoiſtre parmy vn ſi grand nombre de peuple aucun different.

La Religion Catholique y eſtoit en ſinguliere recommandation, & la preſence de quelques Prelats, qui s'eſtoient ſauuez auec leurs compatriotes, leur augmentoit ceſte commune affection de pieté. Et leur aſſiſtance vint fort à propos, non ſeulement pour le miniſtere des choſes ſainctes, mais auſſi pour retenir les habitans de ceſte nouuelle Cité en l'ancienne pieté & Religion, de peur qu'ils ne fuſſent infectez du venin de l'hereſie Arrienne, d'autant qu'elle ne couroit & ne rauageoit pas moins toute la Prouince, que les armes des Goths & des Huns.

Tel fut le commencement de la ville de Veniſe, & en telle façon de viure, & en tels exercices elle paſſa ſa premiere enfance, puis par-apres par ſes vertus elle eſt accreuë, & s'eſt affermie en l'eſtat qu'elle eſt. On tient pour conſtant que la Repbblique a retenu touſiours la forme & gouuernement qu'on appelle Ariſtocratique, qui eſt que les plus nobles & ſignalez citoyens l'ont conduite & gouuernee. Car encores qu'on die qu'elle a eſté gouuernee premierement par des Conſuls, puis par des Tribuns, & en fin par des Ducs, & maiſtres de la gendarmerie; ſi eſt-ce que toutes ces dignitez eſtoient electiues, & non hereditaires, & l'election en appartenoit aux plus notables inſulaires & Gentils-hommes, par l'aduis deſquels la Republique eſtoit adminiſtree, comme elle eſt encores pour le preſent.

Les Conſuls iuſques au nombre de trois eſtoient eſleus pour deux ans, & combien que ceſte façon de gouuerner ayt duré enuiron ſoixante ans, Si eſt-ce qu'on n'en trouue que trois eſlections conſecutiues. Les premiers Conſuls furẽt Albert Phalere, Thomas Candien, & Zenon Daule, qui les premiers gouuernerent la ville, qui ne faiſoit que naiſtre: meſmes aucuns ont creu qu'ils furent les autheurs de la ſuitte des Padoüans, &

Obelerio Antenorio. 804. | Angelo Particiatio. 809. | Giustiniano Particiatio. 827. | Giouanni Particiatio. 8?.9
5. ans. | 18 a. | 2. a. | 8. ans.

9. OBELLERIO, estant esleu Prince par ceux de l'intelligence de Fortunat, prit son frere Beato pour compagnon, & encores Valentin leur 3. frere fut associé à eux à ceste dignité. Est à remarquer que de ces trois, Beato est mis au râg des Ducs en la salle du Conseil de Venise, à cause que Obelerio incita Pepin Roy d'Italie à faire la guerre aux Venitiês, & que Beato soustint la Republique, ayât regné 5. ans.

10. ANGELO PARTICIPATIO, apres s'estre bien comporté en la guerre côtre Pepin, fut esleu Duc, le peuple s'estant retiré à Realte. Il fonda le Palais Ducal au lieu où est encores celuy qui à esté basti depuis. La diuision de l'Empire s'estant faite de son temps, les Venitiens furent laissez en leur liberté. La cité fut diuisee en sestiers, le Pregadi & la Quarantine criminelle instituez. Il gouuerna 18. ans.

11. GIVSTINIANO PARTICIPATIO, ayant esté associé à la dignité par son pere, fut apres la mort d'iceluy confirmé par le peuple. Il rappella Giouanni son frere qui estoit à Constantinople, & le prit pour compagnon. Il agrandit l'authorité du peuple, & secourut Michel Empereur de Constantinople contre les Sarrasins. Le corps de S. Marc fut de son temps apporté d'Alexandrie, pris pour protecteur, & l'Eglise qui est auiourd'huy, fut consacree à son honneur. Il mourut la 2. annee.

12. GIOVANNI PARTICIPATIO, demeura en la dignité & accreut l'Eglise S. Marc qu'il fit deseruir par bon nombre de Prestres, establissant le Primicerio. Il fit trancher la teste à Obelerius qu'il assiegea en l'Isle de Curtia. Destruisit Malamocco qui s'estoit rebellé & le peuple tourné du party d'Obelerio. Il fit la guerre aux Narantins qu'il surmonta. En fin se fit vne coniuration contre luy, & estant côfiné à Grado la barbe raze le 8. an de sa Principauté, il se fit moyne & y mourut.

Pietro Tradonico. 837. | Orso Particiatio. 864. | Giouani II. Particiatio. 881. | Pietro Candiano. 887
27. a. | 17. a. | 5. a. 6. m. | 5. m.

13. PIETRO TRADONICO de Pola, s'estant côporté au côtentement du peuple en la guerre de Pepin, fut esleu Duc. Il s'associa Giouanni son fils, & donnerent secours à l'Empereur de Constantinople qui les en fit requerir par Theodose Patrice. Il fut fait Protospataire de l'Empire au secours duquel il enuoya 60. galleres Loys 2. luy accorda beaucoup de priuileges, & en fin fut tué par vne seditiô, l'â 27.

14. ORSO PARTICIPATIO, ayant appaisé la sedition fut fait Duc. Les Turcs ayans rauagé la Dalmatie iusques à Grade furent deffaicts par luy auec Giouanni son fils qu'il auoit associé. Basile Empereur l'honora fort pour ceste occasion, & le fit Protospataire de l'Empire. Il gouuerna 17. ans.

15. GIOVANNI PARTICIPATIO, ayant esté confirmé en sa dignité prit & brusla Comachio, rauagea la Conté de Rauenne pour se vanger du Conte de Co-

mena à l'obeyssance les Equilains rebelles, accreut le domaine, & gouuerna 20. ans 6. mois 8. iours.

2. MARCELLO TEGALIANO, du mesme lieu d'Heraclee, fut esleu successeur par la commune voix du peuple. Il estoit deuôt, affable & modeste, & beaucoup moins diligent au gouuernement que son deuancier. Le Patriarchat de Grade fut transferé en Aquilee de son temps par Luitprand, & y ayant eu de grandes guerres pour le debat des Euesques, il ne s'en entremit point, & mourut ayant esté Duc 9. ans 21. iours.

3. ORSO HIPATO, noble d'Heraclee s'acquist vne grande reputation par ses faicts illustres. Paul Exarche eut recours à luy, l'armee Grecque estant rompuë, & le siege mis deuant Rauenne par Luitpräd. Il reprit Rauenne, fit le nepueu du Roy son prisonnier, tua le Duc de Vicence, & remit l'Exarche en ses droicts; Il refrena ceux d'Aquilee qui troubloient le repos public, & mit le courage en l'âme de la ieunesse, fut tué à l'occasion des dissentions de Iesolo le 11. an & cinq mois de sa Principauté.

4. THEODATO HIPATO, fils de Orso fut declaré Duc, 5. ans apres la mort de son pere: durant lesquels le peuple s'estoit gouuerné par vn Maistre des soldats, & quittant Heraclee se reduisit à Malamocco. Là il fut le premier creé, & limita les confins auec Aistulfe Roy des Lombards. Il fut tué par Galla citadin de Malamocco l'an 13. de sa Principauté.

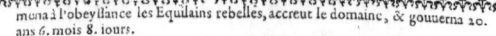

Galla. 741.   Dominico Monegario 756.   Maurithio Galbaio. 764.   Giouanni Galbaio. 778.
1. an.   8. d.   13. a.   16. a.

5. GALLA DE MALAMOCCO, homme meschant & seditieux, s'estant monstré comme protecteur de la liberté publique, fut estably en la place de Theodatus. Mais sa meschanceté ayant esté recognuë, & qu'il vouloit se rendre seigneur absolu, qui fut le sujet qu'il auoit pris pour faire tuer Theodato, le peuple luy creua les yeux, & dans l'an luy osta la dignité qu'il auoit vsurpee.

6. DOMENICO MONEGARIO de Malamocco fut mis au lieu de Galla. Le peuple luy donna pour refrener l'authorité de Duc, deux Tribuns annuels. Mais luy estant homme audacieux & arrogant voulut tyranniser le peuple, lequel irrité luy creua les yeux le 8. an de sa Principauté.

7. MAVRICIO GALBAIO noble Heracleam, pour sa sagesse, iustice & richesses fut choisi à cette dignité. Il fit son fils Duc auec luy & gouuernerent ensemble. De son temps l'Eglise de Grade estant molestee il enuoya vn Ambassadeur vers le Pape Estienne pour accorder le differend. L'Euesché de S. Pierre de Castel Oliuolo fut erigé, & mourut ayant gouuerné 13. ans.

8. GIOVANNI GALBAIO, ayant esté Duc 9. ans auec son pere, gouuerna encores seul la Repub. 9. ans. Il fit apres ledit temps Maurice son fils compagnon de sa Principauté. Mais tous deux estans de mauuaise vie & insupportables, pour auoir tué Giouanni Patriarche de Grade, le precipitant d'vne fort haute tour, Fortunat successeur au Patriarchat fit vne coniuration entre eux, & vn autre fut esleu Duc, dont estâs estônez, le pere se retira en Frãce, & le fils à Mãtouë le 16. an.

se reuolta contre luy & contre la Repub. Le peuple le voulut tuer, & fut enuoyé
en exil, où s'accostant de Guido fils de Berengarius, il endommagea la Rep. dont
son pere estant trauaillé mourut l'an 15.

22. PIETRO CANDIANO IIII. estant rappellé d'exil (encores que le peuple
eust faict serment de iamais ne le receuoir) fut fait Prince auec tres-grand applaudissement. Il fit en sorte enuers le Pape Iean 12. que l'Eglise de Grade fut faite Patriarchale & Metropolitaine de tout l'Estat des Venitiens & de l'Istrie.
Othon Empereur luy accorda plusieurs honorables priuileges. Il ruina Vderzo,
& fut tué par vne sedition du peuple auec son fils, ayant gouuené 20. ans.

23. PIETRO ORSEOLO estoit homme tout denotieux, & fut esleu par le peuple contre sa volonté. Il alloit souuent en habit incognu visiter les pauures &
hospitaux. Appaisa les dissentions des Venitiens auec ceux de Capo d'Istria qui se
rendirent tributaires. Il s'en alla auec Beato Romualdo de Rauenne pour viure religieusement. Il gouuerna 2. ans 2. mois 20. iours, & a faict plusieurs miracles.

24. VITALE CANDIANO fils de Pietro III. fit la confederation auec l'Empereur Othon. Il deuint malade tout au commencement qu'il voulut exercer sa
charge, de maniere qu'ayant faict vn vœu de se rendre Moyne s'il recouuroit sa
santé, il l'accomplit ayant gouuerné vn an ou enuiron.

25.   26.   27.   28.

Tribuno Memo. 979.   Pietro Orseolo.II. 991.   Ottone Orseolo. 1009.   Pietro Barbolano. 1026
12. a.   18. a.   11. a.   7. a.

25. TRIBVNO MEMO estoit fort riche, & non homme d'Estat. Il y eut de son
temps grandes dissentions entre les familles Moresina & Caloprina, à l'occasion
dequoy se firent de grands meurdres. Il tint le party des Morusini, ce qui donna suject aux autres de se retirer à Verone vers l'Empereur Othon. Il donna l'Isle
de San Giorgio Maggior à l'Abbé Moresini: Renonça à la Principauté le 12. an,
pour se faire religieux.

26. PIETRO ORSEOLO II. estoit homme accort, lequel fit en sorte auec les
Empereurs Basile & Alexius, que les Venitiens furent exempts de gabelles.
Othon Empereur estant à Verone le fauorisa, entre autres choses, de tenir au
Baptesme vn sien fils. Il fut le premier qui estendit les confins sur mer, acquerant
plusieurs places en Istrie & Dalmatie. Ayant fait acheuer l'Eglise & Palais il mou-
rut l'an 18. de sa Principauté.

27. OTTONE ORSEOLO ayant gouuerné quelque temps auec Pietro son pere, fut confirmé en la dignité à l'aage de 18. ans. Il s'acquit vne telle reputation,
que Geta Roy de Hongrie luy donna vne sienne sœur pour femme. Il vainquit
ceux d'Istrie qui s'estoient rebellés, & alla en personne en Dalmatie à l'entreprise
contre Cresmur. En fin les enuieux de sa gloire luy dresserent vne conspiration,
& fut confiné en Grece l'an 17.

28. PIETRO CENTRANICO ou Barbolano succeda à Othon; mais n'ayant peu
appaiser les dissentions, tant pour le remuëment des citoyens que circonuoisins,
fut contraint quitter la dignité & se faire moyne. Orso frere d'OTTON retiré à
Constantinople, qui estoit Patriarche de Grade, fut constitué en attendant son
retour. Il demeura enuiron vn an au Palais & quitta la Principauté, entendant la
nouuelle de la mort d'Otton. Dominico Orieolo voulut vsurper la dignité, &
fut chassé par le peuple dés le lendemain, & mourut à Rauenne.

machio, qui auoit faict prifonnier & blefsé à mort Bodoario fon frere. Eftant deuenu valetudinaire il fit baftir l'Eglife des SS. Cornelius & Ciprien à Malamocco, & ayant gouuerné 5. ans 6. mois renonça à la dignité.

16. PIETRO CANDIANO fut efleu apres la demiffion volontaire de fon predeceffeur. Il eftoit vaillant & expert aux armes, & neantmoins homme deuot. Il
alla en perfonne auec dix Galleres contre les Narantins, lefquels comme larrons,
rauageoient & couroient fus aux Venitiens. Combattant valeureufement contre
iceux, il mourut à la feconde fois les armes en main. Il ne gouuerna que 5. mois.

DOMINICO TRIBVNO eft mis au rang des Ducs par quelques-vns. Les
autres qui ont moins curieufement recherché l'hiftoire l'ont obmis, n'ayant efté
que trois mois Duc & 13. iours. Il ne fe remarque rien de fon temps qu'vn certain
priuilege accordé à Chioggia.

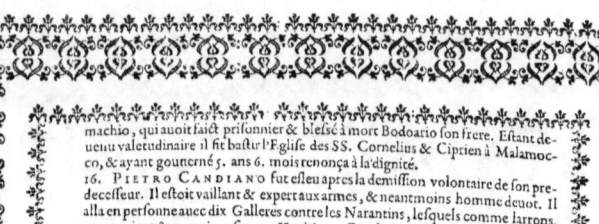

17. 18. 19. 20.

Pietro Tribuno. 888.   Orfo Badoaro. 912.   Pietro II. Candiano. 974.   Pietro Badoaro. 939.
24. a.   20. a.   7. a.   1. a. 7. m.

17. PIETRO TRIBVNO fils de Dominico efleu Duc, obtint de Guido Empereur & Roy d'Italie, la confirmation des anciens priuileges. Les Barbares Huns
vindrent en Italie, bruflerent Heraclee, Capo d'Arger & Chioggia. Ce Prince les
déffit auec beaucoup d'honneur, & ce fut la troifiefme fois que les eftrangers voulurent vfurper cet Eftat. Il gouuerna 24. ans.

18. ORSO BADOARO s'appelloit Participatio, & fut le premier qui chágea
ce nom. Il enuoya Pietro fon fils à Conftantinople, lequel fut fait Protofpataire.
L'an 920. il obtint de Rodolfe Empereur & Roy d'Italie la confirmation de l'ancienne authorité des Venitiens de battre monnoye. S'addonna du tout à la pieté,
& l'an 20. il renonça à la dignité pour fe faire moyne, & vefcut fainctement.

19. PIETRO CANDIANO II. eftoit homme vaillant, & fit la guerre à Lanté-
rio Marquis d'Iftria, qui empefchoit le traffic des Venitiens, le furmonta, & reconquift les peuples de Capo d'Iftria. Il vainquit Albert fils de Berengarius Empereur, qui s'eftant impatronisé de Rauenne, empefchoit le paffage aux vaiffeaux
Venitiens. De fon temps furent rauies les filles à marier par les Trieftains, & re-
couurees. Il gouuerna 7. ans.

20. PIETRO BADOARO fils de Orfo fut racheté par luy des Efclauons. Il ne
gouuerna que 1. ans 7. mois, toufiours en bonne paix, dont il fe monftra fort amateur. Berengarius Empereur luy fit plufieurs faueurs pour fes merites.

21. 22. 23. 24.

Pietro III. Candiano. 942.   Pietro IIII. Candiano. 956.   Pietro Orfeolo. 978.   Vital Candiano. 978.
15 ans   20. a.   1. a. 2. mois   1. a. 2. m.

21. PIETRO CANDIANO III. fils du II. Candiano, affocia à la dignité fon fils
Pietro, & par deux fois arma 33. vaiffeaux contre les Narantins. A la feconde fois
il fit paix auec eux. Son fils eftant blafmé par luy de fes mauuais comportemens,

Saincte. Il fit auec 200. vaisseaux leuer le siege aux infidelles de deuant Ioppe. Il prit Tyro qu'il donna à Vanmond Patriarche de Hierusalem. Emanuel Empereur luy fit la guerre, contre lequel il prit Chio, Rhodes, Samos, Metellin & Istre. Il renonça à la Principauté l'an 13.

36. PIETRO POLANI gendre de Michele estoit fort sage, de maniere qu'il fut Arbitre du differend entre Conrad & Emanuel Empereur. Il fit guerre à ceux de Pise & Padouë, qu'il vainquit. Il arma contre le Duc de la Pouille en faueur du susdit Emanuel, auquel il recoura plusieurs possessions prises sur l'Empire, Aucuns disent que ce fut son fils qui gaigna les batailles, & que luy estant tombé malade, s'en retourna & mourut le 18. an.

37. Dominico Morosini. 1148.
8. a. 7. m.

38. Vitale Michele II. 1156.
17. a. 27. i.

39. Sebastiano Ziani. 1173.
2. an.

40. Orio Malipiero. 1178.
14. a.

37. DOMINICO MORESINI nettoya le goulfe de certains Corsaires d'Ancone, dont le chef Guiscard fut pris & pendu. Il fit assieger Pola, qu'il prit auec Parenzo, lesquelles villes s'estoiët rebellees en Istrie. Eut confederation auec Guillaume Roy de Sicile, duquel il obtint plusieurs exëptions pour le traffic des marchands. Zara fut faite Metropolitaine à son instance, & fit que Dominico son fils en fut esleu Comte. Il orna d'edifice la cité de Venise, & fit commencer la tour de S. Marc. Mourut 7. mois apres la 8. année de son Election.

38. VITAL MICHELE II. subiugua les Tarantains qui s'estoient rebellez pour la troisiesme fois. Il fit prisonnier Vlric Patriarche d'Aquilee & 12. Chanoines. En cent iours il mit cent Galeres & vingt Nauires en mer contre l'Empereur Emanuel. La famille des Iustiniani se trouua de son temps reduite en vn seul, qui estoit religieux, lequel il retira du monastere par consentement du Pape, & luy donna vne sienne fille en mariage. Il vint vne grande peste de son tëps, de laquelle le peuple luy attribuant la faute il fut blessé & mourut, ayant gouuerné 17. ans. 7. iours.

39. SEBASTIANO ZIANI fut le premier esleu par 11. Electeurs. De son tëps y eut vn grand schisme en l'Eglise pour l'occasion de l'Empereur Federic Barberousse, qui occasionna que Alexandre 3. abandöna le S. Siege, Octauian ayant esté faict Antipape. Alexandre se retira à Venise, où ayant long temps seruy au monastere de la Charité, il fut en fin recogneu & leué par le Prince & Seigneurie. Barberousse fit la guerre contre les Venitiens à ceste occasion. Octauian son fils fut pris, qui moyenna la reconciliation, & que son pere vint à Venise baiser les pieds du Pape. Il obtint plusieurs priuileges en recognoissance, & mourut l'an 5.

40. ORIO MALIPIERO OV MASTROPETRO fut le premier Duc esleu par les 11. creés à cest effect apres la mort de Ziani. On luy donna six Conseillers pour authoriser ses deliberations. Il reconquist Zara qui s'estoit rebellee pour la quatriesme fois. Il enuoya au secours des Chrestiens contre les Mores qui vsurpoient la terre Saincte 88. ans apres que Baldoin l'auoit deliuree. Ptolemaide fut reprise, & Andronicus successeur d'Emanuel Emp. deliura plusieurs marchans Venitiens. Il renonça à la Principauté le 14. an, pour se faire religieux.

Dominico Flabanico. 1052.   Dominico Contarini. 1043.   Dominico Siluio. 1075.   Vital Faliero. 1086.
10.a. 4.m. 12.j   28.a.   13. ans   12.a.

29. Dominico Flabanico fut esleu pendant son exil par la faction de ceux qui auoient chassé Dominico Orseolo. De son temps l'an 1040. fut faict vn Concile national pour le reiglement des Ecclesiastiques. Il rendit la famille Orseola soupçonnee à l'Estat pour ses moyens, & s'efforça de la supplanter entierement. Il gouuerna 10. ans 4. mois 12. iours.

30. Dominico Contarini fut fort agreable au peuple. Il remit en paix la Dalmatie fort trauaillee pour la rebellion de Zara: Fauorisa les Normans contre Robert Roy de la Pouille. La discorde qui estoit entre la Repub. & Pepo Patriarche d'Aquilee fut appaisee par luy. Il fit bastir le monastere de S. Nicolas sur le Lido, & mourut l'an 28.

31. Dominico Silvio s'acquist vne telle reputation que Nicephore Empereur de Constantinople, luy donna sa sœur en mariage. A la persuasion d'icelle il fist guerre contre le susdit Robert Roy, & la premiere fois remporta vne honorable victoire sur luy, s'emparant de Duras. A la seconde fois il combatit auec beaucoup de desaduantage, dont suyuit la diminution de son credit. Il encrousta de marbre l'Eglise Sainct Marc le premier, & y fit trauailler de Mosaïque. Mourut le 13. an.

32. Vital Faliero estant faict Duc obtint incontinent d'Alexius Empereur la souueraineté de Dalmatie & Croatie. Henry successeur à l'Empire luy fit de grandes faueurs, & estant venu par deuotion à Venise, tint au Baptesme sa sienne fille. L'office de Proprio fut constitué de son temps, & l'ouurage de l'Eglise S. Marc continué. Il gouuerna douze ans.

Vital Michele. 1096.   Ordelaffo Faliero. 1101.   Dominico Michele. 1117.   Pietro Polani. 1130.
6.ans.   15.a.   17.a.   12.a. 9.m.

33. Vital Michele par sa valeur sur mer, estendit au loing les limites de la Repub. Il fit la guerre en Leuant, à la persuasion du Pape Vrbain II. pour conquerir la terre Saincte auec les Princes Chrestiens. L'Isle de Smirne, la Surie & Hierusalem furent ostées aux infideles. Il mourut le 6. an.

34. Ordelafo Faliero fils de Vital, assista Baldoin Roy contre les infideles à la conqueste de la terre Saincte, & firët tels progrez qu'ils diuiserent l'Empire entre eux par tout le Royaume de Iudée. Au 8. an de sa Principauté Malamocque fut presque du tout bruslé & submergé, ce qui occasionna de transferer le siege Episcopal à Chioggia. Il alla en personne à la guerre contre Zara qui s'estoit rebellee, & ayant gaigné la victoire, y estant retourné vne seconde fois mourut les armes en main l'an 15. de sa Principauté.

35. Dominico Michele estant fait Duc par sa grande reputation & merites, alla par l'entremise du Pape Calixte donner secours aux Chrestiens en la terre

furent appaisées. En fin pour son aage trop grand, il renonça à la dignité par l'aduis du Senat, ayant gouuerné 4. ans 6. mois.

48. GIOVANNI DANDOLO fut esleu estant absent. La cité fut de son temps affligee par eau & tremblement de terre. Il se fit guerre en Istrie contre le Patriarche d'Aquilee & le Comte de Goritia. A l'instance du Pape Nicolas il secourut auec 25. galeres l'Archeuesque de Tripoli. Mourut 7. mois apres l'an 8.

49.	50.	51.	52.
Pietro Gradenigo. 1288.	Marino Giorgio. 1311.	Giouani Soranzo. 1312.	Francesco Dandolo. 1328.
22. a. 9. m.	10. m. 10. j.	16. a. 6. m.	10. a. 10. m.

49. PIETRO GRADENIGO homme courageux, deliura la Rep. de deux grands dangers, l'vn pour vne grande disgrace aduenuë en vne bataille côtre ceux de Genes: L'autre pour la coniuration de Baiamonte, qui fut reprimee les armes en main sur la place S. Marc. Il fut ordonné que la Noblesse seulement auroit le gouuernement, & le Conseil des x. institué. Ayant gouuerné 22. ans 9. mois il mourut.

50. MARIN GIORGIO estoit si bon que l'on le surnomma le Sainct. Venise fut tousiours excommuniée de son temps, à cause de la prise de Ferrare. Zara se rebella pour la sixiesme fois & y eut beaucoup de peine à la ranger à son deuoir. Il fit bastir le monastere de S. Dominique, & mourut aagé de 81. an la premiere annee, ayant gouuerné 10. mois 10. iours.

51. GIOVANNI SORANZO eut l'honneur du recourement de Zara & autres lieux alienez du viuant de son deuancier. Negrepont fut recouuré, & se fit guerre contre ceux de Genes. L'excommunication fut leuee à Venise par l'entremise de Francisco Dandolo, qui se iotta aux pieds du S. Pere, vne chaisne de fer au col. Le nôbre des Procureurs S. Marc fut accreu iusques à six. Il gouuerna 16. ans 6. mois

52. FRANCESCO DANDOLO, qui s'estoit tant humilié pour sa patrie fut esleué à la plus haute dignité qu'elle ayt. Ceux de Pola & Valese se sousmirent à la Rep. Ce qui occasionna la guerre contre le Patriarche d'Aquilee. Padoüe fut prise sur Albert Scaliger; & Treuise, & la Conté demeurerent à la Rep. Il fut de la ligue des Princes Chrestiens contre le Turc, & de son temps se trouuerent 60. Ambassadeurs à Venise. Il gouuerna 10. ans 10. mois.

53.	54.	55.	56.
Bartolomeo Gradenigo. 1339.	Andrea Dandolo. 1343.	Marino Faliero. 1354.	Giouani Gradenigo. 1355.
3. a. 2. m.	11. a. 9. m. 4. j.	10. m.	1. a. 3. m. 14. j.

53. Bartolomeo Gradenigo Procureur de S. Marc fut fait Duc à 76. ans par la cession de André Dandolo. De son temps aduint le renommé miracle de S. Marc, S. Georges, & S. Nicolas qui deliurerent Venise d'vne horrible inondation imminente. Candie se rebella & les rebelles furent seuerement punis. Il y eut vne grande cherté en la cité, qui occasionna vn mescontentement du peuple, & mourut l'an 4.

54. Andrea Dandolo qui auoit quitté au Gradenigo fit cesser la cherté ayant enuoyé charger des bleds en Sicile. Il obtint du Roy de Babylone la nauigation libre en Egy-

pte. Zara se rebella la septiesme fois & fut reprise. La guerre se fit à ceux de Genes, & la cité fut trauaillee de deux grands accidens, vn de tremblement de terre, l'autre de peste. Il gouuerna 12. ans, moins quelques mois.

55. Marino Faliero fut esleu estant Ambassadeur à Rome. Ayant receu vne iniure de quelques particuliers qui ne fut pas vangee selon son desir, il delibera en l'aage de 80. ans se faire Seigneur absolut. La coniuration descouuerte par Nicolo Lion, il eut la teste tranchee dans le Palais, & fut ordonné qu'au lieu de son pourtrait seroit escrit, ICY EST LA PLACE DE MARIN FALIERO, QVI POVR SA GRIEVE FAVTE A EV LA TESTE TRANCHEE. Il fut Duc 10. mois.

56. Giouanni Gradenigo fut beau d'esprit & laid de visage. La guerre se renouuella contre Genes, qui se termina en vne paix. Il eut encore guerre contre le Roy de Hongrie pour la Dalmatie. Treuise fut assiegee de son temps & y alla en personne. Il gouuerna 1. an 3. mois 10. iours.

57. | 58. | 59. | 60.
Giouani Delfino. 1356. | Lorenzo Celsi. 1361. | Marco Cornaro. 1365. | Andrea Contarini. 1367

57. Giouanni Delfino fut esleu Duc lors qu'il estoit dans Treuise pour la defendre contre le Roy de Hongrie. Le Senat enuoya demander passage libre pour luy, lequel refusé, il sortit auec 200. cheuaux à la barbe de l'ennemy, & se rendit à Margliera où le Senat l'alla leuer. En peu de temps il termina ceste guerre là, & recouura Conilian, Seraual, & Asolo. Il fit la paix pour la souueraincté de la Dalmatie, & mourut l'an 45. ayant gouuerné 4. ans 2. mois 12. iours.

58. Lorenzo Celso sur le faux bruit d'vne victoire contre ceux de Genes fut fait Duc en concurrence de Pietro Gradenigo, Leonardo Dandolo, & Marco Cornaro. Candie se rebella & y eut de grandes difficultez à la rauoir. A ceste occasion se fit vne iouste & feste publique en la place S. Marc. Il mourut 2. iours apres, le 4. an de sa Principauté.

59. Marco Cornaro homme fort docte & sage enuoya en Candie qui s'estoit rebellee, & s'y fit vne fort cruelle guerre, le Pape ayant mesmement donné indulgence pleniere à ceux qui y iroient. Les rebelles ayans esté seuerement punis la Repub. fit present au Pape Vrbain V. de certain nombre de galeres. Il gouuerna 2. ans 5. mois 24. iours.

60. Andrea Contarini s'enfuit sur le Padoüan de crainte d'estre esleu Duc, comme presageant la ruyne qui de son temps deuoit arriuer à la Rep. Premierement se fist la guerre par ceux de Trieste, puis apres par le Carrara pour les confins de Padoüe, qui fut telle que Chioggia estant pris la cité de Venise se trouua en extrême danger. Mais en fin il alla en personne s'opposer aux ennemis, les vainquit & reprit Chioggia. Il mourut ayant gouuerné 15. ans 4. mois 15. iours.

61. | 62. | 63. | 64.
Michele Morosini. 1382. | Antonio Veniero. 1385. | Michele Steno. 1400. | Tomaso Mocenigo. 1413.

61. Michel Morosini estoit homme remply de doctrine & de sagesse. Aucuns disent que de son temps l'Isle de Thenedos fut prise, & non du temps de Contarini son pre-

decesseur. Il fut fait diuerses loix, & entre autres celle qui ordonne que les homicides
qui estoient pendus eussent à l'aduenir la teste tranchee. Il ne vesçût que 4. mois 5.
iours, & mourut au 74.de son aage.

62. Antonio Veniero rigoureux obseruateur de la Iustice, fit confiner vn sien fils en
exil pour auoir trop legerement offensé la famille d'vn noble Venitien. Il fit ligue
auec Galeazzo Viconte contre le Carrara sur lequel se prit Padoüe. Il secourut l'Empereur Emanuel contre le Turc, & aida à Sigismond Roy de Hongrie, qui depuis vint
à l'Empire. La place de S. Marc & celle de Realte furent grandement embellies de son
temps. Il mourut 1.mois 3.iours apres l'an 18.

63. Michel Steno eut la dignité de Procureur de S. Marc auec celle de Duc. Se gaigna vne bataille importante contre les Geneuois. Le Carrara fut vaincu pour la derniere fois, & Padoüe & Veronne pris. Ceux de Vicence pour se deliurer de sa tyrannie
se rendirent à la Republique. Ladislas Roy de Hongrie quitta semblablement Zara.
Il mourut ayant gouuerné 13. ans 3. iours.

64. Thomaso Mocenigo fut premierement general du Goulfe. Il embrassa la Paix
pour faire que les Citoyens trafiquassent. Vdine vint à l'obeyssance de la Repub. auec
la patrie du Friul par la faueur des Seigneurs Sauorgnani qui furent faits nobles de Ve-
nise.Les Florentins furent secourus contre le Duc de Milan. Dans le x.an il mourut.

| 62. | 56. | 67. | 68. |

Francesco Foscari. 1423. | Pasqual Malipiero. 1457. | Cristoforo Moro. 1462. | Nicolò Trono. 1471.

65. Francesco Foscari reprima fort le Duc de Milan qui empietoit sur la liberté d'Ita-
lie.Brescia, Bergamo & autres villes de la Lombardie furent acquises , entre lesquelles
Lode & Parme, & Rauenne en la Romanie. Il fut aussi faict de grans progrez en mer
& en la Morée. Le Senat secourut Paleologue Emperur contre les Turcs, qui vsur-
perent Constantinople l'an 1453. Il fut esleu arbitre par le Duc de Milan en certains
differends de voisinage. Le Roy de Datie fut fait noble Venitien, puis le Duc pour sa
grande caducité fut desmis, ayant gouuerné 34. ans 6.mois.

66. Paschale Malipiero fut mis en la place de Foscari estant Procureur de S. Marc, qui
mourut deux iours apres sa demission.Il se fit vne loy, que pour l'auenir le Duc ne peust
estre deposé. De son têps l'Imprimerie est introduite à Venise. L'Arsenal fut grãdemêt
accreu & entretint le peuple en paix, pendant 4.ans 6.mois 5.iours qu'il gouuerna.

67. Christoforo Moro encores faict de Procureur de S. Marc Duc, s'entretint quelque temps en paix, tant que le deuxiesme an de son gouuernement le Turc enorgueilli
pour la prise de Constantinople declara la guerre aux Venitiens. Ils firent ligue auec le
Pape Pie II. & le Duc de Bourgongne, mais le Pape venant à mourir ils demeurerent
seuls & soustindrent 20.ans la guerre. Il mourut ayant regné 9. ans 6.mois.

68. Nicolo Trono eut le bon-heur que de son temps les affaires de la Repub. allerent
assez bien contre le Turc. Pietro Mocenigo General en l'Archipelago vny auec le Pape, le Roy de Naples & ceux de Rhodes mit 85.galeres ensemble, & prit Satalie cité de
la Panfilie. Il se fit encore ligue auec le Roy de Perse contre le Turc. Iacques Roy de
Cypre estant venu à Venise espousa Catherine Cornara fille adoptiue de S. Marc. Il
gouuerna vn an 8. mois 5. iours.

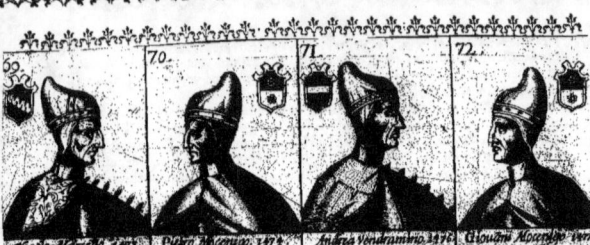

69. Nicolo Marcello Procureur de S. Marc, apres quelques loix faictes par les Correcteurs, fut esleu Duc. De son temps se fit vne coniuration en Cypre pour faire tomber le Royaume entre les mains de Ferdinand Roy de Naples. Pietro Mocenigo y alla auec vne grosse armee, appaisa tout & fit seuerement punir les rebelles. Scutari fut assiegé du Turc & vaillamment deffendu par Antonio Loredano, Ce Duc gouuerna vn an 4. mois 17. iours.

70. Pietro Mocenigo fut esleu Duc pour la resouuenance de ses braues faits. Lepante fut assiegee de son temps par les Turcs, & vaillamment defenduë par Antonio Lauredano. Ils porterent leurs armes contre l'Isle de Stalimene, & le mesme Loredã sa valeur à la deffendre. La fille du Roy Ferdinand vint à Venise auec le Cardinal son frere, où ils furent regalez. Ce Prince fit battre vne monnoye qu'il surnomma de son nom, & ne gouuerna qu'vn an 2. mois & 9. iours.

71. Andrea Vendramino eut de mal-heur en son gouuernemẽt, que l'armee Venitiẽne fut deux fois mise en route par les Turcs: l'vne pres Croya en Albanie, l'autre dãs la patrie du Friul. En sa personne il eust l'heur qu'estãt fort beau il eust vne fẽme tres-belle & de beaux enfãs, qu'il allia par mariage aux premieres familles. Il gouuerna vn an 8. mois.

72. Giouanni Mocenigo frere de Pietro Mocenigo, ayant continué la guerre contre le Turc, fit en fin sa paix auec luy, moyennant qu'il laissa à Scutari & Supula liberté du commerce & pouuoit tenir vn Baile à Constantinople. Il se fit guerre contre Ferdinand Roy de Naples à l'instance du Pape Sixte IIII. qui occasiona la longue guerre Sociale. En fin se fist la paix, la Republique ayant acquis Rouigo & le Polesan. La cité fus difformee de feu & de peste, & ce Prince mourutle 7. an 6. mois.

73. Marco Barbarigo la peste estant cessee fit rebastir ce que le feu auoit bruslé au Palais. Il auoit vne maxime differente de tous autres Princes, de sçauoir pardonner, oublier les iniures particulieres, qui luy estoient faictes, & vanger seurement celles qui se faisoient contre l'Estat. Le Grand Seigneur luy envoya vn Ambassadeur particulier pour congratuler son election. Il ne gouuerna que neuf mois.

74. Agostino Barbarigo resista aux progrez de Charles VIII. Roy de France, lors qu'il fit la guerre contre ceux d'Aragon pour le Royaume de Naples qu'il conquist. Le Turc vsurpa sur la Republique Lepante, Modone, Corone. Le Royaume de Cipre fut mis sous la tutele du Senat, & la Royne Catherine amenee à Venise. L'office de la Santé fut créé par l'occasion de la peste. Le Duc gouuerna 15. ans 11. iour.

75. Leonardo Lauredano soustint vne tres-rigoureuse guerre contre les premiers Princes du monde, s'estant faict à Cambray vne ligue entre l'Empereur Maximilian, le Roy de France, celuy de Naples, les Ducs de Sauoye, Ferrare & Mantouë, incité par le Pape Iules II. Tout l'Estat de terre ferme fut pris fors Treuise, mais en fin il fut recouuré. Il veleu en Principauté 19. ans 8. mois 20. iours.

76. Antonio Grimani estant General en vne desroute signalee, pour occasion de laquelle il fut démis de la charge de Procureur S. Marc & confiné à Chersos. Il rompit son ban & se retira à Rome pres du Cardinal son fils, où il rendit de si bons offices, que non seulement il fut restably en sa dignité de Procureur, mais encores faict Duc en l'aage de 81. ans, & ne gouuerna que 1. an 10. mois 4. iours.

77.   78.   79.   80.

Andrea Gritti. 1523.   Pietro Lando. 1539   Francesco Donato. 1545   Marc Antonio Truisano1550
15. a. 7. m. 8. s.   6. a. 8. m   7. a. 6. m.   a. m. 27. j.

77. Andrea Gritti ayant remporté la meilleure part de la gloire pour la reprise de Padoüe, fut en grande estime, Il fit tant enuers le Roy de France, où il estoit prisonnier, que sa Majesté s'allia auec la Repub. & que Verone & Brescia furent reconquis. Il sçeut fort bien se comporter au gré du Senat pédant les guerres entre l'Emp. Charles V. & François I. & encores contre Soliman. Il gouuerna 15. ans 7. mois & 8. iours.

78. Pietro Lando continua la deffense de la Repub. contre le Ture, auec lequel il fit en fin vne paix, dót il sçeut iouyr, & se maintenir pédant les guerres des susdits Charles & Fráçois. Il gouuerna 6. ans 8. mois.

79. Francisco Donato viant du benefice de la paix, orna la cité de diuers beaux edifices, entre autres celuy du Palais. Il enuoya de secours à l'Empereur, contre certains rebelles en Allemagne. Les Princes de Guise estans venus de son temps à Venise y furent regalez selon leur dignité. Il gouuerna 7. ans 6. mois.

80. Marc Antonio treuisane homme du tout deuotieux, recherche que la Republique fust abondante en biens & bonnes mœurs, empeschant par son bon exemple, que les vices ne se glissassent comme ils font en vne trop longue paix. Il gouuerna vn an moins trois iours.

81.   82.   83.   84.

Francesco Veniero, 1554   Lorenzo Priuli. 1556.   Girolamo Priuli. 1559   Pietro Loredano. 1567.
2. a. 1. m. 27. j.   2. a. 4. m. 1. j.   8. a. 2. m. 4. j   4. m. 1. m. 2. j.

81. Francesco Veniero sçeut tellement gouuerner la Republique, qu'encores que de son temps le Ture fist guerre en la Poüille, & le Roy de France en Toscane, la Royne de Pologne fut regalée à Venise. Il gouuerna 2. ans 1. mois 20. iours.

82. Laurenzo Priuli fust sollicité par le Pape, de faire la guerre à l'Empereur, mais estant amy de la Republique il ne voulut l'offenser, & moyenna la pacification des affaires. De son temps se fit la paix entre France & Espaigne. Charles V. moutur. Ce Prince gouuerna 3. ans 21. mois 8. iours.

83. Girolamo Priuli frere du precedent tout des grands hôneurs que le Pape Pie IIII. fit à la Republique, laquelle il fauorisa singulierement d'ouyr les Ambassadeurs d'icelle en la Salle des Roys. De son éps fut concludle Concile de Trente, où il auoit enuoyé pour Ambassade Nicole de Ponte & Matteo Dandolo. La Republique tint au Baptesme le fils du Duc de Sauoye, né de Marguerite de France, Il mourut ayant gouuerné 8. ans. 2. mois 4. iours.

84. Pietro Lauredano pour la concurrence de deux autres, fut esleu contre l'esperance de tous & de soy-mesme: L'Arsenal brusla de son temps, & y eust vne grande cherté de toutes choses. Selim successeur de Sultan prit de la l'occasion de rompre auec la Republique, à laquelle il demanda le Royaume de Cipre. Et se meur guerre à ce subiect. Il gouuerna 4. ans 5. mois 8. iours.

85.   86.   87.   88.

Aluigi Mocenigo. 1570.   Sebastiano Veniero. 1577.   Nicolo Da Ponte. 1578.   Pascale Cicogna. 1585.
       8. m. 20. j.   7. au. 9. m. 15. j.   10. a.

85. Luigi Mocenigo, la guerre estant enflammée contre le Turc, perdit le Royaume de Cipre, Nicosia ayãt esté prise & Famagouste rendue. La Rep. fit ligue auec le Pape Pie V. & le Roy Philippe d'Espagne, de sorte que les armes iointes ensemble elle obtint l'an 1571. vne signalée victoire contre les Turcs. Peu apres Henry III. Roy de France passa à Venise où il fut magnifiquemét regalé. Ce Prince mourut le 7. an.
86. Sebastien Veniero fut esleu d'vne commune voix, auec tel applaudissement que certains Turcs luy allerent mesmement baiser les pieds. Il se crea cinq Correcteurs sur les loix, pour le reglement des affaires du Palais. La cité fut deliurée d'vne cruelle peste, apres le vœu fait d'edifier l'Eglise du Redempteur. Le feu se mit au Palais, qui l'endommagea fort. Ce Prince ne gouuerna pas vn an entier.
87. Nicolao de Ponte fut creé Duc, homme tres docte en toutes sciences, dont il auoit fait profession publique dans Venise. Il passa par tous les honneurs dont la Republique peut gratifier ses citoyens. Le Seminaire de S. Marc fut institué par luy. Certains Princes du Iappon estans arriuez à Venise y furent tres-fauorablement caressez. Il fit bastir le pont de Canareggio, & gouuerna 7. ans 9. iours.
88. Pascal Cicogna Procureur de S. Marc, fut esleu air si qu'il oyoit Messe en vne Eglise. De son temps y eut de grãdes guerres entre Frãce & Espagne pour le Piedmõt. Et entre l'Emp. & le Turc pour la Hõgrie. Il fit bastir la ville de Palma és confins de la patrie du Friul, & vne forteresse nouuelle en l'Isle de Cefalonie. Il eut l'honneur de l'esmerueillable pont de Rialte qu'il fit bastir: Et gouuerna dix ans ou enuiron.

89.
Marino Grimani, 1595.
10. d. 8 m.

90.
Leonardo donato, 1606.
esleu le 10. Ianuier.

89. Marino Grimani Procureur de S. Marc, fut tant au contentemét du peuple, que le iour de son election se firent des signes extraordinaires de ioye, continuez plusieurs iours suyuans. Le second en sa Principauté il fit couronner en triomphe la Duchesse sa femme, à laquelle le Pape Clement VIII. enuoya la rose d'or. De son temps se firent de grandes allegresses pour la paix concluë entre les Roys de France & d'Espagne. Sur l'occasion de la venue du Pape à Ferrare, acquis à l'Estat Ecclesiastique, le Cardinal Aldobrandin passant à Venise y fut tres honnorablement caressé auec d'autres Cardinaux. Il y eut vn si grand desbordement d'eaux le 9. an de sa principauté, que les gondoles & barques estoient sur la place S. Marc comme en pleine lagune. Il mourut auec tres grand regret du peuple, ayant gouuerné 10. ans 8. mois.
90. Leonardo Donato ayant pour ses merites, prudéce singuliere & dexterité au maniment des affaires passé par tous les honneurs que la Rep. peut faire à ceux qu'elle recognoist fidels, fut mis en la place de Grimani le 10. Ianuier 1606. Il auoit esté enuoyé Ambassadeur à Constantinople vers Mahomet nouuellement venu à l'Empire d'Orient, pour luy faire au nom de la Rep. les complimens accoustumez. Il a vne telle pratique des affaires & memoire si heureuse, dans vne ame si cognouë si sainctemét zele e au bien commun, que le Senat luy defere plus qu'à aucun de tous ses predecesseurs. La cité a esté excommuniée de son temps par N. S. P. Paul V. pour des pretensions du S. Siege, & se peut dire que contre ces foudres il s'est monstré comme vn rocher immobile à la deffence de l'Estat. Ainsi deux principaux piliers de la Chrestienté menaçoient vne grande ruine, n'eust esté que le tres Chrestien Henry IIII. Roy de France embrassa ces deux colonnes, les soustint l'vne & l'autre pour les redresser, par l'entremise de ses Ambassadeurs qui en ont erigé vn arc triomphant à l'immortalité de sa gloire. Ce Prince qui iouyt du bonheur de la Paix, en fait iournellement recognoissance à la France par l'affection particuliere qu'il tesmoigne luy auoir. Dieu le conserue comme tous bons Princes.

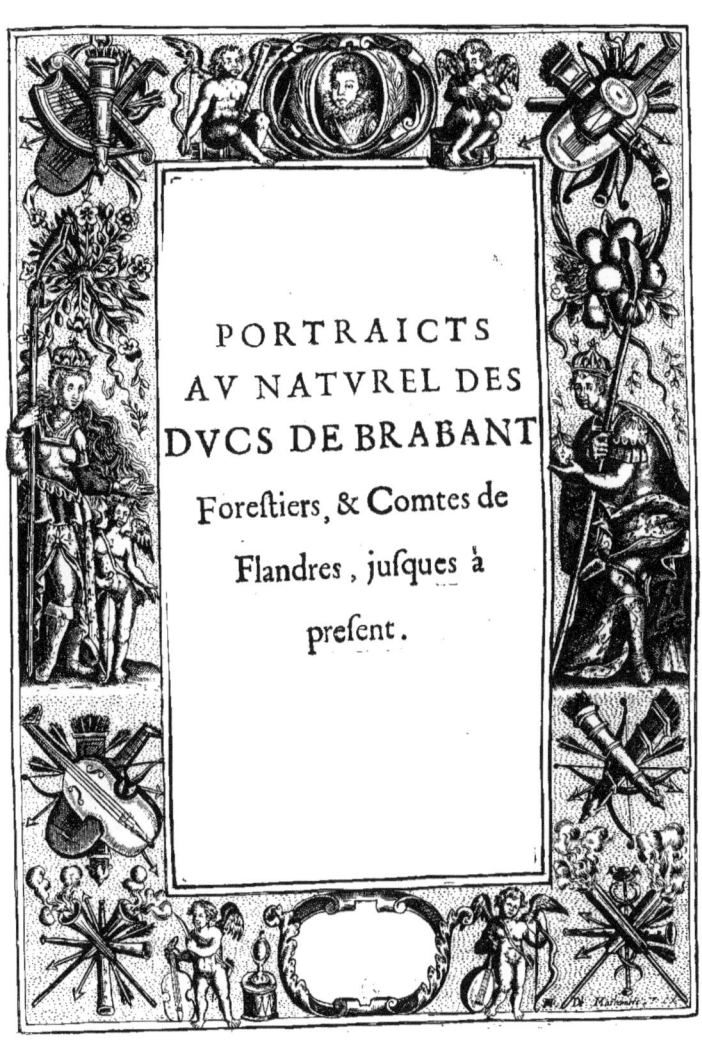

PORTRAICTS
AV NATVREL DES
DVCS DE BRABANT

Forestiers, & Comtes de

Flandres, jusques à

present.

CHRONIQVES

ABBREGEES DE LA VIE, MOEVRS,
ET GESTES DES DVCS DE BRABANT,
FORESTIERS,
ET COMTES DE FLANDRE.
Briefue description du pays de Brabant.

LA Prouince de Brabant est en la basse Germanie:Elle est limitee de la Meuse vers le Septentrion, qui la separe du pays de Gueldres, & de Hollande. Au Midy luy regardent Hainault, Namur, & le pays du Liege. A l'Orient luy est encores la Meute:Et à l'Occident le fleuue de l'Escault, qui separe les Brabançons de Flandre, confinant auec la Principauté d'Alost. Les villes principales de Brabant sont, Louuain, Anuers, Bruxelles, Malines, Bosleduc, Maestrich, & plusieurs autres fermees de murailles : & d'autres qui ne sont ceintes de murs. On tient que Louuain fut edifiee par Iules Cesar: Autres disent que ce fut par vn Escossois nommé Lupé, long temps auant luy. Elle est à present plus recommandable pour sa fameuse Vniuersité, que pour quelque autre remarque qui la puisse singulariser. L'Vniuersité y fut establie & instituee enuiron l'an de salut 1426.par Iean 4.du nom Duc de Brabant, & enrichie de beaux priuileges par le Pape Martin V. Et de nostre temps accreuë & augmentee de grädes immunitez, & confirmation de leurs anciénes libertez par Philippes 2.Roy des Espagnes. C'est pourquoy de tout temps la ville de Louuain a esté & est la Metropolitaine de Brabant, & qui precede toutes les autres villes de son estenduë en preeminence ; soit à prester le sermět au Roy, ou à le receuoir de luy-mesme, ou à porter la parole és choses concernants les affaires; sauf és demandes des aydes & emprunts pour le Prince;où Anuers,comme y ayant le plus d'interest, est celle qui parle la premiere. Pour euiter prolixité nous ne parlerons des autres villes : mais nous dirons que le pays de Brabant a prins sa denomination d'vn certain Siluius Brabo, cinquante ans auant la venuë du Sauueur du monde, qui en laissa le gouuernement à Carlo Brabo son fils; enuiron le temps que les Messins, dits Mediomatrices, ceux de Treues, & de Tul, se soubmirent à l'Empire Romain. Cestuy eut vn fils nommé Titus qui le suruesquit, & qui fut mis honteusement hors de son gouuernement, & enuoyé en exil pour auoir forcé & violé vne Vierge Vestale dedans le Temple. Les Brabançons installerent en son lieu son frere Iules , qui gouuerna si bien la Seigneurie de Brabant, qu'il fut fort aymé & chery de ses subjects : & pour perpetuer sa memoire il edifia la ville de Iulliers entre la Meuse & le Rhin. De luy nasquit vn fils nommé Octauius qui luy succeda, l'an de salut 101.lequel s'allia auec les Romains pour se maintenir , & auec leurs forces il chassa & guerroya les Saxons. L'Empereur Traian l'establit Seigneur de la Gaule Belgique: sous son gouuernement, ces peuples, & ceux de Cologne se côuertirent à la foy Chrestienne , par les exhortations & salutaires Sermons de Maternus. Il deceda l'an de grace 140.laissant vn fils nommé Godard, qui fit construire le Chasteau d'Hus sur l'vn des bords de la riuiere de Meuse. Apres sa mort Godefroy son fils paruint à l'administration du gouuernement paternel, iceluy donna secours à Marc Antoine Verus contre les Saxons & Germains. Il quitta le party des Romains , apres qu'il eut occis le neueu de l'Empereur Cômode, & les chargea & chassa de l'embouchure du fleuue du Rhin, du Scalde, de la Meuse, & du Scambre. Il mourut l'an de grace 232. Ventus son fils luy succeda , qui se reünit & reconcilia auec les Romains qu'il assista,pour entretenir amitié auec eux en toutes occurrences, où il fut requis. Il mourut en l'an 189. laissant pour successeur Arsard son fils , qui secourut Constantius pere de Conſtantin le Grand contre les Germains. Il treſpaſſa l'an 335. Martian ſon fils luy ſucceda, qui fortifia de ces forces celles de Conſtantin contre Licinius & Maxence: Iceluy par ces braues & genereux faits d'armes conqueſta la Hongrie, & ſe fit tributaires & ſubjects les Artoiſiens, & les Picards adjacents. Il deceda l'an 373. laiſſant vn ſucceſſeur.

| Taſſandre premier Duc de Brabant. | Anſigigius 2 Duc de Brabant. | Charles le Bel 3 Duc de Brabant. |

1. ASSANDRE fils de Martian, apres le deces de ſon pere paruint au Duché de Brabant, & en eſt reputé le premier Duc, pource qu'il a en ceſte dignité gouuerné plus abſolument que ſes deuanciers, & qu'il commença le premier d'entr'eux à profeſſer le Chriſtianiſme. L'Empereur Gratian luy porta vne rancune irreconciliable: Pour s'aſſeurer contre icelle, & ſe garder de ſes aguets & ne tomber dedans ſes mains, il moyenna ſon refuge aupres d'Eugenius Germanicus & Herbogaſtes. Il inclina vers l'Empereur Maximian, qui le maintint & protegea grandement, pource qu'il auoit vne grande confiance en luy. Il mourut l'an 406.

2. ANSIGIGIVS fils de Taſſandre ſucceda au Duché de Brabant, par le deces de ſon pere. Eſtant en ceſte dignité, il porta ſes armes côtre les Goths, Viſigots & Vandales, qu'il deſfit auec leur Roy Groſir aupres d'Arles, en faueur de l'Empereur Honorius, à cauſe dequoy il le confirma en ſon Duché. Il regna 30. ans, laiſſant pour luy ſucceder vn fils nommé Charles.

3. CHARLES ſurnommé le Bel fut Duc de Brabant apres ſon pere Anſigigius. L'Empereut Valentinian le fit Chef de ſes Cheualiers, & outre ce luy donna ſa ſœur en mariage, & le teint aupres de ſa Majeſté. Depuis eſtant retourné en Brabant, il mourut l'an 460. ayant regné 24. ans.

| Landus 4 Duc de Brabant. | Auſtraſius 5 Duc de Brabant. | Charles Naſo 6 Duc de Brabant. |

4. L A N D V s fucceda au Duché de Brabant apres Charles fon pere: Iceluy abandonna le party des Romains, & fe rengea du cofté de Chilperic Roy de France qui en fit beaucoup d'eftat, pource qu'il auoit la fidelité en recommandation, & qui s'eftoit manifeftee en fon endroict en plufieurs rencontres. Il regna dix-huict ans.

5. A v s t r a s i v s fils de Landus, fut apres luy Duc de Brabant, par le commun confentement des Seigneurs & Plebees de la Prouince. Pendant fon gouuernement, il n'y euft aucun fi puiffant qui ofaft entreprendre de luy courir fus. Les larrons & voleurs eftoient feuerement punis, la Iuftice obferuee, les affaires d'Eftat eftoient maniees & traictees par des perfonnages choifis & triez parmy les plus fages & prudents. La charité regnoit pour fubuenir aux pauures neceffiteux, à caufe dequoy il s'acquit vne tres-grande reputation, non feulemét parmy les fiens: mais parmy les peuples eftrangers. Quelques Hiftoriens tiennent pour verité que ce fut luy qui donna fon nom à l'Auftrafie. Il mourut en l'an 504. ayant regné 24. ans, & laiffé vn fils pour luy fucceder.

6. C h a r l e s N a s o fut Duc de Brabant, apres la mort de fon pere Auftrafius, qu'il auoit fi foigneufement faict inftruire és chofes que doit fçauoir vn homme qui a l'authorité & le gouuetnemét fur les autres: Ses fubjects furent femblablement gouuernez comme ils auoient efté fous Auftrafius, pource qu'il ne marcha par autres fentiers, que par ceux qui luy auoient efté frayez & monftrez. Il eut pour femme Valeria fille de Bertarius Prince de Thuringe, & en eut vn fils nommé Charles dit Hafbanius qui luy fucceda. Il mourut l'an 556. ayant regné 34. ans.

Charles Hafbanius 7 Duc de Brabant. | **Carloman 8 Duc de Brabant** | **Pepin 9 Duc de Brabant**

7. C h a r l e s H a s b a n i v s eut le Duché de Brabant apres la mort de fon pere Nafo, & fut en grand credit aupres Theodebert Roy d'Auftrafie, lequel le delegua pour eftre Ambaffadeur de fa part deuers Iuftinian, pour obtenir l'affiftance de fon fecours contre Childebert & Clotaire. Il mourut l'an 586. ayant regné 50. ans.

8. C a r l o m a n fucceda à fon pere Hafbanius. Le Roy Chilperic l'affectionna, pource qu'il eftoit vaillant, & fit de beaux exploicts de guerre en Lombardie: & depuis donna fecours à Clotaire 1. du nom Roy de France, contre fes ennemis, & chaffa Brunechilde d'Auftrafie. Il mourut l'an 620. & regna 34. ans: laiffa Pepin Lädry, dit l'ancien, pour fucceffeur.

9. P e p i n fils de Carloman 1. du nom Duc de Brabant, efpoufa vne Dame de Guyenne, de laquelle il eut trois fils, defquels l'vn nommé Grimoald luy fucceda: Il en eut auffi deux filles nommees Begue, & Gertrude. La premiere, & fon mary Anfegife (apres la mort de Grimoald tué par fes ennemis) paruindrent à la dignité Ducale. Gertrude a efté canonizee. Quelques Hiftoriens le nomment Pepin Landry, & le font eftre Duc en l'an 620.

Grimoaldus 10 Duc de Brabant. | Ansegise et Beggue. 11 Duc de Brabant. | Pepin 2 du nom. 12 Duc de Brabant.

10. GRIMOALDVS fils aisné de Pepin, fut creé Duc de Brabant apres son deceds. Auec ce tiltre il portoit celuy de Maire du Palais du Roy d'Austrasie Sigebert, & luy persuada de recourrer la Comté d'Ardenne, & d'Hannonie pour les enfans de Blunulfe qui en auoient esté despouil-lez. Il eut quelque pretention sur le Royaume d'Austrasie, qui ne luy reüssit en quelque rencontre. Il se heurta contre quelques trouppes de gens de guerre conduites par Ercembald pour Clouis 2. du nom Roy de France, qui desfit ses gens, & l'emmena prisonnier à Paris, où il mourut.

11. ANSEGISE Marquis de l'Empire pres du fleuue Scalde, espousa Beggue fille de Pepin Landry, & sœur de Grimoald : & à cest effect s'ac-quit le tiltre de Duc de Brabant. Childeric 2. du nom Roy de France, le fit son Lieutenant en Austrasie.

12. PEPIN second succeda à Ansegise & Beggue ses pere & mere au Duché de Brabant. Il print son surnom d'Heristel ou d'Herstal d'vne pla-ce situee entre le Liege & Mastrich, où il auoit fait bastir vn chasteau sur la Meuse, pour s'y aller recreer quelquesfois : son zele fut grand enuers la Religion Catholique. Il eut de Plectrude sa femme, qui auoit pareil zele & pieré que luy, vne heureuse race à sçauoir trois fils, Drago, Gri-moald martyrisé pour le nom de Iesus-Christ au Liege, où il gist en l'E-glise sainct Iacques. Sylue pour sa vie austere & religieuse, a esté inseré au nombre des Saincts. Notburgue sa fille vesquit sainctement. Apres sa mort plusieurs Miracles se sont faits où elle est inhumee à Cologne. Tous ces enfans moururent deuant Pepin. Il fit la guerre aux Frisons, & print sur eux Valtemburg, dit à present Vtrecht, les ayant subiuguez il les fit instruire en la Religion Catholique par vn sçauant & sainct personnage appellé Guilibrord. Il fut tellement espris de la beauté d'vne Dame nom-mee Alpiade, qu'il repudia Plectrude pour l'espouser : & eut d'elle Char-les Martel, lequel il fit receuoir en sa place auant mourir. Il regna 19. ans.

Charles Martel. 13 Duc de Brabant. | Pepin le bref 3 du nom 14 Duc de Brabant. | Charles-Magne. 15 Duc de Brabant.

13. CHARLES MARTEL fut Duc de Brabant apres Pepin, & Maire du Palais fous les Roys Dagobert 2. Clotaire 4. & Childeric 2. furnômé Daniel. Il eut guerre contre Radbod Duc de Frife, & força Popon fon fils de fe faire Catholique. Il fubjugua les Saxons & les Gots, regaigna le Languedoc & la Prouence fur les Sarrazins. Sa generofité & valeur luy acquirét le furnom glorieux de Martel: & les Eftats de France le voulurent faire Roy. On dit qu'en les remerciant il fit refponfe, qu'il aymoit mieux cômander aux Roys que d'eftre Roy. Le S. Siege receut beaucoup d'affiftance de luy contre Luitprand Roy des Lombards. Il deceda le 22. d'Octobre l'an 741. nommé le Prince des François. Il laiffa 2. fils & vne fille: & gift à S. Denis.

14. PEPIN LE BREF, troifiefme du nom fils de Charles Martel, fut Roy de Frâce, & Duc de Brabant. Il chaftia la rebellion des Saxons: paffa en Italie pour venger l'injure faicte au Pape par Aftulphe Roy des Lombards: cela luy fucceda heureufement. Il reprima l'infolence de Vvaifer Duc d'Aquitaine, & le rengea à la raifon, prenant la plus-part de fes villes, fa mere, fes fœurs, & fes niepces: & fe voulant remettre fus pied, il donna vne bataille pres Perigord, où il perdit le refte de fa fortune & fa vie: Ainfi l'Aquitaine fut reünie à la Coûône de France. Apres plufieurs victoires il mourut de maladie à Tours le 24. Septembre, l'an 768. ayant regné 54. ans: & gift à S. Denis.

15. CHARLES-MAGNE Empereur des Romains, Roy de France & Duc de Brabant, fit la guerre à Didier Roy des Lombards à la requefte du Pape Adrian, & le print prifonnier dedans Pauie & l'enuoya en exil au Liege, combien qu'il euft efpoufé Hermingarde fa fille; Galiene, Hildegarde, Faftrade, & Luithegarde furent pareillement fes femmes. Il debella les Bretons: print fur les Sarrazins d'Efpagne Pampelune, Sarragoffe, & rendit plufieurs Royaumes & Seigneuries tributaires. Il vainquit les Sclauons & Vandales, qui occupoient le pays de Brandebourg. Il conquift fur les Huns & Auarois la Pannonie: Et pour s'immortalifer danantage il fonda les Vniuerfitez de Paris, Boulongne & Pauie. Il deceda le 28. Ianuier l'an 814. aagé de 72. ans: & de fon regne 46. Il gift à Aix la Chappelle.

Louys Debonnaire. 16 Duc de Brabant. | Lothaire. 17 Duc de Brabant. | Charles le Chauue: 18. Duc de Brabant.

16. LOVYS DEBONNAIRE fils de Charles-Magne, Empereur de Rome, Roy de France, & Duc de Brabant, eut deux femmes Armenias de la maifon de Saxe, & Iudith fille de Vvelfon Comte d'Altorf. Il remit en fon obeyffance les Sclauons, Sorabes, & Gafcons, qui s'en eftoient diftraicts. Il vainquit les Bretons, & ayant prins en la bataille leur Roy Murmenian le fit tuer. Il fut perfecuté de fes enfans, & en fin deliuré de leurs mains l'an 834. par les Princes fideles François. Il trefpaffa le 60. an de fon aage: & de fon regne le 27. en vne Ifle fur le Rhin. Il gift à Mets.

17. LOTHAIRE Empereur, Roy d'Italie, d'Auftrafie, & Duc de Brabant, eut de grands differents auec fes freres Louys & Charles à caufe de

leurs partages : en fin s'entreficrent cruellement la guerre, & en plusieurs
batailles se perdit grand nombre de gens, & la Noblesse Françoise fut
beaucoup diminuee. La necessité des affaires, plustost que la raison, les
meit d'accord ; moyennant lequel Charles auroit la France, Louys l'Allemagne, Lothaire le tiltre d'Empereur, l'Italie, la Prouence, & l'Austrasie, laquelle il voulut estre appellee de son nom *Lotharingia*, qui veut
dire Lorraine. Apres quelque temps Lothaire quitta l'Empire à son fils,
& s'encloistra en l'Abbaye de Prune dans les Ardennes, où il vesquit
monastiquement, ayant regné 37. ans.

18. CHARLES LE CHAVVE Empereur, Roy de France, & Duc de
Brabant, vainquit les Normans, & les mit en desroute : reprint Angers :
donna bataille à son frere Lothaire pres Fontenay en Poictou. Apres
auoir mis à fin plusieurs belles expeditions pour le restablissement &
augmentation de son Estat. Il passa en Italie pour s'opposer aux desseins
qu'y auoient les fils de son frere, & escheut malade de fievre à Mantoüe,
où son trespas fut aduancé par vn poison que son medecin, qui estoit
Iuif, auoit mis dedans sa medecine. Il eut deux femmes, Hermingarde
de laquelle nasquirent Louys le Begue, Lothaire, Charles, Carloman. Et
de Richilde sœur de Bison Roy de Bourgongne, il eut deux fils qui ne
vesquirent qu'vn an, & vne fille appellee Iudith. Il deceda le 6. Octobre
l'an 877. & gist à S. Denis en France.

Louys surnommé le Begüe. 19 Duc de Brab	Charles le Simple. 20 Duc de Brabant	Louys le Simple 21 Duc de Brabant

19. LOVYS surnommé le BEGVE, succeda aux souverainetez de son
pere. Il fut traversé pour l'Empire par les Italiens, & Allemans. Les Normans furent chastiez des pilleries qu'ils auoient exercees en Picardie,
Flandres, & Brabant : mesmement pres de Cologne. Il eut deux femmes
Ausgarde ou Ansgarde & Richseult sœur du Roy d'Angleterre, de laquelle il eut Charles le Simple : & eut d'vne concubine Louys & Carloman. Il deceda à Compiegne le 10. Aurill l'an 879.

20. CHARLES LE SIMPLE Roy de France & Duc de Brabant : chacun pendant son regne voulut tenir en propre ce qu'il tenoit du Domaine Royal. Les Grands Seigneurs & Gouverneurs des Prouinces s'en firent beaucoup accroitre. De grands troubles furent esmeus en France
par les monopoles d'Hermes Archeuesque de Rheims, qui auoit couronné Roy de France Eudes ou Odon, tandis que Charles estoit en
Lorraine. Apres la perte d'vne bataille, qui auoit esté donnee entre luy
& Robert frere d'Odon, apres ceste disgrace, voulant reuenir en France
il fut pris par le Comte Heribert, qui l'ayant tenu longuement prisonnier à sainct Quentin, le transfera à Chasteau-Thierry, & de là à Peron-
ne, où il deceda cinq ans apres sa ptison. Il eut pour femme Ogine ou
Algine fille d'Edoüard Roy d'Angleterre.

21. LOVYS LE SIMPLE Roy de France, & Duc de Brabant, fut r'appellé d'Angleterre par les Princes de France, à la persuasion de Hugues
le Blanc : quelque temps apres voyant que le Roy ne satisfaisoit à ce qu'il

esperoit, quitta son party, & pour se rendre fort contre luy, s'allia auec l'Empereur Othon, prenant sa sœur en mariage : Mais l'Empereur recogneut en fin que l'assistance de ses armes n'estoit iuste: & partant recommença à soustenir le Roy, qui mourut d'vne estrange maladie le 11. Nouembre l'an 954. Il eut pour femme Geberge fille de Henry Roy de Saxe.

Charles le Gros 22 Duc de Brabant. | Othon 23 Duc de Brabant. | Lambert et Geberge 24 Duc de Brabant.

22. CHARLES LE GROS Roy de France & Duc de Brabant, apres le deces de Louys fils de son frere Lothaire Roy de France. Hugues Capet luy courut sus auec vne puissante armée: La bataille se donna de part & d'autre auec beaucoup de courage: en deux charges Charles fut victorieux, & en la troisiesme luy tourna le dos, & mourut fort miserablement en vn village de Suaube.

23. OTHON l'vn des fils de Charles le Gros eut la Duché de Brabant, & luy fut forcé de quitter le Royaume de France auquel il deuoit succeder, pource qu'il estoit peu puissant, & que la fortune de son feu pere le rendoit mesprisable, ses subjects ne laisserent de l'aymer, pource qu'il les gouverna fort tranquillement. La mort l'ayant osté du monde sans qu'il eust esté marié, fit place à Henry Duc de Bauiere pour posseder le Duché de Brabant. Iceluy venant à estre esleu Empereur le bailla en partie, sçauoir ce qu'on appelle le Brabant François, à Godefroy Comte d'Ardenne, auec la Lorraine, & en priua Geberge sœur d'Othon. A ce Godefroy succeda Gosselin son frere : De luy yssit Estienne XI. Pape, & vn Godefroy son successeur ; & Ede qui fut mariee à Lambert, qui posseda la Comté de Louvain. A Godefroy succeda Godefroy 3. son fils, surnommé le Bossu, qui posseda le Brabant & la Lorraine; & qui encore par l'effort de ses armes, se fit maistre & Seigneur de la Hollande & de la Frise. D'vne sienne sœur nommee Ide, femme d'Eustache Comte de Boulongne, nasquirent Godefroy 4. & Baudoüin Roys de Hierusalem. Ces quatre pour auoir esté plustost vsurpateurs de ce Duché que legitimes Ducs, n'ont esté mis au rang des autres par Barlande, qui n'a entendu parler que des Ducs de Brabant en son histoire.

24. LAMBERT espousa Geberge sœur d'Othon, qui fut iniustement frustree de l'heredité de son frere, qui estoit le Duché de Brabant : Elle ioüit neantmoins du Comté de Louvain & de Bruxelles, & du Marquisat du sainct Empire qu'elle auoit eu de son pere pour son doüaire. Lambert son mary portant impatiemment le tort qu'on luy taisoit de ne la laisser ioüyr du Duché de Brabant, s'arma côtre Godefroy des Ardennes: mais il mourut en vne bataille qu'il luy donna, laissant vn sien fils nômé Henry le Vieil, Comte de Louvain & de Bruxelles; lequel eut de sa femme Gertrude, fille de Robert le Frison Comte de Flandres, Lambert aussi Comte, qui luy succeda; & Ide, qui fut mariee à Baudoüin Comte de Flandre & de Hainault; & Mathide, qui espousa Eustache Comte de Boulogne. De ceux-cy descendit Geoffroy dit le Barbu, qui par ses exploicts guerriers & valeureux recouvra le Brabant & la Lorraine.

25. Geoffroy ou Godefroy, fils d'Henry 3. petit fils de Lambert, rentra dedans ledit Duché que les Princes des Ardennes auoient vsurpé sur ceux à qui legitimement il appartenoit: sa vaillance le fit grandement redouter, & en diuers lieux il laissa des marques signalees de sa proüesse. Il fut surnommé le Barbu; pource que comme l'aisné de ses freres, il auoit promis à son pere de ne coupper iamais sa barbe, qu'il n'eust recouuré la Lorraine & le Brabant: cela luy reüssit. Il fut genereux, vaillant, debonnaire enuers ses subjects & autres: deuor & religieux. Apres son deceds il fut inhumé à Affligim, qui est vne Abbaye entre Bruxelles & Alost.

26. Geoffroy second, fils de Geoffroy le Barbu, succeda au Duché de Brabant, que Henry de Luxembourg luy voulut contester: mais il dressa vne puissante armee, auec laquelle il assiegea la ville de Trudan, dont les habitans tenoient le party de Henry. Iceux se voyant reduits en grande extremité, vinrent à composition, & luy iurerent foy & hommage, moyennant quoy il leur pardonna. Il poursuiuit ledit Henry par delà Aix la Chappelle, & le desfit: puis retourna victorieux en Brabant auec son armee qu'il fit fondre sur le Prince Grimbergue, contre lequel il deprofita: car en ceste guerre son ennemy recoura tout ce qu'il auoit perdu. Apres auoir tenu le Louuain enuiron trois ans & quelques mois, il mourut: Son corps gist audit Louuain en l'Eglise sainct Pierre.

27. Geoffroy 3. succeda n'ayant qu'vn an à son pere Geoffroy 2. au Duché de Brabant, qui fut desolé & pillé par l'armee du Prince de Grimbergue, ennemy capital de son ayeul, & de son feu pere. La Noblesse du Brabant composa vne puissante armee, puis se mit en campagne, choque son ennemy, & pour encourager les soldats, fit porter à la teste de l'armee leur petit Prince dedans vn berceau: cela fit effect. La pitié de le voir en ce bas aage assailly de la fortune, enflamma leur courage & leurs armes; de maniere qu'ils meirent en route l'armee de Grimbergue auec grande effusion de sang. Geoffroy ayant atteint l'aage de 25. ans, espousa Marguerite fille de Henry de Limborg, de laquelle il eut deux fils, Henry qui fut apres luy Duc de Brabant, & Albert qui eut l'Euesché de Liege; & vne fille nommee Aleyde, qui espousa vn Roy d'Angleterre. D'vne seconde femme qu'il eut nasquit vn fils qu'on nōma Guillaume. Pendāt son gouuernement plusieurs prodiges furent veus: on veid trois Lunes & trois Soleils au Ciel. Son corps gist à Louuain en l'Eglise de Barione.

Henry premier 28. Duc de Brabant. Henry 2. 29 Duc de Brabant. Henry 3. 30 Duc de Brabant.

28. HENRY premier fucceda au Duché de Brabant apres le deceds de Geoffroy3. fon pere. Mathilde Comteffe de Boulongne fut fa femme, de laquelle il eut deux fils, Henry qui luy fucceda, & Godefroy. De quatre filles qu'il eut, l'aifnee nommee Marie efpoufa l'Empereur Othon 4. les autres furent placees en bon lieu. Iceluy allant auec l'Archeuefque de Mets au voyage de la Terre Saincte, fut declaré Chef des Chreftiens contre le Turc. Il fut affez heureux en guerre & en plufieurs de fes entreprifes. Il ayma les François, deffit plufieurs Sarrazins, puis deceda à Cologne ayant tenu fon Duché 48. ans. Son corps gift à Louuain en l'Eglife fainct Pierre.

29. HENRY 2. apres le deceds de fon pere fut Duc de Brabant, il efpoufa Marie fille de Philippes Roy des Romains: il en eut vn fils nommé Henry, & quatre filles, Mathilde efpoufa le fils du Roy de France, Marie le Duc de Beyren: Beatrice le Lantgraue de Thuringe, & Marguerite fut Religieufe de l'Ordre de Cifteaux à Vauleduc. Apres la mort de fa femme il fe remaria à vne Dame de grand lieu nommee Sophie, de laquelle il eut vn fils. Il eut plufieurs guerres qui troublerent fon Eftat. Le Pape Innocent 4. l'ayant priué de l'Empire, Friderie 2. le voulut faire Empereur: mais il le refufa, & fit tourner l'affection de fa Saincteté fur Guillaume Comte de Hollande fon neueu, lequel fut declaré Roy des Romains apres la mort de Henry Lantgraue, qui auoit fuccedé à Friderie 2. Il mourut le 22. an de fon gouuernement: Son corps fut inhumé en vn Monaftere appellé Vileres.

30. HENRY 3. fut Duc de Brabant apres le trefpas de fon pere. Il eut d'Aleyde fille du Duc de Bourgongne trois fils, Henry, Iean, & Godefroy, & vne fille nommee Matie, qui fut mariee à Philippes 3. Roy de France. Ce Prince vefquit en paix & tranquillité debonnaire enuers fes fubjects, les ayant gouuernez l'efpace de feize ans. Il eft enterré à Louuain au Conuent des Freres Prefcheurs, auec fa femme.

Iean 1. 31 Duc de | Iean 2 du nom 32 | Iean 3. du nom 33
Brabant. | Due de Brabant. | Duc de Brabant.

31. IEAN fils de Henry 3. fut preferé au Duché de Brabant à son aisné Henry, pour quelque defaut qu'il auoit, huiét ans apres le deceds de son pere ; non sans beaucoup de peine & de trauerses par ceux qui tenoient le party de son frere. Il espousa Marguerite fille de Philippes Roy de France, qui mourut en trauail d'enfant. De sa seconde femme, fille de Guy Comte de Flandre, il eut deux fils & deux filles. Il eut guerre contre l'Archeuesque de Cologne qu'il vainquit. Il mourut d'vn coup de lance qu'il receut en vn tournoy qui se faisoit en Angleterre, à cause des nopces de la fille du Roy: Son corps fut porté à Bruxelles, & gist en l'Eglise des Cordeliers.

32. IEAN second succeda à son pere Iean premier, & print à femme Marguerite d'Angleterre fille du Roy Edoüard: pendant son gouerneme[n]t il y eut de grandes guerres en Flandre, entre les François & Flamands. L'occasion d'icelles fut que Guy Comte de Flandre vouloit donner sa fille Philippes en mariage au fils d'Edoüard Roy d'Angleterre, contre la volonté de Philippes 4. Roy de France qui l'auoit nommee sur les fonds de Baptesme, & esleuee en sa Court. Ce Prince estoit valeureux, mais il n'entreprenoit aucune guerre qu'à iuste occasion. Apres auoir gouerné 19. ans, il mourut de la pierre qu'il auoit en la vessie: Son corps repose en l'Eglise sainéte Goule à Bruxelles.

33. IEAN 3. succeda à son pere, tant en sa dignité qu'en ses bonnes mœurs en l'aage de douze ans. Le commencement de son gouernemét fut embroüillé pour les debtes de son ayeul & de son pere: ce qui fit longuement cesser le commerce qui se remeit en fin sus. La peste & la famine desolerent fort le Brabant l'an 1315. par des pluyes qui durerent dix mois. La terre fut infructueuse, & cela causa vn second Deluge qui noya beaucoup de pays. Il fit la guerre au pays de Valkembourg & au Comte de Flandre, pour la Principauté de Malines. Son Estat fut agité de diuers fleaux de Dieu. Il eut de sa femme 3. fils, Henry, Geoffroy, & Iean, qui moururent sans enfans : & quelques filles, dont vne nommee Marie espousa Guillaume Comte de Hainault & de Hollande : & apres sa mort Vvenselas, fils de Iean Roy de Boëme. Il deceda le 43. de son gouernement, au gra[n]d regret de ses subjeéts. Il est enterré en l'Abbaye de Vileer.

Vuenceslas et Ieanne
34 Duc de Brabant.

Anthoine et ses deux
fils Iean et Philippes
35.36.37. Duc de Brabant.

34. VVENCESLAS succeda à son beau-pere au Duché de Brabant, à
cause de Ieanne sa fille qu'il auoit espousee à son aduenement, & pour
vne assez legere occasion aduint vn grãd remuëmēt à Louuain, qui dura pres de deux ans. Il eut guerre auec le Marquis de Iulliers: En ceste
guerre il fut pris prisonnier, & puis remis en liberté, pour la crainte
qu'eut le Marquis, de Charles 4. du nom Empereur, qui estoit son beau-
frere. Apres tout cecy il fut encores heurté de quelques ennemis qu'il
vainquit. Son beau-frere l'estant venu voir en son Duché, grande res-
jouyssances furēt faictes, apres lesquelles pour s'estre trop eschauffé en
quelques recreations, vne maladie le vint saisir estant de retour à Bruxelles: pour changer d'air il s'achemina à Luxembourg, où peu apres il
trespassa, & fut enterré au Monastere d'Oryual qu'il auoit fait edifier, &
renté de grands reuenus. La Duchesse Ieanne sa femme eut beaucoup
d'ennuy de sa mort; elle fit la guerre au Duc de Gueldres, & resta victorieuse: ceste Dame mourut l'an de grace 1406.
35. ANTOINE fils de Philippes Duc de Bourgongne, surnommé le
Hardy, fut Duc de Brabant apres Vvenceslas, à cause que de Marguerite
sa belle sœur, mariee à Louys Comte de Flandre, il y eut vne fille de mesme nom, qui en secondes nopces espousa Philippes le Hardy, fils de Iean
Roy de France. De ceste femme nasquirent Iean, Antoine, & Philippes.
Iean eut le Duché de Bourgongne, & Antoine celuy de Brabant. Apres
le deceds de Ieanne sa grand Tante, decedee sans enfans, les affaires de
Brabant prospererent beaucoup sous le gouuernemēt de ce bon & loüa-
ble Prince, amateur de Iustice, de vertus, & de pieté. Il espousa Ieanne
de sainct Pol, tres-sage & vertueuse Dame; & eut d'elle deux fils, Iean &
Philippes, & vne fille qui deceda en bas aage. Peu apres le deceds de sa
femme il espousa Elizabeth, qui luy apporta le Duché de Luxembourg.
Il mourut en vne bataille pres la ville de Teroüenne (aultres disent Azin-
uortan) entre les François & les Anglois, où il estoit venu, pour tesmoi-
gner l'affection qu'il portoit au seruice de Charles 7. Roy de France: Son
corps gist à Beure auprès celuy de Ieanne de S. Pol sa premiere femme.
36. IEAN son fils aisné luy succeda aagé de 13. ans, ayant atteint les 17. il
se maria à Dame Iaquette ou Iaqueline de Beyers, fille de Guillaume
Comte de Hainault & de Hollande. Le diuorce s'estant mis entr'eux par
faux rapports, ladite Dame sort secrettement de Brabant, passe en Angleterre, & prend à mary le Duc de Clocestre, qui apres la consommation de son mariage vient auec vne puissante armee faite de grands degasts & pilleries dedans le Hainault. Le Duc Iean s'y oppose: De part &
d'autre se font de grands conflicts. L'Anglois est dechassé. Le Pape declare la separation de la Duchesse d'auec son mary estre injuste: nonobstant
cela le Duc ne la veut reprendre; ny son second mary, qui se remarie en
Angleterre. Se voyant entre ses extremitez, elle fait du pis qu'elle peut.

Iean n'ayât plus de guerre fonde l'Vniuerſité de Louuain, tient les Eſtats
à Lyre pour ſes affaires: puis ſe retire à Bruxelles auec le Comte de S. Pol,
où il eſcheut malade le Dimanche de deuant les Rameaux, & mourut
l'an 1426.le 24.de ſon aage. Il giſt à Brenne en l'Egliſe S. Iean l'Euãgeliſte.
37. PHILIPPES premier du nom Duc de Brabant, aptes le deceds de
Iean ſon frere aiſné, eut deſir de voir la terre ſaincte & la ville de Hieruſalem, ce que le Pape (duquel il cuidoit auoir la permiſſion, eſtant allé
expres à Rome) ne luy permit, à cauſe de la guerre ouuerte entre le Roy
de Cypre & le Turc. Eſtant ſur le poinct de ſe marier auec Iolante fille
de Louys Roy de Sicile ſa ſiãcee, qu'il auoit enuoyee querir par les principaux de ſa Cour, Il mourut n'ayant gouuerné que 3. ans & 3.mois.

Deſcription de la Flandre.

E pays de Flandre eſt diuiſé en Flandre Flamegante, qui eſt le
principal, Flandre Gallicane ou Françoiſe, à cauſe qu'on y
parle François, & Flandre Imperiale. La premiere region eſt
contenuë dés la mer Septentrionale, iuſques au fleuue Liſe.
La ſeconde eſt limitee par le Cambreſis, l'Eſcault, Liſe, Pays d'Artois, &
la Flandre Flamegante. La 3.nommee Flandre Imperiale, a ſon limite de
peu d'eſtenduë vers le pays de Brabant, pris entre les riuieres de l'Eſcault
& de la Dénre. Tout ce pays a pris ſa nomination de Flandbert nepueu
de Clôdion Roy de France, qui eſpouſa la fille de Golduere Roy des Ru-
theniens nômee Bleſinde, qui chaſſa de la Gaule Belgique les Romains,
& depuis Holdin frere de ſa femme. En ce pays eſt la Foreſt Charbon-
niere, par aucuns dite Carbonniere, à cauſe de certain Seigneur de ce
lieu nommé Cambron: Et pour autant qu'en ceſte foreſt ſe repaiſtoient
multitude de brigands & voleurs, il fut trouué neceſſaire d'y mettre des
gardes qui portaſſent vn tiltre digne & honorable,& furent iceux nommez Foreſtiers de Flandre, leſquels eſtoient grãds Seigneurs, & qui pouuoient tenir teſte à ceux qui vouloient entreprendre ſur eux, & joüyſ-
ſoient deſlors de la Seigneurie de Harlebec, qui n'eſt plus que Vicomté
maintenant: Leur gouuernement & leur pouuoir ne s'eſtendoit ſeulement ſur la terre, qui eſtoit adonc foreſtiere & boſcageuſe: mais ſur les
riuieres & ſur la mer, & y faiſoient toutes les fonctions des Admiraux.
De ceſte dignité Baudoüin premier de ce nom, le dernier & 8. Foreſtier
de Flandre, fut creé & inueſti du Comté de Flãdres par Charles le Chauue Roy de France l'an 879. Il ne faut nullement douter qu'iceux Foreſtiers n'ayent eſté erigez auparauant que les Comtes, qui ſont deſcendus
d'eux, & qu'ils doiuent eſtre mis deuant euxicy.

LES FORESTIERS DE FLANDRE.

Liderick dict le Buc. 1   Anthoine. 2 Foreſtier   Bouchard. 3 Foreſtier
Foreſtier de Flandre.   de Flandre.   de Flandre.

1. YDRICK dict le Buc, fils vnique de Saluart Prince de Dijon, fut fait
le premier Foreſtier de toute l'eſtéduë & pays de Flandre, par Dagobert
Roy de France l'an de grace 621.pour en jouyr par luy & ſes ſucceſſeurs,
pource qu'il auoit vaillamment combatu & deffaict en duel l'Imard le

Tyran Seigneur de Buc, qui auoit tué son pere. Il iouit de cest office enuiron 52. ans, &
se comporta en ceste charge vertueusement, gouuernant la Flandre auec vne grande
obseruation de Iustice, & vne grande police. Il mourut aagé de 92. ans, & fut enterré
auec grande ceremonie. Il fut allié en la maison de Meroué par Madame Rithilde fille
de Clotaire 2. de ce nom, & de Sichilde sa 2. femme. Paradin l'a dit sœur de Dagobert,
Il eut d'elle 15. enfans masles.

2. ANTOINE fils de Lyderick le Buc & de Richilde de France, eut le gouuernement
de la Flandre, comme Forestier, apres son deceds enuiron l'an 692. Sa mauuaise vie, &
ses deportemens le rendirent mal voulu, & par sa negligence les Gots, les Vandales &
Huns coururent & desolerent terriblement la Flandre, qui fut remplie de tueries : Il fut
en fin contrainct de l'abandonner, & se retira en France. Quelque autheur dit, que
voulant fuyr, les Vandales l'apprehenderent, & qu'ils le tuërent, & tous ses enfans, auec
la plus grande partie de ses freres.

3. BOVCHARD, apres le deceds de son frere fut Forestier, & gouuerna la Flandre.
Theodoric Roy de France luy osta ceste charge, en indignation de ce qu'il auoit secouru à son besoin Pepin son ennemy. Il fut allié en sa maison ou en celle de Lorraine par
Helduede fille de Vnalgise Marquis du S. Empire sur la riuiere de l'Escault, qui luy apporta en mariage la Principauté de Louuain. Il eut d'elle Estorede qui luy succeda.

Estorede. 4.e Forestier
de Flandre.

Lyderick 2. du nom. 5.
Forestier de Flandre.

4. ESTOREDE fils de Bouchard succeda en l'estat de Forestier de Flandre, fut Prince de Louuain & Seigneur de Harlebeck : & Charles Martel visitant la Flandre, & la
voyant ruynée & presque perduë, par les courses & degasts qu'y faisoient les Vandales
& autres brigands, luy commanda de leur courir sus, & luy donna assistance pour ce
faire : de maniere qu'en peu de temps il nettoya la Flandre de telles canailles. Il eut de
sa femme Idonie Lyderick 2. du nom, Forestier de Flandre.

5. LYDERICK fils d'Estorede & d'Idonie sa femme, commença à regner l'an 792.
comme Forestier il gouuerna la Flandre sous les regnes de Charles-Magne & Louys
Debonnaire son fils par 44. ans. De Flandrine sa femme issuë d'Allemagne, il eut Inguerran qui luy succeda. Le susdit Roy pour remunerer ses martiales actions, erigea sa
Principauté de Harlebeck en Comté, & fut le premier Comte d'icelle. Il trespassa l'an
816. & gist à Harlebeck.

Inguerran 6 Forestier
de Flandre.

Odacre 7 Forestier
de Flandre.

6. INGVERRAN fils de Lyderick & de Flandrine, eut l'Estat de Forestier de Flandre,
& la gouuerna sous Louys Debonnaire & Charles le Chauue, ausquels il fit hommage
des terres qu'il tenoit. Il mourut l'an 852. ayant gouuerné 14. ans. Il est inhumé à Har-

lebeck, & laiſſa vn fils nommé Odacre, qui ioüyſt de ſa charge.

7. ODACRE fils d'Ingueran ioüiſt de l'eſtat de ſon pere l'an 851. & gouuerna la
Flandre 11. ans. Il reſtablit beaucoup de ruynes que les guerres y auoient faictes. Il fortifia pluſieurs villes, & ceignit de murailles la ville de Gand. Sa femme fut fille du Preuoſt de la Chitiue, qui n'eſtoit pour lors qu'vn petit village, & maintenant vne ville
appellee S. Omer. D'elle naſquit Baudoüin dit Bras de fer, qui fut Foreſtier & premier
Comte de Flandre. Il mourut l'an 863. & giſt à Harlebeck.

LES COMTES DE FLANDRE.

Baudoüin premier 1 | Baudoüin 2. du nom 2 | Arnoul le Viel 3
Comte de Flandre | Comte de Flandre | Comte de Flandre

1. BAVDOVIN fils d'Odacre, ſelon aucuns Adaquiet, ſurnommé Bras de
fer, à cauſe qu'il chargeoit rudement ſes ennemis, fut le premier Comte
de Flandre l'an 863. & reſtably en ceſte dignité par la reconciliatió qu'il
fit auec Charles le Chauue Empereur & Roy de France, duquel il auoit
enleué par forceſa fille appellee Iudith, veuſue du Roy Edoüard d'Angleterre. Il fut homme de grande ſtature, & fort de membres. Il eut trois fils, le premier
mourut ieune, Baudoüin ſurnommé le Chauue luy ſucceda: & vn nómé Eudol, que tſta
Hebert Comte de Vermandois. Il deceda à Arras l'an 897. & giſt en l'Egliſe S. Bertin.

2. BAVDOVIN 2. du nom, nommé le Chauue, ſucceda à ſon pere Baudoüin Bras de
fer, ſe maria à Eltrude d'Angléterre fille du Roy Elfrede, Dame pieuſe, qui fit baſtir pluſieurs Egliſes, & luy engendra Arnulphe Comte de Flandre, Adulphe Comte de Boulongne, & deux filles, Elgifrede & Eſltrude. Il gaigna pluſieurs victoires ſur les Danois,
rempara la ville de Bruges, & l'emmuraïlla: & mourut l'an 919. Sa femme le ſuiuit l'an
929. Ils ſont inhumez à ſainct Pierre lez Gand.

3. ARNOVL le Viel, Comte de Flandre, par le treſpas de ſon pere, l'an 919. eſpouſa
Aleyt fille de Hubert Comte de Vermandois; qui luy donna Baudoüin le ieune Comte
de Flandre, & deux filles Luytgarde femme du Comte Vuithman: & Eltrude, qui fut
rauie, & depuis mariee à Fiſcorin Normand, Seigneur de Guiſnee. Il eut de grands differends auec l'Empereur Othon pour la mort du Duc Guillaume, dit Longue-eſpee, &
chaſſa les Huns & Vandales de la Flandre: & pour ce ſubiect là, le Pape luy permit de
leuer les diſmes ſur tous les pays du Comté de Flandre. Eſtát aagé de 92. ans il mourut,
l'an 964. & ſa femme auparauant luy. Ils giſent à S. Pierre lez Gand.

Baudoüin le Ieune 3. du | Arnulphe le Ieune 5 | Baudoüin 4 du nom 6
nom 4 Comte de Flandre | Comte de Flandre | Comte de Flandre

4. BAVDOVIN le ieune 3. du nom Comte de Flandie, par le tranfport que luy fit volontairement Arnoul le Viel fon pere. De fon viuant il efpoufa Mehault de Saxe, fille
du Duc Herman, qui luy conceut Arnulphe dit le Ieune, Comte de Flandre. Il ne regna
que 3. ans, puis mourut de la petite verolle en l'an 967. Il gift en la ville de S. Vuinox.
5. ARNVLPHE le ieune 1. du nom paruenu à la Comté de Flandre, apres le deceis
de fon pere. Il efpoufa Rofeile fille de Berengier Roy de Lombardie, & eut d'elle trois
fils & vne fille : De fes fils Baudoüin luy fucceda. Il eut guerre contre Lothaire Roy de
France, qui l'ayant defpoüillé de fa Comté luy reftitua, & quelques autres terres, par
l'entremife & recommandation de quelques Princes. Il trefpaffa d'vne fiévre chaude en
fa maifon à Gand le 13. Mars 988. Il gift à S. Pierre audit Gand.
6. BAVDOVIN 4. du nom, dit belle-Barbe, fils aifné d'Arnulphe le ieune, vint au
Comté de Flandre l'an 988. & en l'an 1006. il vfurpa la ville de Valenciennes fur l'Empereur Henry 2. qui meit en vain le fiege deuant pour la r'auoir, affifté des forces de
Robert Roy de France, & de Richard Duc de Normandie. L'Empereur pour la grandeur de fon courage & fon affeurance, luy remeit l'offence qu'il auoit commife, à caufe
dequoy il rendit la ville de Cambray. Il eftablit la Chancellerie en Flandre : gouuerna
le pays 46. ans, & mourut l'an 1035. laiffant de fa femme Ognie fille de Guillebert Duc
de Lorraine & Comte de Luxembourg, Baudoüin le Debonnaire. Ils gifent tous deux
à fainct Pierre lez Gand.

Baudouin 5 du nom et   Baudouin 6 du nom et   Arnulphe 3 du nom
Alife 7 Comte de Flandre. Richilde 8 Comte de Fland. Comte de Flandre

7. BAVDOVIN 5. du nom, apres le trefpas de fon pere fut Comte de Flandre, & nōmé
le Debonnaire. Il efpoufa Adele ou Alife fille de Robert Roy de France, de laquelle il
eut trois fils & vne fille. Baudoüin 6. l'vn de fes fils luy fucceda; & la fille nōmee Mahault
fut matiee à Guillaume Roy d'Angleterre. Il fit enceindre de murailles la ville de l'Ifle,
y faifant faire des portes & foffez : & y fonda l'Eglife Canoniale de S. Pierre. Il deceda
l'an 1067. ayant regné 33. ans.
8. BAVDOVIN 6. du nom furnommé de Mons, & le paifible, fucceda à fon pere: fut
de fi douce & paifible humeur qu'il ne porta onuques armes ou efpee, fe contenta feulement de bien faire rendre la Iuftice par fes Magiftrats à fes fubjects. Il nettoya fon
pays de larrons, & la police fut grandement obferuee & gardee par toutes fes terres. .
Il eut de Rithilde fille vnique du Comte de Mons en Haynault, Arnulphe qui fut Côte
de Flādre, & Baudoüin Comte de Haynault. Son regne ne fut que de trois ans, & mourut l'an 1078. Il gift auec fa femme au Monaftere de Hannon qu'il auoit fait edifier.
9. ARNVLPHE 3. du nom furnommé le Simple, Comte de Flandre l'an 1070.
bailla à fon frere Baudoüin la ville & chafteau de Doüay pour fon partage. Son Oncle
Robert le fraifon le priua d'vne grande partie de fa fucceffion. Il donna deux batailles à
fon oncle, & mourut en l'vne fort vaillamment l'an 1072. fans auoir efté marié. Il re-
pofe à S. Bertin.

Robert 1.ᵉ du nom :	Robert 2 du nom : 11	Baudouin 7.ᵉ du nom :
10 Comte de Flandre.	Comte de Flandre.	12 Comte de Flandre.

10. ROBERT premier de ce nom furnommé le Frifon, fut par la mort d'Arnulphe fon nepueu Comte de Flandre, fans aucune refiftance. Il efpoufa Gertrude fille de Bernard Duc de Saxe, de laquelle il eut Robert Comte de Flandre: Philippes Comte d'Ipre, Baudouïn Enefque de Theroüenne: Marie Abbeffe de Mefline: Adele, qui efpoufa Canut Royde Dannemarc: & Gertrude femme du Comte de Louuain, mere de Tierry Comte de Flandre, & de Simon d'Alface, qui efpoufa Marguerite heritiere de Hannon. Voulant faire la guerre a Guillaume Roy d'Angleterre, qui refufoit de luy payer quelque tribut, il mourut en fa maifon de Vvinendale l'an 1077.

11. ROBERT 2.du nom dit le Ieune, furnommé de Hierufalem, pource qu'il y auoit efté auec Godefroy de Boüillon, joüit de Comté de Flandre; & efpoufa Clemence de Bourgongne, fille de Guillaume furnommé Tefte hardie, de laquelle il eut Baudoüin furnommé la Hache Comte de Flandre; Guillaume & Philippes qui decederent jeunes, Apres plufieurs beaux faicts de Cauallerie, paffant le pont de Neelle pres de Meaux pour venir au Couronnement de Louys Roy de France, fon cheual trefbucha, & le Côte cheut deffous, dequoy il fut tout brifé & rompu; & en mourut le troifiefme jour d'apres l'an mil cent vnze. Il eft inhumé à S. Vaaft d'Atras. Sa femme le furuefquit 17.ans.

12. BAVDOVIN 7.du nom furnommé la Hache, pource qu'il s'uoit d'vn tel bafton, & qu'il le portoit mefme en fes bannieres, fut Comte de Flandre apres la mort de fon pere: fut iufticier implacable & feuere. Il efpoufa Anne de Bretagne fille du Comte Alain, qui pour la confanguinité trop proche fut feparee d'auec luy par le Pape, & ne voulut depuis fe remariet: Il deceda d'vne bleffure qu'il eut l'an 1119. apres auoir nómé pour fon heritier Charles de Dannemarc, fils du Roy Canut fon coufin germain. Il gift à fainct Berthin, &

Charles le bon 13	Guillaume de Normandie	Thierry 15.ᵉ Comte
Comte de Flandre.	14 Comte de Flandre.	de Flandre

13. CHARLES furnommé le Bon, fils de Canut Roy de Dannemarc, fut par le decez de fon coufin Baudoüin receu Comte de Flandre. Il vefquit fainctement & religieufement, faifant de grandes charitez aux pauures. Il chaffa les Iuifs de Flandre, & teint en longue paix fes fubjects. De Marguerite fa femme, fille de Regnault Comte de Clermont & d'Auuergne, Comteffe d'Amiens, il n'eut aucuns enfans. Il fut tué par Boffart Vanden Straten l'an 1127. dedans l'Eglife faincte Donaft à Bruges oyant la Meffe, pour ce qu'il auoit faict ouurir fes greniers à bled pour le vendre & diftribuer aux pauures à

prix raifonnable. Il giſt à S. Chriſtoſſe de Bruges.

14. GVILLAVME de Normandie, fils de Robert dit Courte-cuiſſe, fut conſtitué Comte de Flandre par Louys le Gros, Roy de France, l'an 1118. nonobſtant l'empeſ-chement & l'oppoſition qu'y faiſoit Guillaume de Loz Vicomte d'Ipre, & Thierry d'Alſace, & autres, contendans pour la proximité de parentage. Pour n'auoit iceluy Guillaume continué la modeſtie par laquelle il auoit emporté le Comté par deſſus les autres, en fut deſtitué, pour les cruautez & tyrannies qu'il exerçoit: & en ſon lieu fut erigé Thierry Comte d'Alſace: Ce que voulant empeſcher, il fut frappé d'vn coup de fleſche qui luy oſta la vie au ſiege d'Aloſt, l'an 1129. ayant gouuerné ſeulement vn an. Il giſt à S. Bertin. Il eut pour femme la fille de Humbert Comte de Vertux, qui n'euſt de luy aucuns enfans.

15. THIERRY d'Alſace, fils aiſné de Thierry Lantgraue & de Gertrude de Flandre, fille de Robert le Friſon, fut eſleu Comte de Flandre pour ſa generoſité, prudence, & diſcretion. Il fut quatre fois au voyage de la terre Saincte, & auant ſon quatrieſme voya-ge il pourueut ſon frere Philippes du Comté de Flandre: & apres ſon retour le laiſſa diſ-poſer de tout, & ſe retira au Monaſtere de Vuatine qu'il auoit fait baſtir. Il deceda l'an 1168. aagé de 69. ans. Il eut pour ſa premiere femme Marguerite de Clermont veufue de Charles le Bon, dont il eut vne fille nommée Laurette, qui fut mariee à Henry Duc de Luxembourg. De Sibille d'Anjou fille de Foucaut Comte d'Anjou & Roy de Hie-ruſalem ſa 2. femme, il eut Philippes Comte de Flandre, Matthieu Comte de Boulon-gne, Gerard Preuoſt de ſainct Donaſt, Baudoüin Euſeſque de Teroüenne, Pierre eſleu Eueſque d'Anuers, & depuis Comte de Neuers, Marguerite mariee en ſecodes nopces à Baudoüin 4. Comte de Haynaut & de Namur, Gertrué mariee à Lambert Comte de Montagu & de Mortaigne, & Malthilde femme de Humbert 2. Comte de Sauoye.

Philippes 16 Comte des Flandre. | Baudoüin 8 et Marguerit Dalſace.17 Comte de Fland | Baudoüin 9 du nom .18 Comte de Flandre.

16. PHILIPPES d'Alſace, fils aiſné de Thierry d'Alſace, qui par ſes promeſſes & faicts d'armes merita le tiltre de Grand; fut par la demiſſion de ſon pere, encore viuant, Comte de Flandre, où il gouuerna en iuſtice, paix & tranquilité ſes ſubjects 12. ans. Le zele de la foy Chreſtienne le porta deux fois en Syrie au ſecours de ſon couſin le Roy de Hieruſalem, d'où au retour de ſon premier voyage il rapporta l'Eſcu de Nobilion Roy d'Albanie, qu'il tüa de ſa propre main, où eſtoit en champ d'or vn Lyon de ſable griffé de gris: En la memoire dudit Comte, ſes ſucceſſeurs portent encores les meſmes mar-ques & blaſon en leurs eſcus. Il mourut deuant Aire en ſon Iernier voyage, & fut enſe-pulturé à Clervaux. D'Iſabelle fille de Rodolphe Comte de Vermadois il n'eut ligne; ny de Mahault fille d'Alphonſe Roy de Portugal, ſa ſeconde femme.

17. BAVDOVIN 8. du nom Comte de Haynaut, de Namur, & de Flandre par ſa fem-me Marguerite d'Alſace en l'an 1592. Il venoit en droicte ligne de l'extraction de Bau-doüin dit de Mons, que ſon Oncle Robert le Friſon auoit deſpoüillé de ſon Comté, ſous pretexte que tout ce qu'il faiſoit, comme ſon tuteur, eſtoit pour ſon bien, De grandes guerres s'eſmeurent entre luy & Thierry de Beures Comte d'Aloſt, contre Henry Comte de Namur, & contre le Comte de Neuers. Pendant ſon gouuernement pour les limites de leurs terres & ſeigneuries, il reſiſta à tout auec vne grande prudence & conſtance martiale, puis mourut en l'an 1194. Son corps repoſe en l'Egliſe S. Vaudru en la ville de Mons en Haynaut. Il eut de ſadite femme Baudoüin de Conſtantinople Comte de Flàdre & de Haynaut, Iean Comte de Namur, Philippes qui s'intitula Côte de Namur, Henry qui fut auſſi Comte de Namur, & puis Empereur de Conſtantino-ple, Iſabelle femme de Philippes le Conquerant Roy de Fràce, Iolante femme de la Côte de Neuers, & depuis Empereur de Conſtantinople, & Sybille femme de Gerard de Lu-xembourg Comte de Ligny.

18. BAVDOVIN 9. du nom, dit de Conſtantinople, pour ce qu'il la deliura des op-preſſions du Tyran Alexis, & la remit és mains de ſon nepueu à qui il l'auoit oſtee, ſuc-ceda à ſon pere au Côté de Haynaut & de Flandre en l'an 1195. Ce Baudoüin eſtoit vail-lant, & ne pouuoit demeurer en repos tant il eſtoit belliqueux & actif, qui ne pouuoit

supporter aucune lascheté, comme il le monstra au neueu d'Alexis qu'il auoit restitué
à l'Empire: car il s'en inuestit & l'en dechassa pour luy auoir manqué, de sorte qu'il fut
esleu Empereur de Constantinople en sa place. La fortune en l'an 1205, luy tourna le dos
& le fit tomber dans les mains du Roy de Bulgarie qui l'enuoya en Turquie où gist son
corps, Marie sa femme, fille de Henry surnommé le Large, Comte de Champagne, eut
de luy deux filles, Ieanne Comtesse de Flandre & de Haynault, & Marguerite qui succeda à ses Comtez apres la mort de sa sœur.

Fernand de Portugal et Ieanne sa
fem. et Thomas de Sauoye. 19 comte
de Flandre

Guillaume de Bourbon et
Marguerite sa fem. 20 Comte
de Flandre

19. FERNAND de Portugal, fils de D. Sancho de Portugal, ayāt espousé Ieanne fille
de Baudoüin de Constantinople, & de Marie de Champagne fille de Henry surnommé
le Large Comte de Champagne fut Comte de Flandre & de Haynault: car sa femme en
estoit heritiere. Philippes Auguste Roy de France luy fit la guerre, & le print prisonnier
en vne bataille qui se donna à Boüines: delà mené au Louure à Paris, où il fut en captiuité 12. ans, & en fin mis en liberté par l'intercession de quelques Princes & Seigneurs
qui obtindrent sa deliurance du Roy. Sa prison causa quelques infirmitez. & entre-
autres la grauelle qui luy aduança ses iours, & mourut sans enfans l'an 1232. Son corps
est inhumé à Marquettes. Sa femme deceda 11. ans apres luy, & gist en mesme sepulture. Thomas fils puisné du Comte Thomas de Sauoye, & de Beatrix fille du Comte de
Geneue, fut pour vn temps Comte de Flandre, & ne laissa aucuns enfans.

20. MARGVERITE seconde fille de Baudoüin Empereur de Constantinople, & de
Dame Marie de Champagne, par le deces de Ieanne sa sœur aisnée, succeda aux Comtez de Flandre & de Haynaut: Estant encore ieune, Bouschard ou Boschard fils de Iacques d'Auennes d'extraction noble & ancienne en Haynault, Preuost & Chanoine de
sainct Pierre de l'Isle, luy fut baillé pour tuteur. Elle espousa Guillaume de Bourbon
sieur de Dampierre, & eut d'elle Guillaume de Dampierre Comte de Flandre, Guy de
Dampierre aussi Comte de Flandre, Iean Comte de Namur, & Marie qui fut Abbesse
de Flines. Estant decedee en l'an 1279. elle fut inhumée en grande ceremonie en l'Abbaye de Flines.

Guillaume de Dampierre et
Beatrix de Brabont 21 Comte
de Flandre

Guy de Dampierre Mehault de
Bethunes Isabeau de Luxembourg
22 Comte de Flandre

21. GVILLAVME de Dampierre fut Comte de Flandre. Il accompagna S. Louys
Roy de France en son dernier voyage de la terre saincte, & fut faict prisonnier par les

Turcs & Sarrazins, qui luy firent payer de rançon huict mille Besans Sarrasinois. Apres son retour en Flandre, il mourut l'an 1251. & fut inhumé à Flines. Son gouuernement fut de trois ans. n'ayant eu de Beatrix de Brabant aucuns enfans.

22. Guy de Dampierre, fils de Guillaume de Bourbon, Seigneur de Dampierre, succeda au Comté de Flandre apres le deceds de son frere Guillaume de Dampierre. Il espousa en premieres nopces Mehault de Bethunes, fille de Robert l'aduoüé d'Arras, Seigneur de Bethunes, & eut d'elle six fils & trois filles, qui furent tous bien pourueus. D'Isabeau de Luxembourg Comtesse de Namur, fille de Henry Comte de Luxembourg, de la Roche en Ardenne & de Namur sa 2. femme, il eut trois fils & quatre filles mariees hautement. Elle trespassa l'an 1298. son corps repose à Petegen lez Ondenarde, en vn Cloistre de saincte Claire. Son mary Guy de Dampierre fina sa vie en prison à Compiegne, aagé de 80. ans, l'an 1304. ayant gouuerné 54. ans. Il est inhumé à Flines.

Robert 3 du nom 23 Comte de Flandre. Louys de Neuers dict de Cressy 24 Comte de Fland. Louys 2 du nom 25 Comte de Flandre.

23. Robert troisiesme de ce nom, dit de Bethunes, pource qu'il en estoit Seigneur auparauant qu'estre Comte de Flandre, parut en toutes ses actions vertueux, hardy, & vaillant. Il remit és mains du Roy de France les villes de l'Isle & de Doüay. Il alla en Sicile pour la deffence de Charles Roy de Sicile & Duc d'Anjou son beau-pere. Il tüa en bataille Menfroy de sa propre main. Il eut de Catherine d'Anjou fille du Roy de Sicile vn fils qui mourut ieune. D'Iolante sa 2. femme luy nasquirent Louys Comte de Neuers & de Rethel, Robert dit le Cassel, Ieanne, Iolante, Mahaut, & Henry qui se rengea du party des Anglois. Il mourut l'an 1322. en la ville d'Ipre, où il gist à l'Eglise S. Martin.

24. Louys de Neuers, dit de Cressy, succeda à ses pere & mere aux Comtez de Neuers, Rethel, & à la Comté de Flandre, à son ayeul paternel Robert de Bethunes en l'an 1322. Ses subiects s'esleuerent contre luy & le deschasserent hors son Comtat, & depuis l'ayant rencontré le constituerent prisonnier dedans Bruges. Le Roy Philippes de Valois le restitua en sa dignité par force d'armes: C'est pourquoy il fut de son party contre Edoüard Roy d'Angleterre, & mourut en la bataille qui se donna à Crecy entre le Roy de France & ledit Roy d'Angleterre l'an 1346. Il eut de Marguerite de France, fille puisnee de Philippe Roy de France, Louys dit de Malain. Elle mourut l'an 1382.

25. Louys deuxiesme du nom, fils vnique de Louys dit de Crecy, & de Dame Marguerite de France, leur succeda en l'an 1346. és Comtez de Flandre, Rethel & Neuers: Son grand courage ne trouua rien qui ne fust entreprenable, si perilleux fust-il. Le Roy d'Angleterre Edoüard 3. auec vne puissante armee, & les Gantois qu'il auoit subornez & attirez à soy troubla bien son Estat, & luy donna beaucoup d'affaires, & fut côtrainct d'auoir recours à Philippes de Valois Roy de France, qui ioignant ses forces auec celles que Louys auoit ramassée, desfit les Flamans. De Marguerite de Brabant, seconde fille de Iean de Brabant, il eut Marguerite Comtesse vnique & seule heritiere. Il mourut en l'an 1383. & gist à l'Isle à S. Pierre en la Chapelle nostre Dame. Il fut surnommé de Malain, pource qu'il nasquit à Male au Comté de Flandre.

Philippes de France et | Iean 27. Comte de | Philippes 3. dit le bon
Marguerite 26 Comte | Flandre et 27. | 28 Comte de Flandre.
de Flandre

26. PHILIPPES de France, furnommé le Hardy, tant pour auoir fouftenu le fiege &
bataille de Poictiers eftant encor fort ieune, que pour le rang de hardiefle qu'il print au
facre du Roy Charles 6. Il eftoit le quatriefme fils de Iean de Valois Roy de France, &
de Dame Bonne de Boheme, & frere germain de Charles 5 aufli Roy de France: par le
don & octroy defquels il fut Duc de Bourgongne, & apres par alliance de mariage faict
auec Marguerite fille vnique du Comte Louys de Crecy (dit le Malain) fut Comte de
Flandre, Duc de Brabant, Comte d'Artois, Seigneur de Salines & Malines. Il eut d'elle
Iean, Antoine, & Philippes; & trois filles, Marguerite, Marie, & Catherine. Il mourut à
Hal, ou Haux, en Hainault, l'an 1404. & gift aux Chartreux lez Dijon Sa femme mourut à Arras en la mefme annee, & gift à S. Pierre en la ville de Lifle pres fes pere & mere.

27. IEAN fils aifné de Philippes Duc de Bourgongne, de Brabant, & Comte de Flandre, eut toutes les fouueraineterz de fon pere apres fon deceds, & monftra à fes ennemis
que la grandeur du courage ne fe mefuroit à celle du corps. Il tira fa raifon de la rebellion commife par les Liegeois tant enuers luy que les fiens, De Marguerite de Bauiere
fille aifnee d'Albert Comte de Haynault, il eut Philippes (dit le Bon) Duc de Bourgogne, & cinq filles, toutes aduantageufement pourueuës en diuerfes prouinces. Apres il
efpoufa la fille de Louys 3. Duc de Bourbon qui le furuefquit: Car il fut tué en Parle-
mentant fur le pont de Monteau-faut-Yonne, l'an 1419. ayant gouuerné fes Eftats
& Seigneuries 15. ans.

28. PHILIPPES 3. (dit le Bon) fils vnique de Iean & de Marguerite de Bauiere, fut
Comte de Flandre, Duc de Brabant, de Bourgongne, & autres Seigneuries. Il fut Prince
tres-fage: chaftia les rebelles de Gand, & fubjugua les Liegeois; ruyna Dinant. Il inftitua l'Ordre de la Toifon d'Or l'an 1429. Eut pour premiere femme Michelle, fille de
Charles 6 Roy de France, & felon aucuns, de Charles 7. Sa feconde fut Bonne, fille de
Philippes d'Artois, n'eut aucuns enfans de ces deux: Et fa 3. fut Ifabelle de Portugal, dôt
il eut Anthoine & Iofle qui moururent ieunes, & Charles qui luy fucceda. Il mourut
à Bruges l'an 1467. & gift à Dijon.

Charles furnommé le hardy | Maximilian et Marie de | Philippes d'Auftriche furnô
29 Comte de Flandre. | Bourgongne 30 Comte de Fla | mé le Beau 31 comte de Fla.

29. CHARLES appellé en fa ieunefle Comte de Charolois, fils vnique du bon Duc
Philippe, & de Dame Ifabelle de Portugal, fucceda à fon pere en la Comté de Flandre,
& fut en general heritier de la maifon de Bourgongne Il fut Prince tres-hardy & belli-

queux. Son apprentiſſage de guerre fut contre Louys vnziesme, Roy de France: Il chaſtia les Liegeois, qui s'eſtoient rebellez contre leur Eueſque Louys de Bourbon ſon couſin germain. Catherine de France ſœur de Louys vnziesme fut ſa premiere femme, dont il n'euſt aucuns enfans. Sa 2. fut Iſabelle de Bourbon, de laquelle il eut vne fille nõmee Marie, qui fut ſa ſeule & vnique heritiere, & depuis mariee à Maximilian: Et ſa 3. Marguerite ſœur d'Edouard Roy d'Angleterre, qui le ſurueſquit. Sur la fin de ſon aage il perdit trois batailles en vn an. La premiere à Morat en Suiſſe, où il perdit ſes gens: La ſeconde à Grangi, là où il perdit le pays: Et la troiſieſme à Nancy, où il perdit la vie, qui fut l'an 1476. & giſt à Bruges en l'Egliſe noſtre Dame. Il fut ſurnommé le Hardy.

30. MAXIMILIAN Archidue d'Auſtriche, & depuis Empereur, auec ſes autres tiltres porta celuy de Duc de Brabant, & de Comte de Flandre, par la ſucceſſion qu'eut ſa femme Marie de Bourgongne fille de Charles le Hardy. Il eut d'elle Philippes, qui luy ſucceda, François & Georges qui moururent ieunes, Marguerite mariee à Iean d'Arragon. Elle mourut l'an 1481. & giſt à Bruges en l'Egliſe noſtre Dame prés ſon pere. Il eſpouſa en 2. nopces Blanche-Marie fille de Galeas Duc de Milan, & n'eut d'elle aucuns enfans. Il mourut l'an 1519. & eſt inhumé à Neuſtar en Allemagne.

31. PHILIPPES d'Auſtriche, ſurnommé le Beau, dit Croit-conſeil, fils aiſné de Maximilian, eut le Duché de Brabant, le Comté de Flandre & autres Seigneuries, par le treſpas de ſa mere l'an 1482. eſtant encore fort ieune: mais de bon entendement. Il eut de ſa femme Ieanne d'Arragon Charles V. Empereur, Fernand Roy des Romains, & depuis Empereur, Leonor qui eſpouſa Emanuel Roy de Portugal, & en ſecondes nopces François premier du nom Roy de France, Iſabelle femme de Chriſtierne Roy de Dannemark, Catherine femme de Iean Roy de Portugal, & Marie femme de Louys Roy de Hongrie. Il mourut en Eſpagne l'an 1505. n'eſtant qu'en la fleur de ſon aage, & ſon pere encore viuant. Il giſt à Grenade.

Charles 5ᵉ Empereur. 32
Comte de Flandre.

Philippe Roy d'Eſpagne.
33 Comte de Flandre.

32. CHARLES V. Empereur, Roy d'Eſpagne, fils de Philippes d'Auſtriche & de Ieanne d'Arragon, eut parmy ſes autres tiltres celuy de Duc de Brabant & de Comte de Flandre, & autres Seigneuries par le treſpas de ſon pere, & de ſa mere és Royaumes d'Arragon, Leon, Caſtille, Naples: ce Prince fut haut de courage & grande entrepriſe. Il fit pluſieurs actes memorables trop longs à reciter. De ſa femme Iſabelle de Portugal il eut Fernand qui mourut ieune, Philippes 2. Roy des Eſpagnes qui luy ſucceda, Marie femme de Maximilian Empereur, elle mourut l'an 1539. Il ſe retira du monde ſur la fin de ſes iours, & ſe mit en vn Monaſtere appellé S. Iuſt où il mourut l'an 1558. ayant eſté Empereur 40. ans. Il eſt inhumé à S. Laurent de l'Eſcurial.

33. PHILIPPES 2. fils vnique de Charles 5. Empereur, Roy des Eſpagnes, print auec ſes autres tiltres celuy de Duc de Brabant & de Comte de Flandre. Il eut en premieres nopces Marie de Portugal, & eut d'elle Don Charles Prince d'Eſpagne. En ſecondes nopces Marie Royne d'Angleterre, dont il n'eut enfans. En 3. nopces Iſabelle fille de Henry 2. Roy de France, & eut d'elle Iſabelle Claire Eugenie Infante d'Eſpagne, mariee à Albert Archiduc d'Auſtriche, & Catherine qui fut mariee au Duc de Sauoye: & ſa 4. femme fu Anne-Marie, fille aiſnée de Maximilian Empereur, dont il eut trois fils & vne fille qui moururent incontinent, excepté Philippes 3. Roy d'Eſpagne à preſent regnant. Il mourut aagé de 71. ans le 13. de Septembre 1598. de ſon regne le 40. Il eſt inhumé à S. Laurent de l'Eſcurial.

Albert Achiduc d'Austriche et D. Isabelle Claire
Eugenie Infante D'Espagne

34. ALBERT Archiduc d'Austriche, fils de l'Empereur Maximilian 2. neueu de l'Empereur Ferdinand, & frere de Rodolphe, Duc de Bourgongue & de Brabant, & Comte
de Flandre de par sa femme la Serenissime Princesse D. Isabelle Claire Eugenie Infante
d'Espagne, fille ainee du Roy Catholique Philippes 2. de laquelle les nopces furent
faictes a Valence l'an 1599. Tost apres ils s'acheminerent pour les affaires des Pays-bas,
& arriuerent à Bruxelles le 5. Septembre audit an, où ils furent receus magnifiquement,
& aussi ès autres villes. La Flandre florit & est heureuse sous leur gouuernement.

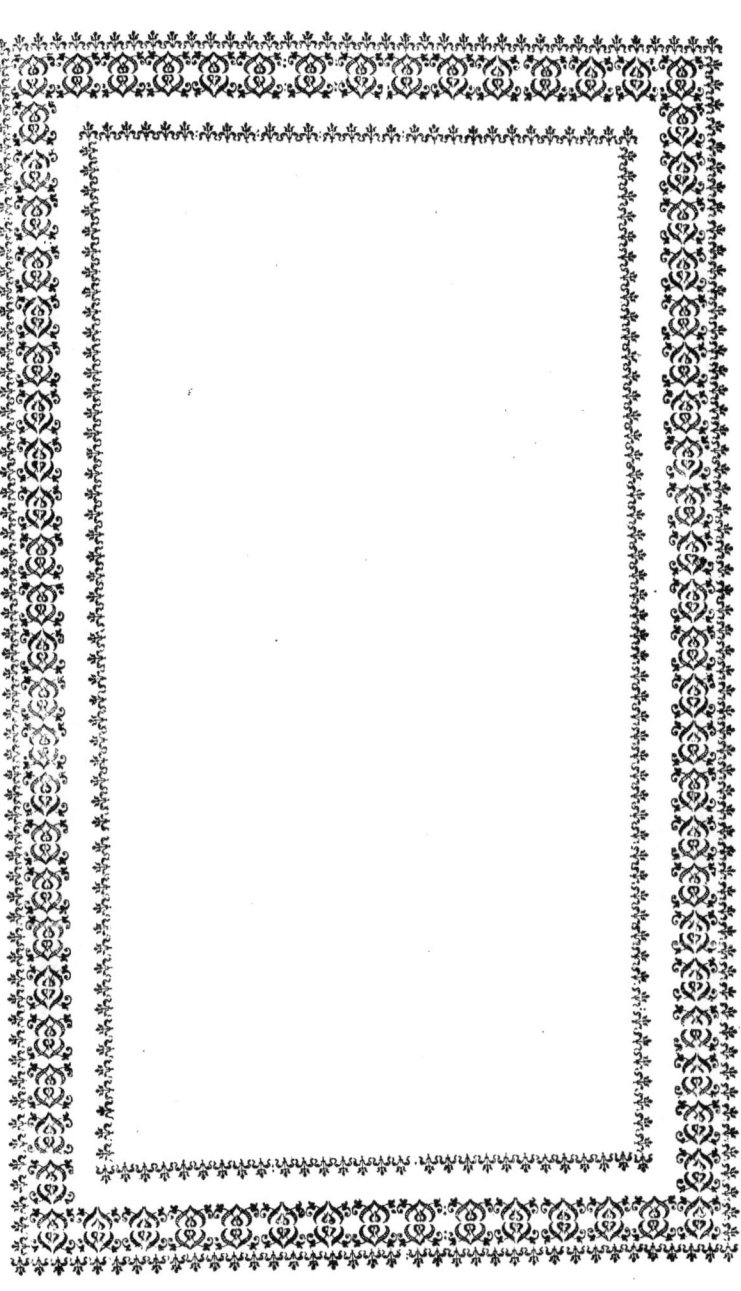

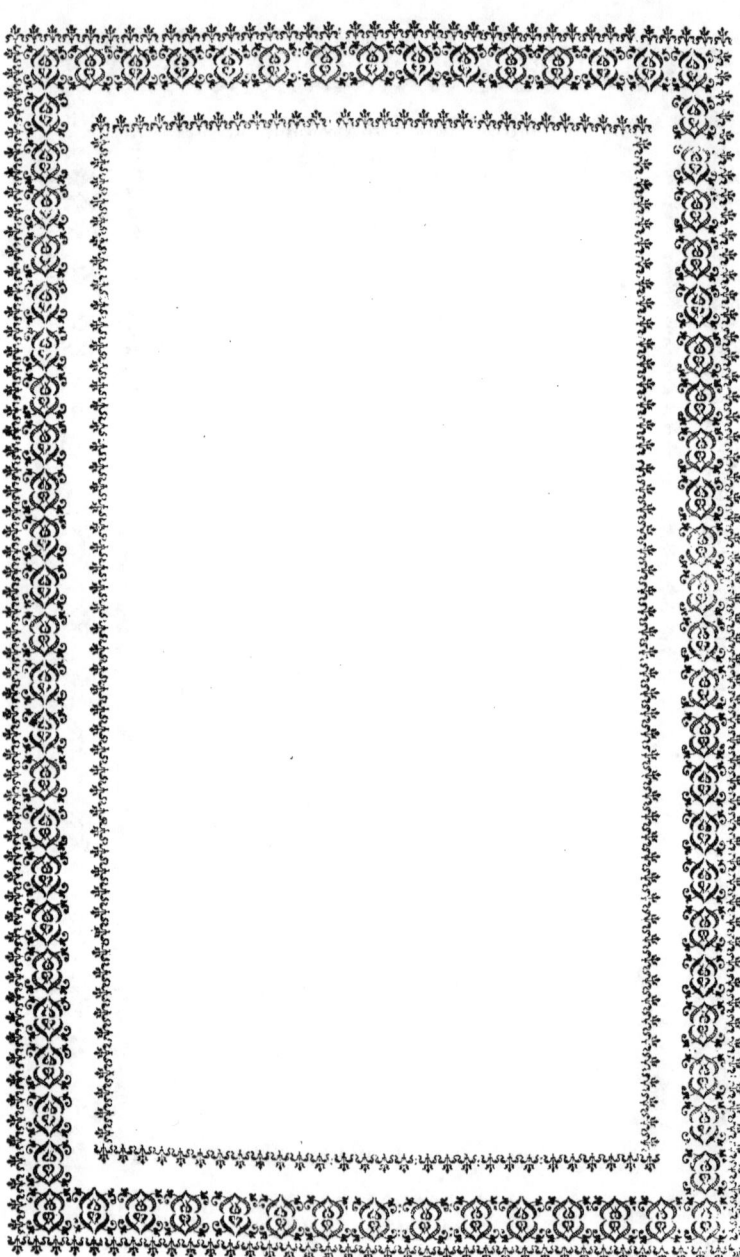

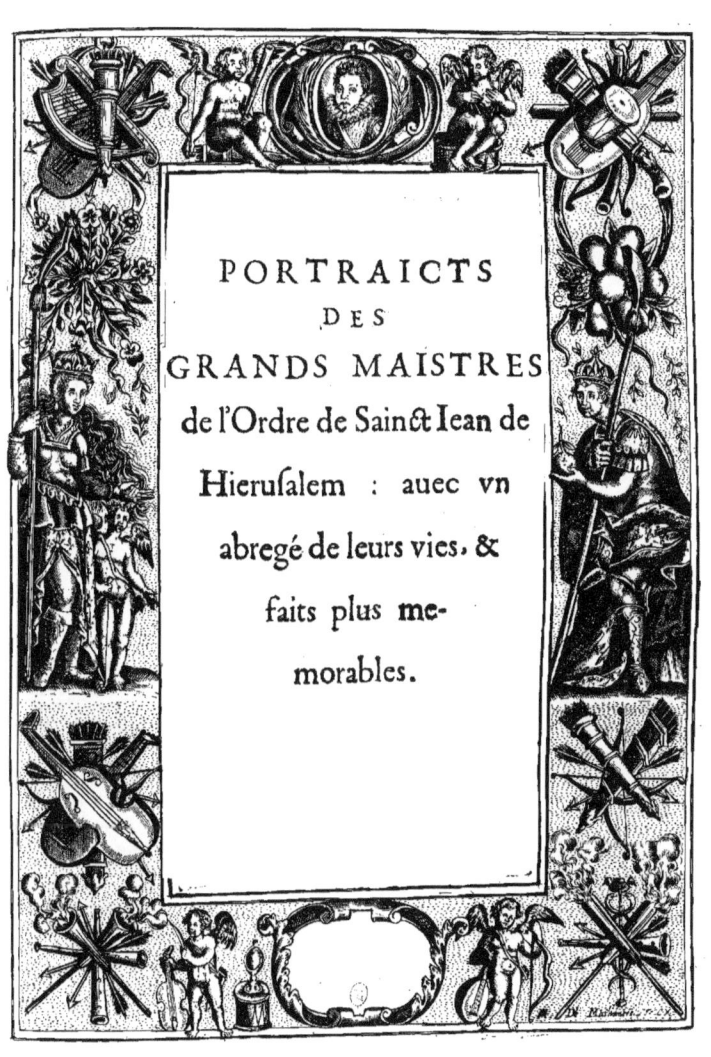

PORTRAICTS

DES

GRANDS MAISTRES

de l'Ordre de Sainct Iean de

Hierusalem : auec vn

abregé de leurs vies, &

faits plus me-

morables.

CATALOGVE
HISTORIQVE
DES GRANDS MAISTRES DE L'ORDRE DE S. Iean de Ierusalem, auec l'origine & progrez des Cheualiers du mesme Ordre, & de leurs exploicts de guerre depuis l'an 1099. iusques à present.

L'ORDRE & milice de S. Iean de Ierusalem, a eu sa naissance & premiere origine en la saincte Cité de Ierusalem, & a passé en icelle les premieres annees de son enfance, & vne grande partie de son adolescence. Lors que les Sarrazins estoient maistres de la saincte Cité & du pays d'alentour, le Temple du S. Sepulchre de nostre Seigneur fut ruiné enuiron l'an de salut 1012. par le commandement d'Equen Caliphe des Sarrazins, & demoura ainsi en ruine 36. ans, iusques au temps de Constantin Monomaque Empereur de Constantinople, lequel à la priere des Chrestiens qui habitoient en Ierusalem, du consentement de Bomentor Elmoin Stensab Caliphe ou Souldan d'Egypte, le fist rebastir à ses frais l'an 1048. Enuiron ce mesme temps aucuns Gentils-hommes & marchands Italiens de la cité de Melphes souloient frequenter les ports & citez maritimes de Syrie & d'Egypte, & parce qu'ils portoient des marchandises en ces pays-là ils estoient aymez & bien voulus, non seulement des Gouuerneurs des villes, mais aussi du Caliphe d'Egypte: estans bons Chrestiens souuent ils alloient en Ierusalem visiter les saincts lieux, & n'ayans aucune retraicte en la ville, ils obtindrent congé & permission du Caliphe d'y bastir vne Eglise & vn Palais pour leur vsage & habitation, & de ceux de leur nation au quartier de la ville où les Chrestiens habitoient proche du S. Sepulchre. Ils y edificerent deux Monasteres, l'vn en l'honneur de la glorieuse Vierge mere de Dieu nommé de saincte Marie de la Latine à la difference des Eglises Grecques qui estoient en Ierusalem, & mirent vn Abbé du mont Cassin pour loger les pelerins Chrestiens, & l'autre en l'honneur de saincte Marie Magdelaine pour y retirer les femmes qui venoistt en pelerinage, lequel estoit gouuerné par des Religieuses, & puis apres ils firent bastir vn Hospital pour y loger tant les pelerins malades, que ceux qui estoient en bonne disposition, & pareillement vne Eglise qui fut dedié à sainct Iean Baptiste. Et ces Monasteres, Eglises, & Hospital furent long temps entretenus par le soin, & aux despens des Almaphitains qui les auoient fondez, & ce iusques au temps que la ville fut conquise par les Princes Chrestiens sur les Infideles, & que Godefroy de Buillon en fut esleu Roy, qui fut en l'an de salut 1099.

F. Gerard premier grand maistre. Fr. Raymond de Podio.

1. Lors de la prise de la ville, frere Gerard estoit Recteur ou Gouuerneur de l'Hospital de S. Iean, lequel lors que la ville fut assiegee des Chrestiens, fut fort mal traicté par les Infideles, & fut long temps par eux detenu captif & prisonnier, parce qu'ils se defioient qu'il auoit secrette intelligence auec les Chrestiens qui assiegeoient la ville. Mais apres que les Chrestiens en furent maistres il fut deliuré de prison, & gouuerna fort charitablement & soigneusement l'Hospital de S. Iean, persuadant & induisant les Roys & Princes Chrestiens de l'enrichir & doter, ce qu'ils firent liberalement: de sorte qu'en France, en Italie, en Espagne, & auttes Prouinces de la Chrestienté, l'Hospital de S. Iean eut en peu de temps de grands reuenus & possessions. Dés l'an 1113. le Pape Paschal 2. receut frere Gerard & les Cheualiers de S. Iean en la protection du S. Siege Apostolique, & leur octroya de grands priuileges, & ordonna qu'apres le deces de Gerard, l'on proce-

deroit canoniquement à l'eslection d'vn autre Recteur & Gouuerneur, qui fut depuis appellé grand-Maistre de l'ordre ou milice de l'Hospital de S. Iean de Ierusalem, nom qui a duré iusques à present depuis cinq cents ans en ça.

2. L'an 1118. frere Gerard passa de ceste vie en l'autre, sous le Pontificat du Pape Gelase 2. & lors que commença l'ordre des Templiers, apres son decez luy succeda par eslection frere Raymond du Puy, qui estoit Cheualier profez de l'ordre, quoy qu'aucuns estimét que frere Roger succeda à defunct Gerard, & qu'il gouuerna l'Hospital de S. Iean depuis l'an 1118. iusques au temps du decez de Baudoüin 2. du nom Roy de Ierusalem, qui mourut l'an 1131. Frere Raymond en vn Chapitre general assemblé en Ierusalem, auec l'aduis des Cheualiers fist des statuts de l'ordre, forma & institua la reigle de vie de laquelle les Cheualiers viuroient à l'aduenir, il fut appellé Grand-Maistre de l'ordre, & se qualifioit par ses tiltres seruiteur des pauures de Iesus-Christ, & Gardien de l'Hospital de Ierusalé. Sa reigle fut approuuee & confirmee par Calixte 2. l'an 1120. & depuis par Honoré 2. & Innocent 2. & de main en main par leurs successeurs, lesquels ordonnerent que les Cheualiers Religieux viuroient selon la reigle de S. Augustin. Ce grand Maistre voyant que le reuenu de l'Hospital s'augmentoit de iour à autre, & qu'il ne le pouuoit mieux employer que contre les Infideles leur faisant la guerre, il s'offrit au Roy de Ierusalem auec toutes ses forces & pouuoir, & de ses Religieux, lesquels portoient en leurs drapeaux & estendarts la Croix d'argent en champ de gueules par ordonnance du Pape Innocent 2. de l'an 1130. Et deslors les freres & Religieux furent distinguez en trois degrez, car les vns furent Cheualiers, les autres Chapelains, & les autres Seruans, n'y ayant du commencement autre difference entr'eux, sinon que quelques-vns d'iceux estoient Prestres & Clercs, & les autres Laics, & depuis ce temps-là il ne se fist aucune entreprise en la Palestine contre les Infideles, que le grand Maistre ne s'y trouuast en personne auec ses Cheualiers & Religieux, lesquels furent premieremét appellez Cheualiers Hospitaliers, ou de l'Hospital de S. Iean de Ierusalé, puis Cheualiers de Rhodes, & à present Cheualiers de Malte. Ils furent en si grád credit & reputation, qu'ils estoient employez au maniemét & conduitte de grandes affaires & d'importance. Entr'autres frere Gerard Gebert Cheualier de cet ordre fut enuoyé par le Roy Foulques d'Anjou en Angleterre, pour traicter le mariage de Constance Princesse d'Antioche, niepce de la Royne Melisende, & fille du Prince Boëmond, auec Raymond fils du Comte de Poictiers, qui estoit lors en la Cour de Henry Roy d'Angleterre, lequel mariage fut conclud par la dexterité de ce Cheualier: aussi en ce temps Raymond Berenger Comte de Barcelonne & Prince de Catalogne, qui auoit conquis les Isles de Majorque & Minorque sur les Mores, & deffendu au duel la chasteté & l'honneur de Mahaud femme de l'Empereur Henry, côtre deux Cheualiers Allemans qui l'auoient faussement accusee d'adultere ; sur la fin de ses iours se resolut de prendre l'habit de ceste sacree Religion, & en ceste sacree profession il perseuera sainctement le reste de ses iours en l'an 1151. Et enuiron ce mesme temps on tient qu'en vn moment trois Cheualiers de cet ordre qui estoient François natifs de Picardie, que le Souldan d'Egypte retenoit captifs, furent miraculeusement deliurez & transportez d'Egypte auec l'ismerie fille du Souldan, au lieu où est à present l'Eglise dediee à nostre Dame de Liesse, ce qu'on dit estre aduenu l'an 1139. En l'an 1153. le grand Maistre Raymond fist continuer le siege de la ville d'Ascalon que les Infideles auoient deffendu côtre les Chrestiens plus de 50. ans, & en fin s'en rendit maistre le 12. Aoust 1154. qui fut le 10 du regne de Baudoüin 3. & en recognoissance de ceste prise signalee vtile à toute la Chrestienté, le Pape Anastase 4. conceda & octroya de tres-grands priuileges à l'ordre de l'Hospital de S. Iean par sa Bulle du 5. Nouembre en ladite annee, & les exempta de la iurisdiction & correction des Prelats Ecclesiastiques d'Orient. Ce qui fut cause de grands troubles entre les Euesques de ce pays-là, & les Cheualiers de cet ordre, lesquels Cheualiers furent tousiours supportez & soustenus fauorablement par le S. Siege & les Cardinaux, Aucuns ont estimé que le grand Maistre Raymond estoit Florentin, mais la plus veritable opinion a esté qu'il estoit François natif du Dauphiné, issu d'vne maison noble nommee du Puy : dont mesmes Iacques Bosius Italien, qui a escrit amplement l'histoire de l'ordre ingenuëment en demeure d'accord. Il mourut l'an 1160. du temps d'Alexandre 3. Pape, auec ceste reputation qu'il auoit esté homme de bonne & saincte vie, craignant Dieu, fort prudent & aduisé és affaires du monde, & tres-valeureux au faict des armes.

Frere Auger de Balben.   *Frere Arnauld de Comps.*

3. Aprés que Raymond fut decedé, luy succeda en la maistrise & gouuernement de l'ordre frere Auger de Balben, du temps duquel il ne se trouue aucune chose digne de memoire, sinon que de son temps mourut le Roy Baudoüin 3. qui fut grandement regretté des Chrestiens, mesmes des Infideles, qui disoient que les Chrestiens pour la mort de Baudoüin auoient iuste occasion de se douloir, parce qu'ils auoient perdu vn Prince qui n'auoit son pareil en tout le monde. Le grand Maistre Auger aprés auoir gouuerné en paix & repos sa Religion enuiron trois ans, mourut l'an 1165. &

4. Frere Arnauld de Comps fut esleu grand Maistre en son lieu. Peu de temps aprés son election, il entra en Egypte auec le nouueau Roy de Ierusalé Amaury, lequel fist guerre au Caliphe d'Egypte, parce qu'il refusoit de payer & continuër le tribut annuel, qui s'estoit obligé à Baudoüin 3. de payer perpetuellement aux Roys de Ierusalem. Cét Arnauld aprés auoir auec grande prudence & valeur gouuerné l'Hospital de sainct Iean enuiron quatre ans, mourut l'an 1167. & luy succeda

Fr. Gilbert Aßaly.   *Frere Gastus.*

5. Frere Gilbert d'Assaly ou de Sailly, lequel estoit de grand coeur & si liberal qu'il panchoit à la prodigalité, specialement à l'endroit des soldats, de sorte qu'il fist de grandes despenses, & espuisa tout le thresor de la Religion, & fut contraint d'emprunter argent à interest, à condition que s'il prenoit sur les Infideles la ville de Belbeis, anciennement appellee Pelusium, elle demoureroit acquise à la Religion, d'où il vinst à chef heureusement le 3. Nouëbre 1168. en laquelle année il tint vn Chapitre general dans Ierusalem, & voyant qu'ils estoit grandement endebté, & qu'il auoit chargé la Religion de plus de cent mil escus de debtes, & ennuyé de ce que toutes ses entreprises ne reüssissoient selon son desir, il delibera de renoncer à la grande Maistrise, ce qu'il fist en l'an 1169.

6. Et fut par sa resignation, ou plustost renonciation, esleu grand Maistre vn autre Cheualier nommé frere Gaste ou Caste, duquel il ne se trouue aucune chose qui fusse à propos de ceste briefue histoire, & la briesueté du temps qu'il gouuerna en fut cause, parce qu'il ne fut pas vn an en ceste charge; ains il mourut au mesme an de son electió, & il eut

Frere Ioubert — **Frere Roger de Moulins**

7. Frere Ioubert homme tres-religieux fut efleu fucceffeur au mefme an 1169. lequel en l'an 1176. fe ioignit auec le Comte de Flandres Philippe, qui eftoit venu en Syrie au fecours du Roy Baudouin 4. contre Saladin, duquel vne puiffante armée à merueilles fut desfaicte par les Chreftiens au mois de Nouembre 1177. lors que le Pape Alexandre 3. & l'Empereur Federic Barberouffe fe reconcilierent enfemblement, enfin Saladin fe retira du pays de Damas en l'an 1179. auquel mourut frere Ioubert Maiftre des Hofpitaliers, ayant gouuerné l'ordre de S. Iean enuiron dix ans.

8. En fon lieu fut efleu frere Roger de Moulins, homme de grande prudence & de grande valeur en ladite année 1179. De fon temps eftant furuenuë vne grande inimitié & diffention entre le Prince d'Antioche & le Patriarche dudit lieu, frere Roger fut choifi pour eftre mediateur de paix & d'accord entr'eux, ce qui aduint en l'an 1181. auquel mourut le Pape Alexandre 3. & fut efleu en fon lieu le Pape Lucius 3. Frere Roger fut auec Heraclius Patriarche de Ierufalem, & frere Arnauld de Troge Maiftre des Templiers, enuoyé par le Roy de Ierufalem en Occident en qualité d'Ambaffadeur, afin de demander fecours aux Princes Chreftiens, & furent les Ambaffadeurs bien teneus du Pape, de l'Empereur, du Roy Philippe Augufte, des Roys de Sicile, d'Angleterre, & de Hongrie, & s'en retournerent en Syrie, fors le Maiftre des Templiers, qui mourut en chemin. En l'an 1187. le Comte de Tripoly s'eftant ligué & confederé auec Saladin, il luy donna paffage, & fecourut de viures fon armée, & Saladin ayant affiegé la ville de Ptolemaïde, les Cheualiers de S. Iean & les Templiers mirent en defordre fon armée, & frere Roger grand Maiftre combattant valeureufement mourut fon cheual eftant tombé fous luy, & fut accablé de la pefanteur de fes armes, & foulé aux pieds de la caualerie des ennemis, le corps duquel fut puis apres trouué entre les morts, & enfeuely auec beaucoup de larmes & de trifteffe: & nonobftant cefte grande perte du grand Maiftre, les Cheualiers de S. Iean, & les Templiers obtindrent le gain de la bataille contre les Turcs & Sarrazins, defquels en demeura fur la place iufques à 15000. de morts le 1. iour de May l'an 1187. De fon temps frere Roger obtint du Pape Lucius 3. confirmation de la reigle & des priuileges que les Papes & les predeceffeurs auoient concedé à la Religion de S. Iean, apres la mort duquel

Fr. Garnier de Napoli de Siria — **Fr. Ermengard Daps**

9. Frere Garnier de Naples, de Syrie, fut esleu grand Maistre: Du temps d'iceluy fut donnee vne bataille sanglante entre les Chrestiens & Infideles, en laquelle le Roy de Ierusalem Guy de Lusignan fut pris prisonnier auec les principaux de son Royaume, la vraye Croix que les Chrestiens portoient en bataille fut prise par les Infideles, quasi tous les Cheualiers de S. Iean, & les Templiers furent tuez de sang froid, & frere Garnier estant blessé en plusieurs endroicts de son corps, se sauua par la bonté & vistesse de son cheual dans la ville d'Ascalonne, où il trespassa le 14. Iuillet.

10. Le 20. dudit mois 1187. les Cheualiers qui estoient en Ierusalem esleurent frere Ermengard d'Aps. Le 2. d'Octobre de la mesme annee, la ville de Ierusalem fut soufmise à la puissance de Saladin 88. ans 2. mois 17. iours, apres qu'elle fut deliuree par Godefroy de Buillon de la main des Infideles au 2. an du Pontificat du Pape Vrbain 3. Federic 1. surnõmé Barberousse tenant l'Empire d'Occident, & Isac l'Ange celuy d'Orient, & regnant en France Philippe Auguste, & furent chassez de Ierusalem les Cheualiers Hospitaliers, & les Templiers, & tous les Chrestiens Latins, desquels Chrestiens les Hospitaliers racheterent de la captiuité des Barbares, iusques au nombre de mil de leurs deniers: Toutes les Eglises de la ville furent polluës & profanees, fors le Temple de la Resurrection, qui fut rachepté à grand prix d'argent par les Chrestiens Orientaux. Apres la perte de Ierusalem les Hospitaliers assistans les Princes Chrestiens, allerent au siege de la ville de Prolemaide, lequel dura trois ans, & fut ladite ville reptise par les Chrestiés le 12. Iuillet 1191. En ceste ville là les Cheualiers de S. Iean firêt leur demeure ordinaire. L'an 1191. mourut le grand Maistre d'Aps en la ville de Ptolemaide, & fut esleu grand Maistre en son lieu

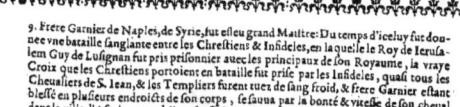

Fr. Geofroy de Duysson.   Fr. Alphonse de Portugal.

11. Frere Geoffroy de Duisson: De son têps il y eut trefue pour cinq ans entre les Chrestiens qui estoient en la terre Saincte & Saladin, qui fut cause que plusieurs Seigneurs & Gentils-hommes de diuerses nations s'en retournerent en leur pays, & donnerent leurs biens à la Religion de S. Iean: ce qui augmenta grandement leur reuenu, & apres le deceez de Henry Comte de Chãpagne, les Hospitaliers & les Templiers demeurerent gouuerneurs & administrateurs du Royaume de Ierusalem, lesquels esleurent Amaury de Lusignan, qui auoit succedé au Royaume de Cypre, Roy de Ierusalem, auec le consentement du Patriarche, des Prelats & Barons du Royaume en l'an 1194. & peu apres mourut le grand Maistre de Duisson, & luy succeda par eslection

12. Frere Alphonse de Portugal, Cheualier de l'ordre S. Iean, issu de la maison des Roys de Portugal: mais il n'est encore certain de quel Roy il estoit fils, il a faict des statuts fort dignes & loüables, dont aucuns sont encores gardez en la Religion: Et parce qu'il estoit trop rude & seuere, il encourut la hayne de la plus grãde partie des Cheualiers Hospitaliers, qui fut cause qu'il renõça au Magistere, & s'embarqua pour s'en retourner en Portugal au mesme an de son eslection, qui fut 1194. & y mourut l'an 1207. le 1. de Mars.

Fr. Geofroy le Rat.   **Fr. Guarin de Montagu.**

13. Au mesme an 1194. Geofroy le Rat qui estoit grand Prieur de France fut esleu grand Maistre, & mourut Saladin, auquel succeda son fils Noradin Seigneur d'Alep : De son temps Simon Comte de Montfort fut envoyé par le Roy Philippe Auguste auec vne armee en Syrie, où trouuant bien du desordre, il fist tresue pour dix ans auec les Infideles l'an 1198. & pendant cest estat tranquille, il y eut vn grand different entre les Hospitaliers & Templiers, fondé sur ce que les Hospitaliers se plaignoient que les Templiers auoient entrepris sur leur iurisdiction, & l'auoient mesprisee & violee, lequel different apres plusieurs rencontres & furieuses escarmouches fut appaisé & accordé par l'entremise du Roy Amaury, des Patriarches d'Antioche & de Ierusalem, & d'autres Princes & Prelats Chrestiens, qui les firent compromettre de leur different en la personne du Pape Innocens. Ce qui fut cause d'vn grand bien. L'an 1205. mourut le Roy Amaury, & pareillement la Royne Isabelle, laquelle institua son heritiere sa fille Marie qu'elle auoit eue de Conrad de Montferrat, & luy laissa pour tuteurs les Hospitaliers & Templiers, l'an 1160. passa de ceste vie en l'autre le grand Maistre le Rat, & luy succeda

14. Frere Guerin de Montagu de la langue d'Auuergne, lequel secourut Liuon Roy d'Armenie, contre les Turcs & Barbares qui s'estoient iettez en son Royaume, & pour recompense il leur donna la ville de Salef auec les chasteaux de Camard & de Chasteauneuf, & leurs dependances, & se recommanda, ensemble son heritier & son Royaume aux Cheualiers de l'Hospital S. Iean, & ce don fut confirmé par le Pape le 5. d'Aoust l'an 13. du Pontificat d'Innocent 3. qui reuient à l'an de salut 1209. lors que Iean de Brienne & Marie sa femme, & heritiere du Royaume, furent couronnez Roys de Ierusalem : le mesme Pape confirma aussi les statuts & priuileges de l'ordre des Hospitaliers, & les amplifia, il deceda l'an 1216. Peu de temps apres le Concile general de Latran, & le Pape Honorius. luy ayant succedé, il aduertit les Hospitaliers de son eslection, & le Roy de Hongrie & l'Archiduc d'Austriche s'estans croisez à sa persuasion, furent par luy recommandez au grand Maistre Guerin & aux Cheualiers de S. Iean, pour les conduire & assister au recouurement de la terre Saincte : & de saict André Roy de Hongrie logea en leur Palais, & les pria de le receuoir au nombre des Confreres de leur Religion, & leur donna cinq cents marcs d'argent de rente, qu'il leur assigna sur le reuenu des salines de son Royaume, & le don est datté de l'an 1217. L'an 1222. le grand Maistre Guerin appaisa vne grande discorde qui s'estoit meuë entre la Royne de Cypre Isabelle, & le Roy Henry son fils, & les Seigneurs & Barons du Royaume d'vne part : & les Archeuesques, Euesques, Prelats, & le Clergé de ce Royaume d'autre, pour raison de leurs decimes & possessions, & puis apres il vint à Rome au mandement du Pape, & estât retourné en la terre Saincte, il fut prié auec les Cheualiers de son ordre d'accepter sous la protection du S. Siege, la defense du Roy & le gouuernement du Royaume de Cypre : finalement en l'an 1230. le grand Maistre Guerin mourut en la ville de Ptolemaide, & fut esleu en son lieu frere Bertrand de Texy, duquel le pourtraict se se trouue. L'Empereur Federic 2. estant reconcilié auec le Pape Gregoire 9. il le supplia d'interposer son authorité vers le grand Maistre Bertrand & les Hospitaliers, à ce qu'ils prissent la protection de ses affaires en Syrie, ce que le Pape luy accorda, & en rescriuit en sa faueur au grand Maistre le 26. Iuillet l'an 1235. En ce temps viuoit S. Hugues Cheualier de cét ordre, & Côumandeur de Gennes, qui fut canonisé par le mesme Pape Gregoire 9. L'an 1240. frere Bertrand mourut en la ville de Ptolemaide, & luy succeda par eslection

Frere Gerinus   Fr. Bertrand de Comps.

15. Frere Gerin, lequel dôna au Comte de Cornoaille, frere de Héry Roy d'Angleterre, &
vne petite partie du sang tres-precieux de nostre Seigneur Iesus-Christ, qui estoit gardé
en Ierusalem par le Maistre de l'Hospital de S. Iean, qu'il apporta en Angleterre. L'an
1248. passa de ceste vie le bien-heureux frere Gerard Meccati, frere seruant de l'ordre S.
Iean, natif de Villemagne, village proche de Florence, lequel ayant pris l'habit du tiers
ordre de S. François, vescut si religieusement qu'il estoit reputé vn autre S. Hilarion. Le
grand Maistre Gerin combattant contre les Coresmins Infideles, fut pris prisonnier, &
enuoyé au Souldan d'Egypte, où il mourut l'an 1244. & en sa place fut esleu
16. Frere Bertrand de Comps, du temps du Pape Innocent 4. qui conuoqua vn Concile
general à Lyon 1245. & du Roy S. Louys, lequel grand Maistre se trouua en vne furieuse
bataille qui fut donnee contre les Turcomans, qui saccageoient le pays d'alentour Antioche au mois d'Aoust 1248. où ayant receu des blessures mortelles il finit ses iours, &
en la ville de Ptolemaïde fut esleu grand Maistre le 24. du mesme mois d'Aoust

Fr. Pierre de Villebride   Fr. Guillaume de Castelno.

17. Frere Pierre de Villebride. De son temps le Roy S. Loys se croisa contre les Infideles, auec plusieurs Princes & Prelats de France, & vint assieger Damiette, où il fut assisté
des Cheualiers Hospitaliers, & Templiers, & la ville fut bien-tost reduë au Roy S. Louys
l'an 1250. le Souldan d'Egypte donna vne bataille aux Chrestiens, où le Roy S. Louys fut
faict prisonnier, auec ses freres Charles & Alphonse, & le Roy de Cypre, comme aussi
furent les grands Maistres des Hospitaliers & Templiers, auec la plus grande partie de
leurs Cheualiers, laquelle prise fut cause d'vn accord qui se fist entre le Roy S. Louys & le
Souldan. L'an 1258. le grand Maistre de Villebride mourut, & luy succeda par eslection
18. Frere Guillaume de Chasteau-neuf, ou Castelno, de la langue d'Auuergne, sous le
Pontificat du Pape Alexandre 4. qui donna aux Hospitaliers le Chasteau de Bethanie en
l'an 1256. De son téps les Chrestiens de la terre Saincte perdirent toute l'esperance qu'ils
auoient d'estre secourus par les Princes de l'Europe. L'an 1260. le grand Maistre de Castelno mourut, & les Hospitaliers esleurent en son lieu

Frere Hugues Reuel.   **Frere Nicolas Lorgue.**

19. Frere Hugues Reuelle, ou Reuel, du temps duquel le Pape Vrbain 4 donna aux Cheualiers de S.Iean le monde Thabor, l'an 1261. & l'an 1262. ils acheperent le Chasteau
d'Assur, & les deux annees suiuantes ils prindrent sur les Sarrazins vn chasteau nommé
Lilion, & desfirent & taillerent en pieces deux Emirs ou Capitaines & Colonels des
Sarrazins, qui fut cause que le Souldan d'Egypte se delibera de ruiner les Hospitaliers;
& de faict l'an 1265. il print de force sur eux le chasteau d'Assur, à la prise duquel fut tué
nonante Cheualiers de S.Iean. Ce qui abbaissa fort la Religion de S.Iean, & l'an 1267.
les Hospitaliers & Templiers furent assaillis & rompus en bataille par les Sarrazins pres
de la ville de Ptolemaide, qui gasterent & saccageret tout le pais d'alentour, & l'an 1270.
les Hospitaliers perdirét le chasteau de Crac, qui fut pris d'assaut par le Souldan, & tous
les Cheualiers qui estoient dedans furent mis au fil de l'espee. Et en fin l'an 1278. le grãd
Maistre Reuel finit ses iours, ayant tenu cinq Chapitres ou assemblees de la Religion de
S.Iean, où furent faicts plusieurs beaux statuts pour la reformation de la Religion.
20. Apres son decez fut esleu grand Maistre de l'ordre frere Nicolas Lorgue, lequel
sçachant qu'il n'y auoit rien qui apportast plustost la ruine aux Republiques & Cõmu-
nautez que la discorde & dissention, il meist telle peine de reconcilier les Hospitaliers auecq les Templiers qu'il les meist d'accord. En l'an 1281. les Cheualiers de S.
Iean obtindrent vne signalee victoire contre les Sarrazins qui estoient venus assieger le
chasteau de Margat leur principale forteresse: cela donna occasion au Souldan d'assieger
ceste forteresse, ce qu'il fist l'an 1285. laquelle fut valeureusement defenduë par les Hospitaliers, & en fin quittee par composition par les Cheualiers qui se retirerent les ensei-
ployees en la ville de Ptolemaide. L'an 1288. le grand Maistre Lorgue deceda de regret
qu'il auoit de voir les affaires des Chrestiens en la terre Saincte aller tousiours en decadence, & de mal en pis, sans y pouuoir apporter remede.

Frere Iean de Villers.   **Fr. Odo de Pinibus.**

21. Au mesme an fut esleu grand Maistre frere Iean de Villiers de la langue de Frãce. De
son temps la ville de Tripoly fut prise sur les Chrestiens par les Infideles, comme aussi les
villes de Sidonia & Barut en l'an 1289. & la ville de Tyr fut reduicte sous la main du Soul-

dan, auec lequel les Chreſtiens de la ville de Ptolemaïde firent treſue, & cependant le grand Maiſtre vint à Brindiſi auec le grand Maiſtre des Templiers pour ſolliciter les Princes Chreſtiens de ſe croiſer: En l'an 1291. le Souldan vint aſſieger la ville de Ptole-maïde, qui fut vertueuſement deffenduë par les Cheualiers de l'Hoſpital & du Temple, laquelle en fin fut priſe le Vendredy 18. May audit an 1291. & auec ceſte perte furent les Chreſtiens chaſſez de la terre Saincte 191. an dix mois trois iours apres que Godefroy de Buillon l'eut conquiſe. Le grand Maiſtre auec le reſte de ſes Cheualiers ſe ſauua par mer dans l'Iſle de Cypre, où ils furent bien receus par le Roy de l'Iſle, qui leur aſſigna, & aux Templiers la ville de Limiſſon, qui eſt vn port de mer pour s'y habituer, où le grand Maiſtre de Villiers aſſembla deux Chapitres generaux, l'vn en l'annee 1191. en Decem-bre, & l'autre en Octobre 1193. où il fiſt de nouueaux ſtatuts de l'ordre: & en l'an 1194. il mourut à Limiſſon, & luy ſucceda

21. Frere Odo des Pins de la langue de Prouence: Du temps du Pape Boniface 8. il en-courut la haine & diſgrace des Cheualiers de ſon ordre, à cauſe de ſa negligence & aua-rice, & y eut quelques propos tenus, de le priuer de ſa grande Maiſtriſe, ce qui fut em-peſché par le Pape pour euiter ſcandale, & en fin il fut cité à comparoiſtre à Rome en perſonne, pour reſpôdre aux plaintes des Hoſpitaliers, où ils s'achemina: mais il mourut en chemin l'an 1196. ayant és annees precedentes tenu à Limiſſon 1.Chapitres generaux.

Fr. Guillaume de Villaret — Fr. Foulques de Villaret

23. Les Cheualiers ayans ſçeu la mort du grand Maiſtre des Pins, eſleurent à Limiſſon le 14. Mars 1196. frere Guillaume de Villaret pour luy ſucceder, lequel eſtoit de la meſme langue de Prouence, & Prieur de S. Gilles, où il eſtoit lors de ſon eſlection, dont ayât eu aduis, il s'achemina incontinent au Royaume de Cypre, & le gouuerna en ceſte charge fort prudemment. De ſon temps Vſum Caſſam Roy des Tartares ſe fiſt Chreſtien, & re-coura la ville de Ieruſalem, où il meiſt en garniſon les Hoſpitaliers & Templiers l'an 1300. comme auſſi il priſt la ville de Damas, & les Hoſpitaliers & Templiers s'en retour-nerent en Cypre, & le grand Maiſtre mourut l'an 1308. ayant tenu à Limiſſon cinq Cha-pitres generaux, & veu la ruine entiere des Cheualiers du Temple.

24. Le grand Maiſtre eſtant decedé fut eſleu en ſon lieu frere Folquet de Villaret de la meſme langue de Prouence. Se voyant paruenu à ceſte dignité ſouueraine, il ſe reſolut de ſe retirer de l'Iſle de Cypre, & s'habituer ailleurs, ce qu'il executa fort heureuſement: car en la meſme annee de ſon eſlection qui fut l'an 1308. il fiſt vn voyage en Côſtantino-ple, & depuis en France, où le Pape luy fiſt don de l'Iſle de Rhodes, laquelle auec ſes Che-ualiers, il conqueſta l'an 1309. & ſept Iſles prochas d'icelle, & là fut transferée la reſide-ce de la Religion de S. Iean, tellement qu'ils furent puis apres ſurnommez Cheualiers de Rhodes. Incôtinent apres le premier Empereur des Turcs Ottoman vint aſſieger Rhodes auec vne puiſſante armee, laquelle fut ſecourue par Amedee 4. Comte de Sauoye, & Or-toman fut contrainct de leuer le ſiege: Depuis ce temps les Comtes de Sauoye ont pris en leurs armoiries la Croix blanche en champ de gueulles, en memoire du ſecours qu'ils donnerent à l'ordre de S. Iean. La Religion des Templiers ayant eſté ſupprimee au Concile general de Vienne en Dauphiné, la plus-part de leurs biens fut donnée à la Reli-gion de S. Iean par le Pape Clement 5. l'an 1312. Et en l'an 1314. les Cheualiers de Rhôdes conquirent l'Iſle de Lango & autres Iſles de l'Archipelagus. L'an 1317. le grand Maiſtre Folquet ſe compliſant en les victoires & conqueſtes deuint glorieux & altier, ce qu'il meiſt en haine: & de faict les Cheualiers de l'ordre ſe reuolterent contre luy, & le depo-ſerent de la dignité de grand Maiſtre, & en ſa place eſleurent

Fr. Maurice de Pagnac.   Fr. Elion de Villeneufue.

23. Frere Maurice de Pagnac, & le Pape Iean 22. en ayant eu aduis en fut fort efmeu, & deputa deux Prelats pour aller à Rhodes s'informer du faict, auec mandement de citer le grad Maiftre de Villaret & de Pagnac à comparoiftre à Auignon en perfonne, à quoy ils obeyrent, & le Pape crea cependant frere Gerard des Pins, Vicaire ou Lieutenāt general de la Religion de S. Iean, du temps duquel Orcanes Empereur des Turcs, s'appretta d'affieger l'Ifle de Rhodes, fur lequel les Cheualiers de Rhodes obtindrent l'an 1321. vne effenetueillable victoire où il y eut dix mil Turcs taillez en pieces. En ces entremifes Maurice de Pegnac mourut à Montpellier l'an 1322. & Folquer de Villaret fut reftably en fa dignité de grand Maiftre, lequel voyant qu'il n'eftoit bien voulu des Cheualiers, renonça à fa grande Maiftrife en l'an 1323. & les Cheualiers de Rhodes prefenterēt au Pape Iean 16. Frere Elion de Ville-neufue de la mefme langue de Prouence, & Prieur de S. Gilles pour grad Maiftre, dont fa Saincteté fut fort refiouye, & luy depefcha des Bulles à cefte fin. Ce grand Maiftre tint à Montpellier vn Chapitre general en Octobre 1330. & s'acheminant pour prendre la route de Rhodes, il tomba en vne grãde maladie en la ville de Marfeille, & eftant venu à conualefcence l'an 1332. il arriua finalement à Rhodes, & en la mefme annee il y tint vn Chapitre general, où furent faictes de fort bonnes ordonnances, & fous le bon gouuernement du grãd Maiftre de Ville-neufue, la Religion ne s'acquittes pas feulement de ce qu'elle deuoit, mais en outre elle deuint tres-riche, de forte que plufieurs luy porterent enuie, & propoferent au Pape en l'an 1342. de diuifer en deux les biens d'icelle, & d'en faire deux ordres militaires, ce qui ne fortit effect. L'an 1343. il y eut ligue faicte entre la Seigneurie de Venife, le Roy de Cypre, & la Religion de S. Iean, & le grand Maiftre. En l'an 1346. ayãt acquis le furnom de Gouuerneur heureux, le 27. de May mourut à Rhodes, ayant de fon viuant fait fermer de murailles & de tours le Palais du grand Maiftre, & ordonné & diuifé les langues, bailliages & dignitez de la Religion.

Fr. Dieudonne de Gozon.   Fr. Pierre de Cornillan.

27. Apres le trefpas du grãd Maiftre de Ville-neufue, frere Deode, ou Dieu-dōné, de Gozon, Cheualier de la mefme lãgue de Prouence, fut efleu grãd Maiftre l'an 1346. enuiró 4. ans auparauãt que d'eftre promeu à cefte dignité fouueraine, il auoit cōbattu vn horrible

& mostrueux Dragon qui affligeoit l'Isle de Rhodes, & l'auoit mis à mort, d'où il fut tant honoré & estimé d'vn chacun, que sa memoire en sera recommandable à iamais vers la posterité. En l'an 1347. il secourut le Roy d'Armenie contre le Souldan d'Egypte. En l'an 1351. le Pape Clement 6. recommanda auec beaucoup d'affection au grand Maistre, Constance Roy d'Armenie. Et en l'an 1355. le fils de l'Empereur de Constantinople Iean Cantacuzen vint iusques à Rhodes demander secours au grand Maistre: lequel grãd Maistre apres auoir gouuerné la Religion de S. Iean sept ans sur mois & dix iours, mourut le 7. Decembre audit an 1355. & fut enterré dans l'Eglise S. Iean de Rhodes, ayant faict tenir deux Chapitres generaux, l'vn en Ianuier 1346. & l'autre en Mars 1352.

28. Succeda au grand Maistre par election frere Pierre de Cornilian Prieur de S. Gilles de la mesme langue de Prouence, au mesme an 1355. lequel ne fut grãd Maistre qu'vn an 8. mois, & 17. iours, car estãt tombé en vne maladie en la ville de Rhodes, il mourut le 24. d'Aoust 1355. Il fut homme de vie moult exemplaire, & si seuere, qu'il fut surnommé le Correcteur des coustumes, il tint vn Chapitre general à Rhodes en l'an 1354. où furent faicts plusieurs bons & vtiles statuts. Et fut esleu en sa place.

Fr. Roger de Pinibus.   Fr. Raymond Berenger.

29. Frere Roger des Pins, de la mesme langue de Prouence en l'an 1355. De son temps le Pape persuada à la Religion de S. Iean d'achepter la principauté d'Achaie de Iacques de Sauoye, Prince de Piedmont, & y eut vne assemblee generale des Cheualiers de Rhodes faite en la ville d'Auignon pour effectuer le traicté de cest achapt, & pour reformer quelques abus qui s'estoient glissez entre les Religieux de l'ordre de S. Iean. L'an 1357. les statuts de l'ordre furent traduits en langage Latin; & à tous les Prieures fut enuoyé vn authentique volume d'iceux par ordonnance du grand Maistre: L'an 1359. le grand Commandeur, & le Mareschal de l'ordre furent enuoyez en France par le grãd Maistre en qualité d'Ambassadeurs, visiteurs & reformateurs. Il y eut vne assemblee des Cheualiers conuoquee par le Pape en la ville de Carpentras, mais elle ne fut tenuë à cause du deces du grand Maistre, lequel mourut le 28. May 1365. & fut fort regretté des pauures principalement, vers lesquels il estoit fort charitable & grand aumosnier.

30. Frere Raymond Berenger de la mesme langue de Prouence, fut esleu grand Maistre 1365. qui estoit auparauant Commandeur de Castel Sarrazin; & depuis incontinent ses Ambassadeurs vers le Pape à Auignon, pour luy rendre obeyssance, & iurer fidelité. De son temps le Roy de Cypre & la Religion de S. Iean firent vne ligue ensemble, & prindrent de force la ville d'Alexandrie d'Egypte, laquelle ils pillerent, saccagerent & bruslerent; & en l'an 1366. le Pape escriuit aux Roys & Princes Chrestiens, les exhortant & priant de vouloir secourir la Religion de S. Iean & le Roy de Cypre, & donna de grãdes Indulgences à ceux qui les secourroient. Les Armeniens ayans esté chassez par les Sarrazins de leurs maisons, sont receus charitablement par ceux de la Religion dans l'isle de Lango, & en mesme temps la ville de Tripoly de Syrie est prise & saccagée par le Roy de Cypre, & les Cheualiers de Rhodes. En l'an 1371. le grand Maistre est esleu par le Pape, Nonce du S. Siege Apostolique, pour appaiser les rumeurs & diuisions qui estoient au Royaume de Cypre, où il alla en personne, & par son autorité & prudence il fist cesser toutes les dissentions & troubles qui y estoient. En l'an 1373. le grãd Maistre eut volonté de renoncer à la grande Maistrise, & enuoya pour cet effect vn Theologien son parent au Pape pour luy en demander permission, ce que le Pape Gregoire XI. ne voulut luy octroyer, ains luy commanda de demeurer en ceste charge pour le bien de la Chrestienté. Et la mesme annee fut tenuë à Auignon vne assemblee generale de ceux de la Religion, & peu de temps apres alla le grand Maistre de vie à trespas, ayant gouuerné la Religion de son ordre enuiron dix-huict ans & demy; ayant tenu de son temps deux Chapitres generaux à Rhodes: l'vn en Mars 1366. & l'autre en Octobre 1370. où il fut faict plusieurs bonnes ordonnances selon la necessité du temps.

Frere Robert de Iuli   Fr. Iean Ferdinand de Heredia

51. Au mesme an 1373. frere Robert de Iulliac ou de Iuli grãd Prieur de France, fut esleu
grand Maistre, lequel estoit lors de son ellection au gouuernement de son Prieuré, &
ayant sçeu la nouuelle de son ellection, il s'en alla incontinent à Auignon baiser les pieds
de sa Saincteté, où il fut fort bien recueilly & grandement honoré, & là fut tenuë vne assemblee generale de la Religion : & le Pape bailla le gouuernemēt de la ville de Smyrne
à la Religion de S.Iean, & commanda au grand Maistre de l'accepter sous peine d'excõ-
munication, lequel en l'an 1374. s'embarqua pour aller à Rhodes, où il arriua heureusement, & par sa presence il appaisa toutes les rumeurs qui auoient couru du desordre qui
y estoit pendant son absence. Il se fist vne autre assemblee à Auignon l'an 1376. & en ce
mesme temps le Pape alla tenir son Siege à Rome, que luy & les predecesseurs auoient
tenu en Auignon par l'espace de 71. an, & en la mesme annee le 29. Iuin, deueda le grand
Maistre de Iulliac, & fut

52. En son lieu esleu frere Iean Fernandes d'Heredia, de la langue d'Arragon, natif de la
ville de Valence, qui auoit esté Prieur de Catalogne, & Chastellain d'Emposta, & auoit
esté marié deux fois, & estant veuf, il prist l'habit de la Religion, & fut fait Cheualier de
Rhodes du temps du grand Maistre de Villeneufue, & estant simple Cheualier, auec permission du grand Maistre, il alla visiter le S.Sepulchre, & les autres lieux de la terre Saincte: Il fut Ambassadeur du Pape Clement 6. vers les Roys de France Philippe sixiesme, &
Edoüard 3. d'Angleterre , & fist vn bon seruice au Roy Philippe l'an 1346. Car estant de-
monté de son cheual en vne iournee de bataille cõtre les Anglois, il luy bailla son cheual sur lequel le Roy se retira en lieu de sauueté, & pareillement il fortifia de bastions &
nouuelles murailles la ville d'Auignon , de laquelle il estoit gouuerneur de par le Pape,
qui en recompense luy fist conferer le Prieuré de S.Gilles lors qu'il vint à vacquer. Estãt
grand Maistre il print la route de Rhodes l'an 1377. & estant requis par le general de l'armee des Venitiens de s'vnir auec luy , & d'aller en la Moree en l'an 1378. ils assiegerent
la ville de Patras , & la prindrent auec le Chasteau: & le grand Maistre combattant corps
à corps auec le Gouuernemẽt de Patras, il le tua, & depuis il fut en vne embuscade de
Turcs pris prisonnier, & par eux recogneu, qui fut cause, que pour moyenner sa liberté
on rendit aux Turcs Patras, & les autres lieux qu'on auoit conquis sur eux, & toutesfois
ils ne le laisserent de l'emmener en Albanie, & le tindrent esclaue pour trois ans , iusques
en l'an 1381. Durant la captiuité du grand Maistre fut tenu vn Chapitre general de la Religion à Rhodes, où presida frere Bertrand de la Flotte grand Commandeur. En l'an 1381.
le grand Maistre fut rachepté de sa prison, & retourna à Rhodes où vindrent des Ambassadeurs de Smyrne pour demander secours au grand Maistre. En l'an 1382. vne autre assemblee generale fut tenuë à Rhodes, & fut aduisé que le grand Maistre viendroit en
France, & de faict il fut en la ville d'Auignon où le Pape Clement 7. fut recogneu par
luy & par la Religion de S.Iean pour vray Vicaire de nostre Seigneur Iesus, & fut tenu
vn Chapitre general de l'ordre à Valéce sur le Rhosne, qui fut cause que le Pape Vrbain
6. le priua de la dignité de grand Maistre, & en son lieu subrogea frere Richard Carra-
ciolo Neapolitain en l'an 1383. mais la Religion ne l'a oncques voulu recognoistre pour
grand Maistre, lequel du viuant d'Heredia mourut à Rome l'an 1395. Et l'an 1396. mourut le grand Maistre Heredia, & fut enterré à Caspé.

Fr. Philibert de Naillac   Fr. Antoine de Riuiere

33. La nouuelle du deces du grand Maiſtre Heredia eſtãt venuë à Rhodes, fut en ſon lieu eſleu grand Maiſtre frere Philebert de Naillac de la langue de France , grand Prieur d'A-quitaine en l'an 1396. au Printemps , lequel fut inuité par le Roy de Hongrie Sigiſmõd d'aller à ſon ſecours contre Bajazeth, ce qu'il fiſt l'an 1397. en perſonne : Il fut dõné vne bataille à Nicopoli, où Bajazeth eut la victoire, d'où ſe ſauua le Roy de Hõgrie, & auec le grand Maiſtre ſe retira à Rhodes, où l'Empereur de Cõſtantinople enuoya ſes joyaux plus precieux en garde au grand Maiſtre , pour crainte qu'il auoit que Bajazeth print Conſtantinople, mais il en fut empeſché par Tamerlan , lequel ſurmonta Bajazeth & le retint captif en vne cage tandis qu'il veſcut : & apres le ſiege de Conſtantinople leué, le grand Maiſtre renuoya les joyaux à l'Empereur. Apres la defaicte de Bajazeth le grand Maiſtre de Naillac auec vne armee nauigea en Carie , & là fiſt vne fortereſſe inex-pugnable qu'il nomma le Chaſteau de S. Pietre en l'an 1399. ſous le regne du Roy de France Charles 6. En l'an 1403. il y eut guerre entre le Roy de Cypre & les Geneuois, la-quelle fut paciſiee & appoinctee par l'authorité & prudence du grand Maiſtre de Naillac, vers lequel le Soudan d'Egypte enuoya vn Ambaſſadeur pour demander la paix , & l'an 1409. le grand Maiſtre aſſiſta en perſonne au Concile de Piſe, aſſemblé pour eſteindre le ſchiſme qui eſtoit lors en l'Egliſe, & la garde du Conclaue fut commiſe au grand Mai-ſtre, & fut Alexandre 5. eſleu Pape, lequel confirma l'eſlection du grand Maiſtre de Nail-lac, & iceluy grand Maiſtre cõuoqua vn Chapitre general en la ville de Nice en Prouſſe, qui fut depuis transferé en la ville d'Aix, & outre le meſme Pape confirma les priuileges de la Religion, & octroya des pardons à quiconque donneroit du ſecours ou preſteroit de l'aide à la Religion de S. Iean, & l'enuoya Ambaſſadeur en l'an 1420. vers les Roys de France & d'Angleterre. Et ledit grand Maiſtre ſe trouua l'an 1414. au Concile general de Conſtance, où trois Papes furent depoſez, & Martin 5. y fut eſleu Pape 1417. la garde du Conclaue ayant eſté derechef baillee au grand Maiſtre, lequel s'achemina en France l'an 1418. où il ſe fiſt vne aſſemblee generale de la Religion en la ville d'Auignon , depuis à Florence, en fin à Ancone, où il ſe fiſt vne autre aſſemblee, & de là il s'en retourna à Rho-des en l'an 1420. où il tint vn Chapitre general , & l'an 1421. au commencement de Iuin il mourut.

34. Et fut eſleu grand Maiſtre au lieu du defunct, frere Antoine Fluuiano ou Riuiere, de la langue d'Arragon, au commencement de Iuillet l'an 1421. De ſon temps commença le Concile general de Baſle en l'an 1430. & l'an 1431. vn Chapitre general fut tenu à Rhodes, auquel furent depurez des Ambaſſadeurs de la Religion de S. Iean pour aſſiſter au Con-cile. L'an 1425. le Soudan d'Egypte enflé de la victoire qu'il auoit obtenuë en Cypre, rompit la treue , & fiſt de grãds preparatifs d'armee en intention d'aſſieger Rhodes, mais ayant entendu que le grand Maiſtre auoit faict de bonnes prouiſions pour ſe defen-dre, il delaiſſa ceſte entreprise, & fut la Religion en paix de ce coſté-là. L'an 1437. le grand Maiſtre fonda & dota vne Chapelle en la ville de Rhodes qu'il auoit fait baſtir en l'Egliſe du Cõuent, & le 29. d'Octobre il mourut, apres auoir gouuerné la Religion auec beaucoup de prudence peu moins de ſeize ans & demy.

Fr. Iean de Laſtic   Fr. Ioubert de Milly

35. Le 6. Nouembre au meſme an 1437. fut eſleu grand Maiſtre frere Iean de Laſtic, de la langue d'Auuergne, lequel lors de ſon eſlection eſtoit abſent, & reſidoit en Auuergne, dont il eſtoit Prieur, & auant ques'acheminer à Rhodes il tint vne aſſemblee à Valence, & au mois de Decembre 1438. il arriua à Rhodes, où en l'an 1439. il fiſt commencer à baſtir la notuelle Infirmerie que le precedent grand Maiſtre par teſtament auoit ordonné d'eſtre faicte à ſes deſpens. De ſon temps le Pape Eugene 4. fut depoſé par le Concile de Baſle, & Felix 5. creé en ſon lieu, qu'on a tenu à Rome pour Antipape, & l'an 1440. le Souldan d'Egypte s'eſtant auec vne armee approché du port de l'Iſle de Caſtel-rouge appartenant à la Religion, & de là ayant tourné vers Rhodes, il fut chaſſé par l'armee des Cheualiers qui n'anoient que huict galeres, & en l'armee du Souldan y en auoit dix-huict, & y furent tuez enuiron ſept cens Sarrazins, outre ceux qui furent bleſſez en tres-grand nombre. Ce qui irrita en telle ſorte le Souldan, qu'il ſe ligua auec Amurath Empereur des Turcs, en intention de ſe rendre Maiſtre de l'Iſle de Rhodes, & d'en chaſſer la Religion. Et de faict l'an 1444. il vint aſſieger Rhodes, laquelle fut vertueuſement defen-duë par les Cheualiers Rhodiens, & au mois de Septembre de la meſme annee, il y eut vne aſſemblee generale tenuë à Rhodes, pour ſubuenir aux neceſſitez de la Religion. L'an en ſuiuant le grand Maiſtre reconcilia auec le Pape le Roy de Cypre, & fiſt paix auec Amurath, & tint vn Chapitre general à Rhodes en Iuillet, & en la meſme annee ordõna qu'on tiendroit vn Chapitre general à Sienne, où le grand Maiſtre enuoya ſes Lieutenans & Procureurs, & fut le Chapitre transferé à Rome, qui y fut tenu dans le Palais de Sainct Pierre l'an 1446. auquel an la paix fut faicte entre la Religion & le Souldan. L'an 1449. ceſſa le ſchiſme en l'Egliſe par la renonciation que fiſt Felix 5. en faueur du Pape Nicolas 5. en laquelle annee au mois de Septembre fut tenu vn Chapitre general à Rhodes, durant lequel le Duc de Cleues paſſa à Rhodes retournant du voyage qu'il auoit faict en Ieruſalem pour viſiter le ſainct Sepulchre, & les autres lieux de deuotiõ de la terre Sain-cte. L'an 1451. fut faicte vne aſſemblee generale à Rhodes, où l'adminiſtration & gouuer-nement du Threſor & du Conuent fut donné au grand Maiſtre, lequel en l'an 1452. apres la mort d'Amurath renouuella la paix auec Mahomet ſon fils entre luy & la Religion, & l'annee ſuiuante Mahomet ſe rendit maiſtre de la ville de Conſtantinople le 29. iour de May, & eſtant enorgueilly de cet heureux ſucces, il manda au grand Maiſtre qu'il luy payaſt par an deux mil ducats de tribut, autrement qu'il n'entendoit plus entretenir la paix iuree : à quoy le grand Maiſtre fiſt vne reſponce courageuſe, ſçauoir que la Religiõ, l'Iſle de Rhodes, ny luy, n'eſtoient ſubjects à autre qu'au S. Siege Apoſtolique, & qu'il ne luy payeroit iamais aucun tribut, eſtant reſolu pluſtoſt de mourir, que d'endurer que de ſon temps la Religion fuſt ſerue & tributaire, qui auoit touſiours eſté libre, & deputa des Ambaſſades vers le Pape & les Princes Chreſtiens, pour auoir d'eux ſecours contre le parjure Mahomet, & l'an 1454. le 19. May il mourut, ayant valeureuſement gouuerné la Religion ſeize ans, ſix mois, & treize iours.

36. Frere Iacques de Milly de la langue d'Auuergne, dont il eſtoit Prieur, ſucceda au grand Maiſtre de Laſtic le premier de Iuin 1454. & eſtoit en ſon Prieuré lors qu'il fut eſleu, & ſon nepueu frere George de Boisfroud luy en apporta les premieres nouuelles, & incontinent il s'achemina à Rhodes où il tint vn Chapitre general au mois de Nouẽbre de la meſme annee. L'an 1456. l'Iſle de Rhodes fut grandement affligee de peſte & de fa-mine, dont elle demeura demy deſerte, & pour la repeupler furent publiees des citations generales à tous les Cheualiers de s'y trouuer dans certain temps. L'an 1457. Mahomet aſſiegea l'Iſle de Lango, & le chaſteau de l'Iſle des Singes, mais il fut courageuſement repouſſé, & les Cheualiers en rapporterẽt vne ſignalee & heureuſe victoire, & en la meſ-me annee le Roy de France Charles 7. donna à la Religion en pur don ſeize mil eſcus. L'an 1459. fut tenu à Rhodes vn Chapitre general en Octobre, & l'an 1460. fut faicte vne aſſemblee generale à Rhodes, où furent citez pluſieurs Prieurs, Baillifs, & Cõmandeurs de l'ordre, pour la defenſe de la Religion, & en l'an 1461. le 17. Aouſt, le grand Maiſtre mourut, ayant auec beaucoup de prudence gouuerné la Religion en temps faſcheux &

difficile fept ans, deux mois & feize iours, & fut grandement regretté, parce qu'il eftoit
fort benin, affable & humain, & defireux de côferuer la paix & l'vnió entre fes Religieux.

Fr. Piere Raymond Zacofta.   Fr. Iean Baptifte des Vrfins.

37. Frere Pierre Raymond Zacofta de la langue d'Arragon, Chaftellain d'Emposta, fut
creé grand Maiftre le 24. d'Aouft 1461. qui eftoit lors abfent en Efpagne, d'où il partit
en l'an 1461. & paffant par Rome vint à Rhodes où il tint vn Chapitre general, durant lequel fut erigee la huictiefme langue de Caftille & Portugal en la Religion, n'y ayant eu
auparauant que fept langues, fçauoir trois de France, d'Auergne, & de Prouence, vne
d'Italie, vne d'Arragon, vne d'Angleterre, & vne d'Allemagne. L'an 1464. l'armee des
Veniriens affiegea la ville de Rhodes, mais le fiege fut bien-toft leué, & les Venitiens
s'en retournerent en leur pays, leur guerre eftant appaifee par la prudence du grand
Maiftre, lequel fift baftir la Tour de S. Nicolas à la bouche du port de Rhodes, au lieu
mefme où eftoit anciennement ce grãd Coloffe du Soleil nombre entre les fept merueilles du monde, & pour ayder à la baftir Philippe Duc de Bourgongne dôna dix mil efcus
d'or. En l'an 1465. le grand Turc enuoya des Ambaffades à Rhodes, pour moyenner vne
paix entre les Hofpitaliers & luy, mais elle fut refufee par ceux de la Religion, au contraire en prefence des Ambaffadeurs ils denoncerêt la guerre au Turc. L'an 1466. le Pape
transfera lã celebration du Chapitre general de la Religion à Rome, où le grãd Maiftre
vint en perfonne, & le Pape Paul 2. y voulut affifter, & le 21. Feurier 1467. le grãd Maiftre mourut à Rome aagé de 74.ans, ayant tenu la grande Maiftrife cinq ans; fix mois, &
trois iours. Il fut inhumé dans l'Eglife de fainct Pierre.
38. Frere Baptifte Orfino Prieur de Rome de la langue d'Italie, fucceda au grand Maiftre Zacofta le 4. de Mars 1467. & fut pourueu par le Pape de cefte dignité, parce qu'elle
auoit vacqué en Cour de Rome, mais ce fut par l'aduis de tous les Cheualiers & Religieux de l'ordre de S. Iean qui fe trouuerent lors à Rome, & le grand Maiftre prefta incontinent apres le ferment entre les mains du Pape, ce qu'eftant fçeu à Rhodes, ceux de
la Religion en firent faire les feux de ioye, & le grãd Maiftre y arriua bien-toft apres, où
en l'an 1469. ayãt eu certain aduis que le grand Turc preparoit vne puiffante armee pour
affieger Rhodes ou Negrepont, il manda grand nombre de Cheualiers abfens, afin de
venir à la deffenfe de l'Ifle, & mefme il s'vnit & feligua auec la Seigneurie de Venife
contre le Turc, & de faict en l'annee 1470. Mahomet prift de force la ville de Negrepont le penultiefme iour de Iuillet, & commift de grandes & horribles cruautez, & fift
tuer de fang froid tous les Latins qu'il y trouua, & publier la guerre à fon derniere contre la Religion, qui fut caufe que le grand Maiftre enuoya deuers le Pape demander fecours, & les Rhodiens fe meirent à ieufner, faire vœux, prieres, & proceffions publiques pour implorer le fecours diuin, & firent tous les appareils qu'ils peuuent pour fe
deffendre contre l'armee Turquefque, & l'an 1471. le grand Maiftre tint vn Chapitre
general à Rhodes, où il eut vn differend contre les Procureurs du threfor, qui fut terminé par le Legat du Pape Sixte 4. venu à Rhodes pour ceft effect. L'an 1475. fut tenu vn
fecond Chapitre general par le grand Maiftre en la ville de Rhodes, & en ce Chapitre
on commença à faire des ordonnances capitulaires outre les ftatuts, & en l'an 1476. le
grand Maiftre mourut le 8. Iuin d'vne lõgue & fafcheufe maladie, qui l'affligea pres d'vn
an entier, apres auoir gouuerné la Religion auec grande autorité, grauité & prudence,
l'efpace de neuf ans, trois mois, & trois iours.

Fr. Pierre d'Aubuſſon   Fr. Emery d'Ambois

39. Le 17 Iuin 1476. frere Pierre d'Aubuſſon de la langue & Prieur d'Auuergne, & Capitaine de la ville de Rhodes, fut eſleu grand Maiſtre, lequel iura ſolemnellement ſuiuāt
la couſtume de garder les ſtatuts de l'ordre, & depeſcha vn Ambaſſadeur à Rome pour
dōner aduis au Pape de ſon eſlection, & luy rendre l'obeyſſance deuë: & l'an 1477. il alla
viſiter toute l'Iſle de Rhodes, & fiſt de grandes prouiſions pour la defendre contre l'armee du Turc, & cita grand nombre de Prieurs, Commandeurs & Gheualiers, pour aſſiſter
au Chapitre general & à la defenſe de l'Iſle de Rhodes, & il renouuella la paix auec le
Souldan d'Egypte. Et en la meſme annee le Roy Louys XI. obtint vn Iubilé en France,
ē faueur de la Religion & des Cheualiers de Rhodes, & voulut que les deniers qui en
prouiendroient fuſſent ſeulement employez pour leur defenſe, & de ce Iubilé on tira de
grands deniers qui furent employez aux fortifications des places & chaſteaux de l'Iſle
de Rhodes, il fiſt treſue pour 10. ans entre ceux de la Religion de ſainct Iean, & le Roy
de Tunis: en l'an 1478. il tint vn Concile general où l'adminiſtration du Threſor luy fut
baillée, & la Religion du ſainct Sepulchre de Ieruſalem fut vnie auec celle de S. Iean. L'an
1479. il fut reſolu au Conſeil de Mahomet 2. Empereur des Turcs, que Rhodes ſeroit aſ-
ſiegee, dont aduerty le grand Maiſtre en dōna aduis incontinent au Pape, & luy dema-
da ſecours: & l'an 1480. le grand Turc aſſiegea la ville de Rhodes auec vne puiſſante armée, à ce ſiege furent faictes pluſieurs ſorties, & les Turcs furent touſiours repouſſez &
chaſſez, combien qu'ils fuſſent bien iuſques à cent mille combatans, & que l'armee fuſt
compoſee de 160. voiles, le grand Maiſtre fut ſecouru par Meſſire Antoine d'Aubuſſon
Vicomte de Montelis ſon frere, qui eſtoit vn tres-grand guerrier, & tres-experimenté Capitaine, il fut eſleu Capitaine general de l'armee des aſſiegez. En peu de iours les Turcs
firent donner 1700. coups de canon & d'artillerie contre les murailles de la ville, il y eut
vn aſſaut merueilleux de 40000. Turcs, qui furent valeureuſement repouſſez, & le grand
Maiſtre y receut cinq playes, dont l'vne fut iugee mortelle, & en fin on reſiſta ſi bien
aux aſſiegeans, qu'ils furent contraints de leuer le ſiege ayans perdu grād nombre de leurs
ſoldats, & l'armee des Turcs auec grand dommage & honte s'en retourna à Conſtantinople, apres auoir aſſiegé la ville en vain par l'eſpace de 89.iours, & en memoire de ceſte
victoire fut fondee & baſtie vne Egliſe dediçee à Noſtre-Dame de la Victoire dans la ville
de Rhodes. Apres ce ſiege Mahomet 2. ſe reſolut de venir en perſonne à Rhodes, & fut
faicte vne aſſemblee generale des Cheualiers, mais la mort de Mahomet empeſcha ce
deſſein, & ſes enfans Bajazeth & Zizime ſe firent la guerre apres le decez de leur pere, ce
qui donna du repos aux Cheualiers de Rhodes, meſmes Zizime eut recours à l'aide du
grand Maiſtre, & ſe retira en la ville de Rhodes en l'an 1482. où il fut receu auec tres-
grand honneur, & de là conduit en France. Du temps de ce grand Maiſtre d'Aubuſſon
les ſtatuts de la Religion furent reformez & redigez en vn volume, & la paix fut arreſtee
entre la Religion & le grand Turc Bajazeth, le Pape ayant donné pouuoir au grand Maiſtre d'y entendre. Il fut fait Cardinal Diacre par le Pape Innocent 8. le 9. de Mars 1468.
qui luy envoya le Chapeau de Cardinal, & le fiſt ſon Legat en Aſie: Et l'an 1500. le Pape
Alexandre 6. le fiſt Legat & general de l'armee de la Ligue contre le Turc, finalement il
mourut à Rhodes l'an 1503. le troiſieſme Iuillet plein d'honneur & de reputation, & fut
enterré auec vne grande pompe funebre. Il a veſcu 80. ans trois mois & quatre iours, &
gouuerna la Religion 27. ans ſeize iours, & de ſon temps il y a eu cinq Chapitres tres-
generaux tenus a Rhodes, eſquels pluſieurs ſtatuts loüables ont eſté dreſſez.
40. Il y a vn 1503. Cheualiers aſſemblez à Rhodes lors que le grand Maiſtre d'Aubuſſon decedâ, leſquels eſleurent pour ſucceſſeur frere Emery d'Amboiſe, frere de Georges
d'Amboiſe, Cardinal & Legat en France, Archeueſque de Roüen le 10. Iuillet 1503. Il
eſtoit de la langue de France, & grand Prieur de France lors de ſon eſlection, où il eſtoit
reſidant quant il fut eſleu. Frere Guy de Blanchefort vint en France pour accompagner
le grand Maiſtre lors qu'il feroit le voyage de Rhodes. L'an 1504. le grand Maiſtre fiſt
ſon entree ſolemnelle en la ville de Rhodes, & y fut receu auec beaucoup de reſiouyſſan-
ce & d'applaudiſſement, veu meſmes que les Roys de France & d'Eſpagne auoient eſcrit

des lettres de recommandation au Conuent de la Religion en sa faueur. Si tost qu'il fut
arriué il tint vn Chapitre general, où il fut ordonné qu'on seroit vn somptueux sepulchre
de bronze au defunct Cardinal grand Maistre ; & l'an 1510. il tint vn autre Chapitre general, en laquelle anne la Religion obtint vne signalee victoire nauale contre le Souldan d'Egypte par la conduite de frere Philippe de Villiers de l'Isle-Adam Cheualier Frā-
çois, qui depuis a esté grand Maistre: en fin l'an 1511. le grand Maistre mourut à Rhodes
le 13 de Nouembre, ayant gouuerné la Religion neuf ans quatre mois & trois iours, agé
de 78.ans quatre mois & six iours.

Fr. Guy de Blanchefort   Fr. Fabrice de Carretto.

41. Le 22. du mesme mois de Nouembre, les Cheualiers de l'ordre assemblez iusques
au nōbre de 430.esleurent grand Maistre frere Guy de Blanchefort de la langue & Prieur
d'Auuergne, nepueu du defunct grand Maistre d'Aubusson, il estoit residant sur son
Prieuré lors de son eslection: au mesme an 1512. le Concile general de Latran fut tenu à
Rome, où frere Fabrice de Carretto Admiral & Procureur de la Religion de Rhodes fut
Capitaine de la garde du Concile, lequel fut assemblé par le Pape Iule 2. & continué par
son successeur le Pape Leon 10.en l'an 1513. auquel an le grand Maistre de Blanchefort
s'estant embarqué à Nice en Prouence pour venir à Rhodes, il fut en chemin surpris d'v-
ne maladie, dont il mourut le 24. Nouembre, vn an & deux iours apres son eslection.
42. En son lieu fut esleu grand Maistre frere Fabrice de Carretto Geneuois, de la langue
d'Italie le 15. Decembre 1513. en vne assemblee generale faicte à Rhodes, où se trouuerent 330. Cheualiers, où estoit present iceluy de Carretto, qui auparauant estoit Admiral de la Religion. Le corps du defunct grand Maistre de Blanchefort fut apporté à Rhodes , & y fut enterré fort honorablement dans l'Eglise de S. Iean. L'an 1514. vn Chapitre
general fut tenu à Rhodes, & apres la celebration d'iceluy frere Philippe de l'Isle-Adam
de l'Isle-Adam Seneschal du grand Maistre fut enuoyé en France, auec souueraine authorité sur tous les Prieurez du Royaume en qualité de Visiteur, Correcteur, Lieutenant &
Ambassadeur du grand Maistre & du Conuent. L'an 1516. la paix fut faicte entre ceux de
la Religion de S. Iean, & Tomombey Souldan d'Egypte, successeur de Campson Gaury,
lequel peu de temps auparauant auoit esté tué en guerre en vne bataille que gaigna sur
luy Selim Empereur des Turcs, mais Tomombey fut peu heureux : car l'an 1517. il fut
pris & pendu & estranglé à vne des portes de la ville du grand Caire, par l'ordonnance de
Selim, qui fut cause que le grand Maistre fortifia l'Isle de Rhodes à son pouuoir ; & enuoya des Ambassadeurs au Pape & aux Princes Chrestians, pour leur faire entendre les
victoires de Selim afin d'y donner ordre, & luy prester secours: & en l'an 1520. il tint vn
Chapitre general, & au mesme an Selim mourut, & luy succeda son fils Sultan Soliman:
& l'an 1521. le 20. Ianuier le grand Maistre de Carretto finit ses iours à Rhodes, ayant gouuerné 7. ans & 26.iours, & laissé à Rhodes de grandes munitions, & eut pour successeur

Philippe de Villiers L'Isleadam.   Fr. Perin de Ponte.

43. Frere Philippe de Villiers de l'Isle-Adam, de la langue & grand Prieur de France, où il estoit lors qu'il fut esleu. Pendant son absence frere Gabriel de Pommereux grand Cōmādeur fut esleu Lieutenant du grand Maistre, auquel il fist sçauoir la mort du grād Maistre Carretto, & qu'il luy auoit succedé par eslection, & le pria de venir imcōtinēt à Rhodes, où bien tost apres il arriua, & y fist son entrée solennelle. En la mesme annee de son eslection, qui fut faicte l'an 1521. le 23. Ianuier, Sultan Soliman prit resolution d'assieger l'Isle de Rhodes, executant la derniere volonté de son pere Selim, dont ayant eu aduis le grand Maistre de Villiers, il fist tous les apprests à luy possibles pour se deffendre contre l'entreprise du Turc, il fortifia & munit en diligence la ville de Rhodes, & enuoya au Pape Adrian 6, vn Ambassadeur, pour luy demander secours: ce qu'il ne peut obtenir à cause de la guerre qui estoit lors entre le Roy de Frāce François I. & l'Empereur Charles V. L'an 1522. au mois de Iuin cōmença le memorable siege de la ville de Rhodes, qui fut assiegée d'vne armée de 200000. Turcs, & depuis l'armée s'accreust iusques au nombre de 300000. hommes, les assiegez se defendirent courageusement, & y furent faits de grands exploicts, & specialement par le grand Maistre, lequel durant le siege eut tousjours la cuirasse sur le dos: les assiegeans furent en plusieurs assauts repoussez, & en vn d'iceux il y eut 20000. Turcs qui demourerent sur la place: En fin le grand Maistre n'estant secouru, fut contrainct de rendre la ville à cōposition le 24. Decēbre 1522. les Turcs ayans perdu plus de cent mil hommes. Le 1.iour de Ianuier 1523. le grand Maistre auec 50. voiles partit de Rhodes, & prist la route de Candie, apres auoir l'Isle de Rhodes esté en la puissance des Cheualiers Hospitaliers par l'espace de 213.ans, sçauoir depuis l'an 1309. iusques à la fin de l'an 1522. Apres la perte de Rhodes le grand Maistre & ses Religieux n'eurent aucune demeure asseurée, iusques en l'an 1530. que l'Empereur Charles V. leur donna l'Isle de Malte où ils arriuerent le 26. Octobre: Le grād Maistre y fist bastir vn Palais au Chasteau S. Ange pour sa demeure & de ses successeurs, & y ayant faict son entrée solennelle, il fist bastir vn autre Palais en la vieille cité de Malte: & finalemēt apres auoir gouuerné la Religiō 23. ans 7. mois, aagé de 70. ans, il deceda le 22. Aoust 1534. à Malte, & y fut inhumé en vne Chapelle qu'il auoit fait construire au Chasteau S. Ange: & fut esleu

44. Frere Pierrin du Pont natif d'Ast de la lāgue d'Italie le 26. d'Aoust l'an 1534. Il estoit auparauant la prise de Rhodes gouuerneur de l'Isle de Lango, & apres la perte d'icelle, il en partit auec tous les Cheualiers de son gouuernement, & se vint ioindre en l'Isle de Candie à l'armee de la Religion: Il fut fait Seneschal du grand Maistre, & Bailly de Lango, & fut enuoyé en Ambassade vers le Seigneur de Lautrec: il fut esleu Bailly de saincte Euffemie du Conuent à Nice, où estant il fut creé grād Maistre apres le decez de son predecesseur, lequel il regretta grandement au lieu de se resiouyr de son eslection, & s'estant embarqué à son Bailliage sur les galeres de la Religion, il arriua à Malte le 10. Nouēbre au mesme an 1534. De son temps l'Empereur Charles V. entreprit d'aller en personne au Royaume de Tunis en Afrique, où il fut assisté des galeres de la Religiō, & les Cheualiers d'icelle firent de grands exploicts d'armes, & particulierement à la prise de Golette, qu'on estimoit estre vn fort inexpugnable. Apres ceste guerre finie, le grand Maistre mourut aagé de 75. ans, le 27. Nouēbre 1535. ayant gouuernét seulemēt 14. mois 22. iours.

Fr. Didier de Tollon de S.t Iaille   **Fr. Iean des Homedes**

45. Le 22. du mesme mois fut esleu grād Maistre frere Deliré, ou Didier de Saincte Iaille de Tolon de la langue de Prouence, Prieur de Tholose, où il residoit lors de son electiō, de laquelle ayant entendu les nouuelles, ie bon vieillard leuant les mains au Ciel, dist semblables paroles, *Mon Dieu, si ie suis necessaire à vostre peuple, ie ne refuse ceste peine est fascigne*, & quelque temps apres il s'achemina pour venir à Malte, mais estāt enuoik vieil, arriué qu'il fut à Montpellier il tomba en vne grande maladie, dont il deceda le 26. de Septembre 1536. & fut inhumé auec grand honneur en l'Eglise de la Commanderie de S. Gilles hors les portes de la ville de Montpellier, & delaissa conformément à son nom vn desir indicible de soy-mesme à la Religion, pour la grande opinion qu'on auoit conceuë de luy, de sa iustice, de sa bonté, & de son extréme valeur. Les Religieux ayant esté aduertis de son decez, le 18. Octobre 1536. le 10. ils esleurent

46. Frere Iean d'Homedes de la langue d'Arragon, lequel estoit lors en Espagne, dont il partit sur la fin de l'an 1537, & arriua à Malte le Lundy 21. de Ianuier 1538. où il fut receu auec grande allegresse, quoy qu'il fut mal content de ce que l'on ne luy auoit enuoyé des galeres, ny la Carraque de la Religion pour le conduire, & à ceste occasion il fist desarmer & desaire la grande Carraque, dont il y eut quelques plaintes faictes contre luy. En l'an 1539. fut tenu à Malte vn Chapitre general, & vn autre en l'an 1543. Volontiers il discouroit du siege de Rhodes, pour donner à cognoistre à vn chacun qu'il y auoit perdu vn œil. Il fist faire vn parc d'animaux & vn beau iardin dans l'Isle de S. Michel, & là il passoit la plus grande partie du iour, ce qui dōna subiect de murmure cōtre luy, qu'il estoit lasche au gouuernement public. De son temps la ville de Tripoly en Barbarie fut perduë pour ceux de la Religion, & prise par le Turc, dont il demoura grandement estonné & estourdy. L'an 1551. le Prieur de Capouë frere Leon Strozzi fist vne entreprise sur l'Isle de Zoara, laquelle reüssit mal, & y furent tuez plusieurs Cheualiers, de toutes langues, & mesmes plusieurs François, Auergnacs & Prouençaux, ce qu'estant rapporté au grand Maistre, il en eut tres-grande tristesse & vif ressentiment, disant qu'il n'estoit point aduenu de plus grande perte à la Religion que celle-là depuis la prise de Rhodes. Il fist bastir les forteresses de S. Elme & de S. Michel, & aagé de 80. ans il mourut le 6. Septēbre 1558. ayant gōuuerné 16. ans 10. mois, & fut enterré dās la Chapelle des grands Maistres.

Fr. Claude de la Sengle   **Fr. Iean de la Vallette**

47. Le 11. du mesme mois frere Claude de la Sengle fut esleu grand Maistre, & assisterent à son election environ 600. Cheualiers & Religieux qui estoient lors à Malte. Il estoit de la langue de France, & Procureur general, & Ambassadeur à Rome pour la Religion, & là il receut nouuelle de son election, dont il aduertit le Pape Iules, & luy rendit en personne l'obeyssance deuë au S. Siege, & peu de temps apres vindrent vers luy plusieurs Cheualiers de la Religion enuoyez expres pour l'accompagner à Malte, où il arriua en Ianuier 1554. Il gouuerna fort prudemment la Religion, par le conseil de cinq notables Cheualiers ses Officiers domestiques, sçauoir par son Seneschal, son Maistre d'Hostel, son Escuyer, son Receueur, & son Secretaire, de façon qu'el'estat de la Religion fut fort heureux durant le temps de sa grande Maistrise, ayant obtenu le priuilege de neutralité du Roy Henry 2. & de l'Empereur Charles 5. qui se faisoient la guerre. Il fut tres-bõ Religieux, & tres-vtile administrateur du reuenu de la Religion, au thresor de laquelle il laissa vne riche despoüille en mourant d'vn catarre qui le suffoqua le 18. d'Aoust 1557. aagé de 63. ans, ayant esté grand Maistre trois ans, vize mois, sept iours. Il fut inhumé à Malte en la Chapelle des grands Maistres, & luy succeda par election.

48. Frere Iean de Vallette, dit Parisot, de la langue de Prouence, lequel fut esleu grand Maistre le 21. d'Aoust 1557. Ceste election fut vrayement tres-agreable à tout l'ordre de S. Iean, parce que le grand Maistre estoit generalement aymé de toutes les nations, & vniuersellement desiré comme tres-digne de ceste charge & grande dignité. En moins de deux ans il fut general des galeres, Bailly de Lango, grand Cõmandeur, Prieur de sainct Gilles, & Lieutenant du grand Maistre: & finalement il paruint à la grã Maistrise. Il ayma tant sa Religion, que depuis le iour qu'il prist l'habit d'icelle, il ne voulut plus retourner en son pays, de maniere qu'ayant faict vne continuelle residence au Couuent, il passa quasi tous les offices & degrez d'honneur de sa profession, se faisant paroistre en toutes ses actiõs d'vn rare iugement, d'vne parfaicte integrité, & d'vne grande valeur. Si tost qu'il fut promeu à ceste souueraine dignité, il se resolut de faire bastir à Malte vne ville neufue sur la montagne de S. Elme, cognoissant que toutes les autres forteresses n'estoient assez munies, pour soustenir la batterie d'vn puissant ennemy, mais ce dessein fut differé à vn autre tẽps. Il fist fortifier le chasteau de l'Isle de Goze, & laissant la demeure du chasteau S. Ange vint habiter dans le bourg de Malte, qu'il defendit tres-valeureusement contre le siege de l'Empereur Sultan Soliman, où il fut grieuement blessé en vne iambe en l'an 1565. mais le siege estant leué à la honte & confusion des Turcs, il fortifia grandemẽt l'Isle de Malte, & commença à faire bastir la cité nouuelle, qui fut nommee de son surnom Valette, dont la premiere pierre fut mise par luy solennellement le Ieudi 18. Mars 1566. & par la sollicitude du grand Maistre, on continua toujours le bastiment d'icelle, mesmes aux iours des festes, dont le Pape Pie 5. donna dispense aux ouuriers qui y estoient employez iusques au nombre de 8000. personnes, & mesmes ce bon Pape enuoya vn Commissaire pour faire auancer le bastiment qui payoit aux ouuriers 5000. escus par mois, & cõtinua sept mois, ceste despense reuenãt à 35000. escus. En fin le 21. d'Aoust 1568. le grãd Maistre mourut à pareil iour qu'il auoit esté esleu, ayant gouuerné la Religion onze ans entiers & accomply, il fut merueilleusement regretté de tous ses Religieux, & encores particulierement du Pape, & de tous les Roys & Princes Chrestiens. De son temps furent tenus à Malte deux Chapitres generaux, esquels furent faits plusieurs nouueaux statuts pour le reiglement de la Religion, & le 23. d'Aoust 1568. fut esleu

Fr. Pierre du Mont.   Fr. Iean L'Euesque de La

49. Frere Pierre de Monste de la langue d'Italie, qui estoit lors Prieur de Capoüe, incontinent apres sa promotion à la grande Maistrise, il fist porter le corps de son predecesseur à la ville neufue, & inhumer honorablement dans la Chapelle de Nostre-Dame de la Victoire, lequel merita d'estre surnommé le pere des soldats, le bouclier & le defenseur de la foy Catholique, & le grand persecuteur & dõpteur des infideles. Le noueau grãd Maistre au parauant d'estre paruenu à ce soũuerain degré, auoit faict paroistre sa prudẽce & valeur en d'autres charges belles & honorables : car il auoit esté 2. Patron de la galere Capitainesse de la Religion, puis Lieutenant du Capitaine des galeres, Chastellain ou

gouuerneur du Chasteau S. Ange de Rome: il fut Admiral, puis General des galeres,
Ambassadeur de l'ordre vers les Papes Pie 4. & Pie 5. De Rome estant arriué à Malte, il
fut esleu peu de temps apres grand Maistre, & y estant il fist en sorte que la nouuelle cité
fut paracheuee, où il delibera de transferer l'habitation du Conuent, car le bon vieillard
estimoit acquerir autant de gloire en faisant habiter la ville neufue de Valette, que son
predecesseur en auoit acquis en la faisant edifier ; & de faict le Dimanche 18. Mars 1571.
le grand Maistre y fist son entree solemnelle auec le Conuent, & les Cheualiers de la Religion. De son temps la memorable bataille nauale de Lepante fut donnee, & la victoire
obtenuë sur les Turcs, en laquelle les Cheualiers de la Religion firent de beaux exploicts
de guerre. Ce grand Maistre estoit fort prompt à entrer en colere, & aussi prompt à s'appaiser, ce qui rendit les Cheualiers peu obeyssans en son endroict, de sorte qu'il comença
a se desplaire, & eut volonté de renoncer au Magistere, dont il escriuit au Pape Pie 5. & le
supplia luy permettre de se retirer au mont Cassin pour y finir ses iours, ce qui ne luy fut
octroyé par le S. Pere, mais peu de temps apres, sçauoir le 27. de Ianuier 1572. il deceda
à Malte, & le 30. du mesme mois fur esleu grand Maistre
50. Frere Iean l'Euesque de la Cassiere de la langue d'Auuergne, lequel auparauant son
eslection fist paroistre sa valeur en plusieurs belles charges, car à l'entreprise de Zoara il
fut Porte-enseigne de la Religion, l'estendard de laquelle il defendit courageusement &
le rapporta à Malte, s'estant retté en mer auec iceluy, & sauué en vne galere de la Religion, apres auoir par long espace de temps combatu valeureusement contre les Infideles, puis apres il fut esleu Capitaine general de la cauallerie, Commissaire des fortificatiõs,
& Mareschal de la Religion: & finalement il paruint au degré souuerain de grand Maistre
où il a vescu fort religieusement, ne se passant aucun iour qu'il n'assistast au seruice diuin,
& qu'il ne repeust de ses mains propres treize pauures: De ses deniers il fist bastir la grãde Eglise dediee à S. Iean Bapt. iste, dans la nouuelle cité de Valette, & la dota de mil escus de reuenu, & fist edifier vn tres-beau sepulchre, pour y mettre les corps des grands
Maistres ses predecesseurs. Sur la fin de ses iours il luy arriua vn grandissime inconuenient,
car ayant encouru la mal-vueillance de plusieurs Cheualiers mal-contents, il fut par leur
menee suspendu de la charge de grand Maistre, & arresté au Chasteau S. Ange auec gardes qui luy furent baillees le 6. Iuillet 1581. ce qu'il supporta fort patiemment & vertueusement, & s'en estant plaint au Pape Gregoire 13. & aux Roys & Princes Chrestiens, le
Pape enuoya à Malte le Seigneur Gaspard Vicomte auditeur de Rote, & depuis Archeuesque de Milan, pour gouuerner la Religion en l'absence du grand Maistre, auquel il
mandoit de venir à Rome, quoy que les Cheualiers eussent esleu pour Lieutenant du
grand Maistre frere Mathurin de l'Escut, dit le Cheualier Romagas François, lequel
s'excusa d'auoir pris & accepté ceste charge par force & contre son gré. Le sieur Vicomte
estant arriué à Malte, le grand Maistre s'embarqua dans les galeres de la Religion, accõ-
pagné de quatre Seigneurs de la grande Croix, & de deux cents Cheualiers, & entra dans
Rome, où il fut receu auec grand honneur, & logé au Palais du Cardinal d'Esté Monte-
caual, & depuis il alla saluër le S. Pere & les Cardinaux, & il fut aussi visité d'eux recipro-
quement, & en fin soit d'ennuy ou de lassitude d'vn lõ grand voyage faict en son extreme
vieillesse de 78. ans, il deuint malade dont il mourut le 21. Decembre 1581. ayant gouuerné pres de dix ans la Religion. Son corps fut porté en depost en l'Eglise de S. Louys,
où ses obseques furent faictes, & ce grand Orateur Marc Antoine Muret y prononça vne
harangue funebre qui se trouue entre ses oraisons, son cœur fut enterré à S. Louys, & son
corps porté à Malte, & inhumé au nouueau sepulchre des grãds Maistres qu'il auoir faict
bastir en la cité de Vallette, en l'Eglise cathedrale de S. Iean Baptiste. Apres son decez le
Pape declara la suspension dudit grand Maistre nulle & iniuste par decret, qu'il ordonna
estre enregistré dans les registres de la Religion.

F. Hugues de Loubeux.   Fr. Martin Garces.

51. Le 12. Ianuier 1582. frere Hugues de Loubeux Verdale de la langue de Prouence, fut
esleu grand Maistre, lequel auoit conjoinct les lettres & sciences auec les armes: il fut
faict Cheualier fort ieune, & se trouua à l'entreprise de Zoara, & apres auoir vaillammẽt

combattit il se sauua, ayant eu plusieurs charges honorables. Il fut deputé Ambassadeur de la Religion vers le Pape Gregoire 13. dont il s'acquitta fort dignement & agrea tellement aux Cheualiers ses Confreres, qu'ils l'esleurent grand Maistre vnanimement, aprés qu'ils eurent eu certaines nouuelles du decez du grand Maistre de la Cassiere. Il appaisa en peu de temps les diuisions qui estoient entre les Cheualiers, & gouuerna la Religion auec beaucoup de prudence. Le Pape Sixte 5. en l'an 1587. à la fin de Decembre le fist Cardinal Diacre, & estât retourné à Malte il bastit vn Conuent de Capucins, il fortifia l'Isle, reforma les statuts de l'ordre, fist dresser l'histoire de la Religion par Jacques Bosius en langage Italien, & acquitta les debtes d'icelle qui montoient à plus de deux mil escus, il ne laissa pourtant d'estre accusé vers le Pape Clement 8. d'auoir mal administré le thresor, & afin de se purger de ceste accusation, il enuoya son nepueu à Rome, mais ce procez estant indecis, le grand Maistre & Cardinal Verdale deceda à Malte le iour de l'Ascensiõ le 4. de May 1595. aagé de 64.ans, aprés auoir gouuerné treize ans trois mois 11. iours, relaissant au thresor vne grande quantité d'or monnoyé, & fut ensepulturé en l'Eglise cathedrale de S. Iean auec grand honneur & pompe funebre.

51. Frere Martin Garzes de la langue d'Arragon fut le 8. May 1595.esleu grand Maistre au lieu du defunct, il estoit Cheualier de grande bonté, & generalement aymé & reueré de tous, & combien qu'il eust passé 60. ans, il estoit d'vne complexion assez forte & vigoureuse. Il pacifia incontinent le desordre suruenu entre les Cheualiers qui s'estoient bandez contre son predecesseur, il osta les gabelles qui auoient esté imposees, & interdit pour vn temps tous les Officiers de la Religion pour donner nouuelle forme à son gouuernement, & ce qui fut sur toutes choses tres-agreable aux Cheualiers, il defendit expressément qu'aucun Cheualier, non pas mesmes grand Maistre, peust auoir particulierement des vaisseaux sur mer pour y faire des courses à son profit, & en fin aprés auoir gouuerné fort paisiblement la Religion 5.ans 9.mois, il mourut à Malte le 7. Feurier 1601. & y fut inhumé au sepulchre des grands Maistres.

Fr. Aloph de Vignacourt.

52. Aprés le decez du grand Maistre, les Cheualiers s'assemblerent pour en eslire vn nouueau, & le 10. de Feurier 1601. fut installé en ceste souueraine dignité frere Aloph de Vignacourt de la langue de France, lequel en l'an 1566. le 25. Aoust estant venu à Malte auec beaucoup d'autres Gentils hommes François, sur le bruit qui couroit que l'Isle seroit en peu de temps derechef assiegee par l'armee Turquesque, il y auoit pris l'habit de la Religion sous le grand Maistre Valette, & depuis il y a eu de grandes charges où il a faict paroistre sa bonté, sa valeur, & sa prudence, & entr'autres ayant esté Capitaine de la ville de Valette, & vn peu aprés grand Hospitalier de la Religion. Ses vertus iointes auec son bon-heur l'ont esleué à ce supréme degré de Principauté, où il continue la gloire & la reputation des autres grands Maistres François ses predecesseurs, desquels les plus memorables actiõs ont esté cy dessus briefuement & sommairemẽt descrites, Dieu le vueille longuement conseruer en ceste Principauté pour le bien non seulement de la Religion, mais de toute la Chrestienté, afin qu'il soit le foüet & le fleau des Turcs, & la terreur de l'Empire des Ottomans, & que le tout redonde à l'honneur de Dieu, & à la gloire immortelle du nom François.

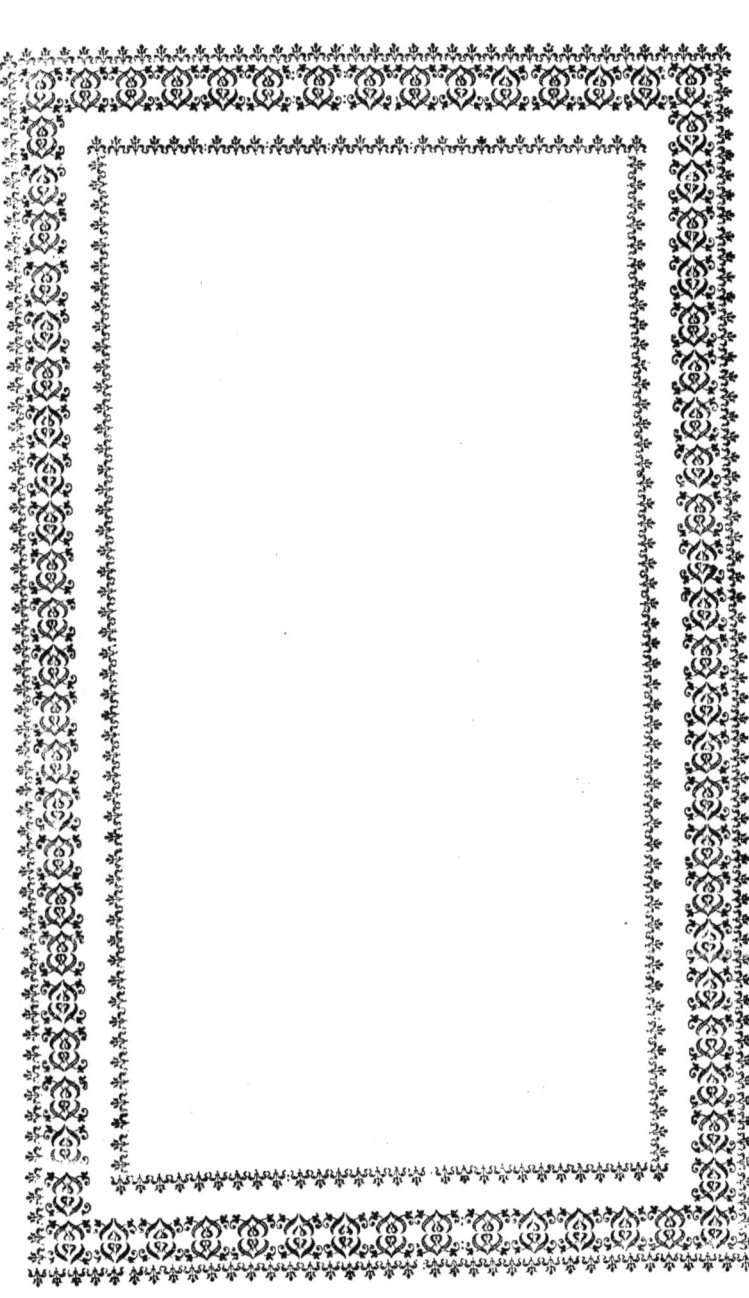

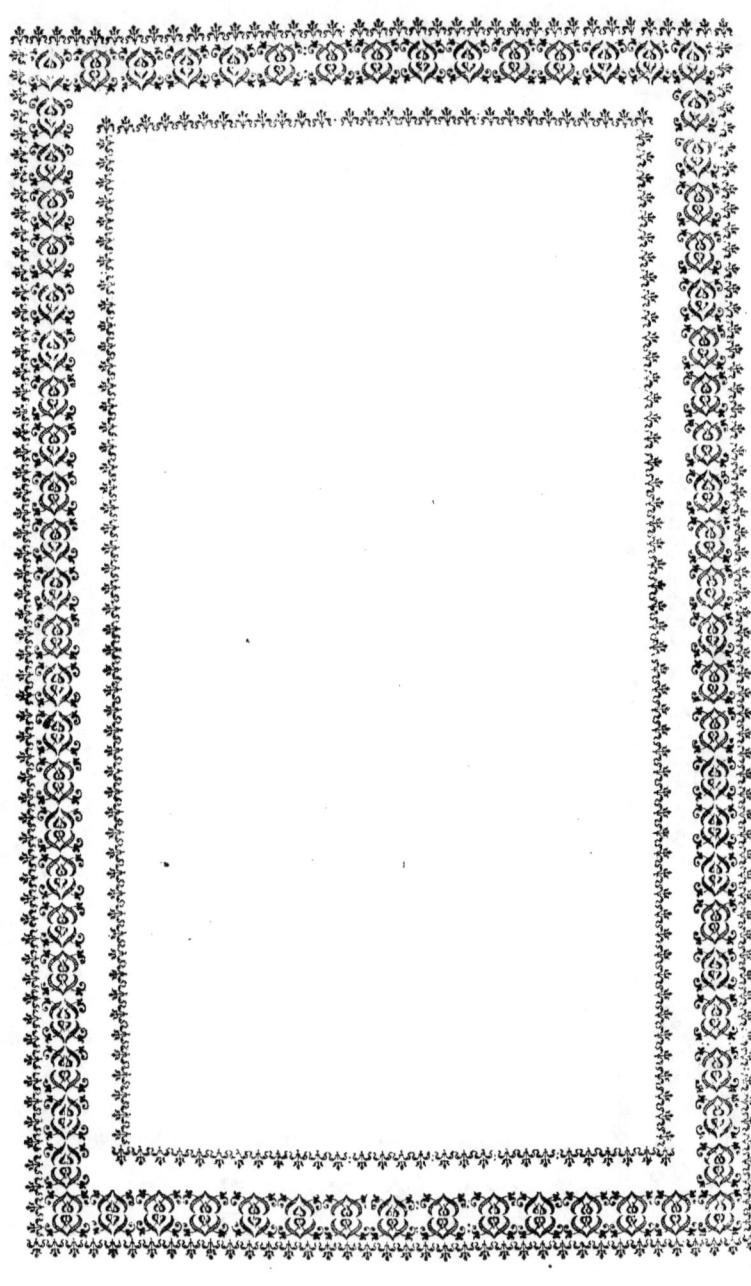

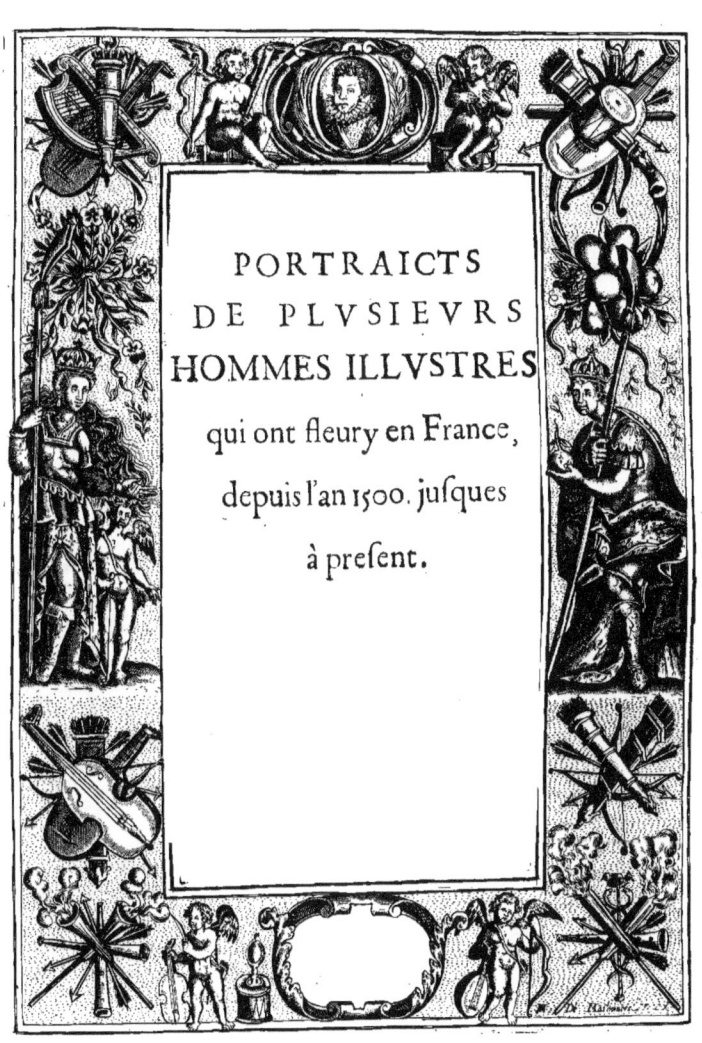

PORTRAICTS
DE PLVSIEVRS
HOMMES ILLVSTRES

qui ont fleury en France,

depuis l'an 1500. jufques

à prefent.

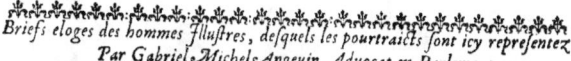

Phil. de Commines.	Charles d'Amboiſe.	Gaſton de Foix	Arthus Gouffier	Pierre du Terrail.
S.ʳ d'Argenton.	S.ʳ de Chaumont.	Duc de Nemours.	S.ʳ de Boiſy.	S.ʳ de Bayard.

PHILIPPES de Commines fieur d'Argenton en Poictou, naſquit l'an 1445. au Chaſteau de Cômines pres de Meſſine fur le fleuue du Lis, au païs de Flandres. Il fut nourry en la Court du Duc de Bourgogne, & en l'an 1464. vint au feruice du Roy Louys XI. duquel il fut Chambellan & Seneſchal de Poictou, & employé en de grâdes charges, tant par le Roy Louys fon maiſtre, que par Charles VIII. fon fucceſſeur. Il a eſcrit en Frâçois l'hiſtoire de fon temps, qu'on eſtime la plus veritable, laquelle a eſté traduite en Latin, en Italien, & en Alleman. Il eſpoufa Dame Helene de Chambes de la maifon des Comtes de Montforeau en Anjou, dont il eut vne fille vnique nommee Ieanne, qui fut mariee à René de Bretagne Comte de Ponthieure, il mourut en fa maifon d'Argenton le dix-feptiefme Octobre 1509. aagé de 64. ans. Il fit edifier vne Chappelle dans l'Eglife des Auguſtins de Paris, où il eſt enterré auec fa femme, & fa fille.

2 CHARLES d'Amboiſe fieur de Chaumont fils de Charles d'Amboiſe, Cheualier de l'ordre du Roy, Gouuerneur de l'Iſle de France, & depuis de Champagne, & de Catherine de Chauuigny, fut en grand credit vers le Roy Louys XII. par lequel il fut eſtably Lieutenant au Duché de Milan, où il donna certaines preuues, par fes hauts faits d'armes, de la grandeur de fon courage, & de fa valeur, tant contre les Suiſſes, que contre les Venitiens. Il fut Cheualier de l'ordre, Mareſchal, & depuis grand Maiſtre de France. Il mourut d'vne fiéur à Correge, l'an 1511. Il eſpoufa Dame Ieanne de Graulle fille de l'Admiral Graulle, de laquelle il eut vn feul fils nommé George, qui fut tué à la bataille de Pauie.

3 GASTON de Foix Duc de Nemours, fils de Iean de Foix Vicomte de Narbône, & de Marie d'Orleâs, & neueu du Roy Louys XII. fit preuue de fa valeur en la guerre contre les Venitiens, à la iournee de Chiaradadde: il fut General de l'armee contre le Pape Iule II. & autres Potentats d'Italie confederez. Il rompit en bataille Iean Paul Baglion General des Venitiens, reprit la ville de Breſſe, fecourut Boulongne, & deffit les confederez en la iournee de Rauenne, où il demoura vainqueur: mais pourfuiuât vn efcadron d'Eſpagnols, il fut tué d'vn coup de picque le iour de Paſques 1512. en fa fleur de ieuneſſe. Il eſt enterré à Milan.

4 ARTHVS Gouffier fieur de Boiſy, fut Gouuerneur de François I. en fa ieuneſſe, & lors qu'il eſtoit feulement Duc de Valois & Comte d'Angouleſme, lequel eſtant paruenu à la Couronne, le fit grand Maiſtre de France, & Sur-intendant de fa maifon. Il eſtoit Cheualier de l'ordre du Roy, & fut par luy enuoyé vers les Princes Electeurs d'Allemagne, apres le decez de Maximilian Empereur, pour briguer leur faueur, & l'eſtection à l'Empire. Mais la brigue de Charles d'Auſtriche fut plus forte, & le fieur de Boiſy eſtant de retour, fit vn voyage à Montpellier, afin d'aduifer auec le fieur de Croy qui auoit auſſi eſté Gouuerneur dudit Charles des moyens d'vne bonne paix entre leurs Maiſtres, ce qui demeura fans effect à caufe de la maladie dudit fieur de Boiſy, dont il deceda au mois de May 1519.

5 PIERRE du Terrail fieur de Bayard natif de Dauphiné, l'vn des plus vaillans Capitaines de fon temps fut au voyage de Naples auec le Roy Charles VIII. où il fit de grands exploicts d'armes, & depuis en la bataille d'Aignadel, & en la prife de Breſſe, & mefmes en vn duel fingulier auec Alphonfe de faincte Maure Eſpagnol. Il repouſſa les forces de l'Empereur Charles V. de deuant Meſieres. Le Roy Frâçois I. voulut auoir de luy l'accollade de Cheualier, & en fin fut tué d'vn coup d'arquebuſe pres de Rebec & de Biagras, fur le chemin de Romagnan 1523. Depuis fa mort les Frâçois tindrent les affaires d'Italie comme defeſperez.

| Loys de la Trimoüille | Iaques de Chabanes | Guillaume Gouffier | Iean Iaques Triuultz | Charles de Bourbon |
| S. de la Trimoüille | S. de la Palisse | S. de Bonniuet | Mareschal de France | Conestable de France |

6 LOVYS de la Trimoüille fut en l'aage de 26. ans Lieutenant General du Roy
Charles VIII. en l'armee de Bretagne contre le Duc d'Orleans, où il obtint la
victoire pres S. Aubin du Cormier. Il accompagna le Roy au voyage de Naples,
& fut à la bataille de Fornoue. Le Roy Louys XII. le fit son Lieutenant en Italie, où il reconquit en peu de temps le Duché de Milan. Il fut aussi à la bataille
de Marignan contre les Suisses 1515. où son fils vnique Charles de la Trimoüille fut tué, & en fin agé de 75. ans il mourut à la iournee de Pauie 1524. & est enterré en la Chapelle du Chasteau de Thoüars.
7 IAQVES de Chabanes sieur de la Palisse fils d'Antoine de Chabanes grand
Maistre de France, fit son apprentissage auec le Roy Charles VIII. au voyage
de Naples, & fut compagnon de Gaston de Foix, & apres la mort d'iceluy fut
chef de l'armee victorieuse : le Roy Louys XII. le fit grand Maistre de France
apres le decez du sieur de Chaumont, dont il se demist par le vouloir du Roy
François I. en faueur du sieur de Boisy, & fut faict Mareschal de France. Il mourut à la bataille de Pauie.
8 GVILLAVME Gouffier sieur de Bonniuet frere du sieur de Boisy, fut Admiral
de France sous le Regne de François I. Il fut employé pour traicter l'accord entre
son maistre & le Roy d'Angleterre, qui sortit effect, & s'entreuirent les deux
Roys à Ardres. Lors que le Roy estoit à la conqueste de Milan, il entretint en
paix les peuples de la Guyenne, & print Fontarabie en Nauarre. Au second
voyage d'Italie il fut depesché pour la conqueste de Milan, & empescher les desseins de Charles de Bourbon qui s'estoit joint auec l'Empereur, où il fut blessé
d'vne arquebusade dans vn bras, & finalement il fut tué à la bataille de Pauie.
9 IEAN-IAQVES Triuulce Milanois a esté tres-affectionné seruiteur des Roys
Charles VIII. Louys XII. & François I. & les a assistez és guerres d'Italie pour
le recouurement de Naples & de Milan, dont il chassa Ludouic Sforce, & le
print prisonnier. Il fut faict Mareschal de France pour recompense de ses signalez seruices, & en fin aagé de 80. ans ou enuiron, il mourut en la ville de Chartres d'vne difficulté d'vrine, & est enterré à Milan, comme il auoit ordonné par
son testament.
10 CHARLES de Bourbon fut fils de Gilbert de Bourbon Côte de Montpensier
& de Claire de Gonzague, fille de Ferry Marquis de Mantoüe, & fut pour sa valeur & magnanimité faict Conestable de France par le Roy François I. l'an 1516
pour le seruice duquel il fit de grandes proüesses : mais pour quelque desplaisir
qu'il receut en Cour, attiré par les pratiques de l'Empereur, il quitta le seruice
de son Roy, & en l'an 1527. ayant assiégé Rome pour l'Empereur, il print d'assaut, & toutefois il ne se ressentit du fruict de la victoire, car il fut tué le iour de
la prise qui fut le 5. May. Il est enterré à Caiete en la Chapelle de la Roque.

| Odet de Foix | Loys de Lorraine | Theodore Triuultz | Philippe de Villiers | Franc. de France |
| S. de Lautrec | Chef de Vaudemont | Mareschal de France | grand M. de Rhodes | Dauphin |

11 ODET de Foix sieur de Lautrec en Gascongne, apres la bataille de Rauenne
poursuiuant vn escadron d'Espagnols fut blessé en vingt endroits, & estant pri-

ſonnier fut mis à rançon, depuis il laiſſa des marques de ſa vertu à la iournée de Marignan, & à la défence de Milan contre les forces de l'Empereur. Il fut eſleu General en l'armée du Roy François I. lors qu'il fit alliance auec le Pape Clement VII. & le Roy d'Angleterre pour deliurer Rome occupée par les Imperialiſtes, laquelle il remiſt en l'obeyſſance du Pape, & de là paſſant auec vne belle armée pour la conqueſte du Royaume de Naples, il le reduiſit quaſi en ſa puiſſance, & aſſiegeant Naples il mourut de peſte au mois d'Aouſt 1528. & eſt enterré audit Naples, où Ferdinand Conſalue Eſpagnol luy a faict dreſſer vn beau ſepulchre de marbre 28. ans apres ſa mort.

11 LOVYS de Lorraine Comte de Vaudemõt eſtoit fils puiſné de René II. Duc de Lorraine, & de Philippes de Gueldres, & petit fils de Ferry de Lorraine & d'Yoláfd d'Anjou, lors que ſon frere aiſné Antoine Duc de Lorraine eut guerre contre les rebelles du Duché de Gueldres ſes ſubiets, il fut Colõnel de l'Infanterie, & donna preuue tres-certaine de ſa proüeſſe à Lupeſcin & au ſiege de Sauerne. Depuis il fit le voyage de Naples auec le ſieur de Lautrec, où il fut eſtably General des Lanſquenets, & au ſiege de Naples il mourut de peſte 1528. au mois d'Aouſt, & eſt enterré audit Naples en l'Egliſe de ſaincte Claire.

13 THEODORE Triuulce Milanois couſin germain de Ieã Iaques Triuulce, ſuiuit auſſi les armes de Frãce, & y fit de ſignalez ſeruices ſous les regnes de Louys XII. & de François I. lequel pour recompenſe le fit Mareſchal de France. Il fut eſtably Gouuerneur pour le Roy en la ville de Genes l'an 1527. & puis apres il fut commis au Gouuernement de Lyon, où il deceda en l'année 1533. aagé de plus de 75. ans, & fut plaint & regretté de tous comme vn bon pere.

14 PHILIPPES de Villiers iſſu de la noble maiſon de l'Iſle adam en France, eſtãt Cheualier de Rhodes fut l'an 1520. eſleu grãd Maiſtre de l'ordre, & en l'an 1522. le iour de Noël la ville de Rhodes auec l'Iſle fut renduë par compoſition à Sultan Soliman, apres vn ſiege memorable de neuf mois, & furent les Cheualiers auec leur chef mis en l'Iſle de Malte, où il mourut le 21. d'Aouſt 1534. âgé de 75 ans, ayant porté les armes 40. ans pour la defence de la foy contre les Infidelles.

15 FRANÇOIS Dauphin de France fils aiſné de François I. naſquit à Amboiſe 1517. en Feurier, & furent ſes Parrains le Pape Leon X. repreſenté par Laurent de Medicis Duc d'Vrbin ſon neueu, pere de la deffuncte Royne Catherine, & Antoine Duc de Lorraine. Pour la deliurance de ſon pere il fut auec ſon frere puiſné Henry lors Duc d'Orleans baillé en oſtage à l'Empereur, il eſtoit ſtudieux & amateur des bonnes lettres, & plein de generoſité, mais allant vers Marſeille contre l'armée de l'Empereur, paſſant par Lyon, il fut empoiſonné par Sebaſtien de Montecullo, & mourut, peu de temps apres à Tournon l'an 1539. aagé de 19. à 20. ans.

16.	17.	18.	19.	20.
Guillaume du Bellay Sõr de Langey.	Philippe Chabot Admiral de France.	Charles de France Duc d'Orleans	Francois de Bourbon Duc d'Anguyen.	Henry d'Albret. Roy de Nauarre.

16 GVILLAVME du Bellay ſieur de Langey, puiſné de l'ancienne & noble maiſõ du Bellay en Anjou, naſquit l'an 1496. & cõioignit les lettres & les armes, il fut Cheualier de l'ordre du Roy, & Viceroy en Piedmont. Il a eſté enuoyé en Ambaſſade par le Roy Frãçois I. en Italie, Angleterre, & Allemagne; il mourut le 9. Ianuier 1543. à S. Saphorin au mõt de Tarrare pres Lyon âgé de 47. ans. Sa ſepulture eſt magnifiquement eſleuée en marbre dans l'Egliſe de S. Iulien du Mans, dont eſtoit Euéſque ſon frere puiſné, qui depuis a eſté Doyen des Cardinaux.

17 PHILIPPES Chabot fils de Iaques Chabot ſieur de Brió, & de Magdelaine de Luxembourg fut choiſi par le Roy François I. pour commander à l'armée qu'il enuoya en Piedmont pour la cõqueſte de Sauoye, où eſtant arriué, il fortifia les villes de Piedmõt pour empeſcher les deſſeins de l'Eſpagnol, & conſerua la ville de Marſeille. Il fut pris priſonnier auec le Roy ſon maiſtre à la iournée de

Pauie, & fut employé au traicté de Madrid. Il fut auſſi Gouuerneur de Bourgo-
gue, & Admiral de France. Il mourut 1543. & eſt enterré aux Celeſtins de Paris
en la Chapelle de la maiſon d'Orleans, au ſepulchre magnifique que luy ſit
dreſſer ſon fils Leonor Chabot grand Eſcuyer de France.

18 CHARLES de France fils troiſieſme de François I. fut declaré Duc d'Orleãs
apres le deces de ſon frere aiſné, il ſit preuue de ſa proüeſſe & de la grandeur de
ſon courage en la priſe d'Yuoy, Arlun, Vireton, Luxembourg, & autres places
conquiſes ſur l'Empereur Charles V. la fille duquel luy fut promiſe en mariage
auec le Duché de Milan : Mais eſtant encores en la fleur de ſon âge, atteint d'v-
ne tres-ardente fiévre, il mourut 1545. & eſt enterré à ſainct Denis en France
auec ſon pere, & ſon frere aiſné.

19 FRANÇOIS de Bourbon fils puiſné de Charles Duc de Vendoſme, & de Fran-
coiſe fille de René Duc d'Alençon, fut Seigneur d'Anguien, lequel en l'an 1544
le 14. d'Auril rompit en bataille rangee les forces de l'Empereur Charles V. cõ-
duites par le Marquis du Guaſt, & remporta la victoire pres de Ceriſoles, tant
bien deſcrite par Paul Ioue en ſon hiſtoire, & s'il n'euſt eſté tué à la Roche-
Guyõ par la cheute d'vn coffre qui luy tõba ſur la teſte en Feurier 1546. il y ap-
parée qu'il euſt eſté le plus valeureux & renõmé Capitaine & chef d'armee de
ſon ſiecle, il fut pourueu du gouuernemẽt de Lãguedoc peu auparauãt ſa mort.

20 HENRY d'Albret fils de Iean d'Albret & de Catherine Royne de Nauarre,
ſucceda au Royaume l'an 1517. Il eſpouſa Marguerite veufue de Charles Duc
d'Alençon, & ſœur du Roy François I. aydé des forces duquel, il reconquit Pã-
pelune le 20. de May 1521. & rentra en ſon Royaume qui auoit eſté vſurpé par
les Caſtillans, mais vn mois apres il fut derechef vſurpé par la negligence des
Gouuerneurs auſquels le gouuernement du pays auoit eſté commis. Il mourut
1555. & laiſſa vne fille vnique ſon heritiere mariee à Antoine Duc de Vendoſme, pere de noſtre inuincible Henry IIII.

Iean de Bourbon, Comte d'Anguom.	Pierre Strozzi, Mareſchal de France.	Charles de Coſſé, Sʳ de Briſſac.	Anthoine de Bourb. Roy de Nauarre.	Franc. de Lorraine, Duc de Guyſe.

21 IEAN de Bourbon autre fils puiſné de Charles Duc de Vendoſme, apres la
mort de François ſon frere fut Seigneur d'Anguien, il donna preuue de ſa vaillance au ſiege memorable de Mets l'an 1552. qui fut valeureuſement ſouſtenu
contre les forces Imperiales. Il fut en Piedmont conducteur d'vne armee de
14000. pietõs, & de 4000. cheuaux pour renforcer le Mareſchal de Briſſac 1555
& les villes de Vulpian & de Montcaluo furent aſſiegees & priſes, nonobſtãt le
ſecours du Duc d'Albe. En fin il mourut au lit d'honneur à la bataille S. Quentin le iour S. Laurent 10. Aouſt 1557. deux mois apres qu'il eut eſpouſé Marie de
Bourbon fille du Comte de S. Paul ſon oncle paternel, & eſt enterré à la Fere.

22 PIERRE Strozzi, iſſu de la noble maiſon de Strozzi de Florence, ayant faict
beaucoup de grãds ſeruices tant en Italie qu'en ce Royaume, & en Eſcoſſe, aux
Roys Frãçois I. & Henry II. fut creé Mareſchal de France, & fait Cheualier de
l'ordre, & apres pluſieurs proüeſſes fut tué au ſiege & priſe de Thiõuille en Iuin
1558. Ie ne puis icy paſſer ſous ſilence ce grand Philoſophe Kyriaque Strozzi iſſu
de la meſme famille, qui a adiouſté aux Politiques d'Ariſtote deux liures de ſa
compoſition, ſans leſquels ceſt œuure demeuroit manque ; ny pareillement
Laurence Strozzi ſa ſœur, Religieuſe de S. Nicolas du Preé en la Toſcane, qui
s'eſt tellement addonnee à la poëſie Lyrique, qu'elle nous a laiſſé vn iuſte volume d'Hymnes ſaincts compoſez en Latin ſur tortes les feſtes & ſolemnitez
de l'annee, & eſt decedee le 10. de Septembre 1591. aagee de 77. ans.

23 CHARLES de Coſſé ſieur de Briſſac fils de René de Coſſé & de Charlotte
Gouffier de la maiſõ de Boiſy, ſucceda à ſon pere, nõ ſeulemẽt au Côté de Bril

sac en Anjou, mais aussi en l'estat de grand Fauconnier, Capitaneries des chasteaux d'Angers & de Falaise, & au gouuernement d'Anjou & du Maine. Estãt
premier Gentil-homme de la maison de Monsieur le Dauphin, en l'aage de 15.
ans il fit le voyage d'Italie pour le recouurement de Naples, sous la conduite
du sieur de Barbesieux chef de l'armee de mer. Depuis il accompagna le sieur de
Humieres au voyage de Piedmont, il combatit en duel le sieur de Funel, puis vn
grand & furieux Lyon qu'il mit en fuite. Il fut Colonnel de l'infanterie en Piedmont, puis Colonnel de trois mil cheuaux legers, grand Maistre de l'Artillerie,
Lieutenant du Roy delà les monts, Mareschal de France, & en fin Gouuerneur
de Picardie, & ayant seruy quatre Roys, sçauoir François I. Henry II. François
II. & Charles IX. il mourut à Paris agé de 57. ans, laissant des enfans qui ont
succedé à sa vaillance, à ses biens, & à ses honneurs.

24. ANTOINE de Bourbon fils aisné de Charles Duc de Vendosme & de Françoise d'Alençon, espousa en l'an 1548. Ieanne Royne de Nauarre, fille de Henry
d'Albret & de Marguerite d'Orleãs, & apres le decez de son beau-pere fut Roy
de Nauarre, & Gouuerneur de Guyenne. Il auoit esté dès l'aage de 14. ans Gouuerneur de Picardie, où il prist à force d'armes le chasteau de Tournehan & le fit
razer, eut victoire sur les Flamans & Hennuyers, secourut de gens & de viures
Theroüenne, nonobstant les forces de l'Empereur Charles V. conduites par le
Comte du Ru, sur lequel il conquist Hedin & plusieurs autres forteresses des
Pays bas. Le Roy Charles IX. venant à la Courõne le fit son Lieutenãt General, & au commencement des premiers troubles assiegeãt la ville de Roüen detenuë par ceux de la Religiõ pretenduë reformee, il fut blessé en l'espaule d'vne
arquebusade dõt il mourut le 17. Nouemb. 1562. laissant pour successeur nostre
inuincible Henry, qui depuis est miraculeusement paruenu à ceste Couronne.

25. FRANÇOIS de Lorraine Duc de Guise fils de Claude de Lorraine, & d'Antoi-
nette de Bourbon de la maison de Vendosme, a faict de signalez seruices à ceste
Couronne durant les regnes de Frãçois I. Henry II. François II. Charles IX. Il
donna preuue de sa valeur au siege de Boulongne contre les Anglois, puis au memorable siege de Mets contre l'Empereur Charles V. qui auoit vne armee de
cent mille hommes, où son *Plus outre* fut limité, & en la bataille de Renty, pour
recõpense de quoy le Roy Heury II. l'an 1553. luy dõna les estats de grand Chã-
bellan & de grand Maistre de France. Depuis il fut Lieutenant general du Roy
en Italie, & conducteur d'vne puissante armee pour secourir le Pape Paul IIII.
assailly du Duc d'Albe, Viceroy en Sicile, d'où estant retourné il prit d'assaut en
sept iours sur les Anglois la ville de Calais, le chasteau de Guines, & conquit
toute la Comté d'Oye, dauantage il prit Thionuille, & le 19. Decembre 1562. il
remporta la victoire de la bataille de Dreux. Et l'an ensuiuant tenant la ville
d'Orleans assiegee, & estant declaré Lieutenant General en l'armee du Roy, il
fut blessé en trahison par Iean Poltrot le 18. Feurier, dont il mourut le 24. dudit
mois, & fut honoré à Paris d'vne pompe funebre tres-magnifique.

26.	27.	28.	29.	30.
Nicol. de Brichant. Sr de Beauuais nangis	Charles Tiercelin. Sr de la Roche du maine	Anne de Montmorancy Conestable de Frãce	Iean de Vald. Grand M[r] de l'Art.	

26. NICOLAS de Brichanteau sieur de Beauuais Nangis, Cheualier de l'ordre de
S. Michel, fut en l'an 1556. Guidon de 50. hommes d'armes de la cõpagnie d'Antoine de Bourbon lors Comte de Marle, qui fut depuis Duc de Vendosme, &
Roy de Nauarre; & l'annee ensuiuãt il entra dans Theroüenne qui estoit assiegee par le Lieutenãt de l'Empereur Charles V. & fit trois furieuses sorties sur les
ennemis. Il fut aussi à la prise de Lãdrecy, au siege de Boulongne, & estant Lieutenant du Duc de Vendosme, il se trouua à la prise de Mont-Lambert, Blãque-
nay d'Yuoy, Mont-medy, & autres places d'importance, & mesmes à la prise de
Calais & de Thionuille: il eut la charge d'empescher qu'aucun tort ne fut fa- A

aux femmes & filles par l'infolence des foldats victorieux. Il affifta à la reprife de Blois l'an 1562. & fut enuoyé à Tours en qualité de Lieutenant du Roy, depuis à Meleun, & arpont S. Cloud, & eftant Capitaine de 50. hommes d'armes des ordonnances, il combatit valeureufement à la bataille de Dreux, où il fut bleffé, & retenu prifonnier, de laquelle bleffure apres auoir longuement languy, il mourut en fon chafteau de Nangis aagé de 54. ans en Aouft 1564.

27 Charles Tiercelin fieur de la Roche du Mayne, dés fon ieune aage fe voüa aux armes pour feruir nos Roys, d'entree il fut Enfeigne, puis Capitaine, par apres Archer en la compagnie du Duc d'Alençon, derechef homme d'armes, puis Guidon, apres Lieutenãt, & en fin Capitaine de fa compagnie. Il s'eft trouué en fept fieges de villes pour le feruice de cefte Couronne, & a efté prifonnier à la iournee de Pauie, & à la bataille de S. Quentin, où fon fils puifné fut tué en l'age de 22. ans, il auoit en luy vne liberté de parler, qui demonftroit la generofité de fon courage, il mourut à Chitré prés Chaftelleraut le 2. iour de Iuin 1567. aagé de 85. ans deux mois.

28 Anne iffu de l'illuftre maifon de Mont-morency, fut premierement efleué en la maifon de Longueuille, & baillé par le Roy Louys XII. à François I. lors Duc d'Angoulefme pour luy feruir d'enfant d'honneur, & fut Lieutenant de la compagnie de cent hõmes d'armes du fieur de Boify grand Maiftre de Frãce, qu'il conduifit en Italie, lors de l'entreprife de Milan, où il donna preuue de fa vertu, & en la iournee contre les Suiffes à Marignan. Il fut en fuitte de ce Gouuerneur de Nouare, & Capitaine de cent Gétils-hommes de la maifon du Roy. Le Roy Henry VIII. d'Angleterre l'honora de l'ordre de la Iartiere, il combatit en duel le Comte d'Egmont au fiege de Mefieres. Il fut Marefchal de France l'an 1524. & à la iournee de Pauie il fut pris prifonnier, & de là il fut grãd Maiftre de France, & Gouuerneur general du Languedoc, & depuis Lieutenant general du Roy deçà & delà les Monts, & en fin Pair & Conneftable de France. Il appaifa les troubles furuenus en Guyenne, & notamment à Bordeaux, il a cõquis Mets & Toul en Lorraine à cefte Couronne, & plufieurs autres places, & pour couronner fa gloire, apres auoir affifté à plufieurs batailles & fieges de villes, il fut bleffé à la bataille de S. Denis en Nouembre 1567. dont il mourut à Paris trois iours apres, aagé de plus de 80. ans.

29 Iean de la Valette, autremẽt dit Parifot, Cheualier de S. Iean de Hierufalé, François de nation, apres le decez de Dom Icã Omega Efpagnol, fut efleu grãd Maiftre de l'Ordre, duquel la memoire fera toufiours celebre entre les Chreftiens pour auoir tres-vaillamment fouftenu par plus de fix mois auec peu de forces, le fiege que mit deuant l'Ifle de Malthe Dragut Rays par le commandement de Sultan Soliman, accompagné de cent mil hommes, qu'il fut contraint de leuer à fa honte, & confufion, ayant perdu enuiron trente mil Turcs en Aouft 1565. Ledit grand Maiftre apres auoir faict reparer & fortifier la ville de Malte, & les autres places de l'Ifle, deceda fur la fin de l'an 1569.

30 Timoleon de Coffé fieur de Briffac, fils de Charles de Coffé Marefchal de France, fut en fon enfance inftruit aux bonnes lettres par le docte Buchanan Efcoffois, & dés l'aage de feize ans il fe trouua au fiege de Bourges, eftant Colonnel des vieilles bandes de Piedmont, il fur employé au recourrement du Haure de Grace contre les Anglois, & apres l'Edict de Pacification, il fut enuoyé en Angleterre pour faire iurer la paix à la Royne. Ayant eu nouuelle du fiege de Malte en l'an 1565. il s'accompagna de cinq cens braues Gentils-hõmes, & de plufieurs bons foldats de pied, & y alla en intention de fecourir les affiegez, mais trouuant le fiege leué, il paffa en Hongrie où il feiourna quelque temps auec l'Empereur, & à fon retour il fe trouua à la bataille S. Denis, depuis au fiege de Lufignan, & à la bataille de Baffac, & en fin au fiege de Muffidan en l'an 1569. il fut tué d'vn coup d'arquebufade en la fleur de fa ieuneffe, n'ayant lors que vingt trois ans.

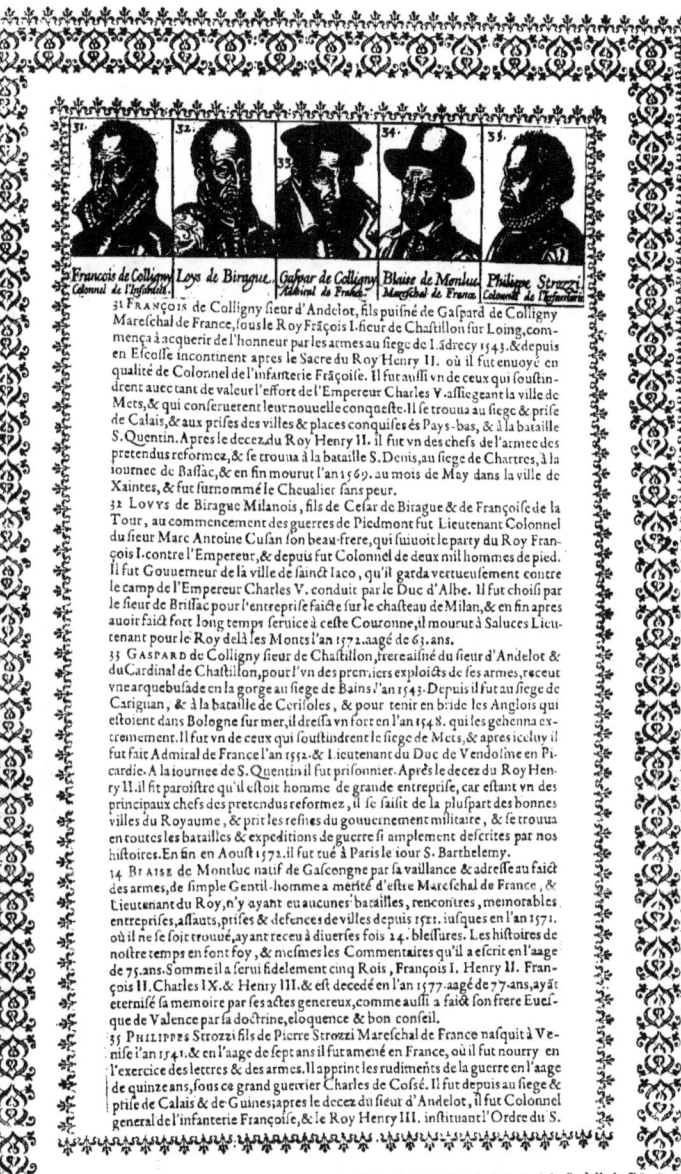

31.	32.	33.	34.	35.

François de Colligny Colonnel de l'Infanterie. | *Loys de Biragve* Admiral de France. | *Gaspar de Colligny* Admiral de France. | *Blaise de Montluc* Mareschal de France. | *Philippe Strozzi* Colonnel de l'Infanterie.

31 FRANÇOIS de Colligny fieur d'Andelot, fils puifné de Gafpard de Colligny
Marefchal de France, fous le Roy Fraçois I. fieur de Chaftillon fur Loing, commença à acquerir de l'honneur par les armes au fiege de I. ãdrecy 1543. & depuis
en Efcoffe incontinent après le Sacre du Roy Henry II. où il fut enuoyé en
qualité de Colonnel de l'infanterie Fraçoife. Il fut auffi vn de ceux qui fouftindrent auec tant de valeur l'effort de l'Empereur Charles V. affiegeant la ville de
Mets, & qui conferuerent leur nouuelle conquefte. Il fe trouua au fiege & prife
de Calais, & aux prifes des villes & places conquifes és Pays-bas, & à la bataille
S. Quentin. Après le decez du Roy Henry II. il fut vn des chefs de l'armee des
pretendus reformez, & fe trouua à la bataille S. Denis, au fiege de Chartres, à la
iournee de Baffac, & en fin mourut l'an 1569. au mois de May dans la ville de
Xaintes, & fut furnommé le Cheualier fans peur.

32 LOVYS de Biragve Milanois, fils de Cefar de Biragve & de Françoife de la
Tour, au commencement des guerres de Piedmont fut Lieutenant Colonnel
du fieur Marc Antoine Cufan fon beau-frere, qui fuiuoit le party du Roy François I. contre l'Empereur, & depuis fut Colonnel de deux mil hommes de pied.
Il fut Gouuerneur de la ville de fainct Iaco, qu'il garda vertueufement contre
le camp de l'Empereur Charles V. conduit par le Duc d'Albe. Il fut choifi par
le fieur de Briffac pour l'entreprife faicte fur le chafteau de Milan, & en fin après
auoir faict fort long temps feruice à cefte Couronne, il mourut à Salu ces Lieutenant pour le Roy delà les Monts l'an 1572. aagé de 63. ans.

33 GASPARD de Colligny fieur de Chaftillon, frere aifné du fieur d'Andelot &
du Cardinal de Chaftillon, pour l'vn des premiers exploits de fes armes, receut
vne arquebufade en la gorge au fiege de Bains l'an 1543. Depuis il fut au fiege de
Carignan, & à la bataille de Cerifoles, & pour tenir en bride les Anglois qui
eftoient dans Bologne fur mer, il dreffa vn fort en l'an 1548. qui les gehenna extremement. Il fut vn de ceux qui fouftindrent le fiege de Mets, & après iceluy il
fut fait Admiral de France l'an 1552. & Lieutenant du Duc de Vendofme en Picardie. A la iournee de S. Quentin il fut prifonnier. Après le decez du Roy Henry II. il fit paroiftre qu'il eftoit homme de grande entreprife, car eftant vn des
principaux chefs des pretendus reformez, il fe faifit de la plufpart des bonnes
villes du Royaume, & prit les refnes du gouuernement militaire, & fe trouua
en toutes les batailles & expeditions de guerre fi amplement defcrites par nos
hiftoires. En fin en Aouft 1572. il fut tué à Paris le iour S. Barthelemy.

34 BLAISE de Montluc natif de Gafcongne par fa vaillance & adreffe au faict
des armes, de fimple Gentil-homme a merité d'eftre Marefchal de France, &
Lieutenant du Roy, n'y ayant eu aucunes batailles, rencontres, memorables
entreprifes, affauts, prifes & defences de villes depuis 1521. iufques en l'an 1571.
où il ne fe foit trouué, ayant receu à diuerfes fois 24. bleffures. Les hiftoires de
noftre temps en font foy, & mefmes les Commentaires qu'il a efcrit en l'aage
de 75. ans. Somme il a ferui fidelement cinq Rois, François I. Henry II. François II. Charles IX. & Henry III. & eft decedé en l'an 1577. aagé de 77. ans, ayãt
eternifé fa memoire par fes actes generoux, comme auffi a faict fon frere Euefque de Valence par fa doctrine, eloquence & bon confeil.

35 PHILIPPES Strozzi fils de Pierre Strozzi Marefchal de France nafquit à Venife l'an 1541. & en l'aage de fept ans il fut amené en France, où il fut nourry en
l'exercice des lettres & des armes. Il apprint les rudiments de la guerre en l'aage
de quinze ans, fous ce grand guerrier Charles de Coffé. Il fut depuis au fiege &
prife de Calais & de Guines, après le decez du fieur d'Andelot, il fut Colonnel
general de l'infanterie Françoife, & le Roy Henry III. inftituant l'Ordre du S.

Efprit, le choifit des premiers pour eftre Cheualier. En fin il fut efleu chef de l'armee de mer qui fut dreffee pour le fecours de Dom Antoine Roy de Portugal, compofee de 55. voiles, & 12. enfeignes de gens de pied ; & s'eftant mis fur mer, il tomba entre les mains de l'Espagnol qui le fit tuer de fang froid, & mourut le 28. Iuillet 1582. aagé de 41. an.

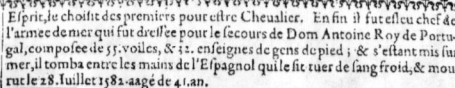

36.	37.	38.	39.	40.
Iacques de Sauoye Duc de Nemours.	Guy de Laual.	Anne de Ioyeuse.	Henry de Bourbon Prince de Condé.	Henry de Lorr. Duc de Guyse.

36 IAQVES de Sauoye Duc de Nemours fils de Philippes de Sauoye Comte de Geneue, & de Charlotte d'Orleans de la maifon de Longueuille, fut tres belliqueux, de grand entendement & prudence au faict de la guerre, comme il a monftré par effect durant les guerres du Roy Henry II. contre l'Empereur Charles V. & fon fils le Roy d'Efpagne, & du temps des guerres ciuiles pour le fait de la Religion. Il a efté Gouuerneur de Lyon, où il s'eft côporté fi vertuefement qu'il en a efté aimé & admiré des habitans de la Prouince, mefmes il a efté Lieutenant general du Roy au Lyonnois, & a efté chef & conducteur d'armee en l'an 1569. pour empefcher le paffage en France au Comte Palatin Duc des deux Ponts, finalement apres beaucoup de feruices faits à la Couronne, il mourut l'an 1583.

37 GVY Comte de Laual iffu des plus nobles & anciennes familles du Royaume, dont y a eu des Cônestables, Admiraux & Marefchaux de France, eftoit né pour de chofes grandes, fi la mort par trop haftiue ne l'euft fi toft mis au tombeau. Car il mourut en fa ieuneffe au mois d'Auril 1586. du regret qu'il côceut de la mort de fes trois freres puifnez, les fieurs de Sailly, de Tanlay, & de Rieux, deux defquels peu de iours auparauant moururent de bleffures qu'ils receurêt à la defaicte du regiment de Tiercelin en Xaintonge, où ledit fieur de Laual fit des vaillances incroyables, & le fieur de Tanlay eftoit n'agueres decedé à fainct Iean d'Angely. Ils font tous quatre inhumez au chafteau de Taillebourg.

38 Anne de Ioyeufe fils de Guillaume vicôte de Ioyeufe, marefchal de Fráce, fut pour fes merites tellemêt aymé par le Roy Henry III. qu'il le fit fon beau-frere, luy faifant efpoufer la fœur de la Royne Louyfe de Lorraine, puis erigea la Vicomté de Ioyeufe en Duché, luy bailla l'eftat d'Admiral de France, & le gouuernement de la Normandie, en fin ille fit fon Lieutenant general de l'armee de Poitou, où il alla accompagné d'vne belle Nobleffe, & y mourut à la iournee de Coutras en Octobre 1587. & fon corps eftant apporté en la ville de Paris, on luy fit des obfeques auffi magnifiques qu'à vn des enfans de France, ou au premier Prince du fang.

39 HENRY de Bourbon fils aifné de Louys Prince de Condé, qui fut tué à la iournee de Baffac, & de Leonor de Roye Comteffe de Rouffy, fut Prince tres-illuftre, non feulement pour fon incomparable vaillance, finguliere experience au faict des armes, & fage conduite requife en vn parfaict Capitaine, mais auffi pour fa magnanimité, clemence, liberalité, & autres vertus. Il receut à la bataille de Coutras vn coup de lance au cofté, qui l'ayât engagé fous fon cheual caufa tel preiudice à fa fanté, que le cinquiefme de Mars 1588. il mourut d'vne forte maladie d'eftomach, & d'vne difficulté de refpirer, laiffant Charlotte, & Catherine de la Trimoüille fa femme enceinte de fon fils Henry pofthume, dont elle accoucha le premier Septembre enfuiuant, qui pour la grande promptitude & viuacité de fon efprit, bonté de fa memoire, courtoifie, docilité & gentilleffe de mœurs, donne à vn chacun efperance d'egaler, voire de furpaffer en vertu & generofité fes predeceffeurs.

40 HENRY de Lorraine fils de François de Lorraine Duc de Guife, & d'Anne d'Eft de la maifon de Ferrare, fut pourueu de l'eftat de grand Maiftre de France apres le decez de fon pere, aux vertus & vaillaces duquel il a fuccedé, comme il

a fait paroiftre au fiege de Poitiers qu'il defendit fi vertueufement en l'an 1569.
auec le Duc de Mayenne fon frere, puis apres en la defaite des Reiftres côduits
par le ſieur de Thoré 1575. & encores mieux en vne ſeconde defaite merueilleu-
ſe d'vne puiſſante armée d'Allemans à Auneau en Beauſſe en Nouembre 1587.
ſeſquels exploits ſont plus que ſuffiſans pour eternier ſa memoire. Mais par vn
malheureux deſaſtre, il finit ſes iours d'vne mort violente en la ville de Blois le
23 Decemb. 1588. en ſuite de laquelle on a veu depuis de tres-grandes reuoltes,
qui ont preſque ruiné de fond en comble l'Eſtat de cette ancienne Monarchie.

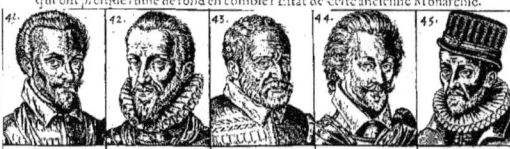

| 41. | 42. | 43. | 44. | 45. |

| Bern. de la Valette. | Françoois de la Nouë. | Arman de Biron. | Anne d'Anglure. | Loys de Gonzague. |
| Admiral de France. | | Mareſchal de France | Sr. de Giury. | Duc de Neuers. |

41 BERNARD de Nogaret ſieur de la Valette eſtoit iſſu de la famille de Guillaume de Nogaret de ſainct Felix du pays de Languedoc, homme de grand ſçauoir, d'extreme hardieſſe & de grande entrepriſe, qui fut Chancelier de France
du têps du Roy Philippes le Bel & de ſon fils Louys Hutin. Il a eſté vn des plus
valeureux Gentils-hommes de ſon temps, & a fait de grands ſeruices aux Roys
Charles IX. Henry III. & au Roy Henry IIII. Son defunct pere eſtoit chef en
l'an 1568. de 18. Cornettes de caualerie auec leſquelles il ſe preſenta au ſiege de
Chartres pour ſecourir les aſſiegez, & aſſiſta au ſiege de la Rochelle en l'an 1573.
Il a faict de grands faicts d'armes en Dauphiné & Prouence, & meſme en vne
notable defaicte des Suiſſes, qui fut cauſe que dés l'an 1588. il fut pommé de
l'eſtat d'Admiral de France, par la reſignation du Duc d'Eſpernon ſon frere, &
eſt decedé en Feurier 1592.
42 FRANÇOIS de la Nouë natif de baſſe Bretagne s'eſt rendu admirable, tant par
la cognoiſſance des bonnes lettres, que par le maniement & experience des armes, & a rendu preuue de l'vn & de l'autre, comme teſmoignent ſes diſcours
Politiques & militaires, & les obſeruations qu'il a faictes ſur pluſieurs choſes
aduenuës aux trois premiers troubles, auſſi que les hiſtoires de noſtre temps
font foy, qu'il s'eſt trouué aux batailles de Dreux, de S. Denis, de Baſſac, & de
Montcontour, & aux ſieges & priſes de pluſieurs villes, & depuis que le Roy
Henry IIII. a eſté paruenu à la Courône, il a grandement fait paroiſtre ſa valeur
& grandeur de courage, ſçanoir au ſecours qu'il dôna à Senlis aſſiegé par le Duc
d'Aumale, à la bataille d'Iury, & au ſiege de Paris, & finalement il eſt mort pour
le ſeruice du Roy, lors qu'il aſſiegeoit la ville de Lambale en Bretagne en l'â 1591.
43 ARMAN de Gontaut de Biron, fut faict Mareſchal de France l'an 1577. par le
decez du ſieur de Montluc, auſſi ſe reſſembloient-ils en vaillance & generoſité,
eſtans tous deux Gaſcons, & tous deux paruenus aux eſtats & honneurs militaires par meſmes degrez, & s'eſtans tous deux trouuez à toutes les iournées,
rencontres & ſieges memorables, qui ont eſté depuis qu'ils ont eſté capables de
porter les armes. Il a eſté au ſiege de Chartres en l'an 1568. de Poictiers en 1569.
à la bataille de Montcontour, au ſiege de la Rochelle, & toutesfois & quantes
qu'on a faict la guerre aux pretendus reformez, meſmes contre les Allemans à
Auneau en Beauſſe, il a fait de grandes prouëſſes. De ſon temps eſtant aduenuë
la reuolte des principales villes du Royaume, & de la pluſpart des ſubiects du
Roy, il a eſté l'vn de ceux qui a plus trauaillé à maintenir le droict de ſa Majeſté.
Les iournées d'Arques, & d'Iury, & les ſieges de Paris, de Rouen, & d'autres
villes en font foy, & la priſe de Clermont en Beauuoiſis, & eſtant decedé en l'an
1592. au ſiege d'Eſpernay, il a eu ceſt heur, que ſon fils ſuccedant à la qualité de
Mareſchal de France en la fleur de ſon aage, & à ſa generoſité, a paracheué pa
ſes heroïques exploicts ce qu'il auoit ſi bien commencé, ayans eſté l'vn & l'autre des principaux reſtaurateurs de ceſt Eſtat.
44 ANNE d'Anglure ſieur de Giury, fils de celuy qui fut tué combatant valeureuſement pour le ſeruice du Roy en l'an 1562. à la bataille de Dreux, a mouſtr

qu'il n'estoit moins vaillant ny moins affectionné au seruice de son Prince que
son pere. La fuite du Duc d'Aumale, & de ceux qui assiegeoient Senlis en l'an
1589. & les batailles d'Arques & d'Iury, où il commâdoit à vne trouppe de che
uaux legers, en rendent vne suffisante preuue, comme aussi les sieges de Paris, de
Corbeil, de Noyon, de Roüen, de Chartres, de Dreux & de Laon, auquel il fu
tué en l'an 1594. ayant quelque temps auparauant espousé la fille du Chancell
de Cheuerny, veufue du Marquis de Neesle, qui estoit mort de la blessure qu il
auoit receuë à la iournée memorable d'Iury.

45 LOVYS de Gonzague Duc de Neuers, issu de l'Illustre maison des Ducs
Mantoüe en Italie, de par sa femme fille ainsée de François de Cleues, est par
iru au Duché de Niuernois, & autres grandes Seigneuries, & en continuant
generosité & vaillance de ses predecesseurs, a faict de signalez seruices à ce
Couronne: il fut en l'an 1573. au siege de la Rochelle, & en l'annee 1580. Lieut
nant general du Roy en l'armee de Poictou, où il prit de force Mauleon
Montagu, & l'annee suiuante la Ganache. Incontinent apres la conuersion
Roy Henry IIII. il fut enuoyé à Rome 1593. pour rendre au nõ du Roy l'obe
ance au Pape Clement VIII. & estãt de retour, i'asseura en l'an 1595. la Picardie,
& fortifia Amiens, Corbie, & S. Quentin estonnees de la puissante armee conduite par le Comte de Fuentes pour le Roy d'Espagne, & mesme enuoya auec
de belles trouppes son fils vnique le Duc de Retelois dans Cambray, mais quelque temps apres il mourut fasché d'vne part de la perte de la ville qui s'estoit
renduë à l'Espagnol, & d'autre part content de ce que son fils s'estoit monstré si
vaillant en la conduite du secours qu'il y auoit ietté, & de ce que le Pape auoit
donné sa benediction au Roy.

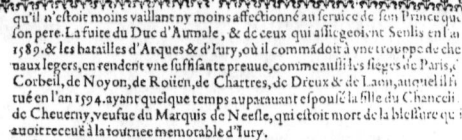

46.	47.	48.	49.	50.
François d'Espinay Sr de Sainte Lu	Robert Gaguin	Georges d'Amboise Cardinal	Charl. de Lorraine Cardinal	Charles de Bourbon Cardinal

46 FRANÇOIS d'Espinay sieur de S. Luc sera à iamais recõmandable à la posterité
à cause de sa valeur, grandeur de courage, & d'exterité au fait des armes. Le Roy
Henry III. luy donna le gouuernement de Broüage, & le Roy Henry IIII. le fit
son Lieutenãt General en Bretagne en l'annee 1592. & apres le decez du sieur de
la Guiche il fut grand Maistre de l'artillerie de France. Il auoit espousé Ieanne de
Cossé fille de Charles Mareschal de Brissac, & apres son trespas il composa des
regrets funebres sur sa mort en vers François, esquels il a monstré la gentillesse
de son esprit, & tesmoigné qu'il n'estoit moins sçauant que vaillant. Estant au
siege d'Amiens le cinquiesme de Septembre 1597. il fut tué dans les tréschées, &
obtint ce graue & digne tesmoignage de sa valeur par la bouche de sa Maiesté,
d'auoir ce iour là perdu vn tres-vaillant & tres-fidelle seruiteur, & tout le camp
déplora ceste perte commune à toute la France, comme d'vn des plus braues
Capitaines de son siecle, & des plus signalez Gentils-hommes du Royaume.

47 ROBERT Gaguin dés son icune age fit profession de l'ordre des Mathurins
en Picardie, & estant venu estudier à Paris, il fut Docteur en Decret, & esleu General de son ordre l'an 1473. Les Roys Charles VIII. & Louys XII. l'auoient en
telle reputation qu'ils l'ont enuoyé par diuerses fois en Ambassade, tant en Italie vers le Pape & les Florentins, qu'en Angleterre & Allemagne. Il a escrit l'histoire de France, & autres liures. Il mourut le 22. May 1501. & est enterré en l'E-
glise des Mathurins de Paris, la nef de laquelle il auoit faict paracheuer & bastir
le Cloistre, & dresser la Bibliotheque.

48 GEORGES d'Amboise fils puisné de Pierre d'Amboise, Chambellan du Roy
Louys XI. & d'Anne de Bueil de la maison de Sancerre, auoit vne gentillesse
d'esprit admirable, & vne prudence incroyable, qualitez qui le firent aymer au
Roy Louys XII. de sorte qu'il le fit son Lieutenant General delà les Monts. Le
Pape Alexandre VI. luy enuoya en l'an 1499. le chapeau de Cardinal, & l'annee

enfuinante il le fit Legat en France pour 18. mois, & auoit tel credit enuers les Cardinaux, qu'apres le decez d'Alexàdre il s'euffent esleu Pape, n'euft esté l'empefchement que luy donna le Cardinal Afcagne Sforce , qu'il auoit deliuré de prifon. Il appaifa vne grande fedition qui s'esleua en l'Vniuerfité de Paris, esmeuë contre le Chancelier de France Guy de Rochefort. Il fut Archeuefque de Narbonne, & puis de Roüen, où il procura l'establiffement du Parlement qui y eft. Estant Legat, il reforma les quatre Mendians, & mourut en l'an 1509.

49 CHARLES Cardinal de Lorraine fils puifné de Claude de Lorraine Duc de Guife, & d'Anthoinette de Bourbon fut dés l'aage de fix ans inftruit aux lettres & difciplines , où il profita tellement qu'il a efté l'vn des plus doctes Prelats de noftre téps, & doüé d'vn efprit efmerucillable en toutes chofes. C'eft pourquoy le Roy Henry II. le fit chef de fon Confeil Priué. Il fut Archeuefque & Duc de Rheims dés l'aage de 14. ans. Il a prefché publiquement plufieurs fois en la prefence des Roys Henry II. François II. & Charles IX. & font imprimees deux de fes harangues remarquables : entr'autres, l'vne qu'il fit au Colloque de Poiffy 1561. & l'autre au Concile de Trente 1562. Il mourut en Auignon le 26. Decemb. 1574. aagé de 49. ans & 10. mois, & eft inhumé en l'Eglife cathedrale de Rheims.

50 CHARLES Cardinal de Bourbon fils puifné de Charles de Bourbon Duc de Vendofme, & de Françoife d'Alençon, fut Prince plus apte pour la paix que pour l'art militaire : auffi fut-il destiné à l'Eglife , pour le regime & gouuernemét de laquelle il fembloit eftre né. Il fut Cardinal eftant encores ieune, puis Archeuefque de Roüen, & Abbé de S. Germain des Prez lez Paris. Il a fondé vne belle Chartreufe à Gaillon, & vn College pour les Iefuites à Paris ruë fainct Antoine. Parce qu'aux derniers troubles on fe feruoit de fon nom, il fut mis en feure garde à Blois, puis conduit à Chinon, & finalement à Fontenay le Comte en Poictou, auec vn lieu accablé de maladie & de vieilleffe, il mourut en l'an 1590. lors du fiege de Paris, aagé de 67. ans ou enuiron.

51.	52.	53.	54.	55.
Odet de Colligny. Card. de Chaftillon.	René de Biraque. Card. et Chanc. de Fra.	Pierre de Pinac. Archeu. de Lyon.	François de Faucon. Eueq. de Carcaffonne.	Guillaume Viole. Euefque de Paris.

51 ODET de Colligny fils de Gafpard de Colligny Marefchal de France, & frere de Gafpard & François de Colligny fut dedié à l'eftat Ecclefiaftique dés fa ieuneffe, & fut pourueu de l'Euefché de Beauuais. En l'an 1533. lors que le Pape Clement VII. vint à Marfeille pour le mariage de Catherine de Medicis fa niepce, il fut creé Cardinal, & depuis fut Archeuefque de Tholofe : Il affifta au Colloque de Poiffy en l'an 1561. Mais ayant changé de religion, il porta les armes, & en fin fe retira en Angleterre, où il deceda en l'an 1571. lors qu'il braffoit le mariage de Henry III. lors Duc d'Anjou, auec la Royne Elizabeth.

52 RENÉ de Biraque Milanois, fils puifné de Galeas de Biraque, & de la fille de Theodore Triuulce Marefchal de France, fut inftruit aux bonnes lettres, & par degrez eft paruenu à l'eftat de Chancelier de France. Il fut premierement Confeiller au Parlement de Paris, puis Maiftre des Requeftes, premier Prefident à Thurin, & Ambaffadeur pour le Roy au Concile de Trente, & vers l'Empereur; & à fon retour il fut Gouuerneur de Lyon, & en fin garde des Seaux & Chancelier, & apres le decez de fa femme il fut Euefque de Lauaur, & Cardinal & mourut à Paris le 24. Nouembre 1583. aagé de 76. ans, & eft enterré auec fa femme à fainte Catherine du Val des Efcolliers.

53 PIERRE d'Epinac y fleu de la noble & ancienne maifon d'Epinac en Forezt, & de par fa mere de l'illuftre famille d'Albon de fainct André, fut Archeuefque & Comte de Lyon, & Primat des Gaules. Le Roy Henry III. l'ayant ouy haranguer pour le Clergé aux Eftats de Blois de l'an 1576. commença à en faire grand eftat, & à l'aymer, pour l'auoir recognu l'vn des plus dignes Prelats de fon ordre, d'vn efprit prompt & vigoureux, & d'vne eloquence admirable, fe fouuenàt

que toutes les fois que ce torrent de paroles & de raisons se desbordoit sur quelque matiere, il emportoit toutes les voix de son Conseil. Et s'il ne se fust embroüillé dans le party de la Ligue, vray-semblablement le Roy luy eust donné
la garde des Seaux de France, & luy eust procuré vn chapeau de Cardinal. Il
mourut à Lyon en l'an 1600. & luy a succedé à l'Archeuesché le fils de Monsieur
de Belliévre tres-digne Chancelier de France.

54 FRANÇOIS de Faucon natif de Montpellier, fils de Falco de Falconi, & de
Charlotte de Buccili, nobles Florentins, desquels les predecesseurs se retirerent
de Florence, à cause des grandes esmotions de la Republique, & s'habiterent en
Languedoc, & en Prouence, fut personnage d'excellent & rare esprit, & d'vne
memoire admirable, qui luy demeura entiere iusques à l'extreme vieillesse de 81.
an. Il fut dés sa ieunesse employé en de grandes negotiations par le Roy François
I. & les Papes Leon X. & Clement VII. Il fut Euesque d'Orleas, où les marques
de sa pieté & liberalité se voyent encores aux ruines de l'vne des voutes qui re-
stent de l'Eglise de saincte Croix. Depuis il a esté Euesque de Carcassonne, où il
deceda en Septembre 1565. Son neueu & heritier Claude de Faucon sieur de Ris,
merite d'estre inseré en ce lieu, lequel ayant esté Conseiller au Parlement de
Paris, depuis President aux Enquestes, & en fin Conseiller d'Estat, & premier
President de Bretagne, apres auoir fidelement seruy les Roys Charles IX. Henry III. & IIII. mourut à Paris le 29. Septembre 1601. aagé de 65. ans.

55 GVILLAVME Viole Parisien, issu de la noble & ancienne famille des Violes,
fut premierement Conseiller d'Eglise au Parlement de Paris, qu'il exerça si long
temps qu'il paruint en la grand Chambre, puis par la resignation d'Eustache du
Bellay il fut pourueu de l'Euesché de Paris, où il fit son entree le 18. de Mars 1565
apres auoir esté sacré, mais il en iouyt fort peu, & n'eut quasi le moyen de faire
paroistre combien il estoit digne de ceste charge, parce que dés le 4. de May 1567
il mourut, & fut enterré en l'Eglise de nostre Dame, cathedrale de son Euesché.
Ie ne puis en ce lieu oublier le docte Abbé de S. Euuerte d'Orleans, qui estoit
son cousin germain paternel, Prelat duquel la memoire durera eternellement,
pour la parfaicte cognoissance qu'il auoit des langues sanctifiées en l'arbre de la
Croix, & pour son erudition singuliere & science Astrologique qui le rendoient
admirable enuers les plus doctes.

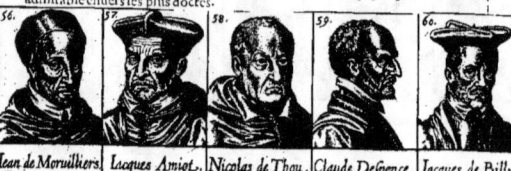

56.	57.	58.	59.	60.
Iean de Moruilliers Euesque d'Orleans.	Iacques Amiot, Euesque d'Auxerre	Nicolas de Thou. Euesque de Chartres	Claude Despence.	Iacques de Billy. Abbé de S.t Mich en Thu

56 IEAN de Moruillier Euesque d'Orleans, natif de Blois, issu de la famille de
Philippes de Moruillier, qui fut premier President au Parlement de Paris dés l'an
1410. & de Pierre de Moruillier Chancelier de France en l'an 1461. a esté en tres-
grande estime & reputation vers les Roys François I. Henry II. François II.
Charles IX. & Henry III. & employé par eux aux traictez d'importace, accords
& pacifications de ce Royaume: aussi estoit-il pourueu d'vne rare doctrine, d'vn
merueilleux ingement, & d'vne longue experience au maniement des affaires
d'Estat. Il mourut à Tours le 23. Octob. 1577. aagé de 70. ans, & est inhumé dans
l'Eglise des Cordeliers de Blois, ayant esté quelque temps garde des Seaux.

57 IAQVES Amiot de Melun fut choisi pour estre Precepteur des enfans de
France, fils du Roy Henry II. lesquels estant paruenus successiuement à la Couronne, ont grandement honoré & recogneu ses merites, l'ayans faict pouruoir
des Abbayes de Bellozane & de S. Corneille de Compiegne, de l'Euesché d'Auxerre, & de l'Estat de grand Aumosnier de France. La renommee de ce Prelat est
espanduë par tous les lieux où la langue Françoise a cours, & est repnté le plus
sçauant & plus fidele traducteur des liures Grecs en nostre vulgaire qui ait esté,
& specialement des œuures de Plutarque, qu'il a faict parler François, & par ce
moyen il a grandement embelly & enrichy nostre langue, & plusieurs doutent si
Plutarque parle mieux en sa langue par la douceur de la Grece, que par la grace

d'Amiot en François. Il est decedé audit Auxerre l'an 1592.

58 NICOLAS de Thou fils puisné d'Augustin de Thou President au Parlemēt de Paris, & de Claude de Marle, fut Conseiller audit Parlement, & depuis Euesque de Chartres, lequel a esté si soigneux du salut du peuple, qui luy estoit commis, qu'il a composé vn iuste volume d'instructions pour l'intelligence & vsage des Sacrements de l'Eglise, & sur le declin de son aage il a eu cest heur, qu'en Feurier 1594. il a oingt & sacré le Roy Henry IIII. en la ville de Chartres, & a veu que depuis ce Sacre toutes les villes & subiets reuoltez se sont remis comme par miracle en peu de temps en l'obeyssance de sa Maiesté, tout ainsi qu'il aduint du temps de Charles VII. apres qu'il eut esté oingt à Rheims par Arnaud de Chartres Archeuesque de Rheims, & Chancelier de France.

59 CLAVDE Despence natif de Chaalons en Champagne, issu de noble famille, tant de l'estoc de son pere, que de sa mere, qui estoit des Vrsins, apres auoir esté instruit és disciplines & sciences humaines, s'adonna à la Theologie, en laquelle il fut excellent Docteur. Il estoit tres-fameux Predicateur, & a esté appellé par les Roys Henry II. François II. Charles IX. aux assemblees qui ont este faictes à Melun, à Bologne, à Orleans, & à Poissy, pour composer les differents sur le fait de la Religion. Il a composé plusieurs escrits de sa profession en Latin & en François, & mourut à Paris le 5. Octobre 1571. en l'aage de 60. ans, & est enterré en l'Eglise de sainct Cosme.

60 IAQVES de Billy issu de la noble maison de Prunay, nasquit à Guise lors que son pere Loys de Billy puisné de Couruille y cōmandoit pour le Roy en l'an 1535 Il estoit hōme tres-docte en Hebrieu, en Grec, & en Latin, & a traduit plusieurs liures Grecs & Latins, entr'autres les œuures de ce grād Euesque & Theologien S. Gregoire de Nazianze. Il a esté Abbé de S. Michel en l'Her pres la Rochelle, & estoit frere de Iean de Billy, autrefois Prieur de la Chartreuse de Gaillon. Il mourut à Paris le iour de Noël 1581. & est inhumé dans l'Eglise de sainct Seuerin.

| Gentian Heruet. | François Oliuier. | Michel de Lhospital | Philippe Hurault | Iēanc de Monthol... |
| | Chancelier de France | Chancelier de France | Chancelier de France | Garde des Seaux |

61 GENTIAN Heruet natif d'Oliuet pres la ville d'Orleans, estoit Docteur en Theologie des plus renommez de l'Vniuersité de Paris, & Chanoine en l'Eglise cathedrale de Rheims, lequel a composé plusieurs liures de sa profession, & en a traduit de Grec en Latin, & de Latin en nostre langue, & entr'autres les 22. liures de la Cité de Dieu de sainct Augustin, auec le Commentaire de Louys Viues. Il deceda en l'aage de 85. ans, & est enterré audit Rheims.

62 FRANÇOIS Oliuier Parisien, fils de Iaques Oliuier premier Presidēt au Parlemēt de Paris, fut pour sa suffisāce & merite fait Chācelier par le Roy François I. en l'an 1545. & il monta à cest estat par les grands degrez du Palais. Car il fut premierement Aduocat en Parlement, depuis Conseiller, puis apres President, Ambassadeur, & Chancelier d'Alençon, & en fin Chancelier de France. Il mourut à Amboise l'an 1560. le 30. Mars, & est enterré à Paris en l'Eglise de S. Germain.

63 MICHEL de l'Hospital natif d'Auuergne fut subrogé au lieu dudit deffunct Oliuier. Il fut premierement Auditeur de la Rote à Rome, & s'estant retiré en Frāce, il fut Conseiller au Parlement de Paris, depuis Surintendant de la Chābre des Comptes, puis apres Chancelier de Madame Marguerite Duchesse de Sauoye, & finalement Chancelier de France. Outre qu'il estoit tres-sçauant Iurisconsulte, Philosophe, & Orateur, il auoit acquis vne perfection de composer en toutes sortes de poësie Latine fort elegamment: il mourut aagé de 68. ans en Mars 1573.

64 PHILIPPES Hurault Comte de Cheuerny, yssu d'vne noble & ancienne maison de Bretagne, estoit homme de grande conduite, sçauoir & experience aux affaires d'Estat; qualitez qui l'ont esleué à souuerain faiste & comble d'hon-

neur,qui est d'auoir eu la garde des Seaux de France. Apres le decez du sieur Cardinal de Birague, il fut Chancelier en chef, & Cheualier pareillement des deux
ordres du Roy, ausquels estats durant l'orage des troubles derniers il s'est si prudemment gouuerné, qu'en mourant il a acquis le tiltre d'vn des plus sages &
aduisez personnages de son siecle.
65 FRANÇOIS de Montholon aisné de la famille des Montholons de Bourgongne, originaire de l'ancienne ville d'Authun, fut premierement Aduocat celebre
au Parlement de Paris, apres Aduocat du Roy en l'an 1533. puis President en ladite Cour, & en fin garde des Seaux de France, lors que le procez fut faict au
Chancelier Poyet, & mourut l'an 1544.

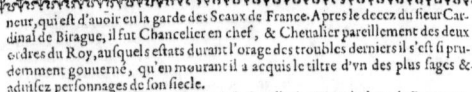

Gilles le Maistre	Christofle de Thou	Christofle de Harlay	Pierre Seguier	Guy du Faur
Premier President.	Premier President	President	President	Sr de Pybrac.

66 GILLES le Maistre, Parisien, surnommé Magistri, ayant esté Aduocat fameux
au Parlement de Paris, fut en l'an 1540. Aduocat General, qu'il exerça dix ans
auec grande reputation, puis en l'an 1551. lors que Pierre Bertrandi eut la garde
des Seaux de France, il fut premier President audit Parlement, plein de pieté,
doctrine, & integrité. Il mourut audit Paris 1562. & est enterré en sa Chapelle
aux Cordeliers.
67 CHRISTOFLE de Thou, Parisien, Seigneur de Celi, fils d'Augustin de Thou,
President au Parlement de Paris, & de Claude de Marle, ayãt dés son retour des
estudes de Droict esté Aduocat fameux audit Parlement, succeda à l'estat de son
deffunt pere, & apres le decez de Monsieur Magistri en Decemb. 1562. fut pourueu de l'office de premier President, qu'il a tres-dignement exercé durant les
guerres ciuiles iusques au 1. Nouemb. 1582. auquel iour il deceda aagé de 74. ans,
& est enterré en sa Chappelle en l'Eglise de S. André des Arcs. Il fut aussi Chãce-
lier de feu Monsieur le Duc d'Anjou, & de Brabant. Il auoit l'esprit fort vif,
prompt, & vigilant, auec vne grauité modeste, il faisoit plaisir à tous, & auoit le
public en tres-grande recommãdation. Il a laissé des enfans & gendres heritiers
de ses rares vertus & de ses honneurs, ensemble de sa doctrine incomparable.
68 CHRISTOFLE de Harlay, Parisien, extraict de noble & ancienne race, fut Cõ-
seiller au Parlement de Paris, & depuis l'vn des quatre Presidents de la Cour, auquel estat il a vescu en telle integrité, & rendu auec tant d'egalité la iustice à vn
chacun, qu'il a laissé à tous en mourant vne soüefue odeur de sa vie : & son fils
aisné ayant succedé à son estat & à ses vertus, il les a tellement accreuës, que
pour le respect d'icelles l'an 1582. le Roy Henry III. le fit chef de son Parlemẽt,
où il s'est comporté si dignement, mesmes au plus fort de l'orage des troubles
dernieres, que le Roy Henry IIII. s'est autant par sa iustice, conduite par vn tel
chef, faict craindre & redouter à ses subiects reuoltez, qu'aux estrangers par sa
valeur incomparable.
69 PIERRE Seguier, Parisien, merite d'estre grandement recommãdé pour son
sçauoir, eloquence, bonne vie, & autres perfections qui estoient en luy. Ayant
plaidé long temps pour les parties au Parlement, il y fut Aduocat du Roy l'an
1550. & en fin President. Il deceda en l'aage de 76. ans, l'an 1580. le 25. d'Octobre,
& est inhumé en sa Chappelle à S. André des Arcs. Il a veu tous ses enfans imi-
tateurs de sa vertu, pourueus de grands estats de son viuant, y en ayant eu deux
dignes Presidents de la Cour.
70 GVY du Faur sieur de Pibrac, fils d'vn President du Parlement de Tholose,
fut premierement Conseiller au grand Conseil, & Iuge Mage audit Tholose. Il
fut Ambassadeur pour le Roy Charles IX. au Concile de Trente, où il fit paroistre les forces de son eloquence qu'il auoit apprise de Pierre Bunel son Precepteur, & depuis en l'exercice de l'estat d'Aduocat General au Parlement de Pa-

ris, & au voyage qu'il fit par deux fois en Pologne, & à son retour fut Président
de la Cour, & Chancelier de feu Monsieur le Duc d'Anjou, peu auparauant lequel il deceda en l'an 1584. Charles Paschal n'agueres Aduocat du Roy au Parlement de Roüen a amplement descrit sa vie en langage pur Romain.

| Iean de la Guesle. | Barnabé Brisson. | Iacques Faye sr. | Estienne Duranti. | Guillaume Budé. |
| Président. | Président | S^r deuxiesme Président | pre. Prsid. de Tholose | |

71 IEAN de la Guesle sieur de la Chaux, Auuergnac, fils du Gouuerneur du Côte d'Auuergne, ayant esté premierement Conseiller au Parlement de Paris, fut
pourueu de l'estat de premier Président du Parlement de Bourgongne à Dijon,
où il se gouuerna auec tant d'honneur & de reputation, qu'apres le decez de
Monsieur Bourdin en l'an 1570. le Roy Charles IX. luy consia la charge de son
Procureur General au Parlement de Paris, au grand regret des trois Estats de
Bourgogne, lesquels par leurs Deputez firent en vain supplier le Roy de ne leur
oster leur Président, auquel ils offrirent bailler sur la Prouince dix mil liures de
pension outre ses gages & pensions ordinaires. Estant la Bourgongne sur le
poinct de se remuer, il y fut enuoyé par le Roy Henry III. où il assoupit par sa
dexterité le feu de la diuision qui s'y allumoit. Il a faict paroistre grandement sa
vertu en l'exercice de ce grand & important estat, & notamment aux Estats de
Blois de l'an 1579. & à l'assemblée de S. Germain en Laye. Et s'estât demis d'iceluy en faueur de son fils aisné en l'an 1585 le Roy luy donna vn office de Présidêt
au mesme Parlement, qu'il a exercé six ans en toute integrité, & en fin regrettât
le malheur de la France, lors que la rebellion s'estendoit par les principales villes
de ce Royaume, il mourut l'an 1589. en sa maison du Laureau en Beausse prés la
ville d'Espernon, & a laissé cinq enfans heritiers de sa vertu, le deuxiesme
desquels a esté tres-digne Archeuesque de Tours, & le troisieme Gentil-homme de singuliere erudition & valeur, fut tué l'an 1593. au siege de Dreux, sur vn
rauelin de la ville qu'il auoit gagné pour le Roy.

72 BARNABE' Brisson, Poiteuin, fils du Lieutenant de Fôtenayle Comte, fut dés
sa ieunesse Aduocat au Parlement de Paris, où il donna en peu de têps preuue de
sa rare doctrine & suffisance; & y ayant demeuré assez long temps, il fut pourueu
de l'estat d'Aduocat General audit Parlement, puis apres de Président. Le Roy
Henry 3. l'auoit en telle reputation, qu'il l'enuoya par 2. fois en Angleterre en
qualité d'Ambassadeur, & voulant faire reduire en vn Code toutes les ordonnances des Roys ses predecesseurs, il luy donna ceste charge, dont en peu de mois il
s'acquitta tres-dignement. Il a laissé plusieurs doctes escrits qui le rendent
tousiours recommandable à la posterité. Apres la rebellion de Paris, il resta seul
Président au Parlement, & les plus seditieux ne se pouuans persuader qu'vn si
grand personnage fauorisast à bon escient leur party, ils le trainerent par force
es prisons du petit Chastelet le 15. iour de Nouembre 1591. & là sans cognoissance de cause, le firent mourir miserablement, au grand regret de tous les gens de
bien, & amateurs des lettres.

73 IAQVES Faye sieur d'Espesses Parisien, issu de noble & ancienne famille en
Lionnois de l'estoc de son pere, qui mourut Présidêt aux Enquestes du Parlemêt
de Paris, & du maternel de celle des Viole aussi des plus anciennes & mieux re-
nommees de Paris, fut premieremêt Conseiller audit Parlemêt & Requestes du
Palais, puis Maistre des Requestes de l'hostel, pour recompense des signalez seruices faits au Roy Henry III. en son voyage de Pologne, ayant le premier apporté nouuelles de son retour, & lettres de Regence à la Royne mere. Il fut
Aduocat du Roy audit Parlemêt 1580. où il fit paroistre la force de son eloquêce
& profond sçauoir, comme tesmoignent ses harangues imprimees. Il sçeut prudemment s'eschapper de Paris auec le Roy son maistre le iour des Barricades, &
l'assista si courageusement, que le voyant abandôné de la pluspart de ses villes &

ſubjets à ces grands ſouſleuemẽs de Blois,il prit le timon en main auec vn office
de Preſident pour eſtablir le Parlement à Tours,& y conduiſit ſi bien les affaires
en ceſte plus grande ardeur des troubles,qu'il rompit les premiers efforts de la
Ligue ; De ſorte que le Roy qui ſembloit le plus foible, parut en peu de temps
au deſſus de ſes ennemis,& apres ſon funeſte parricide,conſerua tellement(bien
que ſeul pour lors chef & Preſident audit Parlement) par les incomparables effects de ſa valeur ladite ville de Tours, capitale de la Prouince , & tout le pays
d'alentour en l'obeyſſance du Roy ſucceſſeur lors fort eſloigné & renſerré vers
Dieppe, que peu apres il y fut recogneu & receu tres-heureuſement: & depuis ſe
trouuant au ſiege de Paris l'an 1590.à la ſuite de ſon maiſtre,ſembla que Dieu l'y
euſt appellé pour venir mourir à ſes pieds: car eſtant là atteint d'vne fiévre mortelle en l'aage de 46.ans , il ſe fit porter à Senlis, afin que comme il auoit veſcu
conſtant & fidele au ſeruice du Roy,il finiſt ſes iours en vne ville recommandée
de pareille conſtance & fidelité,où il fut enterré le 19. de Septembre, & grandement regretté de ſa Majeſté & de tous les bons François.

74 IEAN Eſtienne Duranti fils d'vn Conſeiller au Parlement de Tholoſe, fut
Aduocat des plus fameux dudit Parlement,depuis Aduocat du Roy en l'an 1568
& en ſa premier Preſident en l'an 1581.qu'il exerça auec toute integrité iuſques
au 10.Feurier 1589.qu'il fut malheureuſement maſſacré par la populace rebelle
dudit Tholoſe,parce qu'il eſtoit tres-fidele ſeruiteur du Roy. Il a veſcu 56.ans,
& eſt enterré aux Cordeliers dudit lieu. Son liure *De ritibu Eccleſia*, imprimé à
Rome depuis ſon decez par le commandement du Pape Sixte V. monſtre ſuffi-
ſamment ſa doctrine,& de quelle religion il eſtoit.

75 GVILLAVME Budé Pariſien, homme de rare & prodigieuſe erudition par ſes
incomparables eſcrits en Grec & en Latin, a frayé aux amateurs des lettres le
droict chemin pour paruenir à l'immortalité. Il a eſté Secretaire du Roy , puis
maiſtre de la Librairie Royale,& Maiſtre des Requeſtes.Il mourut à Paris le 23.
d'Aouſt 1540.aagé de 73.ans,& eſt inhumé à S.Nicolas des Champs.

| Franc. de Montholon. | André Tiraqueau. | Baptiſte du Meſnil. | Gilles Bourdin. | Guy de Leſrat. |
| Gaelis des Seaux. | | Aduocat general. | Procureur general. | |

76 FRANÇOIS de Montholon Pariſien , fils aiſné de François de Montholon,
Preſident & garde des Seaux, ayant touſiours fuy les eſtats & offices,fut en l'an
1588.au temps des derniers troubles pour ſon integrité de vie & ſçauoir , choiſi
entre les Aduocats celebres du Parlement par le Roy Henry III.pour eſtre garde des Seaux de France,& mourut en ceſte ſublime dignité l'an 1590.en la ville
de Tours, peu de temps apres le decez du Roy ſon maiſtre.

77 ANDRE Tiraqueau natif de Fontenay le Comte en Poictou, & Lieutenant
dudit lieu,fut pourueu d'vn eſtat de Conſeiller au Parlement de Paris par le Roy
François I.auquel on auoit faict recit de ſa grande erudition. Le grand nombre
des eſcrits qu'il a laiſſé à la poſterité,monſtrent aſſez combien il eſtoit laborieux
& aſſidu, & qu'il auoit cognoiſſance de toutes les ſciences. Il mourut à Paris en
ſon extreme vieilleſſe l'an 1558.

78 BAPTISTE du Meſnil Pariſien,a eſté des plus renommez en doctrine & bonne vie, qu'aucun autre qui ait eſté de ſon temps. Ayant eſté l'eſpace de 17. ans
Aduocat des parties au Parlement de Paris, il fut l'an 1558. pourueu de l'eſtat
d'Aduocat du Roy qu'il a exercé tres-dignement iuſques au 12. d'Aouſt 1569.
qu'il deceda regretté de toute la Cour, & fut enterré à Paris à ſainct Iean en
Gréve,en l'aage de 51. an dix mois quatre iours.

79 GILLES Bourdin Pariſien,fut Aduocat au Parlement de Paris, puis Lieutenant General au ſiege des eaux & foreſts de France, par apres Aduocat General
audit Parlemẽt en l'an 1555.& en fin Procureur General du Roy en l'an 1558.iuſ-
ques au 23. Iuuier 1570. qu'il mourut d'vne apoplexie aagé de 53.ans ou enuiron.

Il estoit fort sçauant és langues Hebraique, Arabesque, Grecque, Latine, & autres plus prisées en l'Europe, & en l'aage de 28. ans, il fit vn Commentaire Grec sur vne Comedie d'Aristophane, intitulée *Cereris sacra celebrantes*, qu'il dedia au Roy François dés l'an 1545. Il auoit parfaicte cognoissance de toutes sciences, outre la Iurisprudence & la routine du Palais. Il a commenté en Latin l'Ordonnance de l'an 1539. & a vescu sous les regnes de quatre Roys, remply d'vn grand zele enuers Dieu, d'vne singuliere integrité pour le faict de la Iustice, & d'vne ardente affection en ce qui concernoit le public, qui rendront sa memoire à iamais recommandable à la posterité.

80 GVY de l'Estrat Angenin, fils de Guillaume de l'Estrat (qui auoit esté Auditeur de Rote à Rome, puis Conseiller au grand Cōseil, & en fin Lieutenant General & President au siege Presidial d'Angers) & d'Anne de Bodet de Blois, fut premierement Conseiller au Parlement de Bretagne, depuis Seneschal de Nantes, President Presidial & Lieutenāt General audit Angers. Les remonstrances qu'il a faictes aux ouuertures de la Iurisdiction en son siege, rendent assez de preuue de sa profonde erudition, de son gentil esprit, & de la candeur de ses mœurs. Il mourut à Paris le 4. de May 1583. aagé de 37. ans seulement. Depuis son decez son estat de Lieutenant Generāl a presque tousiours esté en litige, mais finalement Marin Boilesue sieur de la Maurouziere en a esté pourueu dés l'an 1589. lequel pour ses merites & pour auoir bien conserué & maintenu la ville d'Angers durant ces derniers troubles en l'obeyssance du Roy, a esté par luy honoré du tiltre de Cheualier par lettres patētes du 19. May 1599. verifiées en la Chābre des Comptes & en la Cour des Aydes le 24. Nouembre & 12. Decembre ensuiuants, & par autres Lettres du mois de Ianuier 1598. luy a esté permis d'adiouster à ses armes deux ou trois fleurs de lys : Ce qui merite vne plus particuliere recommandation.

Philippe Dece. André Alciat. François Duaren. Eguinaire Baron. François Balduin.

81 PHILIPPES Dece Milanois tres-grand Iurisconsulte & subtil, de Pise, où il auoit pris femme, & estoit Docteur Regent, il fut attiré à Paui, & la pour auoir trop librement donné son aduis pour le Concile de Pise contre le Pape, sa maison fut pillée, & fut contraint se reuirer à Bourges où il leut deux ans, & puis à Valence. Estant retourné en Italie, il mourut à Sienne le 12. Octobre 1535. aagé de plus de 80. ans, & est enterré à Pise.

82 ANDRE' Alciat aussi Milanois Iurisconsulte tres-excellent, estoit pourueu d'vne merueilleuse viuacité d'esprit, d'vn grand sçauoir & iugement. C'est luy qui le premier a chassé la Barbarie d'entre les interpretes du Droict. Il a composé plusieurs liures de sa profession, & a enseigné à Bourges, Orleans & autres Vniuersitez de France, comme aussi il a fait en Italie, à Bologne, & à Pauie, où il mourut l'an 1548. en l'aage de 56. ans.

83 FRANÇOIS Duaren de S. Brieuc en Bretagne, a laissé plusieurs Commentaires sur le Droict, dont il faisoit profession, qui monstrent sa grande doctrine & erudition. Il a escrit en langage poly & pur Romain, en continuant ce que le grand Alciat auoit si bien commencé. Sa principale demeure a esté en la ville de Bourges, où il estoit reputé le premier Iurisconsulte de son temps, & y est mort l'an 1559. aagé de 50. ans.

84 EGVINAIRE Baron notable Iurisconsulte, estoit aussi Breton natif de l'Euesché de Leon, lequel a enseigné long temps le Droīct és Vniuersitez d'Angers & de Bourges, & estoit en reputation d'homme tres-docte, & tres-diligent. Il mourut audit Bourges en Aoust 1550. en l'aage de cinquante-cinq ans.

85 FRANÇOIS Balduin fils d'Antoine Balduin Aduocat du Roy à Atras fut grand & fameux Iurisconsulte, & fort versé en l'histoire & aux lettres humaines qu'il a tousiours conioinctes auec la profession du Droict qu'il a enseigné quasi en toutes les celebres Vniuersitez de ce Royaume, & principalement à Angers où il estoit demeurant, lors qu'en l'année 1573. il fut mandé pour respondre aux Ambassadeurs de Pologne, qui estoient venus à Paris, en laquelle année aagé de 53. à 54. ans il mourut, & est enterré au Cloistre des Mathurins.

Iaques Cuias. Anthoine le Comte. François Hottoman Hugues Donéau. Iean Robert.

86 IAQVES Cujas Tholofain, apres auoir esté instruit aux lettres Grecques & Latines, s'adonna à l'estude du Droict Romain, duquel il a esté admirable Interprete, qu'il a remporté le prix par dessus tous les Iurisconsultes modernes, & qu'il est recogneu pour estre vn miracle de nostre siecle. Il a esté recherché pour sa singuliere erudition de toutes les Vniuersitez de France. Ayant leu à Caors, à Valence en Dauphiné, & à Thurin, il a en fin esleu son dernier domicile à Bourges, où en l'annee 1590. il deceda. Le Roy l'honora d'vn estat de Conseiller au Parlement de Grenoble, lors qu'il estoit à Valence, sans qu'il fust tenu y resider. Ses œuvres qui courent par tout le monde tesmoignent assez sa doctrine solide, & vaut beaucoup mieux se taire, que de dire trop peu de louanges d'vn si grand & si rare personnage.

87 ANTOINE le Comte fils de Iean le Comte, Lieutenant General de Noyon en Picardie, a aussi esté fort celebre Iurisconsulte, & Docteur Regent és Droicts de l'Vniuersité de Bourges, où il a demeuré & faict profession d'enseigner le Droict iusques en l'aage de 57. ans, qu'il deceda en l'an 1586. Il a beaucoup profité au public par ses lectures, doctes escrits, & par l'exacte correction qu'il a faicte des fautes qui se trouuoient esparses parmy le Cours Ciuil.

88 FRANÇOIS Hottoman Parisien, l'vn des plus grands Iurisconsultes de nostre temps, & fort bien versé en l'histoire, & autres sciences, a faict profession du Droict en plusieurs Vniuersitez de France & d'Allemagne, & nous a laissé grand nombre de doctes escrits. Il mourut à Basle 1590. agé de 65. ans.

89 HVGVES Doneau Iurisconsulte, fut receu Docteur és Droicts à Bourges par François Duaren, & en a faict profession en France & en Allemagne iusques à l'aage de soixante-cinq ans qu'il mourut. Ses Commentaires sur le Droict rendent preuue de sa doctrine & solide iugement.

90 IEAN Robert fils de Iaques Robert, qui fut Conseiller au siege Presidial, & Docteur Regent és Droicts à Orleans, & Senateur à Milan du temps du Roy François premier, a succedé à l'estat & profession de son pere audit Orleans, & par ses lectures & doctes escrits s'est acquis le tiltre de tres-sçauant Iurisconsulte. Il deceda à Neuers 1590. ayant laissé quatre enfans, desquels l'aisné Anne Robert est recogneu pour l'vn des plus celebres Aduocats du Parlement de Paris.

Mathieu Chartier. Charles du Molin. Iean de Luc. Pierre Pithou. Franc. Grimaudet.

91 MATHIEV Charretier racé d'Alain, qui fut excellent Historiographe, & Secretaire du Roy Charles VII. estoit la lumiere des grands Aduocats de son siecle, en toute espece de pieté, probité & science, lequel mourut 1559. agé de 84. ans, laissant vn fils de mesme nom, & gendre du premier garde des Sceaux de Montholon, qui ayant esté Conseiller au Parlement de Paris par le temps de 51. ans, fort renommé pour son integrité, deceda en l'aage de 85. ans, l'an 1598. l'vn & l'autre sont enterrez à S. Andrè des Ares en leur Chappelle.

92 CHARLES du Moulin Parisien, Aduocat au Parlement de Paris, & Maistre des Requestes de Nauarre par ses liures composez en Latin & en François, a donné preuue qu'il estoit l'vn des plus grâds Iurisconsultes de son temps, & des mieux versez en l'histoire saincte & profane. Il a escrit sur la Coustume de Paris, & faict des Notes sur toutes les Coustumes de ce Royaume qui sont de grande authorité Il mourut à Paris en Decembre 1566. & sa memoire est tres-recommandable, pour auoir esté vn des principaux defenseurs & conseruateurs des priuileges & libertez de l'Eglise Gallicane.

93 IEAN de Luc Parisien, Aduocat au Parlement de Paris, puis Secretaire du Roy, & Procureur General de la Royne, a grandement merité du public, pour le recueil qu'il a faict des Arrests de la dire Cour, qu'il a couché en si bons termes Latins, qu'apres le tres docte Budee, il n'y a aucun qui ait mieux exprimé en langage Romain les formules du Palais. Il florissoit sous le regne du Roy Henry II.

94 PIERRE Pithou de Troyes en Champagne, sieur de Sauoye, Aduocat au Parlement de Paris, a esté tellement adonné à la lecture des bons Autheurs, & y a faict vn si grand aduancement, qu'il merite d'estre surnommé le Varron François. Il a entreé la charge de Procureur General du Roy en la Chambre de Guyenne, en l'an 1582. & lors que la Cour de Parlement fut restablie apres la reduction de Paris, en l'an 1594. Il deceda au grand regret de tous les hommes sçauans, agé de en-

quante-sept ans, le premier iour de Nouembre 1596. à pareil iour qu'il estoit né. Sa vie est inserée au Commentaire qu'il a faict sur les Coustomes de Troyes, amplement descrite par Iosias Mercerus.

95 FRANÇOIS Grimaudet Angeuin, fut premierement fameux Aduocat à Angers, depuis Conseiller au siege Presidial dudit lieu, & en fin Aduocat du Roy, & Escheuin de la ville, lequel par ses escrits laborieux s'est acquis vn grand renom entre les Iurisconsultes, qui le rendra perpetuellement recommandable à la posterité. Il mourut audit Angers le 19. d'Aoust 1580. en l'aage de soixante ans.

| Antho. Matharel. | Iean Fernel. | Iacques Siluius. | François Rabelais. | Guill. Rondelet. |

96 ANTOINE Matharel Auuergnac, a esté Aduocat celebre au Parlement de Paris, & Procureur General de la Royne, fort bien versé en l'histoire, & curieux defenseur des droicts de la succession hereditaire de la Couronne de France, comme on peut iuger par la response qu'il a faicte à la Franco-gallie de François Hotorman en l'an 1575.

97 IEAN Fernel. d'Amiens, Conseiller & premier Medecin du Roy Henry II. grand Philosophe, & Mathematicien, mourut à Paris le 16. d'Auril 1558. aagé de 52. ans, & est enterré dans l'Eglise de sainct Iacques de la Boucherie.

98 IAQVES Syluius aussi d'Amiens, tres-sçauant Professeur du Roy en Medecine, aagé de 63. ans deceda à Paris 1553. & est inhumé au Cœmetiere des pauures Escoliers deuant le College de Montaigu.

99 FRANÇOIS Rabelais de Chinon en Touraine, Medecin du Cardinal du Bellay, excellent en sa profession, rare en doctrine, facecieux & raillard, ayant quitté l'habit de Cordelier, mourut Curé de Meudon lez Paris. Il a traduit les Aphorismes d'Hippocrate.

100 GVILLAVME Rondelet de Montpellier, Docteur & Professeur du Roy en Medecine, & Chancelier de l'Vniuersité dudit lieu ayant parfaicte cognoissance entre-autres choses de la nature des poissons, mourut 1566. aagé de 60. ans, sans auoir iamais beu vin.

| Iean de Gorris. | Louys Ioubert. | Iacq. d'Alechamps. | André Vesale. | Ambroise Paré. |

101 IEAN de Gorris Parisien, fils de Pierre de Gorris de Bourges, fut Medecin des premiers, & plus renommez de son temps, Philosophe naturel, & tres-docte en Grec, & mourut en l'aage de 72. ans, l'an 1577.

102 LAVRENT Ioubert de Valence en Dauphiné, celebre Medecin du Roy Henry III. premier Docteur, Regent, Chancelier & Iuge de l'Vniuersité en Medecine à Montpellier, mourut le 29. Octobre 1582. aagé de 53. ans à Lombez.

103 IAQVES d'Alechamps de Caen en Normandie, Docteur & Professeur en Medecine à Lyon, a esté vn des plus doctes & rares personnages de nostre temps, tant en sa profession, qu'en tout genre de bonnes lettres. Il a commenté l'histoire de Pline.

104 ANDRÉ Vesale de Bruxelles, celebre Medecin du Roy d'Espagne, & reputé le plus docte Anatomiste & Chirurgien de son age, appellé par Fallope Stupendum naturæ miraculum, a eternisé sa memoire par ses doctes escrits.

105 AMBROISE Paré de Laual, premier Chirurgien des Roys Charles IX. & Henry III. ayant trauaillé 40. ans à l'esclaircissement de la Chirurgie, en a composé vn bel œuure en François, qui depuis a esté traduit en Latin.

Clement Marot. Melin de S. Gelais. Iean d'Aurat. Pierre de Ronsard. Ioachim du Bellay.

106 CLEMENT Marot de Caors en Quercy, valet de Chambre du Roy François I. Poëte des Princes, & Prince des Poëtes de son aagé, mourut à Thurin 1544. aagé de 60. ans.
107 MELIN de S. Gelais Angoulmoisin, Abbé de Reclus, Aumosnier de François Dauphin de France, Poëte, & garde de la Bibliotheque du Roy, deceda à Paris en l'aage de 67. ans, & est enterré à S. Thomas du Louure.
108 IEAN d'Aurat Limosin, Poëte du Roy en Grec, en Latin & en François, & Professeur de la langue Grecque, mourut à Paris aagé de 80. ans en l'an 1588.
109 PIERRE de Ronsard Gentilhomme Vendosmois, l'Homere ou le Virgile de France, & le pere des Poëtes François, deceda à S. Cosme lez Tours le 27. Decembre 1585. en l'aage de 61. an.
110 IOACHIN du Bellay Gentilhomme Angeuin, Poëte tres-renommé mourut en l'aage de 35. ans à Paris le 1. Ianuier 1559. & est enterré à nostre Dame où il estoit Archidiacre.

Louis de Mazures. Estienne Iodelle. Remy Belleau. Robert Garnier. Charles de S. Marthe.

111 LOVYS de Mazures natif de Toutnay en Flandres, a esté vn des Poëtes François qui plus heureusement nous ait traduit le Virgile en nostre vulgaire.
112 ESTIENNE Iodelle Parisien, sieur du Lymodin, tres-excellent Poëte Latin & François, mourut à Paris en Iuillet 1573. aagé de 41. an.
113 REMY Belleau natif de Nogent le Rotrou au Perche, Poëte tres-docte, deceda à Paris le 7. Mars 1577. en l'age de 50. ans, & est enterré aux Augustins.
114 ROBERT Garnier Manceau, de la Ferté Bernard, Conseiller, puis Lieutenant Criminel au Mans, & Conseiller au grand Conseil, a remporté le prix des Poëtes Tragiques François.
115 CHARLES de saincte Marthe Poiteuin, oncle de ce grand Seruole de saincte Marthe lumiere de nostre siecle, fut Lieutenant Criminel d'Alençon & Poëte Latin & François beaucoup renommé, qui mourut enuiron l'aage de 40. ans 1555.

Iean Antho. de Baïf. Maurice Sceue. Erasme de Roterd. Christof. de Longueil.

116 IEAN Antoine de Baïf Venicien, fils de Lazare Maistre des Requestes, tres-sçauant és lettres Grecques, & bon Poëte François, deceda l'an 1589. aagé de 57. ans.
117 MAVRICE Sceue Lyonnois, estoit au iugement mesmes de Ronsard, homme du tout grand en sçauoir, & excellent Poëte de son temps.
118 DIDIER Erasme de Roterodam en Hollande, tres-docte Professeur des lettres humaines, s'est fait acquis vn renom immortel par ses œuures, mourut à Basle 1536.
119 CHRISTOFLE de Longueil de Malines fils naturel d'Antoine de Longueil Euesque de Leon en Bretagne, tres-grand Orateur Latin, mourut à Padoue 1122. à 34. ans.

François Vatable. Jacques Tusan. Guillaume Postel. Oronce Finé. Jacques le Febure.

120 FRANÇOIS Vatable Picard, & Iaques Tusan Champenois tous deux Professeurs du Roy, l'vn en Hebrieu, & l'autre en Grec, tres-sçauans en leur profession, decederent en mesme .our, peu de temps auparauant le trespas du Roy François I. pere des lettres.

121 GVILLAVME Postel de Barenton en Normandie, Professeur du Roy en douze langues estrangeres, a vecu 96 ans, & est decedé le 6. Septembre 1581.

122 ORONCE Finé de Brançon en Dauphiné, excellent Professeur du Roy és Mathematiques, mourut à Paris le 6. Octobre 1555. à 61. an, & est enterré aux Carmes.

123 IAQVES le Febure d'Estaples, Docteur de Sorbonne, à le premier chassé de Paris la doctrine Sophistique, & s'estant retiré à Nerac, y mourut plein dans d'honneur.

I. Cesar Scaliger. Pierre Ramus. Adrian Turnebus. Pierre Belon. Mich. Nostredamus.

124 IVLE Cesar Scaliger issu des Princes de Veronne, tres-excellent Philosophe, Poete tres-docte, & grand Medecin, mourut à Agen avant le son fils Ioseph de incomparable doctrine.

125 PIERRE Ramus de Cuth en Vermandois, Professeur du Roy en eloquence & Philosophie, & s'estant bandé contre Aristote, fun hay de ses collegues, & tué le 24. Aoust 1572 ayant fondé vne chaire pour vn Professeur és Mathematiques.

126 ADRIAN Turnebus d'Andely en Normandie succeda à l'vran en la profession de la langue Grecque, & fut l'honneur des letres, & l'ornement des hommes doctes de son temps. Il mourut à Paris agé de 53. ans 1565. & enterré auprés de Soluus.

127 PIERRE Belon du Mans, Docteur en Medecine, homme de grand trauail à rechercher les choses rares, mourut l'an 1564 ayant laissé des liures de ses voyages.

128 MICHEL Nostradamus de S. Remy en Provence, Medecin du Roy, grand Mathematicien & Astrologue, deceda à Salon de Craux le 2. Iuillet 1566. aagé de 62 ans.

Guill. Philander. Iean Stadius. Gerard Mercator. Abraham Ortelius. M. Antho. Muret.

129 GVILLAVME Philander de Chastillon, citoyen de Rome, s'est acquis le renom d'Architecte tres-excellent par les Notes qu'il a faictes sur Vitruue.

130 IEAN Stadius Brabançon, Gerard Mercator de Rupelmonde, & Abraham Ortelius d'Anuers insignes Mathematiciens & Geographes ville à Gaule Belgique, ont grandement merité du public par leurs compositions & Cartes Geographiques és esquels le premier mourut à Paris 1597 à 51. an, le second à Duysbourg 1594 a 82. ans, & le troisième à Anuers 1598. à 71. an.

131 MARC Antoine Muret Lunesin, tres-excellent Orateur & Poête, a paru comme vne claire lumiere en la ville de Rome, dont il Fut fait citoyen, & y mourut aagé de 57. ans l'an 1585. regretté de tous es hommes sçauans.

135.   136.   137.

Franc. de Belleforest.   *André Theuet.*   *Blaise de Vigenere.*

132 FRANÇOIS de Belleforest Comingeois, André Theuet Angoulmoifin, & Blaife de Vigenaire Bourbonnois, meritent vne singuliere recommandation, le premier & le dernier, pour auoir par leurs elegantes compositions & fidelles traductions beaucoup enrichy noftre langue vulgaire, & Theuet pour auoir voyagé par dix-fept ans aux terres incogneuës, dont il a bafty fa Cofmographie.

138.   139.   140.

Robert Eftienne.   *Chriftof. Plantin.*   *Claude Garamont.*

133 ROBERT Eftienne Parifien, Chriftofle Plantain Tourangeau Imprimeurs celebres, & Claude Garamond Parifien, Tailleur & fondeur de lettres ont eternifé leur memoire parmy le monde, pour auoir conduit l'excellent art d'Imprimerie à fa perfection, & auoir fait reuniure par icelle tous les bons autheurs Hebrieux, Grecs, Latins & François.

 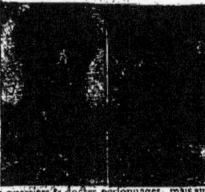

141.   142.

François Clouet *dit Ianet.*   *Anthoine Caron.*

134 La France n'a pas feulement produict d'illuftres guerriers & doctes perfonnages, mais auffi d'excellents Peintres & Statuaires en grand nombre, & entre-autres François Clouet, dict Ianet Tourangeau, Valet de Chambre du Roy, Antoine Caron de Beauuais, & Germain Pilon Parifien, qui par leurs ouurages tant bien elabourez fe font immortalifez, comme auffi a faict Aubin Oliuier natif de Boiffy en France, inuenteur & conducteur des engins de la monnoye du Moulin qui eft en l'Ifle du Palais à Paris.

ADVERTISSEMENT AV LECTEVR.

D'autant qu'il ne s'eft trouué affez de place pour imprimer tous les Eloges ainfi qu'ils auoient efté dreffez, i'ay efté neceffité d'abbreger & accourcir plufieurs d'iceux, & principalement depuis Philippes Dece Iurifconfulte iufques à la fin: Mais fi quelqu'vn a defir de les voir plus au long, il en pourra trouuer partie dans les Eloges Latins de ce grand perfonnage Sceuole de fainéte Marthe Loudunois, & dans le Promptuaire des medailles, & partie dans la Bibliotheque & fupplement de Gefnerus, & dans la Profographie & Bibliotheque d'Antoine du Verdier, & autres qui ont eferit de pareil fubiect.

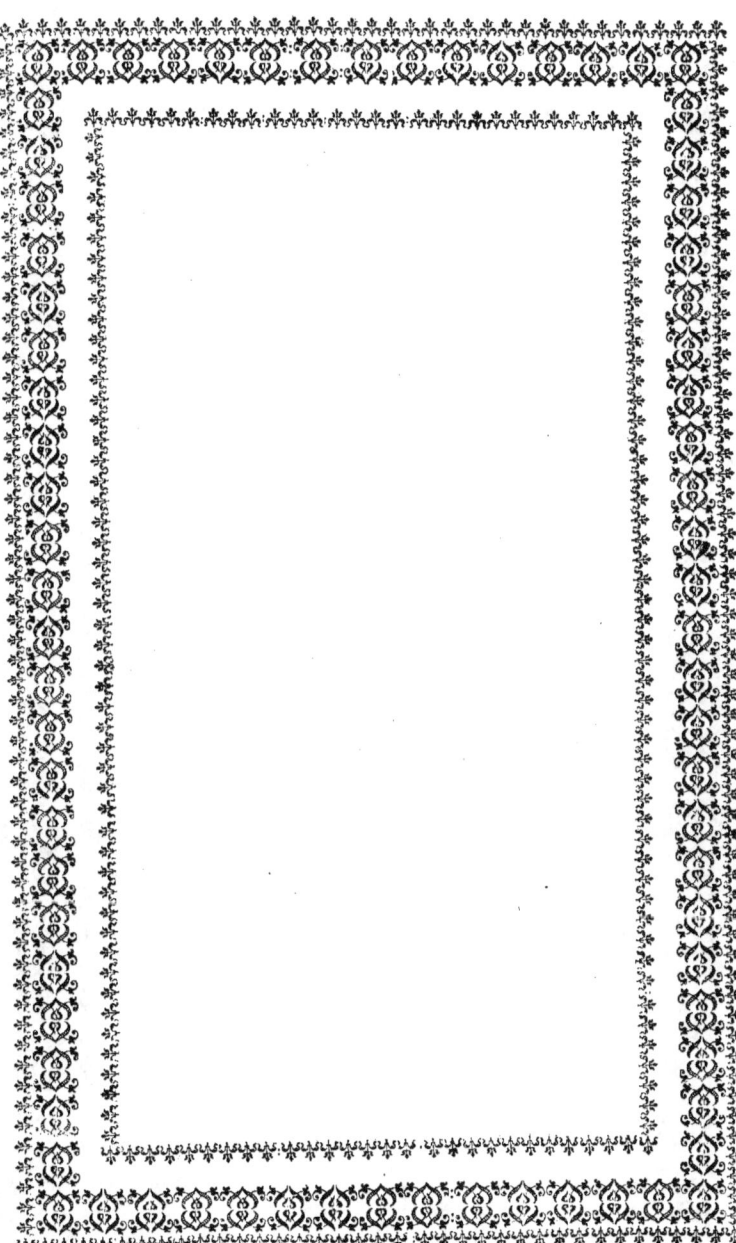

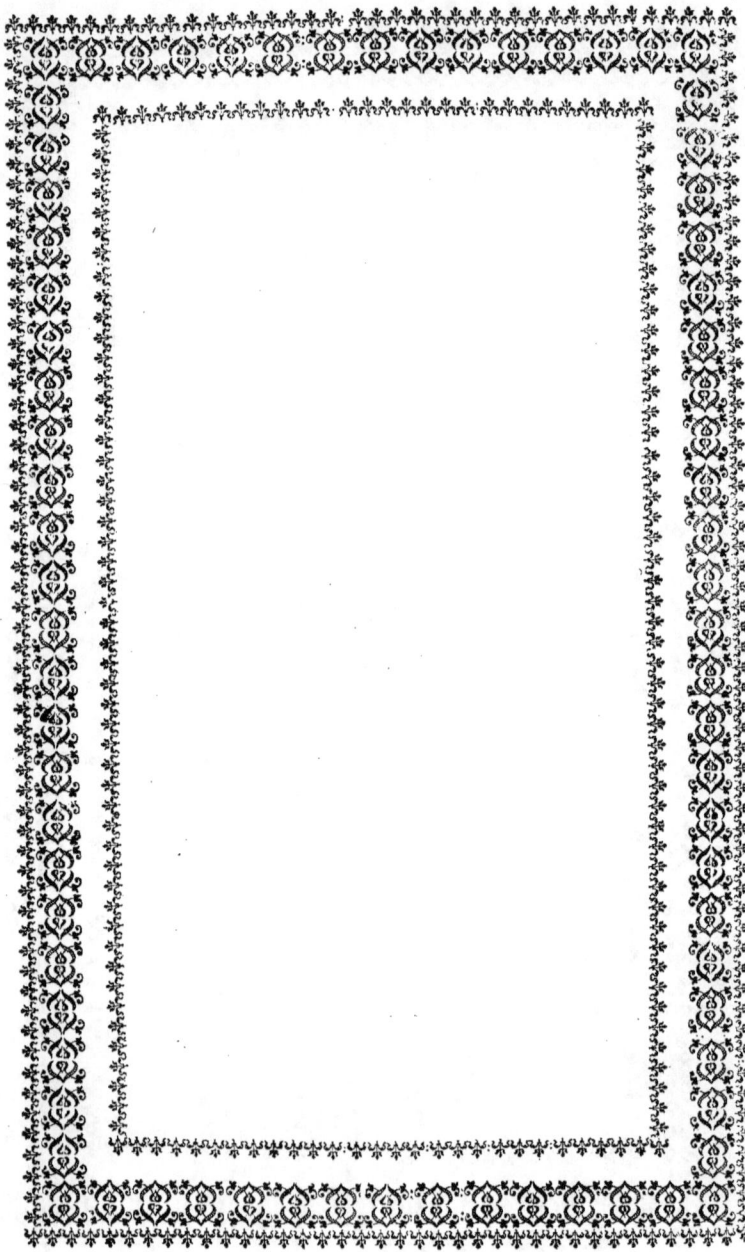

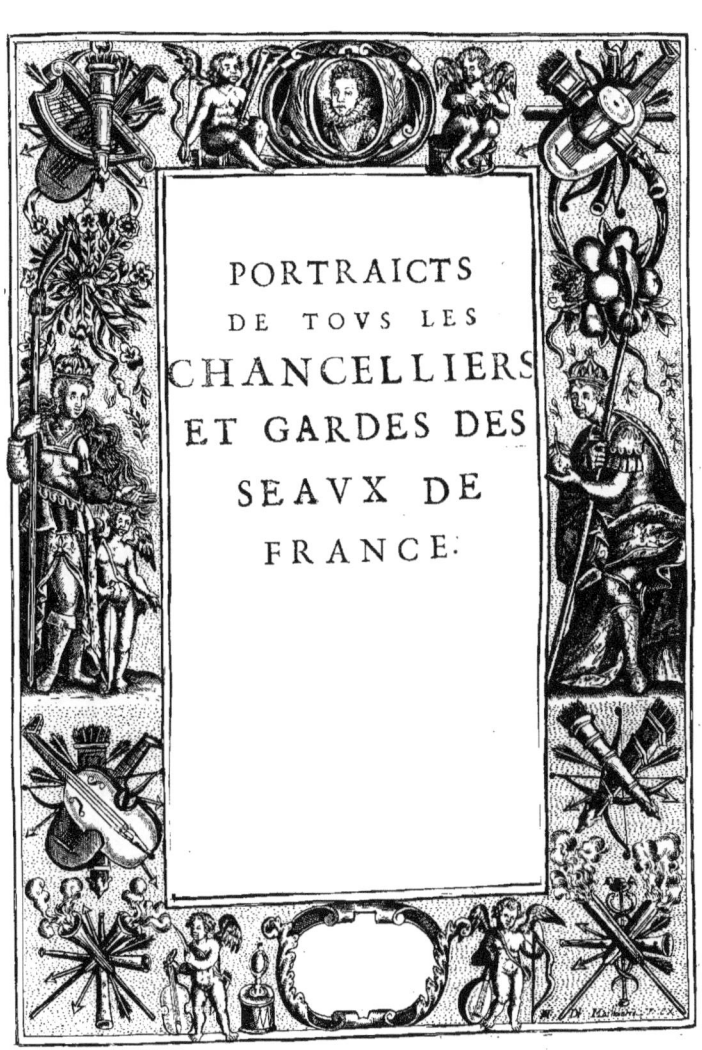

PORTRAICTS

DE TOVS LES

CHANCELLIERS

ET GARDES DES

SEAVX DE

FRANCE.

SOMMAIRE DESCRIPTION,
DE TOVS LES CHANCELIER
ET GARDES DES SCEAVX DE
FRANCE, DEPVIS LE REGNE DE
MEROVE', IVSQVES AV REGNE DE
LOVIS XIII. Roy de France & de Nauarre.

M.ᵉ Vvidiomare ou Guinemant grand Referendaire de — M.ᵉ Aurelion grand con.ᵉ de Clouis et chancelier de fr. — M.ᵉ S.ᵗ Medo grand con.ᵉ ou chancelier de france

I. **M**ESSIRE Vvidiomare viuoit souz les Roys de France Meroüé, & Childeric premier du nom. Il exerça souz eur l'Estat de grand Conseiller, autrement dit de ce temps là grand Referendaire, & auiourd'huy Chancelier de France, quelques Historiens ont vou-lu dire qu'il estoit Allemand de nation, & l'ont nommé diuersement. Gregoire de Tours en parle en ces termes au chap. 11. du 2. liure, *ayant esté decouuert qu'il vou-loit tuer le Roy*, cela s'entend du Roy Childeric, *il s'achemina en Thoringe*, c'est main-tenant Lorraine, *laissa vn grand homme d'Estat qui luy estoit cher amy, nommé Vuidioma-re, pour appaiser en son absence par ces douces parolles & remonstrances l'ire, & les menaces de ceux qui luy auoient voulu courir sus, & qui vouloient attenter à sa vie.* Aymon au 7. chap. du premier liure de son Histoire, dit ainsi, *Aupres de Childeric estoit vn certain per-sonnage. L'vn des plus illustres d'entre les François, éstroitement lié auec luy du lien d'amitié, nommé Vuinonade, du conseil duquel il se seruoit quand il iouyssoit encore du sceptre.* Sige-bert en sa Chronographie vse de ces mots, *Les François chassent du Royaume Childe-ric, pource qu'il se portoit insolemment & lasciuement, & ayant donné la moytié d'vne pie-ce d'or à vn sien amy appellé Vuidiomare, il se retira vers Basin Roy des Thuringiens, où il se tint caché huict ans.* Nauclet en sa Chronique le nomme Guinomade, & vn des *Amis du Roy Childeric.* Guaguin en parle en cette maniere, *Il prie vn sien amy Gui-nomalde, qui estoit vn des plus illustres du Royaume, de presser ayde & confort à sa fortune presente.* Celuy qui a faict la grande Chronique de France, faict ainsi mention de luy: *Le Roy Childeric eut à Amy vn des Barons qui moult auoit esté son familier tousiours, qui Guynemen auoit nom, par son Conseil faisoit moult de choses.* Nicole Gilles faict pres-que vn semblable recit de luy. *Et quand*, dit-il, *Childeric apperceut que les François luy vouloient courir sus*, il demanda Conseil à vn sien Baron & familier amy, nommé Guine-mault. Il appert par les authoritez des sus nommez, qu'il estoit personnage ac-credité & de confiance, de son siecle, Meroüé en faisoit grande estime, & l'em-ployoit en ses affaires d'importance, apres son deceda il continua le mesme ser-uice au Roy Childeric, son fils & son successeur, lequel le maintient aux mesmes grades de Conseiller, & familier, comme il auoit esté du regne de son pere. Et estant contraint par ses maluersations & insupportables insolences, d'abandon-ner la France pour la conseruation de sa personne, contre laquelle plusieurs em-busches estoient dressées, il luy bailla à garder la moitié d'vne piece d'or, ou d'vn anneau, qu'il portoit ordinairement, affin que par la conference de l'vne auec l'autre (quand l'occasion se presenteroit) de les reünir en leurs brisures: celuy qui receuroit l'vne de ces deux parties d'or ou d'anneau, (car c'estoit le signal) fut asseuré que ce qu'ils auoient d'intelligence entr'eux, alloit bien: Cela reüssit au contentement de Childeric, l'an 469. car par les entremises de Guinemault, son ennemy Gillon fut dechassé par les François du Throsne où il étoit, & luy y fut r'installé; la fidelité de ce bon suiet fut reconnuë de ce Prince memoratif du passé , accomplit enuers luy ce qu'il auoit promis.

2. Messire Aurelian fut feal Conseiller de Clouis premier du nom , & en l'an 484. par luy enuoyé deuers Gondemar ou Gondebault, deuxiéme Roy de Bourgongne , pour luy demander en son nom sa niepce Clotilde pour espouse. Son premier voyage ne luy ayant de rien serui , il y retourna la seconde fois , & feit tant qu'il aborda cette Princesse sur le poinct que son oncle la vouloit marier ailleurs qu'en France, pour auoir accez enuers elle, il se déguisa en pauure mendiant , & se meit parmy les autres qui demandoient l'aumosne à la porte d'vne Eglise vn jour de Dimanche , où la Princesse venant ouyr la Messe , luy donna l'aumosne, estant au nombre de ceux qui la demandoient , il print l'occasion de luy baiser la main, & de luy mettre vn anneau au doigt, elle plus aduisée qu'étonnée ne dit mot, & pensa que ce present venoit d'vn autre main, retournée qu'elle fut à son hostel , enuoya querir ledit Aurelian ainsi habillé qu'il estoit, & luy demanda pourquoy il l'auoit tirée par sa robbe, & d'où venoit la bague qu'il luy auoit mise au doigt, & à quel dessein ; il satisfeit à sa demande , declarant qu'il s'estoit ainsi déguisé , pour sans soupçon pouuoir parler à elle , & qu'au reste le Roy Clouis son maistre , desiroit de l'auoir à femme . & que ceste bague prouenoit de sa part, & luy presenta d'autres joyaux nuptiaux, qu'elle receut , elle en aduertit son oncle , qui pour se conseruer en ses grandeurs , & craignant d'encourir l'indignation de Clouis, consentit ce mariage, & que Aurelian l'emmena en France à son Seigneur. Voilà ce qu'en dit Nicole Gilles. En l'histoire de Rheims , chap. 33. lib 1. mention est faicte de cét Aurelian ainsi , *Gondebauld se saisit dans Auignon , qui du depuis s'apointa auec le Roy , par la pratique de son Conseiller Aurelian*. Aymon en parle au 13. chap. de son premier liure, disant, *il ordonna incontinent que ce fut vn sien familier nommé Aurelian*.

3. Messire Sainct Messo Euesque de Rennes en Bretagne , fut grand Conseiller de Clouis, apres le deceds d'Aurelian. La Chronique de Nicole Gilles, dit en ces termes, *A Orleans fut tenu le premier Concile par ordonnance du Roy Clouis , en y auoit plusieurs Euesques, entre lesquels y estoit S. Messo Euesque de Rennes en Bretagne , qui estoit grand Conseiller du Roy Clouis*. Regnant iceluy Roy Clouis , Cassiodore estoit Chancelier de Theodoric Roy d'Italie , ou des Romains , qui auoit espousé Andeslede , fille dudit Roy Clouis. Naucler a témoigné en sa Chronique, & est parlé souuentesfois dudit Cassiodore, comme pareillement de son pere en l'Epistre 4. du 1. liure, *qui du regne de l'Empereur Valentinian exerça louäblement la dignité de Tribun , & de Notaire* , ce qui manifeste assez qu'és regnes de nos premiers Roys il y auoit Notaires & Chanceliers. Voyez Cassiodore.

A. Messire Aurelian premier conseiller de Clouis, ou Chancelier de France. B. S. Remedius premier conseiller, et Chancelier de France. C. Sainct Messe de Germain ... de Paris.

4. Messire Valentinian, fut grand Conseiller de Childebert, fils du Roy Clouis. Aymon au chap. 10. du 2. liure de son histoire, faisant mention du tiltre de la donation faicte à l'Abbaye de S. Vincent lez Paris , à present dite S. Germain des prez, par ledit Roy Childebert, vse de ces mots: *Et afin que la declaration de nostre commandement & jussion, soit au temps à venir (Dieu aydant) plus ferme & tousiours inuiolablement obseruée , nous auons ordonné & arresté de la fortifier & corroborer de nos signatures & de nostre main propre , dessus le reply & dedans , donné & faict le sixième jour de Detembre , l'an quarante-huictiéme , apres que le Roy Childebert a commencé à regner*. A la fin de ce tiltre ces mots estoient écrits : *Moy Valentinian Notaire & Secretaire, i'ay réconnu & approuué le signe du tres-glorieux Roy Childebert*. L'original de ce til-

tre se peut veoir en l'Abbaye de sainct Germain des prez, & a vn petit seel de
cire en placart à costé; il y a quelques autheurs qui disent que Valentinian estoit
de Bourgongne.

5. Messire Baudin, Referendaire ou Chancelier de Clotaire premier du nom,
l'an 561. & venant à mourir Injuriosus qui estoit Euesque de Tours, le Roy luy
donna cet Euesché, & le feit son grand Aumosnier, il fut charitable enuers les
pauures, car il leut departit tout l'or que son predecesseur luy auoit laissé, & outre ce, plus de vingt mil sols. Voyez Gregoire de Tours au chap. 5. du 4. liure
de son histoire, où il le nomme domestique de Clotaire.

6. Messire Charigistus fut aussi Referendaire du mesme Roy Clotaire. Iceluy estans deuenu entrepris des pieds & des mains, se feit apporter à S. Martin
de Tours, où par l'intercession & le merite de ce bien-heureux sainct, il recouura sa santé, & fut apres de la maison du Roy, où il feit plusieurs bonnes affaires pour les Tourangeaux, & seruit beaucoup aux officiers & ministres de leur
Eglise Cathedrale. Voyez Gregoire de Tours en son premier liure des miracles
de sainct Martin, chapitre 16. qui traicte de Charigistus, entreprins.

M. Flauus, referendaire ou chancelier de france. M. Siggo referendaire ou chancelier de france. M. Charimere, refer. ou chancelier de france

7. Messire Flauus, Referendaire sous Gontran Roy de Bourgongne & d'Orleans, fils de Clotaire premier. Il succeda à Agricola Euesque de Chaalons sur
Saosne, apres son decedz : & fut Euesque dudit lieu, Gregoire de Tours, liure
cinquiéme.

8. Messire Siggo exerça la dignité de Referendaire, sous Sigebert Roy d'Austrasie, aussi fils de Clotaire premier : & eut en sa garde l'anneau duquel on scel-
loit les despesches & lettres de consequence, ayant esté prouoqué par le Roy
Chilperic à obtenir la charge qu'il auoit euë du temps de son frere, il alla trouuer le Roy Childebert, fils de Sigebert, & abandonna Chilperic. Lisez Gregoire de Tours, en son troisiéme liure des miracles de Sainct Martin, chapitre dix-
septiéme, de Siggo le Referendaire.

9. Messire Charimeres, ou Carmerus, Referendaire ou Chancelier de France & d'Austrasie, sous Childebert fils de Sigebert, Roy de Metz, & nepueu du
Roy Gontran, l'an 595. l'Euesché de Verdun venant à vacquer par la mort d'Æ-
gericus, luy fut donné, à l'exclusion d'vn Abbé nommé Bucionaldus, surnommé
fort en bouche, pource qu'il estoit detracteur, medisant, & superbe, qui neantmoins estoit soustenu & fauorisé de la Royne Brunechilde, Gregoire de Tours
en faict recit en plusieurs endroits, & entre autres en son liure de la Gloire des
Confesseurs : telles sont ses paroles, *charimeres oyans cela, & qui maintenant est Referendaire de Childebert , comme il estoit trauaillé du mal des dents , alla en voyage à S. Medard lez Soissons , & feit tant qu'en luy accorda & permit de prendre du bois dont estoit faicte la Chasse où reposoit le corps de ce glorieux Sainct , dequoy il feit des petitscure-dents , qui
apportoient remede à la douleur des dents.* Vuissebourg en sa Chronique des antiquitez de la Gaule Belgique, parlant de ce Charimeres Referendaire de Childebert
sixiéme Roy d'Austrasie, dit qu'il fut esleu Euesque de Verdun, l'an cy-deuant
dit, & qu'auparauant son election il auoit longuement exercé la dignité de Referendaire en la Cour de Childebert, & que c'estoit le merite seul & non la faueur qui installoit les personnes en icelle, aucun n'y paruenoit qu'il n'eut bien
merité de l'estat, & qu'il n'eut la cognoissance des grands affaires du Royaume,
& fut de jugement solide, pour resoudre des difficultez qui se presentent au

Conseil; au Referendaire apartenoit reccuoir toutes lettres missiues, supplica-
tions & requestes addressantes au Roy, lesquelles il raportoit en son Conseil,
pour en deliberer & arrester ce qui estoit à faire ou respondre, & selon la volonté du Roy, ledit Referendaire dressoit conscientieusement les ordonnances,
statuës, & decrets.

Mre Gallomaigne ref. ou chancelier de F.   Mre Otho referendaire ou chancelier de F.   Mre Marc referendaire ou chancelier de F.

10. Messire Gallomaigne succeda à Charimeres en son office & dignité de
Referendaire, comme aussi en son Euesché. Mais ayant esté conuaincu de crime de leze Majesté; il fut enuoyé en exil par le jugement de Childebert mesme,
d'où puis apres il fut r'appelé par les prieres du Roy Gontran. Gregoire de
Tours, liure quatriéme, chapitre trente-sixiéme.

11. Messire Otho fut Referendaire de Childebert, Gregoire de Tours en
parle au 19. chap. du 9. liure de son histoire: Lors monstrant en public ces mesmes lettres
le Roy nie qu'il les eut escriptes, (c'estoient lettres de don de certaines terres, que Gilles Archeuesque de Rheims disoit auoir obtenuës du Roy Childebert) Otho qui
lors estoit Referendaire, enquis & appelé pour sçauoir de qui estoit la soubscription de ces Patentes, comparoissant nie de les auoir signées ny soubscriptes, car c'estoit vne faulse signature.
Alors ledit Gilles Archeuesque attaint & conuaincu d'auoir commis cette faul-
seté, & de surplus d'auoir conspiré contre le Roy Childebert, fut demis de sa
dignité, par l'assemblée de plusieurs Prelats, qui fut tenuë pour cette occasion,
& l'enuoya on à Strasbourg. Lisez l'histoire de Rheims.

12. Messire Marc estoit Referendaire de Chilperic premier du nom, fils de
Clotaire premier, & frere de Gontran & de Sigebert: Gregoire de Tours liure
5. chap. 28. en parle ainsi: Le Roy Chilperic commanda qu'on feist de nouuelles ordonnances par tout son Royaume qui estoient assez rudes, mais le peuple de Limoges se voyant greué
d'vn tel fardeau, s'assembla aux Calendes de Mars, & voulut occire Marc le Referendaire,
qui auoit esté commandé de faire les nouuelles ordonnances, & sans doute il eut esté tué s'il l'E-
uesque de Ferreoles ne l'eut deliuré de ce peril eminent. Aymon dit pourtant qu'il passa
le pas, & que les Limozins en quelque sedition emeuë à cause de luy, rassasie-
rent leur rage sur sa personne.

Mre Eltric referendaire ou chancelier de F.   Mre Robert porte sel ou chancelier de France   Mre Aubert garde de sa net Roial ou chan. de

13. Messire Eltric a esté Referendaire de Chilperic, cela se verifie par vne
Chartre escrite en latin de la r'edification du Monastere de S. Lucian de Beauuais, qui porte au commencement ces mots ainsi traduits: Chilperic tres-illustre

Roy des Franços, & plus bas, *& afin que le Decret de nostre volonté ayt plus de force &*
de vigueur, nous y auons faict apposer l'impression de nostre anneau, & pour l'authorifer
d'auantage, l'auons signé de nostre propre main, autour de ce sel estoit escrit, *le sel*
du glorieux Roy Chilperic, & au dessous estoit, *Moy Elric Secretaire Palatin ie l'ay re-*
cognu, &c. Dedans le cachet ou sel de Chilperic estoit grauée vne teste de Roy,
portant vne couronne, on dit qu'en ce temps, la Royne Fredegonde auoit aussi
vn Referendaire nommé Bobolenus.

14. Messire Robert homme illustre, & pere de la Vierge Angadrisme, portoit le sel du Roy Clotaire 2. l'an 632. cette charge estoit tres-honnorable, &
equipolloit celle de Garde des Sceaux, Vincent de Beauuais faict vn tres-loüa-
ble recit de ce Robert & de sa fille, disant : *La sainste Vierge Angadrisme fut fille de*
noble Robert, qui fut de si noble lignée, qu'il portoit le sel du Roy Lotaire.

15. Messire Aubert, selon Vincent de Beauuais doit estre mis au rang de ceux
qui ont eu la garde de l'annel Royal. Voicy ce qu'il en dit en son 24. liure. *Au-*
bert homme de Dieu, & de vif engin, fut vn des sages Maistres du Palais du Roy Clotaire,
& fut Controlleur des Royaux priuileges, & porteur de l'annel du Roy, dequoy l'on les signoit.

Mre *Audoenus ou Hado Refe- ou chancelier de france.*   Mre *Henric chancelier de france.*   Mre *Landeric Refe. ou chancelier de france.*

16. Messire Audoenus Referendaire du Roy Dagobert premier, fut homme
vertueux, de grande erudition & doctrine, bien versé en la cognoissance des affaires d'Estat, son merite & sa bonne vie luy donnerent l'Archeuesché de Roüen,
où il fonda le Monastere de sainct Oüen, & l'Abbaye de Rebets en Brie, en laquelle il installa pour premier Abbé sainct Agile, ce grand personnage Audoenus eut pour pere vn excellent homme nommé Autharius, qui fut en grande
reputation de son temps, & deux freres nommez Addo & Radon, qui suiuirent
les vertueux vestiges de leur pere & de leur frere Audoënus, tant en fondation
de lieux pieux, qu'en bonnes œuures. Aymon & Gregoire de Tours en font recit en leurs histoires, Richard de Vuassebourg en sa Chronicque l'appelle Historiographe, & dit qu'il composa l'histoire de son temps, qui fut supplémentée
par Bertharius son Collegue, qui auoit la garde du cachet du cabinet, pour ce
qui estoit des affaires du Palais.

17. Messire Henric est nommé Chancelier dudit Roy Dagobert, comme il appert par les lettres de donation qu'il feit de la terre de Boudreauuille, au profit
des Religieux de sainct Vuallery sur la mer, elles sont ainsi souscrites, *Moy Hen-*
ric Chancelier ie les ay recognuës & souscrites.

18. Messire Landeric fut Referendaire ou Chancelier dudit Roy Dagobert,
cela se justifie par vn tiltre donné par ledit Roy, pour la franchise de l'Abbaye
de S. Denis, du 26. May, l'an cinquiéme de son regne, faict à Clichy, où ces
mots sont inserez, *Landeric a souscrit*, cela s'entend de sainct Landry Euesque de
Paris, & se trouuent plusieurs tiltres ou chartres où il a souscrit.

19. Messire Gerardus se trouue auoir esté en pareil grade que les cy-dessus nommez, & du temps du mesme Dagobert. Vn tiltre dudit Roy donné à Clichy, pour ladite Abbaye de sainct Denis, le 17. Iuin, l'an 16. de son regne, le demonstre par ces mots: Moy Gerard i'ay consent, & ce tiltre est encores signé de Dagobert, & de 26. Euesques, du dombre desquels estoit sainct Landry, & Radon sfere de sainct Ouën.

20. Messire Arnulphe ou Arnou petit fils d'Ansebert, & fut Chancelier de France sous le susdit Roy Dagobert en l'an 635. il auoit esté anparauant Maire du Palais de Paris sous Clotaire 2. en l'an 625. & depuis il le fut du Palais d'Austrasie, sa vie ne donna sujet à la médisance de parler mal de luy, son naturel estoit pacifique & debonnaire, de luy & de Doda sa femme fille de Vambert, naquirent Ausigisus Marquis de l'Escault, Clodulphus Comte Palatin, & Vualchisus, on dit que sur la fin de ses jours, luy & sadite femme entrerent en religion, & qu'apres le deceds d'icelle il fut sainct Euesque de Mets.

21. Messire Combert ou Cunibert Archeuesque de Coulogne, succeda à Arnulphe l'an 638. en sa dignité de Chancelier, sous le susdit Dagobert, l'Autheur Allemand des antiquitez de la Gaule Belgique, dit qu'il estoit nommé grand Conseiller du Roy Dagobert.

22. Messire Aubert de Lembourg, est pareillement nommé Chancelier de France, comme ayant exercé cette dignité sous le susdit Dagobert, l'an 640. il faisoit & dictoit les lettres & chartres des priuileges Royaux, & estoit porteur ou Garde de l'annel Royal, il fut Abbé de Fontenelles, & depuis Archeuesque de Roüen, apres Dado ou sainct Ouën, deuant que paruenir à tous ces grades, on dit qu'il auoit esté Secretaire du Cabinet du Roy.

23. Messire Eleuther, Chancelier de Theodoric premier du nom, frere de Clotaire troisiéme, & de Childeric deuxiéme: l'an 693. fut homme de grandes entreprises, factieux & conuoiteux d'honneur & de gloire, plus que d'amasser & thesauriser, aucuns asseurent qu'il estoit de la race de Lucian Duc de Lorraine, & qu'il fut le fondateur du Monastere aux Dames de Metz, pour illec se retirer sur son vieil aage, & vacquer à prieres & oraisons, hors les embarras mondains des Cours des Princes, aucuns disent qu'il feit cette susdite charge sous Clouis troisiéme fils de Theodoric premier, & quelque peu de temps auant

que se retirer du monde sous Childebert deuxiéme, fils de Clous, troisiéme.

24. Messire Godegrandus ou Godograndus, fut Referendaire ou Chancelier de France, sous Dagobert 2. du nom, dict le jeune, & Charles Martel, & selon aucuns sous Pepin le Bref son fils, il estoit d'ancienne & tres-noble lignée, & grand terrien, mais sur tous ses biens de fortune paroissoient ses grandes vertus, qui luy acquirent vn grand credit par tout, il estoit doüé d'vne grande literature, & d'vne eloquence admirable, à cette occasion Pepin le choisit entre tous ceux de sa Cour, pour l'enuoyer à Rome vers le Pape Estienne deuxiéme du nom, & l'amena en France, il fut Euesque de Metz, qui exerça fort la charité enuers les pauures.

M.ᵉ Meliadalus chancelier de franceux.　　M.ʳ Rodalgus referendaire de france.　　M.ʳᵉ Leduard Archichancelier de france.

25. Messire Meliadalus ou Meliardus, Euesque de Paris, selon Feron (ce nom ne se trouue dedans le Catalogue desdits Euesques) ou son nom a esté changé, fut en l'an 727. Chancelier sous Theodoric Roy de France, deuxiéme du nom, fils de Dagobert deuxiéme, il estoit de la maison de Caourse en Bretaigne, sa fidelité fut reconneüe en plusieurs occurences d'Estat.

26. Messire Rodalgus n'est point reconneu autrement pour Chancelier que par le tiltre qu'octroya Pepin à Domnol Euesque de Mascon, & à son Eglise, touchant la confirmation de ses anciens priuileges, au commencement sont ces mots : Pepin Maire du Palais, & en fin, Le seel de Pepin Maire du Palais. Moy Rodalgus m'ayant esté commandé j'ay souscrit, fait aux Calendes de Ianuier, l'an deuxiéme de la Principauté dudit Pepin, en la Cité de Metz, au Palais du Roy.

27. Messire Leduard Euesque de Mascon, Archi-Chanlier de Charle-magne, fils de Pepin, fut vn tres-grand personnage, fort fauorisé de ce grand Prince, qui en sa consideration fit rendre au Chapitre de l'Eglise de Mascon quelques heritages & possessiôs qu'on luy auoit osté, le tiltre fait pour cette restitution en ces termes : Charles par la diuine prouidence Empereur Auguste, soit fait à sçauoir à tous les fils de la saincte Eglise, que pource que le venerable Euesque Leduard nostre tres-cher & amé Archi-Chancelier, a en recours à nostre clemence, à celle fin que nous rendissions aux Chanoines de l'Eglise de sainct Vincent, qui est edifiée dedans la Cité de Mascon, quelques terres & heritages qui leur ont esté iniustement ostées, &c. en fin de ce tiltre est, Le seel de Charles Empereur tres-pieux.

M.ʳ Vuichar Archichancelier de france.　　M.ʳ Barthelemy Chancelier de france.　　M.ʳ Eginard chancelier de france.

18. Messire Vvichardus ou Vvichard, Euesque de Mascon, fut pareillement Archi-Chancelier du mesme Empereur Charles-magne.

29. Messire Barthelemy, Chancelier de Charles-magne, cela se recognoist par des lettres patentes de ce Roy, données en faueur du Monastere de sainct Eparch d'Angoulesme, ces lettres sont inserées dans les liutes de la vie de Charles-magne, composez par Pithou.

30. Messire Eghinard Chancelier de l'Empereur Charles-magne, l'an 804. selon Feron, fut depuis Moyne de l'Ordre de sainct Benoist, & premier Abbé du Monastere de Salingestan, du Diocese de Magonce, on le tient pour auoir faict l'histoire de ces temps-là, auec celle de la vie dudit Roy Charles-magne.

M. Archembauld chancelier de fra. M. Hilduin chancellier de france. M. Hernic chancelier de france.

31. Messire Archembauld est recogneu par le sieur de la Popeliniere en son Admiral de France, pour auoir esté Chancelier souz le mesme Charles-magne, il depescha, dit-il, son Chancelier Archembauld en Lygurie, sur la riuiere de Gennes, pour y faire armée de mer, afin de les garder des Pirates, & mener au port de salut. L'histoire Germanique dit, que ledit Archembauld fut enuoyé seulement pour faire aprester vn nauire à vn port de Lygurie, pour y mettre dedans les presents qu'Aaron Roy de Perse mandoit au Roy Charles-magne, par Isaac Iuif, sçauoir vn Elephant, & quelques autres singularitez de son païs.

32. Messire Hilduin Allemand de nation, personnage vertueux & versé en la cognoissance des bonnes lettres, homme de bon aduis, fut Conseiller de Louis le Debonnaire, Roy de France & Empereur, & son Chancelier, bien qu'il fut fort trauaillé des gouttes, si ne laissoit-il de suiure la Cour, par tout où elle alloit: l'Empereur luy donna l'Euesché de Verdun. Faucher dit auec Floard qu'il fut Abbé de S. Denys en France, & maistre de la Chapelle du Roy, il mourut, selon Feron, l'an 850. Aucuns font succeder à cet Hilduin vn Cheualier nommé Tanculphe, en sa qualité de Chancelier, voyez Pithou en la vie de Louis le Debonnaire.

33. Messire Hernic de Verges Chancelier de France, regnant Charles le Chauue, Empereur & Roy de France, l'an 841. & selon Feron l'an 858. quelques vns qui ont veu quelques tiltres ou pancartes (où Ebbo Prestre auoir souscrit & à cause qu'il fut depuis Archeuesque de Rheims) ont conjecturé qu'il auoit esté Chancelier deuant Hernic.

M. Raoul chancelier de france. M. Heymar du chancelier de france. M. Geneserdt reser de france.

34. Messire Raoul Oncle de Charles le Chauue, fut son grand Conseiller & Chancelier, il estoit de la noble maison de Greuemberg. La prudence & la modestie parurent en toutes ses actions, a-uec vne admirable sincerité de vie. Addo de Viennes en sa Chronique l'appelle Conseiller, & le premier du Palais, Richard Vvasseborg dit qu'il fut Abbé de sainct Michel.

35. Messire Heymardus fut Chancelier de Charles le Gros, ou Gras, Empereur, Roy de France, & aussi Abbé de S. Michel, apres le deceds de Raoul susdit, n'ayant moins de vertus & de science que luy ; il mourut l'an 891. Il semble que depuis son deceds iusques à Hugues Capet, les Roys de France se soient seruis de Notaires ou Secretaires, au lieu de Chanceliers : sous Charles le sim-ple on ne voit les patentes signées que par Notaires, à sçauoir Rathbodus, Falco l'Archeuesque, Auschericus Euesque de Paris, Ermistus.

36. Messire Geneseric, Referendaire sous Hugues Capet, de la Haye en ses memoires des Com-tes de Poictou, rapporte vn tiltre de la confirmation des priuileges des Eglises, qui sert de preu-ue. Les mots en sont tels : *Cela fut faict sur l'Autel des bien-heureux Apostres, &c.*

M͏re Renauld chancelier de france. M͏re Roger chancelier de france. M͏re Franco chancelier de france.

37. Messire Renauld Euesque de Paris, fils de Burcardus Comte de Corboil, fut Chancelier dudit Hugues Capet. Odo Fossatensis Moine, en faict recit dans la vie de Burcar, il viuoit l'an 988.

38. Messire Roger fut Chancelier sous le Roy Robert, fils de Hugues Capet, l'an 998. & paruint à la dignité de Pontife par la grace de Dieu. Le susdit Odo cy-dessus nommé, produit quelques tiltres qui confirment cela.

39. Messire Franc soixantiéme Euesque de Paris, plusieurs tiltres de donations faictes par ledit Roy Robert, tant à l'Eglise de S. Dénis en France, qu'aux Religieux de S. Vvallery sur la mer, en font mention en l'vn d'iceux, ces mots sont escrits au bas : *Franco par la grace de Dieu Chancelier, i'ay escri & souscri.*

M͏re Baudin chancelier de france. M͏re Fulbert chancelier de france. M͏re Baudin chancelier de france.

40. Messire Baudin, Chancelier sous ledit Roy Robert 1050. vn tiltre de l'Abbaye S. Germain des Prez le justifie, en iceluy est : *Baudin Chancelier l'a escrit & souscrit :* il fut aussi grand Ausmonier de France.

41. Fulbertus Euesque de Chartres, fut Chancelier du Roy Robert, l'an 1007. voyez Vignier en sa Bible historiale, & Choppin au liure 2. de *Demanio*, tiltre 2.

42. Messire Balduin Chancelier sous le Roy Henry premier, fils de Robert, en quelques paten-tes son nom se voit ainsi à la fin : *Moy Baudin Chancelier du Roy, apres auoir releu les presentes, i'ay souscri.*

43. Messire Geruais Archeuesque de Rheims, fut creé Chancelier de France en l'an 1060. apres (comme dit du Tillet) qu'il eut sacré le Roy Philippes premier du nom, en l'Eglise de Rheims, à la difference des autres, on le nommoit grand Chancelier.

44. Messire Godefroy, ou Geoffroy, LXII. Euesque de Paris, & frere d'Eustache Comte de Boulongne, exerça la dignité de Grand Chancelier, sous ledit Roy Philippes, dés l'an 1075. & le possedoit de telle sorte, qu'il n'estoit éconduit de rien qu'il demanda. Voyez Paul Æmil. Le Feron le faict de la race de la Roche-Guyon.

45. Messire Pierre de Loiseleuch, Abbé de S. Germain des prez lez Paris, fut Chancelier de France, sous le mesme Roy Philippes, depuis l'an 1072. jusques en l'an mil huictante-deux.

46. Messire Imbert de Gaillon fut Chancelier de France, sous le mesme Roy Philippes, combien que le Feron dit que c'estoit sous Philippes 3. la date du temps qu'il met 1691. le dement, car du deceds de Philippes premier, jusques à Philippes troisiéme, il y a 161. I'attribuë cette faute plustost à l'Imprimeur qu'à autre.

47. Messire Estienne de France, Euesque de Paris, Chancelier de France, sous Louis le Gros, fils de Philippes premier, duquel on le creu estre frere, aucuns tiennent qu'il exerça auparauant cette charge sous Philippes 1. le tiltre de la fondation de l'Abbaye sainct Victor, par ledit Roy Louis le Gros, faict aussi mention de luy. Il est inhumé dans ladite Abbaye, dans le Chœur de l'Eglise, son Epitaphe latin est de cette teneur: *Icy gist Reuerend pere d'heureuse memoire Messire Estienne, iadis Chancelier de France, & par apres Euesque de Paris, principal bien-faicteur de cette maison, qui trespassa l'an 1140. le quatriéme des Calendes d'Aoust.* Le Feron luy faict succeder vn Estienne de Senach, qu'il faict Chancelier de France, sous le mesme Roy, & Euesque de Paris, & comme luy inhumé à sainct Victor, pource que le sieur de Miraulmont n'en parle point en son recueil des Chanceliers, ie ne le mettray au rang des autres, ains apres le susdit Estienne de France, ie seray paroistre Simon Cappelanus, qu'il dit auoir signé quelques lettres de confirmation des, priuileges octroyez au chapitre de sainct Pierre de Beauuais, par Louis le Gros, où sont ces mots au bas d'icelles: *I'ay moy Simon Cappelanus par le commandement de Monseigneur Louis, souscry les presentes, apres les auoir releuës.*

48. Messire Hugues de Nantes, allié de Hamans de Nantes, qui auoit esté vn des douze Pairs de France, sous Charles le Grand, fut Chancelier sous le Roy Louis le Ieune, fils de Louis le Gros.

Mᵉ Alegrin chancelier de France. / Mᵉ Godefroy Archichancelier de France. / Mᵉ Guerin, chancelier de France.

49. Meſſire Algrin, Chancelier de France, ſous ledit Roy Louis le Ieune, eſtoit dit pays d'Arthois, de la maiſon de Cayeu, le ſieur de Miraulmont met en ſuitte apres luy vn Cardinus, qu'il dit auoir eſté Chancelier. Vn Hugo, & vn Pierre Abbé de ſainct Germain, que ie croy eſtre Pierre Loiſeleuch, & dit qu'iceluy fut enuiron deux ans Chancelier de France, ſous Philippe Auguſte.

50. Meſſire Gaufredus Chancelier, & ſelon le vieil Chroniqueur Archi-Chancelier de France, ſous Philippes Auguſte, dit Dieu-donné, eſtoit natif de Champagne, & fut Aduocat au Parlement de Paris, où en pluſieurs cauſes il monſtra quel eſtoit ſon ſçanoir & ſon eloquence. Le ſieur de Miraulmont dit auoir veu vn tiltre en l'Abbaye de ſainct Germain des Prez, l'an 1092. où il eſt nommé Eueſque de Paris.

51. Meſſire Guarinus ou Guerin, ſelon du Tillet Religieux de l'ordre de S. Iean de Hieruſalem, & ſelon le Feron Cheualier d'iceluy ordre, fut Chancelier de France, & grand Conſeiller ſoubs Philippes Auguſte, il eſtoit homme ſage & bien lettré, qui procura de tout ſon cœur le bien & aduancement de l'Egliſe, il fut Eueſque de Senlis, pour quelque grande dignité qu'il eut, il porta touſiours l'habit de Profez dudit ordre de ſainct Iean de Hieruſalem: par ſon aduis & conſeil le Threſor des Chartes fut commencé. Il eſtoit Pariſien, ſon corps eſt enſepulturé en l'Abbaye de Chally, comme Eueſque de Senlis.

Mᵉ Gautier chancelier de france. / Mᵉ Iean Allegrin chancelier de france. / Mᵉ Guillaume de Nongaret chancel. de france.

52. Meſſire Gautier ou Vvaltier de Herinſtat, Chancelier de France, ſous Philippes Auguſte, l'an 1214. apres la publication de la Croiſade, il entreprint auec pluſieurs Princes de France le voyage de Hieruſalem. Vvaſſebourg le nomme grand Chancelier, à la difference de ceux qui auoient la garde des Sceaux.

53. Meſſire Iean Allegrin, yſſu de l'Illuſtre maiſon de Cayeu, fut Chancelier de France, ſous le Roy S. Louis, comme vn autre Allegrin auoit exercé cette dignité ſous les Roys Louis le Gros, & le Ieune. Ceſtuy Iean Allegrin eſt inhumé en l'Egliſe ſaincte Catherine du Val des Eſcolliers à Paris, en vne Chappelle appellée des Allegrins, ou de Dian, pource qu'ils en furent fondateurs, du regne de ſainct Louis la Chancellerie vacqua long temps. Le ſieur de Miraulmont dit que ſous le ſuſdit Roy, vn Philippes d'Antongny porta ſon grand ſeel.

54. Meſſire Guillaume de Nongaret, natif de Languedoc, Chancelier de France, ſous Philippes le Bel, il auoit eſté auparauant Conſeiller au Parlement de Paris: c'eſt luy qui print le Pape Boniface 8. pour ſe venger de l'injure qu'il auoit faicte au Roy ſon maiſtre. Voyez la grande Chronique de France, Nicole Gilles en ſes Annales, & Paul Æmile en la vie dudit Roy. Le ſieur de Miraulmont dit qu'il a trouué en vn des Regiſtres de la chambre des Comptes de Paris, que Meſſire Pierre de Cappes eſtoit en l'an 1317. Chancelier ſous le meſme Roy. Et Guillaume Paradin en ſa

Chronique de Sauoye, asseure que Messire Pierre de Belle-Perche, a esté Chancelier de France, &
que ce fut luy qui fut deputé pour la pacification du different d'entre ledit Roy Philippes le Bel, &
l'Eglise de Lyon, & qu'il fut depuis Euesque d'Auxerre. Le sieur de Miraulmont cy-dessus allegué, dit que ledit Belle-perche est nommé en qualité de Conseiller, à l'Arrest des enfans de Iacques de Lanon, Cheualier, donné au Parlement de Paris, l'an 1298.

Mre Iacq. de Cahors,   Mre Iean de Cherchemont   Mre Pierre de la forest
chancel. de france.   Chancel. de france.   chancel. de france.

55. Messire Iacques, dit de Cahors, à cause que c'estoit le lieu de sa naissance, Chancelier de France sous Louis Hutin, fils de Philippes le Bel, fut par
la faueur d'iceluy Seigneur esleu Pape, mil trois cês seize, & nômé Iean 22.du
nom, selon le Feron, qui pour tesmoin produit, Richard Vvassebourg en l'histoire de la Gaule Belgique. Le sieur de Miraulmont dit qu'il a veu vne Ordonnance faicte à S. Germain en Laye au mois de Iuin, l'an 1316. qui montre
que Messire Pierre d'Arrablay a esté Chancelier de France, sous ledit Roy
Louis Hutin, & Philippes le Long, & qu'en faueur d'iceluy le Pape le fit Cardinal.

56. Messire Iean de Cherchemont Poicteuin, Chancelier de France, sous
Philippes de Valois, l'an 1329. il auoit esté premierement Chancelier de Charles de France, on l'a remarqué estre homme de grande literature, mais fier &
superbe, il mourut de mort subite. L'Autheur du recueil des Chanceliers,
montre par vne declaration que fit ledit Roy Philippes de Valois du priuilege donné à l'Vniuersité de Paris, 1340. que le Preuost de Paris est conserua-
teur des Priuileges, & Iuge en ladite Vniuersité, & que monsieur Guillaume
Flotte estoit Chancelier d'icelle.

57. Messire Pierre de la Forest Archeuesque de Roüen, Chancelier de
France, dés l'an 1355. sous le Roy Iean, & depuis Cardinal, il mourut en Auignon le 25. Iuillet 1361. aagé enuiron de 55. ans.

Mre Louis de beaumont   Mre Guillaume de Mont   Mre Henry de Montoué
chancel. de france.   agu chancelier de france.   chancel. de france.

58. Messire Louis de Beaumont Euesque de Paris, & Chancelier de l'V-
niuersité, le fut aussi de France, sous ledit Roy Iean. Les gens d'estude furent
bien voulus & suportez de luy.

59. Messire Guillaume de Montagu, Euesque de Theroüenne, Chancelier
de France l'an 1352. selon Corrozet, sous le Roy Iean, il ne fut moins vaillant
que deuotieux, & la spiritualité ne luy empescha pas de joüer des mains,
quand il en fut besoin pour les affaires de son Maistre le Roy Iean, pour

lequel pendant sa prinse il fit de belles expeditions, son conseil estoit bon &
loyal, & la France s'en trouua bien alors.

60. Messire Henry de Meulenc ou Mauloué, Chancelier de France, du
regne du Roy Iean, en l'an 1360. Aucuns mettent entre Orgemont & Corbie
1392. il est inhumé en l'Eglise de sainct Martin des Champs.

Mre. Iean des dormans | Mre. Guillaume des dor- | Mre. Pierre de giac chan
chancel. de france. | mans chancel. de fr. | celier de france.

61. Messire Iean des Dormans, Chancelier de France sous ledit Roy Iean,
l'an 1364. il portoit auparauant le seel du Duc de Normandie, qui estoit Charles 5. fils aisné dudit Roy Iean, & estoit son Chancelier, il fut depuis Euesque
de Beauuais, & creé Cardinal le 22. Septembre 1368. trois ans apres il rendit les
sceaux de France au Roy, & laissa la dignité de Chancelier.

62. Messire Guillaume des Dormans succeda à son frere Messire Iean des
Dormans en la dignité de Chancelier, qu'il n'exerça gueres, car il ne vescut
qu'enuiron deux ans en l'exercice d'icelle: de sorte qu'apres son deceds, qui
arriua le 11. Iuillet 1373. les sceaux de Fance furent remis és mains dudit Iean
Cardinal, qui ne les garda que iusques au 7. Nouembre ensuyuant audit an,
les corps de tous deux reposent au Conuent des Chartreux de Paris, en son
lieu fut esleu & nommé Chancelier de France sous le mesme Roy, Messire
Pierre d'Orgemont, premier President au Parlement de Paris, natif de Lagny
sur Marne, l'an 1380. ayant rendu les sceaux à sa Majesté, Maistre Pierre de
Giac fut pourueu de sa dignité: ledit Orgemont fut executeur du testament
de Charles 5. Et gist à Paris dans l'Eglise de saincte Catherine du Val des Escoliers, n'ayant vescu que neuf ans apres sa demission.

63. Messire Pierre de Giac, Seigneur de Soupi, Chancelier de France sous
le Roy Charles 5. en l'an 1381. apres cestuy-cy le Feron met vn Messire Pierre
d'Orgemont, Seigneur de Mery, ie croy que c'est celuy dont nous auons parlé cy-dessus.

Mre. Arnauld de Corbie | Mre. Iean de Montagu | Mre. Charles de sauoisi
chancel. de france. | chancel. de france. | chancel. de france.

64. Messire Arnauld de Corbié, premier President au Parlement de Paris,
Chancelier de France sous Charles 6. en l'an 1393. il estoit natif de Beauuais,
Mostrelet l'appelle Guillaume, Froissard, Regnauld, Nicolle Gilles, Iean. Messire Eustache de Laitre fut Chancelier en sa place, & n'y fut qu'vn mois, pour
ce qu'il fut reconnu estre du party du Duc de Bourgongne, qui à dessein l'a-

uoit porté à ce grade, sous pretexte de l'extreme vieillesse en laquelle estoit le
susdit de Corbie, à sçauoir de 88. ans. Il fut Chancelier 25. ans, & ordonna à
l'ouuerture du Parlement qu'il tint en l'an 1404. le Vendredy 12. Nouembre,
que doresnauant chacun nouuel Aduocat receu au serment d'Aduocat payeroit deux escus, & chacun Procureur vn escu, pour dire les Messes accoustu-
mées en la salle du Palais. Le Feron met apres luy Messire Ithier de Mon-
streul Docteur en l'vn & l'autre droict, Euesque de Poictiers, disant qu'il
exerceroit la dignité de Chancelier, sous le mesme Charles 6. l'an 1395. Bou-
chet aux Annales d'Aquitaine.

65. Messire Iean de Montagu Archeuesque de Sens Chancelier de France sous Charles 6. l'an 1405.

66. Messire Charles de Sauoisy natif de Bourgongne, Chancelier de France, l'an 1409. sous le regne de Charles 6. durant les diuisions du Duc de Bourgongne. Voyez Monstrelet.

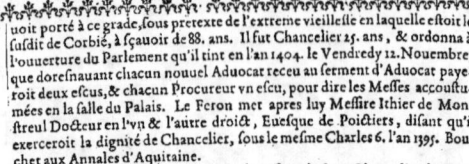

Mre Henry ou Arnauld de | Mre Eustache de L'Aistre | Mre Iean le clerc chan-
Merle chancel. de france. | chancel. de france. | celier de france.

67. Messire Henry ou Arnauld de Corgne, dit de Morle, ou Merle, premier President au Parlement de Paris, Chancelier de France, sous le regne du
Roy Charles 6. en l'an 1413. son election fut à l'Hostel de sainct Pol, ayant eu
le plus de voix : il fut commandé au Greffier de publier le Scrutin ordinaire,
ce qu'il fit, disant tout haut, il plaist au Roy. Durant les émotions de Bourgongne on le constitua prisonnier, & fut serré dans la grosse Tour du Palais, &
l'Euesque de Constance son fils, le 5. Iuin l'an 1418. Et le 12. iour dudit mois
ensuyuant fut inhumainement meurtry, & assassiné par ceux qui tenoient le
party du Duc de Bourgongne, qui luy en vouloient, pource qu'il ne voulut
adherer à leurs entreprises, se tenant tousiours roide pour le seruice du Roy
son Maistre. Son corps est gisant à Senlis en l'Eglise nostre Dame.

68. Messire Eustache de Laitre, Seigneur d'Escuoy en Soissonnois, fut remis & reintegré en son estat de Chancelier de France, par le Duc de Bourgongne, duquel il auoit tousiours suyui le party, il ne dura gueres en ceste
charge, & deceda d'Epidimie, l'an 1420. le 22. Septembre au Diocese de Sens.

69. Messire Iean le Clerc, premier President au Parlement de Paris, les vns
disent Conseiller seulement, les autres Maistre des Requestes, fut Chancelier
de France, par le trespas dudit de Laitre, l'an 1420. sous Henry d'Angleterre.

Mre Louis de Luxem- | Mre Regnauld ou Arnauld | Mre Guillaume Iuuenal des
bourg chancel. de france | de Chartres chan. de fr. | Vrsins chancel. de france

70. Messire Louis de Luxembourg, Euesque de Teroüenne, Chancelier de France par la mort dudit le Clerc, sous ledit Henry, soy-disant Roy de France & d'Angleterre, il presta le serment és mains du Duc de Betfort Regent dans le Royaume, il jouit de ceste dignité jusques en l'an 1436. qu'vn jour de Lundy 16. d'Auril, audit an, il fut dechassé auec les Anglois de la ville de Paris.

71. Messire Arnault ou Regnault de Chartres, Archeuesque de Rheims, fut Chancelier & Pair de France, sous Charles 7. pendant que le Parlement estoit à Poictiers. Ce fut luy qui sacra ledit Roy à Rheims. Le sieur de Miraulmont met entre cestuy-cy, Messire Arnault, & Messire Guillaume des Vrsins.

72. Messire Guillaume Iuuenal des Vrsins, Baron de Trainnel en Champaigne, Chancelier de France 1445. du regne de Charles 7. La Chronique Bordeloise rapporte qu'à l'entrée que fit à la ville de Bordeaux le Comte de Dunois l'an 1451. Il parut en qualité de Chancelier de France, estant armé d'vn corset d'acier, & par dessus ayant vne jacquette de velours cramoisi, cela monstre que la dignité de Chancelier n'estoit pas du tout affectée aux robbes longues & gens d'Eglise.

Mre Iean Iuuenal des Vrsins chancel. de france.   Mre Pierre de Moruilliers chancel. de france.   Mre Pierre Horiole chancel. de france.

73. Messire Iean Iuuenal des Vrsins Seigneur de Trainnel Archeuesque de Rheims, Pair de France, & Chancelier, apres son frere Guillaume, sous ledit Roy Charles 7. & Louis XI. fut pour quelque temps desapointé, & depuis remis, pendant sa demission Messire Pierre de Moruillier entra en l'exercice de ladite charge.

74. Messire Pierre de Moruillier, Cheualier, Chancelier de France, Seigneur de Cramoyau en Brie, fut destitué en sa dignité au commencement du regne du Roy Louis XI. & ledit Iean Iuuenal des Vrsins, reintegré en icelle, cestuy de Moruillier se retira auec Monsieur de Guyenne, frere du Roy Louis XI. où il demeura jusques à son deceds.

75. Messire Pierre Doriolle, general des Finances dudit Roy Louis XI. fut aussi son Chancelier apres le trespas dudit des Vrsins, le 16. Iuin 1472. & fit le serment en la presence du Roy, il presida au procés fait au Connestable de Sainct Pol, l'an 1475.

Mre Adam fumée Cr. das sceaux de france.   Mre Guillaume de Rochefort chanr. de france.   Mre Robert Briçonnet chanr. de france.

76. Messire Adam Fumée, sieur des Roches, premier Maistre des Requestes de l'hostel, garde des Sceaux sous le regne dudit Roy Louis XI. durant le
desapointement de Doriolle, iusques à ce que Messire Guillaume de Rochefort fut installé au grade de Chancelier. Il estoit fils de Paul Fumée, Gouuerneur de Nantes, enuoyé à Rome en Ambassade par le Roy Louis XI. vers
le Pape.

77. Messire Guillaume de Rochefort, fut pourueu de la dignité de Chancelier de France, le 12. May 1483. & entra en l'exercice d'icelle, sur la fin du regne dudit Louis XI. & au commencement de celuy de Charles VIII. son fils,
Philippes de Comine le represente magnanime, vaillant & affectionné à la
deffence de l'Estat. Disant au chap 2. de ses Memo. liure 1. que du temps de la
guerre du bien public, qu'il y estoit, & portoit la cuirace sur le dos.

78. Messire Robert Briçonnet, Archeuesque de Rheims fut Chancelier
de France, sous Charles VIII. apres le trespas dudit de Rochefort.

M.re Guy de rochefort chancel. de france.   M.re Iean de gannay chan.er de france.   M.re Estienne poncher chan.er de france.

79. Messire Guy de Rochefort, frere dudit Guillaume de Rochefort, Docteur és Droicts, & selon aucuns premier President au Parlement de Bourgongne, succeda par la mort de Messire Robert, ou Guillaume Briçonnet à la
dignité de Chancelier de France, au commencement du regne de Louis XII.
en l'an 1498.

80. Messire Iean de Gannay, premier President au Parlement de Paris,
Chancelier de France sous Louis XII. l'an 1507. & selon le Feron 1509.

81. Messire Estienne de Poncher 101. Euesque de Paris, depuis Archeuesque de Rheims, & selon le Feron de Sens, Chancelier de Milan, & de l'Ordre
de Sainct Michel, homme de bonne vie, sçauant, & bien entendu aux affaires
d'Estat, garda les Sceaux de France souz Louis XII. pendant que ledit de
Gannay fut detenu malade au lict, où il mourut l'an 1514.

M.re Antoine du prat chan.er de france.   M.re Antoine du bourg chan.er de france.   M.re Guillaume poyet chan.er de france.

82. Messire Anthoine du Prat premier President au Parlement de Paris,
depuis Euesque d'Alby, & Archeuesque de Sens, Cardinal & Legat en France, fut Chancelier à l'aduenement à la Couronne par le Roy François I. du
nom, l'an 1514. le 7. Ianuier, il deceda en sa maison de Nantoüillet 1535. aagé
de 68. ans.

83. Messire Anthoine de Bourg, Président au Parlement de Paris, selon le Feron, Maistre des Requestes ordinaires du Roy François I. du nom, fut Chancelier de France, l'an 1538. on dit qu'il mourut par cas fortuit, d'vne cheute de dessus sa mule, en vne presse de peuple, où il se rencontra suiuant le Roy.

84. Messire Guillaume Poyet, Baron de Breune, Président au Parlement de Paris, fut Chancelier de France, sous ledit Roy François I. du nom, l'an 1538. il fut desapointé pour quelques disgraces aduenuës.

Mre François de Monthe-   Mre François oliuier   Mre Iean bertrand garde
lon garde des sceaux de fr.   chancel. de france.   des sceaux de france.

85. Messire François de Monthelon du païs de Bourgongne, selon aucuns natif d'Authun, à son commencement fut Aduocat à la Cour, où il acquit par ses plaidoyers vne non mediocre reputation, & depuis Aduocat du Roy au Parlement de Paris, en l'an 1533. puis Président, & en fin Garde des Sceaux de France sous ledit Roy François I. pendant la disgrace du susdit Chancelier Poyet.

86. Messire François Oliuier, premier Président en la Cour de Paris, Chancelier de France, l'an 1545. par la destitution de Messire Guillaume Poyet, sous ledit Roy François I. Iceluy fut renuoyé en sa maison l'année 1551. par le Roy Henry II. du nom, où il sejourna iusques en l'an 1559. sans se mesler des affaires d'Estat : ledit Roy Henry venant à mourir, il fut r'appellé par le Roy François II. du nom, & remis en l'exercice de sa dignité, de laquelle il iouït iusques au 26. Auril 1560. qu'il mourut.

87. Messire Iean Bertrand, Président au Parlement de Paris, fut Garde des Sceaux par le Roy Henry II. apres que Messire François Oliuier fut desapointé de sa charge, par quelques rapports faits de luy mal à propos : il paruint à la dignité de Cardinal & d'Archeuesque de Sens, puis quand le Roy François II. fit reuenir en Cour ledit Messire François Oliuier pour r'entrer en sa premiere charge de Chancelier, il se desmit des Sceaux & les rendit audit Roy.

Mre Michel de l'hospital   Mre Iean de morullier   Mre René de birague
chancel. de france.   garde des sceaux de f.   chancel. de france

88. Messire Michel de l'Hospital, auparauant Conseiller en la Cour de Parlement de Paris, puis Superintendant de la Chambre des Comptes, & Chancelier de Madame Marguerite Duchesse de Sauoye, fille du Roy Fran-

çois I. fut enuoyé querir par le Roy François II. l'an 1560. pour estre Chancelier de France, au lieu de Messire François Oliuier, qui depuis n'agueres estoit decedé, il n'exerça ceste charge qu'enuiron huict ans, & luy fut commandé de se retirer en sa maison, Charles IX. regnant, où apres y auoir vescu auec sa famille heureusement enuiron cinq ans, il escheut malade en vne sienne maison nommée Belesbat, où il deceda le 13. Mars, 1575.

89. Messire Iean de Moruillier, fut Garde des Sceaux, apres que le sieur de l'Hospital se fut retiré en sa maison, & les garda iusques en l'an 1570. qu'il les remit volontairement entre les mains du Roy Charles IX.

90. Messire René de Birague, Milanois, de maison illustre, né du temps que le Roy Louis XII. tenoit le Duché de Milan, en son ieune aage fut trouué digne d'estre admis en la compagnie des Senateurs. Depuis quelques affaires estans suruenuës, qui importoient, il fut delegué Ambassadeur vers le Roy François I. qui reconnoissant son merite, le fit du nombre des Senateurs de son Parlement de Paris. En apres comme les guerres suruindrent en Piedmont, on luy donna la charge d'intendant de la Iustice, & de President, à cause dequoy on l'appelloit le President de Thurin. Il satisfit estant par delà à l'esperance qu'on auoit conceuë de luy, appaisa les differents meuz entre la gendarmerie, donna ordre que les viures ne manquassent, se monstrant en tout tres-fidelle au Roy. Les émotions de delà les monts, estant calmes & tranquilles, il est donné pour Gouuerneur en la ville de Lyon, d'où il est mandé par le Roy Charles IX. pour venir à l'armée de Poictiers: quelque temps apres il est remandé pour venir prendre la garde des Sceaux de France, desquels de son bon gré le susdit sieur de Moruillier s'estoit desaisi. Il les garda donc sans auoir ny le tiltre de Garde des Sceaux, ny de Chancelier. Il fut à l'entrée du Roy Charles, & de la Royne Elizabeth, qui se feit à Paris l'an 1570. encores que la Cour pretendit deuoir faire ceste charge, & marcher tel iour. La Chancellerie vacquant. Depuis il tint lesdits Sceaux, en tiltre d'Office, suyuant l'Edict de creation de Garde des Sceaux, fait à son sujet en Feurier 1573. Ledit sieur de l'Hospital estant allé de vie à trespas en Mars suyuant audit an. La charge de Chancelier luy fut baillée quatre iours apres, en l'an 1578. sous le regne de Henry III. Roy de France & de Polongne, desirant donner quelque relasche à ses trauaux, il supplia sa Majesté de le vouloir décharger de la Garde des Sceaux, consideré sa vieillesse ja arriuée au point de 73. ans, pourueu que le tiltre & qualité de Chancelier luy demeurassent. Il fut Cardinal, puis mourut en l'an 1583. au mois de Nouembre, & gist à saincte Catherine du Val des Escoliers.

Mre Philippes Hurault chancel. de france. Mre François de monthelon Gd des sceaux de france. Mre Pomponne de Beliure chancel. de france.

91. Messire Philippes Hurault, descendu d'vne noble & ancienne maison de Bretagne, Comte de Chiuerny, fut fait Chancelier sous les Roys Henry III: & IV. par le trespas du feu Cardinal de Birague durant les dernieres guerres Ciuilles qui s'esmeurent en l'an 1588. Le Roy Henry III. le congedia d'aller en sa maison, & en sa place ordonna pour Garde des Sceaux Maistre François de Monthelon, Aduocat au Parlement de Paris, lequel se desista volontairement de ceste charge apres l'horrible & execrable parricide executé en la sacrée Majesté de Henry III. les Sceaux furent depuis deposez & mis en la possession de Monsieur le Cardinal de Bourbon, & apres portez par tout

où alloit le Roy és armées, en presence duquel, quand besoin en estoit, on faisoit ouuerture du Sceau, presents les Seigneurs de son Conseil. Monsieur le Mareschal de Biron les eut aussi en ses mains : quelque temps s'estant escoulé de la sorte, ledit sieur de Chiuerny fut commandé de quitter sa maison d'Eclimont où il s'estoit retiré, & de venir trouuer le Roy Henry IV. du nom à Auberuilliers prés sainct Denys en France, lequel luy redonna les Sceaux, qu'ils tint tousiours depuis iusques au mois d'Aoust en l'an 1599. qu'il alla de ce monde en l'autre, estant en sa maison de Chiuerny.

92. Messire François de Monthelon Aduocat celebre au Parlement de Paris, homme de bien, & de grand sçauoir. Le Roy Henry III. l'ayant choisi entre tous les plus fameux Aduocats de sa Cour, le feit Garde des Sceaux de France en l'année 1588. & iceux garda iusques sur la fin du mois de Septembre 1589. estant fort déplaisant de la mort du Roy Henry III. son Maistre, il les rendit au Roy Henry IV. & prenant congé de sa Majesté, s'alla habiter à Tours, où ayant demeuré enuiron vn an il y deceda, son cœur fut inhumé en la Parroisse de laquelle il estoit, & son corps fut apporté à Paris, & enterré en l'Eglise sainct André des Arts. Il eut pour pere Messire François de Monthelon, aisné de la famille des Monthelons en Bourgongne, originaire d'Authun, qui auoit esté Aduocat General du Roy, puis President au Parlement de Paris, & Garde des Sceaux de France pendant la disgrace dudit Chancelier Poyet en l'an 1533.

93. Messire Pomponne de Believre eut pour pere Messire Claude de Believre, premier President au Parlement de Grenoble, par lequel il fut esleué noblement & vertueusement en l'amour des lettres & de toutes bonnes disciplines, esquelles il se capacita de telle sorte, que le Parlement de Chambery le desira auoir pour vn de ses Conseillers, n'ayant encore que vingt-deux ans. Du depuis il entra aux plus grandes & importantes charges de la France. Le Roy Charles IX. l'enuoya en Ambassade aux Grisons, & de là aux Suisses. Pour auoir dextrement facilité le retour de Henry III. de Pologne en France, il eut la Surintendance des Finances. Il traicta auec le Duc Casimir à Espernay pour le renuoy des Reistres. A la Conference de Flex & de Netac il acquit grande reputation de Henry IV. pour lors Roy de Nauarre. Ledit Roy estant Roy de France l'employa à la Conference de Suresne. Ce fut luy qui le premier feit l'ouuerture du Mariage de la Serenissime Princesse Marie de Medicis auec sa Majesté: au tres-illustre Cardinal de Florence. Les seruices rendus à la France & ses merites le feirent de President de la Cour, Chancelier de France en l'an 1599. par le deceds de Monsieur le Chancelier de Chiuerny: il eut aussi la Garde des Sceaux iusques à ce que volontairement il en feit la demission entre les mains de Monsieur de Sillery, en faueur duquel sa Majesté feit l'Edict de creation de l'Office de Garde des Sceaux en Decembre 1604. trois ans apres plus oppressé de vieillesse, que de maladie, il laissa la terre pour aller au Ciel, son corps est ensepulturé dans sa Chappelle à S. Germain de l'Auxerrois.

M.ᵉ Nicolas Brulart de Sillery chancelier de fr.

M.ᵉ Guillaume du Vair, gar- de des sceaux de France.

94. Messire Nicolas Bruslard de Sillery, Conseiller au Conseil d'Estat du Roy fut meritamment installé en la supréme dignité de Chancelier de France par Henry le Grand, en Septembre 1607. apres la mort de Monsieur de Believre, par la demission duquel il auoit eu vn peu auparauant la charge de

Garde des Sceaux, le choix que feit sa Majesté de sa personne, entre tant de grands personnages de son Royaume, luy est vn tiltre de gloire le plus grand qu'on luy puisse donner. Les bons & fidelles seruices qu'il a rendus à la France estant Ambassadeur en Suisse, à Rome, & à Venise tesmoignent assez combien toutes ses actions ont esté vertueuses, & constantes à supporter vn grande partie des charges de l'Estat François. La grande cognoissance qu'il a des affaires, sa fermeté de courage, sa prudence, sa vigilance, & la grande affection qu'il a portée au bien de ce Royaume, le rendront recommandable par toutes nos Histoires, en ces derniers mouuements il s'est deschargé de la Garde des Sceaux.

95. Messire Guillaume du Vair, fut choisi dedans le Parlement de Paris, par Henry le Grand (de tres-heureuse memoire) pour estre premier President à Aix en Prouence, sa probité, syncerité, & integrité de vie, accompagnée d'vne doctrine incomparable, luy acquierent tant de reputation, que le Roy, pendant les mouuements de l'année 1616. desira qu'il s'approchast plus prés de sa Majesté, pour s'en seruir en la dignité de Garde des Sceaux, où il montre par ses vertueux & loüables deportements, combien il est affectioné au bien & conseruation de ce Royaume,

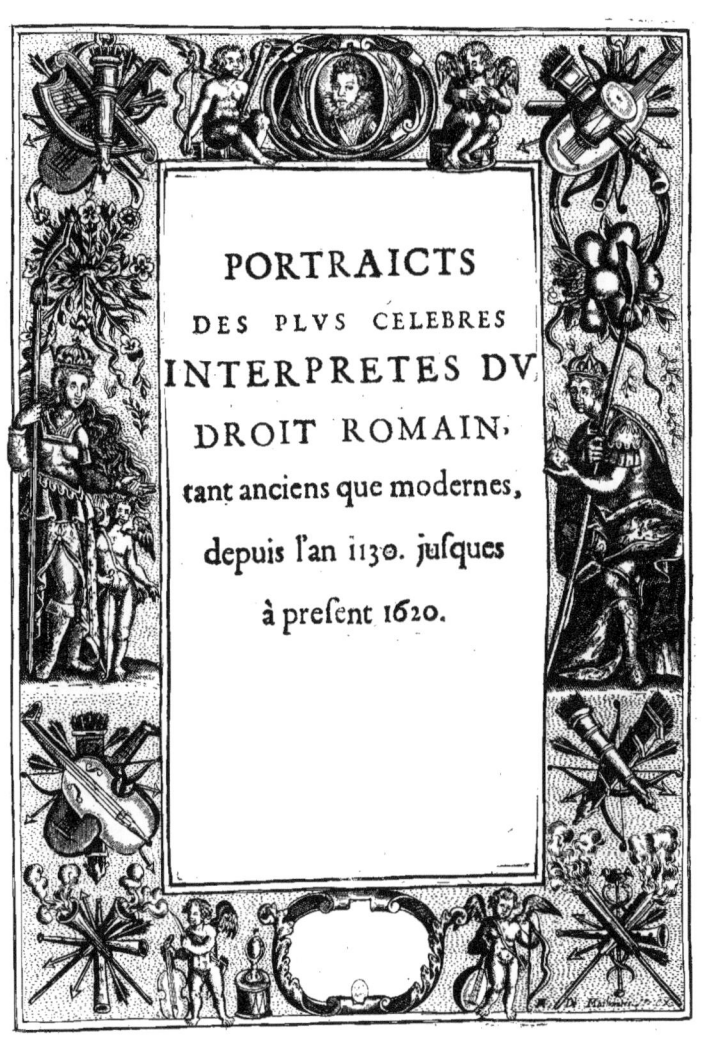

PORTRAICTS

DES PLVS CELEBRES

INTERPRETES DV

DROIT ROMAIN,

tant anciens que modernes,

depuis l'an 1130. jusques

à present 1620.

Irnerius — *Gratianus* — *Placentinus*

I RNERIVS ou Vvernerus 'Aleman, qui auoit gouuerné sous l'Empereur Henry V. les Prouinces d'Italie depēdantes de l'Empire d'Alemagne, persuada à l'Empereur Lothaire de Saxe de remettre sus la lecture & interpretation du Droict Romain és plus fameuses Vniuersitez d'Italie, les liures duquel Droict autresfois compilez par Tribonian souz l'Empereur Iustinian, & qui auoient demeuré comme enseuelis en oubly par l'espace de cinq cens ans ou enuiron, furent trouuez en vne ancienne Librairie de la ville de Melphes enuiron l'an de nostre Seigneur 1137. Et iceluy Irnerius fut le premier qui interpreta à Rome & à Bologne lesdits liures de Droict Romain, & les illustra de gloses, laissant plusieurs celebres disciples en la Iurisprudence. Il mourut à Bologne la Grace, l'an 1190.

2. Gratian natif de la ville de Chiusi en la Toscane, Religieux de sainct Procule à Bologne, voyant que le Droict Romain estoit en grande vogue en Italie, peu de temps apres que les liures d'iceluy furent retrouuez, compila le volume du Decret des liures des Conciles de l'Eglise & des escrits des saincts Peres, en quoy il imita l'Empereur Iustinian enuiron l'an 1150. Le Pape Eugene 3. autresfois disciple de sainct Bernard auctorisa ledit Decret & ordonna qu'il seroit leu & interpreté és Vniuersitéz, tout ainsi que le droict Ciuil.

3. L'Escole d'Irnerius produisit plusieurs grands personnages & entr'autres Placentin, Bagarotus dit Pileus, Anthoine Lyus, Bulgare natif de Pise, Hugolin, Martin & Iean Basianus lesquels florirent en mesme temps à Bologne, à Padoüe, & en France, où Placentin enseigna le premier le droict Romain en la ville de Montpellier. Il a escrit deux Sommes, l'vne sur le Code, & l'autre sur les Institutes, il mourut à Montpellier & il y est enterré, & là encores on void vne partie de son Epitaphe, le reste ne se pouuant lire.

Ioannes Basianus — *Azo* — *Accursius*

4. Iean Basianus fut precepteur d'Azo & composa vne Somme du Droit, duquel il fut Professeur en la ville de Bologne, & il y est inhumé en l'Eglise de sainct Anthoine, où on void son Epitaphe qui porte entr'autres choses qu'il fut grand Ca-

5. Azo natif de Bologne, fut Auditeur & difciple de Iean Bafianus, & commença à florir l'an de noftre Seigneur 1200. Il enfeigna le Droict en fon pays, d'où eftant party afin de ceder à l'enuie, il vint à Mont-pellier & fucceda à Placentin en la profeffion du Droict. En fin il retourna en fon pays, où en fon vieil aage il fut Chanoine, & interpreta le Droict Canon. Il mourut en la ville de fa naiffance, & fut enfepulturé en l'Eglife de fainct Seruais où on voit encores fon Epitaphe. Il compofa vne Somme du Droict fur tous les tiltres du Code, & fut precepteur de Roffredus & d'Accurfe.

6. Accurfe Florentin fut Auditeur de Iean & d'Azo, en l'an 37. de fon aage, il fift des Glofes fur toutes les loix du Droict Romain qu'il compila des efcrits de ceux qui l'auoient precedé. Il floriffoit enuiron l'an 1227. & apres auoir attaint l'aage de 78. ans, il mourut à Bologne laiffant deux fils; l'vn nommé François qui fut Iurifconfulte, & l'autre Ceruotus, ce fut en l'an 1229. & il eft enterré en l'Eglife des Cordeliers de Bologne auec cefte infcription latine, *Sepulchrum Accurfi Glof-satoris legum & eius filij.*

| 7. Iacobus Balduini | 8. S. Raymondus | 9. Innocentius Papa IIII |

7. Iacques de Baudoin fucceda à Accurfe en la profeffion du Droict à Bologne, & y fut preferé à Iean de Blanafco Bourguignon, & à plufieurs autres. Depuis il fut Preteur à Gennes. Nous n'auons point de fes efcrits, mais Odofredus l'vn de fes Auditeurs & Difciples faict fouuent mention de luy. On ne fçait le temps de fon deceds.

8. Sainct Raymond de Penneforte Catalan, natif de Barcelonne Religieux de l'Ordre de fainct Dominique, Chappelain & Penitencier du Pape Gregoire IX. compila les cinq liures des Decretales qui furent auctorifez par ledit Pape l'an 1230. Il fut puis apres le troifiefme General de fon ordre, qu'il gouuerna par l'ef-pace de deux ans, durant lefquels il redigea en vn volume les ftatuts dudit ordre. En fin il fe demift de fa dignité à caufe de fon indifpofition, & toutesfois il vef-quit apres fa démiffion 35. ans, en tres-grande huuilité & faincteté de vie. Il mou-rut à Barcelonne le 6. Ianuier 1275. & de noftre temps il a efté canonizé par le Pa-pe Clement 8.

9. Innocent IIII. Pape du nom natif de Gennes qui fe nommoit auparauant Synibalde de Fiefchi, fut tres-fçauant en Droict, & eut pour precepteurs Azo, Ac-curfe & Iacques de Baudouin. Il a efté le premier qui a fait des Annotations fur le Droict Canon, & ce apres le Concile General de Lyon, où il depofa l'Empe-reur Frideric II. Il a auffi compofé vn liure de la Iurifdiction de l'Empire & de l'auctorité du Pape contre Pierre des Vignes Chancelier dudit Empereur. On dit que c'eft luy qui donna le chapeau rouge aux Cardinaux. Il transfera l'Vni-uerfité de Bologne à Padouë, & fonda celle de Rome, & mourut à Naples l'an 12. de fon Pontificat, & de noftre Seigneur 1254. & eft enterré en l'Eglife de fainct Laurent.

Hostiensis Cardinalis   **Odofredus**   **Speculator**

10.   Henry de Segufe, François d'Archeuefque d'Embrun fut fait Cardinal Euefque d'Oftie par le Pape Vrban IV. l'an 1261. Il eftoit fort fameux Iurifconfulte, & a eu pour difciple le Speculateur, dont il fera parlé cy apres. Il a efcrit fur les cinq liures des Decretales & vne Somme du Droiĉt digne d'admiration, qu'on appelle la Somme du Cardinal d'Oftie. Il mourut à Lyon l'an 1267. & y eft inhumié au Conuent des freres Prefcheurs.

11.   Odofredus natif de Beneuent fut difciple de Iacques de Baudouin. Il a enfeigné le Droiĉt à Bologne, & a efcrit fur les liures du Code & des Pandeĉtes, plus vn liure des formules des aĉtions, vn autre de l'Ordre Iudiciaire, & vn autre de l'art des Notaires. Il eft mort à Bologne l'an 1265. où on voir encores fon Epitaphe.

12.   Guillaume Durant, François Prouincial de l'Ordre de fainĉt Dominique fut difciple du Cardinal d'Oftie & compofa vn liure qu'il intitula *Speculum Iuris*, & pour ce il fut furnommé le Speculateur. Il eftoit fort confommé en la pratiĉque du Droiĉt Ciuil & Canon, & à caufe de ce il eft appellé Pere de Pratiĉque. Il a efté Euefque de Mande, & a efcrit le Rational de l'Office Diuin, & vn liure du Concile dont on fait grande eftime. Il mourut ieune aagé feulement de 35. ans ou enuiron. Parlant du fainĉt Sacrement de l'Autel, il difoit ces beaux mots *Verbum audimus, motum fentimus, modum nefcimus, præfentiam credimus*, qui veulent dire, nous entendons la parole, nous fentons le mouuement, nous ignorons la maniere, & croyons la prefence. Il floriffoit enuiron l'an 1270. & és annees fuiuantes, & fut Chappelain du Pape Nicolas III.

Dynus Mugellanus   **Iacobus de Arena**   **Richardus Malumbra**

13.   . Dynus Florentin natif de Mugel au territoire de Florence fut vn des premiers Profeffeurs du droiĉt à Bologne. Le Pape Boniface VIII. le fift venir à Rome, & fe feruit de luy pour compiler le Sexte ou fixiefme des Decretales fouz efperance de le faire Cardinal, mais l'œuure eftant paracheué, il s'en retourna à Bologne fans aucune recompenfe, où il mourut de trifteffe l'an 1303. Aucuns efcriuent qu'il fut empoifonné. Il a efcrit fur les regles du Droiĉt Canon, fur les Pandeĉtes, & fur le tiltre des Aĉtions. Son fepulchre fe voit encores en l'Eglife des freres Prefcheurs à Bologne pres de celuy de Cynus de Piftoye, dont nous parlerons cy apres.

14.   Iacques de Arena natif de Parme viuoit en mefme temps, & eftoit fort iudicieux profeffeur du Droiĉt felon le tefmoignage de Battole. Il a efcrit

sur les Pandectes & sur le Code, & vn liure de disputes auec plusieurs traitez particuliers.

15.   Richard de Malombre fut disciple de Iacques de Arena, & enseigna le Droict à Padouë du temps de Robert Roy de Naples. Balde, Bartole, Alberic & Ancharan rapportent qu'il estoit le plus docte de tous les Iurisconsultes de son temps. Toutesfois il fut condamné pour crime d'heresie. Il se retira à Venise où il mist par ordre les loix & statuts de la Seigneurie, & y mourut le 4. Iuin 1334. & fut inhumé dans le Cimetiere de sainct Iean & sainct Paul, sous vne tombe de marbre esleuee ; en laquelle son Epitaphe est graué.

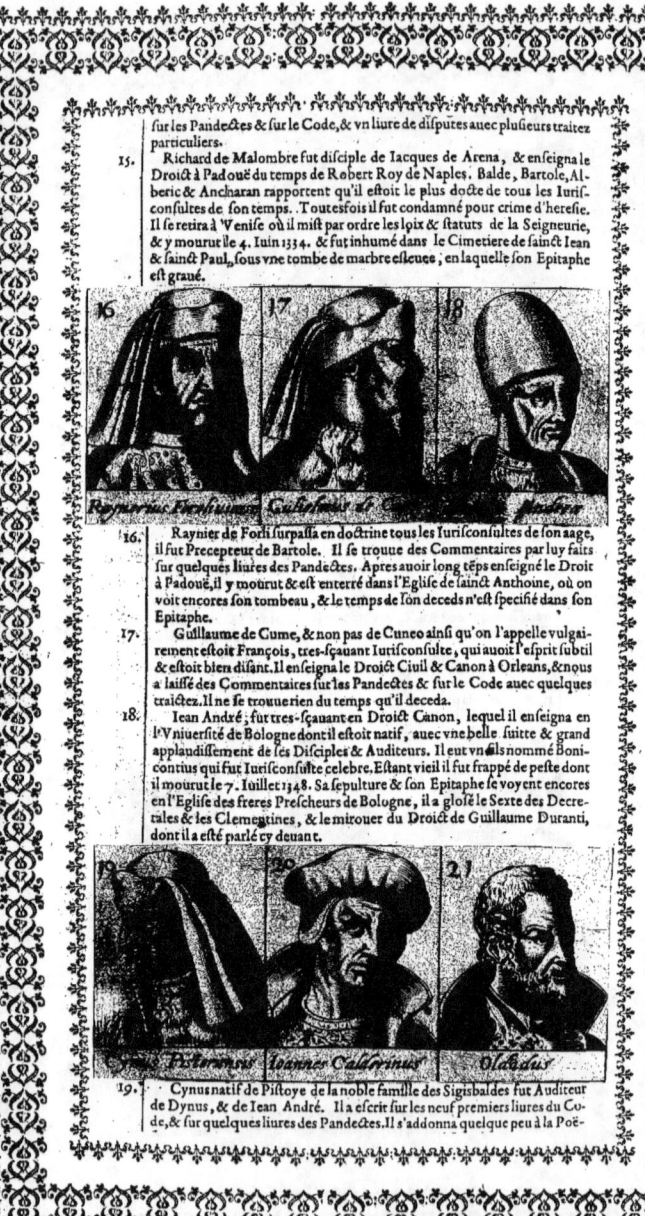

16.   Raynier de Forli surpassa en doctrine tous les Iurisconsultes de son aage, il fut Precepteur de Bartole. Il se trouue des Commentaires par luy faits sur quelques liures des Pandectes. Apres auoir long têps enseigné le Droit à Padouë, il y mourut & est enterré dans l'Eglise de sainct Anthoine, où on voit encores son tombeau , & le temps de son deceds n'est specifié dans son Epitaphe.

17.   Guillaume de Cume, & non pas de Cuneo ainsi qu'on l'appelle vulgairement estoit François, tres-sçauant Iurisconsulte, qui auoit l'esprit subtil & estoit bien disant. Il enseigna le Droict Ciuil & Canon à Orleans, & nous a laissé des Commentaires sur les Pandectes & sur le Code auec quelques traictez. Il ne se trouue rien du temps qu'il deceda.

18.   Iean André ; fut tres-sçauant en Droict Canon, lequel il enseigna en l'Vniuersité de Bologne dont il estoit natif, auec vne belle suite & grand applaudissement de ses Disciples & Auditeurs. Il eut vn fils nommé Bonicontius qui fut Iurisconsulte celebre. Estant vieil il fut frappé de peste dont il mourut le 7. Iuillet 1348. Sa sepulture & son Epitaphe se voyent encores en l'Eglise des freres Prescheurs de Bologne, il a glosé le Sexte des Decretales & les Clementines , & le mirouer du Droict de Guillaume Duranti, dont il a esté parlé cy deuant.

19.   Cynus natif de Pistoye de la noble famille des Sigisbaldes fut Auditeur de Dynus, & de Iean André. Il a escrit sur les neuf premiers liures du Code, & sur quelques liures des Pandectes. Il s'addonna quelque peu à la Poë-

fie, imitant le grand Petrarque fon contemporin. Il floriffoit à Bologne l'an 1335. où il est mort & enterré auprès de Dynus fon Precepteur.

20. Iean Calderin Citoyen & Gentilhomme Bolognois, fut vn des principaux Difciples & Auditeurs de Iean André, par lequel il fut adopté après la mort de fon fils Bonicontius. Il eftoit de treffainte vie & de grande fcience. Il a compofé vn repertoire du Droict fur les Decretales, & a laiffé plufieurs confeils. Il eft mort à Bologne & enterré en l'Eglife des Iacobins.

21. Oldrade du Pont, natif de la ville de Laude en Italie difciple de Dynus & intimé amy de Iean André fut Aduocat Confiftorial à Rome & depuis Auditeur. Le Pape Iean XXII. l'auoit en grande eftime. Il a laiffé à la pofterité plufieurs beaux Confeils, defquels Iean André a tranfcrit plufieurs paffages, tellement que Balde l'appelle larron du labeur d'autruy. Il floriffoit enuiron l'an 1320.

Iacob de Butrigarus — Bartolus — Lapus de Caftillone

22. Iacques de Butrigaris faifoit profeffion du Droict en Italie enuiron le mefme temps: il a efté Precepteur de Bartole, il a par deux fois interpreté le Code, commenté le tiltre des Actions, mis en lumiere plufieurs notables difputes, & laiffé quelques traitez fur le Droict touchant les compromis & les renonciations.

23. Bartole natif de Saxoferrato en Italie ayant appris la Grammaire, la Rhetorique & fa Dialectique à l'age de 14. ans s'adonna à l'eftude du Droict Ciuil en la ville de Peroufe. A près auoir ouy par l'efpace de 7. ans les lectures de Cynus, de Iaques de Butrigaris, de Raynier de Forli & de Pierre de belle Perche, il refpondit publiquement à Bologne & fut paffé Docteur en Droict à l'âge de 21. an. Depuis il exerça quelque temps l'Office d'Affeffeur criminel en la ville de Todi, & delà s'eftant retiré à fainct Victor près de Bologne, il fe remift à l'eftude du Droict l'efpace de 4. ans. Il fut inuité par ceux de Pife de faire profeffion du Droict en leur ville, ce qu'il fift à l'aage de 25. ans, où il ne fift long fejour, ains il s'en alla demeurer à Peroufe, où il fe maria & y fift profeffion d'interpreter le Droict Ciuil. Peu de temps auant fon deceds il apprift la langue Hebraïque & les Mathematiques. Il fut Confeiller de l'Empereur Charles IIII. En fin le 13. Iuillet 1359. il mourut à Peroufe aagé de 46. ans, où il eft inhumé deuant le grand Autel en l'Eglife des Cordeliers dans vn tôbeau couuert d'vne pierre de Marbre, fur laquelle fon Epitaphe eft graué. Il a efcrit fur tout le Droict Ciuil, fans y comprendre plufieurs traitez particuliers.

24. Lapus de Caftillon natif de Florence Abbé de faint Miniat ordre de fainct Benoift, grand Iurifconfulte, a cômenté les Clementines & compofé quelques traictez concernans les matieres Beneficiales. Il floriffoit enuiron l'an 1354.

Ioannes de Lignano   *Andreas de Isernia*   *Petrus de Ancharano*

25.   Iean de Lignano Milanois enseigna le Droict Canon à Bologne. Il a laissé plusieurs escrits sur les Clementines, & sur les Decretales, & composé des Traictez singuliers de la Censure Ecclesiastique, de l'interdict, de la pluralité des Benefices, des Heures Canoniales, des Represailles, & des Permutations. Barbatias l'appelle grand & illustre Capitaine des Canons, des Loix, & de la Philosophie. Il mourut à Bologne le 16. Feurier 1383. & est enterré en l'Eglise des Iacobins, & son Epitaphe contient qu'outre la science du droict Ciuil & Canon, il estoit bon Philosophe, Medecin & Mathematicien.

26.   André d'Isernia fut grand Interprete des fiefs & droicts feodaux, comme tesmoigne Iason. Il fut Aduocat du Consistoire Royal à Naples, où il fut tué par vn François, en hayne de ce qu'il auoit plaidé & soustenu vne cause contre luy, ainsi que remarque Capycius en sa Decision 130. Il a escrit sur les Feudes, & du droict de Retraict, & sur l'authentique, *Habita. Cod. ne filius pro patre.*

27.   Pierre d'Ancharano natif de Bologne fut tres-sçauant en Droict, lequel il enseigna à Padouë, puis en son pays, où il vescut en homme de bien auec reputation de saincteté de vie & de mœurs. Il a escrit sur les Decretales, sur le Sexte, sur les Clementines, sur les reigles de Droict, & sur les Pandectes. Il nous a laissé des conseils & des repetitions ou lectures sur quelques chapitres du droict Canon. Il mourut à Bologne l'an 1408. & son Epitaphe se voit en l'Eglise des Iacobins où est sa sepulture.

Antonius de Butrio   *Benedict de Plombino*   *Salicetus*

28.   Anthoine de Butrio aussi Bolognois fut contemporain de Pierre d'Ancharano, & conforme en science & saincteté de vie. Il a esté Professeur du Droict à Bologne & à Ferrare, Iean d'Imola a esté son auditeur. Il a escrit sur les Decretales & Clementines, il a laissé vn liure de Conseils, & deux repertoires, l'vn en droict Canon & l'autre en droict Ciuil. Il mourut à Bologne l'an 1408. le 7. Octobre, & est enterré à sainct Michel du Mont.

29.   Benoist de Plumbino viuoit en mesme temps & estoit grand Iurisconsulte, mais il n'a laissé à la posterité aucuns escrits, quoy que soit, il ne s'en trouue point. Il mourut à Padouë le 14. Mars 1470. comme on apprend par son Epitaphe qui est dans l'Eglise des Augustins de ladite ville à main

droicte pres de la porte.

30.   Barthelemy de la Sauſſaye, ou Salicete, Bolognois enſeigna le droict à Padoüe l'an 1378. & quatre ans apres la peſte le chaſſa de là, & le fit retourner à Bologne, où il interpreta tous les liures du Code. Il perſuada à Albert d'Eſt Marquis de Ferrare de fonder & eriger vne Vniuerſité de droict à Ferrare, où en l'an 1398. il fit des Lectures en Droict, & y fut le premier Profeſſeur. Il mourut à Bologne eſtant fort vieil le 28. Decembre 1412. & eſt inhumé en l'Egliſe des Iacobins, où on peut veoir encores ſon Epitaphe.

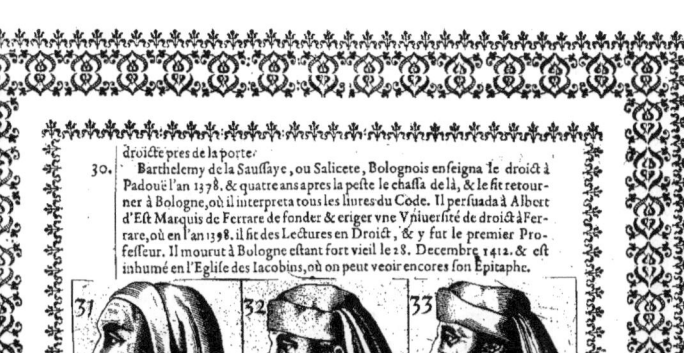

Ludovic Lambertacius   Albericus Rosatus   Signor' Homodei

31.   Iean Louys Lambertacius natif de Padoüe y fut Profeſſeur en droit Ciuil & Canon: & outre cela il fut grand Orateur & bien-diſant, comme on peut remarquer par ſon Epitaphe qu'on voit à Bologne dans vne pierre de marbre deuant l'Egliſe de S. Blaiſe, où il mourut le 12. May 1418. nous n'auons aucuns de ſes eſcrits.

32.   Alberic de Roſate, natif de Bologne fut fort grand & inſigne Practicien, aux opinions duquel les Aduocats de Milan deferent plus que de tous les autres Docteurs, comme remarque Iaſon. Il a eſcrit ſur le Code & les Pandectes, & vn liure de Statuts, auec vn Dictionnaire du Droict Ciuil. Il eſtoit contemporain de Bartole.   On ne ſçait en quel temps ny en quel lieu il mourut.

33.   Signorolus de Homodeis, Milanois, fut fort fameux Iuriſconſulte au meſme temps d'Alberic, il eſtoit doüé d'vne heureuſe memoire, & a commenté pluſieurs Loix des Pandectes & du Code, & a fait vn traicté de la preference & comparaiſon d'vn Docteur & d'vn Cheualier. Le temps & lieu de ſon treſpas nous eſt incogneu.

Baldus   Angelus   Christofor Castillioneus

34.   Balde natif de Perouſe ſurnommé de Vbaldis fut auditeur de Bartole, & commença à lire en Droict l'an 17. de ſon aage. Eſtant Docteur és Droicts, il ſe tranſporta à Bologne l'an 1344. pour y faire des Lectures, où il acquiſt fort grande reputation qui fut cauſe que le Duc de Milan Iean Galeace l'attira à Pauie pour y faire profeſſion. Ce qu'il fit par pluſieurs annees, où il mourut en extreme vieilleſſe le 28. Auril 1410. Son Sepulchre & Epitaphe ſont en l'Egliſe des Cordeliers de Pauie. Il a commenté tout le Droict Ciuil outre les Traictez ſinguliers qu'il a compoſez durant 56. annees qu'il fit

35.   Ange de Vbaldis frere de Balde fut Docteur à 23. ans & deſlors il fit profeſſion du Droict, où il s'acquit vn grand renom, & combien qu'il fuſt inferieur en eſprit à ſon frere, il le ſurpaſſoit en iugement: l'vn & l'autre moururent en meſme annee, mais ce fut en diuers lieux. Car Ange mourut à Florence, & Balde à Pauie. Il a eſcrit ſur le Code, ſur les Pandectes, & ſur les
Inſtitutes.

36.   Chriſtofle de Chaſtillon Milannois fut fort ſubtil en Droict, tellement
que Iaſon l'appelle vn autre Sceuola, & Fulgoſe le ſurnomme le Prince ou
premier des Legiſtes & Archidocteur, & ſon Epitaphe, qui eſt à Pauie, où il
decedale 16. May 1425. porte qu'il eſtoit Conſeiller du ſecond Duc de Milan, qu'à Pauie, à Parme & à Sienne il auoit tenu la premiere chaire de
Droict, & qu'on l'appelloit Monarque des Loix.

Raphael Fulgoſius   Raphael Cumanus   Franciſcus Zabarella

37.   Raphael Fulgoſe natif de Plaiſance en Italie fut diſciple de Chriſtofle de
Chaſtillon, & floriſſoit à Padouë l'an 1430. On dit que luy & Raphaël de
Come deſroberent pluſieurs eſcrits de leur Docteur, & que les ayans par-
tagez enſemble ils les publierẽt ſous leurs noms. Il eſt mort à Padouë, &
enterré en l'Egliſe S. Anthoine, où on veoid ſon Epitaphe.

38.   Raphaël de Cume contemporain & condiſciple de Fulgoſe, duquel nous venons de parler, mourut auſſi à Padouë, ſon Sepulchre
accompagné de ſon Epitaphe eſt encore en l'Egliſe de S. Iuſtin. Nous
auons ſes Conſeils en pluſieurs volumes.

39.   François Zabarella, Padoüian, eſtudia en droict à Bologne ſous Iean
de Lignano, Balde & Salicete, & à cauſe de ſon erudition & probité
de vie, il fut eſleu Archeueſque de Florence, & creé Cardinal par le
Pape Iean xxiij. l'an mil quatre cens vnze. Il a eſcrit ſur les Decretales & Clementines, & fait diuerſes repetitions, meſmes vn traicté touchant le Schiſme. Il mourut en la ville de conſtance en Allemagne
eſtant au Concile general y aſſemblé l'an mil quatre cens dix-ſept,
aagé de 78. Il eſt enterré à Padouë, & Poge Florentin fit ſon Oraiſon
funebre.

Ioannes ab Imola   Paulus de Caſtro   Ludouicus Romanus

40.   Iean d'Imola Bolognois fut diſciple de Balde, & profita tellement
en l'eſtude de Droict qu'il eſt reputé vn des premiers Interpretes d'i-

celuy. Il a escrit sur les Decretales, le Sexte & les Clementines, & sur les Pandectes, & mourut en son pays le 18. Feurier 1435. La plus part de ses escrits furent consommez par le feu. Il est ensepulturé en l'Eglise des Iacobins, en la partie du Chœur qui est vers le Soleil Leuant.

41. Paul de Castre, grand Iurisconsulte, a exercé la profession du Droict par l'espace de 57. ans à Padouë, à Florence, à Bologne, & à Siene. Il a escrit sur le Code & les Pandectes, & nous a laissé ses Conseils. Il se maria à Florence, où il redigea par escrit les Statuts de la ville. Il est enterré à Padouë où il mourut l'an 1457. & son Epitaphe se vooid en l'Eglise des Religieux *Seruites*.

42. Louys du Pont fut surnommé le Romain, parce qu'il auoit passé la plus grande partie de sa vie à Rome, quoy qu'il fust natif de Spolete. Il fut auditeur de Iean d'Imola, & on fait estat de luy à cause de sa patience au trauail & à l'estude, & pour sa grande memoire. Il a commenté le droict Ciuil, & nous a laissé ses Conseils & ses repetitions & autres œuures. Il estoit Protenotaire du S. Siege Apostolique. Il fut au Concile de Basle, où il mourut de peste l'an 1439. aagé de 30. ans ou peu plus, & ne fut malade que 36. heures, & est inhumé aux Chartreux de ladicte ville où est son Epitaphe. Le Pape Pie 2. en fait honorable mention, qu'on nommoit Æneas Syluius auant qu'il fust Pape.

Panormitanus. Iacob Aluarotus. Iacobus Zoccus.

43. Nicolas de Tudeschis, surnommé de Panorme natif de Catane eut pour precepteur Zabarella, & enseigna le Droict Canon à Siene l'an 1415. & depuis à Parme, & de là il fut auditeur de Rote à Rome, puis esleu Abbé, & en fin Archeuesque de Panorme, & ayant esté enuoyé au Concile de Basle auec Louys du Pont surnommé Romain, il fut fait Cardinal par Felix V. durant le Schisme l'an 1440. Il a escrit des Commentaires sur le Droict Canon, & nous a laissé des Conseils, entre lesquels il defend le Concile de Basle, & outre ce il a fait vn liure de la Puissance du Pape, de l'Empereur & du Concile. Estant retourné en Sicile il mourut à Panorme l'an 1445. & est enterré en l'Eglise Cathedrale, où on veoid encore son Epitaphe, lequel porte nommément qu'il fut Cardinal.

44. Iacques Aluarot natif de Padouë fut auditeur de Salicete pour le Droict Ciuil, & de Zabarella pour le Droict Canon. Il enseigna le Droict en son pays par l'espace de 30. ans, où il mourut le 18. Iuin aagé de 60. ans l'an 1453. & y est enterré en l'Eglise S. Antoine en la Chapelle de S. Iean Baptiste, & là on void son Epitaphe qui côtient qu'il a commenté les liures des Feudes, & en a fait vn Repertoire.

45. Iacques Zocco Ferrarois, Professeur celebre en Droict Canon ne nous a laissé par escrit qu'vne repetition sur le chap. *Omnis vtriusque sexus. De pœnit. & remission. extra.* quoy qu'il en ayt côposé plusieurs autres qui ont esté perdus par l'iniure du temps, ou supprimez par la malice des hommes. Il florissoit l'an mil quatre cens quarante, & en l'an 1460. il deceda à Padouë, & y est enterré en l'Eglise de S. Iustin.

Bartholom Cepola   Alexander Imolensis   Marianus Socinus

46.   Barthelemy Cepola de Verone, fut Profeſſeur du Droict à Padouë auec Alexandre d'Imola, dont ſera parlé cy apres, & y eut pour la preſeance grande contention entr'eux. Cepola comme plus aagé vouloit preceder, mais Alexandre qui eſtoit en plus grand renom de ſçauoir ne luy vouloit ceder. Il a eſcrit des Cautelles & des Conſeils. Il mouⁿtut l'an 1477. en la meſme annee que treſpaſſa Alexandre.

47.   Alexandre Tartagne natif d'Imola fut diſciple & auditeur de Iean d'Imola. Il a fait profeſſion publique de Droict à Pauie, à Padouë, à Ferrare, & à la fin à Bologne. Il a commenté le Droict, & nous a laiſſé pluſieurs volumes de ſes Conſeils. Felin Iuriſconſulte luy rend ceſt honneur que pour l'intelligence du Droict il dit, que ſes interpretations ſeruent comme d'vne lampe claire & ardante. Il a regenté par l'eſpace de 30. ans, & eſt mort à Bologne l'an 1477. où il eſt inhumé en l'Egliſe des Iacobins dans vn tôbeau ſomptueux de marbre blanc, auec ſon image qui y eſt grauee & ſon Epitaphe.

48.   Marian Socinus de Siene eſtoit tres-excellent Iuriſconſulte & de ſinguliere erudition, & à cauſe de ſes perfections eſtoit grandement aymé & honoré par le Pape Pie 2. ſon compatriote. Il eſtoit fort petit homme quant à la ſtature, mais parfait quant à l'eſprit. Car il eſtoit eloquent Orateur, Poëte, Hiſtorien, Philoſophe, Mathematicien, grãd Muſicien, & eſtoit fort expert en l'Agriculture. Il a beaucoup commenté ſur le Droict, & c'eſt pourquoy Alexandre d'Imola l'appelloit le Docteur immortel.

Petrus Philipp Corneus   Andreas Barbatia   Franciscus Aretinus

49.   Pierre Philippe Cornee, natif de Peruſe fut auditeur & gendre de Iean Petruce Peruſin celebre Iuriſconſulte. Ayant eſté receu Docteur és Droicts, il commença à en faire profeſſion publique en la ville de ſa naiſſance, puis il alla à Ferrare, & de là à Piſe, & en fin il retourna en ſon pays, où il ne s'addonna pas ſeulement à la lecture du Droict, mais auſſi à plaider & conſulter. Il enſeigna par l'eſpace de 50. ans, & laiſſa vn Commentaire ſur le Code, & 4. volumes de Conſeils. Il mourut aagé de 77. ans, l'an 1462.

50.   André le Sicilien, dit Barbatias, fut diſciple & auditeur de Iean d'Imola. Eſtant deſia vieil il fit des Lectures de Droict à Bologne. Il éſ

poufa Marguerite de Pepoli. Il auoit grand nombre d'auditeurs, auffi
receuoit-il vn honorable appoinctement. Il a laiffé 4. volumes de
Confeils, & eft mort à Bologne où il a efté enterré dans l'Eglife de S.
Petrone, où on void encores fon Epitaphe & tombeau que fa femme
& fes enfans firent faire & confacrer à fa memoire.

51. François d'Accoltis natif d'Arezze, & à caufe de ce furnommé Aretin, fut le premier des Iurifconfultes de fon temps, felon le iugement
de Iafon, qui le prefere à Alexandre d'Imola : car outre la fcience du
Droict, il eftoit tres-fçauant en Grec & en Latin, & de faict il a traduit
quelques-vnes des vies de Plutarque. Il a efcrit fur le Droict Ciuil &
Canon, & vn Traitté de la difference qu'il y a entre vne fentence in-
terlocutoire & definitiue, & nous a laiffé fes Confeils. Il viuoit du
temps du Pape Pie 2.

Antonius Rofellus. Antonius Corfetus. Ioannes Rofellus.

52. Antoine Rofellus, natif de la Tofcane excellent Profeffeur du
Droict Ciuil & Canon a faict plufieurs Lectures de fa profeffion en
l'Vniuerfité de Padoüe, & a laiffé plufieurs de fes efcrits fur le Droict
& fes Confeils, par le moyen defquels il a eternifé fa memoire enuers
la pofterité. Il eftoit bien inftruit és bonnes lettres, comme en font
foy les trois liures qu'il a faits de la Monarchie du Monde, & de la
Puiffance du Pape. Il floriffoit enuiron l'an mil quatre cens quatre
vingts, & eft enterré à Padoüe l'an 1486. Philippe de Bergame fait
honorable mention de luy au 16. liure de fon fupplément du fupplément des Chroniques.

53. Antoine Corfetus floriffoit en mefme temps que Rofellus, & a efté
celebre Iurifconfulte. Il a efcrit fur la matiere de la quarte Trebellia-
nique, des priuileges de la paix, des Fallences fur la regle, que celuy
qui a efté fpolié doit eftre auant toutes chofes reintegré. & de la puiffance Royale. Plus il a compofé des Decifions & double Repertoire
des Commentaires de Panorme fur le Droict Canon.

54. Iean Baptifte de Rofellis fils d'Antoine Rofellus floriffoit enui-
ron l'an 1487. & a faict vne fomme du droict, qu'on appelle *Summam
Rofellam* autrement *Baptiftinianam*, & a efcrit fur le premier liure du
Code. On ignore le temps de fa mort.

Ludouic Bologninus. ... **Iafon Maynus.**

55.
Louys Bolognin, Iurisconsulte a regenté en Droict Ciuil & Canon à Bologne & à Ferrare. Il a escrit sur les Pandectes, & a laissé vn volume de ses Conseils, ayant exercé l'office de Iudicature à Florence, & esté Senateur à Rome sous le Pape Alexandre 6. Il fut ennoyé Legat ou Nonce Apostolique par le Pape Iules 2. vers le Roy Louys xij. & apres sa Legation accōplie retournát de Rome à Bologne, il mourut à Florence aagé de 61. an, l'an 1508. & son corps fut porté à Bologne, & ensepulturé en l'Eglise des Iacobins, où on void son Epitaphe.

56.
Felin Sadeus Ferrarois tres-habile Iurisconsulte a fut profession du Droict Canon à Ferrare & à Pise, dont il acquit tel renom que le Pape Innocent 8. le fist venir à Rome, & le constitua President de la Rote, où il a exercé ceste charge long temps, mesme sous le Pontificat d'Alexandre 6. En fin il fut Euesque de Lucques. Il a laissé à la posterité plusieurs volumes de ses escrits, nommément sur les Decretales, & le Decret, & mesmes vn liure des Rois de Naples & de Sicile. Il viuoit encores du temps de Philippe de Bergame Religieux Augustin, qui le loüe grandement.

57.
Iason Maynus Gentil-homme Milanois fut fort fameux & consommé Iurisconsulte, grand Orateur, & Conseiller du Duc de Milan Louys Sforce. Il a commenté le tiltre des Actions du 4. liure des Institutes, & les 9. liures du Code, & vne bonne partie des Pandectes. Il fut disciple d'Alexandre d'Imola, & a regenté à Pise & à Pauie, où il est mort le 20. d'Auril 1519. Le Roy Louys xij. l'honora de sa presence, & voulut ouyr de luy l'interpretation de la Loy, *Bene à Zenone C. de quadriennii prescript.* où il est escrit que toutes choses appartiennent au Prince.

| Carolus Ruinus | Francisc Cuntius | Philippus Decius |

58.
Charles Ruinus. natif de Rege en Italie, enseigna le Droict à Pauie & à Bologne où il acquist grande reputation. Il a escrit sur les Pandectes, & des Conseils qui sont redigez en cinq volumes. Il florissoit l'an 1525. & est decedé en l'an 1530.

59.
François de la Court ou Curtius, natif de Pauie fut Conseiller du Roy François I. mais il laissa bien tost la Cour du Roy, & s'appliqua à la lecture & interpretatiō du Droict, premieremēt à Pauie, & puis apres à Padoüe. Il florissoit l'an 1531. Il a laissé des Commentaires sur quelques liures des Pandectes, & vn volume de Conseils.

60.
Philippe Dece Milanois, fut enuoyé à Pauie à l'aage de 17. ans, pour estudier en Droict, où il fut disciple de Iason, & auoit l'esprit si vif, que souuentesfois à la dispute il se faisoit admirer par ses Docteurs mesmes. Il fut Docteur à 22. ans en l'Vniuersité de Pise, où il regenta en Droict Ciuil & Canon du temps de Barthelemy Socinus, & de Felin qui furent grandement ialoux de sa reputation, & furent cause qu'il se retira à Sienne. Depuis il retourna à Pise, & apres auoir fait des Lectures par l'espace de 30. ans és plus celebres Vniuersitez d'Italie, pour euiter la hayne & le courroux du Pape Iules 2. contre lequel il auoit escrit pour le Concile de Pise, il se refugia en France, où il regenta quelques annees à Bourges. Apres le deceds du Pape Iules il retourna à Pise, où il fut restabli, & puis à Sienne, où il mourut le 12. Octobre 1535. ayant fait profession du Droict par l'espace de 65. ans, & est enterré à Pise en vn Sepulchre qu'il auoit fait bastir de son

viuant. Il tiroit des Florentins quinze cès efcus en or pour fes gages &appoincte-
mens par chacun an. Il nous a laiffé plufieurs de fes efcrits fur le Droict Ciuil &
Canon, & des Confeils en 4. liures.

61	62	63

Vdalricus Zazius   *Ioan.Antonius Rubeus*   *Andreas Alciatus*

61.   VIdric Zaze, Alleman, natif de Conftance, s'addonna à l'eftude du Droict
eftant defia affez aagé, toutesfois il y profita tellement, qu'il eft reputé entre les
Allemans le premier Iurifconfulte de fon temps. Il regenta à Fribourg en Suiffe,
où il trauailla à la compilation & redaction des ftatuts de la ville. Il a doctement
efcrit fur le Droict Ciuil, & a laiffé plufieurs Traictez & Confeils, & eft mort à
Fribourg le 24. Nouembre 1535. cinq ou fix fepmaines apres Dece,& y eft enterré. Le grand Erafme a fait fon Epitaphe qui eft fur fon tombeau.

62.   Iean Antoine le Rouge, Alexandrin, Confeiller du Duc de Sauoye, laiffa la
Cour du Duc à l'exemple de François Curtius, & s'addonna à la regence du
Droict.Il en fift profeffion premierement à Pauie:puis à Valence & à Thurin,&
finalement à Padoué,où il mourut le 16. de Mars 1544. & fon tombeau & Epitaphe fe voyent dans l'Eglife de S. Iean.Il a efcrit fur plufieurs titre des Pandectes,
& nous a laiffé vn liure de Confeils.

63.   André Alciat, Milanois tres-fameux Iurifconfulte enfeigna premierement
le Droict à Bourges,puis apres à Pauie.C'eft luy qui a remis le Droict Ciuil en fa
fplendeur,& a commencé à en chaffer la barbarie. Il a laiffé quatre iuftes volumes de fes œuures,outre les Emblemes que nous auons de luy. Il mourut à Pauie l'an 1548.& y eft enterré en l'Eglife de S. Epiphane.De fon temps floriffoient
Eguinaire Baron, & François Duaren excellens Iurifconfultes François, & Docteurs és Droicts à Bourges.

64	65	66

Hieronymus Cagnolus   *Martinus Azpicuelta*   *Iacobus Curtius*

66.   Hierofme Gagnole, natif de Vercell fut Confeiller du Duc de Sauoye, & fit
profeffion du Droict à Turin, & depuis à Padoüe auec grande admiration de
leurs. Il y eftoit aagé de 69. ans, le 5. Feubrier 1551. & fa fumée en l'Eglife de
Cordeliers, où il eft enterré. Il a efcrit vn Commentaire fur les regles du
de des Pandectes. De Droict il nous a laiffé vn Tome de fes œuures,
vn liure & Traité de Pauie.

   Martin Azpicuelta dit Doctor Nauarre, a efté vn des plus
bres Canoniftes de noftre téps. Il s'eft la plus grand temps tenu à ..., où
... fiure ... finale. Il y refcu ... nuit ans
& en mort à Rome l'an 1586. fous le Pontificat de ... Sixte cinquiefme.

Iacques Cujas Tholosain a esté le Coriphee des Iurisconsultes de nostre temps, voire de tous les siecles precedens depuis Tribonian, comme il se veoid par ses œuures contenus en plusieurs volumes. Il disputa vne chaire de Docteur à Tholose contre Forcadel, mais Forcadel luy fut preferé, qui fut cause qu'il alla à Caors, puis à Bourges, & de là à Valence, où il acquist telle reputation, que le Roy l'honora d'vn Estat de Conseiller au Parlement de Grenoble, auec dispense de l'exercer. Il a fait son plus grand sejour à Bourges, où l'an 1590. il est decedé le 3. Octobre, & y est enterré. Tous luy baillent cest Eloge d'honneur, qu'il estoit Iurisconsulte sans pair, & le Phenix des Iurisconsultes interpretes du Droict. Sceuole de Saincte Marthe & Papyre Masson ont fait son Eloge en Latin. Les Tholosains le voulans r'auoir en leur Vniuersité, il leur escriuit en ces mots Laconiquement. *Vos frustrà requiritis absentem, quem præsentem neglexistis. Valete.*

ADVERTISSEMENT AV LECTEVR.

MESSIEVRS, *d'autant que les portraicts des Iurisconsultes icy representez ont esté pour la plus part tirez sur vne figure enuoyee d'Italie, il ne faut s'esbahir de ce qu'on ny voit quasi autres qu'Italiens, & de ce qu'on ny a mis que fort peu de François, combien que la France ait produit de temps en temps de fort fameux & celebres Interpretes du Droict Romain, & de grands Praticiens. Et pour remedier aucunement à ce defaut i'ay estimé qu'il ne sera hors de propos d'inserer en ce lieu quelques vns desdits Iurisconsultes François, ou qui ont flori en ce Royaume.*

IVRISCONSVLTES FRANCOIS.

IEAN de Blanasco Bourguignon fut grand & celebre Iurisconsulte & Philosophe, collegue & contéporain de Iacques deBaudouyn successeur d'Accurse en la profession du Droict a Bologne. Il a commenté le tiltre des Actions, & nous a laissé vn liure de l'ordre Iudiciaire & vn de diuerses questions.

Sainct Yues natif de la basse Bretagne estudia en Droict en l'Vniuersité d'Orleans & y profita beaucoup, de sorte qu'il print en main la defense des causes de vefues, des pupilles & des paures : & pour ce il fut appellé l'Aduocat des paures. Surius en sa vie escrit qu'il fut Official de Riom en Auuergne, & depuis de l'Euesque de Treguier où il mourut du temps du Roy Philippe le Bel, & fut canonisé l'an 1347. par le Pape Clement VI. à cause de sa saincteté tesmoignee par plusieurs miracles.

Iean de Cressi dit le Moynt du Diocese d'Amiens fut grand Canoniste, & pour son sçauoir fut esleu Euesque de Meaux, puis creé Cardinal par le Pape Celestin V. l'an 1294. & fut enuoyé en France par le Pape Boniface VIII. lors de la contention qui estoit entre le Roy Philippe le Bel & ledit Pape. Il fit bastir le Collegé dit du Cardinal le Moyne à Paris, & a fait des gloses sur le sixiesme des Decretales. Il mourut à Auignon le 22. d'Aoust 1313. & son corps fut apporté à Paris & enterré en la Chappelle du College par luy fondé, où on voit son Epitaphe.

Guillaume du Breuil ancien Praticier François redigea par escrit en Latin le stile du Parlement du temps de Philippe le Bel, & de Louys Hutin Roys de France & de Nauarre, qui a esté depuis commenté par M. Estienne Aufrery & M. Charles du Moulin, & est intitulé, *Stilus antiquus Curiæ parlamenti.*

Pierre de belle Perche Bourguignon fut Iurisconsulte fort subtil, & enseigna le Droict à Orleans, où on voit encores sa maison. Il a fait des repetitions sur plusieurs [...] les grandes Feudes & [...] Eglise de France.

Iean le Febure ou Fabri Ango[...] a esté celebre Iurisconsulte & Praticien. Il a commenté les Institutes, & les 9. liures du Code. Balde & Iason le louent à merueilles & en font eftat comme d'vn tres grand & fubtil Docteur.

Pierre Bertrand de la ville d'Annonay en Viuarez enfeigna le droit publiquement à Auignon,à Orleans,à Paris & à Mont-pellier,qui fut caufe qu'il fut efleu
pour fon eminent fçauoir Fuefque,d'Auxerre,puis d'Authun, & en fin fait Cardinal par le Pape Clement VI. Il a fait entr'autres vn liure contre Meffire Pierre
de Cugnieres Aduocat du Roy au Parlement pour la defenfe de la Iurifdiction
Ecclefiaftique du temps du Roy Philippe de Valois. Il fonda à Paris le College
d'Authun, autrement du Cardinal Bertrand,fiz en la ruë de S. André des Arcs,&
mourut à Auignon l'an 1361.

Henry Bohic natif de Leon en la petite Bretagne a efté fort grand canonifte,&
a commenté les cinq liures des Decretales & le Sexte.

Iean le Bouteiller natif de la Gaule Belgique,grand iurifconfulte & Praticien
fut Confeiller du Roy au Parlement de Paris,durant le regne des Roys Charles
V. & VI. Il a fait vn liure de Pratique appellé la Somme Rurale,au bout duquel
eft inferé fon teftament fait le 16. de Septembre 1402.

Iean de Terre rouge fut Aduocat du Roy à Nifmes,& a compofé vn excellent
traité contre les rebelles de la France. Il mourut à Nifmes le 25. Iuin 1430. où il
eft inhumé,& on voit encores fon Epitaphe en l'Eglife des Iacobins qui eft graué
fur vn fepulchre de pierre dure.

Guy Pape fut Confeiller au Parlement de Grenoble en Dauphiné,& a efté fameux Iurifconfulte & Praticien. Nous auons fes decifions,fes queftions fingu-
lieres & fes confeils,& les Commentaires qu'il a faits fur plufieurs liures des Pandectes,du Code & des Decretales.Il floriffoit du temps de Charles 7.& de Louys
XI. Roys de France.

Nicolas Boyer de Montpellier fut Prefident au Parlement de Bordeaux. Il a
commenté les Couftumes de Berry, & floriffoit du temps du Roy Louys XII.
furnommé pere du Peuple, & en mefme temps viuoit Claude Seiffel auffi Iurifconfulte celebre & hiftorien,qui eft mort Archeuefque de Thurin.

La France a encores produit d'autres grands Iurifconfultes & Praticiens,les
Eloges defquels ne peuuent eftre employez en ce peu de lieu qui refte,& il fuffi-
ra pour en coferuer la memoire de mettre icy les noms de quelques vns d'iceux,
Sçauoir de Pierre de la Foreft qui fut Chancellier de France fous le Roy Iean, de
Mafuere Auuergnat , duquel nous auons la pratique, de Pyrrhus Angleber-
meus qui a commenté la Couftume d'Orleans,d'Eftienne Aufreri Prefident aux
Enqueftes au Parlement de Tholofe,de Guillaume Benedicti,de Iean de Selue,
d'Arnoul Ruzé,de Iean Feu premier Prefident au Parlement de Roüen,de Guillaume Budé,de Barthelemy de Chaffaneus,d'André Tiraqueau,de Iean Imbert,
d'Arnoul du Ferrier,de Pierre Rebuffe,de Philippe Probus,d'Eguinaire Baron,
de François Duaren, de François Hottoman, de François Connan Maiftre des
Requeftes ordinaires de l'Hoftel du Roy, de Charles du Moulin, de Bertrand
d'Argentré Senefchal de Rennes en Bretagne,de Hugues Donneau,d'Anthoine
le Comte, de Iean Robert, de Iean Coras,d'Eftienne Forcadel, de Roaldes , de
Pierre Rat, de Barnabé Briffon, Prefident au Parlement de Paris, de François
Balduin,de Pierre Pithou,de Pierre Ayraut Lieutenant Criminel d'Angers, de
Pierre Coftalius,d'Anthoine d'Vfillis,de René Choppin,de Pierre Gregoire de
Tholofe,de Guy Coquille,de Pardoux du Prat,& d'infinis autres.

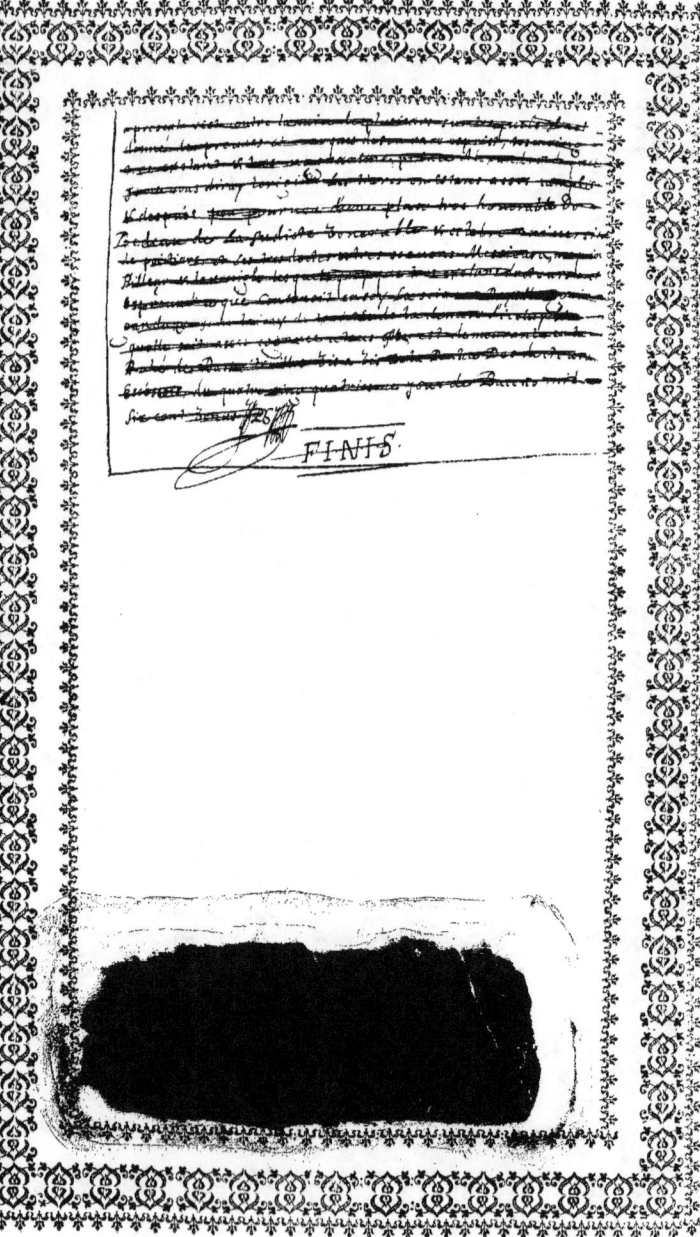

FINIS.

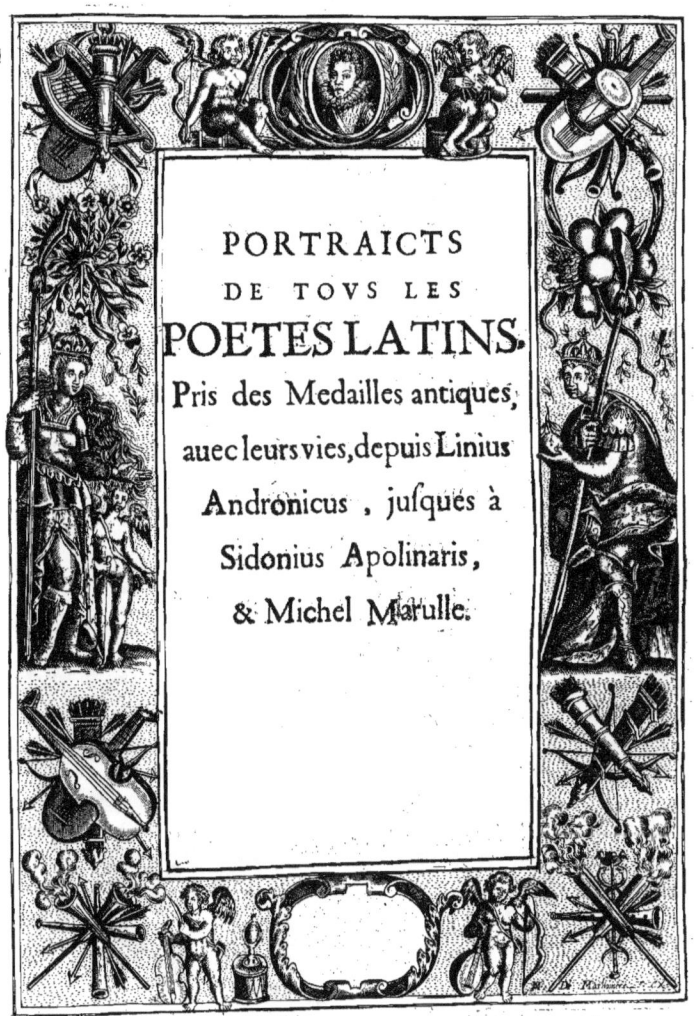

PORTRAICTS
DE TOVS LES
POETES LATINS.
Pris des Medailles antiques,
auec leurs vies, depuis Linius
Andronicus , jusques à
Sidonius Apolinaris,
& Michel Marulle.

LES POVRTRAICTS ET LES .VIES DES

ANCIENS POETES LATINS, DEPVIS LIVIVS ANDRONICVS, IVSQVES A SIDONIVS APOLLINARIS, ET MICHEL MARVLLE.

Liuius andronicus epicus. | *Q. ennius epicus.* | *M. plautus comicus.* | *Cn. næuius comicus.*

1. IVIVS ANDRONICVS Poëte Epicque, inuenta le premier à Rome les fables Latines, 160. ans apres le deceds de Sophocle, & d'Euripide, pendant la feconde guerre Punique. Les pucelles chantoient fes carmes parmy la ville, pour accoifer l'ire des Dieux. Les geftes & beaux-faits d'armes des Romains furent par luy redigez en 18. liures. Il celebra par fes hymnes la loüange des Dieux.

2. QVIN. ENNIVS nafquit à Rudes, ville des Salentins, il arriua à Rome du temps de Mar. Plautus & de M. Caton Orateur excellent, il difoit couftumierement qu'il auoit trois cœurs, pource qu'il auoit la facilité de parler la langue Grecque, Ofcienne, & Latine, en icelle il compofa des Annales, des Satyres, des Comedies. des Tragedies intitulees le Telephe, l'Ambracie, les Eumenides, l'Alchmeon, l'Andromache, le Thyefte, la Medee, le Phenix, le Thelemon, l'Hecube, l'Achilles, les Pancratiaftes & autres. Il fit la verfion d'Euhemerus Poëte Grec, entre les Latins il a le premier merité de fe parer de la couronne d'Helicon : fa demeure fut fur la cofte du mont Auentin, pres le Temple de la Deeffe Tutuline, d'autant qu'il fut retenu & fobre en fon viure, il fut diffolu à boire : pour l'entretien de fon mefnage vne chambriere luy fut affez, entre luy & Scipion l'affectiô & le refpect furent reciproques, la douleur des goutes l'ofta du monde; ayant paffé foixante & dix ans, le monument de Scipion eft le fien.

3. MAR. PLAVTVS, honore de fa naiffance Sartine ville d'Vmbrie, il s'occupa à fon commencement à faire aller les meulles d'vn boulanger, auquel il s'eftoit loüé, en cet endroit il dreffa quelques fables ou Comedies, que les anciens admiroient, nous n'en auons que vingt, Demophile, Philemon, & Epicharme le Sicilien furent fes modelles. Il fut fi fagement temeraire à inuenter des mots & dictions que cela luy tourne à grande loüange. Epius Stolo difoit, que fi les Mufes euffent bien voulu parler Latin, qu'il leur eftoit befoin de parler comme Plaute. Volcatius en l'ordre des Poetes le prefere à tous les autres apres Cælius, fa vie finit peu d'annees depuis. celle d'Ennius.

4. CN. NÆVIVS Comediographe fut de Champagne, le troifiefme rang des Comiques luy eft donné durât les guerres Puniques, qu'il a luy-mefme efcrites, il fut payeur des genf-d'armes, le theatre recita quelques fiennes Tragedies, & Comedies, il fe licentia exceffiuement pour brocarder les vices. Metellus luy en voulut mal, fa mefdifance le fit emprifonner, & chaffer par la follicitation de la nobleffe de Rome, Vtique garde fes os.

M.pacuuius trag.   *Stat.Cæcilius. co*   *L.accius tragicus*   *Pub.Terentius comicus*

5. Marc Pacvvivs nepueu d'Ennius fut de Brunduse, ville de Calabre, la grauité de ses sentences, la force & energie de ses paroles, auec la belle disposition de ses personnages luy acquièrent le nom de tres-excellent Poëte, sa Peribee, Hermionne, Athalante, Ilione, Antrope, Teuire, Medee rendoient sa renommee familiere parmy beaucoup de nations. Pline luy attribuë l'honneur d'auoir esté bon peintre: il tint Academie en la maison d'Accius, qu'il suruesquit, Tarente fut sa derniere demeure où la mort le prit aagé de 90.ans.

6. Stativs Cæcilivs, François de nation (ou comme aucuns disent Milannois) acquit selon le iugement de Volcatius, le lieu principal entre les Còmiques. Ennius & luy s'entreuirent priuémeht, Terenar luy fut amy, 30. Comedies sortirent de sa façon, sçauoir le Nauclere, les Syracusiennes, Pausimache, Hippobolimee, Epiclere, Cratin, la Tromperie, l'Andrie, les Annales, l'Vsurier, les noms des autres se sont perdus, il finit vn an apres Ennius.

7. L. Accivs Tragediographe fut plus ieune que Pacuuius, son origine prit source de parens affranchis du Consulat de Marcinus & Seranus. Decius Brutus prisoit fort l'industrieuse gentillesse de son esprit, & voulut embellir & parer de ses inscriptions Poëtiques les entrees des Temples & des Monumens, le voyage qu'il fit à Tarente, luy prepara l'occasion de conferer auec Pacuuius, qui apres la lecture qu'il luy auoit faicte de son Atree, luy dit: Ta Tragedie a quelques vers, qui sont rudes, agaçans & non meurs, Accius luy repartoit ceste responce. Ie ne m'en repens point, les fruicts qui produisent les esprits des hommes ressemblent aux pommes aigres & agaçantes, que se meurissent auec le temps. Il ordonna qu'vne statuë patronnee sur sa figure fust mise au Temple des Muses, d'vn fort grand modelle, bien qu'il fust de petite corporance.

8. Pvb. Terentivs Poëte Comique, fut Carthaginois, on l'amena bien ieune à Rome, où par la debonnaireté & charité de Terentius Lucanus son maistre il fut instruict aux sciences liberales, par les braues & sçauants professeurs en icelles, & depuis affranchi par iceluy, à cause de la suffisante gentillesse de son esprit. Statius Cæcilius l'ayma, aussi luy communiquoit-il ses Comédies, les six qui coutent parmy nous tiennent du style de Apollodore & de Menandre. Horace le censeur des Poëtes anciens, attribuë à Cæcilius la grauité des sentences, à Terence l'artifice & la belle disposition de la Comedie, il mourut en Arcadie, de regret d'auoir perdu quelques siènes comedie

Cl.ucilius satyr   *Sex.Turpilius comicus*   *Cn.Marius mimographus*   *L.Afranius comicus*

9. Caivs Lvcilivs fut natif d'Arunche, ville d'Italie, ses parens estoient nobles & de remarque : aucun deuant luy n'auoit escrit des Satyres, l'antiquité en veit trète liurés,

qu'il auoit compofez, Rutilius, Luppus Carbo, & Lucilius Tubulus n'y furent efpar-
gnez. On tient que Cn. Pompeus eftoit fon nepueu, l'Empereur Adrian le tenoit pour
le Coriphee des Poëtes Satyriques & Mordants. Naples veit enterrer fon corps en l'aage de 46.ans.

10. Sext. Tvrpilivs Poëte Comique, receut quelque loüange en fa vacation,
il veit le fiecle de Terence qui familiarifa auec luy, Volcatius entre les Comiques, luy
affigne la 7. place, il fortit du monde le iour propre que Furius Bibaculus y entra, & gift
en la ville de Sinueffe.

11. Cn. Mativs compofa vne Iliade en vers Hexametres, il n'y acquit vne legere reputation, il fe mefla auffi de faire des Mimes, outre que c'eftoit fon principal exercice, fon inclination l'y portoit. Vn citoyen Romain portant fon mefme nom fut le
premier inuenteur de couper les bois, & bien chery d'Octaue Cæfar, pour fes rares inuentions.

12. L. afranivs Poëte Comique, eut vogue à Rome, Terence mefme y floriffant. Il
reglana curieufement Menandre: Quintilian l'accufe d'auoir trop lafciuement parlé de
fes propres amours: fa mort eft incogneuë.

Fab. doffenus comicus | M Attilius tragicus | Trabeas comicus | Cn. Aquilius comicus

13. Fabivs dorsennvs a merité d'eftre au Catalogue des Comicques : Pline & Horace en font mention, il fe trouue entre les mains des Antiquailles vn vieil medaillon de
fon vifage, portant en fon reuers cefte infcription Fabivs dorsennvs.

14. Mar. attilivs gaigna le tiltre de braue Poëte Tragique, toutesfois les anciens
trouuoient fes vers vn peu trop fermes & rudes, ce fut ce qui donna lieu à vn certain
Liciniuz de l'appeller Poete de fer, il butina abondamment Sophocle. Son deceds eft
ignoré.

15. Q. Trabeas fut Poete facetieux, plein de rencontres, & gaillard en la Comedie.
Ciceron fe pare en beaucoup d'endroicts de fes vers, & les allegue à fon propos. Volcatius l'affied au 8. banc des Comiques.

16. Cn. Aqvilivs fut au rapport d'Aule Gelle Poete Comique, il afferme qu'il tradui-
fit de Grec en Latin plufieurs Comedies de Menandre.

C.a Licinius ſmbex comi | nouius comicus | Titus Lucretius phyficus | L. Pomponius bononuenſis com

17. Caivs Licinivs Imbrex ne fut en rien inferieur aux poetes qui le precederent
de fiecle, Volcatius le fait marcher dedans le champ de la gloire deuant Ennius, Turpilius & Terence. C'eft tout ce que les
anciens ont obferué de Licinius.

18. Q. Nonivs expofa en lumiere les fables Atellânes, & plufieurs autres Comedies, où la richeffe de fon efprit defploya de

belles raretez.

19. T. Lvcretivs Charvs sortit de la famille des Lucretiens, qui en noblesse & ancienneté ne fut des dernieres de Rome, il fut de l'opinion d'Empedocle & d'Epicure, & grand perscrutateur de la nature: les six liures que nous auons de luy le monstrent assez. Eusebe dit qu'ayant enuiron 40. ans il se deffeit luy-mesme de sa propre main, pour auoir beu quelque phistre ou breuuage amoureux, qui le rendit insensé & furieux.

20. Lvc. Pomponivs estoit Boulonnois, d'vn naturel vif, hagard, & courtisan, il se meit à faire des fables Atellânes, comme Nonius. Les anciens parlent encores de quelques siennes Comedies non de sa mort.

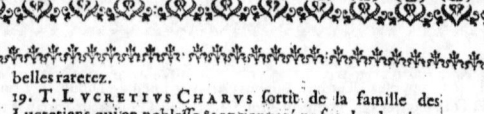

Dec. Laberius mimograph. | Catullus epigra.script. | Atta Comicus | Pub. Syrus mimograph

21. Decivs Laberivs cheualier Romain, prit grand plaisir à consumer son estude en la composition des Mimes, ce qui venoit de son esprit estoit fort bien receu de Octaue Cæsar, qui luy donna vn iour cinq cens sesterces, & vn anneau d'or de grand valeur, l'ayant oüy reciter quelques-vns de ses Mimes, bien qu'il paruint iusques à vne extreme vieillesse, son esprit toutesfois n'en fut moindre, & ne sentit les incommoditez de son aage: sa mort n'est sceuë.

22. Qvin. Catvllvs vint de l'illustre race des Catulles, son esprit fut richement fertile en mignardises, habile & capable de bien ourdir & coupper vn vers: ce fut le motif de l'amour que luy porterent Ca. Cotta & Lu. Crassus, il s'esperonnoit de luy-mesme à l'amour, & aux delices.

23. Qvin. Atta a faict quelques Comedies, Horace s'en est souuenu en l'Epistre qui traitte des Poëtes Latins: Les Annales Romaines racontent qu'il trespassa à Rome, & qu'il fut enterré en la voye Prenestine, à deux milles de la ville.

24. Pvb. Syrvs s'exerça aussi apres les Mimes, chacun applaudissoit à sa renommee, il fut contemporin de Cicerô, l'excellence de sa beauté esmeut son maistre à luy donner liberté, les anciens taisent son trespas.

Porcius Licinius epig | Valerius ? dituus epig. | Cor. Licinius caluus epig | Cornificius epigram

25. Porcivs Licinivs se monstra autant noble d'esprit que de race, bien qu'il fust descendu du noble estre des Liciniens. Il fut doux, traitable, accort en sa conuersation, ingenieux & inuentif en la composition des Epigrammes, en quoy il eut peu de parangons.

26. Val. Æditvvs remporta beaucoup de gloire pour s'estre delecté aux Epigrammes. Aule Gelle asseure n'auoir rien veu dedans les Autheurs Grecs de plus doux & gracieux, & mieux sonnant à l'oreille, que ses Epigrammes, par lesquels il rendit immortels les noms de Pamphile sa maistresse, & de Phileron son mignon.

27. Cor. Licinivs Calvvs fut de basse taille, & gresle de corps, neantmoins si presomptueux, qu'il ne vouloit rien ceder à Ciceron en l'art de bien dire, mesme eut beaucoup de fois à departir auec luy, quelques siens poëmes furent bien oüys des Doctes, il fut sublime en la composition des vers Iambiques, & eut pour sa fauorite Quintilie.

28. Qvin. Cornificivs fut Epigrammatiste, du temps que Salluste haranguoit contre Ciceron, il frequenta les armes, où il mourut en fin par l'assassin de quelques soldats, qui porterent aigrement qu'il les auoit appellez connils armez, les ayans veu fuïr & manquer à leur charge.

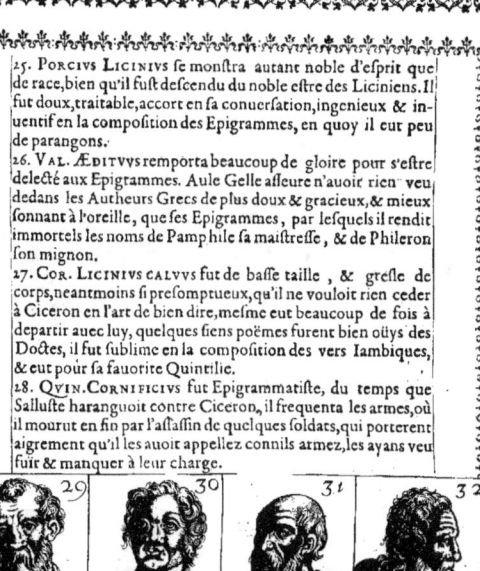

29. — 30. — 31. — 32.

C. Heluius cinna — M. Furius bibaculus — Pub. terentius atacinus uarro — C. Ticida epigram

29. Caivs Helvivs cinna fut creu estre capable, & bien entendu pour trousser vn Epigramme, selon l'art, il estoit lors que Hortense & Cornificius florissoient, il employa neuf annees apres vne œuure, qu'il nomma Smirne. Quintilien l'extolle beaucoup, Aule Gelle le cotte souuent. On dit qu'il fut occis par le peuple Romain, le iour qu'on fit les funerailles de Cæsar, pour & au lieu de Cor. Cinna, auquel il ressembloit de nom.

30. Marc. Furius Bibaculus fut Cremonois & Poëte Iambique: Cornelius Gallus conuersa amiablement auec luy, il semble que Messala Coruinus craignit la picqueure & l'insolence de sa langue, quand il disoit, Ie ne veux rien demesler ny debattre auec Bibaculus.

31. Pvbl. Terentivs Varro nasquit des champs de Narbonne aux mesmes temps que Hortense & Ciceron foudroioient en eloquence au Senat, il eut l'esprit rarement admirable, pour titre la trame d'vn long Poëme à l'imitation d'Apollonius Rhodien: il parfit quatre liures des Argonautes. Priscian en rapporte quelques vers: il se delecta tant aux vers Elegiaques qu'à l'Epigramme, comme ses vers l'annoncent, il fut passionnément espris des bonnes graces de Leuca

die.

34. **CAYVS TICIDA** fut railleur en fes Epigrammes , il ne fut
moins redouté de Meffala Coruinus , que Furius Bibaculus.
Ouide ne l'a oublié, parlant des Poëtes qui ont fonné hautement & heureufement , les diuers effects de l'amour foubs le
nom abufif d'vne Perille, il iouyt de fa maiftreffe Metella.

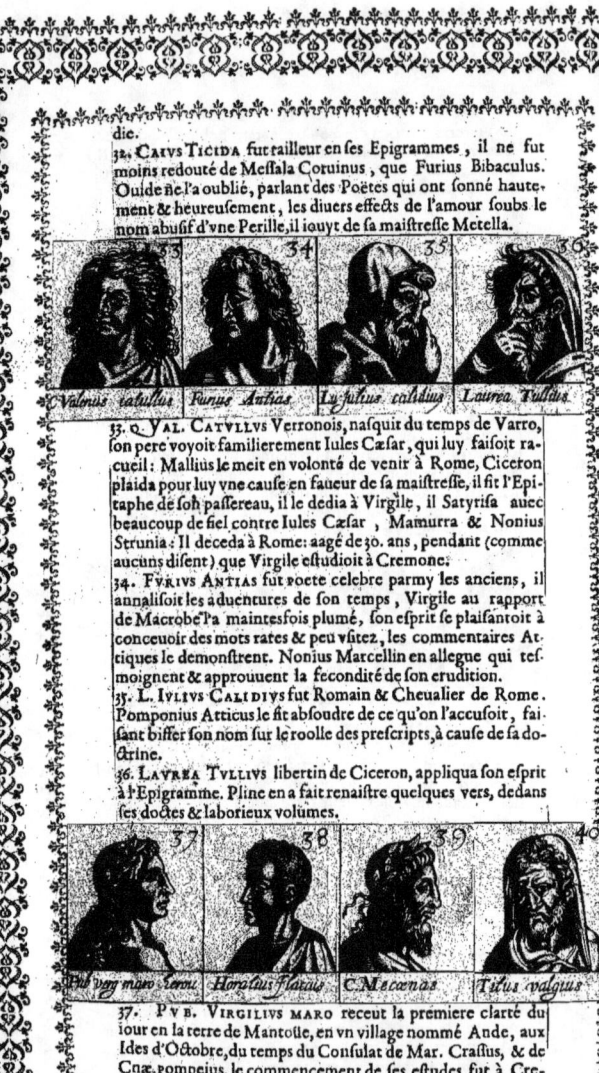

Valerius catullus   Furius Antias   Lu julius calidius   Laurea Tullius

33. **Q. VAL. CATVLLVS** Verronois, nafquit du temps de Varro,
fon pere voyoit familierement Iules Cæfar, qui luy faifoit ra-
cueil: Mallius le meit en volonté de venir à Rome, Ciceron
plaida pour luy vne caufe en faueur de fa maiftreffe, il fit l'Epitaphe de fon paffereau, il le dedia à Virgile, il Satyrifa auec
beaucoup de fiel contre Iules Cæfar , Mamurra & Nonius
Strunia: Il deceda à Rome: aagé de 30. ans, pendant (comme
aucuns difent) que Virgile eftudioit à Cremone.

34. **FVRIVS ANTIAS** fut poete celebre parmy les anciens, il
annalifoit les aduentures de fon temps , Virgile au rapport
de Macrobe l'a maintesfois plumé, fon efprit fe plaifantoit à
conceuoir des mots rares & peu vfitez, les commentaires Attiques le demonftrent. Nonius Marcellin en allegue qui tef-
moignent & approuuent la fecondité de fon erudition.

35. **L. IVLIVS CALIDIVS** fut Romain & Cheualier de Rome.
Pomponius Atticus le fit abfoudre de ce qu'on l'accufoit , faifant biffer fon nom fur le roolle des prefcripts,à caufe de fa doctrine.

36. **LAVREA TVLLIVS** libertin de Ciceron, appliqua fon efprit
à l'Epigramme. Pline en a fait renaiftre quelques vers, dedans
fes doctes & laborieux volumes.

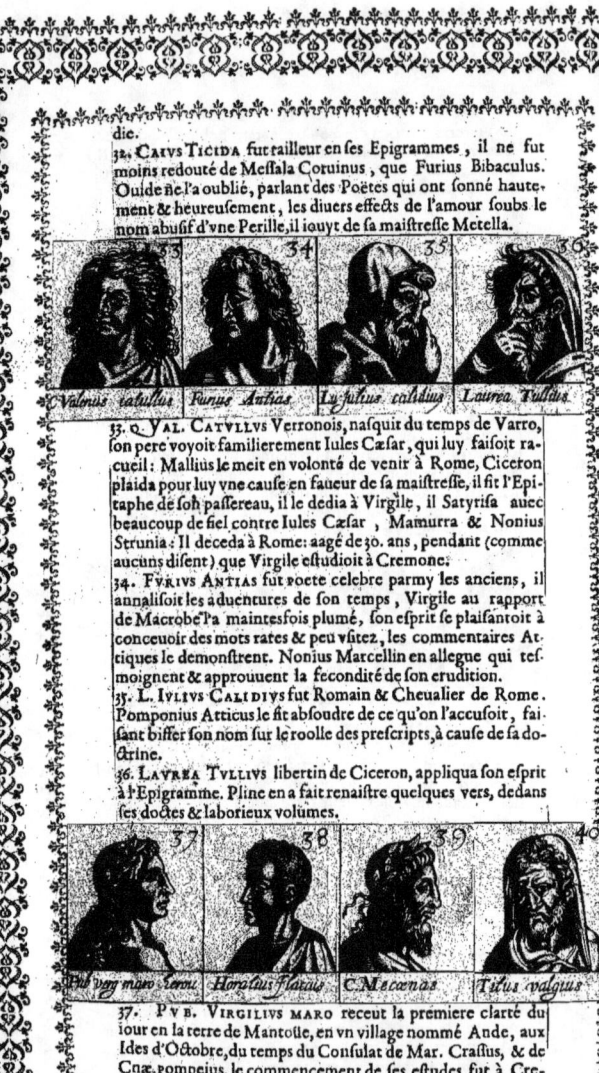

Pub. verg. mar. seru.   Horatius flacus   C. Mecænas   Titus valgius

37. **PVB. VIRGILIVS MARO** receut la premiere clarté du
iour en la terre de Mantoüe, en vn village nommé Ande, aux
Ides d'Octobre, du temps du Confulat de Mar. Craffus, & de
Cnæ. pompeius, le commencement de fes eftudes fut à Cremone, puis à Milan, & en fin à Naples : Orbilius l'inftruifit,
comme fit auffi Scribonius Aphrodifius, il veftit la robbe viri-
le le iour que Lucretius rendit le tribut à nature: Sa pudeur

& modeſtie luy acquirent le ſurnom de Parthenius: Il ſe mira
ſur Theocrite, pour façonner ſes Bucoliques. Il ſe guida par
Heſiode en ſes Georgiques. Piſandre, Parthenie, Apollonius
Rhodien, & ſur tous, Homere fut ſon Helice en l'entrepriſe
de ſon Æneide: on ne laiſſe pourtant de le nommer l'Autheur
de quelques œuures legeres, qui ſont apres l'Æneide, côme du
pœme de l'Aloüette, de la deſcription d'Ætna, du moucheron,
des Priapees & autres Epigrammes que Auguſte oyoit volontiers reciter: Quintilien le proclame Prince des Poetes. Car-
bilius fut ſon Zoïle. Eſtant pres du bout de ſes iours, il com
manda qu'on donnaſt aux flammes deuorantes ſon Æneide,
l'eſtimant imparfaicte : mais Auguſte s'oppoſa à ceſte perte,
qu'euſſent fait les lettres à la conſommation d'vn ſi diuin ouurage. Aſinius Pollio eſtoit ſon intime. Quintilius Varus ,
Horace, Mœcenas eurent bonne part en ſon amitié; le peuple
Romain le reſpectoit fort, & luy faiſoit pareille reuerence que
à cæſar, & ſe ſentoit bien honoré de luy ouyr reciter ſes vers ſur
le Theatre, il habitoit aux Eſquiles pres le iardin de Mœcenas
il ne ſe haſtoit gueres de parler : car il meditoit longuement
deuant que proferer quelque parole, ce qu'donnoit occaſion
à ceux qui ne le frequentoient de iuger qu'il fuſt ignorant &
champeſtre: il finit ſes iours à Tarente (aucuns diſent que ce
fut à Brunduſe) ſon corps neâtmoins fut tranſporté à Naples ,
où il giſt.
38. Q. HORATIVS FLACCVS naſquit à Venuſie , ville
d'Apulie, ſon pere auoit eſté affranchi. Il commença à eſtudier
deux ans deuant la coniuration de Catilina, ſous Orbilius Be-
neuentin, l'aage luy croiſſant: il ſe tranſporta à Athenes en intention de vacquer à la Philoſophie, il fut d'vn naturel laſcif,
& colerique, qui toutesfois s'appaiſoit facilement , il exerça à
Rome la dignité de Tribu, l'amitié fut reciproque entre luy &
Mœcenas: ſes œuures ſont les veritables certificateurs de la
richeſſe de ſon eſprit. En ſes Satyres il a imité Lucilius: Ouide
prenoit plaiſir à lire ſes vers, il eſtoit vouté, & de petite corporance, les yeux chaſſieux: il treſpaſſa aagé de 57. ans , ie n'ap-
prouue ceux qui diſent aagé de 70.
39. C. MOECENAS ſortit des Roys d'Hethrurie, les Poëtes
de ſon ſiecle l'honorerent amplement en leurs œuures, à cauſe
de ſa grande liberalité, il eſcriuit pluſieurs Tragedies: Celle de
Promethee fut beaucoup priſee, il fut fort poutieux & curieux en ſes habits outre meſure, auec excez, ce qui le rendit
ſuſpect de mollitie trop grande & laſciueté. Octauius neantmoins le cherit ſur tous , ſes iardins de plaiſir eſtoient ſituez
aux Eſquilles: il mourut en l'aage d'homme.
40. T. VALGIVS fut Poëte Romain qui laiſſa des Elegies à
la poſterité.

| 41 | 42 | 43 | 44 |

Alb. Tibullus Elegi? | M. Mallius mathe. | Luc. varius tragi. | Cassius Seuerus

41. ALBIVS TIBVLLVS (comme on croit) fut né à Rome, Hirtius & Pansa estans Consuls, il eut des parês de l'ordre des Cheualiers, il estoit beau, plein de bône grace & aduenât. Messala Coruinus en fit grand conte, aussi auoit-il chanté dextrement ses loüanges, il aima Horace & Macer, ses mignons furent doux ieunes enfans nommez Marathus & Chernitus, les noms de ses amoureuses furent Sulpitia, Neæra, Nemesis & Plautia, qu'il surnomma Delia: il a composé quatre liures d'Elegies, où il a si bien fait reluire ses flammes & passions amoureuses, qu'il n'est inferieur à aucun qui ait traicté ce sujet, la mort le rauit à la premiere fleur de sa ieunesse.

42. MAR. MALLIVS (nommé par aucuns M. Manilius) fut de race illustre, il eut l'honneur de naistre à Rome, Auguste regnant, il mit son estude aux Mathematiques, il nous a laissé cinq liures de l'Astronomie en vers Hexametres, il a imité Eudoxe & Arate.

43. L. VARIVS Poëte heroïque, s'exerça à la Tragedie, Cornelius Tacitus loüe son Thyeste, il fut vn des deputez par Octauius Cæsar pour reuoir l'Æneide de Virgile.

44. CASSIVS SEVERVS fut de Parme, il a escrit des Elegies, des Epigrammes & Tragedies, il porta les armes pour Cassius & Brutus courageusement, cuidant iouir d'vn repos asseuré: Quintus Varius l'assassina par le conseil & entremise d'Octauius Cæsar. Horace fut son aduersaire.

| 45 | 46 | 47 | 48 |

Domitius marsus | Pub. Ouidius naso | Sex. Aurelius prope | Iulius montanus

45. DOMITIVS MARSVS se mesla de l'Epigramme, il composa la guerre d'Hercule contre les Amazones, il fut extremement espris de l'amour d'vne Melene, qu'il rendit fameuse par ses poësies.

46. PVB. OVIDIVS NASO fut de Sulmo, ville des Pelignes : On dit qu'il vint au monde le iour que nasquit Albius Tibullus, au mois d'Auril, és iours Quinquatries, durant lesquels les Romains auoient de coustume de sacrifier à Minerue, dés sa plus tendre ieunesse il fut enclin à la poësie, de laquelle souuentesfois par menaces & remonstrances son pere le voulut

diuertir pour luy faire embrasser l'art d'Oratoire: il eut trois
femmes, desquelles la troisiesme nommee Perille fut la mieux
aymee, il lui enseigna l'art de poëtiser, il fit beaucoup de sorte
de poëmes. Parthenius Poëte natif de Chios luy fournit de
modelle en ses Metamorphoses, de douze liures des Fastes
qu'il dit auoir composez, il n'ē reste que six, trois des amours,
trois de l'art d'aymer, & du remede d'amour: quelques anciens
afferment qu'il composa vne Tragedie intitulee Medee, il fut
exilé à Pont en Scytie par Auguste (à cause (comme on dict)
qu'il auoit escrit trop lasciuement, ou bien qu'il auoit paillar-
dé auec Iulia fille d'Auguste, il fut sept ans en exil & dauantage, où il mourut, esperant reuenir à Rome au grand regret des
Tomitains & Pontiques, qui arrouserent son cercueil de larmes & pleurs, il composa en leur langue quelques Poëmes,
qui ont perpetué son nom parmy ceste nation.

47. SEXTVS AVRELIVS PROPERTIVS fut de Me-
uanie, ville d'Vmbrie, son pere luy defaillant estat encore fort
ieune, il se transporta à Rome, où pour la facilité & gentillesse
de son esprit, Cornelius Gallus & Mœcenas le receurent pour
familier & amy, l'industrieuse structure & composition de ses
amoureuses Elegies le fit beaucoup renōmer & ne luy acquit
vne vulgaire reputation, il ayma Hostie soubs le nom de Cyn-
thie, la lecture de Callimachus & de Philetas Poëtes Grecs,
luy fut familiere. Il deceda aagé de 41. an.

48. IVLIVS MONTANVS escriuit quelques Poëmes en
vers Hexametres & Pēthametres: Pierre Crinitus en rapporte quelques vns.

C. Germanicus.   Au Casius bassus liri   Æmilius macer. vers   C. Rabirius

49. CAIVS GERMANICVS Augustus, fils de Drusus, composa
quelques Comedies Grecques, il tourna de Grec en Latin
l'œuure des choses celestes, d'Arat. Il acquit le tiltre honorable de Germanicus, pour auoir debellé les Germains.

50. CÆCIVS BASSVS a esté mis entre les poëtes Lytiques, il
eut du bruit du temps de l'Empereur Claudius: Il ayma Ouide & Perse, le feu qu'eslança le mont Vesuue dedās vne siéne
mestairie le perdit entierement.

51. ÆMILIVS MACER de Veronne, florissoit dés l'aage
de Messala Coruinus, il a traicté de la guerre de Troye, & faict
quelques liures des bestes & herbes venimeuses, ayāt en iceux
imité Nicandre Poëte Colophonois, il mourut en Asie peu
d'ans apres Virgile.

52. CAIVS RABIRIVS Poëte Epique a escrit des Satyres,
que l'antiquité a receües & approuuees.

53. C. ASINIVS GALLVS fils d'Asinius Pollio, composa quelques Epigrammes & quelques vers, en faueur de Pomponius
le Grammairien: quelques-vns disent qu'il fut si mal voulu de
Tibere: qu'apres plusieurs grands supplices il le fit occire.
54. L. ANNEVS SENECA nasquit à Cordube, il a escrit dix
Tragedies à l'imitation d'Euripide & d'Eschile.
55. COR. SEVERVS Poete Epique, a depeint en ses vers la môta-
gne d'Ætna, & fait vn discours de la guerre Sicilliéne, l'œuure
ne fut parachéué preuenu par l'importunité de son trespas.
56. AVLVS PERSIVS FLACCVS fut le Timon, non des hommes:
mais des vices. Volatille fille d'Ethrurie le veit naistre, sa re-
nommée commença à s'espandre durant le regne de Domitius Neron, il fut de bonnes mœurs, & plein d'integrité en sa
vie, il se pleut aux Satyres, en icelles Lucilius luy seruit de guide, la mort le preuint le trentiesme de son aage.

M. annæus Lucanus Pomp. secundus Trag. Cn Getulicus epigr. Sextilius hæna

57. MARCVS ANNEVS LVCANVS Espagnol, nasquit à Cordube,
Cæsar Germanicus, & Lucius Cælianus, estans Consuls. Le
nom de son pere estoit Anneus Mela. Les precepteurs de Aulus Persius furent les siens, il obtint la dignité de Quæsteur, &
fut receu au College des Augures. Sa femme Polla Argenta-
ria fut bien docte & sçauante, il corrigea auec elle les trois
premiers liures de la guerre Pharsalique, comme aussi il eust
fait des autres, si Neron luy eut permis de viure plus longuement, au mandement duquel il consentit que ses veines luy
fussent ouuertes, par vn Medecin enuoyé expres par Cæsar, à
peine auoit-il lors attaint 30. ans.
58. POMPON. SECVNDVS fit quelques Tragedies. Pline a escrit
deux liures de sa vie & mœurs: Cæsar germanicus l'ayma fort.
59. CN. GETVLICVS escriuit des Epigrammes, il fut enamouré
d'vne ieune fille nommée Cesennia.
60. SEXTILIVS HÆNA, né à Cordube en Espagne, entre autres Poëmes a
escrit de la loüange & de la mort de Ciceron.

61	62	63	64
Salæius baßus epi	C. lodius sabinus	C. pedo, albinouanus	Volcatius sedigitus

61. SALEIVS BASSVS exerça son esprit apres les Poëmes heroïques, il eut peu de moyens.

62. CLODIVS SABINVS fut Poëte Elegiographe, son premier exercice fut d'aller plaider au barreau, & de faire des declamations, il fit quelque œuure de la guerre de Troye, & des Epistres, il mourut ieune.

63. C. PEDO ALBINOVANVS florissoit soubs l'Empire de Neron, il composa des Epigrammes; il ayma grandement Ouide.

64. VOLCATIVS SEDIGITVS composa vn liure de la vie des Poëtes Latins en vers Senaires.

65	66	67	68
Pub. stat. papinus. re	Silius italicus.	en Valer. Flaccus. setin'	Aruntius Stella

65. PVBL. STATIVS PAPINIVS Poëte heroïque, eut vn pere, qui pour ses grādes vertus fut appellé aux dignitez & prerogatiues de la bourgeoisie de Naples, où nasquit Statius, il eut vne femme nommee Claudia, qui estoit bien docte & versee en la cognoissance des lettres, il composa douze liures de la Thebaide qu'il dedia à l'Empereur Domitian, il imita en cet œuure Antimachus, il dressa aussi l'Achileide, & cinq liures de Sylues, le susdict Empereur l'ayant quelquefois receu & traitté somptueusement en ses cōuiues, luy fit de grands presens, & entr'autres d'vne couronne d'or, il perdit vn sien fils en bas aage, duquel il deplora le trespas amerement: il mourut bien vieil.

66. SILIVS ITALICVS tira son origine d'Espagne, mais il nasquit à Rome, & y fut nourry, il exerça la charge de Proconsul en Asie, Domitian le voyoit volontiers, par sa faueur il obtint trois fois la dignité de Consul, tous les ans il festoit la natiuité de Virgile: il a escrit de la seconde guerre Punique en dix-sept liures, il auoit quelque heritage pres de Naples, où par fois il se donnoit carriere, & contentoit ses humeurs, estant plus que septuagenaire il se deffit luy-mesme, ne pouuant supporter la douleur que luy faisoit vn clou qui estoit inguarissable.

67. VALERIVS SETINVS PATAVINVS nasquit contre Apone, il escriuit des Argonautes, & les dedia à Cæsar Domitian, il imita Apollonius Rhodien, la mort auorta ses intentions, son reuenu fut petit, Amazonicus fut son Ganymede.

68. ARVNTIVS STELLA vint d'vne maison de Consul, lors que les Flauiens furent Empereurs il commença à se faire cognoistre, il print pour fémme Violantille fille Neapolitaine, il fit des Elegies, & vn œuure intitulé Asteris, auec vn poëme sur la mort d'vne Colombe. Il fut Preteur à Rome, & l'vn des deux Magistrats.

M Makullus | Sentius augur epi | M.V. Martialis epig | Vestritius Spurina ly

69. MARCVS MARVLVS fit des Mimes, il estoit en credit à Rome, l'Empereur Antonin regnant, il fut tant hardy à reprendre les vices que la presence des plus grands de Rome ne l'empeschoit de les taxer asprement.

70. SENTIVS AVGVR natif de Rome, fit aussi quelques Epigrammes, à l'imitation de Catulle, & de Licinius Caluus.

71. M. VAL. MARTIALIS Espagnol de race, nasquit à Bilbilis, ville de Celtiberie, estant ieune il s'achemina à Rome où il employa toute son industrie à bien agencer & trousser vn Epigramme, il eut l'esprit fort ingenieux, subtil & inuentif, & autant de netreté à bien parler, que de fiel & de sel à composer: l'Empereur Ælius Verus l'appelloit son Virgile. Il fut de l'ordre de cheuallerie, & exerça la Preture, il nous a laissé douze liures d'Epigrammes, ausquels il a adiousté des Estrenes & des Apophoretes. Stertinius l'honora tant, que luy encore viuant il mit sa figure en sa Bibliotecque. Il deceda en son pays.

72. VESTRITIVS SPVRINA poëte Lyrique, du regne de Vespasien, il fut chef d'armée contre le Roy Breneterus, lequel ayant debellé il fut honoré d'vne statuë, il perdit vn fils nommé Cocceius: il suiuit Horace en ses œuures Lyriques.

Voconius Victor epi | Decius Junius Juuelis | L Paulus passienus | Titus annianus

73. VOCONIVS VICTOR fut estimé à Rome, Adrian regnant, il escriuit des Elegies, & des Epigrammes, il ayma Testile ieune enfant: l'Empereur Adrian orna son tombeau de ce vers, Lasciuus versu, mente pudicus eras.

74. DECIVS IVNIVS IVVENALIS fut Aquinas de nation, son pere estoit libertin, il acquit reputation soubs Domitian: il eut pour precepteur vn nommé Fronto Grammairien, il aigrit son stile contre les vices des hômes, & rechercha laborieusement l'amitié de Martial.

75. L. PAVLVS PASSIENVS estoit d'Vmbrie, il prit beaucoup de plaisir à composer des Elegies à l'imitation de Properce: il se mesla aussi de faire des vers Lyriques, il eut quelque heritage au Vatican.

76. T. ANNIANVS composa des vers Fescennins, pleins de diuers ieux & plaisanteries.

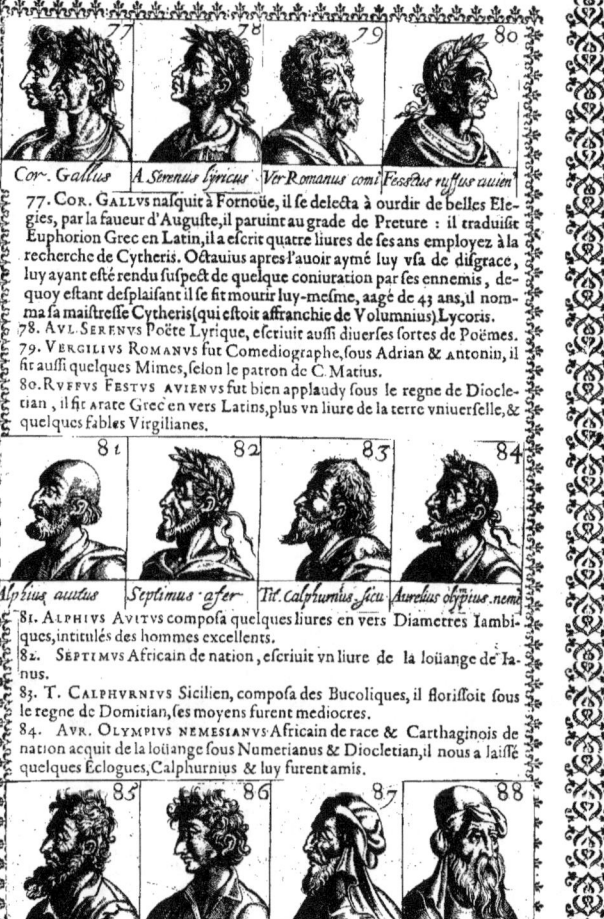

77	78	79	80
Cor. Gallus	*A. Serenus lyricus*	*Ver. Romanus comi*	*Fesstus ruffus auien*

77. COR. GALLVS naſquit à Fornoüe, il ſe delecta à ourdir de belles Elegies, par la faueur d'Auguſte, il paruint au grade de Preture : il traduiſit
Euphorion Grec en Latin, il a eſcrit quatre liures de ſes ans employez à la
recherche de Cytheris. Octauius apres l'auoir aymé luy vſa de diſgrace,
luy ayant eſté rendu ſuſpect de quelque coniuration par ſes ennemis, dequoy eſtant deſplaiſant il ſe fit mourir luy-meſme, agé de 43 ans, il nomma ſa maiſtreſſe Cytheris (qui eſtoit affranchie de Volumnius) Lycoris.
78. AVL. SERENVS Poëte Lyrique, eſcriuit auſſi diuerſes ſortes de Poëmes.
79. VERGILIVS ROMANVS fut Comediographe, ſous Adrian & antonin, il
fit auſſi quelques Mimes, ſelon le patron de C. Matius.
80. RVFFVS FESTVS AVIENVS fut bien applaudy ſous le regne de Diocletian, il fit arate Grec en vers Latins, plus vn liure de la terre vniuerſelle, &
quelques fables Virgilianes.

81	82	83	84
Alphius auitus	*Septimus afer*	*Tit. Calphurnius ſicu*	*Aurelius olypius nem*

81. ALPHIVS AVITVS compoſa quelques liures en vers Diametres Iambiques, intitulés des hommes excellents.
82. SEPTIMVS Africain de nation, eſcriuit vn liure de la loüange de Ianus.
83. T. CALPHVRNIVS Sicilien, compoſa des Bucoliques, il floriſſoit ſous
le regne de Domitian, ſes moyens furent mediocres.
84. AVR. OLYMPIVS NEMESIANVS Africain de race & Carthaginois de
nation acquit de la loüange ſous Numerianus & Diocletian, il nous a laiſſé
quelques Eclogues, Calphurnius & luy furent amis.

85	86	87	88
Maurus Terentianu'	*Cl. Claudianus alex*	*D'Ausonius Gallus*	*Damascus hispanis*

85. MAVRVS TERENTIANVS eſtoit auſſi Africain de race & Carthaginois de
nation, il fut du temps de petronius Arbiter & eſcriuit des vers Iambiques,
& nous a laiſſé vn traicté des lettres, des ſyllabes, des pieds & diuerſes me-

sures de plusieurs sortes de vers, son fils eut nom Bassus, & son gendre No-
uatenus.

86. CL. CLAVDIANVS fut d'Alexandrie, sa renommee s'estendit fort soubs
Honorius & Arcadius, il a composé quatre liures du rauissement de Proserpine, des panegyriques & autres œuures, qui sont les cautions de la fertilité de son bel esprit.

87. DECIVS AVSONIVS François de race nasquit à Bordeaux, il vesquit en
grand honneur & reputation sous Valentin & Valentinian & fut precepteur de l'Empereur Gratian son pere, il exerça l'art de medecine par la faueur de l'Empereur Gratian, il fut Consul, ce qui nous reste de ses œuures
nous monstre assez la richesse de son entendement.

88. DAMASVS Espagnol fut beaucoup loüé du temps de Paulus Orosius, &
d'Eutropius, il fut creé pape à Rome, il a escrit plusieurs hymnes, vn liure
des Papes de Rome en prose, il mourut sous Theodose aagé de 80. ans.

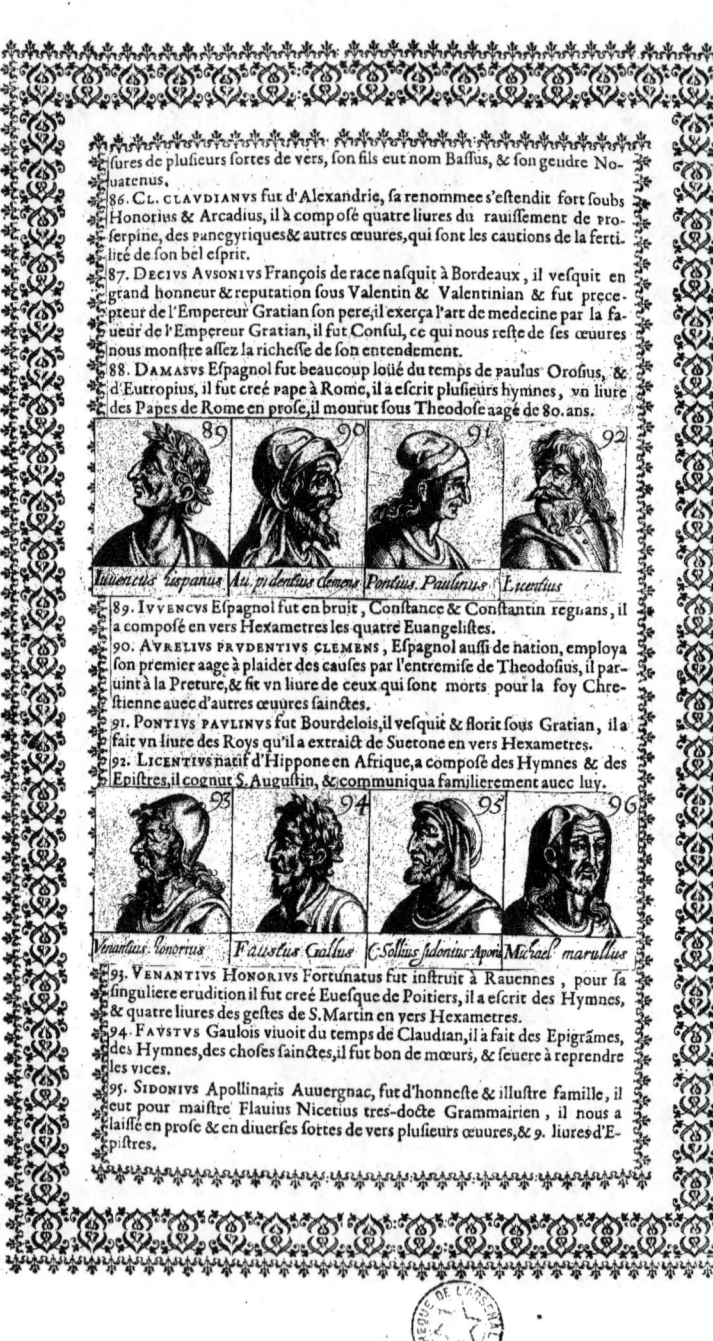

Iuuencus Hispanus   Au. prudentius clemens   Pontius Paulinus   Licentius

89. IVVENCVS Espagnol fut en bruit, Constance & Constantin regnans, il
a composé en vers Hexametres les quatre Euangelistes.

90. AVRELIVS PRVDENTIVS CLEMENS, Espagnol aussi de nation, employa
son premier aage à plaider des causes par l'entremise de Theodosius, il paruint à la Preture, & fit vn liure de ceux qui sont morts pour la foy Chrestienne auec d'autres œuures sainctes.

91. PONTIVS PAVLINVS fut Bourdelois, il vesquit & florit sous Gratian, il a
fait vn liure des Roys qu'il a extraict de Suetone en vers Hexametres.

92. LICENTIVS natif d'Hippone en Afrique, a composé des Hymnes & des
Epistres, il cognut S. Augustin, & communiqua familierement auec luy.

Venantius Honorius   Faustus Gallus   C. Sollius sidonius Apon.   Michael marullus

93. VENANTIVS HONORIVS Fortunatus fut instruit à Rauennes, pour sa
singuliere erudition il fut creé Euesque de Poitiers, il a escrit des Hymnes,
& quatre liures des gestes de S. Martin en vers Hexametres.

94. FAVSTVS Gaulois viuoit du temps de Claudian, il a fait des Epigrames,
des Hymnes, des choses sainctes, il fut bon de mœurs, & seuere à reprendre
les vices.

95. SIDONIVS Apollinaris Auuergnac, fut d'honneste & illustre famille, il
eut pour maistre Flauius Nicetius tres-docte Grammairien, il nous a
laissé en prose & en diuerses sortes de vers plusieurs œuures, & 9. liures d'E-
pistres.

596. Michel Marvle Tarchaniota, selon que disent aucuns, bien qu'il fut Grec, pratiqua auec vne si belle viuacité d'esprit les lettres Latines qu'il y acquit autant de reputation qu'en sa langue, il fut Poëte & soldat, paulus iouius fait beaucoup d'estime de luy & de ses œuures, en ses Eloges des hommes illustres.